ISAAC ASIMOV

Cuentos completos

Volumen II

punto de lectura

Título: Cuentos completos II
Título original: *The Complete Stories. II*
Traducción: Carlos Gardini
© 1992 by Isaac Asimov
  Publicado por acuerdo con Doubleday, una división de The Doubleday
  Broadway Publishing Group, una división de Random House, Inc.
© Ediciones B, S.A.
© De esta edición: abril 2003, Suma de Letras, S.L.
Barquillo, 21. 28004 Madrid (España) www.puntodelectura.com

ISBN: 84-663-0911-X
Depósito legal: M-7.667-2003
Impreso en España – Printed in Spain

Ilustraci;on de cubierta: Leo Flores
Diseño de colección: Ignacio Ballesteros

Impreso por Mateu Cromo, S.A.

Introducción

En los dos primeros volúmenes de mis cuentos completos (éste es el segundo) reúno más de cincuenta relatos, y todavía quedan muchos más para volúmenes futuros.

Debo admitir que incluso a mí me deja un poco atónito. Me pregunto dónde encontré tiempo para escribir tantos cuentos, considerando que también he escrito cientos de libros y miles de ensayos. La respuesta es que me he dedicado a ello durante cincuenta y dos años sin pausa, de modo que todos estos cuentos significan que ya soy una persona de cierta edad.

Otra pregunta es de dónde saqué las ideas para tantas historias. Me la plantean continuamente.

La respuesta es que, al cabo de medio siglo de elaborar ideas, el proceso se vuelve automático e incontenible.

Anoche me encontraba en la cama con mi esposa y algo me estimuló la imaginación.

—Acaba de ocurrírseme otra historia sobre deseos frustrados —le dije.

—¿Cómo es? —me preguntó.

—Nuestro héroe, que ha sido bendecido con una esposa tremendamente fea, le pide a un genio que le conceda una mujer bella y joven en la cama por las noches. Se le concede el deseo con la condición de que en ningún momento debe tocar, acariciar y ni siquiera rozar el trasero de la joven. Si lo hace, la joven se transformará en su esposa. Cada noche, mientras hacen el amor, él no es capaz de apartar las manos del trasero, y el resultado es que todas las noches se encuentra haciendo el amor con su esposa.*

---

* Como mi querida esposa es para mí la mujer más bella del mundo —y lo sabe— no se tomó a mal esta historia, salvo para decirme que yo tenía una mente morbosa.

5

Lo cierto es que cualquier cosa me hace pensar en un cuento.

Por ejemplo, estaba revisando las galeradas de un libro mío cuando me llamó el director de una revista. Quería un cuento de ciencia ficción inmediatamente.

—No puedo —le dije—. Estoy liado con unas galeradas.

—Déjalas.

—No.

Colgué. Pero al colgar pensé qué cómodo sería tener un robot que pudiera corregir las galeradas por mí. De inmediato dejé de revisarlas, pues se me había ocurrido un cuento. Lo encontraréis aquí como «Galeote».

Mi cuento favorito en esta compilación es «El hombre bicentenario». Poco antes de iniciarse el año 1976, el del bicentenario de Estados Unidos, una revista me pidió que escribiera un cuento con ese título.

—¿Acerca de qué? —pregunté.

—Acerca de cualquier cosa. Sólo tenemos el título.

Reflexioné. Ningún hombre puede ser bicentenario, pues no vivimos doscientos años. Podría ser un robot, pero un robot no es un hombre. ¿Por qué no un cuento sobre un robot que desea ser hombre? De inmediato comencé «El hombre bicentenario», que terminó por ganar un premio Hugo y un Nebula.

En cierta ocasión, mi querida esposa Janet tenía un fuerte dolor de cabeza, pero aun así se sintió obligada a prepararle la cena a su amante esposo. Resultó ser una cena exquisita y —como soy un amante esposo— comenté:

—Deberías tener jaquecas más a menudo.

Y ella me arrojó alguna cosa y yo escribí el cuento «Versos luminosos».

Un joven colega murió en 1958 y le hicieron una simpática nota necrológica en el *New York Times*. Fue en aquellos viejos tiempos en que los escritores de ciencia ficción no gozaban de gran notoriedad. Me puse a cavilar si, cuando yo pasara a la gran máquina de escribir del cielo, el *New York Times* se dignaría mencionarme a mí también. Hoy sé que lo hará, pero entonces no lo sabía. Así que tras muchas cavilaciones escribí «Necrológica».

Una vez tuve una discusión acalorada con el director de una revista. Él deseaba que yo introdujera una modificación en un cuento y yo me negaba; no por pereza, sino porque pensaba que estropearía el cuento. Al final, se salió con la suya (como es habitual), pero yo me desquité escribiendo «El dedo del mono», que es una buena descripción de lo que sucedió.

La directora de una publicación me pidió una vez que escribiera un cuento sobre un robot femenino, pues hasta aquel momento todos mis robots eran masculinos. Acepté sin objeciones y escribí «Intuición femenina». Lo que mejor recuerdo de ese cuento es que no entendí que la mujer lo quería para ella. Creí que me estaba dando un consejo desinteresado. En consecuencia, cuando terminé el cuento y otro director me pidió uno con toda urgencia, me dije: «Pues ya lo tengo». Y cuando la directora se enteró recibí una lluvia de insultos.

Algunos cuentos surgen cuando otra persona hace un comentario casual. Cuentos tales como «Reunámonos» y «Lluvia, lluvia, aléjate» son ejemplos de ello. No me siento culpable por inspirarme en frases ajenas. Ya que los demás no van a hacer nada con ellas, ¿por qué no usarlas?

Pero lo cierto es que los cuentos surgen de cualquier cosa. Sólo hay que mantener los ojos y los oídos abiertos y la imaginación en marcha. Una vez, durante un viaje en tren, mi primera esposa me preguntó de dónde sacaba las ideas, y respondí:

—De cualquier parte. Puedo escribir un cuento sobre este viaje en tren. —Y comencé a escribir a mano.

Pero ese cuento no figura en este volumen.

Isaac Asimov

¡No tan definitivo!

Nicholas Orloff se caló el monóculo en el ojo izquierdo con la rectitud británica de un ruso educado en Oxford y dijo en tono de reproche:

—¡Pero, mi querido señor secretario, quinientos millones de dólares!

Leo Birnam se encogió de hombros y echó aún más atrás en la silla su cuerpo delgado.

—Los fondos son necesarios, delegado. El Gobierno del Dominio de Ganimedes está desesperado. Hasta ahora he podido mantenerlo a raya, pero soy sólo secretario de Asuntos Científicos y mis poderes son limitados.

—Lo sé, pero... —Orloff extendió las manos en un ademán de impotencia.

—Me lo imagino —convino Birnam—. Al Gobierno del Imperio le resulta más fácil hacer la vista gorda. Hasta ahora no ha hecho otra cosa. Hace años que intento hacerles comprender la naturaleza del peligro que se cierne sobre todo el sistema, pero parece imposible. No obstante, recurro a usted, señor delegado. Usted es nuevo en su puesto y puede encarar este asunto joveano sin prejuicios de ningún tipo.

Orloff tosió y se miró las puntas de las botas. En los tres meses que llevaba actuando como sucesor del delegado colonial Gridley había dado carpetazo, sin leerlo, a todo lo relacionado con «esos malditos delirios joveanos». Tal actitud concordaba con la política ministerial, que calificó el problema joveano como «asunto cerrado» mucho antes de que él iniciara su gestión.

Pero, dado que Ganimedes había empezado a fastidiar, lo enviaban a él a Jovópolis con instrucciones de contener a aquellos «condenados provincianos». Era un asunto feo.

—El Gobierno del Dominio necesita tanto el dinero —señaló Birnam— que si no lo consigue hará público todo el asunto.

Orloff perdió toda su flema y se echó mano al monóculo, que se le caía.

—¡Querido amigo!

—Sé lo que eso significaría y me han aconsejado no hacerlo, pero hay una justificación. Una vez que se revelen los entresijos del asunto joveano, una vez que la gente se entere, el Gobierno del Imperio no durará ni una semana. Y cuando intervengan los tecnócratas nos darán todo lo que pidamos. La opinión pública se encargará de ello.

—Pero también provocarán el pánico y la histeria...

—¡Por supuesto! Por eso vacilamos. Considérelo un ultimátum. Queremos mantener el secreto, necesitamos guardar el secreto; pero más necesitamos el dinero.

—Entiendo. —Orloff estaba pensando a toda prisa y sus conclusiones no eran agradables—. En ese caso, sería aconsejable investigar más. Si usted tiene los papeles concernientes a las comunicaciones con el planeta Júpiter...

—Los tengo —confirmó secamente Birnam—, y también los tiene el Gobierno del Imperio en Washington. Eso no servirá, delegado. Es lo mismo que los funcionarios terrícolas vienen rumiando desde hace un año y no nos ha llevado a ninguna parte. Quiero que usted me acompañe a la Estación Éter.

El ganimediano se había levantado de la silla y miraba a Orloff fijamente desde su imponente altura.

—¿Se atreve a darme órdenes? —preguntó Orloff, sonrojándose.

—En cierto modo, sí. Insisto, no queda tiempo. Si usted se propone actuar hágalo pronto o no lo haga. —Hizo una pausa y añadió—: Espero que no le importe caminar. Los vehículos de energía no pueden aproximarse a la Estación Éter, por lo general, y aprovecharé la caminata para explicarle la situación. Son sólo tres kilómetros.

—Caminaré —fue la brusca respuesta.

Ascendieron al nivel subterráneo en silencio, que rompió Orloff cuando entraron en la antesala, débilmente iluminada.

—Hace frío aquí.

—Lo sé. Es difícil mantener una buena temperatura tan cerca de la superficie. Pero hará más frío en el exterior. Aquí es.

Birnam abrió la puerta de un armario y le indicó los trajes que colgaban del techo.

—Póngase esto. Lo necesitará.

Orloff palpó el traje con ciertas reservas.

—¿Tienen peso suficiente?

Birnam se puso su traje mientras hablaba.

—Tienen calefacción eléctrica, así que abrigan bastante. Eso es. Meta las perneras dentro de las botas y ajústelas bien.

Se volvió y con un resoplido levantó de un rincón del armario un cilindro de gas doblemente comprimido. Echó una ojeada al cuadrante de lectura y giró la llave de paso. Se oyó el siseo del gas y Birnam lo olfateó con satisfacción.

—¿Sabe manejar esto? —preguntó, mientras enroscaba un tubo flexible de malla metálica, en cuyo otro extremo había un extraño objeto curvo de vidrio grueso y claro.

—¿Qué es?

—¡La máscara de oxígeno! La escasa atmósfera de Ganimedes se compone de argón y de nitrógeno a partes iguales. No es demasiado respirable.

Levantó el cilindro doble en la posición y lo ajustó en el arnés de la espalda de Orloff, haciéndole tambalearse.

—Es pesado. No puedo caminar tres kilómetros con esto encima.

—No pesará ahí fuera. —Birnam señaló con la cabeza hacia arriba y bajó la máscara de vidrio sobre la cabeza de Orloff—. Acuérdese de inhalar por la nariz y exhalar por la boca, y no tendrá ningún problema. A propósito, ¿ha comido hace poco?

—Almorcé antes de ir a su casa.

Birnam resopló.

11

—Bien, es un pequeño inconveniente. —Sacó un estuche de metal del bolsillo y se lo dio al delegado—. Póngase una de esas píldoras en la boca y chúpela constantemente.

Orloff movió con torpeza sus dedos enguantados y al fin logró sacar del estuche una píldora de color marrón y metérsela en la boca. Siguió a Birnam hasta una rampa en declive. El extremo cerrado del corredor se deslizó a ambos lados y hubo un susurro apagado cuando el aire se dispersó por la escasa atmósfera de Ganimedes.

Birnam agarró del codo a su acompañante y prácticamente lo sacó a rastras.

—Le he puesto el tanque al máximo —gritó—. Inhale profundamente y no deje de chupar la píldora.

La gravedad volvió a la normalidad de Ganimedes en cuanto cruzaron el umbral y tras un instante de aparente levitación Orloff sintió que se le revolvía el estómago.

Tuvo una arcada y movió la píldora con la lengua en un desesperado intento de dominarse. La mezcla de los cilindros de aire, rica en oxígeno, le quemaba la garganta; poco a poco Ganimedes se estabilizó. Orloff notó que su estómago se normalizaba. Intentó caminar.

—Tómelo con calma —le recomendó Birnam en tono tranquilizador—. Es una reacción normal las primeras veces en que hay un cambio brusco de gravedad. Camine despacio y rítmicamente, o de lo contrario se caerá. Eso es, lo está logrando.

El suelo parecía elástico. Orloff sentía la presión del brazo del otro, sujetándolo a cada paso para evitar que diera un brinco demasiado alto. Iba dando pasos más largos y más bajos a medida que encontraba el ritmo. Birnam siguió hablando, con la voz un poco sofocada por el barboquejo de cuero que le cubría la boca y la barbilla:

—Cada uno en su mundo. Visité la Tierra hace unos años, con mi esposa, y lo pasé muy mal. No conseguía aprender a caminar por la superficie de un planeta sin usar máscara. Me sofocaba. La luz del sol era demasiado brillante, el cielo demasiado azul y la hierba demasiado verde. Y los edificios estaban en plena superficie. Nunca olvidaré la vez que intentaron hacerme dormir en una habitación que estaba a veinte pisos de altura, con la ventana abierta de par en par y la luna brillando. Me subí en la primera nave espacial que iba en mi dirección y no pienso volver. ¿Cómo se siente ahora?

—¡Magnífico! ¡Espléndido!

Una vez desaparecida la incomodidad inicial, Orloff se sentía estimulado por la baja gravedad. El terreno escabroso, bañado en una luz líquida y amarilla, se encontraba cubierto de arbustos bajos y hojas anchas, que indicaban el pulcro orden de una parcela cuidada. Birnam le ofreció la respuesta a la pregunta tácita:

—Hay dióxido de carbono suficiente para mantener vivas las plantas y todas tienen capacidad para fijar el nitrógeno de la atmósfera. Por eso, la agricultura es la principal industria de Ganimedes. Esas plantas valen su peso en oro, tanto como los fertilizantes en la Tierra, y duplican o triplican su valor como origen de medio centenar de alcaloides que no se pueden obtener en ninguna otra parte del sistema. Y, desde luego, cualquiera sabe que la hoja-verde de Ganimedes es muy superior al tabaco terrícola.

Un estratocohete zumbó en lo alto, estridente en la escasa atmósfera, y Orloff miró hacia arriba.

Se paró, se paró en seco; y se olvidó de respirar.

Era la primera vez que veía Júpiter en el cielo.

Una cosa era ver la fría y cruda imagen de Júpiter contra el trasfondo de ébano del espacio. A novecientos sesenta mil kilómetros ya era bastante majestuoso; pero en Ganimedes, despuntando por encima de los cerros, con contornos más suaves y desdibujados por la tenue atmósfera, brillando dulcemente en un cielo rojo donde sólo unas estrellas fugitivas se atrevían a competir con el gigante... No había palabras para describirlo.

En principio, Orloff contempló ese disco convexo en silencio. Era gigantesco, treinta y dos veces el diámetro aparente del Sol tal como se veía desde la Tierra. Sus franjas destacaban en acuosas pinceladas de color contra el fondo amarillento, y la Gran Mancha Roja aparecía como una salpicadura ovalada y anaranjada cerca del borde occidental.

—¡Es bellísimo! —murmuró.

Leo Birnam también lo miraba, pero su actitud no era de admiración reverente, sino de aburrida rutina ante un espectáculo frecuente, y además expresaba repugnancia. El barboquejo le ocultaba la sonrisa crispada, pero la presión que ejercía sobre el brazo de Orloff dejaba magulladuras a través de la tosca tela del traje.

—Es el espectáculo más horrendo del sistema.

Pronunció esas palabras muy lentamente, y Orloff, de mala gana, volvió su atención hacia él.

—¿Eh? —y añadió con desagrado—: Ah, sí, esos misteriosos joveanos.

El ganimediano se alejó irritado y echó a andar a zancadas de cuatro metros. Orloff lo siguió torpemente, manteniendo el equilibrio con dificultad.

—Aguarde —jadeó.

Pero Birnam no le escuchaba.

—Los terrícolas se pueden permitir el lujo de ignorar Júpiter —masculló con amargura—. No saben nada sobre él. Es apenas un punto en el cielo de la Tierra, una cagadita de mosca. Los terrícolas no viven en Ganimedes, con la presencia de ese maldito coloso que nos acecha. A quince horas de aquí... y sólo Dios sabe qué oculta en la superficie. Algo que espera y espera y trata de salir. ¡Como una bomba gigantesca a punto de estallar!

—¡Pamplinas! —logró articular Orloff—. Por favor, vaya más despacio. No puedo seguir su ritmo.

Birnam aminoró la marcha.

—Todos saben que Júpiter está habitado —rezongó—, pero prácticamente nadie se detiene a pensar en lo que eso significa. Le aseguro que esos joveanos, sean lo que fueren, han nacido para mandar. ¡Son los amos naturales del sistema solar!

—Pura histeria —murmuró Orloff—. Hace un año que el Gobierno del Imperio oye esas patrañas.

—Y nadie nos escucha. ¡Bien, entérese! Júpiter, descontando el grosor de su colosal atmósfera, tiene ciento treinta mil kilómetros de diámetro. Eso significa que posee una superficie cien veces superior a la terrícola y cincuenta veces mayor que la de todo el Imperio Terrícola. Su población, sus recursos y su potencial bélico siguen esa proporción.

—Meros números...

—Sé a qué se refiere —continuó Birnam, airado—. Las guerras no se libran con números, sino con ciencia y organización. Los joveanos tienen ambas cosas. Durante el cuarto de siglo en que nos hemos comunicado con ellos nos hemos enterado de algunas cosas. Tienen energía atómica y radio, y en un mundo de amoníaco bajo enorme presión (en otras palabras, un mundo donde casi ningún metal puede existir como metal a causa de la tendencia a formar complejos solubles de amoníaco) han logrado construir una compleja civilización. Eso significa que tienen que trabajar con plásticos, vidrios, silicatos y materiales sintéticos de construcción. Eso significa una química tan avanzada como la nuestra, y apostaría a que incluso más avanzada.

Orloff aguardó un poco antes de replicar:

—Pero ¿qué certeza tienen ustedes sobre el último mensaje de los joveanos? En la Tierra ponemos en duda que sean tan belicosos como se los describe.

El ganimediano se rió secamente.

—Interrumpieron todas sus comunicaciones después del último mensaje, ¿verdad? No parece una actitud muy amistosa, ¿no? Le aseguro que hemos hecho todo lo posible por establecer contacto. Pero espere, no hable, déjeme explicarle algo. En Ganimedes, durante veinticinco años, un puñado de hombres se ha deslomado tratando de comprender en nuestros aparatos de radio un conjunto de señales variables, cargadas de estática y distorsionadas por la gravedad, pues eran nuestra única conexión con la inteligencia viva de Júpiter. Se trataba de una tarea para todo un mundo de científicos, pero en la estación sólo contábamos con una veintena. Yo fui uno de ellos desde el principio y, como filólogo, contribuí a construir e interpretar el código que creamos entre nosotros y los joveanos, así que como ve entiendo de lo que hablo. Fue un trabajo extenuante. Tardamos cinco años en superar las señales aritméticas elementales: tres más cuatro igual a siete; la raíz cuadrada de veinticinco es cinco; el factorial de seis es setecientos veinte. Después de eso, a veces pasaban meses hasta que podíamos elaborar y corroborar una sola idea mediante nuevas comunicaciones. Pero, y esto es lo importante, cuando los joveanos interrumpieron las relaciones los

15

comprendíamos plenamente. No había ya probabilidades de error en la interpretación, así como no es probable que Ganimedes se aleje repentinamente de Júpiter. Y el último mensaje era una amenaza y una promesa de destrucción. No hay duda. ¡No hay la menor duda!

Atravesaban un pasaje en el que una oscuridad fría y húmeda reemplazaba a la amarilla luz de Júpiter. Orloff estaba perturbado. Nunca le habían presentado la situación de esa manera.

—¿Pero qué razones les dimos para...?

—¡Ninguna! Era simplemente esto: ellos descubrieron por nuestros mensajes, y no sé dónde ni cómo, que nosotros no éramos joveanos.

—Pues claro.

—Para ellos no estaba tan claro. En sus experiencias jamás se habían topado con inteligencias que no fueran joveanas. ¿Por qué iban a hacer una excepción en favor de quienes están en el espacio exterior?

—Usted dice que eran científicos —observó Orloff con voz glacial—. ¿No comprenderían que un entorno distinto engendra una vida distinta? Nosotros lo sabíamos. Nunca pensamos que los joveanos fueran terrícolas, aunque nunca nos habíamos topado con inteligencias ajenas a la Tierra.

De nuevo se hallaban bajo la líquida luz de Júpiter, y una extensión de hielo relucía con tonos ambarinos en una depresión a la derecha.

—Dije que eran químicos y físicos, no que fuesen astrónomos. Júpiter, mi querido delegado, tiene una atmósfera de casi cinco mil kilómetros de espesor y esos kilómetros de gas bloquean todo, excepto el sol y las cuatro mayores lunas de Júpiter. Los joveanos no saben nada sobre entornos distintos.

Orloff reflexionó.

—Conque decidieron que éramos alienígenas. ¿Y bien?

—Si no somos joveanos, para ellos no somos gente, de modo que un no joveano era un «bicho» por definición. —Birnam impidió la inmediata objeción de Orloff—. He dicho que para ellos éramos bichos, y lo somos. Más aún, somos bichos que tienen el descaro de querer tratar con joveanos, es decir, con seres humanos. El último mensaje decía, palabra por palabra: «Los joveanos son los amos. No hay lugar para las sabandijas. Os destruiremos de inmediato». Dudo que ese mensaje contuviera ninguna hostilidad, era simplemente una declaración fría. Pero hablan en serio.

—¿Y por qué?

—¿Por qué el hombre exterminó la mosca doméstica?

—Vamos, no habla en serio al citarme esa analogía.

—Pues sí, ya que los joveanos nos consideran moscas, unas moscas insufribles que se atreven a aspirar a la inteligencia.

Orloff hizo un último intento.

—Pero, señor secretario, parece imposible que una forma de vida inteligente adopte semejante actitud.

—¿Está usted familiarizado con muchas formas de vida inteligente, aparte de la nuestra? —replicó Birnam, con sarcasmo—. ¿Se siente competente para juzgar la psicología joveana? ¿Tiene idea de lo distintos que deben de ser físicamente los joveanos? Piense tan sólo en un mundo con una gravedad dos veces y media superior a la terrícola, con océanos de amoníaco, océanos a los que se podría arrojar la Tierra entera sin provocar siquiera una salpicadura considerable, y con una gravedad colosal que le impone densidades y presiones de superficie que hacen que las simas submarinas de la Tierra parezcan por comparación un vacío medio penetrable. Hemos procurado deducir qué clase de vida podría existir en esas condiciones y hemos desistido. Es absolutamente incomprensible. ¿Espera usted, pues, que su mentalidad sea comprensible? ¡Jamás! Acepte las cosas tal como son. Se proponen destruirnos. Eso es todo lo que sabemos y todo lo que necesitamos saber. —Levantó su mano enguantada y señaló con un dedo—. Allí está la Estación Éter.

Orloff giró la cabeza.

—¿En el subsuelo?

—¡Por supuesto! Todo, excepto el observatorio, que es esa cúpula de acero y cuarzo de la derecha, la pequeña.

Se habían detenido ante dos grandes rocas que flanqueaban un terraplén, y desde detrás de cada una de ellas un soldado, con máscara de oxígeno y el uniforme naranja de Ganimedes, se acercó a ambos con las armas preparadas.

Birnam mostró su rostro a la luz de Júpiter y los soldados se cuadraron y le cedieron el paso. Uno de ellos bramó una orden en su micrófono de la muñeca. Una entrada camuflada se abrió entre las rocas y Orloff siguió al secretario hacia la cámara de presión.

El terrícola echó una última ojeada al acechante Júpiter antes de que la puerta se cerrara.

Ya no parecía tan hermoso.

Orloff no se sintió de nuevo normal hasta que se hubo apoltronado en el mullido sillón del despacho del doctor Edward Prosser. Con un suspiro de alivio, se acomodó el monóculo bajo la ceja.

—¿Le molestará al doctor Prosser que yo fume aquí mientras esperamos? —preguntó.

—Adelante —le dijo Birnam—. Si por mí fuese traería a Prosser a rastras sin demora, pero es un individuo extraño. Hablará más si aguardamos a que esté dispuesto.

Sacó del estuche una barra torcida de tabaco verdoso y mordió la punta con violencia. Orloff sonrió a través del humo de su cigarrillo.

—No me molesta esperar. Tengo algo que decirle. Como comprenderá, señor secretario, por un momento me dio escalofríos, pero a fin de cuentas, aunque los joveanos tengan intenciones de causarnos daño cuando lleguen a nosotros, lo cierto es que no pueden llegar hasta nosotros.

Había espaciado con énfasis las últimas palabras.

—Una bomba sin detonador, ¿eh?

—¡Exacto! Es tan simple que no vale la pena hablar de ello. Reconocerá usted, supongo, que no hay modo de que los joveanos puedan salir de Júpiter.

—¿Ningún modo? —preguntó Birnam con tono socarrón—. ¿Quiere que analicemos ese tema? —Miró fijamente la roja brasa del cigarro—. Es muy común afirmar que los joveanos no pueden salir de Júpiter. La prensa sensacionalista de la

Tierra y de Ganimedes le ha dado pábulo a ese hecho y se han dicho muchas sandeces sentimentaloides sobre las desdichadas inteligencias que están ancladas irrevocablemente a la superficie y deben observar el universo sin alcanzarlo. Pero ¿qué retiene a los joveanos en su planeta? ¡Dos factores! ¡Eso es todo! El primero es el inmenso campo gravitatorio de Júpiter. Dos gravedades terrícolas y media.

Orloff asintió con la cabeza.

—¡Un buen problema!

—Y el potencial gravitatorio de Júpiter es peor aún, pues a causa de su gran diámetro la intensidad del campo gravitatorio decrece con la distancia a sólo una décima parte de la rapidez con que decrece el campo terrícola. Es un problema tremendo..., pero lo han resuelto.

Orloff se enderezó en el asiento.

—¿Cómo?

—Tienen energía atómica. La gravedad, aunque sea la de Júpiter, no representa nada una vez que uno se pone a trabajar en los inestables núcleos atómicos.

Orloff aplastó el cigarrillo con nerviosismo.

—Pero la atmósfera...

—Sí, eso los detiene. Están viviendo en el fondo de un océano atmosférico de casi cinco mil kilómetros, donde la presión comprime el hidrógeno hasta darle casi la densidad del hidrógeno sólido. Conserva el estado gaseoso porque la temperatura de Júpiter está por encima del punto crítico del hidrógeno, pero imagínese una presión capaz de transformar el hidrógeno en algo con la mitad de peso que el agua. Le sorprendería la cantidad de ceros que se necesitan. Ninguna nave espacial, de metal o de otro tipo de materia, resistiría tamaña presión. Ninguna nave terrícola puede descender a Júpiter sin quedar triturada como una cáscara de huevo, y ninguna nave joveana puede abandonar Júpiter sin estallar como una pompa de jabón. Ese problema aún no está resuelto, pero algún día lo resolverán. Tal vez lo resuelvan mañana, tal vez dentro de un siglo o de un milenio. No lo sabemos, pero cuando lo resuelvan nos llevarán ventaja. Y se puede resolver.

—No veo cómo...

—¡Con campos de fuerza! Nosotros los tenemos.

—¡Con campos de fuerza! —Orloff parecía francamente estupefacto, y masculló la palabra una y otra vez—. Los usan como escudo contra los meteoritos las naves que operan en la zona de los asteroides; pero no sé cómo se aplicarían al problema joveano.

—El campo de fuerza común —explicó Birnam— es una débil y enrarecida zona de energía que se extiende a más de ciento cincuenta kilómetros en torno de la nave. Detiene los meteoritos, pero resulta vacío como éter para objetos del tipo de las moléculas de gas. Ahora bien, ¿qué pasaría si se tomara esa misma zona de energía y se la comprimiera, dándole un grosor de unos dos o tres milímetros? Pues que las moléculas rebotarían como pelotas. Y si se usaran generadores más potentes, que comprimieran el campo hasta un cuarto de milímetro, las moléculas rebotarían aun cuando estuvieran bajo la increíble presión de la atmósfera de Júpiter, y si se construyera una nave en su interior...

Dejó la frase en el aire. Orloff estaba pálido.

—¿Quiere decir que es posible lograrlo?

—Le apostaría cualquier cosa a que los joveanos están intentándolo. Y nosotros también, aquí en la Estación Éter.

El delegado colonial acercó su silla a la de Birnam y puso su mano en la muñeca del ganimediano.

—¿Por qué no podemos atacar Júpiter con bombas atómicas? Me refiero a infligirles un castigo. Con esa gravedad y con tanta superficie no podemos errar.

Birnam sonrió.

—Hemos pensado en eso. Pero las bombas atómicas no harían más que abrir orificios en la atmósfera. Y aunque lográramos penetrar, divida la superficie de Júpiter por la superficie afectada por una sola de las bombas y hallará cuántos años necesitaríamos bombardear ese planeta, a un ritmo de una bomba por minuto, para conseguir daños significativos. ¡Júpiter es enorme! ¡No lo olvide! —Se había apagado el puro, pero no hizo una pausa para encenderlo, sino que continuó con voz baja y tensa—: No, no podemos atacar a los joveanos mientras permanezcan en Júpiter. Debemos esperar a que salgan, y cuando lo hagan nos aventajarán en número. Una ventaja tremenda, sobrecogedora; así que nosotros tendremos que aventajarlos con nuestra ciencia.

—¿Pero cómo podemos saber de antemano lo que van a conseguir? —interrumpió Orloff, con un tono de fascinado horror.

—De ninguna manera. Así que tenemos que perfeccionar todos los recursos posibles y esperar lo mejor. Pero sí sabemos algo que van a tener, y eso es los campos de fuerza. No podrán salir sin ellos. Y si ellos los tienen nosotros tambión debemos tenerlos, y ése es el problema que intentamos resolver aquí. No nos garantizarán la victoria, pero sin ellos la derrota es segura. Bien, ya sabe por qué necesitamos el dinero y... algo más. Queremos que la Tierra misma se ponga manos a la obra. Hay que iniciar una campaña para contar con armamento científico y subordinar todo lo demás a ese propósito. ¿Entiende?

Orloff se había puesto de pie.

—Birnam, estoy con usted, al ciento por ciento. Cuente con mi respaldo en Washington.

Su sinceridad era inequívoca. Birnam aceptó la mano tendida y se la estrechó. En ese momento un hombrecillo entró en la oficina.

El recién llegado habló a borbotones y dirigiéndose únicamente a Birnam.

—¿De dónde sale usted? Estaba tratando de ponerme en contacto. La secretaria me dice que no está y, cinco minutos después, aparece aquí. No lo entiendo.

Se ocupó en las cosas de su escritorio. Birnam sonrió.

—Si tiene un minuto, doctor, salude al delegado colonial Orloff.

El doctor Edward Prosser se irguió como un bailarín de ballet y miró al terrícola de arriba abajo.

—El nuevo, ¿eh? ¿Recibiremos dinero? Lo necesitamos. Estamos trabajando con bajo presupuesto. Aunque tal vez no necesitemos nada. Todo depende.

Volvió a sus cosas. Orloff parecía desconcertado, pero Birnam le guiñó el ojo y Orloff se contentó con mirarlo inexpresivamente a través del monóculo.

Prosser sacó de un cajón una libreta de cuero negro, se desplomó en su silla giratoria y dio una vuelta.

—Me alegra que haya venido, Birnam —dijo, hojeando la libreta—. Tengo algo que mostrarle, a usted y también al delegado Orloff.

—¿Por qué nos hizo esperar? —preguntó Birnam—. ¿Dónde estaba?

—¡Ocupado! ¡Ocupadísimo! Llevo tres noches sin dormir. —Levantó la vista, y su rostro pequeño y arrugado se sonrojó de placer—. Todo se aclaró de golpe. Como un rompecabezas. Nunca había visto nada igual. Nos tenía en vilo, se lo aseguro.

—¿Tiene ya esos campos de fuerza densos que está buscando? —se interesó Orloff con repentino entusiasmo.

—No, eso no —respondió Prosser, con fastidio—. Es otra cosa. Vengan conmigo. —Miró su reloj y se levantó de un brinco—. Tenemos media hora. En marcha.

Un vehículo eléctrico aguardaba fuera y Prosser no cesó de hablar mientras conducía ese aparato zumbón por las rampas que descendían a las profundidades de la Estación Éter.

—¡Teoría! —exclamó—. ¡Teoría! Eso es lo importante. Un técnico trabaja en un problema. A tontas y a locas. Pierde siglos. No llega a nada. Va al azar de un lado a otro. Un verdadero científico, en cambio, recurre a la teoría. Deja que la matemática resuelva sus problemas.

Estaba desbordante de satisfacción. El vehículo se detuvo de golpe ante una enorme puerta doble y Prosser bajó de un brinco. Los otros dos lo siguieron con paso más tranquilo.

—¡Por aquí, por aquí! —indicó Prosser.

Abrió la puerta, recorrió el pasillo y subió por una escalera angosta hasta un pasaje estrecho que rodeaba una vasta sala de tres niveles. Orloff comprendió que esos dos niveles elipsoides, llenos de tuberías de cuarzo y acero, constituían un generador atómico. Se ajustó el monóculo y observó la febril actividad de abajo. Un hombre con auriculares, sentado en un taburete ante una mesa de control llena de interruptores, miró hacia arriba y saludó. Prosser le devolvió el saludo.

—¿Aquí crean sus campos de fuerza? —quiso saber Orloff.

—¡Correcto! ¿Alguna vez ha visto uno?

—No. —El delegado sonrió tímidamente—. Ni siquiera sé qué es, lo único que sé es que se puede usar como escudo contra meteoritos.

—Es muy simple. Materia elemental. Toda la materia se compone de átomos, los cuales permanecen unidos mediante fuerzas interatómicas. Sacamos los átomos. Dejamos las fuerzas interatómicas. Eso es un campo de fuerza.

Orloff se quedó desconcertado, y Birnam se rió guturalmente, rascándose la oreja.

—Esa explicación me recuerda nuestro método ganimediano para suspender en el aire un huevo a uno o dos kilómetros de la superficie. Es así: se busca una montaña que tenga esa altura, se pone el huevo encima, se deja el huevo allí y se retira la montaña. Eso es todo.

El delegado colonial echó atrás la cabeza para reírse, pero el irascible doctor Prosser frunció los labios reprobatoriamente.

—Venga, venga. Basta de bromas. Los campos de fuerza son un asunto serio. Tenemos que estar preparados para recibir a los joveanos.

Un zumbido repentino y crispante hizo que Prosser se apartara de la barandilla.

—Rápido, póngase detrás de esa pantalla protectora —murmuró—. El campo de veinte milímetros está subiendo. Radiación peligrosa.

El zumbido se amortiguó hasta casi desaparecer y los tres salieron de nuevo al pasillo. No se notaba ningún cambio, pero Prosser pasó la mano por encima de la barandilla y dijo:

—¡Siéntanlo!

Orloff extendió un dedo con cautela, abrió la boca y apoyó la palma de la mano. Era como empujar contra una goma suave y esponjosa o contra resortes de acero superflexibles.

Birnam también lo intentó, y le comentó a Orloff:

—Es lo mejor que hemos logrado, ¿verdad? Una pantalla de veinte milímetros puede albergar una atmósfera de una presión de veinte milímetros de mercurio contra un vacío sin que haya filtraciones.

El comisionado asintió con la cabeza.

—¡Entiendo! Se necesitaría una pantalla de setecientos sesenta milímetros para albergar la atmósfera de la Tierra.

—¡Sí! Eso sería una pantalla de una atmósfera. Bien, Prosser, ¿por esto estaba tan excitado?

—¿Por la pantalla de veinte milímetros? Claro que no. Puedo subir hasta doscientos cincuenta milímetros usando el pentasulfato de vanadio activado en la desintegración de praseodimio. Pero no es necesario. Un técnico lo haría, y el lugar saltaría por los aires; pero el científico verifica la teoría y va con cuidado. —Parpadeó—. Ahora estamos endureciendo el campo. ¡Observen!

—¿Nos ponemos detrás de la pantalla?

—Esta vez no es necesario. La radiación es peligrosa sólo al principio.

Recomenzó el zumbido, aunque no tan fuerte como antes. Prosser le gritó al hombre de la consola y la única respuesta fue un ademán con la mano extendida. Luego, el hombre de los controles agitó un puño.

—¡Hemos pasado los cincuenta milímetros! —exclamó Prosser—. ¡Sientan el campo!

Orloff extendió la mano y palpó con curiosidad. La goma esponjosa se había endurecido. Trató de pellizcarla entre el pulgar y el índice, tan perfecta era la ilusión, pero la «goma» se disolvió en aire.

Prosser chistó con impaciencia.

—No hay resistencia en ángulo recto. Mecánica elemental.

El hombre de los controles gesticulaba de nuevo.

—Más de setenta —explicó Prosser—. Ahora vamos más despacio. El punto crítico está en 83,42.

Se asomó por la barandilla y alejó con los pies a los otros dos.

—¡Apártense! ¡Peligro! —Y luego vociferó—: ¡Cuidado! ¡El generador está pegando sacudidas!

El ronco zumbido se elevaba y el hombre de los controles movía frenéticamente los interruptores. Desde el corazón de cuarzo del generador atómico, el sombrío fulgor rojo de los átomos que estallaban resplandecía peligrosamente.

Hubo una pausa en el zumbido, un rugido reverberante y una detonación de aire que arrojó a Orloff contra la pared.

Prosser corrió hacia él. Tenía un corte encima del ojo.

—¿Está herido? ¿No? ¡Bien, bien! Esperaba algo parecido. Debí haberle avisado. Bajemos. ¿Dónde está Birnam?

El alto ganimediano se levantó del suelo y se alisó la ropa.

—Aquí estoy. ¿Qué estalló?

—No ha estallado nada. Algo cedió. Venga, bajemos.

Se enjugó la frente con un pañuelo y los condujo abajo.

El hombre de los controles se quitó los auriculares y bajó del taburete. Parecía cansado, y su rostro sucio estaba grasiento por la transpiración.

—Esa maldita cosa llegó a 82,6, jefe. Casi me pilló.

—Conque sí, ¿eh? —gruñó Prosser—. Dentro de ciertos márgenes de error, ¿no? ¿Cómo está el generador? ¡Eh, Stoddard!

El técnico en cuestión contestó desde su puesto:

—El tubo 5 se ha fundido. Tardaremos dos días en reemplazarlo.

Prosser se giró satisfecho.

—Funcionó. Tal como pensábamos. Problema resuelto, caballeros. Adiós a las preocupaciones. Regresemos a mi despacho. Quiero comer. Y luego dormir.

No volvió a hablar del asunto hasta que estuvo una vez más detrás del escritorio de su despacho, y entonces habló mientras engullía un sándwich de hígado con cebolla.

—¿Recuerda el trabajo sobre tensión espacial en junio? —le preguntó a Birnam—. Fallaba, pero insistimos. Finch obtuvo una pista la semana pasada y yo la desarrollé. Todo encajó de golpe. A la perfección. Nunca había visto nada semejante.

—Continúe —dijo Birnam, con calma, pues conocía a Prosser demasiado bien como para demostrar impaciencia.

—Usted vio lo que sucedió. Cuando un campo llega a 83,42 milímetros, se vuelve inestable. El espacio no soporta la tensión. Sufre un colapso y el campo estalla. ¡Bum!

Birnam abrió la boca, y los brazos del sillón de Orloff crujieron bajo una presión repentina. Hubo un momento de silencio, y Birnam habló, temblándole la voz:

—¿Dice usted que los campos de fuerza más fuertes son imposibles?

—Son posibles. Se pueden crear. Pero cuanto más densos, más inestables. Si yo hubiera activado el campo de doscientos cincuenta milímetros, habría durado una décima de segundo. Luego, ¡pum! ¡Habría volado la estación! ¡Conmigo incluido! Un técnico lo habría hecho, pero un científico se vale de la teoría. Trabaja con cuidado, como hice yo. Y no hay daños.

Orloff se guardó el monóculo en el bolsillo del chaleco.

—Pero si un campo de fuerza es lo mismo que las fuerzas interatómicas —apuntó tímidamente—, ¿por qué el acero está unido por una fuerza interatómica tan fuerte y no deforma el espacio? Algo falla ahí.

Prosser lo miró molesto.

—No falla nada. La fuerza crítica depende de la cantidad de generadores. En el acero, cada átomo es un generador de campos de fuerza. Eso significa trescientos mil millones de billones de generadores por cada treinta gramos de materia, si pudiéramos usar tantos. Siendo como es, el límite en la práctica sería de cien generadores, lo cual eleva el punto crítico a sólo noventa y siete, aproximadamente. —Se puso de pie y continuó con repentino fervor—: No. El problema ya no existe. No es posible crear un campo de fuerza capaz de albergar la atmósfera de la Tierra durante más de una centésima de segundo. Para qué hablar de la atmósfera joveana. Las frías cifras lo afirman, respaldadas por la experimentación. ¡El espacio no lo soporta! Que los joveanos se esfuercen. ¡No pueden salir! ¡Es definitivo! ¡Definitivo!

—Señor secretario —dijo Orloff—, ¿puedo enviar un espaciograma desde la estación? Quiero informar a la Tierra de que regresaré en la próxima nave y de que el problema joveano está resuelto para siempre.

Birnam no contestó, pero el alivio transfiguraba los enjutos rasgos de su rostro mientras estrechaba la mano del delegado colonial.

Y el doctor Prosser repitió, moviendo la cabeza como un pájaro:

—¡Definitivo!

Hal Tuttle miró al capitán Everett de la *Transparente*, la nave espacial más flamante de Líneas Cometa, cuando entró en la sala de observación de proa.

—Acaba de llegar un espaciograma de la central de Tucson —dijo el capitán—. Debemos recoger al delegado colonial Orloff en Jovópolis, Ganimedes, y llevarlo a la Tierra.

—Bien. ¿No hemos avistado ninguna nave?

—No, no. Estamos lejos de los itinerarios regulares. La primera noticia que el sistema tendrá de nosotros será cuando la *Transparente* descienda en Ganimedes. Esto va a ser lo más sensacional en viajes espaciales desde el primer viaje a la Luna. —De pronto bajó la voz—: ¿Qué ocurre, Hal? Este triunfo es tuyo, a fin de cuentas.

Hal Tuttle miró a la negrura del espacio.

—Supongo que sí. Diez años de trabajo, Sam. Perdí un brazo y un ojo en esa primera explosión, pero no lo lamento. La reacción fue lo que me dio impulso. El problema está resuelto. Es el fin del trabajo de toda mi vida.

—Y el fin de todas las naves de acero del sistema.

Tuttle sonrió.

—Sí. Cuesta comprenderlo, ¿eh? —Señaló hacia fuera—. ¿Ves las estrellas? Forman parte del tiempo, no hay nada entre ellas y nosotros. Me causa una cierta inquietud —dijo pensativo—. He trabajado nueve años para nada. No soy un teórico, así que no sabía adónde me dirigía; simplemente lo intentaba todo. Probé con demasiada fuerza y el espacio no lo resistió. Me costó un brazo y un ojo, y comencé de nuevo.

El capitán Everett asestó un puñetazo en el casco, ese casco a través del cual las estrellas brillaban sin obstáculos. Se oyó el golpe blando de la carne contra una superficie dura, pero la pared invisible no sufrió ninguna alteración.

Tuttle asintió con la cabeza y observó:

—Es bastante sólida, y eso que la intermitencia es de ocho-cientas mil veces por segundo. La lámpara estroboscópica me dio la idea. Ya sabes, relampaguean con tal rapidez que crean la ilusión de una iluminación fija. Lo mismo ocurre con el casco: no permanece en funcionamiento el tiempo suficiente para colapsar el espacio; no permanece quieto el tiempo suficiente para que haya filtración atmosférica. Y el efecto final es una for-taleza superior a la del acero. —Hizo una pausa y añadió lenta-mente—: Y es imposible predecir hasta dónde se puede llegar. Aceleraremos el efecto de intervalo. Haremos que la intermi-tencia del campo sea de millones de veces por segundo, de mi-les de millones de veces. Podemos obtener campos tan fuertes como para albergar una explosión atómica. ¡El trabajo de toda mi vida!

El capitán Everett le dio una palmada en el hombro.

—¡Anímate, hombre! Piensa en el descenso en Ganimedes. ¡Qué diablos! Habrá mucha publicidad. Piensa en el rostro de Orloff, por ejemplo, cuando descubra que será el primer pasa-jero de la historia que viaje en una nave espacial con un casco de campo de fuerza. ¿Cómo crees que se sentirá?

Hal Tuttle se encogió de hombros.

—Supongo que se sentirá complacido.

La novatada

La Universidad de Arcturus, en el segundo planeta de Arcturus, Erón, es un lugar tedioso durante las vacaciones de mitad de año y además hace calor, de modo que Myron Tubal, estudiante de segundo año, estaba aburrido e incómodo. Por quinta vez ese día, echó un vistazo a la sala de estar, en un desesperado intento de encontrar un conocido, y se alegró de ver a Bill Sefan, un joven de piel verdosa, procedente del quinto planeta de Vega.

Sefan, como Tubal, había suspendido en biosociología y se quedaba durante las vacaciones con el fin de prepararse para un examen. Esas cosas crean fuertes lazos entre los estudiantes.

Tubal gruñó un saludo, dejó caer su cuerpo enorme y lampiño —era nativo del Sistema de Arcturus— en la silla más grande y dijo:

—¿Has visto a los nuevos?

—¿Ya? ¡Pero si faltan seis semanas para que comience el semestre!

Tubal bostezó.

—Estos estudiantes son especiales. Forman la primera tanda del Sistema Solariano. Son diez.

—¿Sistema Solariano? ¿Te refieres a ese nuevo sistema que se unió a la Federación Galáctica hace tres o cuatro años?

—El mismo. Creo que la capital es un mundo llamado Tierra.

—Bien, ¿y qué pasa con ellos?

—Pues nada, que están ahí, eso es todo. Algunos tienen pelo sobre el labio superior, y es bastante ridículo. Por lo demás, son como cualquiera de las otras doce, más o menos, razas de humanoides.

Se abrió la puerta y entró corriendo el pequeño Wri Forase. Era del único planeta de Deneb, y el vello corto y gris que le cubría la cabeza y el rostro se le erizaba agitado, mientras que sus grandes ojos rojos relucían por la excitación. Les dijo a media voz:

—Oye, ¿habéis visto a los terrícolas?

Sefan suspiró.

—¿Nadie piensa cambiar de tema? Tubal me estaba hablando de eso.

—¿De veras? —Forase parecía defraudado—. ¿Pero te ha dicho que ésta era esa raza anormal que causó tanto revuelo cuando el Sistema Solariano ingresó en la Federación?

—A mí me parecieron normales —señaló Tubal.

—No hablo en el sentido físico. Me refiero al aspecto mental. ¡Psicología! ¡Eso es lo importante!

Él pensaba ser psicólogo.

—¡Ah, eso! ¿Qué hay de malo?

—La psicología de masas de esa raza está totalmente trastocada —barbotó Forase—. En vez de volverse menos emocionales con el número, como ocurre con todos los humanoides conocidos, se vuelven más emocionales. En grupo, esos terrícolas son presa del pánico y enloquecen. Cuantos más hay, peor es. Lo juro, incluso inventamos un nueva notación matemática para abordar el problema. ¡Mirad!

Sacó la libreta y la pluma con un rápido movimiento, pero Tubal puso su mano encima, antes de que el otro llegara a escribir un solo trazo, y exclamó:

—¡Eh, se me ocurre una idea sensacional!

—Ya verás —masculló Sefan.

Tubal lo ignoró. Sonrió y se frotó pensativamente la calva con la mano.

—Escuchad —dijo con repentino entusiasmo, y su voz descendió a un susurro conspiratorio.

Albert Williams, natural de la Tierra, se agitó en sueños y sintió el contacto de un dedo entre la segunda y la tercera costilla. Abrió los ojos, movió la cabeza, miró con cara de tonto y se quedó boquiabierto, se incorporó y buscó el interruptor de la luz.

—No te muevas —dijo la figura fantasmal que había junto a la cama.

Se oyó un chasquido leve y el terrícola se encontró bañado por el haz perlado de una linterna de bolsillo. Parpadeó.

—¿Quién demonios eres?

—Levántate —le ordenó impasible la aparición—. Vístete y acompáñame.

Williams sonrió desafiante.

—Trata de obligarme.

No hubo respuesta, pero el haz de la linterna se desplazó ligeramente para alumbrar la otra mano del fantasma. Empuñaba un «látigo neurónico», esa pequeña arma tan agradable que paraliza las cuerdas vocales y estruja los nervios en nudos de dolor. Williams tragó saliva y se levantó de la cama.

Se vistió en silencio.

—De acuerdo, ¿qué hago ahora? —preguntó.

El reluciente «látigo» hizo un gesto y el terrícola se encaminó hacia la puerta.

—Sigue andando —dijo el desconocido.

Williams salió de la habitación, recorrió el pasillo y bajó ocho pisos sin atreverse a mirar atrás. Una vez en el campus, se detuvo y sintió el contacto del metal en la espalda.

—¿Sabes dónde está el edificio Obel?

Asintió con la cabeza y echó a andar. Dejó atrás el edificio Obel, dobló por la avenida de la Universidad y casi un kilómetro después se apartó de la calzada y atravesó la arboleda. Una nave espacial se perfilaba en la oscuridad, con las compuertas cubiertas por cortinas y sólo una luz tenue donde la cámara de aire mostraba una rendija.

—¡Entra!

Fue empujado por un tramo de escalera hasta el interior de un cuarto pequeño. Parpadeó, miró en torno y contó en voz alta:

—... siete, ocho, nueve y diez. Nos tienen a todos, supongo.

—No es una suposición —gruñó Eric Chamberlain—. Es una certeza. —Se estaba frotando la mano—. Hace una hora que estoy aquí.

—¿Qué te pasa en la mano? —le preguntó Williams.

—Se me torció contra la mandíbula de esa rata que me trajo aquí. Es duro como el casco de una nave.

Williams se sentó en el suelo con las piernas cruzadas y apoyó la cabeza en la pared.

—¿Alguien tiene idea de qué significa esto?

—¡Secuestro! —exclamó el pequeño Joey Sweeney. Le castañeteaban los dientes.

—¿Para qué? —bufó Chamberlain—. Si alguno de nosotros es millonario no me he enterado. ¡Yo no lo soy, desde luego!

—Bien —los apaciguó Williams—, no perdamos la cabeza. El secuestro queda descartado. Estos tipos no pueden ser delincuentes. Cabe pensar que una civilización que ha desarrollado la psicología tanto como esta Federación Galáctica sería capaz de eliminar el delito sin esfuerzo.

—Son piratas —rezongó Lawrence Marsh—. No lo creo, pero es una sugerencia.

—¡Pamplinas! —rechazó Williams—. La piratería es un fenómeno de la frontera. Hace decenas de milenios que esta región del espacio está civilizada.

—No obstante, tenían armas —insistió Joe—, y eso no me gusta.

Se había dejado las gafas en su habitación y miraba en torno con la ansiedad del miope.

—Eso no significa mucho —replicó Williams—. Vamos a ver, he estado pensando. Aquí estamos todos; diez estudiantes recién llegados a la Universidad de Arcturus. En nuestra primera noche, nos sacan misteriosamente de nuestras habitaciones para traernos a esta extraña nave. Eso me sugiere algo. ¿Qué opináis?

Sidney Morton levantó la cabeza y dijo con voz somnolienta:

—Yo también he pensado en ello. Me parece que nos espera una buena novatada. Señores, creo que los estudiantes locales se están divirtiendo a nuestra costa.

—Exacto —convino Williams—. ¿Alguien tiene otra idea?

—Silencio—. Pues bien, entonces sólo nos queda esperar. Por mi parte trataré de seguir durmiendo. Que me despierten si me necesitan. —Se oyó un chirrido y Williams perdió el equilibrio—. Vaya, hemos despegado. Quién sabe hacia dónde.

Poco después, Bill Sefan vaciló un instante antes de entrar en la sala de control. Se encontró con un excitado Wri Forase.

—¿Cómo anda todo? —preguntó el denebiano.

—Fatal —contestó Sefan—. Si son presa del pánico que me cuelguen. Se están durmiendo.

—¿Durmiendo? ¿Todos? ¿Pero qué decían?

—¿Cómo saberlo? No hablaban en galáctico y yo no entiendo ni jota de esa infernal jerigonza extranjera.

Forase alzó las manos con disgusto.

—Escucha, Forase —intervino Tubal—, me estoy perdiendo una clase de biosociología, un lujo que no puedo permitirme. Tú garantizaste la psicología de esta travesura. Si resulta ser un fiasco, no me hará ninguna gracia.

—¡Bien, por el amor de Deneb! —vociferó Forase—. ¡Sois un bonito par de quejicas! ¿Esperabais que gritaran y patalearan en seguida? ¡Por el hirviente Arcturus! Esperad a que lleguemos al Sistema de Spica. Cuando los abandonemos por una noche... —Se echó a reír—. Será la mejor broma desde aquella Noche de Concierto en que ataron esos murciélagos apestosos al órgano cromático.

Tubal sonrió, pero Sefan se reclinó en el asiento y comentó pensativo:

—¿Y qué ocurrirá si alguien se entera? El rector Wynn, por ejemplo.

El arcturiano, que manejaba los controles, se encogió de hombros.

—Es sólo una novatada. No se enfadarán.

—No te hagas el tonto, Tubal. Esto no es una chiquillada. El cuarto planeta de Spica, más aún, todo el sistema de Spica está vedado a las naves galácticas, y lo sabes. Se encuentra habitado por una raza subhumana. Se supone que deben evolucionar sin ninguna interferencia hasta que descubran el viaje interestelar por su cuenta. Ésa es la ley y se aplica con rigor. ¡Santísimo Espacio! Si se enteran de esto nos veremos en un gran aprieto.

33

Tubal se volvió en su asiento.

—¡Al demonio con el rector Wynn! ¿Cómo esperas que se entere? Ojo, no estoy diciendo que el rumor no se propague por el campus, porque la mitad de la diversión se iría al cuerno si tenemos que callarnos; pero ¿cómo se van a saber los nombres? Nadie nos delatará, y lo sabes.

—De acuerdo —admitió Sefan, encogiéndose de hombros.

—¡Preparados para el hiperespacio! —exclamó Tubal.

Pulsó las teclas y sintieron ese extraño tirón interno que indicaba que la nave abandonaba el espacio normal.

Los diez terrícolas no las tenían todas consigo y se les notaba. Lawrence Marsh miró de nuevo su reloj.

—Las dos y media. Ya han pasado treinta y seis horas. Ojalá terminen con esto.

—No es una novatada —gimió Sweeney—. Dura demasiado.

Williams se puso rojo.

—¿A qué viene ese abatimiento? Nos han alimentado regularmente, ¿verdad? No nos han maniatado, ¿verdad? Yo diría que es bastante evidente que nos están cuidando.

—O que nos están engordando para sacrificarnos —gruñó Sidney Morton.

No dijo más y todos se pudieron tensos. El tirón interno que acababan de sentir era inequívoco.

—¿Habéis sentido eso? —se sobresaltó Eric Chamberlain—. Estamos de vuelta en el espacio normal y eso significa que nos encontramos a sólo un par de horas de nuestro destino. Tenemos que hacer algo.

—Claro, claro —resopló Williams—. ¿Pero qué?

—Somos diez, ¿o no? —gritó Chamberlain, sacando pecho—. Bien, sólo he visto a uno de ellos hasta ahora. La próxima vez que entre, y pronto nos toca otra comida, trataremos de dominarlo.

Sweeney no parecía muy convencido.

—¿Y qué pasa con el látigo neurónico que lleva siempre?

—No nos matará. No puede acertarnos a todos antes de que lo tumbemos.

34

—Eric —dijo Williams sin rodeos—, eres un imbécil.

Chamberlain se sonrojó y cerró sus dedos rechonchos.

—Estoy de humor precisamente para practicar un poco de persuasión. Repite lo que has dicho.

—¡Siéntate! —Williams ni siquiera se dignó mirarlo—. Y no te empeñes en justificar mi insulto. Todos estamos nerviosos y alterados, pero eso no significa que tengamos que volvernos locos. Al menos no todavía. En primer lugar, aun dejando a un lado lo del látigo, no ganaremos nada con tratar de dominar a nuestro carcelero. Sólo hemos visto a uno, pero es nativo del Sistema de Arcturus. Tiene más de dos metros de altura y pesa casi ciento cincuenta kilos. Nos vencería a todos, a puñetazos. Creí que ya habías tenido un encontronazo con él, Eric. —Hubo un denso silencio—. Y aunque lográramos tumbarlo y liquidar a los otros que haya en la nave no tenemos la menor idea de nuestro paradero ni de cómo regresar y ni siquiera de cómo conducir la nave. —Una pausa—. ¿Y bien?

—¡Demonios!

Chamberlain desvió la cara, presa de una silenciosa furia.

La puerta se abrió y entró el gigante arcturiano. Con una mano vació el saco que llevaba, mientras empuñaba con la otra el látigo neurónico.

—Última comida —gruñó.

Todos se abalanzaron sobre las latas, aún tibias. Morton miró la suya con repugnancia.

—Oye —dijo, hablando con dificultad en galáctico—, ¿no puedes variar un poco? Estoy harto de este inmundo gulash. ¡Va la cuarta lata!

—¿Y qué? Es vuestra última comida —replicó el arcturiano, y se marchó.

Quedaron paralizados de horror.

—¿Qué ha querido decir con eso? —dijo alguien, tragando saliva.

—¡Van a matarnos! —gritó Sweeney, con los ojos muy abiertos.

Williams tenía la boca reseca y sintió exasperación contra el contagioso temor de Sweeney. Se contuvo, pues el chico tenía sólo diecisiete años.

—Calmaos —ordenó—. Comamos.

Dos horas después sintió la estremecedora sacudida que indicaba el aterrizaje y el fin del viaje. En todo ese tiempo nadie había hablado, pero Williams pudo sentir que el miedo era cada vez más sofocante.

Spica se había sumergido, teñido de carmesí, bajo el horizonte y soplaba un viento helado. Los diez terrícolas, apiñados en la loma pedregosa, observaban malhumorados a sus captores. El que hablaba era el enorme arcturiano, Myron Tubal, mientras que el vegano de piel verdosa, Bill Sefan, y el velludo y menudo denebiano, Wri Forase, guardaban silencio.

—Tenéis vuestra fogata y hay leña en abundancia para mantenerla encendida. Eso ahuyentará a las fieras. Os dejaremos un par de látigos antes de irnos, y os bastarán como protección si alguno de los aborígenes del planeta os molesta. Tendréis que recurrir a vuestro ingenio para buscar alimento, agua y refugio.

Dio media vuelta. Chamberlain embistió con un rugido y se lanzó sobre el arcturiano, que apenas tuvo que mover un brazo para derribarlo.

La compuerta se cerró y poco después la nave se elevaba y se alejaba. Williams rompió al fin el helado silencio.

—Nos han dejado los látigos. Yo cogeré uno y tú, Eric, el otro.

Uno a uno, se fueron sentando de espaldas al fuego, asustados. Williams se obligó a sonreír.

—Hay caza en abundancia y mucha madera en la zona. Venga, somos diez y ellos tienen que regresar en algún momento. Les demostraremos de qué están hechos los terrícolas. ¿Qué opináis, amigos?

Hablaba sin mucha convicción.

—¿Por qué no te callas? —replicó Morton—. No estás facilitando las cosas.

Williams desistió. Sentía frío en la boca del estómago.

El crepúsculo se diluyó en la noche y el círculo de luz de la fogata se redujo a una aureola trémula y rodeada de sombras. Marsh se sobresaltó y abrió mucho los ojos.

—¡Hay algo...! ¡Algo se acerca!

Se produjo un poco de jaleo que en seguida quedó congelado en posturas de máxima atención.

—Estás loco —murmuró Williams, pero se calló al oír el inequívoco y sigiloso sonido.

—¡Coge el látigo! —le gritó a Chamberlain.

Joey Sweeney se echó a reír histéricamente.

De pronto se oyeron unos alaridos y las sombras se abalanzaron sobre ellos.

También sucedían cosas en otra parte.

La nave de Tubal se alejó del cuarto planeta de Spica con Bill Sefan al mando de los controles. Tubal estaba en su estrecho cuarto, empinando una botella de licor denebiano.

Wri Forase lo observaba con tristeza.

—Me costó veinte créditos cada botella y ya sólo me quedan unas pocas.

—Bien, pues no permitas que me las beba yo todas —se mostró magnánimo Tubal—. Compártelas conmigo una a una. A mí no me importa.

—Si yo pegara un trago como ése, me quedaría inconsciente hasta los exámenes de otoño.

Tubal no le prestaba atención.

—Esto hará historia en la universidad como la novatada...

Y en ese instante se oyó un agudo sonido metálico, apenas sofocado por las paredes, y las luces se apagaron.

Wri Forase se sintió proyectado contra la pared. Recobró el aliento con esfuerzo y tartamudeó:

—¡Santísimo Espacio! ¡Estamos en plena aceleración! ¿Qué pasa con el ecualizador?

—¡Al cuerno con el ecualizador! —rugió Tubal, poniéndose en pie—. ¿Qué pasa con la nave?

Salió dando tumbos al corredor oscuro, con Forase detrás tambaleándose. Cuando irrumpieron en la sala de control se encontraron a Sefan rodeado por las tenues luces de emergencia, con la piel de su rostro brillando por el sudor.

—Un meteorito —les informó con la voz enronquecida—. Ha desajustado nuestros distribuidores de potencia. Todo se ha acelerado. Las luces, las unidades de calor y la radio están inutilizadas, los ventiladores apenas funcionan y la sección cuatro está perforada.

Tubal miró a su alrededor.

—¡Idiota! ¿Por qué no vigilaste el indicador de masa?

—Lo hice, gran pedazo de masilla —gruñó Sefan—, pero no registró nada. ¡No registró nada! ¿Qué esperabas de un cacharro de segunda mano y alquilado por doscientos créditos? Atravesó la pantalla como si fuera éter.

—¡Cállate! —Tubal abrió el compartimento de los trajes y refunfuñó—: Son todos modelos de Arcturus. Debí haberlo revisado. ¿Puedes ponerte uno, Sefan?

—Tal vez.

El vegano se rascó la oreja dubitativamente.

Cinco minutos después Tubal entraba en la cámara de presión y Sefan lo seguía, tambaleante. Tardaron media hora en regresar.

Tubal se quitó el casco.

—¡Fin del trayecto!

Wri Forase se asustó.

—¿Quieres decir que... no hay nada que hacer?

El arcturiano sacudió la cabeza.

—Podemos repararlo, pero llevará tiempo. La radio está estropeada, así que no podemos conseguir ayuda.

—¡Ayuda! —exclamó Forase—. ¡Lo que nos faltaba! ¿Cómo explicaríamos nuestra presencia en el sistema de Spica? Llamar por radio sería como suicidarnos. Mientras podamos regresar sin ayuda, estaremos a salvo. Perdernos algunas clases no nos perjudicará tanto.

—¿Y qué hacemos con esos asustados terrícolas que dejamos en Spica Cuatro? —intervino Sefan.

Forase abrió la boca, pero no dijo una palabra. La cerró de nuevo. Si alguna vez un humanoide pareció trastornado, ése era Forase.

Y era sólo el principio.

Tardaron un día y medio en desmantelar las conexiones de potencia de la destartalada nave espacial. Tardaron dos días más en desacelerar hasta alcanzar un punto de inflexión seguro. Tardaron cuatro días en regresar a Spica Cuatro. Ocho días en total.

Cuando la nave descendió en el sitio donde habían abandonado a los terrícolas, era media mañana y Tubal puso cara larga mientras escudriñaba la zona por la pantalla. Poco después rompió un silencio que se había vuelto pegajoso.

—Creo que hemos metido la pata al máximo. Los dejamos en las inmediaciones de una aldea nativa. No hay rastros de los terrícolas.

Sefan sacudió la cabeza, acongojado.

—Esto me huele mal.

Tubal hundió la cabeza en sus largos brazos.

—Es el fin. Si no se murieron del susto, los pillaron los nativos. Introducirse en sistemas solares prohibidos es bastante grave, pero esto es homicidio.

—Lo que tenemos que hacer —opinó Sefan— es bajar para averiguar si aún están con vida. Al menos les debemos eso. Después...

Tragó saliva. Forase redondeó la frase:

—Después de eso, expulsión de la universidad, revisión psíquica... y trabajos manuales de por vida.

—¡Olvidaos de eso! —bramó Tubal—. Nos enfrentaremos a ello cuando llegue el momento.

La nave descendió lentamente y se posó en el claro rocoso donde ocho días antes habían dejado a los diez terrícolas.

—¿Cómo nos las arreglaremos con estos nativos? —Tubal se volvió hacia Forase, enarcando las cejas (que eran lampiñas, por supuesto)—. Vamos, hijo, enséñame algo de psicología subhumanoide. Sólo somos tres y no quiero problemas.

Forase se encogió de hombros y arrugó su rostro velludo en un gesto de perplejidad.

—Estaba pensando en eso, Tubal. No sé nada.

—¿Qué? —exclamaron Sefan y Tubal.

—Nadie lo sabe —añadió en seguida el denebiano—. Así están las cosas. A fin de cuentas, no permitimos que los subhumanoides ingresen en la Federación hasta que no están plenamente civilizados, y mientras los mantenemos en cuarentena. ¿Creéis que existen muchas oportunidades de estudiar su psicología?

El arcturiano se desplomó en el asiento.

—Esto va cada vez mejor. Piensa, cara velluda. ¡Sugiere algo!

Forase se rascó la cabeza.

—Bien..., esto..., lo mejor que podemos hacer es tratarlos como humanoides normales. Si nos acercamos despacio, con las palmas extendidas, sin hacer movimientos bruscos y conservando la calma, todo debería salir bien. Debería. No puedo tener ninguna certeza.

—En marcha, y al cuerno con la certeza —se impacientó Sefan—. Ya no importa mucho, de todos modos. Si me liquidan aquí, no tendré que regresar a casa. —Su rostro adquirió una expresión compungida—. Cuando pienso en lo que dirá mi familia...

Salieron de la nave y olieron la atmósfera del cuarto planeta de Spica. El sol estaba en el meridiano y se erguía en el cielo como una gran pelota anaranjada. En los bosques graznó un pájaro. Los rodeó un absoluto silencio.

—¡Vaya! —dijo Tubal, los brazos en jarras.

—Es para dormir a cualquiera. No hay señales de vida. ¿Hacia dónde queda la aldea?

Hubo tres opiniones distintas, pero la discusión no duró mucho. El arcturiano, seguido con desgana por los otros dos, bajó por la cuesta y se dirigió hacia el bosque.

Se habían internado unos metros cuando los árboles cobraron vida y una oleada de nativos se descolgó silenciosamente de las ramas. Wri Forase cayó el primero bajo la avalancha. Bill Sefan tropezó, resistió unos instantes y se derrumbó con un gruñido.

Sólo el corpulento Myron Tubal quedaba en pie. Con las piernas separadas y gritando roncamente daba puñetazos a diestro y siniestro. Los asaltantes nativos rebotaban en él como gotas de agua en un remolino. Organizando su defensa según el principio del molino de viento, Tubal retrocedió hasta un árbol.

Y ése fue su error. En la rama más baja de aquel árbol se encontraba acuclillado un nativo más cauto y más inteligente que sus compañeros. Tubal ya había notado que los nativos poseían colas robustas y musculosas. De todas las razas de la galaxia, sólo había otra que tuviera cola, el *homo gamma cepheus*. Pero lo que no notó fue que las colas eran contráctiles.

Lo descubrió muy pronto, pues el nativo de la rama bajó la suya, rodeó el cuello de Tubal y la contrajo.

El arcturiano forcejeó ferozmente y el atacante cayó del árbol. Colgado cabeza abajo y meciéndose bruscamente, el nativo mantuvo su posición y apretó la cola con fuerza.

Tubal perdió el conocimiento. Estaba ya inconsciente antes de tocar el suelo.

Recobró el sentido lentamente, sintiendo una irritante rigidez en el cuello. Trató en vano de darse unas friegas y tardó unos segundos en comprender que se encontraba fuertemente maniatado. Eso lo despabiló. Primero notó que se hallaba de bruces, después oyó la espantosa algarabía que lo rodeaba, luego vio que Sefan y Forase estaban maniatados cerca de él y por último se dio cuenta de que no podía romper las ligaduras.

—¡Sefan, Forase! ¿Podéis oírme?

Sefan respondió con alegría.

—¡Vieja cabra draconiana! Pensamos que te habían liquidado.

—No es tan fácil acabar conmigo —gruñó—. ¿Dónde estamos?

Hubo una breve pausa.

—En la aldea nativa, supongo —contestó Wri Forase—. ¿Alguna vez habéis oído tanto estrépito? Ese tambor no ha callado un instante desde que nos arrojaron aquí.

—¿Habéis sabido algo de...?

Unas manos le hicieron dar la vuelta. Se encontró sentado, y el cuello le dolía más que nunca. Improvisadas chozas de bálago y troncos verdes relucían bajo el sol de la tarde. Los rodeaba un círculo de nativos de tez oscura y cola larga, que los observaban en silencio. Debían de ser centenares y todos usaban tocados de plumas y empuñaban lanzas cortas y de punta pérfidamente curva.

Los nativos miraban hacia las figuras que estaban misteriosamente acuclilladas en primera fila y Tubal volvió hacia ellas sus ojos airados. Era obvio que se trataba de los jefes de la tribu. Vestían prendas de piel mal curtida, llamativas y con flecos, y realzaban su aspecto bárbaro con altas máscaras de madera pintadas con caricaturas del rostro humano.

A pasos lentos, el horror enmascarado que estaba más cerca de los humanoides se aproximó.

—Hola —dijo, y se quitó la máscara—. ¿Ya habéis vuelto?

Tubal y Sefan se quedaron callados un buen rato, mientras Wri Forase sufría un ataque de tos. Finalmente, Tubal inspiró profundamente y pudo hablar:

—Eres uno de los terrícolas, ¿verdad?

—Así es. Me llamo Al Williams, pero podéis llamarme Al.

—¿Aún no te han matado?

Williams sonrió.

—No han matado a ninguno de nosotros. Por el contrario. —Y añadió, haciendo una reverencia exagerada—: Caballeros, os presento a los nuevos dioses de la tribu.

—¿Los nuevos qué? —se asombró Forase, que seguía tosiendo.

—Pues... dioses. Lo lamento, pero no sé cómo se dice dios en galáctico.

—¿Qué representáis los... dioses?

—Somos entidades sobrenaturales..., objetos de adoración. ¿Entendéis? —Los humanoides lo miraron de mal humor—. Sí, en efecto, somos personas con un gran poder.

—¿De qué estás hablando? —exclamó Tubal indignado—. ¿Por qué iban a atribuiros grandes poderes? Los terrícolas no tenéis un físico privilegiado.

—Se trata de una cuestión psicológica —explicó Williams—. Si nos ven descender en un gran vehículo reluciente, que viaja misteriosamente por el aire y luego desaparece escupiendo llamas, es lógico que nos consideren sobrenaturales. Psicología salvaje y de lo más elemental. —Forase miraba a Williams con ojos desorbitados—. A propósito, ¿qué os ha hecho tardar tanto? Nosotros supusimos que se trataba de una novatada. Y eso era, ¿o no?

—Oye —intervino Sefan—, creo que pretendes engañarnos. Si a vosotros os consideran dioses, ¿qué piensan de nosotros? También hemos llegado en la nave y...

—Ahí es donde empezamos a meter cizaña. Les explicamos, mediante dibujos y gestos, que vosotros erais demonios. Cuando al fin regresasteis, y vaya si nos alegró ver que volvíais, ellos sabían ya qué hacer.

—¿Qué significa demonios? —preguntó Forase, con un cierto temor.

Williams suspiró.

—¿Es que no sabéis nada?

Tubal movió lentamente el cuello dolorido.

—¿Qué te parece si nos soltáis? —rezongó—. Tengo el cuello entumecido.

—¿Qué prisa tienes? A fin de cuentas, os trajeron aquí para sacrificaros en nuestro honor.

—¡Sacrificarnos!

—Claro. Os cortarán con cuchillos.

Se hizo un horrorizado silencio.

—¡No nos vengas con pamplinas! —vociferó Tubal—. No somos terrícolas que se dejan vencer por el pánico.

—Oh, eso ya lo sabemos. Jamás intentaría engañaros. Pero la psicología simple y vulgar del salvaje siempre busca un pequeño sacrificio humano y...

Sefan se retorció dentro de sus ligaduras e intentó arrojarse contra Forase.

—¡Dijiste que nadie sabía nada de psicología subhumana! ¡Tratabas de justificar tu ignorancia, arrugado y velludo hijo de un mestizo lagarto vegano! ¡En buena nos has metido!

Forase se echó para atrás.

—¡Eh, un momento! Yo sólo...

Williams decidió que la broma había ido demasiado lejos.

—Calmaos. Vuestra ingeniosa novatada os ha estallado, y de qué modo, en toda la cara, pero no iremos tan lejos. Creo que ya nos hemos divertido bastante a costa vuestra. Sweeney está hablando con el jefe de los nativos para explicarle que nos marchamos y os llevamos con nosotros. Francamente, me alegrará salir de aquí. Esperad, Sweeney me llama.

Cuando Williams regresó dos segundos después, tenía una expresión rara y estaba un poco pálido. De hecho, se ponía cada vez más lívido.

—Parece ser —dijo, tragando saliva— que nuestra contranovatada nos ha estallado en el rostro a nosotros. El jefe nativo insiste en el sacrificio.

Se impuso un silencio mientras los tres humanoides reflexionaban sobre la situación. Por unos segundos nadie pudo articular palabra.

—Le he pedido a Sweeney —añadió Williams, abatido— que advierta al jefe que si no hace lo que decimos le ocurrirá algo terrible a su tribu. Pero es una bravuconada y quizá no se la crea. Bien, lo lamento, amigos. Supongo que hemos ido demasiado lejos. Si las cosas se ponen feas, os liberaremos y lucharemos a vuestro lado.

—Libéranos ahora —gruñó Tubal, sintiendo un frío en la sangre—. ¡Terminemos con esto!

—¡Aguarda! —exclamó Forase—. Que el terrícola use su psicología. Vamos, terrícola. ¡Piensa en algo!

Williams pensó hasta dolerle el cerebro.

—Mirad —murmuró—, perdimos parte de nuestro prestigio divino cuando no pudimos curar a la esposa del jefe. Falleció ayer. —Movió la cabeza con aire abstraído—. Lo que necesitamos es un milagro que impresione. Esto... ¿No tenéis nada en los bolsillos?

Se arrodilló y los registró. Wri Forase tenía una pluma, una libreta, un peine de púas finas, unos polvos contra los picores, un fajo de billetes y algunos otros objetos diversos. Sefan llevaba una similar variedad de artículos.

Del bolsillo de Tubal, Williams logró extraer un objeto pequeño, muy parecido a un arma y con una enorme empuñadura y un cañón corto.

—¿Qué es esto?

Tubal frunció el ceño.

—¿En eso he estado sentado todo el tiempo? Es un soldador que usé para reparar un impacto de meteorito en la nave. No sirve de mucho; casi no tiene energía.

Los ojos de Williams se iluminaron. El cuerpo se le electrizó de entusiasmo.

—¡Eso crees tú! Los hombres de la galaxia no veis más allá de vuestras narices. ¿Por qué no visitáis la Tierra un tiempo para obtener una nueva perspectiva?

Echó a correr hacia sus cómplices en la conspiración.

—¡Sweeney —aulló—, dile a ese jefe con cola de mono que dentro de un segundo me enfadaré y el cielo le caerá en la cabeza! ¡Muéstrate severo!

Pero el jefe no esperó al mensaje. Hizo un gesto desafiante y todos los nativos atacaron al unísono. Tubal rugió, y sus músculos crujieron contra las ligaduras. Williams encendió el soldador y la débil llama destelló.

La choza nativa más cercana estalló en llamas. Siguió otra, y otra, y una cuarta; y el soldador se apagó.

Pero era suficiente. No quedaba ningún nativo en pie. Todos estaban tendidos de bruces, gimiendo e implorando perdón. El jefe gemía e imploraba más que nadie.

—Dile al jefe —le indicó Williams a Sweeney— que ha sido apenas una insignificante muestra de lo que pensamos hacerle. —A los humanoides, mientras cortaba las ligaduras de cuero no curtido, les explicó con paternalismo—: Conocimiento elemental de la psicología de los salvajes.

Forase recobró su aplomo sólo cuando estuvieron de vuelta en la nave y en el espacio.

—Yo creía que los terrícolas no habíais desarrollado la psicología matemática. ¿Cómo sabías tanto sobre los subhumanoides? Nadie en la galaxia ha llegado tan lejos.

—Bien —sonrió Williams—, tenemos cierto conocimiento práctico sobre el funcionamiento de la mente incivilizada. Venimos de un mundo donde la mayoría de la gente, por así decirlo, sigue estando incivilizada. ¡No nos queda otro remedio que saber!

Forase asintió con la cabeza.

—¡Terrícolas, estáis locos de atar! Al menos, este episodio nos ha enseñado algo a todos.

45

—¿Qué?

—Nunca te líes con un grupo de chalados —dijo Forase, recurriendo nuevamente a la lengua terrícola—. ¡Pueden estar más chalados de lo que piensas!*

---

* Al revisar mis cuentos para preparar este libro, me encontré con que «La novatada» era el único cuento publicado del cual yo no recordaba nada sólo por el título. Ni siquiera lograba acordarme al releerlo. Si me hubieran dado el cuento sin mi nombre y me hubieran pedido que lo leyera para adivinar el autor, creo que habría fracasado. Tal vez eso quiera decir algo.

Me parece, sin embargo, que la historia va dirigida contra la serie del *Homo Sol*.

Tuve mejor suerte con Frederick Pohl en el caso de otro cuento, «Superneutrón», que escribí a finales del mismo mes de febrero en que escribí «Máscaras» y «La novatada». Se lo presenté el 3 de marzo de 1941 y él lo aceptó el 5 de marzo.

En aquella época, menos de tres años después de presentar mi primer texto, me estaba impacientando con tanto rechazo. Al menos, la noticia de la aceptación de «Superneutrón» la consigné en mi diario con un «era hora de que vendiera un cuento, cinco semanas y media después del último».

Sentencia de muerte

Brand Gorla sonrió incomodado.

—Es una exageración.

—¡No, no, no! —exclamó el hombrecillo albino y de ojos rosados y saltones—. Dorlis era grande cuando ningún humano había entrado en el sistema vegano. Era la capital de una confederación galáctica más vasta que la nuestra.

—Pues bien, digamos que era una antigua capital. Admitiré eso y dejaré el resto a un arqueólogo.

—Los arqueólogos no sirven. Lo que he descubierto necesita un especialista en su propio campo. Y tú estás en el Consejo.

Brand Gorla tenía dudas. Recordaba a Theor Realo de la universidad: una criaturilla blanca e inadaptada de expresión huraña. Había pasado mucho tiempo, pero recordaba que el albino era raro. Eso resultaba fácil de recordar. Y seguía siendo raro.

—Trataré de ayudar —dijo Brand— si me explicas qué quieres.

Theor lo miró fijamente.

—Quiero que presentes ciertos datos ante el Consejo. ¿Lo prometes?

—Aunque decida ayudarte, Theor, te recuerdo que sólo soy un miembro menor del Consejo de Psicólogos. No tengo mucha influencia.

—Debes intentarlo. Los datos hablarán por sí mismos —replicó el albino. Le temblaban las manos.

—Adelante.

Brand se resignó. El hombrecillo era un viejo compañero de universidad. Uno no podía ser tan arbitrario.

Se reclinó en el asiento y se relajó. La luz de Arcturus brillaba a través de las altas ventanas, diluida por el vidrio polarizador. Aun esa versión desleída de la luz solar resultaba excesiva para los ojos rosados del albino, que se hizo sombra en ellos mientras hablaba.

—He vivido en Dorlis durante veinticinco años, Brand. Me he internado en sitios cuya existencia nadie conocía y he descubierto cosas. Dorlis fue la capital científica y cultural de una civilización mayor que la nuestra. Sí, lo fue, y sobre todo en psicología.

—Las cosas pretéritas siempre parecen más grandes —sentenció Brand, con una sonrisa condescendiente—. Hay un teorema que encontrarás en cualquier texto elemental. Los estudiantes lo llaman el Teorema de DIOS. Ya sabes, se refiere a «Días Idos Óptimos Son». Pero continúa.

Theor se molestó con aquella digresión. Ocultó una sonrisa irónica.

—Siempre se puede desechar un dato inquietante con una designación peyorativa. Pero dime, ¿qué sabes de ingeniería psicológica?

Brand se encogió de hombros.

—No existe eso. Al menos, no en el sentido matemático riguroso. La propaganda y la publicidad constituyen una forma tosca de ingeniería psicológica, y a veces bastante efectiva. ¿A eso te refieres?

—En absoluto. Me refiero a experimentos reales, con multitud de personas, en condiciones controladas y durante un período de años.

—Se ha hablado de esas cosas, pero no es factible en la práctica. Nuestra estructura social no podría resistirlo y no sabemos lo suficiente para establecer controles efectivos.

Theor contuvo su excitación.

—Pero los antiguos sí sabían lo suficiente. Y establecieron controles.

Brand reflexionó, escéptico.

—Asombroso e interesante; pero ¿cómo lo sabes?

—Porque encontré los documentos. —Hizo una pausa—. Todo un planeta, Brand. Un mundo entero escogido, poblado con seres bajo estricto control desde todos los ángulos. Estudiados, clasificados y sometidos a experimentos. ¿Entiendes?

Brand no notaba ninguno de los síntomas del desequilibrio mental. Quizás una investigación más atenta...

—Tal vez lo hayas interpretado mal. Eso es totalmente imposible. No se puede controlar a humanos de ese modo. Demasiadas variables.

—De eso se trata, Brand. No eran humanos.

—¿Qué?

—Eran robots, robots positrónicos. Un mundo entero de ellos, Brand, con nada que hacer salvo vivir y reaccionar y ser observados por un equipo de psicólogos que sí eran reales.

—¡Es descabellado!

—Tengo pruebas..., porque ese mundo robótico aún existe. La Primera Confederación se hizo trizas, pero ese mundo robótico continuó. Aún existe.

—¿Y cómo lo sabes?

Theor Realo se levantó.

—¡Porque he pasado allí los últimos veinticinco años!

El presidente del Consejo se apartó la toga formal de borde rojo y metió la mano en el bolsillo buscando un puro largo, torcido e indudablemente extraoficial.

—Ridículo —gruñó— y totalmente descabellado.

—Exacto —dijo Brand—, y no puedo exponerlo ante el Consejo sin más. No escucharían. Primero tengo que explicárselo a usted y, luego, si me puede apoyar con su autoridad...

—¡Demonios! Nunca oí nada tan... ¿Quién es ese tipo?

Brand suspiró.

—Un chiflado, lo admito. Estudió conmigo en la Universidad de Arcturus y entonces era ya un albino excéntrico. Totalmente inadaptado, un fanático de la historia antigua, uno de esos especímenes que no se cansa de insistir cuando una idea se le mete en la mollera. Alega que pasó veinticinco años en Dorlis. Tiene la documentación completa sobre toda una civilización.

El presidente del Consejo lanzó una furiosa bocanada de humo.

—Sí, lo sé. En los seriales telestáticos el aficionado brillante es siempre quien hace los grandes descubrimientos. El independiente. ¡Demonios! ¿Ha consultado usted al Departamento de Arqueología?

—Por supuesto. Y con un resultado interesante. Nadie se preocupa de Dorlis. No es sólo historia antigua, sino un asunto de quince mil años, prácticamente un mito. Los arqueólogos prestigiosos no pierden el tiempo con eso. Se trata precisamente de lo que descubriría un ratón de biblioteca con una mente empecinada. Claro que si resulta que es correcto Dorlis se convertirá en el paraíso de los arqueólogos.

El presidente frunció el rostro en una mueca de asombro.

—Es muy poco halagüeño para el ego. Si hay alguna verdad en todo esto, la Primera Confederación debía de tener una comprensión de la psicología tan superior a la nuestra que apareceríamos como unos imbéciles apáticos. Además, hubieran tenido que construir robots positrónicos que estarían setenta y cinco órdenes de magnitud por encima de cualquier cosa que nosotros hayamos concebido. ¡Santa Galaxia! Piense usted en la matemática requerida.

—Mire, he consultado con todo el mundo. No le plantearía este problema si no estuviera seguro de haber verificado todos sus aspectos. Acudí a Blak primero, y él es asesor matemático de Robots Unidos. Dice que no hay límite para estas cosas. Dado el tiempo, el dinero y el avance en psicología, y subrayo esto, esos robots se podrían construir ahora mismo.

—¿Qué pruebas tiene él?

—¿Quién? ¿Blak?

—No, no. Ese amigo suyo. El albino. Usted dijo que tenía documentos.

—En efecto. Los traigo conmigo. Tiene documentos, y su antigüedad es innegable. Los he hecho revisar una y otra vez. Yo no sé leerlos, desde luego. Y no sé si alguien sabe, excepto el propio Theor Realo.

—Eso nos deja sin alternativas. Tenemos que creer en su palabra.

—Sí, en cierto modo. Pero según él sólo puede descifrar fragmentos. Dice que tienen relación con la antigua lengua de Centauro, así que he puesto lingüistas a trabajar en ello. Se puede descifrar. Si la traducción de Theor no es correcta lo sabremos.

—De acuerdo. Déjemelos ver.

Brand Gorla sacó los documentos forrados en plástico. El presidente del Consejo los puso a un lado y buscó la traducción. Soplaba volutas de humo mientras leía.

—¡Uf! —fue su comentario—. Y los demás detalles están en Dorlis, supongo.

—Theor sostiene que hay dos centenares de toneladas de proyectos en total sobre la configuración del cerebro de los robots positrónicos. Aún están en el sótano original. Pero eso no es lo más importante. Él estuvo en el mundo robótico y tiene fotos, grabaciones y toda clase de detalles. No están unificados, y evidentemente es obra de un lego que no sabe casi nada sobre psicología. Aun así, se las ha apañado para conseguir datos suficientes que demuestran que el mundo donde estuvo no era..., bueno..., natural.

—Y usted tiene ese material.

—Todo. La mayor parte está microfilmado, pero he traído el proyector. Aquí tiene sus lentes.

Una hora después, el presidente del Consejo dijo:

—Mañana convocaré a una reunión y presentaré esto.

Brand Gorla sonrió.

—¿Enviaremos una comisión a Dorlis?

—Siempre y cuando la universidad nos otorgue fondos para semejante asunto —respondió en tono seco el presidente—. Déjeme este material, por favor. Deseo estudiarlo un poco más.

Teóricamente, el Departamento Gubernamental de Ciencia y Tecnología ejerce el control administrativo de toda la investigación científica. Sin embargo, los grupos de investigación pura de las grandes universidades son entidades plenamente autónomas y, como norma general, el Gobierno no cuestiona esa autonomía. Pero una norma general no es necesariamente una norma universal.

En consecuencia, aunque el presidente del Consejo gruñó, se enfureció y protestó, no hubo modo de negarle una entrevista a Wynne Murry. El título completo de Murry era el de subsecretario responsable de psicología, psicopatía y tecnología mental. Y era un psicólogo de reconocida trayectoria.

Así que el presidente del Consejo todo lo que podía hacer era lanzarle una mirada furibunda, pero nada más.

El subsecretario Murry ignoró con buen humor esa mirada, se frotó su larga barbilla y dijo:

—Se trata de un caso de información insuficiente. ¿Podemos expresarlo así?

—No entiendo qué información desea usted —respondió en un tono frío el presidente—. Lo que opina el Gobierno sobre las asignaciones universitarias tiene un carácter únicamente asesor, y debo decir que en este caso el consejo no es bien recibido.

Murry se encogió de hombros.

—No hay ningún problema con la asignación. Pero no se puede salir del planeta sin permiso del Gobierno. Ahí es donde entra en juego la información insuficiente.

—No hay más información que la que le he dado.

—Pero se han filtrado ciertos rumores. Y tanto secreteo me parece pueril e innecesario.

El viejo psicólogo se sonrojó.

—¡Secreteo! Si usted no conoce el modo de vida académica, no puedo ayudarle. Las investigaciones, sobre todo las de cierta importancia, no se hacen ni se pueden hacer públicas hasta que se hayan efectuado progresos irrebatibles. Cuando regresemos, le enviaré copias de los documentos que usted desee publicar.

Murry meneó la cabeza.

—No es suficiente. Usted va a ir a Dorlis, ¿verdad?

—De eso hemos informado al Departamento de Ciencias.

—¿Por qué?

—¿Por qué quiere saberlo?

—Porque se trata de algo importante o de lo contrario no iría el presidente del Consejo. ¿Qué es toda esa historia acerca de una civilización más antigua y un mundo de robots?

—Bueno, eso ya lo sabe usted.

—Sólo ciertas vaguedades que hemos podido reunir. Quiero los detalles.

—Ahora no conocemos ninguno. No los sabremos hasta que estemos en Dorlis.

—Entonces, iré con usted.

—¿Qué?

—Ya me entiende. Quiero saber los detalles.

—¿Por qué?

—Ah —dijo Murry, levantándose—, ahora es usted quien hace preguntas. En este momento no viene al caso. Sé que las universidades no simpatizan con la intervención gubernamental y sé que no puedo esperar colaboración voluntaria por parte del mundo académico; pero, por Arcturus, esta vez conseguiré apoyo, por mucho que usted se oponga. Su expedición no irá a ninguna parte a menos que yo vaya en ella representando al Gobierno.

Dorlis no es, desde luego, un mundo impresionante. Su importancia para la economía galáctica es nula, se encuentra lejos de las grandes rutas comerciales, sus nativos están atrasados y son incultos y posee una historia oscura. Sin embargo, entre las pilas de escombros que se amontonan en este mundo antiguo, hay vagos testimonios de una lluvia de fuego y destrucción que arrasó al Dorlis de otros tiempos, la gran capital de una gran federación.

Y en medio de esos escombros había hombres de un mundo más reciente que curioseaban e investigaban y trataban de entender.

El presidente del Consejo meneó la cabeza y echó hacia atrás su cabello grisáceo. Hacía una semana que no se afeitaba.

—El problema es que no tenemos un punto de referencia —dijo—. Supongo que podemos descifrar el idioma, pero no se puede hacer nada con las anotaciones.

—A mí me parece que se ha avanzado mucho.

—¡Palos de ciego! Conjeturas basadas en las traducciones de su amigo albino. Me niego a basar mis esperanzas en eso.

—¡Pamplinas! Usted consagró dos años a la Anomalía Nimiana y hasta ahora le ha dedicado sólo dos meses a esto, que es mucho más importante. Lo que le preocupa es otra cosa. —Brand Gorla sonrió desagradablemente—. No hace falta ningún psicólogo para darse cuenta de que está hasta la coronilla de ese tipo del Gobienro.

El presidente del Consejo cortó la punta de un puro de una dentellada y la escupió a un metro de distancia.

—Tres cosas me molestan en ese idiota sin cerebro. Primero, no me gusta que interfiera el Gobierno. Segundo, no me gusta que un extraño ande olisqueando cuando estamos al borde del mayor descubrimiento de la historia de la psicología. Tercero, ¿qué cuernos quiere?, ¿qué está buscando?

—No lo sé.

—¿Qué podría andar buscando? ¿Ha pensado usted en ello?

—Francamente, no me importa. Yo que usted lo ignoraría.

—¿Eso haría usted? ¿Usted cree que esta intromisión del Gobierno es algo que simplemente se debe ignorar? Supongo que ya sabrá que ese Murry se hace llamar psicólogo.

—Lo sé.

—Y supongo que sabe que ha mostrado un gran interés por todo lo que hacemos.

—Yo diría que eso es lógico.

—¡Oh! ¿Y sabe además...? —Bajó la voz de repente—: Murry está en la puerta. Ojo con lo que dice.

Wynne Murry saludó con una sonrisa, pero el presidente del Consejo se limitó a hacer un movimiento seco con la cabeza.

—Bien —dijo Murry con arrogancia—, ¿saben que he permanecido en vela cuarenta y ocho horas? Tienen ustedes aquí algo importante. Algo grande.

—Gracias.

—No, no. Hablo en serio. El mundo robótico existe.

—¿Usted creía que no?

El subsecretario se encogió de hombros afablemente.

—Uno profesa cierto escepticismo natural. ¿Cuáles son sus planes para el futuro?

El presidente del Consejo masticó las palabras una por una:

—¿Por qué lo pregunta?

—Para ver si concuerdan con los míos.

—¿Y cuáles son los suyos?

El subsecretario sonrió.

—No, no. Tiene usted prioridad. ¿Cuánto tiempo se propone permanecer aquí?

—Lo necesario para contar con un buen enfoque de los documentos involucrados.

—Eso no es una respuesta. ¿Qué significa «contar con un buen enfoque»?

—No tengo la menor idea. Podría llevar años.

—Oh, maldición.

El presidente del Consejo enarcó las cejas en silencio. El subsecretario se miró las uñas.

—Entiendo que sabe dónde está el mundo robótico.

—Naturalmente. Theor Realo estuvo allí. Hasta ahora su información ha resultado ser muy precisa.

—Correcto. El albino. Bien, ¿por qué no ir allí?

—¿Allí? ¡Imposible!

—¿Por qué?

—Mire —contestó el presidente del Consejo, conteniendo su impaciencia—, usted no está aquí invitado por nosotros ni le estamos pidiendo que nos diga qué debemos hacer, pero para demostrarle que no busco pelea le haré una exposición metafórica de nuestro caso. Suponga que nos dieran una enorme y compleja máquina, basada en principios y en materiales sobre los cuales no supiéramos nada. Es tan enorme que ni siquiera distinguimos la relación entre las partes, y mucho menos el propósito del todo. Ahora bien, ¿usted me aconsejaría que comenzara a atacar las delicadas y misteriosas piezas móviles de la máquina con un rayo detonador antes de saber de qué se trata?

—Entiendo a qué se refiere, pero actúa usted como un místico. La metáfora es rebuscada.

—En absoluto. Estos robots positrónicos se construyeron según unas pautas que aún desconocemos y para seguir unas pautas que ignoramos por completo. Sólo sabemos que los robots estaban en total aislamiento, con el fin de que forjaran su destino por sí mismos. Destruir ese aislamiento sería destruir el experimento. Si vamos allá en tropel e introducimos factores nuevos y no previstos, provocando así reacciones inesperadas, todo se echará a perder. La menor perturbación...

—¡Pamplinas! Theor Realo ya estuvo allí.

El presidente del Consejo perdió los estribos:

—¿Cree que no lo sé? ¿Cree que eso habría ocurrido si ese maldito albino no hubiera sido un fanático ignorante sin el menor conocimiento de psicología? ¡La galaxia sabrá qué daños ha causado ese idiota!

Hubo un silencio. El subsecretario se dio unos golpecitos en los dientes con la uña.

—No sé..., no sé. Pero, realmente, debo averiguarlo. Y no puedo esperar años.

Se marchó, y el presidente del Consejo se volvió enfurecido hacia Brand.

—¿Y cómo le impediremos que vaya al mundo robótico si desea hacerlo?

—No sé cómo podrá ir si no se lo permitimos. Él no encabeza la expedición.

—¿Ah, no? Pues de eso iba a hablarle cuando él entró. Diez naves de la flota han descendido en Dorlis desde que llegamos.

—¿Qué?

—Lo que oye.

—¿Pero para qué?

—Eso, hijo, es lo que yo tampoco entiendo.

—¿Le molesta si entro? —preguntó amablemente Wynne Murry, y Theor Realo levantó alarmado la vista del fárrago de papeles que tenía sobre el escritorio.

—Entre. Le despejaré una silla.

Hecho un manojo de nervios, quitó los papeles de un asiento. Murry se sentó y cruzó sus largas piernas.

—¿También usted cumple una tarea aquí?

Señaló el escritorio. Theor sacudió la cabeza y sonrió. Casi automáticamente juntó los papeles y los puso boca abajo.

En los últimos meses, desde que había regresado a Dorlis en compañía de un centenar de psicólogos con diversos grados de renombre, se sentía cada vez más excluido. Ya no había espacio para él. No cumplía ninguna función, salvo la de responder a preguntas sobre el mundo robótico que sólo él había visitado. Y hasta parecía molestarles que hubiera ido él en vez de un científico competente.

Era para estar resentido; aunque, de una forma u otra, así había sido siempre.

—¿Cómo dice?

No había prestado atención al siguiente comentario de Murry.

—Digo que es sorprendente que no le asignen una tarea —repitió el subsecretario—. Usted realizó el descubrimiento, ¿verdad?

—Sí, pero se me fue de las manos. Me superó.

—Sin embargo, estuvo usted en el mundo robótico.

—Dicen que fue un error. Que pude haberlo estropeado todo.

Murry hizo una mueca.

—Creo que están molestos porque consiguió mucha información de primera mano que ellos no tienen. No se deje amilanar por sus pomposos títulos. Un lego con sentido común es mejor que un especialista ciego. Usted y yo (y yo también soy un lego) tenemos que defender nuestros derechos. Tenga, tome un cigarrillo.

—No fum... Gracias, aceptaré uno. —El albino empezaba a cobrar simpatía por ese hombre esbelto. Puso los papeles boca arriba y encendió el cigarrillo, aunque con dificultades. Trató de contener la tos—. Veinticinco años —comentó lentamente.

—¿Me contestaría a unas preguntas sobre ese mundo?

—Supongo. Siempre me preguntan sobre eso. ¿Y no sería mejor que se lo preguntara a ellos? Ya deben de tener todo resuelto.

Sopló el humo a la mayor distancia posible.

—Francamente, ni siquiera han empezado, y yo quiero la información sin el añadido de una engorrosa traducción psicológica. Ante todo, ¿qué clase de gente, o qué clase de cosas, son estos robots? No tendrá una foto de alguno, ¿verdad?

—Pues no. No me agrada tomar fotos. Pero no son cosas. Son gente.

—¿De veras? ¿Tienen aspecto de personas?

—Sí..., en general. Externamente al menos. Conseguí algunos estudios microscópicos de la estructura celular. Los tiene el presidente del Consejo. Por dentro son distintos, muy simplificados. Pero uno jamás se enteraría. Son interesantes... y agradables.

—¿Son más simples que las otras formas de vida del planeta?

—Oh, no. Es un planeta muy primitivo. Y... —Se vio interrumpido por una tos espasmódica y apagó el cigarrillo tan disimuladamente como pudo—. Tienen una base protoplasmática. No creo que sepan que son robots.

—No, ya supongo que no. ¿Qué me dice de su nivel científico?

—No sé. Nunca tuve oportunidad de verlo. Y todo era tan diferente... Supongo que se necesitaría un experto para entenderlo.

—¿Tenían máquinas?

El albino se sorprendió.

—Pues claro. Muchas, de todo tipo.

—¿Ciudades grandes?

—¡Sí!

El subsecretario entornó los párpados.

—Y usted les tomó simpatía. ¿Por qué?

Theor Realo reaccionó bruscamente.

—Yo qué sé. Simplemente eran simpáticos. Nos entendíamos. No me fastidiaban. No sé la razón exacta. Quizá sea porque he tenido muchos problemas para relacionarme en mi mundo, y ellos no eran tan complicados como la gente de verdad.

—¿Eran más cordiales?

—No. No lo creo. Nunca me aceptaron del todo. Yo era un forastero, al principio no conocía el idioma..., esas cosas. Pero... —De pronto se le iluminó el rostro—. Pero los entendía mejor. Entendía cómo pensaban. Aunque no sé por qué.

—Ya. Bien... ¿Otro cigarrillo? ¿No? Ahora tengo que dormir. Se está haciendo tarde. ¿Quiere jugar al golf mañana? He preparado un campo pequeño. Servirá. Anímese, el ejercicio le renovará el aire de los pulmones.

Sonrió y se marchó.

—Parece una sentencia de muerte —murmuró para sus adentros, y silbó pensativamente mientras se dirigía a sus aposentos.

Se repitió esa frase cuando se enfrentó al presidente del Consejo al día siguiente, con su faja de funcionario en la cintura. No se sentó.

—¿Otra vez? —dijo el presidente con tono de fastidio.

—¡Otra vez! —asintió el subsecretario—. Pero esta vez se trata de algo urgente. Tal vez deba hacerme cargo de la expedición.

—¿Qué? ¡Imposible! ¡No escucharé semejante proposición!

—Tengo la autorización. —Wynne Murry le mostró un cilindro de metaloide, que se abrió con una presión del pulgar—. Tengo plenos poderes y plena discreción para usarlos. Como puede observar, está firmada por el presidente del Congreso de la Federación...

—De acuerdo... Pero ¿por qué? —Hizo un esfuerzo para respirar normalmente—. Al margen del despotismo arbitrario, ¿hay una razón?

—Y muy buena. Desde el principio hemos considerado esta expedición desde perspectivas distintas. El Departamento de Ciencia y Tecnología no se interesa en el mundo robótico por mera curiosidad científica, sino porque podría interferir en la paz de la Federación. No creo que usted se haya detenido a pensar en el peligro inherente a ese mundo robótico.

—No veo ninguno. Está totalmente aislado y es absolutamente inofensivo.

—¿Cómo puede saberlo?

—¡Por la naturaleza misma del experimento! —exclamó irritado el presidente del Consejo—. Los planificadores originales buscaron un sistema cerrado. Allí siguen, alejados de las rutas comerciales y en una zona del espacio escasamente poblada. La idea era que los robots se desarrollaran libres de toda interferencia.

Murry sonrió.

—En eso disiento con usted. Mire, el problema es que usted es un teórico. Ve las cosas tal como deberían ser y yo, al ser un hombre práctico, las veo tal como son. No se puede organizar un experimento para que continúe indefinidamente por sí mismo. Se da por sentado que en alguna parte hay por lo menos un observador que introduce modificaciones según lo requieren las circunstancias.

—¿Y bien?

—Pues que los observadores de este experimento, los psicólogos originales de Dorlis, pasaron a la historia con la Primera Confederación y, durante quince mil años, el experimento ha continuado por sí mismo. Pequeños errores se fueron sumando, se acrecentaron e introdujeron factores extraños que indujeron a nuevos errores. Es una progresión geométrica. Y no hubo nadie para detenerla.

—Pura hipótesis.

—Tal vez. Pero usted se interesa sólo por el mundo robótico, y yo tengo que pensar en toda la Federación.

—¿Y qué peligro puede representar el mundo robótico para la Federación? No sé a qué demonios se refiere.

Murry suspiró.

—Lo diré con sencillez, pero no me culpe si parezco melodramático. Hace siglos que la Federación no tiene guerras internas. ¿Qué ocurrirá si entramos en contacto con estos robots?

—¿Tiene usted miedo de un solo mundo?

—Tal vez. ¿Qué me dice de su ciencia? Los robots pueden hacer cosas extrañas.

—¿Qué ciencia pueden tener? No son superhombres metálicos y eléctricos. Son débiles criaturas de protoplasma, una pobre imitación de los humanos, construidos en torno a un cerebro positrónico regulado por un conjunto de leyes psicológicas humanas simplificadas. Si la palabra «robot» le asusta...

—No, no me asusta, pero he hablado con Theor Realo. Es el único que los ha visto.

El presidente del Consejo lanzó una retahíla de insultos para sus adentros. Ésa era la consecuencia de permitir la intromisión de un anormal, un imbécil, un lego que sólo podía causar daño. Replicó:

—Tenemos la versión de Realo y la hemos evaluado íntegramente con pericia. Le aseguro que no pueden causarnos daño. El experimento es tan teórico que yo no le dedicaría dos días si no fuera por su magnitud. Por lo que vemos, la idea era construir un cerebro positrónico que contuviera modificaciones de uno o dos axiomas fundamentales. No hemos deducido los detalles, pero deben de ser menores, lo mismo que cuando se intentó el primer experimento de esta naturaleza, e incluso los grandes y míticos psicólogos de aquella época tenían que avanzar paso a paso. Esos robots, se lo aseguro, no son superhombres ni bestias. Se lo garantizo como psicólogo.

—¡Lo lamento! Yo también soy psicólogo. Un poco más práctico, me temo. Eso es todo. Pero aun las pequeñas modificaciones... Hablemos del espíritu combativo, por ejemplo. No es el término científico, pero no tengo paciencia para eso. Ya sabe a qué me refiero. Los humanos eran combativos, y ese rasgo se está eliminando de la raza. Un sistema político y económico estable no alienta el derroche de energías propio del combate. No es un factor de supervivencia. Pero supongamos que los robots sí son combativos. Supongamos que, como resultado de un giro erróneo durante los milenios que permanecieron sin ser observados, se hayan vuelto más combativos de lo que se proponían sus creadores. Serían bastante intratables.

—Y supongamos que todas las estrellas de la galaxia entraran en nova al mismo tiempo. Eso sí me preocuparía.

Murry ignoró el sarcasmo del otro.

—Y hay otra cosa. A Theor Realo le gustaban esos robots. Le gustaban más que la gente de verdad. Se sentía cómodo allí, y todos sabemos que ha sido un inadaptado en su propio mundo.

—¿Y adónde nos lleva eso?

—¿No lo comprende? —Wynne Murry enarcó las cejas—. Theor Realo simpatiza con los robots porque es como ellos, evidentemente. Le garantizo que un análisis psíquico completo de Theor Realo mostrará una modificación de varios axiomas fundamentales, los mismos que en los robots. Y Theor Realo trabajó durante un cuarto de siglo para demostrar algo, cuando todos los científicos se habrían desternillado de risa si lo hubieran sabido. Ahí tenemos fanatismo: una perseverancia tenaz, franca, inhumana. ¡Es muy probable que esos robots también sean así!

—No me está presentando ninguna argumentación lógica. Se limita a disparar frases como un maníaco, como un idiota delirante.

—No necesito pruebas matemáticas rigurosas. La duda razonable es suficiente. Tengo que proteger la Federación. Mire, es razonable. Los psicólogos de Dorlis no eran tan excepcionales. Tenían que avanzar paso a paso, como usted mismo señaló. Sus humanoides (no los llamemos robots) eran sólo imitaciones de seres humanos y no podían ser muy buenas. Los humanos poseen sistemas de reacción muy complejos y que no se pueden imitar; cosas como la conciencia social y la tendencia a crear sistemas éticos, u otras más vulgares, como la caballerosidad, la generosidad, el juego limpio y demás. No se pueden imitar. No creo que esos humanoides las tengan. Pero deben de tener perseverancia, lo cual implica en la práctica terquedad y agresividad, si mi opinión sobre Theor Realo es acertada. En resumen, si poseen algún conocimiento científico, no quiero que anden sueltos por la galaxia, aunque seamos miles o millones más que ellos. No pienso permitirlo.

El rostro del presidente del Consejo estaba rígido.

—¿Cuáles son sus intenciones inmediatas?

—Aún no lo he decidido. Pero creo que organizaré un aterrizaje a pequeña escala en ese planeta.

—Aguarde. —El viejo psicólogo se levantó y rodeó el escritorio. Tomó del codo al subsecretario—. ¿Está seguro de lo que hace? Las posibilidades de este monumental experimento sobrepasan cualquier cálculo que podamos hacer usted o yo. No tiene ni idea de lo que va a destruir.

—Lo sé. ¿Acaso cree que me agrada lo que estoy haciendo? No es tarea para héroes. Soy psicólogo y sé lo que sucede, pero me han enviado aquí para proteger la Federación y haré lo posible para lograrlo, aunque sea un trabajo sucio. No puedo hacer otra cosa.

—Recapacite. ¡Qué sabe de los conocimientos que obtendremos sobre las ideas básicas de la psicología! Equivaldrá a la fusión de dos sistemas galácticos, lo que nos elevará a alturas que compensarán millones de veces, en conocimiento y en poder, el daño que pudiesen causar esos robots, en el supuesto de que fueran superhombres metálicos y eléctricos.

El subsecretario se encogió de hombros.

—Ahora es usted quien baraja posibilidades vagas.

—Escuche, hagamos un trato. Bloquéelos. Aíslelos con sus naves. Monte guardia. Pero no los toque. Denos más tiempo. Denos una oportunidad. ¡Es preciso!

—He pensado en ello. Pero tendría que obtener la aprobación del Congreso y saldría muy caro, como sabe.

El presidente del Consejo se sentó bruscamente, presa de la impaciencia.

—¿De qué gastos está hablando? ¿Es que no se da cuenta de cuál sería la recompensa si tenemos éxito?

Murry reflexionó.

—¿Y si desarrollan el viaje interestelar? —preguntó, con una media sonrisa.

—Entonces, retiraré mis objeciones.

El subsecretario se levantó.

—Hablaré con el Congreso.

Brand Gorla observaba con rostro impasible la espalda encorvada del presidente del Consejo. Los joviales discursos ante los miembros de la expedición carecían de sustancia, y él ya estaba harto de escucharlos.

—¿Qué haremos ahora? —preguntó.

El presidente tensó los hombros y no se giró.

—Envié a buscar a Theor Realo. Ese hombrecillo tonto se fue al continente oriental la semana pasada...

—¿Por qué?

El hombre mayor se enfadó ante la interrupción.

—¿Cómo puedo entender lo que hace ese fanático? ¿No ve usted que Murry tiene razón? Es una anomalía psíquica. Fue un error no vigilarlo. Si yo lo hubiera mirado dos veces, no lo habría permitido. Pero ahora regresará y no volverá a irse. —Y añadió en un murmullo—: Debía haber regresado hace un par de horas.

—Es una situación imposible —dijo Brand, en un tono neutro.

—¿Eso cree usted?

—Vamos a ver, ¿piensa usted que el Congreso aprobará que se establezca una patrulla por tiempo indefinido ante el mundo robótico? Eso cuesta dinero, y los ciudadanos galácticos no lo considerarán digno de sus impuestos. Más aún, no entiendo por qué Murry aceptó consultárselo al Congreso.

—¿No? —El presidente del Consejo se giró hacia su discípulo—. Mire, ese tonto se considera un psicólogo, la Galaxia nos guarde, y ahí está su punto débil. Se empeña en creer que no quiere destruir el mundo robótico, pero que es necesario por el bien de la Federación. Y acepta de buen grado toda solución intermedia. El Congreso no lo aceptará indefinidamente, no tiene usted que recordármelo. —Hablaba en un tono tranquilo y paciente—. Pero pediré diez años, dos años, seis meses..., lo que pueda obtener. Algo conseguiré. Mientras tanto, aprenderemos nuevos datos sobre ese mundo. De algún modo fortaleceremos nuestros argumentos y renovaremos el acuerdo cuando expire. Podremos salvar el proyecto. —Hubo un breve silencio y añadió con amargura—: Y ahí es donde Theor Realo cumple una función crucial.

Brand aguardó en silencio.

—En ese aspecto —continuó el presidente del Consejo—, Murry fue más perspicaz que nosotros. Realo es un tullido psicológico, y también nuestra clave de todo el asunto. Si lo estudiamos a él, tendremos una imagen general de cómo son los robots. Una imagen distorsionada, por supuesto, pues él ha vivido en un entorno hostil. Pero eso podemos tenerlo en cuenta y evaluar su temperamento en un... ¡Bah! Estoy harto de este asunto.

La señal de llamada parpadeó y el presidente del Consejo suspiró.

—Bien, aquí está ya. Gorla, siéntese, que me pone nervioso. Echémosle un vistazo.

Theor Realo atravesó la puerta como una exhalación y se detuvo jadeando en el centro de la habitación. Los miró a ambos con sus ojos tímidos.

—¿Cómo sucedió todo esto?

—¿Todo qué? —replicó fríamente el presidente—. Siéntese. Quiero hacerle algunas preguntas.

—No. Respóndame primero.

—¡Siéntese!

Realo se sentó. Tenía los ojos inflamados.

—Van a destruir el mundo de los robots.

—No se preocupe por eso.

—Pero usted dijo que podrían hacerlo si los robots descubrían el viaje interestelar. Lo dijo. Es usted un necio. ¿No ve...?

Se estaba sofocando. El presidente frunció el ceño.

—¿Por qué no se calma y habla con sensatez?

El albino apretó los dientes y masticó las palabras:

—Pero tendrán el viaje interestelar dentro de poco.

Los dos psicólogos se volvieron hacia el hombrecillo.

—¿Qué?

—Bien..., bueno, ¿qué se creen? —Realo se irguió con la furia de la desesperación—. ¿Creen que aterricé en un desierto o en medio de un océano y que exploré un mundo por mi cuenta? ¿Creen que la vida es un libro de cuentos? Fui capturado en cuanto descendí y me llevaron a una gran ciudad. Al menos, creo que era una gran ciudad, aunque diferente de las nuestras. Tenía... No se lo contaré.

—¡No nos importa la ciudad! —exclamó el presidente del Consejo—. Le capturaron. Continúe.

—Me estudiaron. Estudiaron mi máquina. Y una noche me fui para contárselo a la Federación. No se enteraron de que me fui. No querían que me fuera. —Se le quebró la voz—. Y yo hubiera preferido quedarme, pero la Federación tenía que saberlo.

—¿Les habló usted de su nave?

—¿Qué podía decirles? No soy mecánico. No sé nada de la teoría ni de la construcción. Pero les enseñé a manejar los controles y les dejé mirar los motores. Eso es todo.

—Entonces no lo entenderán —comentó Brand Gorla en voz baja—. Eso no es suficiente.

El albino elevó la voz con triunfal estridencia:

—¡Oh, sí, claro que lo entenderán! Los conozco. Son máquinas. Estudiarán el problema. Trabajarán sin descanso. No cesarán jamás. Y lo conseguirán. Bastará con lo que yo les dije. Estoy seguro de que bastará.

El presidente del Consejo desvió la vista con fatiga.

—¿Por qué no nos lo contó?

—Porque ustedes me arrebataron mi mundo. Yo lo descubrí, yo solo, por mi cuenta. Y después de hacer todo el trabajo, los invité a participar y me excluyeron. Sólo recibí quejas de que había aterrizado en ese mundo y que quizá mi interferencia lo hubiera estropeado todo. ¿Por qué iba a contárselo? Averígüenlo ustedes, si son tan listos que pudieron permitirse el lujo de excluirme.

El presidente pensó amargamente: «¡Es un inadaptado! ¡Tiene complejo de inferioridad! ¡Manía persecutoria! ¡Qué bien! Todo encaja, una vez que nos molestamos en dejar de otear el horizonte para ver lo que teníamos bajo las narices. Y ahora todo está perdido».

—De acuerdo, Realo —dijo—. Todos perdemos. Váyase.

—¿Todo ha terminado? —preguntó tensamente Brand Gorla—. ¿De veras?

—Así es. El experimento original ha terminado. Las distorsiones creadas por la visita de Realo serán tan grandes como para transformar en lengua muerta los planes que estamos estudiando. Y además... Murry tiene razón. Si poseen el viaje interestelar, son peligrosos.

—¡No los destruirán! —gritó Realo—. ¡No pueden destruirlos! ¡No han hecho daño a nadie!

No le replicaron, y él continuó:

—Regresaré para avisarlos. Estarán preparados. Los avisaré.

Reculaba hacia la puerta, con el cabello erizado y los ojos desencajados.

El presidente del Consejo no intentó detenerlo cuando salió de la habitación.

—Déjelo ir. Era su vida. Ya no me preocupa.

Theor Realo viajó hacia el mundo robótico a tal velocidad que casi lo asfixió.

En alguna parte lo esperaba una mota de polvo, un mundo aislado donde había imitaciones artificiales de la humanidad esforzándose en un experimento que había perecido; esforzándose en pos del viaje interestelar, una meta que sería su sentencia de muerte.

Theor Realo se dirigía a ese mundo, a la misma ciudad donde lo habían «estudiado» por primera vez. La recordaba bien. Las dos palabras de aquel nombre eran las primeras que había aprendido en el idioma de los robots.

¡Nueva York!

Callejón sin salida

Sólo una vez en la historia galáctica se descubrió una raza inteligente de no-humanos...

LIGURN VIER, *Ensayos sobre historia.*

1

De: Agencia de Provincias Exteriores

A: Loodun Antyok, jefe de Administración Pública, A-8

Tema: Supervisor civil de Cefeo 18, Cargo administrativo de.

Referencias:

(a) Ley 2515 del Consejo, del año 971 del Imperio Galáctico, titulada «Designación de funcionarios del Servicio Administrativo, Métodos y revisión de la».

(b) Directiva Imperial, Ja 2374, fechada 243/975 I.G.

1. Por autorización de referencia (a), por la presente es usted designado para el citado puesto. La autoridad del antedicho cargo de supervisor civil de Cefeo 18 se extenderá sobre los súbditos no humanos del Emperador que vivan en el planeta según las condiciones de autonomía expuestas en referencia (b).

2. Los deberes de dicho puesto incluirán la supervisión general de todos los asuntos internos no humanos, la coordinación de comisiones gubernamentales autorizadas para investigar e informar, y la preparación de in-

67

formes semestrales en todas las fases de los asuntos no-humanos.

C. Morily, jefe, AgProvExt
12/977 I.G.

Loodun Antyok escuchó atentamente y sacudió su cabeza regordeta.

—Amigo, me gustaría ayudarle, pero no ha acudido a la persona indicada. Será mejor que presente esto ante la Agencia.

Tomor Zammo se reclinó en la silla, se frotó la punta de la nariz, se arrepintió de lo que iba a decir y contestó:

—Eso es lógico, pero no práctico. No puedo viajar ahora a Trantor. Usted es el representante de la Agencia en Cefeo 18. ¿No puede hacer nada?

—Bueno, incluso como supervisor civil debo trabajar dentro de los límites impuestos por la política de la Agencia.

—¡Bien —exclamó Zammo—, entonces dígame cuál es esa política! Encabezo una comisión de investigación científica, bajo autorización imperial directa y supuestamente con amplios poderes. Pero a cada recodo del camino se me interponen autoridades civiles que se justifican graznando como loros: «¡Política de la Agencia!». ¿Cuál es la política de la Agencia? Aún no me han dado una descripción satisfactoria.

Antyok no se inmutó.

—A mi juicio, y esta opinión no es oficial, así que no le servirá como testimonio, la política de la Agencia consiste en tratar a los no-humanos con la mayor decencia posible.

—Entonces, ¿qué autoridad tienen para...?

—¡Calma! De nada sirve alzar la voz. Su Majestad Imperial es un filántropo y sigue la filosofía de Aurelión. Es bastante conocido que el Emperador mismo sugirió la creación de este mundo. Puede usted apostar a que la política de la Agencia se ceñirá a las ideas imperiales. Y puede usted apostar a que no podré remar contra esa corriente.

—Caramba, amigo —comentó el fisiólogo, moviendo repetidamente sus gruesos párpados—, si adopta esa actitud perderá su empleo. No, no es que yo vaya a hacer que le expulsen. No me refiero a eso. Pero su empleo dejará de existir, porque aquí no hay nada que realizar.

—¿De veras? ¿Por qué?

Antyok era bajo, rosado y regordete, y su rostro rechoncho tenía dificultades para expresar nada que no fuera una blanda y jovial cortesía, pero ahora manifestaba gravedad.

—Usted no lleva aquí mucho tiempo. Yo sí —rezongó Zammo—. ¿Le molesta si fumo? —Tenía en la mano un puro rugoso y fuerte y chupó hasta encenderlo—. Aquí no hay lugar para el humanitarismo, administrador. Ustedes tratan a los no-humanos como si fueran humanos, y no sirve de nada. De hecho, no me gusta el término de «no-humanos». Son animales.

—Son inteligentes —señaló Antyok.

—Bien, animales inteligentes, entonces. Supongo que ambos términos no se excluyen mutuamente. Las inteligencias extrañas no pueden compartir el mismo espacio.

—¿Propone usted exterminarlos?

—¡Santa Galaxia, no! —Gesticuló con el puro—. Propongo que los tomemos como objeto de estudio y nada más. Podemos aprender mucho de estos animales si nos lo permiten. Un conocimiento que se podría aprovechar en beneficio inmediato de la raza humana. Ahí tiene usted humanitarismo. Ahí tiene usted el bien de las masas, si tanto le preocupa ese insípido culto a Aurelión.

—¿A qué se refiere, por ejemplo?

—Por citar lo más evidente, ha oído hablar de su química, ¿no es cierto?

—Sí —admitió Antyok—. He hojeado la mayoría de los informes sobre los no humanos que se publicaron en los diez últimos años. Estoy dispuesto a leer más.

—Bien, pues, sólo necesito decirle que la terapia química es bastante completa. Por ejemplo, he presenciado personalmente la curación de un hueso roto (o el equivalente de un hueso roto para ellos) mediante el uso de una píldora. El hueso sanó en quince minutos. Naturalmente, ninguna de sus drogas sirve para los humanos. La mayoría nos matarían al instante. Pero si averiguáramos cómo funcionan en los no-humanos..., en los animales...

—Sí, sí. Entiendo la importancia de lo que dice.

—Oh, lo entiende. Vaya, qué gratificante. Un segundo punto es que estos animales se comunican de un modo desconocido.

—¡Telepatía!

El científico hizo un gesto despectivo con la boca.

—¡Telepatía! ¡Telepatía! ¡Telepatía! Daría lo mismo decir un brebaje embrujado. Nadie sabe nada sobre la telepatía, excepto el nombre. ¿Cuál es su mecanismo? ¿Cuál es su fisiología, cuál su física? Me gustaría averiguarlo, pero no puedo. La política de la Agencia, por lo que usted me dice, lo prohíbe.

Antyok frunció los labios.

—Pero... Perdóneme, doctor, pero no le entiendo. ¿Qué impedimento hay? Sin duda, la Administración Civil no ha intentado obstruir la investigación científica de estos no-humanos. No puedo hablar en nombre de mi predecesor, pero yo...

—No ha habido interferencias directas. No hablo de eso. Pero, por la Galaxia, administrador, el obstáculo está en el espíritu mismo de la organización. Ustedes nos obligan a tratarlos como humanos. Les permiten contar con su propio dirigente y con autonomía interna. Los miman y les dan lo que la filosofía de Aurelión denomina «derechos». Yo no puedo tratar con su dirigente.

—¿Por qué no?

—Porque se niega a darme carta blanca. Se niega a permitir experimentos sin consentimiento del sujeto. Los dos o tres voluntarios que tenemos no son demasiado brillantes. Es una situación imposible.

Antyok se encogió de hombros.

—Además —continuó Zammo—, está claro que es imposible aprender nada valioso acerca del cerebro, de la fisiología y de la química de estos animales sin disección, sin experimentos dietéticos y sin drogas. La investigación científica, administrador, es un juego duro. No deja mucho margen para el humanitarismo.

Loodun Antyok se acarició la barbilla dubitativamente.

—¿Debe ser tan duro? Estos no-humanos son criaturas inofensivas. En fin, la disección... Quizá si usted lo enfocara de otro modo... Me da la impresión de que les tiene hostilidad. Tal vez la actitud de usted sea un poco autoritaria.

—¡Autoritaria! Yo no soy uno de esos plañideros psicólogos sociales que están tan en boga en la actualidad. No creo que se pueda resolver un problema que requiere una disección enfocándolo con lo que la jerga de la época denomina la «actitud personal correcta».

—Lamento que piense así. El entrenamiento sociopsicológico es un requisito obligatorio para todos los administradores por encima del grado A-4.

Zammo se quitó el puro de la boca y lo volvió a morder tras una pausa desdeñosa.

—Entonces, será mejor que emplee sus técnicas con la Agencia. A fin de cuentas, tengo amigos en la corte imperial.

—Pues bien, yo no puedo tomar la iniciativa. La política básica es ajena a mis decisiones, y esas cosas sólo puede iniciarlas la Agencia. Pero podríamos intentar un enfoque indirecto. —Sonrió—. Una estrategia.

—¿De qué tipo?

Antyok lo apuntó con un dedo mientras con la otra mano acariciaba las hileras de informes encuadernados en gris que había en el suelo al lado de la silla.

—Mire, he leído la mayor parte de estos informes. Son tediosos, pero contienen algunos datos. Por ejemplo, ¿cuándo nació el último bebé no-humano en Cefeo 18?

Zammo dedicó poco tiempo a reflexionar.

—No lo sé ni me importa.

—Pero a la Agencia sí le importaría. No ha nacido ningún bebé no-humano en Cefeo 18 en los dos años transcurridos desde la fundación de este mundo. ¿Conoce usted la razón?

El fisiólogo se encogió de hombros y contestó:

—Demasiados factores posibles. Requeriría un estudio.

—Pues bien, suponga que escribe un informe...

—¡Informes! He escrito veinte.

—Escriba otro. Haga hincapié en los problemas no resueltos. Insista en que usted debe cambiar de método. Explayése sobre el problema del índice de natalidad. La Agencia no se atreverá a ignorar eso. Si los no-humanos se extinguen, alguien tendrá que responder ante el emperador. Como ve...

Zammo miró fijamente con sus ojos oscuros.

—¿Eso funcionará?

—Hace veintisiete años que trabajo para la Agencia. Sé cuál es su modo de operar.

—Lo pensaré.

Zammo se levantó y salió de la oficina dando un portazo. Posteriormente le comentó a un colaborador:

—Ante todo es un burócrata. No abandonará los convencionalismos del papeleo ni arriesgará el pellejo. Logrará poco por sí mismo, pero quizá consiga mucho si nos valemos de su mediación.

De: Jefatura Administrativa, Cefeo 18

A: AgProvExt

Tema: Proyecto Provincia Exterior 2563, Parte II - Investigaciones científicas de no-humanos de Cefeo 18, Coordinación de las.

Referencias:

(a) Carta AgProvExt Cef-N-CM/jg 100132, fechada 302/975 I.G.

(b) Carta JefAdmCef 18 AA-LA/m, fechada 140/977 I.G.

Anexo:

1. Grupo Científico 10, División Física y Bioquímica, informe titulado «Características fisiológicas de los no-humanos de Cefeo 18, Parte XI», fechado 172/977 I.G.

1. Se adjunta el Anexo 1 para información de la AgProvExt. Nótese que la sección XII, parágrafos 1-16 del Anexo 1, concierne a posibles cambios en la actual política de la AgProvExt en cuanto a los no-humanos, con miras a facilitar las investigaciones físicas y químicas que actualmente se efectúan bajo la autorización de la referencia (a).

2. Se señala a la AgProvExt que la referencia (b) ya comenta posibles cambios en los métodos de investigación y que es opinión de JefAdmCef 18 que dichos cambios aún son prematuros. Se sugiere, empero, que la cuestión de la tasa de natalidad de los no-humanos sea tema de un pro-

yecto AgProvExt asignado a JefAdmCef 18, en vista de la importancia que el GruCient 10 atribuye al problema, como se evidencia en la sección V del Anexo 1.

L. Antyok, superv., JefAdm-Cef 18,
174/977

De: AgProvExt

A: JefAdm-Cef 18

Tema: Proyecto Provincia Exterior 2563 - Investigaciones científicas de no-humanos de Cefeo 18, Coordinación de las.

Referencia:

(a) Carta JefAdmCef 18 AA-LA/mn, fechada 174/977 I.G.

1. En respuesta a la sugerencia contenida en el parágrafo 2 de la referencia (a), se considera que la cuestión de la tasa de natalidad no-humana no incumbe a JefAdmCef 18. En vista de que GruCient 10 ha informado de que dicha esterilidad quizá se deba a una deficiencia química en el suministro alimentario, GruCient 10 continuará siendo la autoridad responsable para todas las investigaciones en ese campo.

2. Los procedimientos de investigación de los diversos GruCient continuarán de acuerdo con las directivas actuales sobre el particular. No se prevén cambios de política.

C. Morily, jefe, AgProvExt,
186/977 I.G.

2

Con su físico enjuto, el reportero aparentaba tener una estatura imponente.

Era Gustiv Bannerd, cuya reputación se combinaba con su talento, dos cosas que no van invariablemente juntas a pesar de las máximas de moral elemental.

Loodun examinó a aquel hombre alto y dijo:

—No puedo negarle la razón. Pero el informe del GruCient era confidencial. No entiendo cómo...

—Se filtró. Todo se filtra —fue la indiferente explicación de Bannerd.

Antyok mostraba desconcierto y unas arrugas aparecieron en su rosado rostro.

—Entonces, tendré que taponar esa filtración. No puedo aprobar su artículo. Deberá eliminar toda alusión que comprometa al GruCient. Lo entiende, ¿verdad?

—No —respuso Bannerd con calma—. Es importante y tengo mis derechos, conforme a la orden imperial. Creo que el Imperio debería enterarse de lo que ocurre.

—Pero es que no ocurre. Usted se equivoca. La Agencia no piensa cambiar su política. Ya le enseñé las cartas.

—¿Piensa que podrá habérselas con Zammo cuando él presione? —preguntó desdeñosamente el reportero.

—Lo haré, si creo que está equivocado.

—¿Si cree? Antyok, el Imperio se enfrenta a algo importante aquí, mucho más importante de lo que cree el Gobierno. Lo están destruyendo. Están tratando a estas criaturas como animales.

—Por favor... —protestó débilmente Antyok.

—No me hable de Cefeo 18. Es un zoológico. Un zoológico de primera, con científicos insensibles que azuzan a esas pobres criaturas metiendo sus palos a través de las rejas. Ustedes les arrojan trozos de carne, pero las mantienen encerradas. Lo sé. Hace dos años que escribo sobre el tema. Casi he vivido con ellas.

—Zammo dice...

—¡Zammo! —escupió despectivamente el reportero.

—Zammo dice —insistió Antyok con severidad— que los tratamos como si fueran humanos.

Las rectas y largas mejillas del reportero se endurecieron.

—Zammo se parece bastante a un animal. Es un adorador de la ciencia. Podríamos prescindir de tales personajes. —Y de pronto preguntó—: ¿Ha leído usted las obras de Aurelión?

—Pues sí. Entiendo que el Emperador...

—El Emperador se inclina por nosotros. Eso es bueno, mejor que las jaurías del reinado anterior.

—No entiendo adónde quiere llegar.

—Estos alienígenas tienen mucho que enseñarnos. ¿Comprende? No se trata de nada que Zammo y su grupo científico puedan aprovechar, no es ni química ni telepatía. Es un modo de vivir, un modo de pensar. Los alienígenas no tienen criminales ni inadaptados. ¿Qué se está haciendo para estudiar su filosofía? ¿Y para encararlos como un problema de ingeniería social?

Antyok reflexionó, y su cara rechoncha se suavizó.

—Es una reflexión realmente interesante. Sería un asunto para los psicólogos...

—No sirven. La mayoría de ellos son unos charlatanes. Los psicólogos señalan los problemas, pero sus soluciones son falaces. Necesitamos partidarios de Aurelión. Hombres de la Filosofía...

—Pero no podemos transformar Cefeo 18 en..., en un estudio metafísico.

—¿Por qué no? Es fácil de hacer.

—¿Cómo?

—Olvídese de sus mezquinos tubos de ensayo. Permita que los alienígenas organicen una sociedad libre de humanos. Déles una independencia sin trabas y permita una mezcla de filosofías...

—Eso no se puede hacer en un día —objetó nerviosamente Antyok.

—Pero sí se puede comenzar en un día.

—Bien, no puedo impedirle que intente empezar —dijo lentamente el administrador, y adoptó un tono confidencial—. Pero echará a perder su propio juego si publica el informe del GruCient 10 y lo denuncia por razones humanitarias. Los científicos son poderosos.

—Los partidarios de la Filosofía también.

—Sí, pero hay un camino más fácil. No es preciso irritar. Simplemente señale que el grupo científico no está resolviendo los problemas. Exprésello sin apasionamiento y permita que los lectores elaboren ese punto de vista. Tome el problema del índice de natalidad, por ejemplo. Ahí tiene algo importante. En una generación, los no-humanos podrían extinguirse, a pesar de todo lo que pueda hacer la ciencia. Señale que se requiere un enfoque más filosófico. O escoja otro punto obvio. Use su buen juicio. —Antyok sonrió afablemente al levantarse—. Pero, en nombre de la Galaxia, no enturbie el asunto.

En un tono seco e indiferente Bannerd dijo:

—Tal vez tenga razón.

Y más tarde le envió este mensaje a un amigo: «No es inteligente, de ningún modo. Está confuso y no cuenta con directivas que lo guíen en la vida. Sin duda es incompetente en su trabajo. Pero sabe recortar y pulir, sortea diplomáticamente las dificultades y prefiere hacer concesiones a atascarse en una postura inflexible. Quizá nos resulte valioso. Tuyo en Aurelión».

De: JefAdm-Cef 18

A: AgProvExt

Tema: Tasa de natalidad de los no-humanos de Cefeo 18, Reportaje sobre la.

Referencias:

(a) Carta de JefAdm-Cef 18 AA-LA/mn, fechada 174/977 I.G.

(b) Orden Imperial, Ja2374, fechada 243/975 I.G.

Anexos:

1-G. Reportaje de Bannerd, fechado Cefeo 18, 201/977 I.G.

2-G. Reportaje de Bannerd, fechado Cefeo 18, 203/977 I.G.

1. La esterilidad de los no-humanos de Cefeo 18, comunicada a la AgProvExt en referencia (a), se ha convertido en tema de reportajes en la prensa galáctica. Adjuntamos los reportajes en cuestión para información de la AgProvExt como Anexos 1 y 2. Aunque dichos reportajes se basan en material considerado confidencial y prohibido al público, el reportero en cuestión defendió su derecho a la libre expresión según los términos de la referencia (b).

2. En vista de la inevitable publicidad y del malentendido que creará en la opinión pública, se requiere que la AgProvExt establezca políticas futuras respecto del problema de la esterilidad de los no-humanos.

L. Antyok, superv., JefAdm-Cef 18,
209/977 I.G.

De: AgProvExt
A: JefAdm-Cef 18
Tema: Tasa de natalidad de los no-humanos de Cefeo 18, Investigación de la.
Referencias:
(a) Carta jefAdmCef 18 AA-LA/mn, fechada 209/977 I.G.
(b) Carta jefAdmCef 18 AA-LA/mn, fechada 174/977 I.G.

1. Proponemos investigar las causas y los medios para impedir la desfavorable tasa de natalidad mencionada en las referencias (a) y (b). Por ende, se establece un proyecto, titulado «Tasa de natalidad de los no-humanos de Cefeo 18, Investigación de la», al cual, en vista de la crucial importancia del tema, se asigna una prioridad AA.

2. El número otorgado al proyecto es 2910, y todos los gastos correspondientes se indicarán con el número de Asignación 18/78.

C. Morily, jefe, AgProvExt,
223/977 I.G.

3

Aunque el mal humor de Tomor Zammo disminuyó una vez en el interior de la estación experimental del grupo científico 10, no por ello su amabilidad había aumentado. Antyok se encontró a solas ante la ventana panorámica del principal laboratorio de campo.

El laboratorio era un ancho patio dispuesto según las condiciones ambientales de Cefeo 18, para incomodidad de los experimentadores y comodidad de los objetos de la experimentación. A través de la arena calcinada y del aire seco y rico en oxígeno, chispeaba el duro resplandor de un sol caluroso y blanco. Y debajo del resplandor los rojizos no-humanos, con su piel arrugada y su físico enclenque, adoptaban su posición de sosiego, en cuclillas y de uno en uno o de dos en dos.

Zammo salió del laboratorio. Se detuvo para beber agua y levantó el rostro, con el labio superior reluciente de humedad.

—¿Quiere entrar?

Antyok sacudió la cabeza.

—No, gracias. ¿Cuál es la temperatura actual?

—Más de cuarenta y ocho grados, a la sombra. Y se quejan de frío. Es hora de beber. ¿Quiere ver cómo lo hacen?

Un chorro de agua brotó de la fuente del centro del patio y las pequeñas figuras alienígenas se pusieron de pie y echaron a correr medio trotando de un modo extraño. Giraban alrededor del agua, empujándose unos a otros. Desde el centro del rostro proyectaban un largo y flexible tubo de carne que sorbía la espuma y se retiraba goteando.

Duró varios minutos. Los cuerpos se hincharon y las arrugas desaparecieron. Retrocedieron despacio, reculando, agitando el tubo de carne que al fin se redujo a una masa rosada y rugosa encima de una boca ancha y sin labios. Se durmieron en grupos en los lugares sombreados, rechonchos y saciados.

—¡Animales! —exclamó Zammo con desprecio.

—¿Con cuánta frecuencia beben? —se interesó Antyok.

—Con la frecuencia que desean. Pueden aguantar una semana si es preciso. Les damos agua todos los días. La almacenan bajo la piel. Comen de noche. Son vegetarianos.

Antyok sonrió afablemente.

—Es bueno tener información directa en ocasiones. No puedo estar leyendo informes todo el tiempo.

—¿No? ¿Y qué hay de nuevo? ¿Qué me cuenta de esos muchachos con pantalones de encaje, los de Trantor?

Antyok se encogió de hombros.

—Lamentablemente, es difícil conseguir que la Agencia se comprometa. Como el emperador simpatiza con los aurelionistas, el humanitarismo está de moda, como sabe. —Se mordió un labio, indeciso—. Pero ahora está este problema del índice de natalidad. Al fin se lo han asignado a la Jefatura Administrativa, y con prioridad doble A.

Zammo masculló algo para sí.

—Tal vez usted no lo comprenda —le explicó Antyok—, pero ese proyecto ahora será prioritario sobre cualquier otro de Cefeo 18. Es importante. —Se volvió hacia la ventana panorámica y preguntó pensativamente, sin preámbulos—: ¿Cree que estas criaturas pueden ser infelices?

—¡Infelices! —escupió el otro.

—Bien, pues inadaptadas. ¿Comprende? Es difícil preparar un entorno para una raza que conocemos tan poco.

—¿Alguna vez ha visto el mundo del que las recogimos?

—He leído los informes...

—¡Informes! ¡Yo lo he visto! Esto le parecerá un desierto, pero es un vergel para esos demonios. Tienen toda la comida y el agua que puedan desear. Tienen un mundo con vegetación y agua natural, en vez de un montón de sílice y granito, donde cultivaban hongos en cavernas y extraían agua del yeso por evaporación. En diez años, hasta la última de esas bestias habría muerto y las hemos salvado. ¿Infelices? Pues si lo son no tienen la decencia de la mayoría de los animales.

—Bien, quizá. Pero a veces tengo una sospecha.

—¿Una sospecha? ¿Cuál es su sospecha?

Zammo sacó uno de sus puros.

—Es algo que podría ayudarle. ¿Por qué no estudiar a las criaturas de un modo más integrado? Que utilicen su iniciativa. A fin de cuentas, poseían una ciencia muy desarrollada. Los informes de usted lo mencionan continuamente. Déles problemas para resolver.

—¿Por ejemplo?

—Oh..., oh... —Antyok agitó las manos—. Lo que usted considere mejor. Naves espaciales, por ejemplo. Métalos en la sala de control y estudie sus reacciones.

—¿Por qué? —preguntó Zammo con sequedad.

—Porque la reacción de sus mentes ante herramientas y controles adaptados al temperamento humano puede enseñarnos mucho. Además, será un soborno más efectivo, a mi entender, que todo lo que ha intentado hasta ahora. Conseguirá más voluntarios si creen que es para algo interesante.

—Bah, se le nota su formación psicológica. Suena mejor de lo que probablemente es. Lo meditaré. ¿Y cómo conseguiría el permiso, de todos modos, para permitirles manejar naves espaciales? No tengo ninguna a mi disposición y llevaría una eternidad realizar los trámites burocráticos para que nos asignaran una.

Antyoki reflexionó, arrugando la frente.

—No tienen que ser naves espaciales. Pero aun así... si usted redacta otro informe y presenta la propuesta, con cierta vehemencia, ya me entiende, tal vez yo encuentre un modo de vincularla con mi proyecto sobre el índice de natalidad. Una prioridad doble A puede obtener cualquier cosa, sin preguntas.

El entusiasmo de Zammo dejaba bastante que desear.

—Bien, quizás. Entre tanto, debo completar algunas pruebas de metabolismo basal y se hace tarde. Lo pensaré. Tiene sus puntos favorables.

De: JefAdm-Cef 18

A: AgProvExt

Tema: Proyecto Provincia Exterior 2910, Parte I - Tasa de natalidad de los no-humanos de Cefeo 18, Investigación de la.

Referencia:

(a) Carta AgProvExt Cef-N-CM/car, 115097, 223/977 I.G.

Anexos:

1. GruCient 10, informe de la División Física y Bioquímica, Parte XV, fechado 220/977 I.G.

1. Se adjunta Anexo 1 para información de la AgProvExt.

2. Se dirige especial atención a la sección V, parágrafo 3 del Anexo 1, donde se requiere que se asigne una nave espacial al GruCient 10 para utilizarla en acelerar las investigaciones autorizadas por la AgProvExt. JefAdm-Cef 18 considera que dichas investigaciones pueden contribuir

decisivamente al progreso en dicho proyecto, autorizado por referencia (a). Se sugiere, en vista de la alta prioridad asignada por la AgProvExt a dicho proyecto, que se dé curso inmediato al requerimiento del GruCient.

L. Antyok, superv., JefAdm-Cef 18,
240/977 I.G.

De: AgProvExt
A: JefAdm-Cef 18
Tema: Proyecto Provincia Exterior 2910 - Tasa de natalidad de los no-humanos de Cefeo 18, Investigación de la.
Referencia:
(a) Carta JefAdm-Cef 18 AA-LA/mn, fechada 240/977 I.G.

1. La nave de entrenamiento *AN-R-2055* quedará a disposición de JefAdm-Cef 18 para uso en la investigación de los no-humanos de Cefeo 18 respecto del proyecto mencionado y otros proyectos ProvExt autorizados, tal como se requiere en el Anexo 1 de la referencia (a).

2. Se exhorta a que el trabajo sobre el citado proyecto se acelere por todos los medios disponibles.

C. Morily, jefe, AgProvExt,
251/977 I. G.

4

La criaturilla roja debía de sentirse mucho más incómoda de lo que dejaba ver su prestancia, aunque la temperatura ya estaba regulada de tal modo que sus acompañantes humanos sudaban con sus camisas abiertas.

—Lo encuentro húmedo, pero soportable a esta baja temperatura —dijo, hablando con cuidado y en un tono de voz agudo.

Antyok sonrió.

—Fuiste amable al venir. Quería visitarte yo, pero un análisis de tu atmósfera...

81

La sonrisa se convirtió en un gesto de pesar.

—No importa. Vosotros habéis hecho más por nosotros de lo que jamás pudimos hacer nosotros mismos. Es una obligación retribuida con imperfección por mi parte al soportar una mínima incomodidad.

Hablaba siempre en forma indirecta, como si abordara sus pensamientos de una forma oblicua, como si hablar sin rodeos atentara contra los buenos modales.

Gustiv Bannerd, sentado en un rincón de la habitación, con una larga pierna cruzada sobre la otra, hizo unas anotaciones y preguntó:

—¿No te molesta que registre todo esto?

El no-humano cefeida miró de soslayo al periodista.

—No tengo objeción.

Antyok insistió en su tono de disculpa:

—No se trata sólo de una cuestión social. No te habría sometido a ninguna incomodidad por eso. Hay cuestiones importantes que considerar y tú eres el dirigente de tu pueblo.

—Me satisface que tus propósitos sean cordiales. Continúa, por favor.

El administrador tenía grandes dificultades para volcar sus pensamientos en palabras.

—Es un tema delicado —dijo—, y nunca lo mencionaría si no fuera por la abrumadora importancia de la..., en fin, de la cuestión. Soy sólo el portavoz de mi Gobierno...

—Mi pueblo considera que el Gobierno de tu mundo es amable.

—Pues sí, lo es. Por esa razón, le preocupa que tu pueblo ya no se reproduzca.

Antyok hizo una pausa y aguardó una reacción que no se produjo. El rostro del cefeida permaneció inalterable, excepto por un suave temblor en la zona rugosa que era el tubo de beber desinflado.

—Es... es una cuestión que vacilábamos en mencionar —continuó Antyok— porque tiene aspectos muy personales. Mi Gobierno no desea entrometerse y hemos hecho lo posible para investigar el problema con discreción y sin molestar a tu gente. Pero, francamente, nosotros...

—¿Habéis fracasado? —concluyó el cefeida, cuando la pausa se prolongó.

—Sí. Al menos no hemos descubierto una incapacidad concreta para imitar el ámbito de vuestro mundo original, a excepción de algunas modificaciones necesarias con el fin de hacerlo más habitable. Naturalmente, se piensa que existe algún problema químico. Y por eso pido tu ayuda voluntaria en el asunto. Tu gente está avanzada en el estudio de la bioquímica que os es propia. Si no quieres, o prefieres...

—No, no. Puedo ayudar. —Parecía de buen humor. Arrugó los tersos y chatos rasgos de su cráneo lampiño, en la manifestación alienígena de una emoción incierta—. No se nos hubiera ocurrido pensar que esto os turbara. Es un indicio más de vuestra bien intencionada amabilidad. Este mundo nos resulta satisfactorio, un paraíso en comparación con el viejo. Las condiciones que prevalecen son propias de nuestras leyendas de la Edad de Oro.

—Bien...

—Pero hay algo, algo que quizá vosotros no entendáis. No podemos esperar que otras inteligencias piensen del mismo modo.

—Intentaré entenderlo.

La voz del cefeida se hizo más suave; los límpidos tonos graves, más pronunciados:

—En nuestro mundo natal agonizábamos, pero estábamos luchando. Nuestra ciencia, desarrollada a lo largo de una historia más antigua que la vuestra, llevaba las de perder, pero aún no estaba derrotada. Tal vez fuese porque nuestra ciencia era fundamentalmente biológica, no física como la vuestra. Vuestro pueblo descubrió nuevas formas de energía y llegó a las estrellas; el nuestro descubrió nuevas verdades en psicología y en psiquiatría y construyó una sociedad funcional libre de enfermedades y de delitos.

»No es preciso preguntarse cuál de ambos enfoques era el más loable, pero no hay dudas en cuanto a cuál tuvo mayor éxito al final. En nuestro mundo agonizante, sin medios de vida ni fuentes de energía, nuestra ciencia biológica sólo podía facilitar la muerte.

»Y aun así luchamos. Durante siglos hemos buscado a tientas los elementos de la energía atómica y lentamente se encendió la chispa de la esperanza que nos permitiría romper los límites bidimensionales de nuestra superficie planetaria para alcanzar las estrellas. En nuestro sistema no había otros planetas que nos sirvieran como escalas en el camino. Nada, salvo veinte años luz hasta la estrella más próxima y sin el conocimiento de la posibilidad de la existencia de otros sistemas planetarios, sino más bien lo contrario.

»Pero en toda vida hay algo que insiste en luchar, aunque la lucha sea inútil. En los últimos días quedábamos sólo cinco mil. Sólo cinco mil. Y nuestra nave estaba preparada. Era experimental y tal vez hubiera sido un fracaso, pero ya teníamos correctamente elaborados todos los principios de propulsión y navegación.

Hubo una larga pausa y los ojillos negros del cefeida parecieron cubrirse de nostalgia.

—¿Y entonces llegamos nosotros? —intervino el periodista.

—Y entonces llegasteis vosotros —asintió—. Eso lo cambió todo. Disponíamos de energía. Disponíamos de un nuevo mundo no sólo satisfactorio, sino ideal. Si nosotros habíamos resuelto nuestros problemas sociales tiempo atrás, vosotros resolvisteis repentina y completamente nuestros aún más difíciles problemas de medio ambiente.

—¿Y? —preguntó Antyok.

—Pues... de algún modo eso no estaba bien. Durante siglos nuestros ancestros habían luchado por llegar a las estrellas y de pronto las estrellas resultaban ser de propiedad ajena. Habíamos luchado por la vida y de pronto ésta se transformaba en un obsequio que otros nos hacían. Ya no hay razones para luchar, ya no hay nada que alcanzar, todo el universo es propiedad de vuestra raza.

—Este mundo es vuestro —dijo afablemente Antyok.

—Por consentimiento. Es un obsequio. No es nuestro por derecho.

—En mi opinión os lo habéis ganado.

El cefeida fijó la vista en el semblante de su interlocutor.

—Tienes buenas intenciones, pero dudo que lo entiendas. No tenemos adónde ir, salvo este mundo con el que nos habéis obsequiado. Estamos en un callejón sin salida. La función de la vida es luchar y se nos ha arrebatado. La vida ya no puede interesarnos. No tenemos descendencia voluntariamente. Es nuestro modo de quitarnos de en medio.

Distraídamente, Antyok había retirado el fluoroglobo de la repisa de la ventana y lo hizo girar sobre la base. La llamativa superficie reflejó la luz al girar y su mole de un metro de altura flotaba en el aire con incongruente gracia y ligereza.

—¿Es vuestra única solución? —insistió Antyok—. ¿La esterilidad?

—Podríamos escapar —susurró el cefeida—, pero ¿en qué parte de la galaxia hay sitio para nosotros? Es toda vuestra.

—Sí, no hay lugar para vosotros más cercano que las Nubes Magallánicas, si buscáis independencia. Las Nubes Magallánicas...

—Y no nos dejaríais ir. Tenéis buenas intenciones, lo sé.

—Sí, tenemos buenas intenciones..., pero no podríamos dejaros partir.

—Es una amabilidad errada.

—Tal vez, pero ¿no podríais resignaros? Tenéis un mundo.

—Es algo que trasciende las explicaciones. Vuestra mentalidad es distinta. No podríamos resignarnos. Creo, administrador, que has pensado ya antes en todo esto. El concepto del callejón sin salida en que nos hallamos atrapados no es nuevo para ti.

Antyok se sobresaltó y detuvo el movimiento del fluoroglobo con una mano.

—¿Puedes leerme la mente?

—Es sólo una conjetura. Y creo que es válida.

—Sí..., pero ¿puedes leerme la mente? ¿Puedes leer las mentes humanas? Es interesante. Los científicos dicen que no podéis, pero a veces me pregunto si simplemente no queréis. ¿Podrías responderme? Tal vez te estoy retrasando más de la cuenta.

—No..., no. —Pero el menudo cefeida se arrebujó en su túnica y hundió el rostro en la almohadilla calefactora eléctrica del cuello—. Vosotros habláis de leer mentes. No es así en absoluto, pero sin duda es imposible de explicar.

Antyok murmuró el viejo proverbio:

—Es imposible explicar la visión a un ciego de nacimiento.

—En efecto. Este sentido que llamáis «lectura de mentes», muy erróneamente, no se aplica a nosotros. No es que no podamos recibir las sensaciones adecuadas, sino que vosotros no las transmitís, y no tenemos modo de explicaros cómo hacerlo.

—Ya.

—Hay ocasiones, por supuesto, de gran concentración o de tensión emocional por parte de uno de vosotros, en que algunos de los que somos más expertos en este sentido (más observadores por así decirlo) detectamos algo. Es impreciso. Pero a veces me he preguntado...

Antyok hizo girar nuevamente el fluoroglobo. Sumido en sus pensamientos, miraba fijamente al cefeida. Gustiv Bannerd estiró los dedos y releyó sus notas, moviendo los labios en silencio.

El fluoroglobo giraba, y poco a poco el cefeida se fue poniendo tenso, a medida que sus ojos escrutaban el brillo de gran colorido de la frágil superficie del globo.

—¿Qué es eso? —preguntó.

Antyok se sobresaltó y su rostro cobró una expresión plácida.

—¿Esto? Una moda de hace tres años, lo cual significa que este año es una reliquia anticuada. Se trata de un artilugio inservible, pero bonito. Bannerd, ¿podría ajustar las ventanas para no-transmisión?

Se oyó el suave chasquido de un contacto y las ventanas se transformaron en oscuras zonas curvadas, mientras en el centro de la habitación el fluoroglobo se transformaba en el centro de una irradiación rosada que parecía brincar en llamas ondulantes. Antyok, una figura escarlata en una habitación escarlata, lo apoyó en la mesa y lo hizo girar con una mano teñida de rojo. Al girar, los colores cambiaban con creciente celeridad, fusionándose y descomponiéndose en los contrastes más extraordinarios.

Antyok se hallaba envuelto en la turbadora atmósfera de un arco iris fúlgido y cambiante.

—La superficie es de un material que exhibe una fluorescencia variable. Casi no tiene peso y es muy frágil, pero está giroscópicamente equilibrado y rara vez se cae. Es bastante bonito, ¿no crees?

—Extremadamente bonito —asintió el cefeida.

—Pero su momento ha pasado. Ya no está de moda.

—Es muy bonito.

86

El cefeida parecía abstraído. Antyok hizo un gesto, Bannerd encendió la luz y los colores se disiparon.

—Eso es algo que agradaría a mi gente —comentó el cefeida, mirando el globo con fascinación.

Antyok se puso de pie.

—Será mejor que te vayas. Si te quedas más tiempo, la atmósfera puede surtir malos efectos. Agradezco humildemente tu amabilidad.

—Yo agradezco humildemente la tuya.

El cefeida también se puso de pie.

—La mayoría de tu gente, por cierto —dijo Antyok—, ha aceptado el ofrecimiento de estudiar la configuración de nuestras naves modernas. Comprenderás, supongo, que el propósito era analizar sus reacciones ante nuestra tecnología. Confío en que eso no atente contra vuestro sentido del decoro.

—No es preciso que te disculpes. Yo tengo ahora los elementos necesarios para llegar a ser un piloto humano. Fue muy interesante. Evoca nuestros propios esfuerzos... y nos recuerda que andábamos por el camino correcto.

El cefeida se marchó, y Antyok frunció el ceño al sentarse.

—Bien —le dijo a Bannerd con brusquedad—. Espero que recuerde usted nuestro acuerdo. Esta entrevista no se puede publicar.

Bannerd se encogió de hombros.

—Muy bien.

Antyok acarició la estatuilla de metal que tenía sobre el escritorio.

—¿Qué piensa de todo esto, Bannerd?

—Lo lamento por ellos. Creo entender cómo se sienten. Deberíamos educarlos para que pensasen de otro modo, y la Filosofía puede hacerlo.

—¿Eso cree?

—Sí.

—Pero no podemos dejarles ir.

—Claro que no. Eso es impensable. Tenemos mucho que aprender de ellos. Ese sentimiento que experimentan es sólo una etapa pasajera. Ya pensarán de otro modo, especialmente cuando les concedamos la más plena independencia.

—Tal vez. ¿Qué piensa usted de los fluoroglobos, Bannerd? A él le han gustado. Quizá sea un gesto apropiado pedir varios miles. Es evidente que ahora se venden muy poco, así que están bastante baratos.

—Parece una buena idea.

—Pero la Agencia nunca lo aceptaría. Los conozco.

El reportero entornó los párpados.

—Pero podría ser apropiado. Necesitan interesarse en cosas nuevas.

—¿Sí? Bien, podríamos hacer algo. Si yo incluyera su transcripción de la entrevista como parte de un informe e hiciera hincapié en el asunto de los globos... A fin de cuentas, usted es un prosélito de la Filosofía y quizás ejerciera influencia sobre gente importante, cuya palabra tendría mucho más peso que la mía en la Agencia. ¿Entiende...?

—Sí —murmuró Bannerd—. Sí.

De: JefAdm-Cef 18

A: AgProvExt

Temas: Proyecto ProvExt 2910, Parte II: Tasa de natalidad de los no-humanos de Cefeo 18, Investigación de la.

Referencia:

(a) Carta de AgProvExt Cef-N-CM/car, 115097, fechada 223/977 I.G.

Anexo:

1. Transcripción de la conversación entre L. Antyok, de JefAdm-Cef 18, y Ni-San, sumo juez de los no-humanos de Cefeo 18.

1. Se adjunta en Anexo 1 para información de la AgProvExt.

2. La investigación del proyecto emprendido en respuesta a la autorización de referencia (a) se efectúa según las nuevas líneas indicadas en el Anexo 1. Aseguramos a la AgProvExt que utilizaremos todos los medios para combatir la nociva actitud psicológica que prevalece actualmente entre los no-humanos.

3. Nótese que el sumo juez de los no-humanos de Cefeo 18 manifestó interés en los fluoroglobos. Se ha iniciado una investigación preliminar sobre este dato de la psicología no-humana.

L. Antyok, superv., JefAdm-Cef 18,
272/977 I.G.

De: AgProvExt
A: JefAdm-Cef 18
Tema: Proyecto ProvExt 2910: Tasa de natalidad de los no-humanos de Cefeo 18, Investigación de la.
Referencia:
   (a) Carta JefAdm-Cef 18 AA-LA/mn, fechada 272/977 I.G.
   1. Con referencia al Anexo l de referencia (a), el Departamento de Comercio ha despachado una remesa de cinco mil fluoroglobos para Cefeo 18.
   2. Se recomienda que JefAdm-Cef 18 utilice todos los métodos para mitigar la insatisfacción de los no-humanos, en conformidad con la necesidad de obediencia a las proclamas imperiales.

C. Morily, jefe, AgProvExt,
283/977 I.G.

5

La cena había concluido, se había servido vino y se habían encendido los puros. La gente conversaba en grupos y el capitán de la flota mercante ocupaba el centro del grupo más numeroso. Su brillante uniforme blanco deslumbraba a sus interlocutores.

—El viaje fue cosa de nada —manifestó con jactancia—. He estado al mando de más de trescientas naves, pero nunca transporté semejante cargamento. ¡Santa Galaxia! ¿Para qué quieren ustedes cinco mil fluoroglobos en este desierto?

Loodun Antyok rió suavemente.

—Para los no-humanos. Espero que no haya sido un cargamento difícil.

—Difícil no, pero sí voluminoso. Son frágiles, y no podía llevar más de veinte por nave, con tantas regulaciones gubernamentales concernientes al embalado y a las precauciones contra las rupturas. Pero supongo que es dinero del Gobierno.

Zammo sonrió torvamente.

—¿Es su primera experiencia con los métodos del Gobierno, capitán?

—¡Santa Galaxia, no! Procuro evitarlo, desde luego; pero a veces es imposible no verse enredado. Y es engorroso, a decir verdad. ¡Tantos trámites! ¡El papeleo! Es suficiente para atrofiarte el crecimiento y helarte la sangre en las venas. Es un tumor, un engendro canceroso en la galaxia. Yo lo borraría todo de un plumazo.

—Es usted injusto, capitán. No lo entiende.

—¿No? Bien, ya que es usted uno de esos burócratas —replicó, pronunciando la palabra con una sonrisa—, ¿por qué no explica su perspectiva de la situación?

—Pues bien —contestó Antyok, con cierta agitación—, el Gobierno es un asunto grave y complejo. Tenemos miles de planetas de que preocuparnos en este Imperio, y miles de millones de personas. Supervisar el arte de gobernar, sin una organización muy rigurosa, casi escapa a la capacidad humana. Creo que hay cuatrocientos millones de hombres tan sólo en el Servicio Administrativo Imperial y, para coordinar sus esfuerzos y amalgamar sus conocimientos, necesitamos esos trámites y ese papeleo. Cada elemento, aunque parezca insensato, tiene su utilidad. Cada papel es una hebra que enlaza la labor de cuatrocientos millones de humanos. Si aboliéramos el Servicio Administrativo, aboliríamos el Imperio, y con él la paz interestelar, el orden y la civilización.

—Vamos... —dijo el capitán.

—No, lo digo en serio. Las reglas y el sistema de la organización administrativa deben ser abarcadoras y rígidas para que los funcionarios incompetentes, que los hay... Pueden reírse, pero también hay científicos incompetentes, y reporteros, y capitanes... Para que los funcionarios incompetentes, decía, puedan causar poco daño. Porque, en el peor de los casos, el sistema no puede funcionar solo.

—Sí —gruñó el capitán—. ¿Y si nombran un administrador capaz? Entonces queda atrapado por esa rígida telaraña y se ve obligado a ser mediocre.

—En absoluto —replicó afablemente Antyok—. Un hombre capaz puede trabajar dentro de los límites de las reglas y lograr lo que se propone.

—¿Cómo? —preguntó Bannerd.

—Bueno... Bien... —Antyok se sentía repentinamente incómodo—. Un método consiste en obtener un proyecto con prioridad A o, si es posible, doble A.

El capitán echó la cabeza hacia atrás, para echarse a reír, pero no llegó a hacerlo, pues se abrió la puerta y entraron unos hombres asustados. Al principio, los gritos eran ininteligibles. Luego:

—¡Señor, las naves se han ido! ¡Esos no-humanos las tomaron por la fuerza!

—¿Qué? ¿Todos?

—¡Todos! ¡Naves y criaturas...!

A las dos horas, los cuatro volvieron a reunirse en el despacho de Antyok.

—No hay error —declaró fríamente Antyok—. No queda una sola nave, ni siquiera nuestra nave de entrenamiento, Zammo. Y no hay una sola nave del Gobierno disponible en esta mitad del sector. Para cuando organicemos una persecución estarán fuera de la galaxia, camino a las Nubes Magallánicas. Capitán, era responsabilidad suya mantener una guardia adecuada.

—¡Era nuestro primer día fuera del espacio! —exclamó el capitán—. ¿Quién iba a suponer...?

—Un momento, capitán —interrumpió Zammo—. Empiezo a entenderlo, Antyok. Usted tramó todo esto.

—¿Yo? —preguntó Antyok con aire de distante ingenuidad.

—Esta noche usted comentó que un administrador inteligente obtenía un proyecto de prioridad A para lograr lo que se proponía. Usted obtuvo ese proyecto con el propósito de ayudar a los no-humanos a escapar.

—¿Yo hice eso? Pero ¿cómo? Fue usted quien mencionó el problema de la decreciente tasa de natalidad en uno de sus informes. Fue Bannerd quien escribió esos artículos sensacionalistas que asustaron a la Agencia, convenciéndola de establecer un proyecto con prioridad doble A. Yo no tuve nada que ver.

—¡Usted sugirió que yo mencionara lo de la tasa de natalidad! —vociferó Zammo.

—¿De veras?

—¡Y fue usted quien sugirió que yo mencionara la tasa de natalidad en mis artículos! —rugió Bannerd.

Los tres lo cercaron. Antyok se reclinó en la silla.

—No sé adónde quieren ir a parar. Si me están acusando, les ruego que se atengan a las pruebas legales. Las leyes del Imperio se rigen por material escrito, filmado o transcrito, o por declaraciones con testigos. Todas mis cartas como administrador figuran en este archivo, en la Agencia y en otros lugares. Yo jamás he pedido un proyecto de prioridad A. La Agencia me lo asignó, y Zammo y Bannerd son responsables de ello. Según los papeles, al menos.

La voz de Zammo fue un gruñido casi ininteligible:

—Usted me embaucó para que enseñara a esas criaturas a manejar una nave espacial.

—Fue sugerencia de usted. Tengo en archivo el informe donde propone estudiar la reacción de los no-humanos ante las herramientas humanas. También lo tiene la Agencia. Las pruebas legales son claras. Yo no tuve nada que ver.

—¿Ni con los globos? —inquirió Bannerd.

—¡Hizo traer mis naves a propósito! —exclamó el capitán—. ¡Cinco mil globos! Usted sabía que necesitaría cientos de naves.

—Yo nunca pedí los globos. Fue idea de la Agencia, aunque creo que los amigos de Bannerd partidarios de la Filosofía ayudaron bastante.

Bannerd se atragantó.

—¡Usted le preguntó al dirigente cefeida que si podía leer la mente! —escupió—. ¡Le estaba diciendo que expresara interés en los globos!

—Vamos, usted mismo preparó la transcripción de la conversación, y eso también consta en los archivos. No puede probarlo. —Antyok se levantó—. Tendrán ustedes que excusarme. Debo preparar un informe para la Agencia. —En la puerta, dio media vuelta—. En cierto modo, el problema de los no-humanos está resuelto; al menos, para satisfacción de ellos. Ahora procrearán y tendrán un mundo que se han ganado. Es lo que querían. Otra cosa: no me acusen de tonterías; hace veintisiete años que estoy en el Servicio, y les aseguro que mi papeleo es prueba suficiente de que he actuado correctamente en todo. Capitán, me alegrará continuar nuestra conversación de hoy cuando usted desee, para explicarle cómo un administrador capaz puede utilizar la burocracia con el objetivo de obtener lo que se propone.

Era notable que ese redondo rostro de bebé pudiera lucir una sonrisa tan socarrona.

De: AgProvExt

A: Loodun Antyok, administrador jefe, A-8

Tema: Servicio Administrativo, Permanencia en.

Referencia:

(a) Decisión Tribunal ServAd 22874-Q, fechada 1/978 I.G.

1. En vista de la opinión favorable vertida en referencia (a), queda usted absuelto de toda responsabilidad por la fuga de no-humanos de Cefeo. Se requiere que permanezca disponible para su próxima gestión.

R. Horpritt, jefe, ServAd,

15/978 I.G.

Pruebas circunstanciales

—Pero tampoco fue eso —dijo pensativamente la doctora Calvin—. Claro que al fin esa nave y otras similares pasaron a manos del Gobierno. El salto hiperespacial se perfeccionó y ahora tenemos colonias humanas en los planetas de algunas estrellas cercanas, pero no fue eso. —Yo había terminado de comer y la miraba a través del humo del cigarrillo—. Lo que realmente cuenta es lo que le sucedió a la gente de la Tierra en los últimos cincuenta años. Cuando yo nací, cuando era pequeña, acabábamos de pasar por la última guerra mundial. Fue un mal momento en la historia, pero significó el final del nacionalismo. La Tierra era demasiado pequeña para las naciones, que comenzaron a agruparse en regiones. Se tardó un tiempo. Cuando yo nací, Estados Unidos de América aún constituía una nación y no formaba parte de la Región Norte. De hecho, el nombre de la compañía todavía es Robots de Estados Unidos... Y el tránsito de naciones a regiones, que ha estabilizado nuestra economía y creado algo que equivale a una Edad de Oro, si se compara este siglo con el anterior, también fue obra de nuestros robots.

—Usted se refiere a las máquinas —dije—. El cerebro de que usted hablaba fue la primera de las máquinas, ¿verdad?

—Sí, lo fue, pero no pensaba en las máquinas, sino en un hombre. Falleció el año pasado. —De pronto se le hizo un nudo en la garganta—. O al menos decidió fallecer, porque sabía que ya no lo necesitábamos... Stephen Byerley.

—Sí, supuse que se refería a él.

—Inició su gestión en el año 2032. Usted era sólo un niño, así que no recordará cuán extraño era todo. Su campaña para la alcaldía fue sin duda la más rara de la historia...

Francis Quinn era un político de la nueva escuela. Claro que esta expresión, como muchas similares, no significa nada. La mayoría de las «nuevas escuelas» poseen equivalentes en la vida social de la antigua Grecia, y tal vez hallaríamos cosas parecidas si conociéramos mejor la vida social de la antigua Sumeria y las viviendas lacustres de la Suiza prehistórica.

Pero, para eludir lo que promete ser un comienzo tedioso y complicado, quizá sea mejor apresurarse a aclarar que Quinn no era candidato ni solicitaba votos, no pronunciaba discursos ni llenaba urnas. Así como Napoleón no apretó el gatillo en Austerlitz.

Y como la política da pie a extraños compañeros de cama, Alfred Lanning estaba sentado al otro lado del escritorio con las enérgicas cejas blancas enarcadas sobre unos ojos agudizados por una impaciencia crónica. No se sentía a gusto.

Si Quinn lo hubiera sabido, no se habría inmutado. Habló con voz cordial, casi profesionalmente afable:

—Entiendo que conoce a Stephen Byerley, doctor Lanning.

—He oído hablar de él. Como mucha gente.

—Sí, también yo. Tal vez usted piensa votar por él en las próximas elecciones.

—Lo ignoro —respondió Lanning con tono corrosivo—. No he seguido las tendencias políticas, así que no sé si se presentará como candidato.

—Quizá sea nuestro siguiente alcalde. Desde luego, ahora es sólo un abogado, pero todo roble...

—Sí —interrumpió Lanning—. Conozco el dicho. Todo roble ha sido bellota. Pero le pido que vayamos al grano.

—Estamos yendo al grano, doctor Lanning —dijo Quinn, en un tono de lo más afable—. Me interesa que el señor Byerley sea a lo sumo fiscal, y a usted le interesa ayudarme.

Lanning frunció el ceño.

—¿Me interesa? ¡Vamos!

—Bien, digamos entonces que le interesa a la Compañía de Robots y Hombres Mecánicos de EE.UU. Acudo a usted como Director Emérito de Investigación, porque sé que para la compañía usted es una especie de anciano sabio. Le escuchan con respeto; pero su conexión no es tan estrecha como para no gozar de bastante libertad de acción, aunque la acción sea algo heterodoxa.

El doctor Lanning guardó silencio un instante, rumiando sus pensamientos.

—No le entiendo, señor Quinn —murmuró.

—No me sorprende, doctor Lanning. Pero es bastante sencillo. Excúseme. —Quinn encendió un delgado cigarrillo con un encendedor de exquisita simplicidad, y su rostro huesudo cobró una expresión de serena diversión—. Hemos hablado del señor Byerley, un personaje extraño y pintoresco. Era desconocido hace tres años. Hoy es famoso. Es un hombre enérgico y capaz y, por supuesto, el fiscal más apto e inteligente que he conocido. Lamentablemente no es amigo mío...

—Entiendo —dijo Lanning mecánicamente, mirándose las uñas.

—El año pasado tuve ocasión de investigar al señor Byerley, muy exhaustivamente —continuó Quinn—. Siempre es conveniente someter la vida pasada de los políticos reformistas a un examen inquisitivo. Si usted supiera cuánto me ha ayudado... —Hizo una pausa para sonreírle sin humor a la punta del cigarrillo—. Pero el pasado del señor Byerley es insípido. Vida tranquila en una ciudad pequeña, educación universitaria, una esposa que falleció joven, un accidente automovilístico seguido de una lenta recuperación, Facultad de Derecho, traslado a la metrópoli, abogado. —Sacudió lentamente la cabeza y añadió—: Excepto su vida actual. Esto sí que es notable. ¡Nuestro Fiscal no come nunca!

Lanning irguió la cabeza y aguzó sus viejos ojos.

—¿Cómo ha dicho?

—Nuestro fiscal nunca come —repitió Quinn, separando las sílabas—. Haré una pequeña corrección: nunca se le ha visto comer ni beber. ¡Nunca! ¿Comprende el peso de esta palabra? No rara vez, sino ¡nunca!

—Me parece increíble. ¿Puede usted confiar en sus investigadores?

—Puedo confiar en mis investigadores, y no me resulta increíble. Más aún, no sólo no le han visto beber, ya sea agua, ya sea alcohol; sino que no le han visto dormir. Hay otros factores, pero creo que he sido bastante claro.

Lanning se reclinó en el asiento. Hubo un silencio tenso, como en un duelo, y luego el viejo robotista sacudió la cabeza.

—No, usted sólo puede estar insinuando una cosa, dado que por algo me cuenta todo esto precisamente a mí, y lo que insinúa es absolutamente imposible.

—Pero ese hombre es inhumano, doctor Lanning.

—Si usted me dijera que es Satanás disfrazado, existiría una leve posibilidad de creerle.

—Le digo que es un robot, doctor Lanning.

—Le digo que es imposible, señor Quinn.

De nuevo ese silencio agresivo.

—No obstante —continuó Quinn, apagando el cigarrillo con afectación—, tendrá que investigar esa imposibilidad con todos los recursos de la compañía.

—Por supuesto que no haré semejante cosa, señor Quinn. No puede sugerir en serio que la compañía intervenga en política local.

—No tiene opción. Suponga que hago públicos estos datos... Al menos cuento con pruebas circunstanciales.

—Haga lo que le plazca.

—Pero no me place. Preferiría tener pruebas contundentes. Y tampoco le agradaría a usted, pues la publicidad sería muy perjudicial para la compañía. Supongo que usted está familiarizado con las estrictas reglas contra el uso de robots en mundos habitados.

—¡Por supuesto!

—Ya sabe que su compañía es el único fabricante de robots positrónicos en el sistema solar, y si Byerley resulta ser un robot será un robot positrónico. También sabe que los robots positrónicos se alquilan, no se venden, y que su empresa continúa siendo propietaria y administradora de todos los robots y, por lo tanto, es responsable de los actos de todos ellos.

—Es fácil, señor Quinn, demostrar que la compañía jamás ha manufacturado un robot humanoide.

—¿Es posible hacerlo? Sólo por comentar las posibilidades.

—Sí, es posible.

—Y es posible también hacerlo en secreto, supongo. Sin registrarlo en los libros.

—No en el caso de un cerebro positrónico. Hay demasiados factores involucrados y existe una rigurosa supervisión del Gobierno.

—Sí, pero los robots se gastan, se estropean, dejan de funcionar... y son desmantelados.

—Y los cerebros positrónicos se usan de nuevo o se destruyen.

—¿De veras? —preguntó Quinn con sarcasmo—. Y si, por accidente, claro está, uno no fuera destruido y hubiera una estructura humanoide aguardando un cerebro...

—¡Imposible!

—Usted tendría que probárselo al Gobierno y al público. ¿Por qué no a mí ahora?

—¿Pero cuál sería nuestro propósito? —quiso saber Lanning, exasperado—. ¿Dónde está nuestra motivación? Concédanos un poco de sensatez.

—Por favor, mi querido Lanning. La compañía se sentiría muy satisfecha si las diversas regiones permitieran el uso de robots positrónicos humanoides en los mundos habitados. Las ganancias serían suculentas. Pero el prejuicio de la opinión pública contra esa práctica es demasiado grande. Supongamos que ustedes la habituaran primero a dichos robots... Veamos, tenemos un hábil abogado, un buen alcalde... y es un robot. ¿Por qué no comprar mayordomos robot?

—Una fantasía. Un disparate ridículo.

—Me lo imagino. ¿Por qué no probarlo? ¿O prefiere probárselo al público?

La luz del despacho se desvanecía, pero aún no llegaba a oscurecer el rubor de frustración del rostro de Alfred Lanning. El robotista presionó un botón y los iluminadores de pared irradiaron una luz tenue.

—Pues bien —gruñó—, veámoslo.

No era fácil describir el rostro de Stephen Byerley. Tenía cuarenta años, según su certificado de nacimiento, y en efecto aparentaba cuarenta años, pero era un cuarentón saludable, bien alimentado y afable y que daba un mentís al lugar común acerca de «aparentar la edad que se tiene».

Esto se notaba muchísimo cuando reía, y en ese momento se estaba riendo. Era una risa estentórea y continua, que se apagaba y renacía...

El rostro de Alfred Lanning se contrajo en un amargo gesto de reprobación. Le hizo una seña a la mujer que tenía sentada al lado, pero ella apenas frunció los labios, pálidos y finos.

Byerley recobró la compostura.

—Por favor, doctor Lanning, por favor... ¿Yo...? ¿Yo, un robot?

—No soy yo quien lo afirma —barbotó Lanning—. Me sentiría muy satisfecho de que usted fuera humano. Como nuestra compañía no le ha fabricado, estoy casi seguro de que lo es; al menos, en un sentido legal. Pero como alguien alega seriamente que usted es un robot, y se trata de un hombre de cierto prestigio...

—No mencione su nombre, pues eso atentaría contra su férrea ética; pero supongamos que es Frank Quinn, para facilitar la argumentación, y continuemos.

Lanning resopló ante la interrupción e hizo una pausa, malhumorado, antes de continuar en un tono aún más glacial:

—Un hombre de cierto prestigio, con cuya identidad no me interesa hacer adivinanzas. Estoy obligado a pedirle a usted que colabore para refutarlo. El mero hecho de que semejante afirmación se hiciese pública, a través de los medios de que dispone este hombre, asestaría un duro golpe a la compañía que represento, aunque la acusación jamás pudiera probarse. ¿Entiende?

—Oh, sí, entiendo la situación. La acusación es ridícula; el trance en que usted se encuentra no lo es. Le ruego que me disculpe si mi risotada le ha ofendido. Me reí de lo primero, no de lo segundo. ¿Cómo puedo ayudarle?

—Sería muy sencillo. Sólo tiene que comer en un restaurante y en presencia de testigos; hacerse tomar una foto y comer.

Lanning se reclinó en la silla. Lo peor de la entrevista había terminado. La mujer observaba a Byerley con expresión absorta, pero sin decir nada.

Stephen Byerley la miró un instante a los ojos, embelesado, y se volvió hacia el robotista. Acarició durante unos segundos el pisapapeles de bronce, que era el único adorno de su escritorio.

—No creo que pueda satisfacerle —murmuró, y alzó una mano—. Espere, doctor Lanning. Comprendo que este asunto le disgusta, que le han involucrado contra su voluntad, que se siente en un papel indigno e incluso ridículo; pero a mí me afecta de manera más íntima, así que sea tolerante. Primero, ¿qué le hace pensar que Quinn, ese hombre de cierto prestigio, no le estaba engatusando para que usted hiciera exactamente lo que está haciendo?

—Parece improbable que una persona distinguida se arriesgue de un modo tan ridículo si no está convencida de pisar terreno firme.

—Usted no conoce a Quinn —dijo Byerley con gravedad—. Podría pisar terreno firme en un reborde montañoso donde una oveja no se sostendría. Supongo que le mostró los detalles de la investigación que afirma haber hecho sobre mí.

—Lo suficiente para convencerme de que sería problemático que nuestra empresa intentara refutarlos, cuando usted podría hacerlo con mayor facilidad.

—De modo que le cree cuando afirma que nunca como. Usted es un científico, doctor Lanning. Piense en la lógica del asunto. Nunca me han visto comer; por consiguiente, nunca como. *Quot erat demostrandum.* ¡Vaya!

—Usa usted tácticas de fiscal para embrollar una situación muy simple.

—Por el contrario, trato de aclarar una situación que Quinn y usted están complicando. Verá, no duermo demasiado, eso es verdad, y, por supuesto, no duermo en público. Nunca me ha interesado comer en compañía; un rasgo inusitado, tal vez de origen neurótico, pero que no perjudica a nadie. Mire, doctor Lanning, permítame presentarle un caso hipotético. Supongamos que existe un político interesado en derrotar a un candidato reformista a cualquier coste y, al investigar su vida privada, se topa con rarezas como las que acabo de mencionar. Supongamos, además, que para manchar a ese candidato acude a usted como agente ideal. Tenga por seguro que no va a decirle: «Fulano es un robot porque nunca come en compañía y nunca le he visto dormirse en medio de un caso, y una vez cuando espié por su ventana en medio de la noche allí estaba, despierto y leyendo; y miré en su nevera y no había comida dentro». Si él le dijera eso, usted mandaría pedir una camisa de fuerza. Pero, si le dice que nunca duermo y que nunca como, esa sorprendente declaración le impide a usted reflexionar que dichas afirmaciones son imposibles de demostrar. Usted le sigue el juego al contribuir al alboroto.

—No obstante —insistió Lanning—, al margen de lo que usted piense del asunto, sólo haría falta esa comida que le he mencionado para darlo por concluido.

De nuevo, Byerley se volvió hacia la mujer, que aún lo miraba inexpresivamente.

—Perdóneme. He entendido bien su nombre, ¿verdad? ¿Doctora Susan Calvin?

—Sí, señor Byerley.

—Usted es la psicóloga de la compañía, ¿no es cierto?

—Robopsicóloga, por favor.

—Ah. ¿Tan diferente es la mente robótica de la mente humana?

—Están a mundos de distancia. —La doctora sonrió glacialmente—. Los robots son esencialmente decentes.

El abogado contuvo una sonrisa.

—Vaya, qué afirmación tan incisiva. Pero sólo quería decir que, como usted es psicól..., robopsicóloga, y mujer, apuesto a que ha hecho algo en lo cual el doctor Lanning no ha pensado.

—¿A qué se refiere?

—A que se ha traído algo de comer en el bolso.

La estudiada indiferencia de los ojos de Susan Calvin se resquebrajó.

—Me sorprende usted, señor Byerley.

Abrió el bolso y sacó una manzana. Se la entregó en silencio. El doctor Lanning, tras su sobresalto inicial, siguió el movimiento de una mano a la otra, con ojos alertas.

Stephen Byerley mordió tranquilamente un trozo de la manzana y tranquilamente lo tragó.

—¿Ve usted, doctor Lanning?

El doctor sonrió con un alivio tan evidente que hasta sus cejas irradiaron benevolencia. Pero ese alivio sólo duró un frágil segundo.

—Sentía curiosidad por ver si usted comería —manifestó Susan Calvin—, pero, desde luego, eso no demuestra nada.

Byerley sonrió.

—¿Ah, no?

—Claro que no. Es obvio, doctor Lanning, que si este hombre fuera un robot humanoide sería una imitación perfecta. Es demasiado humano para ser creíble. A fin de cuentas, hemos estado viendo y observando a los seres humanos toda nuestra vida. Un ejemplar ligeramente defectuoso no daría resultado. Tiene que ser convincente. Observe la textura de la tez, la calidad de los iris, la formación de los huesos de la mano. Si es un robot, espero que lo haya fabricado la compañía, porque es un buen trabajo. ¿Cree usted que alguien capaz de prestar atención a tales exquisiteces pasaría por alto un par de dispositivos para encargarse del comer, del dormir y de la eliminación? Sólo en caso de necesidad, tal vez; por ejemplo, para impedir estas situaciones. Así que una comida no prueba nada.

—Un momento —rezongó Lanning—. No soy tan tonto como ustedes creen. No me interesa el problema de la humanidad o inhumanidad del señor Byerley. Me interesa sacar a la empresa de un aprieto. Una comida en público acabaría con el problema, haga lo que haga Quinn. Podemos dejar los detalles más finos para los abogados y los robopsicólogos.

—Pero, doctor Lanning —intervino Byerley—, olvida usted el marco político de la situación. Yo estoy tan ansioso de ser elegido como Quinn de detenerme. A propósito, ¿ha notado que acaba de usar su apellido? Es uno de mis trucos de leguleyo. Sabía que terminaría por mencionarlo.

Lanning se sonrojó.

—¿Qué tienen que ver las elecciones?

—La publicidad funciona en ambos sentidos. Si Quinn quiere llamarme robot y tiene el descaro de hacerlo, yo tengo agallas para seguirle el juego.

Lanning se quedó estupefacto.

—¿Eso significa que usted...?

—Exacto. Eso significa que voy a permitirle continuar, elegir la soga, evaluar su resistencia, cortar la longitud adecuada, preparar el nudo, meter la cabeza dentro y sonreír. Yo me encargaré del resto, que es bien poco.

—Se siente usted muy confiado.

Susan Calvin se puso en pie.

—Vamos, Alfred. No conseguiremos que cambie de opinión.

—¿Ve usted? —le dijo Byerley con una sonrisa—. También es experta en psicología humana.

Pero quizá Byerley no se sintiera tan confiado como creía el doctor Lanning cuando esa noche aparcó el coche en las pistas automáticas que conducían al garaje subterráneo y se encaminó hacia su casa.

El hombre de la silla de ruedas lo recibió con una sonrisa. El rostro de Byerley se iluminó de afecto. Se le acercó.

La voz del lisiado era un susurro ronco y áspero que brotaba de una boca torcida en una mueca tallada sobre el rostro que era mitad tejido cicatrizado.

—Llegas tarde, Steve.

—Lo sé, John, lo sé. Pero hoy me he topado con un curioso e interesante problema.

—¿De veras? —Ni el rostro deforme ni la voz cascada podían comunicar expresiones, pero había ansiedad en los claros ojos—. ¿Algo que no puedes controlar?

—No estoy seguro. Tal vez necesite tu ayuda. Tú eres el chico brillante de la familia. ¿Quieres que te lleve a pasear por el jardín? Hace una noche maravillosa.

Dos fuertes brazos alzaron a John. Suavemente, casi con ternura, Byerley rodeó los hombros y las piernas arropadas del lisiado. Lenta y cuidadosamente, atravesó la habitación, bajó por la rampa destinada a la silla de ruedas y salió por la puerta trasera al jardín de detrás de la casa, rodeado por paredes y alambres.

—¿Por qué no me dejas usar la silla, Steve? Esto es tonto.

—Porque prefiero llevarte. ¿Tienes algo que oponer? Sabes que estás tan contento de apearte un rato de ese artilugio motorizado como yo de llevarte. ¿Qué tal te sientes hoy?

103

Depositó a John en la hierba fresca.

—¿Cómo voy a sentirme? Pero háblame de tus problemas.

—La campaña de Quinn se basará en su afirmación de que soy un robot.

John abrió los ojos de par en par.

—¿Cómo lo sabes? Es imposible. No puedo creerlo.

—Te aseguro que es así. Ha hecho ir a uno de los grandes científicos de Robots y Hombres Mecánicos a mi despacho para que hablara conmigo.

John arrancó una brizna de hierba.

—Entiendo, entiendo.

—Pero nos podemos permitir que escoja el terreno —dijo Byerley—. Tengo una idea. Escucha y dime si podemos hacerlo...

La escena que se veía esa noche en el despacho de Lanning era un cuadro viviente de miradas. Francis Quinn miraba reflexivamente a Alfred Lanning, que miraba con furia a Susan Calvin, que miraba impávida a Quinn.

Francis Quinn rompió la tensión, procurando manifestar un poco de buen humor.

—Una bravuconada. Él improvisa sobre la marcha.

—¿Apostaría usted a eso, señor Quinn? —preguntó con indiferencia la doctora Calvin.

—Bien, en realidad es la apuesta de ustedes.

—Mire —dijo Lanning, ocultando su pesimismo con un tono brusco—, hemos hecho lo que usted pidió. Vimos a ese hombre comiendo. Es ridículo suponer que es un robot.

—¿Qué cree usted? —le preguntó Quinn a Calvin—. Lanning dijo que usted era la experta.

—Susan... —empezó Lanning, en un tono casi amenazador.

—¿Por qué no dejarla hablar? Hace media hora que está sentada ahí, como si fuera un poste.

Lanning se sintió acuciado. De las sensaciones que experimentaba a la paranoia incipiente sólo mediaba un paso.

—Muy bien. Habla, Susan. No te interrumpiremos.

Susan Calvin lo miró de soslayo y fijó sus fríos ojos en Quinn.

—Hay sólo dos modos de probar contundentemente que Byerley es un robot. Hasta ahora usted presenta pruebas circunstanciales, con las cuales puede acusar, pero no demostrar; y creo que el señor Byerley es suficientemente sagaz como para refutar ese material. Seguramente usted comparte esta opinión, pues de lo contrario no estaría aquí. Los dos métodos de prueba fehaciente son el físico y el psicológico. Físicamente, se le puede diseccionar o usar rayos X. Sería problema de usted cómo lograrlo. Psicológicamente, se puede estudiar su conducta, pues si es un robot positrónico se debe atener a las tres leyes de la robótica. Un cerebro positrónico no se puede construir sin ellas. ¿Conoce usted las leyes, señor Quinn?

Hablaba con claridad, citando palabra por palabra el famoso texto en negritas de la primera página del *Manual de robótica*.

—He oído hablar de ellas —respondió Quinn, indiferente.

—Entonces será fácil —prosiguió secamente la psicóloga—. Si el señor Byerley infringe una de esas leyes, no es un robot. Lamentablemente, este procedimiento funciona en una sola dirección. Si él respeta las leyes, no prueba nada en ningún sentido.

Quinn enarcó las cejas.

—¿Por qué no, doctora?

—Porque, si usted lo piensa bien, las tres leyes de la robótica constituyen los principios rectores esenciales de muchos sistemas éticos del mundo. Se supone que todo ser humano tiene el instinto de autopreservación. Ésa es la tercera ley para un robot. También se supone que todo ser humano «bueno», con conciencia social y sentido de la responsabilidad, debe respetar la autoridad oportuna; escuchar a su médico, a su jefe, a su Gobierno, a su psiquiatra, a su colega; obedecer las leyes, respetar los reglamentos, conformarse a las costumbres, aun cuando atenten contra su comodidad o su seguridad. Todo eso es la segunda de las leyes. Además, se supone que todo ser humano «bueno» ama a su prójimo como a sí mismo, protege a sus congéneres, arriesga la vida para salvar a otros. Y eso es la primera ley de un robot. Por decirlo con sencillez: si Byerley respeta las tres leyes de la robótica, puede que sea un robot, pero también puede ser sencillamente un buen hombre.

—Pero eso significa que nunca podremos probar que es un robot.

—Quizá podamos probar que no lo es.

—Esa prueba no es la que necesito.

—Obtendrá la prueba que exista. En cuanto a sus necesidades, usted es el único responsable.

La mente de Lanning reaccionó de pronto ante el estímulo de una idea.

—¿Alguien ha pensado que ser fiscal es una ocupación bastante extraña para un robot? Acusar a seres humanos, sentenciarlos a muerte, causarles un perjuicio infinito...

Quinn contraatacó de inmediato:

—No, no puede usted librarse del asunto tan fácilmente. Ser fiscal no lo vuelve humano. ¿No conoce su trayectoria? ¿No sabe usted que alardea de no haber acusado jamás a un inocente, que hay montones de individuos que no fueron juzgados porque las pruebas existentes no lo convencían, aunque tal vez hubiera podido persuadir a un jurado de que los atomizaran? Ésta es la situación.

Las delgadas mejillas de Lanning temblaron.

—No, Quinn, no. Las leyes de la robótica no dejan margen para culpabilizar a los humanos. Un robot no puede juzgar si un ser humano merece la muerte. No le corresponde decidirlo. No puede perjudicar a un ser humano ya sea un canalla, ya sea un ángel.

—Alfred —intervino Susan Calvin, con voz cansada—, no digas tonterías. ¿Y si un robot se topara con un demente dispuesto a incendiar una casa llena de gente? Detendría al demente, ¿verdad?

—Desde luego.

—Y si el único modo de detenerlo fuera matarlo...

Lanning emitió un sonido gutural. Nada más.

—La respuesta, Alfred, es que haría lo posible para no matarlo. Si el demente muriese, el robot necesitaría psicoterapia, pues podría enloquecer ante el conflicto al que se enfrenta: haber quebrantado la primera ley por ceñirse a ella en un grado superior. Pero un hombre estaría muerto, y un robot lo habría matado.

—Bien, ¿acaso Byerley está loco? —preguntó Lanning con sarcasmo.

—No, pero él no ha matado a nadie personalmente. Ha expuesto datos que presentaban a determinado ser humano como peligroso para la gran masa de seres humanos que denominamos sociedad. Protege al mayor número y así se ciñe lo más posible a la primera ley. Hasta ahí llega él. El juez, luego, condena al delincuente a muerte o a prisión, una vez que el jurado decide sobre su culpa o su inocencia. El carcelero lo encierra, el verdugo lo mata; y Byerley no ha hecho más que determinar la verdad y ayudar a la sociedad.

—Señor Quinn, he examinado la carrera del señor Byerley desde que usted nos llamó la atención sobre él. Encuentro que nunca exigió la pena de muerte en sus discursos finales ante el jurado. También encuentro que ha hablado a favor de la abolición de la pena capital y que ha realizado generosas contribuciones a instituciones que investigan la neurofisiología criminal. Aparentemente, cree más en la cura que en el castigo del delito. Eso me parece significativo.

—¿De veras? —Quinn sonrió—. ¿Significativo porque huele a robot encerrado?

—Tal vez. ¿Por qué negarlo? Tales actos sólo podrían provenir de un robot o de un ser humano muy honorable y decente. Pero es imposible diferenciar entre un robot y el mejor de los humanos.

Quinn se reclinó en la silla. La voz le tembló con impaciencia:

—Doctor Lanning, es posible crear un robot humanoide que pudiera imitar perfectamente a un humano en apariencia, ¿verdad?

Lanning carraspeó y reflexionó.

—Nuestra compañía lo ha hecho de un modo experimental —reconoció con desgana—aunque sin el añadido de un cerebro positrónico. Usando óvulos humanos y controlando las hormonas, es posible generar carne y piel humanas sobre un esqueleto de plástico de silicona porosa, que desafiaría todo examen externo. Los ojos, el cabello y la tez serían realmente humanos, no humanoides. Y si insertamos un cerebro positrónico y los dispositivos que queramos obtendremos un robot humanoide.

—¿Cuánto se tardaría en fabricarlo?

—Teniendo todo el material, es decir, cerebro, esqueleto, óvulo, hormonas y radiaciones, unos dos meses.

El político se levantó de la silla.

—Entonces veremos cómo es por dentro el señor Byerley. Significará mala publicidad para Robots y Hombres Mecánicos, pero ya les di su oportunidad.

Lanning se volvió con impaciencia a Susan Calvin cuando estuvieron a solas.

—¿Por qué insistes...?

Ella respondió con aspereza y sin vacilaciones:

—¿Qué quieres? ¿La verdad, o mi renuncia? No voy a mentir por ti. Robots y Hombres Mecánicos puede cuidarse sola. No te acobardes.

—¿Y qué pasará si abre a Byerley y caen ruedas y engranajes?

—No lo abrirá —contestó Calvin, con desdén—. Byerley es por lo menos tan listo como Quinn.

La noticia cundió por la ciudad una semana antes de la designación de Byerley. Pero «cundió» no es el término adecuado; la noticia se arrastró penosamente por la ciudad, al son de risas y mofas. Y a medida que la mano invisible de Quinn ejercía una presión creciente las risas se volvieron forzadas, se despertó la incertidumbre y la gente empezó a hacerse preguntas.

La convención tuvo el aire de un potro inquieto. No se había previsto ninguna competencia. Una semana antes sólo se hubiera podido designar a Byerley. Ni siquiera existía un sustituto. Tenían que designarlo, pero reinaba una confusión total.

No habría sido tan grave si la gente común no hubiera vacilado entre la enormidad de la acusación, si era cierta, y su sensacionalista estupidez, si era falsa.

Al día siguiente de esa rutinaria designación, un periódico publicó la síntesis de una larga entrevista con la doctora Susan Calvin, «famosa experta internacional en robopsicología y positrónica».

A continuación se produjo lo que el lenguaje popular describe sucintamente como un «revuelo descomunal».

Era lo que esperaban los fundamentalistas. No constituían un partido político ni practicaban una religión formal. Esencialmente, se trataba de quienes no se habían adaptado a lo que otrora se llamaba la Era Atómica, cuando los átomos eran una novedad. Apologistas de la vida sencilla, añoraban una vida que quizá no les hubiera parecido tan sencilla a aquellos que la vivían y que, por consiguiente, también habían sido defensores de la vida sencilla.

Los fundamentalistas no necesitaban nuevas razones para odiar a los robots ni a sus fabricantes; pero una nueva razón, como la acusación de Quinn y el análisis de Calvin, bastaba para que ese odio se manifestara de forma audible.

Las enormes instalaciones de Robots y Hombres Mecánicos eran como una colmena con enjambres de guardias armados, dispuesta para la guerra.

En la ciudad, la casa de Stephen Byerley se hallaba erizada de policías.

La campaña política dejó de lado todos los otros temas y se parecía a una campaña sólo porque era algo que llenaba la pausa entre la designación y las elecciones.

Stephen Byerley no permitió que aquel hombrecillo quisquilloso lo distrajera. No se inmutó ante los uniformes. Fuera de la casa, más allá de la hilera de hoscos guardias, los reporteros y los fotógrafos aguardaban, según la tradición de su clase. Incluso una emisora de televisión enfocaba una cámara hacia la entrada del modesto hogar del fiscal, mientras un locutor artificialmente excitado introducía comentarios exagerados.

Un hombrecillo quisquilloso se adelantó y le mostró un papel oficial.

—Señor Byerley, esta orden del tribunal me autoriza a registrar el edificio en busca de..., bueno..., de hombres mecánicos o robots ilegales.

Byerley tomó el papel, lo miró con indiferencia y lo devolvió sonriendo.

—Todo en orden. Adelante, cumpla con su deber. Señora Hoppen —se dirigió a su ama de llaves, que salió de mala gana de la habitación contigua—. Por favor, acompáñelos y ayúdelos en lo que sea.

El hombrecillo, que se llamaba Harroway, titubeó, se sonrojó, apartó la mirada de los ojos de Byerley y les murmuró a los dos policías:

—Vamos.

Regresó a los diez minutos.

—¿Ha terminado? —preguntó Byerley, con el tono de alguien que no está interesado ni en la pregunta ni en la respuesta.

Harroway se aclaró la garganta, empezó a hablar en un tono demasiado agudo y comenzó de nuevo, de mal humor.

—Mire, señor Byerley, tenemos instrucciones de investigar la casa exhaustivamente.

—¿Y no lo han hecho?

—Nos dijeron exactamente qué teníamos que buscar.

—¿Sí?

—En pocas palabras, señor Byerley, y para decirlo sin rodeos, nos dijeron que le investigáramos a usted.

El fiscal sonrió.

—¿A mí? ¿Y cómo piensan hacerlo?

—Tenemos una unidad de radiación Penet...

—Así que van a hacerme una radiografía, ¿eh? ¿Tiene la autorización?

—Ya vio la orden.

—¿Puedo verla de nuevo?

Harroway, con la frente reluciendo por algo más que por el mero entusiasmo, se la entregó por segunda vez, y Byerley dijo en un tono neutro:

—Aquí veo la descripción de lo que deben investigar. Cito literalmente: «La vivienda perteneciente a Stephen Allen Byerley, situada en el 355 de Willow Grove, Evanstron, junto con cualquier garaje, almacén u otras estructuras o edificios anexos, junto con todos los terrenos correspondientes, etcétera». Todo en orden. Pero, buen hombre, aquí no dice nada sobre investigar mi interior. Yo no formo parte del terreno. Puede investigar mi ropa, si cree que llevo un robot escondido en el bolsillo.

Harroway no tenía dudas acerca de sus metas laborales. No se proponía quedarse a la zaga cuando se le presentaba la oportunidad de obtener un empleo mejor, es decir, un empleo mejor pagado.

—Mire —dijo, en un tono vagamente amenazador—, tengo autorización para registrar los muebles de la casa y todo lo que encuentre en ella. Usted está en ella, ¿verdad?

—Una observación notable. Estoy en ella, pero no soy un mueble. Como ciudadano con responsabilidad adulta (y tengo el certificado psiquiátrico que lo demuestra) poseo ciertos derechos, según los artículos regionales. Si me investiga, estará usted violando mi derecho a la intimidad. No le basta con ese papel.

—Claro. Pero si resulta que es un robot no tiene derecho a la intimidad.

—Es verdad, sólo que ese papel no basta, pues me reconoce implícitamente como ser humano.

—¿Dónde?

Harroway se lo arrebató.

—Dónde dice «la vivienda perteneciente a...», etcétera. Un robot no puede poseer propiedades. Y dígale a quien le envía, señor Harroway, que si intenta aparecer con un papel similar, en el que no se me reconozca implícitamente como ser humano, se encontrará de inmediato con un requerimiento judicial y un pleito civil, donde tendrá que probar que soy un robot por medio de la información que posee ahora, o bien pagar una cuantiosa multa por intentar privarme indebidamente de los derechos que me otorgan los artículos regionales. Se lo dirá, ¿no?

Harroway se dirigió hacia la puerta y allí se volvió.

—Es usted un abogado astuto... —Tenía la mano en el bolsillo. Se quedó quieto un momento y, luego, salió, sonrió a la cámara de televisión, saludó a los reporteros y gritó—: ¡Tendremos algo mañana, muchachos! ¡De veras!

En su vehículo, se reclinó, sacó del bolsillo el aparatito y lo inspeccionó. Era la primera vez que tomaba una fotografía por reflexión de rayos X. Esperaba haberlo hecho correctamente.

Quinn y Byerley nunca se habían enfrentado a solas cara a cara. Pero el videófono se parecía bastante a eso. En realidad, tomada literalmente, la frase tal vez era precisa, aunque uno sólo fuese para el otro la imagen de luz y sombras de un banco de fotocélulas.

Fue Quinn quien hizo la llamada. Fue Quinn quien habló primero, y sin ceremonias:

—He pensado que le gustaría saber, Byerley, que me propongo difundir que usted usa un escudo protector antiradiación Penet.

—¿Ah, sí? En ese caso, tal vez ya lo haya difundido. Sospecho que nuestros emprendedores periodistas tienen intervenidas mis diversas líneas de comunicación. Sé que han llenado de agujeros las líneas de mi despacho, y por eso me he atrincherado en mi casa en estas últimas semanas.

Byerley había utilizado un tono amistoso, casi familiar. Quinn apretó ligeramente los labios.

—Esta llamada está totalmente protegida. La estoy efectuando con ciertos riesgos personales.

—Eso imaginaba. Nadie sabe que usted está detrás de esta campaña. Al menos, nadie lo sabe oficialmente. Y nadie lo sabe extraoficialmente. Yo no me preocuparía. ¿Conque uso un escudo protector? Supongo que lo averiguó el otro día, cuando la fotografía que tomó su inexperto sabueso resultó estar sobreexpuesta.

—Como comprenderá, Byerley, sería obvio para todo el mundo que usted no se atreve a enfrentarse a un análisis de rayos X.

—Y también que usted o sus hombres intentaron violar ilegalmente mi derecho a la intimidad.

—Lo cual les importará un cuerno.

—Tal vez sí les importe. Es bastante simbólico de nuestras dos campañas. Usted se interesa poco por los derechos individuales del ciudadano; yo me intereso mucho. No me someto al análisis de rayos X porque deseo defender mis derechos por principio, tal como defenderé los derechos de otros cuando resulte elegido.

—Un discurso muy interesante, sin duda, pero nadie le creerá. Demasiado rimbombante para ser cierto. —Cambió bruscamente de tono—. Otra cosa, el personal de su casa no estaba completo la otra noche.

—¿En qué sentido?

Quinn movió unos papeles que estaban dentro del radio de visión de la cámara.

—Según el informe, faltaba una persona; un tullido.

—Como usted dice —le confirmó fríamente Byerley—, un tullido. Mi maestro, que vive conmigo y ahora está en el campo, desde hace dos meses. Un «necesitado descanso» es la expresión que se suele aplicar en estos casos. ¿Lo autoriza usted?

—¿Su maestro? ¿Un científico?

—Fue abogado, antes de ser un tullido. Tiene licencia gubernamental como investigador de biofísica con laboratorio propio y ha presentado una descripción total de la tarea que está realizando a las autoridades pertinentes, a las cuales le puedo remitir. Es un trabajo menor, pero representa una afición inofensiva y fascinante para un... pobre tullido. Como ve, brindo toda la colaboración posible.

—Lo he notado. ¿Y qué sabe ese... maestro... sobre manufacturación de robots?

—Yo no podría juzgar la magnitud de sus conocimientos en un campo con el cual no estoy familiarizado.

—¿No tiene acceso a cerebros positrónicos?

—Pregunte a sus amigos de Robots y Hombres Mecánicos. Ellos deberían de saberlo.

—Lo diré sin rodeos, Byerley. Su maestro lisiado es el verdadero Stephen Byerley. Usted es un robot de su creación. Podemos probarlo. Fue él quien sufrió el accidente automovilístico, no usted. Habrá modos de revisar la documentación.

—¿De veras? Pues hágalo. Le deseo lo mejor.

—Y podemos investigar el «retiro campestre» de su presunto maestro y ver qué encontramos allí.

—No crea, Quinn. —Byerley sonrió—. Lamentablemente para usted, mi presunto maestro es un hombre enfermo. Su retiro campestre es su lugar de descanso. Su derecho a la intimidad como ciudadano de responsabilidad adulta es aún más fuerte, dadas las circunstancias. No podrá obtener una orden para entrar en su propiedad sin demostrar una causa justa. No obstante, yo sería el último en impedir que lo intentara.

Hubo una pausa y, al fin, Quinn se inclinó hacia delante, de modo que la imagen de su rostro se expandió y las arrugas de la frente resultaron visibles.

—Byerley, ¿por qué se empecina? No puede salir elegido.

—¿No?

—¿Cree que puede? ¿No comprende que al no intentar refutar la acusación, algo que podría hacer sencillamente rompiendo una de las tres leyes, no hace sino convencer al pueblo de que es un robot?

—Lo único que comprendo es que, de ser un oscuro abogado, he pasado a ser una figura mundial. Es un gran publicista, Quinn.

—Pero usted es un robot.

—Eso dicen, aunque no se ha demostrado.

—Está suficientemente demostrado para los votantes.

—Entonces, tranquilícese. Ha ganado usted.

—Adiós —dijo Quinn, con su primer toque de cólera, y la pantalla, se apagó.

—Adiós —contestó el imperturbable Byerley a la pantalla en blanco.

Byerley llevó de vuelta a su «maestro» la semana previa a las elecciones. El aeromóvil descendió sigilosamente en una parte oscura de la ciudad.

—Te quedarás aquí hasta después de las elecciones —le indicó—. Será mejor que estés alejado si las cosas se ponen feas.

La voz ronca que salió con dificultad de la boca torcida de John parecía mostrar preocupación:

—¿Hay peligro de violencia?

—Los fundamentalistas amenazan con ello, así que supongo que teóricamente sí. Pero no lo creo. Los fundamentalistas no tienen verdadero poder. Son sólo un factor irritante y machacón, que podría provocar un disturbio al cabo de un rato.

¿No te molesta quedarte aquí? Por favor. No actuaré con soltura si he de estar preocupado por ti.

—Oh, me quedaré. ¿Crees que todo irá bien?

—Estoy convencido. ¿Nadie te molestó allí?

—Nadie. Estoy seguro.

—¿Y lo tuyo fue bien?

—Bastante. No habrá problemas.

—Entonces, cuídate y mañana mira la televisión, John.

Byerley le apretó la mano rugosa.

La frente de Lenton era una maraña de arrugas tensas. Tenía el poco envidiable trabajo de ser jefe de campaña de Byerley en una campaña que no era tal y para una persona que rehusaba revelar su estrategia y aceptar la de su jefe de campaña.

—¡No puedes! —Era su frase favorita. Se había transformado en su única frase—. ¡Te digo que no puedes, Steve! —Se plantó frente al fiscal, que hojeaba las páginas mecanografiadas del discurso—. Olvídalo, Steve. Mira, esa concentración la han organizado los fundamentalistas. No conseguirás que te escuchen. Lo más probable es que te tiren piedras. ¿Por qué tienes que echar un discurso en público? ¿Qué tiene de malo una grabación visual?

—Quieres que gane las elecciones, ¿verdad?

—¡Ganar las elecciones! No vas a ganar, Steve. Estoy tratando de salvarte la vida.

—Oh, no corro peligro.

—No corre peligro, no corre peligro —rezongó Lenton—. ¿Quieres decir que saldrás a ese balcón ante cincuenta mil maniáticos y tratarás de hacerlos entrar en razón? ¿Desde un balcón, como un dictador medieval?

Byerley consultó su reloj.

—Dentro de cinco minutos, en cuanto estén libres las líneas de televisión.

La respuesta de Lenton no es reproducible.

La multitud abarrotaba una zona acordonada de la ciudad. Los árboles y las casas parecían brotar de un terreno que era una

115

masa humana. Y el resto del mundo observaba por ultraonda. Aunque era una elección local, contaba con una audiencia mundial. Byerley pensó en eso y sonrió.

Pero la multitud no daba motivos para sonreír. Había letreros y estandartes que proclamaban todas las acusaciones posibles referentes a su presunta condición de robot. La hostilidad era cada vez más intensa y tangible.

El discurso funcionó mal desde el principio. Competía contra el incipiente rugido de la muchedumbre y los gritos rítmicos de las camarillas de fundamentalistas, que formaban islas de agitación dentro de la agitación. Byerley continuó hablando con voz lenta y pausada.

En el interior, Lenton gruñía, tirándose del cabello y esperando el derramamiento de sangre.

Hubo una conmoción en las filas delanteras. Un ciudadano enjuto, de ojos saltones y ropas demasiado cortas para su cuerpo larguirucho comenzó a abrirse paso a codazos. Un policía se lanzó hacia él, avanzando trabajosamente. Byerley le hizo señas de que no interviniera. El hombre enjuto se puso bajo el balcón. El rugido de la muchedumbre ahogó sus palabras.

Byerley se inclinó hacia delante.

—¿Qué dice? Si tiene una pregunta que hacer, la responderé. —Se volvió a uno de los guardias—. Traiga aquí a ese hombre.

La multitud se puso tensa. Los gritos de «silencio» se multiplicaron, transformándose en una algarabía que se acalló gradualmente. El hombre delgado, jadeando y con la cara roja, se enfrentó a Byerley.

—¿Tiene algo que preguntar? —repitió Byerley.

El hombre delgado lo miró fijamente y dijo con voz cascada:

—¡Pégueme! —Con un gesto enérgico, le ofreció la mejilla—. ¡Pégueme! Usted dice que no es un robot. Demuéstrelo. No puede pegarle a un ser humano, so monstruo.

Se hizo un silencio sordo. La voz de Byerley lo rompió:

—No tengo razones para pegarle.

El hombre delgado soltó una carcajada.

—No puede pegarme. No quiere pegarme. No es humano. Usted es un monstruo, un simulacro de hombre.

Y Stephen Byerley, con los labios tensos, frente a millares de individuos que miraban en persona y los millones que miraban por televisión, echó el puño atrás y le asestó un sonoro golpe en la barbilla. El hombre se desplomó, con el rostro demudado por la sorpresa.

—Lo lamento —se disculpó Byerley—. Llévelo dentro y procure que esté cómodo. Quiero hablar con él cuando haya terminado.

Y, cuando la doctora Calvin comenzó a alejarse en automóvil de su espacio reservado, sólo un reportero había recobrado la compostura como para seguirla y gritarle una pregunta.

—Es humano —respondió Susan Calvin por encima del hombro.

Eso fue suficiente.

El reportero echó a correr en dirección contraria.

Nadie prestó atención al resto del discurso.

La doctora Calvin y Stephen Byerley se reunieron de nuevo una semana antes de que él prestara juramento como alcalde. Era más de medianoche.

—No parece usted cansado —dijo la doctora Calvin.

El alcalde electo sonrió.

—Puedo permanecer levantado un buen rato. Pero no se lo cuente a Quinn.

—No lo haré. De todos modos, la historia de Quinn era interesante, ya que la menciona. Es una lástima haberla estropeado. Supongo que usted conocía su teoría.

—En parte.

—Era bastante melodramática. Stephen Byerley era un joven abogado, un elocuente orador, un gran idealista y tenía un cierto talento para la biofísica. ¿Le interesa la robótica, señor Byerley?

—Sólo en sus aspectos legales.

—A este presunto Stephen Byerley sí le interesaba. Pero ocurrió un accidente. La esposa de Byerley murió y él quedó desfigurado. Perdió las piernas, el rostro y la voz. Parte de su mente quedó... deformada. Se negó a someterse a la cirugía plástica. Se retiró del mundo, abandonó su carrera legal; sólo le quedaban la inteligencia y las manos. De algún modo pudo obtener cerebros positrónicos, incluso uno complejo, uno que tenía una enorme capacidad para formar juicios en problemas éticos, la función robótica más alta que se haya desarrollado hasta ahora. Generó un cuerpo para ese cerebro. Lo adiestró para ser todo lo que él había sido y ya no era. Lo envió al mundo como Stephen Byerley, y él se mantuvo como el viejo y lisiado maestro al que nadie veía nunca...

—Lamentablemente, eché abajo esa historia pegándole a un hombre. Los periódicos dicen que el veredicto oficial que usted dio es que soy humano.

—¿Cómo sucedió? ¿Le importará contármelo? No pudo haber sido accidental.

—No lo fue. Quinn hizo la mayor parte del trabajo. Mis hombres comenzaron a propagar la noticia de que yo jamás había pegado a un hombre, que no podía hacerlo, y que al no responder a la provocación probaría con certeza que era un robot. Así que preparé una absurda aparición en público, con mucha publicidad, y casi inevitablemente un tonto cayó en la trampa. En esencia es lo que yo llamo un truco de leguleyo; un truco en el que todo depende de la atmósfera artificial que se ha creado. Desde luego, los efectos emocionales me dieron una victoria segura, tal como me proponía.

La robopsicóloga asintió con la cabeza.

—Veo que invade usted mi campo, como todo político debe hacerlo, supongo. Pero lamento que resultara así. Me agradan los robots. Me agradan mucho más que los seres humanos. Si se pudiera crear un robot capaz de ser un funcionario público, creo que sería el mejor. Debido a las leyes de la robótica, sería incapaz de dañar a los humanos, ajeno a la tiranía, la corrupción, la estupidez y el prejuicio. Y después de haber realizado una gestión decente se marcharía, aunque fuera inmortal, porque le resultaría imposible dañar a los humanos permitiéndoles saber que un robot los había gobernado. Sería ideal.

—Sólo que un robot podría ser presa de los defectos congénitos de su cerebro. El cerebro positrónico nunca ha igualado las complejidades del cerebro humano.

—Tendría asesores. Ni siquiera un cerebro humano es capaz de gobernar sin ayuda.

Byerley examinó gravemente a Susan Calvin.

—¿Por qué sonríe, doctora Calvin?

—Sonrío porque el señor Quinn no pensó en todo.

—¿Se refiere a que podría añadirse algo más a esa historia de Quinn?

—Sólo un poco. Durante los tres meses previos a las elecciones, ese Stephen Byerley del que hablaba el señor Quinn, el tullido, estuvo en la campiña por alguna razón misteriosa. Regresó a tiempo para ese célebre discurso de usted. Y a fin de cuentas lo que el viejo lisiado hizo una vez pudo hacerlo una segunda, particularmente porque el segundo trabajo es muy simple en comparación con el primero.

—No entiendo.

La doctora Calvin se levantó y se alisó el vestido, disponiéndose a marcharse.

—Quiero decir que hay un solo caso en que un robot puede golpear a un ser humano sin violar la primera ley. Un solo caso.

—¿Cuándo?

La doctora Calvin estaba ya en la puerta.

—Cuando el humano a quien golpea es otro robot —dijo en un tono tranquilo y sonrió, con el rostro radiante. —Adiós, señor Byerley. Espero votarle dentro de cinco años... para coordinador.

Stephen Byerley se rió entre dientes.

—Debo decir a eso que, realmente, me parece una idea bastante rebuscada.

La doctora cerró la puerta.

La miré horrorizado.

—¿Es verdad?

—Totalmente —dijo ella.

—Así que el gran Byerley era simplemente un robot.

—Oh, no hay modo de averiguarlo. Yo creo que lo era. Pero cuando decidió morir se hizo atomizar, así que nunca tendremos pruebas legales fehacientes. Además, ¿cuál sería la diferencia?

—Bueno...

—Usted también tiene ese prejuicio contra los robots, que es muy irracional. Fue un excelente alcalde; cinco años después, llegó a coordinador regional. Y cuando las regiones de la Tierra formaron la Federación, en el año 2044, fue el primer coordinador mundial. Para entonces, las máquinas dirigían el mundo, de todas formas.

—Sí, pero...

—¡Sin peros! Las máquinas son robots y dirigen el mundo. Averigüé toda la verdad hace cinco años. Fue en el 2052, cuando Byerley completaba su segundo periodo como coordinador mundial...

La carrera de la Reina Roja

He aquí una adivinanza, si me permiten: ¿Es delito traducir un texto de química al griego?

O digámoslo de otro modo: Si una de las mayores plantas atómicas del país queda totalmente destrozada por un experimento no autorizado, ¿alguien que confiesa haber participado en ese acto es un delincuente?

Estos problemas surgieron gradualmente, por supuesto. Comenzaron con la planta atómica, que se agotó. Se agotó, literalmente. No sé cómo de grande era su fuente de energía fisionable, pero se fisionó en un par de microsegundos.

No hubo explosión ni densidad indebida de rayos gamma. Fue sólo que todas las piezas móviles de la estructura se fundieron. El edificio principal estaba muy caliente. La atmósfera estaba tibia en tres kilómetros a la redonda. Sólo quedaba un edificio muerto e inservible, cuyo reemplazo costaría cien millones de dólares.

Sucedió a eso de las tres de la madrugada, y encontraron a Elmer Tywood en la cámara central. Los hallazgos de las veinticuatro vertiginosas horas siguientes se pueden sintetizar rápidamente.

1. Elmer Tywood —doctor en filosofía, doctor en ciencias, catedrático de aquí y miembro honorario de allá, ex-participante juvenil en el proyecto Manhattan y profesor de física nuclear— no era un intruso. Tenía un pase de clase A: ilimitado. Pero no se halló ninguna documentación que justificara su presencia allí en ese momento. Una mesa sobre ruedecillas contenía utensilios no adquiridos oficialmente. Aquello también era una masa fusionada, aunque no se encontraba tan caliente como para no tocarla.

2. Elmer Tywood estaba muerto. Yacía junto a la mesa, con el rostro congestionado y casi negro. Sin efectos de radiación. Sin agresión externa de ninguna clase. El médico dictaminó apoplejía.

3. En la caja de caudales de la oficina de Elmer Tywood había dos cosas desconcertantes: veinte hojas grandes de papel con escritos matemáticos y unos folios encuadernados y redactados en un idioma extranjero, que resultó ser griego; la traducción reveló que se trataba de un texto de química.

El secreto que envolvió esa maraña era tan abrumador que mataba todo lo que tocaba. Es el único modo de describirlo. Veintisiete hombres y mujeres en total, entre ellos el ministro de Defensa, el ministro de Ciencias y un par de funcionarios tan importantes que eran totalmente desconocidos para el público, entraron en la planta durante la investigación. Todos los que habían estado esa noche en la planta, incluidos el físico que identificó a Tywood y el médico que lo examinó, se recluyeron en sus hogares en un virtual arresto domiciliario.

Ningún periódico recibió la historia. Ningún informador la consiguió. Pocos parlamentarios participaron en ella.

¡Y era lógico! Cualquier persona, grupo o país, que pudiera sorber toda la energía disponible del equivalente de unos cincuenta kilos de plutonio sin hacerlo estallar, tenía la industria y la defensa norteamericanas tan cómodamente en la palma de la mano que la luz y la vida de ciento sesenta millones de personas se podían extinguir en un santiamén.

¿Era Tywood? ¿Tywood y otros? ¿O sólo otros, con la mediación de Tywood?

¿Y mi trabajo? Yo fui un señuelo, el que ponía la cara. Alguien tenía que rondar por la universidad y hacer preguntas sobre Tywood. A fin de cuentas, el hombre había desaparecido. Podía ser amnesia, un asalto, un secuestro, un homicidio, una fuga, demencia, un accidente... Lo mismo podría yo trabajar en ello cinco años y atraer miradas hostiles, y tal vez hasta desviar la atención. Claro que no resultó así.

Pero no se crean que estuve en el centro del caso desde el comienzo. No fui una de las veintisiete personas que mencioné hace un momento, aunque mi jefe sí. Pero yo sabía algo; lo suficiente para empezar.

El profesor John Keyser también enseñaba física. No llegué a él en seguida. Primero tuve que efectuar muchas tareas rutinarias, y del modo más concienzudo posible. Absolutamente inútiles. Absolutamente necesarias. Pero me encontraba ya en el despacho de Keyser.

Los despachos de los profesores son inconfundibles. Nadie los limpia, excepto una mujer fatigada y que trajina de un lado a otro a las ocho de la mañana, y de todos modos el profesor nunca repara en el polvo. Muchos libros en desorden. Los que se hallan cerca del escritorio están muy usados, pues de allí se toman apuntes para las clases. Los más alejados se encuentran donde los dejó un estudiante después de pedirlos prestados. Luego, hay publicaciones especializadas que parecen baratas, pero son carísimas y aguardan el momento de ser leídas. Y muchos papeles en el escritorio, a veces plagados de garabatos.

Keyser era un hombre de edad. Pertenecía a la generación de Tywood. Tenía una nariz grande y roja, fumaba en pipa, además de tener esa mirada plácida y afable que acompaña a un empleo académico, ya sea porque esa clase de trabajo atrae a esa clase de hombres o porque esa clase de trabajo forja esa clase de hombres.

—¿En qué trabajaba el profesor Tywood? —pregunté.

—Investigaba en física.

Esas respuestas me dejan impávido, pero hace años me sacaban de quicio.

—Eso ya lo sabemos, profesor —me limité a decir—. Pregunto por los detalles.

—Los detalles no le servirán de mucho, a menos que usted sea un investigador en física —replicó paternalmente—. ¿Importa eso, dadas las circunstancias?

—Tal vez no. Pero ha desaparecido. Si le ocurrió algo... —Hice un ademán significativo—. Si fue víctima de un delito, por ejemplo, tal vez su trabajo tuvo algo que ver. A no ser que sea rico y el motivo esté en el dinero.

Keyser se rió secamente.

—Los profesores universitarios nunca son ricos. La mercancía que vendemos está poco valorada, considerando que la oferta es grande.

Pasé por alto esa observación, pues sé que mi apariencia no me ayuda. Terminé la universidad con un «muy bien», traducido al latín para que el rector pudiera entenderlo, y nunca he jugado un partido de fútbol en mi vida. Pero aparento todo lo contrario.

—Entonces, nos queda su trabajo —sugerí.

—¿Se refiere usted a espías, a una intriga internacional?

—¿Por qué no? ¡Ha ocurrido antes! A fin de cuentas es físico nuclear, ¿o no?

—Lo es. Pero también lo son otros. También lo soy yo.

—Ah, pero tal vez él sepa algo que usted no sabe.

Se le endureció la mandíbula. Cuando los sorprenden desprevenidos, los profesores se comportan como personas.

—Por lo que recuerdo —dijo envaradamente—, Tywood ha publicado artículos sobre el efecto de la viscosidad líquida en las alas de la línea Raleigh, sobre ecuaciones de campo de órbita alta y sobre el acoplamiento de la órbita de rotación de dos nucleones; pero su trabajo principal trata de momentos del cuadripolo. Soy muy competente en esas materias.

—¿Está trabajando en momentos del cuadripolo ahora?

Intenté no pestañear y creo que lo conseguí.

—Sí, en cierto modo. —Y añadió con tono socarrón—: Tal vez esté llegando finalmente a la etapa experimental. Parece ser que ha dedicado toda la vida a elaborar las consecuencias matemáticas de una teoría suya.

—Como ésta —dije, arrojándole una hoja de papel.

Era una de las hojas que estaban en la caja de caudales de Tywood. Posiblemente ese fajo no significara nada, pues a fin de cuentas se trataba de la caja de caudales de un profesor. Muchos profesores guardan sus cosas sin pensarlo, sencillamente porque el cajón correspondiente está atiborrado de exámenes sin corregir. Y, por supuesto, nunca sacan nada.

En la caja habíamos encontrado redomas polvorientas, de cristal amarillento y etiqueta apenas legible, algunos folletos mimeografiados que databan de la Segunda Guerra Mundial y en los que ponía «restringido», un ejemplar de un viejo anuario universitario, correspondencia concerniente a un posible puesto como director de investigaciones de American Electric, fechado diez años atrás, y, por supuesto, el texto de química en griego.

También estaban esas grandes hojas de papel; enrolladas como un diploma, sujetas con una goma elástica, sin etiqueta ni título; unas veinte hojas plagadas de marcas en tinta, meticulosas y pequeñas.

Yo tenía una de esas hojas. No creo que nadie en el mundo tuviera más de una hoja. Y estoy seguro de que ningún hombre en el mundo, salvo uno, sabía que las pérdidas de su hoja y de su vida serían tan simultáneas como el Gobierno pudiera lograr.

Así que le tiré la hoja a Keyser, como si me la hubiera encontrado volando por el recinto universitario.

La miró, examinó el dorso, que estaba en blanco, lo estudió de arriba abajo y volvió a darle la vuelta.

—No sé de qué se trata —comentó en tono cortante.

No dije nada. Doblé el papel y me lo guardé en el bolsillo interior de la americana.

—Es una falacia común entre los legos pensar que los científicos pueden echarle un vistazo a una ecuación y escribir un libro sobre ella —añadió Keyser, con petulancia—. La matemática no tiene existencia propia. Es sólo un código arbitrario, diseñado para describir observaciones físicas o conceptos filosóficos. Cada uno puede adaptarla a sus propias necesidades. Por ejemplo, no hay nadie capaz de mirar un símbolo y saber a ciencia cierta qué significa. Hasta ahora la ciencia ha usado todas las letras del alfabeto, en mayúscula, en minúscula y en bastardilla, cada una de ellas simbolizando muchas cosas diferentes. Ha usado negritas, góticas, letras griegas, tanto mayúsculas como minúsculas, subíndices, sobreíndices, asteriscos y hasta letras hebreas. Diferentes científicos usan diferentes símbolos para el mismo concepto, y el mismo símbolo para conceptos diferentes. Si se le muestra una página suelta como ésta a cualquier hombre, sin información ninguna sobre el tema que se investiga o sobre la simbología utilizada, no podrá entender ni jota.

—Pero usted dijo que él estaba trabajando en momentos del cuadripolo. ¿Eso le infunde sentido? —Y me toqué el lugar del pecho donde ese papel me estaba haciendo un agujero en la americana desde hacía dos días.

—Lo ignoro. No he visto ninguna de las relaciones estándar que esperaba. O al menos no reconocí ninguna. Pero, obviamente, no puedo comprometerme. —Tras un breve silencio, añadió—: Le sugiero que consulte a sus alumnos.

Enarqué las cejas.

—¿En sus clases?

—¡No, por amor de Dios! —exclamó con fastidio—. ¡Sus alumnos de investigación! ¡Sus candidatos al doctorado! Ellos han trabajado con él, conocerán los detalles de esa labor mejor que yo o que cualquier otro profesor.

—No es mala idea —dije, como sin darle importancia.

Y no era nada mala. No sé por qué, pero ni siquiera a mí se me hubiera ocurrido. Supongo que es natural pensar que un profesor sabe más que cualquier estudiante.

Keyser se cerró una solapa con la mano cuando me levanté para marcharme.

—Además —agregó—, creo que usted anda por mal camino. Se lo digo en confianza, entiéndame, y no lo diría si no fuera por estas inusitadas circunstancias, pero Tywood no tiene mucho prestigio en su profesión. Sí, es un profesor aceptable, pero sus investigaciones nunca se han ganado el respeto. Subyace siempre una tendencia hacia las teorías vagas, no respaldadas por pruebas experimentales. Ese papel que me ha enseñado probablemente sea similar. Nadie querría... secuestrarlo por eso.

—¿De veras? Lo entiendo. ¿Tiene usted alguna idea de por qué ha desaparecido, o adónde ha ido?

—Nada concreto —respondió, frunciendo los labios—, pero todos saben que es un hombre enfermo. Hace dos años sufrió un ataque de apoplejía que le impidió dar clases durante un semestre. Nunca se repuso del todo. El lado izquierdo le quedó paralizado un tiempo, y todavía cojea. Otro ataque lo mataría. Podría ocurrir en cualquier momento.

—Entonces, ¿cree que está muerto?

—No es imposible.

—¿Pero dónde está el cuerpo?

—Bueno, mire... Creo que ése es su trabajo.

Así era, y me marché.

Entrevisté a cada uno de los cuatro estudiantes de Tywood en un reducto del caos llamado laboratorio de investigación. Estos laboratorios suelen contar con dos estudiantes prometedores, que constituyen una población flotante, pues cada año son reemplazados alternativamente.

En consecuencia, el laboratorio tiene el equipo apilado en varios niveles. En los bancos de laboratorio se encuentra el equipo que se usa inmediatamente y, en tres o cuatro cajones que están a mano, se acumulan repuestos o suplementos que se usan con frecuencia. Los cajones más alejados, los que se hallan más cerca del techo y en los rincones, están abarrotados de vestigios de pasadas generaciones de estudiantes, rarezas nunca usadas y nunca desechadas. Se afirma que ningún estudiante conoció jamás todo el contenido de su laboratorio.

Los cuatro estudiantes de Tywood estaban preocupados; pero tres lo estaban principalmente por su propia situación, es decir, por el posible efecto de la ausencia de Tywood en la resolución de su «problema científico». Descarté a esos tres —quienes espero que ya se hayan graduado— y llamé al cuarto.

Era el más ojeroso y el menos comunicativo, lo cual me daba esperanzas. Permaneció sentado rígidamente en la silla de la derecha del escritorio mientras yo me reclinaba en una crujiente silla giratoria y me apartaba el sombrero de la frente. Se llamaba Edwin Howe y se graduó más tarde. Lo sé con certeza porque era un personaje importante en el Ministerio de Ciencias.

—Supongo que haces el mismo trabajo que los demás chicos —le dije.

—Todo es física nuclear.

—¿Pero no todo es igual?

Sacudió la cabeza.

—Tomamos diferentes aspectos. Es preciso tener algo bien definido, pues si no, resulta imposible publicar. Tenemos que graduarnos.

Lo dijo como cualquier otro hubiera dicho: «Tenemos que ganarnos la vida». Y tal vez sea lo mismo para ellos.

—De acuerdo. ¿Cuál es tu aspecto?

—Me encargo de la matemática. Con el profesor Tywood.

—¿Qué clase de matemática?

Y sonrió apenas, creando la misma atmósfera que yo había notado esa mañana en el despacho del profesor Keyser. Una atmósfera que decía: «¿Crees que puedo explicar todos mis pensamientos profundos a un zopenco como tú?». Pero en voz alta sólo dijo:

—Sería complicado explicarlo.

—Te ayudaré. ¿Se parece a esto?

Y le mostré la hoja de papel.

Ni siquiera le echó un vistazo. Lo agarró con la mano y dejó escapar un débil gemido.

—¿Dónde lo consiguió?

—En la caja de caudales de Tywood.

—¿También tiene el resto?

—Está a buen recaudo.

Se relajó un poco; sólo un poco.

—No se lo ha enseñado a nadie, ¿verdad?

—Se lo enseñé al profesor Keyser.

Howe gruñó con el labio inferior y los dientes frontales.

—¡Ese imbécil! ¿Qué dijo?

Alcé las palmas de las manos y Howe sonrió.

—Bien. —Utilizó un tono desenvuelto—. Eso es lo que hago.

—¿Y de qué se trata? Explícalo de modo que pueda entenderlo.

Titubeó.

—Mire, esto es confidencial. Ni siquiera lo saben los demás alumnos de Tywood. No creo que yo lo sepa todo. No ando sólo en busca de un título. Se trata del premio Nobel de Tywood, y para mí significará un puesto de profesor auxiliar en el Tecnológico de California. No conviene hablar de esto antes de publicarlo.

Moví la cabeza lentamente y hablé muy despacio:

—No, hijo. Es precisamente al revés. Conviene hablar de esto antes de publicarlo, porque Tywood ha desaparecido y tal vez esté muerto. Y si está muerto quizá lo asesinaron. Y cuando el departamento tiene una sospecha de asesinato todo el mundo habla. En una palabra, vas a quedar muy mal si tratas de guardar secretos.

Funcionó. Yo sabía que funcionaría, porque todos leen novelas policíacas y conocen los estereotipos. Él se levantó de la silla y soltó las palabras como si las estuviera leyendo.

—Pero no sospechará de mí... ni nada parecido... Vaya..., mi carrera...

Le hice sentarse de nuevo; en su frente empezaban a aparecer gotitas de sudor. Pasé a la línea siguiente:

—Aún no sospecho de nadie ni de nada. Y no te verás en apuros si hablas, compañero.

Estaba dispuesto a hablar.

—Todo esto es estrictamente confidencial —insistió.

Pobre muchacho. No conocía el significado de «estrictamente». No volvió a estar fuera de la vista de un agente desde aquel momento hasta que el Gobierno decidió enterrar el caso con un comentario final que decía: «?»; así, encerrado entre comillas. (No bromeo. Hoy el caso no está ni abierto ni cerrado. Es sólo una «?».)

—Supongo que sabe usted qué es el viaje en el tiempo —balbució.

Claro que lo sabía. Mi hijo mayor tiene doce años y se pasa la tarde entera mirando los programas de vídeo hasta que se hincha visiblemente con la bazofia que absorbe por los ojos y las orejas.

—¿Qué pasa con el viaje en el tiempo?

—En cierto sentido, podemos hacerlo. En realidad, sólo se trata de lo que se podría llamar traslación microtemporal...

Casi perdí los estribos. De hecho, creo que los perdí. Parecía evidente que ese badulaque trataba de hacerse el listo, y sin ninguna sutileza. Estoy habituado a que la gente me tome por tonto, pero no hasta ese punto. Me salió la voz de lo más hondo de la garganta:

—¿Vas a decirme que Tywood está en alguna parte del tiempo, como Ace Rogers, el Llanero Solitario del Tiempo?

Se trataba del programa favorito de mi hijo. Esa semana, Ace Rogers luchaba contra Gengis Khan sin ayuda de nadie.

Pero él se enfureció tanto como yo.

—¡No! —gritó—. ¡No sé dónde está Tywood! ¡Si usted me escuchara...! He dicho traslación microtemporal. Esto no es un programa de vídeo ni es magia; es ciencia. Por ejemplo, conocerá usted la equivalencia materia-energía, ¿verdad?

Asentí amargamente. Todo el mundo lo sabe, desde lo que pasó en Hiroshima durante la penúltima guerra.

—De acuerdo —continuó—, eso está bien para empezar. Si se toma una masa de materia y se le aplica traslación temporal, es decir, se la envía hacia atrás en el tiempo, se está creando materia en el punto del tiempo adonde se envía. Para ello, ha de utilizarse una cantidad de energía equivalente a la cantidad de materia creada. En otras palabras, para enviar un gramo de cualquier cosa hacia atrás en el tiempo, se debe desintegrar totalmente un gramo de materia, con el fin de suministrar la energía requerida.

—Ya. Eso es para crear el gramo de materia en el pasado; pero ¿no se destruye un gramo de materia al eliminarlo del presente? ¿Eso no crea una cantidad equivalente de energía?

Y aparentó tanto fastidio como alguien que se sentara sobre una abeja que no estuviese del todo muerta. Al parecer, los legos no deben cuestionar a los científicos.

—Yo trataba de simplificar para que usted lo entendiera. En realidad es más complicado. Sería sensacional si pudiéramos usar la energía de desaparición para hacerla aparecer, pero, créame, eso sería trabajar en círculos. Los requirimientos de la entropía lo impedirían. Por decirlo con mayor rigor, se requiere que la energía se transforme en inercia temporal, y resulta que la energía en ergios necesaria para enviar una masa en gramos equivale a esa masa al cuadrado de la velocidad de la luz en centímetros por segundo, que es la ecuación de equivalencia masa-energía de Einstein. Puedo darle los fundamentos matemáticos, si quiere.

—No, gracias. —Hice esfuerzos por contener esa inoportuna impaciencia—. ¿Pero todo esto se verificó experimentalmente, o sólo sobre el papel?

Obviamente, lo importante era dejarle hablar.

Los ojos le relucieron con ese extraño brillo, propio de todos los estudiantes de investigación, por lo que me han dicho, cuando se les pide que hablen de su problema científico. Lo comentan con cualquiera, incluso con un «lego ignorante», como en aquel momento.

—Verá usted —dijo, como un hombre que nos desliza datos confidenciales sobre una transacción dudosa—, todo comenzó con este asunto del neutrino. Tratan de encontrar ese neutrino desde fines de los años treinta y no lo han conseguido. Es una partícula subatómica, que no tiene carga y cuya masa es todavía más pequeña que la de un electrón. Naturalmente, resulta casi imposible de detectar y aún no ha sido detectada. Pero siguen buscando porque, sin suponer que existe el neutrino, no se pueden equilibrar los factores enérgicos de algunas reacciones nucleares. Así que el profesor Tywood tuvo hace veinte años la idea de que alguna energía estaba desapareciendo en forma de materia, retrocediendo en el tiempo. Nos pusimos a trabajar en eso; mejor dicho, él se puso a trabajar, y yo soy el primer estudiante que colabora en ello. Como es lógico, teníamos que trabajar en cantidades diminutas de materia y..., bien, fue un golpe de genio del profesor comenzar a usar vestigios de isótopos radiactivos artificiales. Se puede trabajar con pocos microgramos, siguiendo su actividad con contadores. La variación de actividad con el tiempo debería seguir una ley muy definida y simple que nunca ha sido alterada por ninguna condición de laboratorio conocida. Bueno, el caso es que enviábamos una partícula quince minutos hacia atrás, por ejemplo, y quince minutos antes (todo estaba dispuesto automáticamente, ya me entiende) la cuenta saltaba a casi el doble, descendía normalmente y bajaba bruscamente en el momento del envío, por debajo de donde debía haber estado normalmente. El material se superponía a sí mismo en el tiempo y, durante quince minutos, contábamos el material duplicado...

—Es decir que los mismos átomos existían en dos sitios al mismo tiempo —interrumpí.

—Sí —concedió sorprendido—, ¿por qué no? Por eso usamos tanta energía; el equivalente de la creación de esos átomos. Ahora le diré en qué consiste mi trabajo. Si se envía el material quince minutos atrás, aparentemente se envía al mismo sitio en relación con la Tierra, a pesar de que en quince minutos la Tierra se ha desplazado veinticinco mil kilómetros alrededor del Sol, y el Sol, a su vez, mil quinientos kilómetros más y así sucesivamente. Pero hay ciertas discrepancias diminutas que he

131

analizado y que posiblemente se deban a dos causas. La primera es que se da un efecto friccional, si se permite semejante término, de modo que la materia se desplaza un poco respecto de la Tierra según a qué distancia se la envíe en el tiempo y según la naturaleza del material. Otra parte de la discrepancia sólo se puede explicar suponiendo que el propio tránsito por el tiempo lleva tiempo.

—¿Cómo es eso?

—Quiero decir que parte de la radiactividad se propaga paralelamente por el tiempo de traslación, como si el material hubiera estado reaccionando durante el retroceso en el tiempo según una cantidad constante. Mis cifras muestran que si uno retrocede en el tiempo envejece un día cada cien años. O, por decirlo de otro modo, si se pudiera observar un mediador que registrase el tiempo externo de una «máquina del tiempo», un reloj avanzaría veinticuatro horas mientras el mediador retrocedería cien años. Es una constante universal, creo, porque la velocidad de la luz es una constante universal. Sea como fuere, ése es mi trabajo.

Tras unos minutos de rumiar todo aquello pregunté:

—¿Dónde se obtenía la energía necesaria para los experimentos?

—Había una línea especial desde la planta energética. El profesor tiene mucha influencia allí y logró ese acuerdo.

—Ya. ¿Cuál fue la mayor cantidad de materia que enviasteis al pasado?

—Oh... Creo que enviamos una centésima de miligramo una vez. Son diez microgramos.

—¿Alguna vez intentasteis enviar algo al futuro?

—Eso no funciona. Es imposible. No se puede cambiar de signo de ese modo, porque la energía requerida se vuelve más que infinita. Hay una sola dirección.

Me observé las uñas.

—¿Cuánta materia se podría enviar hacia atrás en el tiempo si se fisionaran... cincuenta kilos de plutonio?

Pensé que todo se estaba volviendo muy obvio.

—En fisión de plutonio —fue su rápida respuesta—, no más del uno o el dos por ciento de la masa se convierte en energía.

Por tanto, el consumo de cincuenta kilos de plutonio enviaría un kilo atrás en el tiempo.

—¿Eso es todo? ¿Y se puede manipular tanta energía? Cincuenta kilos de plutonio causarían una tremenda explosión.

—Es relativo —replicó él pomposamente—. Si se toma toda esa energía y se la libera poco a poco, puede manipularse. Si se la libera de golpe, pero se usa tan rápidamente como se libera, aún se puede manipular. Al enviar materia hacia atrás en el tiempo, la energía se puede consumir mucho más rápidamente de lo que es posible liberarla aun mediante la fisión. Teóricamente, al menos.

—¿Pero cómo se deshace uno de ella?

—Se distribuye a través del tiempo, naturalmente. El tiempo mínimo, a través del cual se podría transferir materia, dependería así de la masa material. De lo contrario, se corre el riesgo de que la densidad de energía sea demasiado alta respecto del tiempo.

—Muy bien, chaval. Llamaré a jefatura y enviarán un hombre para acompañarte a casa. Te quedarás allí durante un tiempo.

—¿Pero por qué?

—No será mucho tiempo.

No lo fue, y luego le fue compensado.

Pasé la noche en jefatura. Allí teníamos una biblioteca, una biblioteca muy especial. La mañana posterior a la explosión, dos o tres agente habían ido sigilosamente a las bibliotecas de química y física de la universidad. Expertos a su manera. Localizaron todos los artículos que Tywood había publicado en revistas científicas y arrancaron las páginas. No tocaron ninguna otra cosa.

Otros hombres registraron archivos de revistas y catálogos de libros. El resultado fue una habitación de jefatura convertida en biblioteca especializada en Tywood. No había un propósito definido en esto; representaba simplemente parte de la meticulosidad con que se aborda un problema de esta naturaleza.

Recorrí esa biblioteca. No los artículos científicos, pues sabía que allí no hallaría lo que buscaba. Pero Tywood había escrito una serie de artículos para una revista veinte años atrás, y los leí. Y eché mano de todas las cartas privadas que había disponibles.

Después de eso me senté a pensar, y me asusté.

Me acosté a las cuatro de la mañana y tuve pesadillas.

Pero, aun así, estuve en el despacho del jefe a las nueve de la mañana.

El jefe es un hombre corpulento, de cabello gris y lacio. No fuma, pero tiene una caja de puros sobre el escritorio y, cuando quiere guardar silencio durante segundos, toma uno, lo hace rodar, lo huele, se lo mete en la boca y lo enciende con sumo cuidado. Para entonces, ya tiene algo que decir o no tiene nada que decir. Entonces, abandona el puro y deja que se consuma.

Una caja le dura tres semanas y, cada Navidad, la mitad de sus paquetes de regalos contienen cajas de puros.

Pero no buscó un puro aquel día. Se limitó a entrelazar sus manazas sobre el escritorio y me miró arrugando el entrecejo.

—¿Qué pasa?

Se lo conté. Lentamente, porque la traslación microtemporal no le cae bien a nadie, especialmente cuando uno la llama viaje en el tiempo como hice yo. Tan grave era la situación que sólo una vez me preguntó que si estaba chiflado.

Y cuando terminé nos miramos fijamente.

—¿Y crees que trató de enviar algo hacia atrás en el tiempo, algo que pesaba un kilo, y que por eso voló una planta entera?

—Concuerda —respondí.

Le dejé tranquilo un rato. Él estaba pensando y yo quería que siguiera pensando; quería que llegara a pensar lo mismo que yo pensaba para no tener que decirle...

Porque odiaba tener que decirle...

Ante todo, porque era descabellado. Y demasiado espantoso, por otra parte.

Así que cerré el pico y él siguió pensando y, de vez en cuando, algunos de sus pensamientos afloraban a la superficie.

—Suponiendo que el estudiante, Howe, haya dicho la verdad... —dijo al cabo de un rato—. Aunque sería mejor que mirases sus notas, de las que espero que te hayas apropiado...

—Toda esa ala del edificio está cerrada, señor. Edwards tiene las notas.

—De acuerdo. Suponiendo que nos haya dicho toda la verdad, ¿por qué Tywood pasó de menos de un miligramo a medio kilogramo? —Me miró con dureza—. Tú te estás concentrando en el viaje temporal. Entiendo que para ti eso es lo crucial y que la energía involucrada es algo secundario, totalmente secundario.

—Sí, señor —murmuré—. Eso es lo que creo.

—¿Has pensado que quizá te equivoques, que quizá sea al revés?

—No le entiendo.

—Bien, escucha. Dices que has leído a Tywood. De acuerdo. Él pertenecía a ese puñado de científicos que después de la Segunda Guerra Mudial se opuso a la bomba atómica; propiciaban un estado mundial... Lo sabes, ¿verdad?

Asentí en silencio.

—Tenía un complejo de culpa —continuó el jefe, con vehemencia—. Había ayudado a construir la bomba, y pasaba las noches en vela pensando en lo que había hecho. Convivió con ese temor durante años. Y, aunque la bomba no se usó en la Tercera Guerra Mundial, podrás imaginar lo que significaba para él cada día de incertidumbre. ¿Imaginas el paralizante horror en su alma, mientras aguardaba a que otros tomaran la decisión, en cada momento crucial, hasta el Tratado del Sesenta y Cinco? Tenemos un análisis psiquiátrico completo de Tywood y de otros individuos parecidos, realizados durante la última guerra. ¿Lo sabías?

—No, señor.

—Pues sí. Los interrumpimos después del 65, ya que, con el establecimiento del control mundial de la energía atómica, con la eliminación de la provisión de bombas atómicas de todos los países y con la creación de investigaciones conjuntas entre las diversas esferas de influencia del planeta, el conflicto ético dejó de preocupar a los científicos. De todos modos, por esa época hubo descubrimientos serios. En 1964, Tywood sentía un morboso odio subconsciente por el concepto mismo de energía atómica. Comenzó a cometer errores graves y, finalmente, tuvimos que retirarlo de todo proyecto de investigación. También a otros, aunque las cosas parecían ir bastante mal en aquellos tiempos, pues acabábamos de perder la India, como recordarás.

Considerando que yo estaba en la India en esa época, lo recordaba. Pero aún no entendía de qué iba.

—Ahora bien —continuó—, ¿qué ocurriría si vestigios de esa actitud permanecieran soterrados en Tywood hasta el final? ¿No ves que el viaje en el tiempo es una espada de doble filo? ¿Por qué lanzar medio kilogramo de algo hacia el pasado? ¿Para demostrar qué? Demostró estar en lo cierto cuando envió una fracción de miligramo. Eso era suficiente para el Nobel. Pero con medio kilogramo de materia haría algo que no podía hacer con un miligramo: agotar una planta energética. Ése debía de ser su propósito. Había descubierto un modo de consumir cantidades inconcebibles de energía. Enviando cuarenta kilos de basura, podría eliminar todo el plutonio existente en el mundo, terminar con la energía atómica por un período indefinido.

La explicación me tenía sin cuidado, pero traté de no aparentarlo. Sólo dije:

—¿Cree que él pensaba que podía salirse con la suya más de una vez?

—Todo se basa en que no era un hombre normal ¿Cómo saber lo que creía que podía hacer? Además, puede ser que haya otros detrás, con menos conocimientos científicos y más seso, que estén dispuestos a continuar a partir de este punto.

—¿Se ha hallado a alguno de estos hombres? ¿Existen pruebas de que existen?

Hizo una pausa y tendió la mano hacia la caja de puros. Miró el puro y le dio la vuelta. Otra pausa. Fui paciente.

Luego, lo dejó resueltamente, sin encenderlo.

—No —contestó. Me miró a mí, miró a través de mí—. ¿Así que no te convence la idea?

Me encogí de hombros.

—Pues... no suena bien.

—¿Tienes otra explicación?

—Sí, pero me cuesta hablar de ella. Si estoy equivocado, soy el hombre más equivocado que ha existido. Pero si tengo razón nadie ha tenido más razón.

—Te escucho —dijo, y metió la mano bajo el escritorio.

Me había tomado en serio. Esa habitación era blindada, a prueba de sonidos y a prueba de radiación, excepto en el caso de una explosión nuclear. Y con esa pequeña señal encendida en el escritorio de la secretaria ni siquiera el presidente de Estados Unidos hubiera podido interrumpirnos.

Me recliné y dije:

. —Jefe, ¿usted recuerda cómo conoció a su esposa? ¿Fue por una nimiedad?

Seguro que pensó que yo deliraba. ¿Qué otra cosa pudo pensar? Pero me siguió la corriente. Supongo que tenía sus razones.

—Estornudé y ella se dio la vuelta —respondió con una sonrisa—. Fue en una esquina.

—¿Por qué estaba en esa esquina en ese momento? ¿Por qué estaba ella? ¿Recuerda usted por qué estornudó? ¿Dónde cogió el resfriado? ¿O de dónde vino la mota de polvo? Imagínese cuántos factores tuvieron que converger en el sitio y el momento adecuados para que usted conociera a su esposa.

—Tal vez nos hubiéramos conocido en otra ocasión.

—Pero no puede saberlo. ¿Cómo saber a quién no conoció por no haberse girado cuando pudo hacerlo, por no haber llegado tarde cuando pudo hacerlo? La vida se enfrenta a una encrucijada a cada instante, y uno escoge determinado rumbo casi al azar, y lo mismo hacen los demás. Retroceda veinte años y encontrará que las bifurcaciones se desvían cada vez más. Usted estornudó y conoció a una chica y no a otra. En consecuencia, tomó ciertas decisiones, y lo mismo hizo la chica, y también la chica que usted no conoció y el hombre que la conoció a ella y la gente que todos conocieron después. Y la familia de usted, y la de ella, y la de ellos; y todos los hijos. Porque usted estornudó hace veinte años, cinco personas o cincuenta o quinientas podrían estar muertas cuando deberían estar vivas, o vivas cuando deberían estar muertas. Vaya doscientos años atrás; dos mil años atrás, y un estornudo, incluso el estornudo de alguien que no figura en ningún libro de historia podría significar que hoy no viviera nadie de los que viven.

El jefe se frotó la nuca.

—Ondas en expansión. Una vez leí un cuento...

—Yo también. La idea no es nueva; pero quiero que piense en ella por un momento, porque me gustaría leerle parte de un artículo publicado por el profesor Elmer Tywood en una revista de hace veinte años. Esto fue antes de la última guerra.

Yo tenía copias del filme en el bolsillo, y la blanca pared ofrecía una magnífica pantalla, pues para eso estaba. El jefe se dispuso a darse la vuelta; pero le indiqué que se quedara como estaba.

—No, señor. Quiero leerle esto. Quiero que lo escuche.

Se reclinó en la silla.

—El artículo —continué— se titula «El primer gran fracaso del hombre». Recuerde que esto fue antes de la guerra, cuando la amarga desilusión ante el fracaso de Naciones Unidas estaba en su punto culminante. Le leeré algunos párrafos de la primera parte del artículo. Dice así: «El fracaso del hombre, con su perfección técnica, para resolver los grandes problemas sociológicos de hoy es sólo la segunda gran tragedia que aflige a nuestra raza. La primera, y quizá la mayor, es que, en cierta ocasión, estos grandes problemas sociológicos se resolvieron y, sin embargo, las soluciones no fueron duraderas porque la perfección técnica de que hoy disponemos no existía.

»Era como tener pan sin mantequilla, o mantequilla sin pan. Nunca ambas cosas juntas (...).

»Pensemos en el mundo helénico, del cual derivan nuestra filosofía, nuestra ética, nuestro arte, nuestra literatura..., toda nuestra cultura. En tiempos de Pericles, Grecia, como nuestro propio mundo en un microcosmos, era un popurrí asombrosamente moderno de ideologías y modos de vida conflictivos. Pero luego vino Roma y adoptó la cultura, pero otorgando e imponiendo la paz. Desde luego, la *Pax Romana* duró sólo doscientos años, pero desde entonces no ha existido un periodo similar (...).

»La guerra fue abolida. El nacionalismo no existía. El ciudadano romano pertenecía al Imperio. Pablo de Tarso y Flavio Josefo eran ciudadanos romanos. Españoles, norteafricanos e ilirios se sometían al Imperio. Existía la esclavitud, pero era una esclavitud indiscriminada, impuesta como castigo, resultante del fracaso económico o causada por los reveses de la guerra. Ningún hombre era esclavo natural por el color de su piel o por su lugar de nacimiento.

»La tolerancia religiosa era total. Si al principio se hizo una excepción en el caso de los cristianos, fue porque rehusaban aceptar el principio de la tolerancia, porque insistían en que sólo ellos conocían la verdad, una actitud detestable para el romano civilizado (...).

»Con toda nuestra cultura occidental bajo una sola *polis*, con la ausencia del cáncer del particularismo y del exclusivismo religioso y nacional, con la avanzada civilización existente, ¿por qué no pudo el ser humano conservar los beneficios conseguidos?

»Porque, tecnológicamente, el antiguo helenismo permaneció atrasado. Porque sin máquinas el precio del ocio, y, por ende, de la civilización y la cultura para una minoría, significaba esclavitud para la mayoría. Porque la civilización no podía hallar el modo de llevar confort y comodidad a toda la población.

»Por lo tanto, las clases oprimidas se volcaron hacia el más allá y hacia religiones que desdeñaban los beneficios materiales de este mundo, de modo que la ciencia en sentido cabal resultó imposible durante más de un milenio. Además, a medida que menguaba el ímpetu inicial del helenismo, el Imperio carecía de la potencia tecnológica para derrotar a los bárbaros. De hecho, sólo después del 1500 de nuestra Era la guerra pasó a depender plenamente de los recursos industriales de una nación, lo cual permitía a los pueblos asentados desbaratar sin esfuerzo las invasiones de tribus y de nómadas (...).

»Imaginemos, pues, que los antiguos griegos hubieran aprendido una pizca de química y física moderna. Imaginemos que el crecimiento del Imperio hubiera ido acompañado por el crecimiento de la ciencia, la tecnología y la industria. Imaginemos un imperio donde la maquinaria reemplazara a los esclavos, donde todos los hombres compartieran equitativamente los bienes del mundo, donde la legión se transformara en una columna blindada a la que ningún bárbaro pudiera hacer frente. Imaginemos un imperio que, así, se extendiera por el mundo entero, sin prejuicios religiosos ni nacionales.

»Un imperio de todos los hombres; todos hermanos; al fin libres (...).

» Si se pudiera cambiar la historia, si ese primer gran fracaso se pudiera haber evitado...».

Me detuve en ese punto.

—¿Bien? —dijo el jefe.

—Bueno, creo que no es difícil conectar todo esto con el hecho de que Tywood hiciera estallar una planta energética en su afán de enviar algo al pasado, mientras que en la caja de caudales de su despacho encontramos párrafos de un libro de química traducidos al griego.

Le cambió la expresión mientras reflexionaba.

—Pero nada ha ocurrido —suspiró al fin.

—Lo sé. Pero el estudiante de Tywood me ha dicho que se tarda un día por siglo para desplazarse en el tiempo. Suponiendo que la antigua Grecia fuera el destino final, suman veinte siglos, es decir, veinte días.

—¿Y se puede detener?

—Lo ignoro. Tal vez Tywood lo supiera, pero está muerto.

La enormidad del asunto me abrumó de golpe, con más fuerza que la noche anterior...

Toda la humanidad estaba sentenciada prácticamente a muerte. Y aunque eso era sólo una horrenda abstracción cobraba su insoportable realidad por el hecho de que yo también estaba sentenciado. Y mi esposa, y mi hijo.

Más aún, se trataba de una muerte sin precedentes. Un cese de la existencia, y nada más. El momento de un suspiro. Un sueño que se esfuma. El tránsito de una sombra hacia la eternidad del no-espacio y del no-tiempo. A decir verdad, yo no estaría muerto en absoluto; simplemente, nunca habría nacido.

¿O sí? ¿Existiría yo..., mi individualidad..., mi ego..., mi alma, si se quiere? ¿Otra vida? ¿Otras circunstancias?

En aquel momento no pensé nada de esto con palabras. Pero si un frío nudo en el estómago pudiera hablar en esas circunstancias, creo que habría dicho algo parecido.

El jefe interrumpió mis cavilaciones:

—Entonces, sólo nos quedan dos semanas y media. No hay tiempo que perder. Ven.

Esbocé una sonrisa.

—¿Qué hacemos? ¿Perseguir el libro?

—No —repuso fríamente—. Pero hay dos líneas de acción que podemos seguir. La primera es que quizás estés equivocado por completo, pues todo este razonamiento circunstancial puede representar una pista falsa, tal vez puesta deliberadamente ante nosotros para ocultar la verdad; y tenemos que verificarlo. Y la segunda es que quizá tengas razón, pero debe de haber un modo de detener el libro, un modo que no implique perseguirlo en una máquina del tiempo; y, en tal caso, hemos de averiguar cuál es.

—Me gustaría aclarar, señor, que si es una pista falsa sólo un loco la consideraría creíble. Así que supongamos que tengo razón y que no hay manera de detenerlo.

—Entonces, joven amigo, estaré muy ocupado durante dos semanas y media y te aconsejaría que hicieras lo mismo. Así el tiempo pasará más deprisa.

Tenía razón, desde luego.

—¿Por dónde empezamos? —pregunté.

—Lo primero que necesitamos es una lista de todo funcionario o funcionaria que fuese subalterno de Tywood.

—¿Por qué?

—Razonamiento. Tu especialidad, ¿no? Supongo que Tywood no sabía griego, así que alguien debió de hacer la traducción. Es improbable que nadie realizara semejante trabajo por nada y es improbable que Tywood pagara con dinero propio, contando sólo con su sueldo de profesor.

—Tal vez le interesara guardar más secretos de los que permite un sueldo del Gobierno.

—¿Por qué? ¿Dónde estaba el peligro? ¿Es delito traducir un texto de química al griego? ¿Quién deduciría de ello una confabulación como la que acabas de describir?

Nos llevó media hora hallar el nombre de Mycroft James Boulder, que constaba como «asesor», descubrir que figuraba en el catálogo universitario como profesor auxiliar de filosofía y verificar por teléfono que, entre sus muchas cualidades, se contaba un cabal conocimiento del griego ático.

Lo cual fue una coincidencia, pues cuando el jefe estaba echando mano de su sombrero, el mensáfono interno se puso a funcionar y resultó que Mycroft James Boulder se encontraba en la antesala. Llevaba dos horas insistiendo en ver al jefe.

El jefe dejó el sombrero y abrió la puerta del despacho.

El profesor Mycroft James Boulder era un hombre gris. Tenía el cabello gris y ojos grises. Y su traje también era gris.

Pero, ante todo, tenía una expresión gris; gris y con una tensión que hacía que temblaran las arrugas de su delgado rostro.

—Hace tres días que estoy pidiendo una entrevista —murmuró— con alguien que sea responsable. No he podido ir más allá de usted.

—Tal vez sea suficiente —dijo el jefe—. ¿Qué sucede?

—Es muy importante que se me conceda una entrevista con el profesor Tywood.

—¿Usted sabe dónde está?

—Estoy seguro de que el Gobierno lo tiene bajo custodia.

—¿Por qué?

—Porque sé que planeaba un experimento que suponía la violación de las normas de seguridad. Por lo que puedo deducir, todo lo que ha ocurrido después deriva de la suposición de que, en efecto, se han violado dichas normas. Presumo, pues, que el experimento se ha intentado. He de saber si se llevó a cabo con éxito.

—Profesor Boulder, tengo entendido que usted sabe leer griego.

—Sí, sé griego.

—Y ha traducido textos de química para el profesor Tywood con dinero del Gobierno.

—Sí, como asesor contratado legalmente.

—Pero esa traducción, dadas las circunstancias, constituye un delito, pues le convierte en cómplice del delito de Tywood.

—¿Puede usted establecer una conexión?

—¿Usted no? ¿No ha oído hablar de las ideas de Tywood sobre el viaje en el tiempo o..., cómo lo llaman..., traslación microtemporal?

—Vaya. —Boulder sonrió—. Entonces, se lo ha contado él.

—No —masculló el jefe—. El profesor Tywood ha muerto.

—¿Qué? Entonces... No le creo.

—Murió de apoplejía. Mire esto.

En su caja de caudales tenía una de las fotografías tomadas esa noche. Tywood estaba desfigurado, pero reconocible; despatarrado y muerto.

Boulder jadeó como si se le hubieran atascado los engranajes. Estuvo mirando la foto durante tres minutos, según el reloj
eléctrico de la pared.

—¿Dónde es esto? —preguntó.

—En la planta de energía atómica.

—¿Había concluido su experimento?

El jefe se encogió de hombros.

—Imposible saberlo. Estaba muerto cuando lo encontramos.

Boulder apretó los labios.

—Es preciso averiguarlo. Se debe crear una comisión de
científicos y, de ser necesario, repetir el experimento...

Pero el jefe se limitó a mirarle y a tomar un puro. Nunca le
he visto hacer una pausa tan larga. Cuando dejó el puro, envuelto
en la humareda, dijo:

—Hace veinte años, Tywood escribió un artículo para una
revista...

—¡Oh! —El profesor torció los labios—. ¿Eso les dio la pista? Pueden ignorarla. Él es físico y no sabe nada de historia ni
de sociología. Sólo son sueños de estudiante.

—Entonces, usted no cree que enviar su traducción al pasado inaugurará una nueva Edad de Oro, ¿verdad?

—Claro que no. ¿Cree usted que puede injertar los desa-
rrollos de dos mil años de dura labor en una sociedad infantil e
inmadura? ¿Cree que un gran invento o un gran principio científico nace ya completo en la mente de un genio, divorciado del
entorno cultural? Newton tardó veinte años en enunciar la ley
de la gravitación porque la cifra entonces vigente para el diámetro de la Tierra tenía un error del diez por ciento. Arquímedes estuvo a punto de descubrir el cálculo, pero falló porque
los números arábigos, inventados por algún hinduista anónimo,
le eran desconocidos. Más aún, la mera existencia de una sociedad esclavista en la Grecia y la Roma antiguas significaba que
las máquinas no se consideraban muy atractivas, pues los esclavos eran más baratos y adaptables, y los hombres de genuino
intelecto no perdían sus energías en aparatos destinados al trabajo manual. Incluso Arquímedes, el más grande ingeniero de
la antigüedad, se negaba a dar a conocer sus inventos prácticos;
sólo mostraba abstracciones matemáticas. Y cuando un joven le

143

preguntó a Platón de qué servía la geometría le expulsaron de la Academia, como hombre de alma mezquina y poco filosófica. Es decir, la ciencia no avanza en una embestida, sino que da cortos pasos en las direcciones permitidas por las grandes fuerzas que moldean la sociedad y que, a su vez, son moldeadas por ésta. Y ningún hombre avanza si no es sobre los hombros de la sociedad que le rodea...

El jefe le interrumpió.

—Díganos, pues, cuál fue su participación en el trabajo de Tywood. Aceptaremos su palabra de que no se puede cambiar la historia.

—Bueno, sí se puede, pero no intencionadamente... Cuando Tywood solicitó mis servicios para traducir ciertos pasajes al griego, acepté por dinero. Pero él quería la traducción en un pergamino; insistió en el uso de la terminología griega antigua (el lenguaje de Platón, por citar sus palabras), por mucho que yo tuviera que forzar el significado literal de los pasajes, y lo quería manuscrito en rollos. Sentí curiosidad. Yo también vi ese artículo. Me costó llegar a la conclusión obvia, pues los logros de la ciencia moderna trascienden en gran medida las especulaciones de la filosofía, pero al fin supe la verdad, y de inmediato resultó evidente que la teoría de Tywood sobre el cambio de la historia era pueril. Hay veinte millones de variables para cada instante del tiempo y no se ha desarrollado ningún sistema matemático (ninguna psicohistoria matemática, por acuñar una expresión) para manipular esa enorme cantidad de funciones variables. En síntesis, cualquier variación de los acontecimientos de hace dos mil años cambiaría toda la historia subsiguiente, pero no de un modo previsible.

El jefe sugirió, con falsa calma:

—Como el guijarro que inicia el alud, ¿verdad?

—Exacto. Veo que comprende la situación. Reflexioné profundamente antes de actuar y, luego, comprendí cómo actuar, cómo debía actuar.

El jefe rugió, se levantó y tumbó la silla. Rodeó el escritorio y apoyó una de sus manazas en la garganta de Boulder. Intenté detenerlo, pero me indicó con un gesto que me estuviera quieto...

Sólo le estaba apretando un poco la corbata. Boulder aún podía respirar. Se había puesto muy blanco y mientras el jefe hablaba se limitó a eso, a respirar.

—Claro —dijo el jefe—, ya sé por qué decidió que debía actuar. Conozco a muchos filósofos trasnochados que creen que hay que arreglar el mundo. Ustedes quieren arrojar los dados de nuevo para ver qué resulta. Tal vez ni siquiera les importe si vivirán o no en la nueva configuración, ni que nadie pueda averiguar lo que han hecho. Pero están dispuestos a crear, a pesar de todo; a darle a Dios otra oportunidad, como si dijéramos. Pero tal vez sea sólo porque quiero vivir, pero creo que el mundo podría ser peor. De veinte millones de maneras podría ser peor. Un tipo llamado Wilder escribió una obra titulada *Por un pelo*. Tal vez la haya leído. La tesis es que la humanidad sobrevivió apenas por un pelo. No, no le echaré un discurso sobre el peligro de extinción en la Era Glacial; no sé lo suficiente. Ni siquiera le hablaré de la victoria griega en Maratón, de la derrota árabe en Tours ni de los mongoles retrocediendo en el último momento sin siquiera ser derrotados, pues no soy historiador. Pero tomemos el siglo veinte. Los alemanes fueron detenidos dos veces en el Marne durante la Primera Guerra Mundial. La retirada de Dunkerque fue durante la Segunda Guerra Mundial, y a los alemanes se los detuvo en Moscú y en Estalingrado. Pudimos haber usado la bomba atómica en la última guerra y no lo hicimos, y cuando parecía que ambos bandos iban a hacerlo llegamos al Gran Tratado, y únicamente porque el general Bruce sufrió una demora en la pista aérea de Ceilán y pudo recibir el mensaje inmediatamente. Una vez tras otra, a lo largo de toda la historia, tan sólo golpes de suerte. Por cada probabilidad que no se concretó y que nos habría transformado en seres maravillosos, hubo veinte probabilidades que no se concretaron y que habrían acarreado un desastre para todos. Ustedes juegan con esa probabilidad de uno contra veinte y juegan con todas las vidas de la Tierra. Y, además, lo han conseguido, ya que Tywood envió ese texto.

Escupió la última frase abriendo la manaza, de modo que Boulder cayó en la silla.

Y Boulder se echó a reír.

—Necio —dijo, jadeante—. Anda muy cerca, pero está muy equivocado. ¿Así que Tywood envió el texto? ¿Está seguro?

—No se encontró ningún texto de química en griego en el lugar —masculló el jefe— y habían desaparecido millones de calorías de energía; lo cual no cambia el hecho de que tenemos dos semanas y media para que... las cosas resulten interesantes.

—¡Pamplinas! Sin melodramatismos, por favor. Escúcheme y procure entenderlo. Los filósofos griegos Leucipo y Demócrito desarrollaron una teoría atómica. Toda la materia, afirmaban, está compuesta por átomos. Las variedades de átomos habrían de ser distintas e inmutables y, mediante diferentes combinaciones, cada una formaría las diversas sustancias halladas en la naturaleza. La teoría no fue resultado del experimento ni de la observación, sino que de algún modo surgió madurada ya. El poeta didáctico romano Lucrecio, en su *De rerum natura*, «Acerca de la naturaleza de las cosas», afinó esa teoría, que parece asombrosamente moderna. En los tiempos helenísticos, Herón construyó una máquina de vapor y las armas de guerra se mecanizaron. Se ha considerado ese periodo como una era mecánica abortada, que no llegó a nada porque no trascendió su entorno social y económico ni congeniaba con él. La ciencia alejandrina fue una rareza inexplicable. Podríamos mencionar también la vieja leyenda romana sobre los libros de la Sibila, que contenían misteriosa información transmitida directamente por los dioses... En otras palabras, caballeros, aunque ustedes tienen razón al pensar que cualquier alteración del pasado, por nimia que sea, podría acarrear consecuencias incalculables, y aunque comparto la opinión de que cualquier cambio aleatorio puede empeorar las cosas en vez de mejorarlas, debo señalar que se equivocan en su conclusión final. Es éste el mundo desde el que el texto de química en griego se ha enviado al pasado. Ha sido una carrera de la Reina Roja. Tal vez ustedes recuerden *A través del espejo*, de Lewis Carroll. En el país de la Reina Roja había que correr a toda prisa para permanecer en el mismo lugar. ¡Y eso es lo que ocurrió en este caso! Tywood habrá pensado que estaba creando un mundo nuevo, pero fui yo quien preparó las traducciones, y me ocupé de que se incluyeran sólo esos pasajes que dieran cuenta de los raros jirones de conocimiento que los antiguos aparentemente obtuvieron de la nada. Y mi única intención en toda esa carrera fue la de permanecer en el mismo lugar.

Transcurrieron tres semanas, tres meses, tres años. No ocurrió nada. Y cuando nada ocurre no existen pruebas. Desistimos de las explicaciones, y el jefe y yo también terminamos por dudar.

El caso nunca se cerró. Boulder no podía ser considerado un delincuente sin que se lo considerara también el salvador del mundo, y viceversa. Se le ignoró, y finalmente el caso ni se resolvió ni se cerró; simplemente, se guardó en un archivo designado «?» y fue sepultado en el sótano más profundo de Washington.

El jefe está en Washington ahora y es una persona influyente. Y yo soy jefe regional del FBI.

Pero Boulder sigue siendo profesor auxiliar. En la universidad se tarda mucho en ascender.

El día de los cazadores

Comenzó la misma noche en que terminó. No fue gran cosa. Simplemente me molestó; aún me molesta.

Joe Bloch, Ray Manning y yo estábamos sentados a nuestra mesa favorita del bar de la esquina, con una velada por delante y ganas de charlar. Ése es el principio.

Joe Block se puso a hablar de la bomba atómica, de lo que había que hacer con ella, y dijo que nadie se lo habría imaginado cinco años atrás. Yo comenté que mucha gente lo había imaginado cinco años atrás y escribió historias sobre eso y ahora tendría dificultades para llevar la delantera a los periódicos. Todo esto derivó en divagaciones sobre todas las cosas raras que podían volverse ciertas, con gran cantidad de ejemplos.

Ray contó que alguien le había hablado de un científico insigne que había enviado un bloque de plomo al futuro durante dos segundos o dos minutos o dos milésimas de segundo, no estaba seguro. Según él, el científico no le decía nada a nadie porque pensaba que nadie le creería.

Le pregunté con sarcasmo cómo se había enterado. Ray tendrá muchos amigos, pero yo tengo los mismos y ninguno conoce a ningún científico insigne. Ray respondió que no importaba cómo se había enterado, que no estaba obligado a creerle.

Y luego pasamos inevitablemente a las máquinas del tiempo y nos preguntamos qué pasaría si alguien volvía al pasado y mataba a su abuelo, y que por qué nadie regresaba del futuro y nos comunicaba quién ganaría la siguiente guerra o si habría o no otra guerra o si quedaría un lugar habitable en la Tierra, ganara quien ganase.

Ray se conformaba con saber el nombre del ganador de la séptima carrera antes del final de la sexta.

Pero Joe pensaba de otro modo:

—Vuestro problema es que sólo pensáis en guerras y en carreras. Yo, en cambio, siento curiosidad. ¿Sabéis qué haría si tuviera una máquina del tiempo? —Desde luego que queríamos saberlo, dispuestos a tomarle el pelo en cuanto nos diera la menor oportunidad—. Si tuviera la máquina, retrocedería dos, cinco o cincuenta millones de años para averiguar qué pasó con los dinosaurios.

Lo cual fue malo para Joe, porque Ray y yo pensábamos que eso no tenía sentido. Ray dijo que a quién cuernos le importaban los dinosaurios y yo afirmé que sólo servían para dejar esqueletos descoyuntados para esos tíos que perdían su tiempo gastando el suelo de los museos, y que era una suerte que hubieran desaparecido para dejar sitio a los seres humanos. Joe observó que, teniendo en cuenta a ciertos seres humanos que conocía, y nos miró con dureza, hubiera preferido los dinosaurios; pero no le prestamos atención.

—Sois unos zopencos. Podéis reíros y alardear de que sabéis algo, pero no tenéis nada de imaginación. Esos dinosaurios eran algo digno de ver. Millones de especies, grandes como casas y estúpidos como casas, por todas partes. Y, de pronto, ¡zas! —Chascó los dedos—. Dejaron de existir.

Le preguntamos que cómo.

Pero Joe estaba terminando una cerveza y pidiéndole por gestos otra a Charlie con una moneda, para demostrar que tenía con qué pagarla. Se encogió de hombros.

—No lo sé. Pero eso es lo que averiguaría.

Ya está. Ahí debió terminar. Yo podría haber comentado algo y Ray habría dicho alguna chorrada y todos hubiéramos vaciado otra cerveza y nos habríamos puesto a hablar del clima y de los Dodgers de Brooklyn y nunca más hubiéramos pensado en dinosaurios.

Sólo que no fue así, y ahora de sólo pensar en dinosaurios, siento náuseas.

Porque el borrachín de la mesa contigua miró hacia nosotros y exclamó:

—¡Eh!

No lo habíamos visto. Por lo general no buscamos borrachines desconocidos en los bares; ya cuesta bastante habérselas con los borrachines conocidos. Ese tío tenía una botella medio vacía en la mesa y un vaso medio lleno en la mano.

Dijo «¡eh!» y todos lo miramos.

—Pregúntale qué quiere, Joe —dijo Ray.

Joe era el que estaba más cerca. Inclinó la silla hacia atrás y preguntó:

—¿Qué quiere?

—¿Hablaban ustedes de dinosaurios?

Le temblaba un poco el cuerpo, tenía los ojos sanguinolentos y había que esforzarse para imaginar que la camisa había sido blanca; pero la voz llamaba la atención, pues no hablaba como un típico borrachín.

De todos modos, Joe pareció relajarse y le dijo:

—Claro. ¿Hay algo que quiera saber?

Nos sonrió. Era una sonrisa rara. Empezaba en la boca y terminaba debajo de los ojos.

—¿Ustedes querían construir una máquina del tiempo y averiguar qué pasó con los dinosaurios?

Noté que Joe pensaba que le estaban tendiendo una trampa para embaucarlo. Yo sospechaba lo mismo.

—¿Por qué? —se mostró suspicaz Joe—. ¿Pretende ofrecerse para construirme una?

El borrachín exhibió su dentadura calamitosa y contestó:

—No, señor. Podría, pero no lo haré. ¿Sabe por qué? Porque hace un par de años construí una máquina del tiempo y regresé a la Era Mesozoica y averigüé qué pasó con los dinosaurios.

Más tarde busqué cómo se escribía mesozoica (por eso lo he puesto bien, si es que a alguien le llama la atención) y descubrí que la Era Mesozoica fue la época en que los dinosaurios hacían lo que sea que hicieran los dinosaurios. Pero en aquel momento no entendía ni jota, y pensé que se trataba de un lunático. Joe afirmó luego que él sí sabía lo del mesozoico, pero tendría que decir mucho más para convencernos a Ray y a mí.

Lo cierto es que así empezó todo. Le pedimos al borrachín que se acercara a la mesa. Supongo que pensé que podríamos escucharle un rato y beber unos sorbos de su botella, y los demás debieron de pensar lo mismo. Pero el tipo agarró la botella con la mano derecha y no la soltó.

—¿Dónde construyó una máquina del tiempo? —le preguntó Ray.

—En la Universidad del Medio Oeste. Mi hija y yo trabajábamos allí.

En efecto, tenía aire de universitario.

—¿Dónde la tiene ahora? —pregunté yo—. ¿En el bolsillo?

Ni siquiera parpadeó; no reaccionaba ante nuestras bromas. Seguía hablando en voz alta, como si el whisky le hubiera soltado la lengua y no le importara si nos quedábamos o no.

—La destrocé —contestó—. No la quería. Ya me tenía harto.

No le creímos. No le creímos ni una palabra. Será mejor que lo aclare: es lógico, porque si un tío inventara una máquina del tiempo podría ganar millones, podría ganar todo el dinero del mundo con sólo saber qué pasaría en la Bolsa, en las carreras y en las elecciones. No desperdiciaría todo eso, fueran cuales fuesen sus razones. Además, ninguno de nosotros estaba dispuesto a creer en el viaje por el tiempo, porque ¿y si matabas a tu abuelo?

Bien, qué más da.

—Claro, hombre, la destrozó —se burló Joe—. Claro que sí. ¿Cómo se llama usted?

Pero no respondió a esa pregunta. Se lo preguntamos varias veces más y terminamos por llamarlo «profesor».

Vació de nuevo el vaso y lo volvió a llenar muy despacio. No nos ofreció, así que seguimos con nuestras cervezas.

—Bien, siga —lo animé—. ¿Qué pasó con los dinosaurios?

Pero no nos lo contó en seguida. Bajó la vista y le habló a la mesa.

—No sé cuántas veces me envió Carol, durante minutos o durante horas, antes de efectuar el gran salto. No me interesaban los dinosaurios. Sólo quería ver hasta dónde me llevaría la máquina con la energía de que disponía. Supongo que era peligroso, pero ¿acaso la vida es tan maravillosa? Era la época de la guerra. Qué importaba una vida más. —Se puso a mimar el vaso, como si estuviera pensando en cosas en general, y luego pareció saltarse una parte de sus pensamientos y continuó hablando—: Hacía sol. El ambiente era soleado y brillante, seco y duro. No había pantanos ni helechos, ni ninguno de los adornos del cretáceo que asociamos con los dinosaurios...

Al menos, eso creo que dijo. No siempre pescaba las palabras largas, así que a partir de ahora me atendré a lo que pueda recordar. Verifiqué cómo se escribían todos los términos y debo conceder que el profesor los pronunciaba sin tartamudear, a pesar de todo lo que había bebido.

Tal vez era eso lo que nos molestaba, que pareciese tan familiarizado con todo y tuviese tanta labia.

—Era una época tardía, desde luego el cretáceo. Los dinosaurios ya estaban a punto de extinguirse; todos menos los pequeños, con sus cinturones de metal y sus armas.

Creo que Joe prácticamente hundió la nariz en la cerveza. Se bebió medio vaso cuando el profesor soltó esa frase con aire melancólico.

Joe se enfureció.

—¿Qué pequeños, con qué cinturones de metal y qué armas? El profesor lo miró un instante y desvió los ojos.

—Eran reptiles pequeños, de un metro veinte de altura. Se erguían sobre las patas traseras, con una cola gruesa detrás, y tenían antebrazos pequeños con dedos. Llevaban anchos cinturones de metal colgados de la cintura, de donde pendían armas. Y no eran pistolas que disparasen cápsulas, sino proyectores de energía.

—¿Eran qué? —pregunté—. Oiga, ¿cuándo fue eso? ¿Hace millones de años?

—En efecto. Eran reptiles. Tenían escamas, carecían de párpados y probablemente ponían huevos. Pero usaban armas energéticas. En total eran cinco. Se abalanzaron sobre mí en cuanto bajé de la máquina. Debía de haber millones en toda la Tierra, millones, esparcidos por doquier; debían de ser los reyes de la creación.

Fue entonces cuando Ray pensó que lo había pillado, pues puso esa expresión de listo que da ganas de partirle la crisma con una jarra de cerveza vacía, porque usar una llena sería un desperdicio de cerveza.

—Mire, profesor, millones de años, ¿eh? ¿No hay fulanos que sólo se dedican a descubrir huesos viejos y los analizan hasta imaginar qué aspecto tenía un dinosaurio? Los museos están llenos de esos esqueletos, ¿o no? Bien, ¿dónde hay uno que lleve un cinturón de metal? Si había millones, ¿qué fue de ellos? ¿Dónde están los huesos?

El profesor suspiró. Fue un suspiro genuino y triste. Quizá comprendió por primera vez que sólo estaba en un bar hablando con tres tipos vestidos con mono. O quizá no le importaba.

—No se encuentran muchos fósiles —nos explicó—. Piensen en cuántos animales vivían en la Tierra. Piensen en cuántos billones de animales. Y piensen en qué pocos encontramos. Y estos lagartos eran inteligentes, no lo olviden. No los sorprendería una ventisca ni el lodo ni se caerían en la lava, a no ser por una gran fatalidad. Piensen en qué pocos fósiles humanos hay, incluso de esos homínidos subinteligentes de hace un millón de años. —Miró el vaso medio lleno y lo agitó—. ¿Y qué demostrarían los fósiles? A los cinturones de metal los carcome la herrumbre y no dejan rastros. Esos lagartos eran de sangre caliente. Yo lo sé, pero nadie podría demostrarlo con huesos petrificados. ¡Qué diablos, dentro de un millón de años nadie sabrá qué aspecto tenía Nueva York a partir de un esqueleto humano! ¿Podrían ustedes diferenciar un humano de un gorila por los huesos y deducir cuál de ellos construyó una bomba atómica y cuál comía bananas en el zoológico?

—Oiga —objetó Joe—, cualquiera puede distinguir un esqueleto de gorila de uno humano. El del hombre tiene un cerebro de mayor tamaño. Cualquier tonto sabría cuál era el inteligente.

—¿De veras? —El profesor se rió para sus adentros, como si todo eso resultase tan simple y obvio que fuera una vergüenza perder el tiempo con ello—. Usted lo juzga todo por el tipo de cerebro que han desarrollado los seres humanos. La evolución tiene varios modos de hacer las cosas. Las aves vuelan de un modo, los murciélagos de otro. La vida tiene muchas tretas para todo. ¿Qué proporción usa usted de su cerebro? Una quinta parte. Eso es lo que dicen los psicólogos. Por lo que ellos saben, por lo que cualquiera sabe, el ochenta por ciento del cerebro no se usa. Todo el mundo trabaja al mínimo, excepto quizás unos cuantos nombres históricos. Leonardo da Vinci, por ejemplo, Arquímedes, Aristóteles, Gauss, Galois, Einstein...

Yo nunca había oído esos nombres, salvo el de Einstein, aunque me lo callé. Mencionó algunos más, pero he puesto todos los que recuerdo.

—Esos pequeños reptiles tenían un cerebro diminuto, pero lo usaban todo, hasta el último elemento. Tal vez sus huesos no lo mostrarían, y, sin embargo, eran inteligentes; tan inteligentes como los humanos. Y dominaban toda la Tierra.

Entonces, Joe tuvo una ocurrencia realmente sensacional. Por un momento pensé que había pillado al profesor, y me sentí orgulloso de él.

—Oiga, profesor, si esos lagartos eran tan listos, ¿por qué no dejaron nada? ¿Dónde están sus ciudades, sus edificios y todas esas cosas que han dejado los cavernícolas, como los cuchillos de piedra y demás? Demonios, si los seres humanos desaparecieran de la Tierra, imagínese la de cosas que dejarían. Nadie podría recorrer un kilómetro sin tropezar con una ciudad. Y las carreteras y todo eso.

Pero no había quien detuviera al profesor. Ni siquiera se inquietó. Se limitó a insistir en lo mismo:

—Usted sigue juzgando otras formas de vida según pautas humanas. Nosotros construimos ciudades, carreteras, aeropuertos y todo lo demás; pero ellos no. Estaban configurados de otra manera. Su modo de vida era totalmente distinto. No vivían en ciudades. No tenían nuestra clase de arte. No sé qué tenían, porque era tan extraño que no pude entenderlo; excepto lo de las armas, que sí eran parecidas. Es extraño, ¿no? Tal vez tropezamos con sus reliquias todos los días y ni siquiera sabemos lo que son.

Eso me sacaba de quicio. No había modo de pillarlo. Cuanto más lo acorralabas, más escurridizo se volvía.

—Oiga —le dije—, ¿cómo sabe tanto sobre esos bichos? ¿Qué hizo, vivir con ellos? ¿O hablaban nuestro idioma? ¿Acaso usted habla en lagarto? Díganos algo en lagarto.

Supongo que estaba perdiendo los estribos. Ya se sabe lo que pasa: un tío te cuenta algo en lo que no crees porque suena exagerado, pero no logras que admita que está mintiendo.

Sin embargo, el profesor no perdía los estribos. Llenó de nuevo el vaso, con mucha lentitud.

—No —me contestó—. Ni yo hablé ni ellos hablaron. Sólo me miraron con esos ojos fríos, duros, penetrantes, ojos de víbora; y supe lo que estaban pensando y noté que sabían lo que estaba pensando. No me pregunten cómo ocurrió. Ocurrió, y punto. Supe que estaban en una expedición de caza y que no permitirían que me fuese sin más.

Y dejamos de hacer preguntas. Nos quedamos mirándolo. Luego, Ray dijo:

—¿Qué pasó? ¿Cómo se escapó?

—Eso fue fácil. Pasó un animal por la loma. Tenía tres metros de longitud, era estrecho y corría pegado al suelo. Los lagartos se alborotaron. Sentí su excitación a oleadas. Fue como si se olvidaran de mí en un arrebato de sed de sangre... y se fueron. Me metí en la máquina, regresé y la destrocé.

Fue el final más decepcionante que se ha oído jamás. Joe soltó un gruñido y preguntó:

—Bueno, y ¿qué pasó con los dinosaurios?

—¿No lo entiende? Creí que estaba claro. Fueron esos lagartos inteligentes los que acabaron con ellos. Eran cazadores, por instinto y por elección. Era su afición en la vida. No buscaban alimento, sino diversión.

—¿Y liquidaron a todos los dinosaurios de la Tierra?

—Todos los que vivían en esa época al menos; todas las especies contemporáneas. ¿Cree que no es posible? ¿Cuánto tardamos nosotros en exterminar manadas de bisontes por millones? ¿Qué le pasó al dodó en pocos años? Si nos lo propusiéramos, ¿cuánto durarían los leones, los tigres y las jirafas? Miren, en el momento en que vi a esos lagartos no quedaban presas grandes, no había reptiles de más de cinco metros de longitud. Esos diablillos cazaban a los pequeños y escurridizos, y tal vez lloraban de añoranza por los viejos tiempos.

Nos callamos, miramos nuestras botellas de cerveza vacías y pensamos en ellos. Todos esos dinosaurios, grandes como casas, exterminados por pequeños lagartos con armas. Por pura diversión.

Joe se inclinó, apoyó la mano en el hombro del profesor y lo sacudió suavemente.

—Oiga, profesor, pero, entonces, ¿qué pasó con los pequeños lagartos con armas? ¿Eh? ¿Alguna vez regresó para averiguarlo?

El profesor irguió la cabeza, con la mirada extraviada.

—¿Aún no lo entiende? Ya comenzaba a ocurrirles. Lo vi en sus ojos. Se estaban quedando sin presas grandes, se estaban quedando sin diversión. ¿Qué podían hacer? Buscaron otra presa, la mayor y más peligrosa, y se divirtieron de veras. Cazaron esa presa hasta exterminarla.

—¿Qué presa? —preguntó Ray. Él no había captado, pero Joe y yo sí.

—¡Ellos mismos! —exclamó el profesor—. ¡Liquidaron a los demás y comenzaron a cazarse entre ellos hasta que no quedó ninguno!

Y de nuevo nos pusimos a pensar en esos dinosaurios —grandes como casas— liquidados por pequeños lagartos, que tuvieron que seguir usando las armas, aunque sólo pudieran dispararse entre ellos.

—Pobres y tontos lagartos —comentó Joe.

—Sí —añadió Ray—, pobres e imbéciles lagartos.

Y lo que ocurrió entonces nos asustó de veras, porque el profesor se levantó de un brinco, clavó en nosotros sus ojos desorbitados y gritó:

—¡Necios! ¿Por qué se ponen a llorar por unos reptiles que murieron hace cien millones de años? Ésa fue la primera inteligencia de la Tierra y así fue como terminó. Eso ya está hecho. Pero nosotros somos la segunda inteligencia... ¿y cómo demonios creen que terminaremos?

Empujó la silla y se dirigió hacia la puerta. Pero antes de salir se detuvo un segundo y dijo:

—¡Pobre y tonta humanidad! Lloren por eso.

En las profundidades

1

Al final todo planeta debe morir. Puede sufrir una muerte rápida, cuando su sol estalla. Puede sufrir una muerte lenta, mientras su sol envejece y sus océanos se solidifican en hielo. En el segundo caso, al menos, la vida inteligente tiene una oportunidad de sobrevivir.

La dirección que tome la supervivencia puede seguir un camino hacia el exterior, a un planeta más próximo al sol agonizante o a algún planeta de otro sol. Este camino queda cerrado si el planeta tiene el infortunio de ser el único cuerpo importante que rota en torno de su primario y si no hay otra estrella a menos de quinientos años luz.

La dirección de la supervivencia puede también ser hacia el interior, a la corteza del planeta. Esto es siempre accesible. Se puede construir un nuevo hogar bajo tierra y se puede aprovechar la energía del núcleo del planeta para obtener calor. La tarea puede llevar milenios, pero un sol moribundo se enfría despacio.

Sólo que también el calor del planeta muere con el tiempo. Se deben cavar refugios a creciente profundidad, hasta que el planeta esté totalmente muerto.

El momento se aproximaba.

En la superficie del planeta soplaban ráfagas de neón, que apenas agitaban los charcos de oxígeno que se formaban en las tierras bajas. En ocasiones, durante el largo día, el viejo sol irradiaba un fulgor rojo, breve y opaco, y los charcos de oxígeno burbujeaban un poco.

Durante la larga noche, una azulada escarcha de oxígeno cubría los charcos y la roca desnuda, y un rocío de neón perlaba el paisaje.

A más de doscientos kilómetros bajo la superficie existía una última burbuja de calor y vida.

2

La relación de Wenda con Roi era muy íntima, más íntima de lo que su propio pudor le aconsejaba.

Le habían permitido entrar en el ovarium una vez en toda su vida y le dejaron bien claro que sería sólo por esa vez.

El raciólogo había dicho:

—No cumples con los requisitos, Wenda, pero eres fértil y probaremos una vez. Quizá funcione.

Ella quería que funcionara. Lo quería con desesperación. A temprana edad supo ya que su inteligencia era deficiente, que siempre sería una manual. Se sentía avergonzada de defraudar a la raza y anhelaba una oportunidad para contribuir a crear otro ser. Acabó convirtiéndose en una obsesión.

Secretó su huevo en un ángulo del edificio y luego regresó para observar. Por suerte, el proceso de mezcla aleatoria que desplazaba suavemente los huevos durante la inseminación mecánica (para asegurar una distribución pareja de los genes) sólo hacía que el huevo se bamboleara un poco.

Wenda mantuvo su vigilia durante el periodo de maduración, observó al pequeño que surgía del huevo, reparó en sus rasgos físicos y lo vio crecer.

Era un niño saludable, y el raciólogo lo aprobó.

En una ocasión, Wenda dijo, como sin darle importancia:

—Mire al que está sentado allí. ¿Se encuentra enfermo?

—¿Cuál? —preguntó el raciólogo, sobresaltado, pues los bebés que aparecían visiblemente enfermos en esa etapa arrojaban serias dudas sobre su propia competencia—. ¿Te refieres a Roi? ¡Tonterías! ¡Ojalá todos nuestros pequeños fueran así!

Al principio se sintió satisfecha consigo misma; luego, horrorizada. Seguía sin cesar al pequeño, interesándose por su educación y viéndole jugar. Se sentía feliz cuando él estaba cerca, y abatida cuando estaba lejos. Nunca había oído hablar de algo así, y estaba avergonzada.

Tendría que haber visitado al mentalista, pero no le pareció prudente. No era tan obtusa como para ignorar que no se trataba de una leve aberración que se pudiera curar estirando una célula cerebral. Era una manifestación psicótica, de eso estaba segura. Si la descubrían, la encerrarían. Tal vez la sometieran a la eutanasia, por considerarla un desperdicio inútil de la limitada energía disponible para la raza. Incluso podrían aplicar la eutanasia a su vástago si averiguaban quién era.

Luchó contra la anormalidad a lo largo de los años y, en cierta medida, tuvo éxito. Luego, se enteró de que Roi había sido escogido para el largo viaje y se sintió desdichada.

Lo siguió hasta uno de los corredores vacíos de la caverna, a varios kilómetros del centro de la ciudad. *¡La ciudad!* Había sólo una.

Esa caverna se encontraba cerrada desde que Wenda tenía memoria de ello. Los ancianos la habían recorrido, analizaron su población y la energía necesaria para alimentarla y decidieron oscurecerla. Los pobladores, que no eran muchos, se habían trasladado más cerca del centro y se recortó el cupo para la siguiente sesión en el ovarium.

Wenda descubrió que el nivel coloquial de pensamiento de Roi era superficial, como si la mayor parte de su mente estuviera retraída en la contemplación.

—¿Tienes miedo? —le preguntó con el pensamiento.

—¿Porque he venido aquí a pensar? —Roi titubeó un poco; luego, con palabras dijo—: Sí, tengo miedo. Es la última oportunidad de la raza. Si fracaso...

—¿Temes por ti mismo? —Él la miró asombrado, y los pensamientos de Wenda palpitaron de vergüenza ante su impudor—. Ojalá pudiera ir yo en tu lugar —añadió con palabras.

—¿Crees que puedes hacerlo mejor?

—Oh, no. Pero si yo fracasara y no regresara, sería una pérdida menor para la raza.

—La pérdida es la misma, vayas tú o vaya yo. La pérdida es la existencia de la raza.

Wenda no pensaba precisamente en la existencia de la raza. Suspiró.

—Es un viaje muy largo.

—¿Cómo de largo? —preguntó él, sonriendo—. ¿Lo sabes?

Titubeó. No quería parecer estúpida.

—Se comenta que llega hasta el primer nivel —contestó con timidez.

Cuando Wenda era pequeña y los corredores con calefacción se extendían a mayor distancia de la ciudad, ella había ido a explorar por ahí, como cualquier otro niño. Un día, muy lejos, donde se sentía el frío cortante del aire, llegó a un corredor ascendente que estaba bloqueado por un tapón.

Posteriormente se enteró de que al otro lado y hacia arriba se encontraba el nivel setenta y nueve, más arriba el setenta y ocho y así sucesivamente.

—Iremos más allá del primer nivel, Wenda.

—Pero no hay nada después del primer nivel.

—Tienes razón. Nada. La materia sólida del planeta termina.

—¿Y cómo puede haber algo que no es nada? ¿Te refieres al aire?

—No, me refiero a la nada, al vacío. Sabes qué es el vacío, ¿no?

—Sí. Pero los vacíos se deben bombear y mantener herméticos.

—Eso se hace en mantenimiento. Pero más allá del primer nivel sólo hay una cantidad indefinida de vacío, que se extiende hacia todas partes.

Wenda reflexionó.

—¿Alguien ha estado allá?

—Claro que no. Pero tenemos los archivos.

—Tal vez los archivos estén equivocados.

—Imposible. ¿Sabes cuánto espacio cruzaré? —Los pensamientos de Wenda indicaron una abrumadora negativa—. Supongo que sabes cuál es la velocidad de la luz.

—Desde luego —respondió ella. Era una constante universal. Hasta los bebés lo sabían—. Mil novecientas cincuenta y cuatro veces la longitud de la caverna, ida y vuelta, en un segundo.

—Correcto. Pero si la luz atravesara la distancia que yo voy a recorrer tardaría diez años.

—Te burlas de mí. Intentas asustarme.

—¿Por qué iba a querer asustarte? —Se levantó—. Pero ya he remoloneado bastante por aquí...

Apoyó en ella una de sus extremidades, con una amistad objetiva e indiferente. Un impulso irracional incitó a Wenda a agarrarle con fuerza e impedirle que se marchara.

Por un instante sintió pánico de que él le sondeara la mente más allá del nivel coloquial, de que sintiera náuseas y no volviera a verla nunca, de que la denunciara para que la sometiesen a tratamiento. Luego, se relajó. Roi era normal, no un enfermo como ella. A él jamás se le ocurriría penetrar en la mente de una persona amiga más allá del nivel coloquial, fuera cual fuese la provocación.

Estaba muy guapo al marcharse. Sus extremidades eran rectas y fuertes; sus vibrisas prensiles, numerosas y delicadas; y sus franjas ópticas, las más bellas y opalescentes que ella había visto jamás.

3

Laura se acomodó en el asiento. Qué mullidos y cómodos los hacían. Qué agradables y acogedores eran por dentro y qué diferentes del lustre duro, plateado e inhumano del exterior.

Tenía el moisés al lado. Echó una ojeada debajo de la manta y de la gorra. Walter dormía. La carucha redonda tenía la blandura de la infancia, y los párpados eran dos medias lunas con pestañas.

Un mechón de cabello castaño claro le cruzaba la frente, y Laura se lo colocó bajo la gorra con infinita delicadeza.

Pronto sería hora de alimentarlo. Laura esperaba que no fuese tan pequeño como para asustarse de lo extraño del entorno. La azafata era muy amable; incluso guardaba los biberones de Walter en una pequeña nevera. ¡Qué cosas, una nevera a bordo de un avión!

La mujer sentada al otro lado del pasillo la miraba, dando a entender que sólo buscaba una excusa para dirigirle la palabra. Llegó el momento en que Laura levantó a Walter del moisés y se lo puso en el regazo, un terroncito de carne rosada envuelta en un blanco capullo de algodón.

Un bebé siempre es buena excusa para iniciar una conversación entre extraños. La mujer del otro lado se decidió al fin (y lo que dijo era previsible):

—¡Qué niño tan encantador! ¿Qué edad tiene, querida?

Laura contestó, sujetando unos alfileres en la boca (se había tendido una manta sobre las rodillas para cambiar a Walter):

—La semana que viene cumplirá cuatro meses.

Walter tenía los ojos abiertos y miró a la mujer, abriendo la boca en una sonrisa húmeda (siempre le agradaba que lo cambiasen).

—Mira esa sonrisa, George —dijo la mujer.

El esposo sonrió y agitó sus dedos regordetes.

—Bu bu —saludó al niño.

Walter se rió como si hipara.

—¿Cómo se llama, querida? —preguntó la mujer.

—Walter Michael. Como su padre.

Se había roto el hielo. Laura se enteró de que se llamaban George y Eleanor Ellis, de que estaban de vacaciones y de que tenían tres hijos, dos mujeres y un varón, todos crecidos. Las dos mujeres estaban casadas y una tenía dos hijos.

Laura escuchaba con expresión complacida. Walter (el padre, claro está) siempre le decía que se interesó por ella porque sabía escuchar muy bien.

Walter se estaba poniendo inquieto. Laura le liberó los brazos para que se desfogara moviendo los músculos.

—¿Podría calentar el biberón, por favor? —le pidió a la azafata.

Sometida a un riguroso, aunque afable interrogatorio, Laura explicó cuántas veces debía alimentar a Walter, qué fórmula utilizaba y si los pañales le provocaban ronchas.

—Espero que hoy no ande mal del estómago. Por el movimiento del avión.

—Oh, cielos —exclamó la señora Ellis—. Es demasiado pequeño para molestarse por eso. Además, estos aviones grandes son maravillosos. A menos que mire por la ventanilla no creería que estamos en el aire. ¿No opinas lo mismo, George?

Pero el señor Ellis, un hombre brusco y directo, dijo:

—Me sorprende que suba a un bebé de esa edad en un avión.

La señora Ellis se volvió hacia él de mal talante.

Laura se apoyó a Walter en el hombro y le palmeó la espalda. Walter se calmó, metió los deditos en el cabello lacio y rubio de su madre y comenzó a escarbar en el mechón que le cubría la nuca.

—Vamos a ver a su padre. Walter aún no ha visto a su hijo.

El señor Ellis se quedó perplejo e inició un comentario, pero la señora Ellis se apresuró a intervenir:

—Supongo que su esposo está en el servicio militar.

—Sí, así es. —El señor Ellis abrió la boca en un mudo «oh» y se calmó—. Lo han destinado cerca de Davao. Nos reuniremos en Nichols Field.

Antes de que la azafata volviera con el biberón se enteraron de que Walter era sargento del Servicio de Intendencia, de que llevaba en el Ejército cuatro años, de que se habían casado hacía dos, de que estaban a punto de licenciarlo y de que pasarían una larga luna de miel allí antes de regresar a San Francisco.

Luego, Laura acunó a Walter en el brazo izquierdo y le ofreció el biberón. Se lo puso entre los labios y las encías se cerraron sobre la tetilla. La leche empezó a burbujear, mientras las manitas acariciaban el biberón tibio y los ojos azules lo miraban fijamente.

Laura estrujó ligeramente al pequeño Walter y pensó que, a pesar de todas las dificultades y molestias, era maravilloso tener un bebé.

4

Teoría, siempre teoría, pensó Gan. La gente de la superficie, un millón de años antes o más, podían ver el universo, podían sentirlo directamente. Ahora, con mil doscientos kilómetros de roca encima de la cabeza, la raza sólo podía hacer deducciones a partir de las trémulas agujas de su instrumental.

Era sólo teoría que las células cerebrales, además de sus potenciales eléctricos comunes, irradiasen otra clase de energía;

una energía que no era electromagnética y, por tanto, no estaba condenada al lento avance de la luz; una energía que sólo se asociaba con las funciones más elevadas del cerebro y, por tanto, sólo era característica de criaturas inteligentes y racionales.

Sólo una aguja oscilante detectaba que un campo de esa energía se filtraba en la caverna, y otras agujas indicaban que el origen de ese campo estaba en determinada dirección a diez años luz de distancia. Al menos una estrella se debía de haber acercado en ese ínterin, pues la gente de la superficie afirmaba que la más cercana se encontraba a quinientos años luz. ¿O estaban en un error?

—¿Tienes miedo? —interrumpió Gan de improviso en el nivel coloquial del pensamiento e invadió bruscamente la zumbona superficie de la mente de Roi.

—Es una gran responsabilidad —contestó éste.

«Otros hablan de responsabilidad», pensó Gan. Durante generaciones los jefes técnicos habían trabajado en el resonador y en la estación receptora, pero a él le correspondía el paso final. ¿Qué sabían de responsabilidad los demás?

—Lo es —le corroboró—. Hablamos de la extinción de la raza con vehemencia, pero siempre entendemos que llegará algún día, no ahora, no en nuestra época. Pero llegará, ¿entiendes? Llegará. Lo que vamos a hacer hoy consumirá dos tercios de nuestra provisión total de energía. No quedará suficiente para intentarlo de nuevo. No quedará suficiente para que esta generación viva su vida entera. Pero eso no importará si cumples las órdenes. Hemos pensado en todo; nos hemos pasado generaciones pensando en todo.

—Haré lo que me digan —afirmó Roi.

—Tu campo mental se enlazará con los que vienen del espacio. El campo mental es una característica del individuo y, por lo general, es muy baja la probabilidad de que exista un duplicado. Pero los campos que vienen del espacio suman miles de millones, según nuestras estimaciones. Es muy probable que tu campo sea igual al de uno de ellos y, en ese caso, se configurará una resonancia mientras nuestro resonador esté en funcionamiento. ¿Conoces los principios?

—Sí.

—Entonces, sabes que durante la resonancia tu mente estará en el planeta X, en el cerebro de la criatura cuyo campo mental sea idéntico al tuyo. Ese proceso no consume energía. En resonancia con tu mente, también trasladaremos la masa de la estación receptora. El método para transferir masa de esa manera fue la última fase del problema que resolvimos y requerirá toda la energía que la raza usaría normalmente en cien años. —Tomó el cubo negro que era la estación receptora y lo miró sombríamente. Tres generaciones atrás, se consideraba imposible fabricar un aparato, que reuniera todas las propiedades necesarias, en un espacio menor a quince metros cúbicos. Ya lo tenían, y era del tamaño de un puño—. El campo mental de las células cerebrales inteligentes sólo puede seguir unas pautas bien definidas. Todas las criaturas vivientes, sea cual fuere su planeta, deben poseer una base proteínica y una química basada en agua de oxígeno. Si su mundo es habitable para ellas, es habitable para nosotros. —Teoría, siempre teoría, pensó en un nivel más profundo—. Eso no significa que el cuerpo donde te encuentres —continuó— y su mente y sus emociones no sean totalmente extraños. Así que hemos dispuesto tres métodos para activar la estación receptora. Si estás fuerte, sólo tendrás que ejercer doscientos cincuenta kilos de presión en cualquier cara del cubo. Si estás débil, lo único que necesitas es pulsar un botón, al que llegarás mediante esta abertura del cubo. Si no tienes extremidades, si tu organismo huésped está paralizado, puedes activar la estación con la propia energía mental. Una vez que la estación se active, tendremos dos puntos de referencia, no sólo uno, y la raza se podrá transferir al planeta X mediante teleportación normal.

—Eso significará que usaremos energía electromagnética.

—En efecto.

—La transferencia tardará diez años.

—No tendremos conciencia de la duración.

—Lo sé, pero eso quiere decir que la estación permanecerá en el planeta X durante diez años. ¿Y si la destruyen mientras tanto?

—También hemos pensado en ello. Hemos pensado en todo. Una vez que se active la estación, generará un campo de paramasa. Se desplazará en la dirección de la atracción gravitatoria, deslizándose a través de la materia común hasta que un medio de densidad relativamente alta ejerza suficiente fricción para detenerla. Se necesitarán seis metros de roca para ello; cualquier densidad menor no tendrá ningún efecto. Permanecerá a seis metros bajo tierra durante diez años, y en ese momento un contracampo la elevará a la superficie. Luego, uno a uno, cada miembro de la raza aparecerá.

—En ese caso, ¿por qué no automatizar la activación de la estación? Ya tiene muchas características automáticas...

—No lo has pensado bien, Roi. Nosotros sí. Quizá no todos los puntos de la superficie del planeta X sean adecuados. Si los habitantes son poderosos y están avanzados, tal vez haya que encontrar un lugar discreto para la estación. No nos convendría aparecer en la plaza de una ciudad. Y tendrás que asegurarte de que el entorno inmediato no es peligroso en otros sentidos.

—¿En qué otros sentidos?

—No lo sé. Los antiguos archivos de la superficie registran muchas cosas que ya no entendemos. No las explican porque las daban por conocidas pero llevamos lejos de la superficie casi cien mil generaciones y estamos desconcertados. Nuestros técnicos ni siquiera se ponen de acuerdo en cuanto a la naturaleza física de las estrellas, y eso es algo que en los archivos se menciona y se comenta a menudo; pero ¿qué significa «tormentas», «terremotos», «volcanes», «tornados», «celliscas», «aludes», «inundaciones», «rayos» y demás? Son términos que aluden a peligrosos fenómenos de superficie cuya naturaleza ignoramos. No sabemos cómo protegernos de ellos. A través de la mente de tu huésped podrás aprender lo necesario y actuar en consecuencia.

—¿Cuánto tiempo tendré?

—El resonador no puede funcionar continuamente durante más de doce horas. Yo preferiría que terminases tu tarea en dos. Regresarás aquí automáticamente en cuanto la estación esté activada. ¿Estás preparado?

—Lo estoy.

Gan lo condujo hasta el gabinete de vidrio ahumado. Roi se sentó, acomodó las extremidades en las cavidades y hundió las vibrisas en mercurio para establecer un buen contacto.

—¿Y si me encuentro en un cuerpo agonizante? —preguntó.

—El campo mental se distorsiona cuando la persona está a punto de morir —le explicó Gan mientras ajustaba los controles—. Un campo normal como el tuyo no se hallaría en resonancia.

—¿Y si está cerca de una muerte accidental?

—También hemos pensado en ello. No podemos protegerte contra eso, pero se estima que las probabilidades de una muerte tan rápida que no te dé tiempo de activar la estación mentalmente son menos de una en veinte billones, a no ser que los misteriosos peligros de la superficie sean más mortíferos de lo que pensamos... Tienes un minuto.

Por alguna extraña razón, Wenda fue la última persona en quien Roi pensó antes de la traslación.

5

Laura despertó sobresaltada. ¿Qué ocurría? Era como si la hubieran pinchado con un alfiler.

El sol de la tarde le brillaba en la cara y el resplandor la hizo parpadear. Bajó la cortina y miró a Walter.

Se sorprendió al verle los ojos abiertos. No era su hora de estar despierto. Miró el reloj. No, no lo era. Y faltaba una hora para darle de comer. Seguía el sistema de darle de comer cuando lo pidiera («grita y te daré de comer»), pero normalmente Walter respetaba el horario.

Le frotó la cara con la nariz.

—¿Tienes hambre?

Walter no respondió de ninguna manera y Laura se sintió defraudada. Le habría gustado que sonriera. Más aún, deseaba que le riera, que le rodeara el cuello con los brazos regordetes, le frotara con la nariz y dijera «Mamá»; pero sabía que eso no podía hacerlo. Pero lo que sí podía hacer era sonreír.

Le apoyó el dedo en la barbilla y le dio unos golpecitos.

—Bu, bu, bu, bu.

Walter siempre sonreía cuando le hacía eso, pero se limitó a parpadear.

—Espero que no esté enfermo —dijo, y miró preocupada a la señora Ellis.

La señora Ellis dejó su revista.

—¿Pasa algo malo, querida?

—No lo sé. Walter no reacciona.

—Pobrecillo. Tal vez esté cansado.

—En tal caso debería estar durmiendo, ¿no?

—Se encuentra en un ambiente extraño. Tal vez se esté preguntando qué es todo esto. —Se levantó, cruzó el pasillo y se agachó para acercar su rostro al de Walter—. Te preguntas qué es lo que pasa, ¿eh, bolita? Pues claro. Te preguntas dónde está tu cunita y dónde están los dibujos del empapelado.

Hizo ruiditos chillones.

Walter apartó la vista de su madre y miró sombríamente a la señora Ellis, que se incorporó de golpe, con un gesto de dolor, y se llevó la mano a la cabeza.

—¡Cielos! ¡Qué extraño dolor!

—¿Cree usted que tendrá hambre? —preguntó Laura.

—¡Por Dios! —exclamó la señora Ellis, con una expresión más tranquila—. Una no tarda en enterarse cuando tienen hambre. No le pasa nada. He tenido tres hijos, querida. Lo sé.

—Creo que voy a pedirle a la azafata que entibie otro biberón.

—Bueno, si eso te hace sentirte mejor...

La azafata trajo el biberón y Laura sacó a Walter del moisés.

—Tómate el biberón y luego te cambiaré y luego...

Le acomodó la cabeza en el brazo, le dio un suave pellizco en la mejilla, se lo acercó al cuerpo mientras le llevaba el biberón a los labios...

¡Walter gritó!

Abrió la boca, agitó los brazos, extendiendo los dedos y con el cuerpo rígido y duro, como si tuviera el tétanos, y gritó. El grito resonó en todo el compartimento.

Laura también gritó. Soltó el biberón, que se hizo añicos.

La señora Ellis se levantó de un brinco, y varios pasajeros la imitaron. El señor Ellis despertó de su siesta.

—¿Qué ocurre? —preguntó la señora Ellis.

—No lo sé, no lo sé. —Laura sacudía a Walter frenéticamente, se lo echaba sobre el hombro, le palmeaba la espalda—. Nene, nene, no llores. ¿Qué pasa, nene? Nene...

La azafata se acercó a todo correr. Su pie se quedó a un par de centímetros del cubo que había bajo el asiento de Laura.

Walter pataleaba furiosamente, berreando a todo pulmón.

6

Roi estaba anonadado. Se encontraba sujeto a la silla, en contacto con la clara mente de Gan, y de pronto (sin conciencia de separación en el tiempo) se vio inmerso en un torbellino de pensamientos extraños, bárbaros y fragmentarios.

Cerró la mente. Antes la tenía totalmente abierta para aumentar la efectividad de la resonancia, y el primer contacto con el alienígena había sido...

No doloroso, no. ¿Vertiginoso? ¿Nauseabundo? No, tampoco. No había palabras.

Recobró fuerzas en la plácida nada de la clausura mental y reflexionó. Sentía el contacto con la estación receptora, con la cual estaba en conexión mental. ¡Había ido con él, qué bien!

Hizo caso omiso del huésped. Tal vez lo necesitara luego para cuestiones más drásticas, así que no convenía despertar sospechas por el momento.

Exploró. Buscó una mente al azar y reparó en las impresiones sensoriales que la impregnaban. La criatura era sensible a ciertas zonas del espectro electromagnético y a las vibraciones del aire, así como al contacto corporal. Poseía sentidos químicos localizados...

Eso era todo. La examinó de nuevo, estupefacto.

No sólo no había sentido directo de masa ni sentido electropotencial ni ninguna de las lecturas refinadas del universo, sino que no existía contacto mental.

La mente de la criatura estaba totalmente aislada.

Entonces, ¿cómo se comunicaban? Siguió examinando. Poseían un complejo código de vibraciones de aire controladas.

¿Eran inteligentes? ¿Había escogido una mente mutilada? No, todos eran así.

Escudriñó el grupo de mentes circundantes con sus zarcillos mentales, buscando un técnico o su equivalente entre esas semiinteligencias lisiadas. Encontró una mente que se veía a sí misma como controlador de vehículos. Roi recibió un dato: se hallaba a bordo de un vehículo aéreo.

Es decir que, aun sin contacto mental, eran capaces de construir una civilización mecánica rudimentaria. ¿O aquellos seres eran las herramientas animales de verdaderas inteligencias que estaban en otra parte del planeta? No... Sus mentes decían que no.

Examinó al técnico. ¿Qué pasaba con el entorno inmediato? ¿Eran de temer los espectros de los antiguos? Se trataba de una cuestión de interpretación. Existían peligros en el entorno. Movimientos de aire. Cambios de temperatura. Agua cayendo en el aire, en el estado líquido o sólido. Descargas eléctricas. Había vibraciones en código para cada fenómeno, pero eso no significaba nada. La conexión entre esas vibraciones y los nombres con que los ancestros de la superficie designaban los fenómenos era sólo conjetura.

No importaba. ¿Existía peligro en ese momento? ¿Existía peligro en ese lugar? ¿Había causa de temor o inquietud?

¡No! La mente del técnico decía que no.

Eso era suficiente. Regresó a la mente huésped y descansó un instante; luego, se expandió cautelosamente...

¡Nada!

La mente huésped era un vacío; a lo sumo, una vaga sensación de tibieza y un opaco parpadeo de respuestas imprecisas ante estímulos básicos.

¿Su huésped era un moribundo? ¿Un afásico? ¿Un descerebrado?

Se desplazó a la mente más cercana, buscando información sobre el huésped.

El huésped era un bebé de la especie.

¿Un bebé? ¿Un bebé normal? ¿Tan poco desarrollado?

Dejó que su mente se fusionara un instante con lo que existía en el huésped. Buscó las zonas motrices del cerebro y las halló con dificultad. Un cauto estímulo fue seguido por un movimiento errático de las extremidades del huésped. Intentó controlarlas y fracasó.

Se sintió irritado. ¿De veras habían pensado en todo? ¿Pensaron en inteligencias sin contacto mental? ¿Pensaron en criaturas jóvenes, tan poco desarrolladas como si aún estuvieran en el huevo?

Eso significaba que no podría activar la estación receptora desde la persona del huésped. Los músculos y la mente eran demasiado débiles, estaban demasiado descontrolados para cualquiera de los tres métodos expuestos por Gan.

Pensó intensamente. No podría influir sobre una gran cantidad de masa mediante las imperfectas células cerebrales del huésped, pero quizá pudiera ejercer una influencia indirecta a través de un cerebro adulto. La influencia física directa sería minúscula; significaría la descomposición de las moléculas de trifosfato de adenosina y de las de acetilcolina. Luego, la criatura actuaría por cuenta propia.

Titubeó, temiendo el fracaso, y maldijo su cobardía. Entró nuevamente en la mente más cercana. Era una hembra de la especie y se encontraba en el estado de inhibición transitoria que había notado en otros individuos. No lo sorprendió, pues unas mentes tan rudimentarias tenían que necesitar descansos periódicos.

Estudió esa mente, palpando mentalmente las zonas que pudieran responder a un estímulo. Escogió una, penetró en ella y las zonas conscientes se llenaron de vida casi simultáneamente. Las impresiones sensoriales se activaron y el nivel de pensamiento se elevó de golpe.

¡Bien!

Pero no lo suficiente. Fue un mero pinchazo, un pellizco; no una orden para ejecutar una acción específica.

Se movió incómodo cuando lo invadió una emoción. Procedía de la mente que acababa de estimular y estaba dirigida hacia el huésped y no hacia él. No obstante, tanta crudeza primitiva fastidiaba, así que cerró la mente contra la desagradable tibieza de esos sentimientos al desnudo.

Una segunda mente se centró en torno del huésped y, si él hubiera sido material o hubiera controlado un huésped satisfactorio, habría lanzado un golpe de dolor.

¡Santas cavernas! ¿No le permitirían concentrarse en su importante misión?

Acometió contra la segunda mente, activando centros de incomodidad que la obligaran a apartarse.

Estaba contento. Fue sólo un estímulo sencillo e indefinido, pero había funcionado, despejó la atmósfera mental.

Volvió al técnico que controlaba el vehículo. Él conocería los detalles concernientes a la superficie sobre la cual volaban.

¿Agua? Ordenó deprisa los datos.

¡Agua! ¡Y más agua!

¡Por los eternos niveles! ¡La palabra «océano» tenía sentido! La vieja y tradicional palabra «océano». ¿Quién hubiera pensado que podía existir tanta agua?

Pero si eso era «océano», entonces la tradicional palabra «isla» tenía un significado claro. Envió su mente en busca de información geográfica. El «océano» estaba salpicado de motas de tierra, pero él necesitaba información exacta...

Le interrumpió un breve aguijonazo de sorpresa cuando su huésped se desplazó por el espacio para recostarse contra el cuerpo de la hembra.

La mente de Roi, activada como estaba, se hallaba abierta e indefensa. Las intensas emociones de la hembra lo sofocaron.

Se contrajo. En un intento de combatir esas aplastantes pasiones animales, se aferró a las células cerebrales del huésped, a través de las cuales se encauzaban esos crudos sentimientos.

Lo hizo con excesiva brusquedad. Un dolor difuso colmó la mente del huésped y al instante todas las mentes circundantes reaccionaron ante las resultantes vibraciones de aire.

Exasperado, procuró acallar al dolor y sólo logró estimularlo más.

A través de la bruma mental del dolor del huésped, escudriñó la mente del técnico, procurando evitar que se perdiera el contacto.

Concentró la mente. Ahora tendría su mejor oportunidad. Contaba con unos veinte minutos. Habría otras oportunidades después, aunque no tan buenas. Pero no se atrevía a dirigir los actos de otro mientras la mente del huésped padecía tamaña turbulencia.

Se retiró, se contrajo en la clausura mental, manteniendo sólo un tenue contacto con las células espinales del huésped, y aguardó.

Pasaron los minutos y poco a poco recobró la conexión.

Le quedaban cinco minutos. Escogió un sujeto.

7

—Creo que se siente mejor, pobrecillo —dijo la azafata.

—Nunca se había portado así —lloriqueó Laura—. Nunca.

—Tal vez sea un pequeño cólico —sugirió la señora Ellis.

—Tal vez —secundó la azafata—. Hace demasiado calor.

Entreabrió la manta, le levantó la ropita y dejó al descubierto su abdomen duro, rosado y protuberante. Walter seguía gimoteando.

—¿Quiere que le cambie? —preguntó la azafata—. Está muy mojado.

—Sí, gracias.

La mayoría de los pasajeros habían vuelto a los asientos. Los más alejados dejaron de estirar el cuello.

El señor Ellis se quedó en el pasillo con su esposa.

—Oye, mira.

Laura y la azafata estaban demasiado ocupadas para prestarle atención y la señora Ellis lo ignoró por pura costumbre.

El señor Ellis estaba habituado a eso. Su comentario fue simplemente retórico. Se agachó y recogió la caja que estaba bajo el asiento.

La señora Ellis lo miró con impaciencia.

—¡Cielos, George, no toques el equipaje de los demás! ¡Siéntate! Entorpeces el paso.

El señor Ellis se incorporó, avergonzado.

Laura, con los ojos aún inflamados y llorosos, dijo:

—No es mío. Ni siquiera sabía que estaba bajo el asiento.

—¿Qué es? —preguntó la azafata, dejando de mirar al bebé lloriqueante.

El señor Ellis se encogió de hombros.

—Es una caja.

—Bueno, y ¿para qué la quieres, por amor de Dios? —se irritó su esposa.

El señor Ellis buscó una razón. ¿Para qué la quería?

—Sentí curiosidad, eso es todo —murmuró.

—¡Listo! —exclamó la azafata—. El pequeño está cambiado y seco y apuesto a que pronto estará más contento que unas pascuas. ¿Qué dices, primor?

Pero el primor seguía lloriqueando y apartó bruscamente la cabeza cuando le ofrecieron otro biberón.

—Lo entibiaré un poco —dijo la azafata.

Cogió el biberón y se alejó por el pasillo.

El señor Ellis tomó una decisión. Cogió la caja y la apoyó en el brazo del asiento, haciendo caso omiso del rostro fruncido de su esposa.

—No hago ningún daño —se defendió—. Sólo estoy mirando. ¿De qué está hecha?

La golpeó con los nudillos. Ninguno de los demás pasajeros parecía estar interesado, no prestaban atención ni al señor Ellis ni a la caja. Era como si algo hubiera desconectado esa línea de interés en particular y hasta la señora Ellis, que conversaba con Laura, le daba la espalda.

Levantó la caja y vio la abertura. Sabía que debía haber una abertura. Tenía el tamaño suficiente para insertar un dedo, aunque no había ninguna razón por la que él quisiera meter el dedo en una caja extraña.

Lo metió con cautela. Había un botón negro y deseaba tocarlo. Lo presionó.

La caja tembló, se le desprendió de las manos y cayó por el otro lado del brazo del asiento.

Llegó a ver cómo atravesaba el suelo, dejándolo intacto. El señor Ellis abrió las manos y se miró las palmas. Luego, se arrodilló y tanteó el suelo.

La azafata, que regresaba con el biberón, preguntó cortésmente:

—¿Ha perdido algo?

—¡George! —exclamó la señora Ellis.

El señor Ellis se incorporó con dificultad. Estaba ruborizado y nervioso.

—La caja... Se me soltó de la mano y cayó...

—¿Qué caja? —preguntó la azafata.

—¿Puede darme el biberón, señorita? —dijo Laura—. Ya ha dejado de llorar.

—Desde luego. Aquí lo tiene.

Walter abrió la boca ávidamente y aceptó la tetilla. La leche burbujeaba mientras el niño sorbía haciendo gorgoritos.

Laura levantó la vista, con los ojos radiantes.

—Ahora parece encontrarse bien. Gracias, señorita. Gracias, señora Ellis. Por un momento tuve la sensación de que no era mi hijito.

—Se pondrá bien —la animó la señora Ellis—. Tal vez fue un pequeño mareo. Siéntate, George.

—Llámeme si me necesita —se ofreció la azafata.

—Gracias —dijo Laura.

—La caja... —murmuró el señor Ellis, y no habló más.

¿Qué caja? No recordaba ninguna caja.

Pero había una mente a bordo de ese avión que podía seguir la trayectoria del cubo negro, que caía en una parábola sin que le afectaran ni el viento ni la resistencia del aire, atravesando las moléculas de gas que se interponían en su camino.

Debajo, el atolón constituía el diminuto centro de un enorme blanco. En otro tiempo, durante una época bélica, contó con una pista aérea y con barracas. Las barracas se habían derrumbado, la pista aérea era una franja irregular en vías de desaparición y el atolón estaba desierto.

El cubo cayó en el blando follaje de una palmera y ni una sola hoja se agitó. Atravesó el tronco, descendió hasta el coral y se hundió en el planeta sin que ni una mota de polvo se alterara para anunciar su entrada.

A seis metros de la superficie, el cubo se detuvo y se quedó inmóvil, íntimamente mezclado con los átomos de la roca, pero diferenciado de ella.

Eso fue todo. Llegó la noche, llegó el día; llovió, sopló viento y las olas del Pacífico se rompieron en espuma blanca sobre el blanco coral. Nada había ocurrido.

Nada ocurriría durante diez años.

8

—Hemos transmitido la noticia de que has tenido éxito —dijo Gan—. Creo que ahora deberías descansar.

—¿Descansar? ¿Ahora? ¿Cuando he regresado a mentes íntegras? No, gracias. Estoy disfrutando mucho.

—¿Tanto te molestó, lo de la inteligencia sin contacto mental?

—Sí —contestó Roi.

Gan tuvo el tacto de no seguir esa línea de pensamiento evocativo. En cambio, preguntó:

—¿Y la superficie?

—Espantosa. Lo que los antiguos llamaban «sol» es un insoportable resplandor en lo alto. Aparentemente se trata de una fuente de luz y varía periódicamente; en otras palabras, «noche» y «día». También hay variaciones imprevisibles.

—«Nubes», tal vez —sugirió Gan.

—¿Por qué «nubes»?

—Ya conoces el dicho tradicional: «Las nubes ocultaban el sol».

—¿Eso crees? Sí, pudiera ser.

—Bien, continúa.

—Veamos. He explicado «océano» e «isla». «Tormenta» significa humedad en el aire cayendo en gotas. «Viento» es un movimiento de aire en gran escala. «Trueno», una descarga espontánea de estática o un gran ruido espontáneo. «Cellisca» es hielo que cae.

—Qué curioso. ¿De dónde caería el hielo? ¿Cómo? ¿Por qué?

—No tengo la menor idea. Todo es muy variable. Hay tormentas en determinado momento, pero no en otro. Aparentemente hay regiones de la superficie donde siempre hace frío, otras donde siempre hace calor y otras donde hace ambas cosas según el momento.

—Asombroso. ¿Cuánto de todo esto lo atribuyes a un error de interpretación por parte de las mentes alienígenas?

—Nada. Estoy seguro de ello. Es muy claro. Tuve tiempo suficiente para escudriñar sus extrañas mentes. Demasiado tiempo.

De nuevo sus pensamientos se replegaron.

—Está bien —aceptó Gan—. Tenía miedo de nuestra tendencia a pintar con tonos románticos la Edad de Oro de nuestros ancestros de la superficie. Presentía que en nuestro grupo habría un fuerte impulso a favor de una nueva vida en la superficie.

—No —rechazó Roi con vehemencia.

—Obviamente no. Dudo que ni siquiera nuestros individuos más recios resistieran un solo día en un medio ambiente como el que describes, con las tormentas, los días, las noches, las molestas e imprevisibles variaciones. —Gan se sentía satisfecho—. Mañana iniciaremos el proceso de transferencia. Una vez en la isla... Dices que está deshabitada.

—Totalmente. Era la única de ese tipo, de todas las que el avión sobrevoló. La información del técnico fue detallada.

—Bien. Iniciaremos las operaciones. Tardaremos generaciones, Roi, pero al final estaremos en las profundidades de un mundo nuevo y tibio, en agradables cavernas donde el ámbito controlado permitirá el crecimiento de la cultura y el refinamiento.

—Y no tendremos ningún tipo de contacto con las criaturas de la superficie.

—¿Por qué? Aunque sean primitivas podrían sernos útiles una vez que establezcamos nuestra base. Una raza capaz de construir naves aéreas debe de poseer algunas cualidades.

—No es así. Son beligerantes. Son capaces de atacar con saña animal y...

—Me perturba la psicopenumbra que rodea tus referencias a los alienígenas —le interrumpió impaciente Gan—. Me estás ocultando algo.

—Al principio pensé que podría utilizarlos. Si no nos permitían ser amigos, al menos los controlaríamos. Hice que uno de ellos estableciera contacto íntimo con el interior del cubo y fue difícil. Fue muy difícil. Sus mentes tienen otra constitución.

—¿En qué sentido?

—Si fuera capaz de describirlo, eso querría decir que la diferencia no era fundamental. Pero puedo ponerte un ejemplo. Estuve en la mente de un bebé. No tienen cámaras de maduración. A los bebés los cuidan los individuos. La criatura que cuidaba de mi huésped...

—Sí...

—Era hembra, y sentía un vínculo especial con el pequeño. Había una sensación de propiedad, una relación que excluía al resto de la sociedad. Creí detectar, confusamente, un rastro de esa emoción que liga a un hombre con un allegado o con un amigo; pero era mucho más intensa e irrefrenable.

—Bueno, al carecer de contacto mental, tal vez no tengan una verdadera concepción de la sociedad y quizá se originen subrelaciones. ¿O esto era patológico?

—No, no. Es universal. La hembra era la madre del bebé.

—Imposible. ¿Su propia madre?

—Por fuerza. El bebé había pasado la primera parte de su existencia dentro de la madre. Literalmente. Los huevos de la criatura permanecen dentro del cuerpo. Son inseminados dentro del cuerpo. Crecen dentro del cuerpo y surgen con vida.

—Santas cavernas —musitó Gan. Sentía una fuerte repugnancia—. Entonces, cada criatura conocería la identidad de su propio hijo; cada hijo tendría un padre determinado...

—Y él también era conocido. Mi huésped hacía un viaje de ocho mil kilómetros, por lo que pude deducir, para que su padre pudiera verlo.

—¡Increíble!

—¿Necesitas algo más para entender que nuestras mentes no pueden llegar a encontrarse? La diferencia es fundamental e innata.

El amarillo de la lamentación teñía y endurecía los pensamientos de Gan.

—Qué pena —dijo—. Pensaba...

—¿Qué?

—Pensaba que por primera vez dos inteligencias se ayudarían mutuamente. Pensaba que juntos podríamos progresar con mayor rapidez que cualquiera de ambos en solitario. Aunque fueran tecnológicamente primitivos, como lo son, la tecnología no es todo. Yo creía que incluso podríamos aprender de ellos.

—¿Aprender qué? —preguntó Roi bruscamente—. ¿A conocer a nuestros padres y a trabar amistad con nuestros hijos?

—No, no. Tienes razón. La barrera entre ambos debe mantenerse intacta para siempre. Ellos se quedarán en la superficie y nosotros permaneceremos en las profundidades, y así está bien.

Fuera de los laboratorios, Roi se encontró con Wenda. Los pensamientos de ella desbordaron de placer.

—Me alegra que hayas vuelto.

Los pensamientos de Roi también fueron placenteros. Era un alivio establecer un limpio contacto mental con una amiga.

179

Al estilo marciano

1

Desde la puerta del corto corredor que separaba las dos cabinas de la ojiva espacial, Mario Esteban Rioz observó de mal talante a Ted Long ajustando los mandos del vídeo. Movía los controles a un lado y a otro. La imagen era pésima.

Rioz sabía que seguiría siendo pésima. Estaban demasiado lejos de la Tierra y en mala posición respecto del Sol. Pero Long no tenía por qué saberlo. Rioz se quedó un segundo más en la puerta, con la cabeza gacha bajo el dintel y el cuerpo ladeado para pasar por la estrecha abertura. Luego, irrumpió como un corcho que salta de una botella.

—¿Qué buscas? —preguntó.

—Quería captar a Hilder.

Rioz se apoyó en una esquina de la mesa. Cogió una lata cónica de leche. La punta saltó bajo la presión. Rioz la movió suavemente, esperando a que se entibiara.

—¿Para qué?

Se llevó el cono a la boca y bebió haciendo ruido.

—Pensé que se oiría.

—Creo que es un derroche de energía.

Long lo miró con mal ceño.

—Es habitual permitir el uso gratuito de los equipos de vídeo.

—Dentro de lo razonable —replicó Rioz.

Se miraron de hito en hito. Rioz tenía el cuerpo robusto y el rostro enjuto que constituían la marca distintiva de los chatarreros marcianos, esos pilotos que surcaban pacientemente el espacio entre la Tierra y Marte. Sus claros ojos azules resplandecían en un rostro pardo y arrugado, que a la vez se perfilaba oscuramente contra la sintopiel blanca que bordeaba el cuello vuelto de su cazadora espacial de cuerótico.

Long era más pálido y más blando. Tenía los rasgos del terroso, como apodaban a los habitantes de la Tierra, aunque ningún marciano de segunda generación podía ser un terroso en el sentido en que lo eran los terrícolas. Tenía el cuello echado hacia atrás y mostraba el cabello oscuro y castaño.

—¿Qué significa dentro de lo razonable?

Rioz apretó los labios.

—Considerando que en este viaje ni siquiera compensaremos los gastos, por lo que se ve, todo consumo de energía está fuera de lo razonable.

—Si estamos perdiendo dinero, ¿no deberías volver a tu puesto? Es tu turno.

Rioz gruñó y se pasó el pulgar y el índice por la barba crecida del mentón. Se levantó y caminó hacia la puerta, y las botas, gruesas y blandas, acallaron el ruido de los pasos. Se detuvo para mirar el termostato y se volvió con un destello de furia.

—Ya me parecía que hacía calor. ¿Dónde te crees que estás?

—Cinco grados centígrados no es excesivo.

—Tal vez no lo sea para ti. Pero estamos en el espacio, no en una oficina con calefacción en las minas de hierro. —Rioz puso el termostato al mínimo con un brusco movimiento del pulgar—. El Sol da calor suficiente.

—La cocina no está del lado del Sol.

—¡El calor se transmitirá, demonios!

Se marchó, y Long lo siguió con la mirada antes de volver al vídeo. No subió el termostato.

La imagen seguía vacilante, pero tendría que conformarse. Bajó una silla plegable de la pared. Se inclinó esperando al anuncio formal, la pausa momentánea antes de la lenta disolución del telón, y el foco alumbró a esa célebre figura barbada que crecía hasta cubrir la pantalla.

La voz, imponente pese a las vibraciones y los gruñidos causados por las lluvias de electrones de treinta millones de kilómetros, comenzó:

—¡Amigos! Conciudadanos de la Tierra...

Rioz captó el parpadeo de la señal de la radio al entrar en la sala de pilotaje. Por un instante creyó que se trataba del radar y sintió que le sudaban las manos, pero era sólo efecto de su sentimiento de culpa. No tendría que haber dejado la sala de pilotaje durante su turno, aunque todos los chatarreros lo hacían. Pero la pesadilla de todos ellos era la posibilidad de un contacto durante esos cinco minutos en que uno se escapaba a tomar un café porque el espacio parecía estar despejado. Y en ocasiones la pesadilla se hacía realidad.

Activó el multisensor. Era un derroche de energía, pero tal vez valiera la pena cerciorarse.

El espacio estaba despejado, excepto por los distantes ecos de las naves vecinas de la línea de chatarreros.

Encendió la radio y pudo ver la rubia cabeza y la larga nariz de Richard Swenson, copiloto de la nave más cercana en las inmediaciones de Marte.

—Hola, Mario —saludó Swenson.

—Hola. ¿Qué hay de nuevo?

Hubo una pausa de un segundo y una fracción entre un saludo y otro, pues la velocidad de la radiación electromagnética no es infinita.

—Qué día he tenido.

—¿Ocurrió algo? —preguntó Rioz.

—Tuve un contacto.

—Me alegro por ti.

—Claro, si lo hubiera cogido —rezongó Swenson.

—¿Qué sucedió?

—Demonios, que enfilé en dirección contraria.

Rioz sabía que no era prudente reírse.

—¿Por qué?

—No fue culpa mía. El problema era que la cápsula se alejaba de la eclíptica. ¿Te imaginas la estupidez de un piloto que no sabe realizar la maniobra de liberación? ¿Cómo iba a saberlo? Calculé la distancia y me guié por eso. Supuse que su órbita estaba en la familia habitual de trayectorias. ¿Qué pensarías tú? Me lancé por lo que parecía una buena línea de intersección y a los cinco minutos advertí que la distancia seguía aumentando. Las señales de radar tardaban en regresar. Así que tomé las proyecciones angulares de la cosa y fue ya demasiado tarde para alcanzarla.

—¿La cogió alguno de los otros chicos?

—No. Está muy alejada de la eclíptica y continuará sin parar. Eso no me fastidia tanto, pues era sólo un cápsula interna; pero detesto contarte cuántas toneladas de propulsión desperdicié para cobrar velocidad y regresar a la estación. Tendrías que haber oído a Canute.

Canute era el hermano y compañero de Richard Swenson.

—Se enfadó, ¿eh?

—¿Que si se enfadó? ¡Quería matarme! Pero, claro, hace cinco meses que estamos fuera y la atmósfera se está enrareciendo. Ya me entiendes.

—Te entiendo.

—¿Cómo te va, Mario?

Rioz hizo un gesto desdeñoso.

—Más o menos igual. Dos cápsulas en las dos últimas semanas y a cada una tuve que perseguirla durante seis horas.

—¿Grandes?

—¿Bromeas? Las podría haber arrastrado con la mano hasta Fobos. Es el peor viaje que he tenido.

—¿Cuánto más piensas quedarte?

—Si por mí fuera, podríamos irnos mañana. Hace sólo dos meses que estamos fuera y todo anda tan mal que me ensaño con Long todo el tiempo.

Hubo una pausa que se prolongó más que la demora electromagnética.

—¿Cómo es Long? —preguntó Swenson.

Rioz miró por encima del hombro. Oyó el parloteo del vídeo en la cocina.

—No logro entenderlo. Una semana después de la partida me preguntó que por qué era chatarrero. Le respondí que para ganarme la vida. ¿Pero qué clase de pregunta es ésa? ¿Por qué uno es chatarrero? De todas maneras, me dijo: «No es así, Mario». Él me lo explicó, ¿te das cuenta? Me dijo: «Eres chatarrero porque esto forma parte del estilo marciano».

183

—¿Qué quiso decir?

Rioz se encogió de hombros.

—No se lo pregunté. Ahora está sentado allá, escuchando la ultramicroonda de la Tierra. Está oyendo a un terroso llamado Hilder.

—¿Hilder? Un político terroso, un miembro de la Asamblea o algo así, ¿verdad?

—Eso es. Eso creo, al menos. Long siempre hace cosas así. Se trajo diez kilos de libros, todos sobre la Tierra. Un lastre.

—Bueno, es tu compañero. Y, hablando de compañeros, creo que voy a volver al trabajo. Si me pierdo otro contacto alguien me asesinará.

Desconectó y Rioz se reclinó. Observó la uniforme línea verde del sensor de pulsaciones. Probó con el multisensor un momento. El espacio aún estaba despejado.

Se sentía un poco mejor. Una mala racha se soporta peor cuando los demás chatarreros recogen una cápsula tras otra; cuando las cápsulas descienden a los hornos de fundición de Fobos llevando la marca de todos, excepto la tuya. Además, había logrado desahogar parte de su rencor hacia Long.

Formar equipo con Long había sido un error. Siempre era un error asociarse con un novato. Pensaban que buscabas la gloria; especialmente Long, con sus eternas teorías sobre Marte y el magnífico y flamante papel que le cabía en el progreso humano. Así hablaba Long: Progreso Humano, Estilo Marciano, Nueva Minoría Creadora. Y Rioz no quería cháchara, sólo un contacto y algunas cápsulas.

Pero no tenía opción. Long era conocido en Marte y obtenía una buena paga como ingeniero de minas. Era amigo del comisionado Sankov y había estado en un par de misiones chatarreras. No se podía rechazar a un fulano sin probar suerte, aunque tuviera aspecto raro. ¿Por qué un ingeniero de minas, con un trabajo cómodo y un buen sueldo, quería andar dando vueltas por el espacio?

Nunca le hacía esa pregunta a Long. Los chatarreros están obligados a convivir demasiado estrechamente y la curiosidad no es deseable. A veces ni siquiera es segura. Pero Long hablaba tanto que él mismo había respondido a la pregunta: «Tenía que venir aquí, Mario. El futuro de Marte no está en las minas, sino en el espacio», le dijo.

Rioz se preguntó cómo sería hacer un viaje a solas. Todos decían que era imposible. Aun sin contar las oportunidades perdidas cuando hubiera que bajar la guardia para dormir o para atender otros asuntos, se sabía que un hombre solo en el espacio se deprimía muchísimo en muy poco tiempo.

La presencia de un compañero permitía viajes de seis meses. Una tripulación fija sería mejor, pero ningún chatarrero ganaría suficiente dinero con una nave capaz de albergar una tripulación fija. ¡Consumiría un capital sólo con la propulsión!

Y ni siquiera con dos resultaba precisamente divertido un viaje por el espacio. Habitualmente había que cambiar de compañero en cada viaje, y con algunos se aguantaba más tiempo que con otros. Como Richard y Canute Swenson. Trabajaban juntos cada cinco o seis viajes porque eran hermanos. Y aun así la tensión y el antagonismo crecían constantemente después de la primera semana.

En fin. El espacio estaba despejado. Rioz se sentiría un poco mejor si regresaba a la cocina y se conciliaba con Long. Podría demostrarle que era un viejo veterano que se tomaba las irritaciones del espacio tal como venían.

Se levantó y caminó tres pasos hasta llegar al corredor corto y angosto que unía las dos cabinas de la nave.

3

Una vez más se quedó mirando desde la puerta. Long tenía clavada la vista en la pantalla fluctuante.

—Subiré el termostato —gruñó Rioz—. Está bien, podemos consumir esa energía.

Long asintió con la cabeza.

—Como quieras.

Rioz avanzó un paso, indeciso. El espacio estaba despejado. ¿De qué servía sentarse a mirar una línea verde en la que no aparecían señales?

—¿De qué hablaba ese terroso? —preguntó.

—La historia del viaje espacial. Cosas antiguas, pero lo hace bien. Usa todos los recursos: caricaturas de color, fotografías trucadas, fotos fijas de viejos filmes; todo.

Como para ilustrar los comentarios de Long, la figura barbada se esfumó de la pantalla y fue reemplazada por el corte transversal de una nave espacial. La voz de Hilder continuó oyéndose, señalando rasgos de interés que aparecían en colores esquemáticos. El sistema de comunicaciones de la nave se perfiló en rojo mientras él lo describía y hablaba de las salas de almacenaje, del motor protónico de micropila, de los circuitos cibernéticos...

Hilder reapareció en la pantalla.

—Pero esto es sólo la ojiva de la nave. ¿Qué la impulsa? ¿Qué la aleja de la Tierra?

Todo el mundo sabía qué impulsaba una nave, pero la voz de Hilder era como una droga. Hablaba de la propulsión espacial como si fuera un secreto, la máxima revelación. Hasta Rioz sintió cierta curiosidad, y eso que se había pasado la mayor parte de su vida a bordo de una nave.

—Los científicos le dan distintos nombres —continuó Hilder—. La llaman ley de acción y reacción. Unas veces la llaman tercera ley de Newton. Otras veces la llaman conservación del impulso. Pero no tenemos que darle ningún nombre. Basta con usar el sentido común. Cuando nadamos, empujamos el agua hacia atrás y nos movemos hacia delante. Cuando caminamos, impulsamos el pie hacia atrás y nos movemos hacia delante. Cuando volamos en giromóvil, empujamos aire hacia atrás y nos movemos hacia delante. Nada se mueve hacia delante a menos que otra cosa se mueva hacia atrás. Es el viejo principio: No se obtiene algo a cambio de nada. Y ahora imaginemos una nave espacial de cien mil toneladas elevándose de la Tierra. Para ello, algo se tiene que mover hacia abajo. Como una nave espacial es muy pesada, hay que mover mucho material hacia abajo, tanto material que no se puede tener todo a bordo de la nave. Se debe construir un compartimento especial detrás de la nave para almacenarlo.

Hilder desapareció de nuevo y la nave reapareció. Disminuyó de tamaño y un cono truncado le salió por la popa, en cuyo interior se veían unas letras brillantes y amarillas: «Material de desecho».

—Pero ahora —dijo Hilder—, el peso total de la nave es mucho mayor. Se necesita más propulsión.

La nave disminuyó más aún y se le sumó otra sección más grande, y otra más inmensa todavía. La nave propiamente dicha, la ojiva, era un pequeño punto en la pantalla, un punto rojo y fulgurante.

—¡Cuernos —exclamó Rioz—, esto es para párvulos!

—No, para el público al que se dirige, Mario —replicó Long—. La Tierra no es Marte. Debe de haber miles de millones de terrícolas que jamás han visto una nave espacial ni tienen la menor idea de esto.

—Cuando el material que está dentro de la cápsula de mayor tamaño se consume, la cápsula se desprende y se aleja —continuó hablando Hilder. La cápsula del extremo se desprendió y giró como un trompo en la pantalla—. Luego, se va la segunda y, si es un viaje largo, se desecha la última. —La nave era sólo un punto rojo y las tres cápsulas giraban a la deriva, perdiéndose en el espacio—. Estas cápsulas representan cien mil toneladas de tungsteno, magnesio, aluminio y acero. Se han ido para siempre de la Tierra. Marte está rodeado de chatarreros que aguardan en las rutas espaciales. Esperan las cápsulas desechadas, las recogen con redes, les estampan su marca y las despachan a Marte. La Tierra no recibe un solo céntimo por ellas. Se trata de material rescatado y pertenece a la nave que lo encuentra.

—Arriesgamos nuestra inversión y nuestra vida —refunfuñó Rioz—. Si nosotros no lo recogemos, nadie lo hace. ¿Qué pierde la Tierra?

—Sólo está hablando del coste que Marte, Venus y la Luna significan para la Tierra. Éste es únicamente uno de los puntos.

—Obtendrán su beneficio. Cada año extraemos más hierro.

—Y la mayor parte regresa a Marte. Según las cifras de Hilder, de los doscientos mil millones de dólares, invertidos por la Tierra en Marte, ha recibido cinco mil millones en hierro; de los quinientos mil millones en la Luna, poco más de veinticinco mil millones en magnesio, titanio y metales ligeros; y, de los cincuenta mil millones en Venus, no ha recibido nada. Y eso es lo que les interesa a los contribuyentes de la Tierra: el dinero de sus impuestos, a cambio de nada.

La pantalla se llenó de imágenes de chatarreros en la ruta de Marte: caricaturas de naves pequeñas y sonrientes, que extendían unos brazos delgados y fuertes para recoger las cápsulas vacías, estamparles el rótulo de «Propiedad de Marte» en letras relucientes y despacharlas a Fobos.

Hilder apareció de nuevo.

—Nos dicen que a la larga obtendremos nuestro beneficio. ¡A la larga! ¡Una vez que constituyan una empresa en marcha! No sabemos cuándo será. ¿Dentro de un siglo? ¿Mil años? ¿Un millón? A la larga. Confiemos en su palabra. Un día nos devolverán nuestros metales. Un día cultivarán sus alimentos, consumirán su energía, vivirán su vida.

»Pero hay algo que nunca pueden devolvernos; ni en cien millones de años. ¡El agua!

»Marte tiene apenas una lágrima de agua porque es demasiado pequeño. Venus no tiene agua porque es demasiado caliente. La Luna no tiene agua porque es demasiado caliente y demasiado pequeña. Así que la Tierra no sólo debe suministrar agua para que la gente del espacio beba y se lave, agua para sus industrias, agua para las granjas hidropónicas que afirman estar instalando; sino también agua para malgastarla por millones de toneladas.

»¿Qué es la fuerza propulsora que usan las naves? ¿Qué arrojan hacia atrás cuando se impulsan adelante? Antes eran gases generados con explosivos. Resultaba muy costoso. Luego, se inventó la micropila protónica, una fuente energética barata y que puede calentar cualquier líquido hasta transformarlo en gas bajo una tremenda presión. ¿Cuál es el líquido más barato y abundante? El agua, por supuesto.

»Cada nave espacial sale de la Tierra portando casi un millón de toneladas de agua. No kilos, sino toneladas, y eso sólo para llevarla por el espacio, para que pueda acelerar o desacelerar.

»Nuestros ancestros consumieron el petróleo de forma frenética e imprudente. Destruyeron implacablemente el carbón. Los despreciamos y los condenamos por ello, pero al menos te-

188

nían una excusa, pues pensaban que aparecerían sustitutos cuando fuese necesario. Y tenían razón. Nosotros tenemos nuestras granjas de plancton y nuestras micropilas protónicas.

»Pero no hay sustituto para el agua. ¡Ninguno! Nunca puede haberlo. Y cuando nuestros descendientes vean el desierto en que hemos transformado la Tierra ¿qué excusa hallarán para nosotros? Cuando se propaguen las sequías...

Long apagó el aparato.

—Eso me molesta. El maldito tonto intenta... ¿Qué ocurre?

Rioz se había levantado.

—Debería estar vigilando las señales.

—¡Al cuerno con las señales! —Pero Long se levantó y siguió a Rioz por el angosto corredor hasta la sala del piloto—. Si Hilder se sale con la suya, si tiene agallas para transformarlo en un tema político de interés... ¡Rayos!

Él también lo había visto. El parpadeo de una cápsula de clase A corría detrás de la señal saliente, como un sabueso persiguiendo un conejo mecánico.

—El espacio estaba despejado —balbuceó Rioz—. Te lo juro, estaba despejado. Por Dios, Ted, no te quedes paralizado. Trata de localizarlo visualmente.

Rioz trabajó de prisa, con una eficiencia que era fruto de casi veinte años como chatarrero. En dos minutos calculó la distancia. Luego, recordando la experiencia de Swenson, midió el ángulo de declinación y la velocidad radial.

—¡Uno coma siete seis radianes! —le gritó a Long—. ¡No puedes fallar!

Long contuvo el aliento mientras ajustaba el vernier.

—Está a sólo medio radián del Sol. Recibirá luz por el costado.

Incrementó la amplificación con la mayor rapidez posible, buscando la única «estrella» que cambiaba de posición y crecía hasta alcanzar una forma que revelaba que no era una estrella.

—Arrancaré de todos modos —dijo Rioz—. No podemos esperar.

—Lo tengo. Lo tengo. —La amplificación aún era demasiado pequeña para darle una forma definida, pero el punto que

Long observaba se iluminaba y se ensombrecía rítmicamente mientras la cápsula rotaba y recibía la luz del Sol en secciones transversales de diverso tamaño.

—Manténlo.

El primer chorro de vapor brotó de la tobera, dejando largas estelas de microcristales de hielo que reflejaban vagamente los pálidos rayos del distante Sol. Se hicieron menos densos a unos ciento cincuenta kilómetros. Un chorro, otro y otro, mientras la nave abandonaba su trayectoria estable para adoptar un curso tangencial al de la cápsula.

—¡Se mueve como un cometa en el perihelio! —gritó Rioz—. Esos malditos pilotos terrosos sueltan las cápsulas de ese modo a propósito. Me gustaría...

Soltó un colérico juramento mientras seguía arrojando vapor, hasta que el acolchado hidráulico del asiento se hundió medio metro y Long ya no pudo asirse de la baranda.

—Ten compasión —suplicó.

Pero Rioz tenía la vista fija en el radar.

—¡Si no puedes aguantarlo, quédate en Marte!

Los chorros de vapor seguían tronando a lo lejos.

La radio cobró vida. Long logró inclinarse por encima de lo que parecía melaza y activó el contacto. Era Swenson, y sus ojos echaban chispas.

—¿Adónde vais? —protestó—. Estaréis en mi sector dentro de diez segundos.

—Persigo una cápsula —respondió Rioz.

—¿En mi sector?

—Apareció en el mío y no estás en posición de atraparla. Apaga esa radio, Ted.

La nave surcaba el espacio con un ruido atronador que sólo se oía dentro del casco. Luego, Rioz apagó los motores en etapas tan largas que Long se tambaleó. El repentino silencio fue más ensordecedor que el estruendo precedente.

—Ya está —dijo Rioz—. Dame el telescopio.

Ambos observaron. La cápsula era un cono truncado que giraba con lenta solemnidad entre las estrellas.

—Es una cápsula de clase A, en efecto —confirmó Rioz con satisfacción.

Una gigante entre las cápsulas, pensó. Les permitiría resarcirse.

—Tenemos otra señal en el sensor —anunció Long—. Creo que es Swenson persiguiéndonos.

Rioz miró de soslayo.

—No nos cogerá.

La cápsula se volvió aún mayor y llenó la pantalla.

Rioz puso las manos sobre la palanca del arpón. Aguardó, ajustó dos veces el ángulo, reguló la longitud del cable y tiró de la palanca.

Por un momento no ocurrió nada. Luego, un cable de malla metálica apareció en la pantalla, desplazándose hacia la cápsula como una cobra al ataque. Estableció contacto, pero no quedó fijo, pues se habría desgarrado al instante, como una telaraña. La cápsula giraba con un impulso rotatorio que sumaba miles de toneladas. El cable configuraba un potente campo magnético que actuaba como un freno para la cápsula.

Lanzaron un par de cables más. Rioz lo soltaba en un casi irresponsable derroche de energía.

—¡La cogeré! ¡Por Marte, la cogeré!

Sólo se calmó cuando hubo una veintena de cables entre la nave y la cápsula. La energía rotatoria de la cápsula, convertida en calor por el frenado, había elevado su temperatura a tal punto que los medidores de la nave captaban la radiación.

—¿Quieres que le ponga nuestra marca? —preguntó Long.

—Como quieras. Pero no es tu obligación. Es mi turno.

—No importa.

Long se enfundó en el traje y salió por la cámara de presión. El mejor indicio de que era un novato en este juego era que podía contar las veces que había salido al espacio en traje. Ésta era la quinta.

Avanzó a lo largo del cable más largo, una mano tras otra, sintiendo la vibración de la malla metálica contra el metal del mitón.

Grabó a fuego el número de serie en el liso metal de la cápsula. El acero no se oxidaba en el vacío del espacio; simplemente, se fundía y se vaporizaba, condensándose a poca distancia del haz de energía y transformando la superficie que rozaba en una mancha gris y polvorienta.

Long regresó a la nave.

Una vez en el interior, se quitó el casco, que se había cubierto de escarcha en cuanto entró.

Oyó la furibunda voz de Swenson graznando por la radio.

—... directamente al comisionado. ¡Rayos, este juego tiene sus reglas!

Rioz se arrellanó en su asiento, despreocupado.

—Mira, apareció en mi sector. Me demoré al detectarlo y lo perseguí hasta el tuyo. Tú no lo habrías alcanzado aunque Marte actuara como valla. Eso es todo... ¿Estás de vuelta, Long?

Cerró el contacto.

La señal seguía sonando, pero Rioz no le prestó atención.

—¿Acudirá al comisionado? —preguntó Long.

—En absoluto. Protesta para romper la monotonía. Pero no habla en serio. Y sabe que la cápsula es nuestra. ¿Qué te parece nuestra presa, Ted?

—Bastante buena.

—¿Bastante buena? ¡Es sensacional! Agárrate. La pondré a girar.

Las toberas laterales escupieron vapor y la nave inició una lenta rotación en torno de la cápsula. La cápsula la siguió. A los treinta minutos, formaban una esfera gigantesca que giraba en el vacío. Long consultó las tablas astronómicas para ver la posición de Deimos.

En un momento calculado con precisión, los cables desactivaron el campo magnético y la cápsula fue lanzada tangencialmente en una trayectoria que, en un día, la llevaría hasta los depósitos de cápsulas del satélite de Marte.

Rioz la siguió con la mirada. Se sentía bien. Se volvió hacia Long.

—Es un buen día para nosotros.

—¿Qué me dices del discurso de Hilder? —se interesó Long.

—¿Qué? ¿Quién? Ah, eso. Escucha, si tuviera que preocuparme por cada cosa que dice un maldito terroso nunca dormiría. Olvídalo.

—No creo que debamos olvidarlo.

—Estás loco. No me fastidies con eso. ¿Por qué no duermes un poco?

4

La anchura y la altura de la principal avenida de la ciudad ponían eufórico a Ted Long. Hacía dos meses que el comisionado había declarado una moratoria sobre la recolección de chatarra espacial y había cancelado todos los vuelos, pero esa sensación de paisaje inmenso no dejaba de emocionar a Long. Ni siquiera la idea de que la moratoria se hubiese declarado como medida provisoria, mientras la Tierra decidía si insistir o no en economizar agua, imponiendo un racionamiento a los chatarreros, lograba abatirlo del todo.

El techo de la avenida se hallaba pintado de un luminoso azul claro, quizá como una anticuada imitación del cielo terrícola. Ted no estaba seguro. Las paredes aparecían iluminadas por los escaparates.

A lo lejos, por encima del bullicio del tráfico y el susurro de los pies de la gente, se oían explosiones intermitentes: estaban cavando nuevos túneles en la corteza de Marte. Durante toda su vida había oído esas explosiones. El suelo por el que caminaba era parte de una roca sólida e intacta cuando él nació. La ciudad crecía y seguiría creciendo, siempre que la Tierra lo permitiera.

Dobló por una calle lateral, más estrecha y menos iluminada, en la que a los escaparates los reemplazaban edificios de apartamentos, cada uno de ellos con su hilera de luces a lo largo de la fachada. Los compradores y el tráfico habían dado paso a individuos con menos prisa y a niños alborotados que seguían eludiendo la orden materna de ir a cenar.

En el último momento, Long recordó las reglas de cortesía y se detuvo en una tienda de agua. Entregó su cantimplora.

—Llénela.

El rechoncho tendero quitó la tapa y examinó el interior. La sacudió, haciendo que burbujeara.

—No queda mucha —comentó de buen humor.

—No —concedió Long.

El tendero vertió el agua, acercando el cuello de la cantimplora a la punta de la manguera para evitar que se derramase. El medidor emitió un zumbido y el tendero enroscó la tapa.

Long le entregó unas monedas y cogió la cantimplora. Ahora le chocaba contra la cadera con agradable pesadez. No estaba bien visitar a una familia sin llevar una cantimplora llena. Entre ellos no tenía tanta importancia; no mucha, al menos.

Entró en el pasillo del número 27, subió por una corta escalera y aguardó un momento antes de llamar.

En el interior se oían voces. Una de ellas era una estridente voz de mujer:

—Conque tú puedes recibir a tus amigos chatarreros aquí, ¿eh? Se supone que yo debo estar agradecida de que estés en casa dos meses por año. Oh, es suficiente con que pases un par de días conmigo. Luego, de nuevo con los chatarreros.

—Hace bastante tiempo que estoy en casa —replicó una voz masculina—, y esto es un asunto de negocios. ¡Por Marte, Dora, déjalo ya! Llegarán pronto.

Long decidió esperar un poco antes de llamar, para darles la oportunidad de cambiar de tema.

—¿Qué me importa a mí si vienen? —se irritó Dora—. ¡Que me oigan! Y ojalá el comisionado mantuviera la moratoria para siempre. ¿Me oyes?

—¿Y de qué viviríamos? —se acaloró la voz masculina—. Responde a eso.

—Te responderé. Puedes ganarte la vida con un oficio decente en Marte, como todo el mundo. En este edificio soy la única viuda de chatarrero. Eso es lo que soy, una viuda. Peor que una viuda, porque si estuviese viuda, al menos tendría la posibilidad de casarme con otra persona... ¿Qué has dicho?

—Nada, nada.

—Oh, sé muy bien lo que has dicho. Escucha, Dick Swenson...

—Sólo he dicho que ahora sé por qué los chatarreros rara vez se casan.

—Y tú no debiste haberlo hecho. Estoy harta de que todo el vecindario se apiade de mí, ponga cara de pena y me pregunte cuándo regresarás. Otros son ingenieros de minas, administradores e incluso excavadores de túneles. Al menos, las esposas de los excavadores hacen una vida hogareña y sus hijos no se crían como vagabundos. Peter bien podría estar huérfano de padre...

Se oyó una aflautada voz de soprano; más distante, como si estuviera en otro cuarto:

—Mamá, ¿qué es un vagabundo?

Dora elevó la voz:

—¡Peter! ¡Dedícate a tu tarea!

—No está bien hablar así delante del chico —murmuró Swenson—. ¿Qué pensará de mí?

—Quédate en casa y enséñale a pensar mejor.

—Mamá —dijo Peter—, cuando crezca seré chatarrero.

Se oyeron unos pasos rápidos. Hubo una pausa y luego un grito agudo.

—¡Mamá! ¡Oye! ¡Suéltame la oreja! ¿Qué he hecho?

Se hizo un silencio. Long aprovechó la oportunidad para llamar. Swenson abrió la puerta, atusándose el cabello con ambas manos.

—Hola, Ted —le saludó con voz apagada—. ¡Ha llegado Ted, Dora! ¿Dónde está Mario?

—Llegará dentro de un rato.

Dora salió del cuarto contiguo. Era una mujer menuda y morena, de nariz fruncida y cabello entrecano echado hacia atrás.

—Hola, Ted. ¿Has comido?

—Sí, gracias. No interrumpo, ¿verdad?

—En absoluto. Hace rato que hemos terminado. ¿Quieres café?

—De acuerdo.

Ted ofreció su cantimplora.

—Cielos, no era necesario. Tenemos agua en abundancia.

—Insisto.

—Bueno, en ese caso...

Dora se volvió a la cocina. A través de la puerta giratoria, Long entrevió un montón de platos apilados sobre un Secoterg, «el limpiador no acuático que absorbe la grasa y la suciedad en un santiamén. Treinta mililitros de agua bastan para lavar tres metros cuadrados de platos y dejarlos relucientes. Compre Secoterg. Secoterg limpia, da brillo a sus platos, elimina los desechos...».

La melodía empezó a zumbarle en la mente y Long decidió hablar para ahuyentarla:

—¿Cómo está Peter?

—Bien, bien. El chico ya está en cuarto curso. Ya sabes que no lo veo mucho. Vaya, cuando regresé la última vez, me miró y dijo...

Continuó hablando durante un rato, aunque no fue tan horrible como un padre torpe contando las frases brillantes de un chico brillante.

Sonó la señal de la puerta y entró Mario Rioz, de mal talante. Swenson se le acercó.

—Oye, no hables de cápsulas. Dora aún recuerda aquella vez que sacaste una cápsula de clase A de mi territorio y hoy está de pésimo humor.

—¿Quién demonios quiere hablar de cápsulas?

Rioz se quitó la cazadora forrada de piel, la colgó en el respaldo de la silla y se sentó.

Dora salió por la puerta giratoria, saludó al recién llegado, con una sonrisa artificial, y le ofreció café.

—Sí, gracias —aceptó Rioz, y buscó su cantimplora.

—Usa un poco más de mi agua, Dora —intervino Long—. Ya me la dará él a mí.

—De acuerdo —dijo Rioz.

—¿Qué pasa, Mario? —preguntó Long.

—Vamos, dímelo —rezongó Rioz—. Dime que me previniste. Hace un año, cuando Hilder dio ese discurso, me lo previniste. Dímelo —Long se encogió de hombros—. Han fijado cupos. La noticia salió hace quince minutos.

—¿Y bien?

—Cincuenta mil toneladas de agua por viaje.

—¿Qué? —estalló Swenson—. ¡No se puede despegar de Marte con cincuenta mil!

—Ésa es la cifra. Lo hacen a propósito para hundirnos. Adiós a los chatarreros.

Dora llegó con el café y lo sirvió.

—¿Adiós a los chatarreros? —preguntó—. ¿De qué estáis hablando?

Miró severamente a Swenson.

—Parece ser —dijo Long— que nos racionarán el agua a cincuenta mil toneladas, y eso significa que no podremos efectuar más viajes.

—¿Y qué hay de malo en ello? —Dora bebió un poco de café y sonrió—. A mi entender es una buena medida. Va siendo hora de que los chatarreros encuentren un empleo estable en Marte. Lo digo en serio. Eso de andar corriendo por el espacio no es vida...

—Dora, por favor —le interrumpió Swenson.

Rioz resopló.

—Sólo estaba dando mi opinión —se justificó Dora, enarcando las cejas.

—Opina todo lo que quieras —dijo Long—. Pero me gustaría decir algo. Lo de las cincuenta mil es tan sólo un detalle. Sabemos que la Tierra, o al menos el partido de Hilder, desea capitalizar políticamente la campaña en favor de la economía del agua, así que estamos en apuros. Tenemos que conseguir agua de algún modo o nos clausurarán del todo, ¿no es cierto?

—Seguro —contestó Swenson.

—Pero la pregunta es cómo, ¿no es cierto?

—Si se trata de conseguir agua —habló Rioz, repentinamente locuaz—, sólo se puede hacer una cosa, ya lo sabes. Si los terrosos no nos dan agua, la tomaremos nosotros. El agua no les pertenece sólo porque sus padres y sus abuelos no tuvieron agallas para abandonar su gordo planeta. El agua pertenece a la gente, dondequiera que esté. Nosotros somos gente y el agua es nuestra también. Tenemos derecho a ella.

—¿Cómo propones que la consigamos? —quiso saber Long.

—¡Es fácil! En la Tierra tienen océanos de agua. Es imposible apostar guardias en cada kilómetro cuadrado. Podemos descender en el lado nocturno del planeta cuando nos plazca, llenar nuestras cápsulas y largarnos. ¿Cómo podrían impedirlo?

—De muchas maneras, Mario. ¿Cómo detectas cápsulas en el espacio a una distancia de cien mil kilómetros? Una pequeña cápsula de metal en tanto espacio; ¿cómo? Por radar. ¿Crees que no hay radar en la Tierra? ¿Crees que si la Tierra se entera de que nos dedicamos al contrabando de agua le resultará difícil establecer una red de radar para detectar las naves que llegan del espacio?

—Te diré una cosa, Mario Rioz —intervino Dora—. Mi esposo no participará en ninguna incursión para obtener agua y continuar con la búsqueda de chatarra.

—No se trata sólo de la chatarra —le explicó Mario—. Luego nos cortarán todo lo demás. Tenemos que detenerlos ahora.

—Pero, de cualquier modo, no necesitamos su agua —insistió Dora—. Esto no es Venus ni la Luna. Traemos el agua por tuberías desde los casquetes polares para nuestras necesidades. En este apartamento tenemos un grifo. Hay un grifo en cada apartamento de este edificio.

—El uso doméstico no es el más importante —arguyó Long—. Las minas necesitan agua. ¿Y qué hacemos con los tanques hidropónicos?

—Exacto —le secundó Swenson—. ¿Qué pasará con los tanques hidropónicos, Dora? Necesitamos agua y es hora de que empecemos a cultivar alimentos frescos, en lugar de depender de esa basura condensada que nos mandan desde la Tierra.

—Escuchadle —refunfuñó Dora—. ¿Qué sabes tú de comida fresca? Jamás la has probado.

—He comido más de la que crees. ¿Recuerdas esas zanahorias que traje una vez?

—Bien, ¿qué tenían de maravilloso? A mi juicio, la protocomida horneada es mucho mejor. Y más saludable. Parece que ahora se ha puesto de moda hablar de verduras frescas porque están aumentándoles los impuestos a esas granjas hidropónicas. Además, todo esto pasará.

—No lo creo —opinó Long—. No por sí solo, al menos. Tal vez Hilder sea el próximo coordinador, y entonces las cosas pueden empeorar. Si también nos recortan los embarques de alimentos...

—Pues bien —exclamó Rioz—, ¿qué hacemos? ¡Yo estoy por tomarla! ¡Tomar el agua!

—Y yo digo que no podemos hacerlo, Mario. ¿No ves que propones actuar al modo de los terrícolas, al estilo terroso? Tratas de aferrarte al cordón umbilical que sujeta Marte a la Tierra. ¿No puedes liberarte de eso? ¿No puedes ver el estilo marciano?

—No, no puedo. ¿Por qué no me lo explicas?

—Te lo explicaré si escuchas. ¿En qué pensamos cuando pensamos en el sistema solar? Mercurio, Venus, La Tierra, la Luna, Marte, Fobos y Deimos. Ahí lo tienes; siete cuerpos celestes, eso es todo. Pero eso no representa ni siquiera el uno por ciento del sistema. Los marcianos estamos al borde del restante noventa y nueve por ciento. Ahí fuera, lejos del Sol, hay increíbles cantidades de agua.

Los otros lo miraron fijamente.

—¿Te refieres a las capas de hielo de Júpiter y de Saturno? —se interesó Swenson, con incertidumbre.

—No específicamente, pero admite que eso es agua. Una capa de agua de mil quinientos kilómetros de espesor es mucha agua.

—Pero está cubierta de capas de amoniaco o algo parecido —objetó Swenson—. Además, no podemos aterrizar en los planetas grandes.

—Lo sé —admitió Long—, pero yo no he dicho que ésa sea la respuesta. Los planetas grandes no es lo único que hay allá. ¿Qué me decís de los asteroides y de los satélites? Vesta es un asteroide de trescientos kilómetros de diámetro y se compone tan sólo de una mole de hielo. Una de las lunas de Saturno también está compuesta principalmente de hielo. ¿Qué os parece?

—¿Nunca has estado en el espacio, Ted? —preguntó Rioz.

—Sabes que sí. ¿Por qué lo preguntas?

—Claro, ya sé que sí, pero sigues hablando como un terroso. ¿Has pensado en las distancias? Los asteroides se encuentran a un promedio de ciento ochenta millones de kilómetros de Marte en el punto más próximo. Es el doble de la distancia entre Venus y Marte, y sabes que pocas naves de línea cubren esa trayectoria de un tirón. Habitualmente hacen escala en la Tierra o en la Luna. ¿Cuánto tiempo crees que alguien puede permanecer en el espacio?

—No lo sé. ¿Cuál es tu límite?

—Tú conoces el límite, no tienes que preguntármelo. Seis meses. Son datos de manual. Si estás en el espacio durante seis meses, al final eres carne de psicoterapeuta. ¿Es cierto, Dick?

Swenson asintió en silencio.

—Y eso es sólo con respecto a los asteroides —continuó Rioz—. De Marte a Júpiter hay quinientos millones de kilómetros, y mil millones hasta Saturno. ¿Quién puede aguantar tanta distancia? Supongamos que vas a una velocidad estándar o que, para compensar, digamos que subes a trescientos megámetros por hora. Con el periodo de aceleración y desaceleración, tardarías seis o siete meses en llegar a Júpiter y un año en llegar a Saturno. Desde luego, teóricamente podrías elevar esa velocidad a un millón quinientos mil kilómetros por hora, pero ¿dónde conseguirías agua para eso?

—¡Caray! —dijo alguien de vocecilla aguda, nariz mugrienta y ojos redondos—. ¡Saturno!

Dora se giró en la silla.

—Peter, ¡regresa a tu cuarto!

—Oh, mamá.

—Nada de «oh mamá».

Hizo un gesto amenazador y Peter se escabulló.

—Oye, Dora —dijo Swenson—, ¿por qué no le haces compañía por un rato? Le costará concentrarse en sus tareas si todos estamos aquí hablando.

Dora sonrió pícaramente y no se movió de donde estaba.

—Me quedaré aquí hasta averiguar qué se propone Ted Long. No me gusta lo que está insinuando.

—Bien —aceptó Swenson nerviosamente—. Olvidémonos de Júpiter y Saturno, estoy seguro de que Ted no piensa en eso; pero ¿qué pasa con Vesta? Podríamos llegar allí en diez o doce semanas, y lo mismo para volver. ¡Trescientos kilómetros de diámetro! ¡Eso significa seis millones de kilómetros cúbicos de hielo!

—¿Y qué? —se opuso Rioz—. ¿Qué hacemos en Vesta? ¿Extraemos el hielo? ¿Instalamos máquinas de minería? ¿Sabes cuánto llevaría eso?

—Estoy hablando de Saturno, no de Vesta —les recordó Long.

Rioz se dirigió a un público invisible:

—Le hablo de mil millones de kilómetros y él sigue insistiendo.

—De acuerdo —dijo Long—, dime cómo sabes que sólo podemos permanecer seis meses en el espacio, Mario.

—¡Es de conocimiento público, rayos!

—¿Porque figura en el *Manual del vuelo espacial*? Son datos compilados por científicos de la Tierra y a partir de experiencias con pilotos de la Tierra. Sigues pensando como un terroso. No piensas al estilo marciano.

—Por muy marciano que sea, un marciano es un hombre.

200

—¿Pero cómo puedes estar tan ciego? ¿Cuántas veces habéis estado más de seis meses ahí fuera, sin hacer una pausa?

—Eso es diferente —replicó Rioz.

—¿Porque sois marcianos? ¿Porque sois chatarreros profesionales?

—No, porque no es un vuelo. Podemos regresar a Marte cuando nos plazca.

—Pero no os place. A eso me refiero. Los terrícolas tienen enormes naves con bibliotecas de filmes y con quince tripulantes además de los pasajeros. Pero sólo pueden permanecer allí un máximo de seis meses. Los chatarreros marcianos tienen una nave de dos cabinas y con un solo acompañante. Pero podemos resistir más de seis meses.

—Supongo que tú quieres quedarte en una nave durante un año e ir a Saturno —intervino Dora.

—¿Por qué no, Dora? Podemos hacerlo. ¿No ves que nosotros podemos? Los terrícolas no pueden. Ellos tienen un verdadero mundo. Tienen un cielo abierto, alimentos frescos y todo el aire y el agua que deseen. Subirse a una nave representa un cambio tremendo. Más de seis meses es demasiado para ellos por esa razón. Los marcianos somos diferentes. Nos pasamos la vida viviendo en una nave. Eso es lo que es Marte, una nave. Tan sólo una gran nave de siete mil kilómetros de diámetro, con una pequeña habitación ocupada por cincuenta mil personas. Es cerrado como una nave. Respiramos aire envasado y bebemos agua envasada, que hemos de refinar una y otra vez. Comemos las mismas raciones que comemos a bordo. Cuando subimos a una nave es lo mismo que hemos conocido toda la vida. Podemos aguantar mucho más de un año, si es preciso.

—¿También Dick? —preguntó Dora.

—Todos podemos.

—Bueno, pues Dick no puede. Me parece bien que tanto tú, Ted Long, como ese ladrón de cápsulas, Mario, habléis de viajar durante un año. No estáis casados. Dick, sí. Tiene esposa y un hijo y eso le basta. Él puede conseguir un trabajo normal en Marte. Vaya, supongamos que vais a Saturno y no hay agua allí, ¿cómo regresaréis? Aunque os quedara agua, os quedaríais sin alimentos. Es lo más ridículo que he oído...

—No, escucha —dijo Long, con voz tensa—. He pensado bien en esto. He hablado con el comisionado Sankov y él nos ayudará. Pero necesitamos naves y hombres. Yo no puedo conseguirlos. Los hombres no me escuchan. Soy un novato. A vosotros os conocen y os respetan. Sois veteranos. Si me respaldáis, aunque no vayáis vosotros, si me ayudáis a convencer al resto, a conseguir voluntarios...

—Primero —gruñó Rioz—, tendrás que darme más explicaciones. Una vez que llegas a Saturno, ¿dónde está el agua?

—Ésa es la belleza del asunto. Por eso tiene que ser Saturno. El agua está flotando en el espacio para quien quiera cogerla.

5

Cuando Hamish Sankov llegó a Marte no existían aún los marcianos nativos. Ahora había más de doscientos niños cuyos abuelos eran ya naturales de Marte, nativos de tercera generación.

Él llegó siendo un adolescente, cuando Marte era apenas algo más que un conglomerado de naves espaciales en tierra, conectadas por túneles subterráneos. A lo largo de los años había visto edificios que crecían y se extendían bajo tierra, irguiendo sus hocicos romos en la atmósfera tenue e irrespirable. Había visto surgir enormes depósitos que albergaban naves enteras con su cargamento. Había visto minas que crecían desde la nada hasta abrir una enorme muesca en la corteza marciana, al tiempo que la población aumentaba de cincuenta a cincuenta mil habitantes.

Esos recuerdos le hacían sentir viejo; esos, y los recuerdos aún más vagos inducidos por la presencia de ese terrícola. Su visitante le evocaba olvidados pensamientos acerca de un mundo tibio que era acogedor como un seno materno.

El terrícola parecía recién salido de ese seno. No era muy alto ni muy flaco, sino más bien rechoncho. Tenía el cabello oscuro y pulcramente ondulado, un pulcro bigote y una piel pulcramente restregada. Llevaba ropa elegante, y tan pulcra como podía serlo el *plastek*.

La ropa de Sankov era de manufactura marciana, práctica y limpia, pero anticuada. Su rostro estaba poblado de arrugas, tenía el cabello blanco y hablaba como bamboleando la nuez de la garganta.

El terrícola era Myron Digby, miembro de la Asamblea General de la Tierra. Sankov era el comisionado de Marte.

—Es un duro golpe para nosotros, asambleísta —dijo Sankov.

—Ha sido un duro golpe para todos, comisionado.

—Ya. En verdad no lo comprendo. No pretendo comprender la decisiones de la Tierra, aunque nací allí. Marte es un lugar inhóspito y usted debe entenderlo. Necesitamos mucho espacio en una nave tan sólo para traer alimentos, agua y materia prima para vivir. No queda mucho espacio para libros y filmes de noticias. Ni siquiera los programas de vídeo llegan a Marte, excepto durante un mes, cuando la Tierra está en conjunción, y aun entonces nadie tiene mucho tiempo para escuchar. Prensa Planetaria me envía semanalmente filmes con noticias. En general, no tengo tiempo para verlos con atención. Tal vez nos consideren provincianos, y estarían en lo cierto. Cuando ocurre algo como esto, sólo podemos mirarnos con impotencia.

—No me diga que la gente de Marte no ha oído hablar de la campaña de Hilder contra los derrochadores.

—No, no exactamente. Hay un joven chatarrero, hijo de un buen amigo mío que murió en el espacio —dijo Sankov, e hizo una pequeña pausa, indeciso, mientras se rascaba un lateral del cuello—, que es aficionado a leer sobre la historia de la Tierra y cosas similares. Recibe emisiones de vídeo cuando está en el espacio y oyó hablar a ese Hilder. Por lo que sé, fue el primer discurso de Hilder sobre los derrochadores. El joven me comentó algo a ese respecto, aunque, como es lógico, no lo tomé muy en serio. Durante un tiempo vi los filmes de Prensa Planetaria, pero no se mencionaba mucho a Hilder y lo poco que se decía era para ponerlo en ridículo.

—Sí, comisionado, así es; parecía una broma cuando comenzó.

Sankov estiró sus largas piernas a un lado del escritorio y las cruzó en ángulo.

—A mí me sigue pareciendo una broma. ¿Cuál es su argumento? Estamos consumiendo agua. ¿Ha mirado las cifras? Las tengo todas aquí. Me las hice traer cuando llegó esa comisión.

»Parece ser que la Tierra tiene seiscientos millones de kilómetros cúbicos de agua en sus océanos, y cada kilómetro cúbico pesa tres mil millones de toneladas. Es mucha agua. Nosotros usamos parte de ella en el vuelo espacial. La mayor parte del impulso inicial se efectúa dentro del campo gravitatorio de la Tierra, lo cual significa que el agua arrojada cae de nuevo en los océanos. Hilder no incluye eso en sus cálculos. Cuando dice que se usan millones de toneladas de agua por vuelo, está mintiendo. Son menos de cien mil toneladas.

»Supongamos que haya cincuenta mil vuelos por año, aunque, en realidad, ni siquiera hay mil quinientos. Pero supongamos que hubiera cincuenta mil, pues supongo que habrá una expansión con el tiempo. Con cincuenta mil vuelos, se perdería poco más de un kilómetro cúbico de agua en el espacio a lo largo de un año. Eso significa que, dentro de un millón de años, la Tierra habrá perdido un cuarto del uno por ciento de su provisión total de agua.

Digby extendió las manos y las dejó caer.

—Comisionado, Aleaciones Interplanetarias ha hecho uso de esas cifras en su campaña contra Hilder, pero las frías matemáticas no bastan para luchar contra una arrolladora fuerza emocional. Ese hombre, Hilder, ha inventado un nombre: derrochadores. Lentamente ha transformado ese nombre en una gigantesca conspiración, en una pandilla de pillos brutales y codiciosos que saquean la Tierra para su beneficio personal.

»Ha acusado al Gobierno de estar lleno de ellos, a la Asamblea de estar dominada por ellos, a la prensa de estar en manos de ellos. Nada de esto, lamentablemente, le parece ridículo al ciudadano medio. La gente sabe muy bien lo que unos hombres egoístas pueden hacer con los recursos de la Tierra; sabe lo que sucedió con el petróleo de la Tierra durante la Época Turbulenta, por ejemplo, y el modo en que se destruyó la capa superficial del suelo.

»Cuando un granjero sufre una sequía, le importa un bledo que la cantidad de agua que se pierde en un vuelo espacial sea insignificante. Hilder le ha dado algo a lo que echarle la culpa, y ése es el mayor consuelo posible ante el desastre. No renunciará a ello por unas cifras.

—Eso es lo que me deja confuso —reconoció Sankov—. Tal vez porque no sé cómo funcionan las cosas en la Tierra, pero me parece que allí no hay sólo granjeros que sufren sequías. Por lo que pude deducir de los resúmenes de noticias, los partidarios de Hilder son una minoría. ¿Por qué la Tierra hace caso de unos cuantos granjeros y de los chiflados que los azuzan?

—Porque, comisionado, hay gente preocupada. La industria del acero ve que el auge del vuelo espacial hará creciente hincapié en las aleaciones livianas no ferrosas. Los sindicatos de mineros se preocupan por la competencia extraterrestre. Cada terrícola que no consigue aluminio para construir una estructura prefabricada está seguro de que el aluminio va a Marte. Conozco a un profesor de arqueología que se opone a los derrochadores porque él no consigue una subvención gubernamental para financiar sus excavaciones. Está convencido de que todo el dinero del Gobierno se dedica a la investigación sobre la tecnología de los cohetes y a la medicina espacial, y está resentido.

—Por lo visto, la gente de la Tierra no es muy distinta de la gente de Marte. Pero ¿y la Asamblea General? ¿Por qué presta oídos a Hilder?

Digby sonrió amargamente.

—No es agradable explicar la política. Hilder introdujo una ley para la formación de una comisión que investigue el derroche en el vuelo espacial. Tres cuartos de la Asamblea General estaban en contra de tal investigación, pues la consideraban una intolerable e inútil extensión de la burocracia; y eso es en realidad. Ahora bien, ¿cómo puede un legislador oponerse a una mera investigación de despilfarro? Daría la impresión de que tiene algo que temer o que ocultar. Daría la impresión de que él mismo saca provecho del derroche. Y Hilder no teme hacer tales acusaciones, que, ciertas o no, influirían muchísimo sobre los votantes en las próximas elecciones. La ley se aprobó. Además, había que designar a los miembros de la comisión. Los que se oponían a Hilder rechazaron el nombramiento, pues les habría supuesto enfrentarse continuamente a decisiones embarazosas.

Era más seguro permanecer al margen, para no estar expuesto a las invectivas de Hilder. El resultado es que yo soy el único miembro de la comisión opuesto abiertamente a Hilder, y eso probablemente me costará la reelección.

—Lo lamento, asambleísta. Parece ser que Marte no tiene tantos amigos como creíamos, así que no nos gustaría perder uno más. ¿Y qué pensará hacer Hilder si se sale con la suya?

—Creo que es evidente. Quiere ser el próximo coordinador global.

—¿Cree usted que lo logrará?

—Si nada lo detiene, por supuesto que sí.

—¿Y entonces qué? ¿Se olvidará de esta campaña contra los derrochadores?

—Lo ignoro. No sé si tiene planes para cuando sea coordinador. Pero, a mi juicio, no podría abandonar la campaña sin perder popularidad. Se le ha ido de las manos.

Sankov se rascó el lateral del cuello.

—De acuerdo. Siendo así, le pediré un consejo. ¿Qué podemos hacer los marcianos? Usted conoce la Tierra. Usted conoce la situación. Nosotros no. Díganos qué hacer.

Digby se levantó y caminó hasta la ventana. Miró las bajas cúpulas de los otros edificios, la llanura roja, pedregosa y desolada, el cielo purpúreo y el Sol empequeñecido.

—¿De veras les gusta Marte? —preguntó sin volverse.

Sankov sonrió.

—La mayoría de nosotros no conocemos otro mundo, asambleísta. Creo que la Tierra nos resultaría rara e incómoda.

—¿Quiere decir que los marcianos no se acostumbrarían? Después de esto no sería difícil adaptarse a la Tierra. ¿No disfrutarían ustedes del privilegio de respirar aire bajo un cielo abierto? Usted vivió en la Tierra, recordará cómo es.

—Lo recuerdo vagamente. Pero no es fácil de explicar. La Tierra está ahí. Se adapta a la gente y la gente se adapta a ella. La gente acepta la Tierra tal como es. En Marte es distinto. Es un planeta tosco y no se adapta a la gente. Hay que transformarlo. La gente, en vez de aceptar lo que encuentra, construye un mundo. Marte aún no es gran cosa, pero estamos construyendo y, cuando hayamos terminado, tendremos exactamente lo que nos gusta. Esa sensación de estar construyendo un mundo es magnífica. La Tierra nos resultaría insípida después de eso.

—No creo que el marciano común sea tan filosófico como para contentarse con vivir esta vida cruel, en aras de un futuro que debe de estar a cientos de generaciones de distancia.

—No, no es así. —Sankov apoyó el tobillo derecho en la rodilla izquierda y se lo sujetó con la mano—. Ya le he dicho que los marcianos se parecen mucho a los terrícolas, lo cual significa que son seres humanos, y los seres humanos no son muy amantes de la filosofía. No obstante, vivir en un mundo en crecimiento tiene sus atractivos, se sea o no consciente de ellos.

»Mi padre me enviaba cartas cuando vine a Marte. Él era contable y siguió siendo contable. Cuando él falleció, la Tierra era igual que el día en que nació. No vio ocurrir nada. Cada día fue similar al anterior, y vivir supuso para mi padre tan sólo un modo de pasar el tiempo hasta que murió.

»En Marte es diferente. Cada día hay algo nuevo: la ciudad es más grande, el sistema de ventilación se perfecciona, las tuberías que traen agua desde los polos funcionan mejor. Ahora planeamos fundar nuestra propia asociación de filmes de noticias; la llamaremos Prensa de Marte. Si usted no ha vivido en un momento en que todo crece en derredor, no comprenderá esta maravillosa sensación.

»No, asambleísta. Marte es duro de roer y la Tierra es mucho más confortable, pero nuestros muchachos no serían felices en la Tierra. Tal vez no entenderían por qué, pero se sentirían desorientados e inútiles. Creo que muchos no lograrían adaptarse.

Digby se apartó de la ventana y arrugó su rosada frente.

—En ese caso, comisionado, lo lamento por ustedes. Por todos ustedes.

—¿Por qué?

—Porque no creo que la gente de Marte pueda hacer nada. Ni la gente de la Luna o de Venus. No ocurrirá ahora y quizá no ocurra dentro de un par de años o de cinco años, pero pronto todos deberán regresar a la Tierra, a menos...

Sankov unió sus blancas cejas.

—¿Sí?

—A menos que encuentren ustedes otra fuente de agua, al margen del planeta Tierra.

Sankov sacudió la cabeza.

—No parece probable, ¿verdad?

—No mucho.

—¿Y usted cree que no hay otra posibilidad, aparte de ésa?

—Ninguna.

Después de eso, Digby se marchó y Sankov se quedó mirando al vacío durante un buen rato antes de teclear una combinación de la línea local de comunicaciones.

No pasó mucho tiempo y Ted Long se presentó ante él.

—Tenías razón, hijo —dijo Sankov—. No pueden hacer nada. Ni siquiera los bienintencionados encuentran solución. ¿Cómo lo supiste?

—Comisionado, cuando uno ha leído bastante sobre la Época Turbulenta, particularmente sobre el siglo veinte, la política no reserva sorpresas.

—Es posible. De cualquier modo, hijo, el asambleísta Digby lo lamenta muchísimo por nosotros, pero eso es todo. Dice que tendremos que abandonar Marte... o conseguir agua en otro sitio. Sólo que él cree que no podemos conseguir agua en ninguna otra parte.

—Usted sabe que sí podemos, comisionado.

—Sé que podríamos, hijo. Es un riesgo tremendo.

—Si encuentro suficientes voluntarios, el riesgo correrá por cuenta nuestra.

—¿Y cómo andan las cosas?

—No van mal. Algunos de los muchachos se han puesto de mi lado. He convencido a Mario Rioz, por ejemplo, y usted sabe que es uno de los mejores.

—En efecto; los voluntarios serán nuestros mejores hombres. Detesto permitirlo.

—Si regresamos habrá valido la pena.

—Si regresáis... Ese «si» es una gran palabra, hijo.

—Y el nuestro es un gran intento.

—Bien, prometí que si la Tierra no nos ayudaba yo intentaría que el pozo de Fobos os diera toda el agua que necesitaseis. Buena suerte.

6

A ochocientos mil kilómetros de Saturno, Mario Rioz dormía sobre la nada y su sueño era delicioso. Se despertó lentamente y durante un rato, enfundado en el traje, contó las estrellas y trazó líneas imaginarias para unirlas. Al principio, según pasaban las semanas, fue como el trabajo de chatarrero, excepto por la punzante sensación de que cada minuto significaba miles de kilómetros más de distancia entre ellos y el resto de la humanidad. Eso empeoraba las cosas.

Apuntaron alto para salir de la eclíptica atravesando el Cinturón de Asteroides. Eso supuso un elevado consumo de agua y tal vez había sido innecesario. Aunque esas decenas de millares de pequeños mundos parecen encontrarse apiñados como gusanos, cuando se los contempla en la proyección bidimensional de una placa fotográfica, en realidad están tan esparcidos, a lo largo de los miles de billones de kilómetros cúbicos que abarca su órbita conjunta, que sólo una tremenda coincidencia podría producir una colisión.

Aun así, sobrepasaron el Cinturón y alguien calculó las probabilidades de colisión con un fragmento de materia lo suficientemente grande como para causar daño. El valor resultante fue tan bajo que tal vez era inevitable que a alguien se le ocurriera la idea de la «flotación espacial».

Los días se hacían interminables, el espacio suponía únicamente un inmenso vacío y sólo se necesitaba un hombre por turno ante los controles. La idea, pues, fue inevitable.

Primero, un temerario se aventuró a salir quince minutos. Luego, otro lo intentó durante media hora. Lo cierto es que, antes de dejar atrás los asteroides, cada nave contaba con un tripulante, fuera de servicio, suspendido en el espacio en el extremo de un cable.

Era bastante fácil. El cable —uno de los cables que utilizarían después, en las operaciones del final de la travesía— estaba adherido magnéticamente por ambos extremos; uno de ellos, al traje espacial. El tripulante salía al casco de la nave y adhería allí el otro extremo. Aguardaba un rato, aferrándose al casco de metal con los electroimanes de las botas y, luego, neutralizaba los electroimanes y hacía un ínfimo esfuerzo muscular.

Lentamente se elevaba mientras la gran masa de la nave se desplazaba hacia abajo. El tripulante flotaba sin peso en esa negrura cuajada de estrellas. Cuando la nave se alejaba a suficiente distancia, la mano enguantada del tripulante se cerraba sobre el cable. Si apretaba demasiado, comenzaba a desplazarse hacia la nave; si apretaba lo justo, la fricción lo detenía. Como el movimiento era equivalente al de la nave, ésta parecía tan inmóvil como si estuviera pintada contra un fondo imposible, mientras el cable colgaba en rollos que no tenían razones para estirarse.

El tripulante sólo veía media nave, la mitad iluminada por la débil luz del Sol, aún demasiado brillante para mirarla directamente sin la protección del grueso visor polarizado del traje espacial. La otra mitad era negro sobre negro; invisible.

El espacio se cerraba sobre sí mismo, y la sensación era la de estar dormido. El traje era tibio, renovaba el aire automáticamente, tenía comida y bebida en contenedores especiales, de donde se podían sorber con un pequeño movimiento de la cabeza, y eliminaba los desechos. Y la falta de peso provocaba una deliciosa euforia.

Era sensacional. Los largos e interminables días pasaron a ser breves e insuficientes.

Atravesaron la órbita de Júpiter a 30 grados de la posición del gigante. Durante meses fue el objeto más brillante del cielo, siempre con la excepción de la reluciente habichuela blanca que era el Sol. Los chatarreros divisaban Júpiter como una esfera diminuta, con un lado deformado por la sombra nocturna.

Posteriormente, durante varios meses, Júpiter fue desvaneciéndose, al tiempo que otro punto de luz iba cobrando brillo. Era Saturno; al principio, un punto brillante y, luego, una mancha ovalada y resplandeciente.

(«¿Por qué es ovalado?», preguntó uno y alguien le respondió: «Por los anillos, desde luego».)

Hacia el final del viaje todo el mundo quería flotar en el espacio, contemplando Saturno sin cesar.

(«Oye, imbécil, entra ya, maldita sea. Es tu turno.» «¿Mi turno? Según mi reloj, me quedan quince minutos más.» «Habrás retrasado el reloj. Además, te di veinte minutos ayer.» «Tú no le darías dos minutos ni a tu abuela.» «Entra ya, hombre, o salgo de todos modos.» «Vale, ya voy. Qué pesado, tanto alboroto por un mísero minuto.» Pero ninguna riña era del todo seria en el espacio, pues se sentía uno demasiado a gusto.)

Saturno aumentó de tamaño hasta igualar al Sol y luego superarlo. Los anillos, en un ángulo pronunciado con respecto a la trayectoria de aproximación, rodeaban majestuosamente el planeta, y sólo una pequeña parte aparecía eclipsada. Según se iban acercando, la extensión de los anillos aumentaba, aunque también se estrechaban a medida que decrecía el ángulo de aproximación.

Las grandes lunas despuntaron en el cielo circundante, como plácidas luciérnagas.

Mario Rioz se alegró de estar despierto para poder contemplarlo.

Saturno, surcado por estrías anaranjadas, llenaba la mitad del cielo, y la sombra nocturna ocultaba casi un cuarto del borde derecho. Los dos puntitos redondos que destacaban contra el resplandor eran las sombras de dos lunas. A la izquierda y detrás de ellos (Rioz podía mirar por encima del hombro izquierdo para verlo, inclinándose a la derecha con el fin de conservar el impulso angular), estaba el blanco diamante del Sol.

Lo que más le gustaba era mirar los anillos. A la izquierda surgían por detrás de Saturno, una compacta franja triple y de luz anaranjada. A la derecha, sus comienzos se desdibujaban en la sombra nocturna, pero cada vez se veían más cercanos y más anchos. Se agrandaban al acercarse, como la bocina de un cuerno de caza, y se iban volviendo más nebulosos, hasta que al fin llenaban el cielo y se perdían.

Desde la posición de la flota de chatarreros, justo dentro del borde exterior del anillo más alejado de la corteza del planeta, los anillos se dividían y cobraban su verdadera identidad: un imponente conglomerado de fragmentos sólidos, no esa compacta franja de luz que aparentaban ser.

Debajo de Rioz (o, mejor dicho, en la dirección a que apuntaban sus pies), a unos treinta kilómetros, estaba uno de los fragmentos. Parecía una mancha grande e irregular que alteraba la simetría del espacio, con tres cuartas partes brillantes y una sombra nocturna cortante como un cuchillo. Los fragmentos más alejados chispeaban como polvo estelar, opaco y denso, hasta que volvían a adquirir la apariencia de anillos.

Los fragmentos permanecían inmóviles, pero sólo porque las naves habían adoptado una órbita equivalente a la del borde exterior de los anillos.

El día anterior, reflexionó Rioz, había estado en ese fragmento cercano, trabajando con una veintena de compañeros para imprimirle la forma deseada. Mañana estaría de nuevo allí.

Hoy flotaba en el espacio.

—¿Mario? —preguntó una voz por los auriculares.

Rioz sintió fastidio. Maldición, no estaba de humor para compañías.

—Al habla —contestó.

—Me pareció haber localizado tu nave. ¿Cómo estás?

—Bien. ¿Eres tú, Ted?

—Correcto —dijo Long.

—¿Algún problema con el fragmento?

—Ninguno. Estoy flotando.

—¿Tú?

—También a mí me gusta de vez en cuando. Es hermoso, ¿verdad?

—Muy bonito —convino Rioz.

—Ya sabes que he leído libros terrícolas...

—Libros terrosos, querrás decir.

Rioz bostezó y notó que le costaba sentir rencor.

—... y a veces leía descripciones de gente tumbada en la hierba —continuó Long—. ¿Recuerdas? Esa cosa verde, como largos y delgados trozos de papel, que había en el suelo. Bueno, pues contemplan el cielo azul poblado de nubes. ¿Has visto alguna película sobre eso?

—Claro. No me llamó la atención. Parecía frío.

—Sin embargo, yo creo que no lo es. La Tierra está muy cerca del Sol, y dicen que la atmósfera tiene suficiente grosor para retener el calor. Debo admitir que personalmente odiaría estar bajo el cielo abierto, sin nada encima salvo mi ropa común. Pero supongo que a ellos les agrada.

—Los terrosos están chiflados.

—Hablan de árboles, de tallos grandes y pardos y de vientos..., ya sabes, los movimientos de aire.

—Te refieres a las corrientes. Por mí que se las guarden.

—No importa. Lo interesante es que lo describen de un modo bello, casi apasionadamente. Muchas veces me he preguntado qué se sentiría, si era algo que sólo los terrícolas podían sentir. Creía perderme algo vital. Ahora sé cuál debe de ser la sensación. Es ésta. Una paz plena en medio de un universo impregnado de belleza.

—A los terrosos no les gustaría. Están tan habituados a su asqueroso mundo que no sabrían apreciar esta sensación de flotar mirando a Saturno.

Movió el cuerpo y comenzó a mecerse en torno del centro de su masa, lenta y apaciblemente.

—Sí, opino lo mismo —dijo Long—. Son esclavos de su planeta. Aunque fueran a Marte, sólo sus hijos se sentirían libres. Alguna vez habrá naves estelares; enormes aparatos que podrán trasladar a miles de personas y conservar su equilibrio autónomo durante decenios, quizá siglos. La humanidad se diseminará por la galaxia. Pero la gente tendrá que pasarse la vida a bordo, a menos que se desarrollen nuevos métodos de viaje interestelar, así que serán los marcianos, no los terrícolas, quienes colonizarán el universo. Es inevitable. Tiene que ser así. Es el estilo marciano.

Pero Rioz no respondió. Se había vuelto a dormir, meciéndose suavemente a ochocientos mil kilómetros de Saturno.

7

Trabajar en el fragmento del anillo era el reverso de la moneda. La falta de peso, la paz y la intimidad de la flotación espacial se reemplazaban por algo que no tenía paz ni intimidad. Incluso la falta de peso, que seguía estando presente, era más un purgatorio que un paraíso en esas nuevas condiciones.

Por ejemplo, para manejar un proyector térmico no portátil. Se podía levantar aunque tuviera dos metros de altura y de anchura y fuera de metal sólido, pues pesaba sólo unos gramos.

Pero su inercia era la misma de siempre, con lo cual había que moverlo muy despacio para que no pasara de largo, arrastrando al hombre que lo llevaba, que entonces tenía que activar el campo de seudogravedad del traje y frenar bruscamente.

Keralski había activado el campo a demasiada intensidad y frenó violentamente, y el proyector bajó con él en un ángulo peligroso. Su tobillo triturado fue la primera baja que sufrió la expedición.

Rioz maldecía sin cesar. No podía deshacerse del acto reflejo de enjugarse el sudor de la frente con la mano y, en consecuencia, el metal chocaba contra el silicio con un estrépito que resonaba ensordecedoramente dentro del traje, pero sin que le sirviera de nada.

Los secadores internos del traje aspiraban a toda potencia, recuperando el agua y vertiendo un líquido purificado en el receptáculo correspondiente.

—¡Demonios, Dick —gritó Rioz—, aguarda a que te dé la orden!

—Bueno, y ¿cuánto tiempo tendré que esperar? —replicó Swenson.

—¡Hasta que yo diga!

Reforzó la seudogravedad, alzó el proyector y redujo la seudogravedad para que el proyector permaneciera en su sitio unos minutos aunque él retirara su apoyo. Apartó el cable (se extendía más allá del cercano «horizonte», hasta una fuente energética que estaba fuera de la vista) y activó el mecanismo.

El material de que estaba compuesto el fragmento burbujeó y se deshizo. Una sección del borde de la enorme cavidad que ya habían abierto se derritió, limando una aspereza del contorno.

—Prueba ahora —dijo Rioz.

Swenson estaba a bordo de la nave y se cernía cerca de la cabeza de Rioz.

—¿Todo preparado? —preguntó.

—Te he dicho que comenzaras.

Un débil chorro de vapor brotó de una tobera de proa. La nave descendió hacia el fragmento. Otro chorro corrigió un desvío lateral. La nave descendió en línea recta.

Un chorro de popa aminoró la velocidad.

Rioz observaba en tensión.

—Continúa bajando. Lo lograrás. Lo lograrás.

La popa de la nave penetró en la cavidad. Las paredes se aproximaron cada vez más al borde. Hubo un chirrido vibrante cuando la nave se detuvo.

Esa vez fue Swenson quien maldijo.

—No entra —protestó.

Rioz arrojó el proyector al suelo, airado, lo que le hizo agitarse en el espacio. El proyector elevó una nube de polvo cristalino y, cuando Rioz bajó por la seudogravedad, ocurrió otro tanto.

—¡Entraste torcido, estúpido terroso!

—¡Entré derecho, mugriento granjero!

Las toberas laterales de la nave escupieron un chorro más potente y Rioz saltó para apartarse del camino.

La nave salió de la cavidad y se elevó unos ochocientos metros en el espacio, hasta que las toberas de proa la frenaron.

—Destrozaremos la nave si fallamos de nuevo —gruñó Swenson—. Hazlo bien, ¿quieres?

—Lo haré bien, no te preocupes. Pero desciende derecho.

Rioz dio un brinco y ascendió trescientos metros para tener una visión general de la cavidad. Las marcas de la nave eran claras. Estaban concentradas en el borde superior del orificio. Corregiría eso.

El borde comenzó a derretirse bajo el chorro del proyector.

Media hora después, la nave se acomodó en la cavidad, y Swenson salió en su traje espacial para unirse a Rioz.

—Si quieres subir a bordo para quitarte el traje, yo me encargaré del hielo.

—Está bien así —dijo Rioz—. Prefiero quedarme aquí viendo a Saturno.

Se sentó en el borde de la cavidad. Había una brecha de dos metros entre el orificio y la nave. En algunos puntos del círculo era de medio metro y en otros, de pocos centímetros. No se podía efectuar un trabajo más exacto. El ajuste final se lograría evaporando hielo y permitiendo que se congelara dentro de la cavidad, entre el borde y la nave.

Saturno se desplazaba por el cielo y su vasta mole se hundía en el horizonte.

—¿Cuántas naves quedan por colocar? —preguntó Rioz.

—Según he oído quedaban once. Nosotros ya hemos entrado, así que sólo quedan diez. Siete de las que han entrado están montadas, y hay dos o tres desmanteladas.

—Vamos bien.

—Aún queda mucho por hacer. No olvides las toberas principales del otro extremo. Y los cables y las líneas energéticas. A veces me pregunto si lo lograremos. Durante el viaje no me preocupaba tanto, pero ahora estaba sentado ante los controles y me repetía: «No lo lograremos. Nos moriremos de hambre con Saturno sobre nuestras cabezas». Hace que me sienta...

No explicó cómo le hacía sentirse; simplemente se quedó donde estaba.

—Piensas demasiado —dijo Rioz.

—Para ti es distinto. Yo pensaba en Peter y en Dora...

—¿Por qué? Ella te dijo que podías venir, ¿verdad? El comisionado le echó ese discurso sobre el patriotismo, le dijo que serías un héroe y que tendrías la vida solucionada cuando regresaras, así que te dejó venir. No te escapaste, como Adams.

—Adams es diferente. Tendrían que haber liquidado a su esposa cuando nació. Algunas mujeres te hacen la vida imposible. Ella no quería que viniera, pero tal vez hubiera preferido que él no regresara, siempre y cuando le pagaran la indemnización.

—Entonces, ¿cuál es tu problema? Dora quiere que regreses, ¿no?

Swenson suspiró.

—Nunca la he tratado bien.

—Le cediste tu paga. Yo no haría eso por ninguna mujer. Sólo pago por lo que recibo, ni un céntimo más.

—No es por el dinero. Aquí me he puesto a pensar. A una mujer le gusta tener compañía. Un hijo necesita al padre. ¿Qué estoy haciendo aquí?

—Preparándote para volver a casa.

—¡Bah, tú no entiendes nada!

8

Ted Long recorría la escabrosa superficie del fragmento con un ánimo tan helado como el suelo que pisaba. En Marte le había parecido que era algo perfectamente lógico. Lo analizó todo una y otra vez con sumo cuidado. Aún recordaba su razonamiento.

No se necesitaba una tonelada de agua para desplazar cada tonelada de la nave. La ecuación no era masa igual a masa, sino masa por velocidad igual a masa por velocidad. En otras palabras, no importaba que uno disparase una tonelada de agua a un kilómetro por segundo o cincuenta kilos de agua a veinte kilómetros por segundo. La nave alcanzaba la misma velocidad final.

Eso significaba que las toberas debían ser más estrechas y que el vapor tenía que estar más caliente. Pero entonces aparecieron los problemas. Cuanto más estrecha era la tobera, más energía se perdía por fricción y turbulencia. Cuanto más caliente estaba el vapor, más refractaria tenía que ser la tobera y menos duraba. Llegaron muy pronto al límite.

Además, con una tobera estrecha, un determinado peso de agua podía desplazar un peso muy superior, así que era conveniente un tamaño grande. Cuanto mayor era el espacio para el almacenamiento de agua, tanto mayor era también el tamaño de la ojiva, incluso en proporción. Así que comenzaron a construir naves de mayor tamaño y más pesadas, pero cuanto mayor hacían el casco más gruesos eran los refuerzos, más difíciles las soldaduras, más agotadores los requerimientos técnicos. También en ese aspecto habían llegado al límite.

Hasta que se descubrió lo que parecía ser el defecto básico: la idea de que el combustible se debía guardar dentro de la nave. Había que construir un aparato de metal capaz de albergar un millón de toneladas de agua.

¿Por qué? El agua no tenía por qué ser agua. Podía ser hielo, y el hielo era moldeable. Podían abrir orificios en él, y las ojivas y las toberas encajarían en su interior y los cables sujetarían firmemente las ojivas a las toberas por el influjo de los campos de fuerza magnéticos.

Long sintió el temblor del suelo que pisaba. Se encontraba en la parte superior del fragmento. Una docena de naves entraban y salían por cavidades horadadas en el hielo, y el fragmento temblaba por el efecto del impacto continuo.

No era preciso extraer el hielo. Existía en moles adecuadas en los anillos de Saturno. Eso eran los anillos: trozos de hielo rotando en torno del planeta. Así lo afirmaba la espectroscopia y así había resultado en la realidad. En ese momento se encontraba sobre uno de esos fragmentos de tres kilómetros de longitud y un kilómetro de grosor; quinientos millones de toneladas de agua en una sola pieza, y él estaba encima.

Y se enfrentaba cara a cara con la realidad de la vida. Nunca les había informado a los hombres de cuánto tardarían, según sus cálculos, en transformar un fragmento en una nave, aunque él pensaba que serían dos días. Pero ya había pasado una semana y prefería no pensar en cuánto faltaba. Ya no confiaba en que la tarea fuera posible. ¿Podrían controlar las toberas con suficiente precisión mediante cables extendidos a lo largo de tres kilómetros de hielo para liberarse de la poderosa gravedad de Saturno?

El agua potable escaseaba, aunque siempre podrían destilar más a partir del hielo. Y las reservas de alimentos tampoco eran alentadoras.

Miró hacia arriba y entrecerró los ojos. ¿Ese objeto estaba aumentando de tamaño? Intentó calcular la distancia, pero no se encontraba con ánimos para sumar ese problema a los demás. Volvió a las inquietudes más inmediatas.

Al menos, la moral era alta. Los hombres parecían felices de estar ante Saturno. Eran los primeros humanos que llegaban tan lejos, los primeros que habían atravesado los asteroides, los primeros en ver Júpiter como un guijarro resplandeciente a simple vista, los primeros en ver Saturno como lo estaban viendo.

No se esperaba que cincuenta chatarreros pragmáticos y curtidos se tomaran la molestia de sentir una emoción de ese tipo. Pero la sentían. Y estaban orgullosos.

Dos hombres y una nave semienterrada asomaron en el horizonte mientras él caminaba.

—¡Hola! —saludó.

—¿Eres tú, Ted? —preguntó Rioz.

—Claro que sí. ¿Es Dick quien te acompaña?

—Por supuesto. Ven a sentarte. Nos estábamos preparando para afianzarla y buscábamos una excusa para demorarnos.

—Pues yo no —dijo Swenson—. ¿Cuándo partiremos, Ted?

—En cuanto terminemos. No es una respuesta satisfactoria, ¿eh?

—Supongo que no hay otra —se resignó Swenson.

Long miró la mancha brillante e irregular que cubría el cielo.

—¿Qué ocurre? —preguntó Rioz, mirando en la misma dirección.

No respondió en seguida. El resto del cielo estaba negro y los fragmentos de los anillos formaban un polvo anaranjado. Más de las tres cuartas partes de Saturno se hallaban ocultas tras el horizonte y los anillos lo acompañaban. A un kilómetro, una nave rozó el borde helado del asteroide, recibió la anaranjada luz de Saturno y se perdió de vista.

El suelo tembló ligeramente.

—¿Algo te preocupa de la Sombra? —preguntó Rioz.

Así lo llamaban. Era el fragmento más cercano de los anillos; muy cercano, considerando que se encontraban en el borde exterior, donde los fragmentos aparecían esparcidos a bastante distancia. Estaba a treinta kilómetros, una montaña escabrosa y apenas visible.

—¿Cómo lo veis? —preguntó Long.

Rioz se encogió de hombros.

—Supongo que bien. No veo ningún problema.

—¿No te parece que está creciendo?

—¿Por qué iba a crecer?

—¿No da esa impresión?

Rioz y Swenson la miraron pensativamente.

—Sí que parece más grande —dijo Swenson.

—Nos estás metiendo esa idea en la cabeza —protestó Rioz—. Si estuviera creciendo, se estaría aproximando.

—¿Y por qué eso es imposible?

—Estas cosas permanecen en órbitas estables.

—Lo estaban cuando llegamos. Vaya, ¿lo habéis sentido? —El suelo había temblado de nuevo—. Llevamos una semana horadando esto. Primero, veinticinco naves aterrizaron encima, con lo cual alteraron su impulso, aunque no mucho. Luego, derretimos algunas partes y nuestras naves han estado entrando y saliendo sin parar, y todo en el mismo extremo. Dentro de una semana habremos cambiado un poco su órbita. Los dos fragmentos, éste y la Sombra, podrían estar convergiendo.

—Hay bastante espacio como para que choquen. —Rioz se quedó mirando pensativo—. Además, si ni siquiera sabemos con certeza si se está agrandando, ¿a qué velocidad se puede desplazar? En relación con nosotros, quiero decir.

—No tiene que desplazarse rápidamente. Su impulso es tan grande como el nuestro, de modo que, por suave que sea la colisión, nos sacará de nuestra órbita, quizás hacia Saturno, y no queremos ir allí. El hielo tiene una fuerza dúctil muy baja, o sea que ambos podrían hacerse pedazos.

Swenson se puso de pie.

—¡Demonios, si puedo distinguir el movimiento de una cápsula a más de mil quinientos kilómetros, puedo distinguir lo que hace una montaña a treinta!

Se dirigió hacia la nave y Long no lo detuvo.

—Ese tío está nervioso —dijo Rioz.

El planetoide vecino se elevó al cénit, pasó por encima de ellos y comenzó a descender. Veinte minutos después, el horizonte opuesto a esa parte por la que había desaparecido Saturno estalló en una llamarada de color naranja cuando su mole comenzó a elevarse de nuevo.

—Oye, Dick, ¿te has muerto? —preguntó Rioz por radio.

—Estoy verificando —fue la sofocada respuesta.

—¿Se está moviendo? —quiso saber Long.

—Sí.

—¿Hacia nosotros?

Hubo una pausa, y la voz de Swenson sonó preocupada:

—De frente, Ted. Las órbitas se entrecruzarán dentro de tres días.

—¡Estás loco! —aulló Rioz.

—Lo he verificado cuatro veces —dijo Swenson.

¿Qué haremos ahora?, se preguntó Long.

9

Algunos hombres tenían problemas con los cables. Había que tenderlos con precisión; la geometría debía ser casi perfecta para que el campo magnético alcanzara su máxima potencia. En el espacio, o incluso en el aire, no hubiera importado, pues los cables se habrían alineado automáticamente una vez que se activara la potencia.

Pero allí era diferente. Había que cavar una muesca a lo largo de la superficie del planetoide e insertar un cable. Si se desviaba unos pocos minutos del arco de la dirección calculada, se aplicaría una torsión a todo el planetoide, con la consiguiente pérdida de energía, la cual era escasa. En ese caso habría que trazar de nuevo las muescas, mover los cables y enterrarlos en el hielo en nuevas posiciones.

Los hombres trabajaban fatigosamente.

Y entonces recibieron la orden:

—¡Todos con las toberas!

Los chatarreros no eran gente que aceptara la disciplina de buena gana. Mascullando y protestando, se pusieron a desmontar las toberas que aún permanecían intactas y se las llevaron al extremo final del planetoide, las pusieron en posición y tendieron los cables sobre la superficie.

Pasaron veinticuatro horas hasta que uno de ellos miró al cielo y soltó un juramento no reproducible.

—¡Que me cuelguen! —exclamó su vecino.

Pronto todos lo notaron, y aquello se convirtió en el hecho más sorprendente del universo.

—¡Mirad la Sombra!

Se extendía por el cielo como si se tratara de una herida infectada. Los hombres la observaron, notaron que su tamaño se había duplicado y se preguntaron por qué no lo habían visto antes.

La faena se detuvo. Todos asediaron a Ted Long.

—No podemos partir —dijo él—. No tenemos combustible para llegar a Marte ni equipo para capturar otro planetoide, así que debemos quedarnos. La Sombra se acerca porque las perforaciones nos han sacado de nuestra órbita. Tenemos que modificar la situación continuando con la tarea. Como no podemos perforar la parte frontal sin poner en peligro la nave que estamos construyendo, probaremos de otro modo.

Continuaron trabajando con las toberas con una tenaz energía que se intensificaba cada media hora, cuando la Sombra se elevaba de nuevo sobre el horizonte, cada vez más grande y amenazadora.

Long no estaba seguro de que aquello funcionara. Aun cuando las toberas respondiesen a los controles distantes, aun cuando la provisión de agua —que dependía de una cámara de almacenaje que se conectaba directamente con el cuerpo helado del planetoide, con proyectores térmicos que enviaban el fluido propulsor a las células impulsoras— fuese la adecuada, no era seguro que el planetoide, sin un revestimiento de cables magnéticos, se sostuviera ante esas enormes tensiones.

—¡Preparados! —le comunicaron por el receptor.

—¡Preparados! —respondió Long, y cerró el contacto.

La vibración creció en derredor. El campo estelar tembló en la pantalla.

A popa estalló un reluciente penacho de cristales de hielo.

—¡Está funcionando! —gritó alguien.

Siguió funcionando. Long no se atrevía a detenerse. Durante seis horas el chorro sopló, siseó, burbujeó y se evaporó en el espacio. El cuerpo del planetoide se convertía en vapor.

La Sombra se aproximó tanto que los hombres no hacían más que mirar esa montaña en el cielo, aún más espectacular que Saturno. Cada surco y cada valle era una cicatriz visible. Pero cuando atravesó la órbita del planetoide pasó a un kilómetro de donde estaban.

El chorro de vapor cesó.

Long se dobló en su asiento y cerró los ojos. Llevaba dos días sin probar bocado. Ya podía comer. No había ningún otro planetoide cerca que los amenazara, aun cuando comenzase su aproximación en ese mismo instante.

En la superficie, Swenson comentó:

—Mientras veía aproximarse esa condenada roca, no cesaba de repetirme: «Esto no puede pasar. No podemos permitir que ocurra».

—Demonios —dijo Rioz—, todos estábamos nerviosos. ¿Viste a Jim Davis? Estaba verde. Hasta yo me llevé un buen susto.

—No es eso... No era sólo la muerte... Es raro, pero no puedo dejar de recordarlo. Pensaba que Dora no se cansaba de repetirme que no volvería con vida. ¿No es una actitud mezquina en semejante momento?

—Escucha —se impacientó Rioz—, querías casarte y te casaste. ¿Por qué me das la lata con tus problemas?

10

La flota, fusionada en una sola unidad, realizaba su larguísima trayectoria de vuelta desde Saturno a Marte. Cada día, recorrían una distancia que en el viaje de ida les había llevado nueve días.

Ted Long había puesto a toda la tripulación en situación de emergencia. Con veinticinco naves encajadas en el planetoide que le habían arrancado a los anillos de Saturno, sin capacidad para maniobrar independientemente, la coordinación de las fuentes energéticas en chorros unificados se convertía en un problema delicado. Las vibraciones que los sacudieron el primer día de viaje fueron violentísimas.

Pero ese problema disminuyó a medida que se incrementaba la velocidad con el impulso constante. Superaron la marca de ciento cincuenta mil kilómetros por hora al final del segundo día y ascendieron lentamente hasta el millón y medio de kilómetros por hora y más aún.

La nave de Long, que iba a la cabeza de la flota congelada, era la única desde donde se veía el espacio en cinco perspectivas. Eso suponía una posición nada cómoda, dadas las circunstancias. Long vigilaba en un estado de tensión continua, imaginando que pronto dejarían atrás las estrellas, al avanzar con el impulso de esa tremenda multinave.

Era una mera ilusión, desde luego. Las estrellas permanecían clavadas en el fondo negro, y las distancias parecían burlarse con paciente inmovilidad de cualquier velocidad que pudiera llegar a alcanzar el hombre.

Los tripulantes comenzaron a quejarse después de los primeros días. No sólo se los había privado de la flotación espacial, sino que se sentían agobiados por mucho más que la seudogravedad de las naves, debido a los efectos de la brusca aceleración. El propio Long se encontraba extenuado a causa de la implacable presión contra el acolchado hidráulico.

Empezaron a cortar el chorro de las toberas una hora de cada cuatro, y Long andaba preocupado.

Había pasado más de un año desde la última vez que vio Marte, empequeñeciéndose al otro lado de una ventana panorámica de esa misma nave, que entonces constituía una entidad independiente. ¿Qué habría ocurrido desde entonces? ¿Existiría aún la colonia?

Presa de una especie de creciente pánico, enviaba señales de radio a Marte todos los días, con la potencia sumada de las veinticinco naves. No había respuesta. Tampoco la esperaba. Marte y Saturno se encontraban en aquel momento en lugares opuestos del Sol y, hasta que ascendieran muy por encima de la eclíptica y dejaran al Sol más allá de la línea que los conectaba con Marte, la interferencia solar impediría el paso de toda señal.

Alcanzaron la máxima velocidad al bordear por el exterior el Cinturón de Asteroides. Con breves chorros de las toberas laterales, la enorme nave cambió de orientación. Los chorros de popa rugieron una vez más, pero en esa ocasión el resultado fue la desaceleración.

Pasaron a más de ciento cincuenta millones de kilómetros por encima del Sol, descendiendo en una curva que cruzaría la órbita de Marte.

A una semana de Marte, oyeron señales de respuesta por primera vez. Llegaban fragmentadas, quebradas por el éter, incomprensibles; pero procedían de Marte. La Tierra y Venus estaban en ángulos tan distintos que no había duda alguna.

Long se relajó. Al menos, aún quedaba gente en Marte.

A dos días de Marte, la señal se recibió fuerte y clara. Sankov estaba al otro lado:

—Hola, hijo. Aquí son las tres de la madrugada. Parece ser que nadie tiene consideración con un anciano. Me han sacado de la cama.

—Lo lamento, señor.

—No lo lamentes. Cumplían mis órdenes. Tengo miedo de preguntar, hijo. ¿Algún herido? ¿Algún muerto?

—No hubo muertos, señor. Ninguno.

—¿Y el agua? ¿Queda algo?

—Bastante —respondió Long, tratando de quitarle importancia.

—En tal caso, llega cuanto antes. Sin correr ningún riesgo, por supuesto.

—Entonces es que hay problemas.

—Digamos que sí. ¿Cuándo descenderéis?

—Dentro de dos días. ¿Podrá resistir?

—Resistiré.

Cuarenta horas después, Marte era una esfera rojiza que ocupaba todas las ventanas. Iniciaron la última espiral de descenso, y Long no paraba de repetir para sí mismo: «Despacio, despacio». Pues, en esas condiciones, incluso la tenue atmósfera de Marte podía provocar tremendos daños si la atravesaban a demasiada velocidad.

Como llegaban desde muy por encima de la eclíptica, la espiral iba de norte a sur. Un blanco casquete polar apareció debajo y, luego, el casquete más pequeño del hemisferio estival; de nuevo el grande, y el pequeño, a intervalos cada vez más largos. El planeta se aproximaba; el paisaje empezaba a mostrar rasgos.

—¡Preparaos para el descenso! —ordenó Long.

11

Sankov hizo lo posible por demostrar calma, lo cual era difícil, considerando lo extremadamente oportuno que era el regreso de los muchachos. Pero todo había salido bastante bien.

Pocos días atrás, no tenía ninguna seguridad de que hubieran sobrevivido. Lo más probable —casi inevitable— era que sólo fuesen ya cadáveres escarchados en la inexplorada distancia que unía Marte con Saturno, nuevos planetoides que otrora fueron cuerpos vivientes.

Hacía semanas que la comisión andaba importunándolo, insistiendo en que firmase un papel que cubriría las apariencias. Parecía así un acuerdo voluntario. Sankov sabía que, dada la absoluta terquedad por su parte, ellos actuarían unilateralmente mandando al cuerno las apariencias. La elección de Hilder parecía asegurada, y estaban dispuestos a jugar la baza de despertar ciertas simpatías por Marte. Así que prolongó las negociaciones, siempre tranquilizándolos con la posibilidad de una rendición.

Y, en cuanto tuvo noticias de Long, cerró el trato rápidamente.

Le pusieron los papeles delante y él hizo una última declaración ante los periodistas presentes:

—Las importaciones totales de agua de la Tierra suman veinte millones de toneladas por año. Esto va en descenso, a medida que desarrollamos nuestra propia red de tuberías. Si firmo este papel aceptando un embargo, nuestra industria quedará paralizada, y las posibilidades de expansión se detendrán. Supongo que la Tierra no tiene semejante propósito, ¿verdad?

Los periodistas lo miraron y vieron que sus ojos brillaban con dureza. El asambleísta Digby ya había sido reemplazado y todos estaban unánimemente en su contra.

—Todo eso nos lo ha dicho ya otras veces —se impacientó el presidente de la comisión.

—Lo sé, pero ahora estoy dispuesto a firmar y quiero tener claras las ideas. ¿La Tierra está dispuesta a terminar con nuestra colonia?

—Claro que no. La Tierra está interesada en conservar su irreemplazable suministro de agua, nada más.

—En la Tierra hay un trillón y medio de toneladas de agua.

—No podemos desperdiciar el agua —se mostró firme el presidente de la comisión.

Y Sankov había firmado.

Ésa era la nota final que buscaba. La Tierra tenía un trillón y medio de toneladas de agua y no podía desperdiciar ni una gota.

Y, un día y medio después, la comisión y los periodistas se encontraban esperando en la cúpula del puerto espacial. A través de las gruesas y curvas ventanas veían la desierta extensión del puerto espacial de Marte.

—¿Cuánto más hemos de esperar? —preguntó con fastidio el presidente de la comisión—. Y, si no le molesta decirlo, ¿qué es lo que esperamos?

—Nuestros muchachos han estado en el espacio —respondió Sankov—, más allá de los asteroides.

El presidente de la comisión se quitó las gafas y las limpió con un pañuelo blanquísimo.

—¿Y regresan hoy?

—En efecto.

El presidente se encogió de hombros y dirigió una mirada cómplice a los periodistas.

En la sala contigua, mujeres y niños se agolpaban ante otra ventana. Sankov retrocedió un poco para echarles un vistazo. Hubiera preferido estar con ellos, compartir su entusiasmo y su emoción. Él también llevaba esperando más de un año; él también había temido una y otra vez que esos hombres hubieran muerto.

—¿Ven eso? —dijo Sankov, señalando con el dedo.

—¡Vaya! —exclamó un periodista—. ¡Es una nave!

Un confuso griterío sonó en la sala contigua.

No parecía una nave, sino un punto brillante oscurecido por una nube blanca. La nube crecía y tomaba forma; era una estría doble contra el cielo, con extremos inferiores que se arqueaban hacia fuera y hacia arriba. Al descender, el punto brillante de la parte superior cobró una forma vagamente cilíndrica.

Era tosca e irregular, pero reflejaba la luz del Sol con destellos brillantes.

El cilindro descendía con la majestuosa lentitud de las naves espaciales. Iba suspendido sobre los chorros de las toberas y apoyado en toneladas de materia que caían como un hombre cansado que se desploma en una mecedora.

Se hizo el silencio en el interior de la cúpula. Las mujeres y los niños de una sala y los políticos y los periodistas de la otra se quedaron petrificados, mirando incrédulamente hacia arriba.

Los rebordes de aterrizaje del cilindro, extendiéndose muy por debajo de las dos toberas de popa, tocaron tierra y se clavaron en el suelo pedregoso. La nave quedó inmóvil y las toberas se apagaron.

Pero el silencio persistía dentro de la cúpula. Y continuó durante un buen rato.

Bajaron hombres por los flancos de la inmensa nave, descendiendo poco a poco los tres kilómetros que había hasta el suelo, con clavos en los zapatos y picos para el hielo en las manos. Parecían mosquitos en aquella superficie enceguecedora.

—¿Qué es eso? —gruñó uno de los periodistas.

—Eso —le informó Sankov, con calma— es un trozo de materia que giraba en torno de Saturno como parte de sus anillos. Nuestros muchachos le añadieron una ojiva y toberas para traérselo a casa. Ocurre sencillamente que los fragmentos que componen los anillos de Saturno están hechos de hielo. —Hablaba para unos interlocutores silenciosos—. Eso que parece una nave espacial es tan sólo una montaña de agua sólida. Si estuviera en la Tierra, se estaría derritiendo y se partiría bajo su propio peso. Marte es más frío y tiene menos gravedad, así que ese peligro no existe. Por supuesto, en cuanto organicemos esta situación, podremos contar con estaciones de suministro de agua en las lunas de Saturno y de Júpiter y en los asteroides. Tomaremos trozos de los anillos de Saturno y los enviaremos a las diversas estaciones. Nuestros chatarreros son expertos en esa clase de trabajo. Y tendremos toda el agua que necesitemos. Ese fragmento que ven tiene más de un kilómetro cúbico; es decir, lo que la Tierra nos enviaría en doscientos años. Nuestros muchachos gastaron una buena parte para traerlo desde Saturno. Efectuaron el viaje en cinco semanas y utilizaron cien millones de toneladas. Pero esa montaña ni se inmutó. ¿Están tomando nota, muchachos? —Se volvió hacia los periodistas. No había duda de que estaban anotándolo todo—. Pues anoten también esto. La Tierra está preocupada por su provisión de agua. Sólo tiene un trillón y medio de toneladas. No puede cedernos una sola tonelada. Escriban que a los habitantes de Marte nos preocupa la Tierra y no queremos que les suceda nada a sus habitantes. Anoten que venderemos agua a la Tierra, que les daremos montones de millones de toneladas por un precio razonable. Tomen nota de que, dentro de diez años, podremos venderles montones de kilómetros cúbicos. Escriban que la Tierra puede dejar de preocuparse, porque Marte le venderá toda el agua que necesite.

El presidente de la comisión ya no escuchaba. Sentía que el futuro se le estaba cayendo encima. Notó que los periodistas sonreían mientras garabateaban incansablemente.

Estaban sonriendo.

Y esa sonrisa se transformaría en una estentórea carcajada en la Tierra cuando Marte trastocara la situación. La carcajada resonaría en todos los continentes cuando se propagara la noticia del fiasco. Y veía un abismo, profundo y negro como el espacio, donde caerían para siempre las esperanzas políticas de John Hilder y de todos los contrarios al vuelo espacial que quedasen en la Tierra, incluido él.

En la sala contigua, Dora Swenson gritó de alegría, y Peter, que había crecido cinco centímetros, se puso a brincar.

—¡Papá! ¡Papá!

Richard Swenson acababa de bajar del extremo del reborde y avanzaba hacia la cúpula; su rostro era perfectamente visible a través de la silicona transparente del casco.

—¿Alguna vez has visto a alguien tan feliz? —comentó Ted Long—. Tal vez el matrimonio tenga sus ventajas.

—Bah, has pasado demasiado tiempo en el espacio —refunfuñó Rioz.

El dedo del mono

—Sí. Sí. Sí. Sí. Sí. Sí. Sí. Sí. Sí. Sí. Sí. Sí. Sí. Sí. Sí. Sí —dijo Marmie Tallinn en dieciséis tonos e inflexiones, moviendo convulsivamente la nuez de la garganta. Marmie era escritor de ciencia ficción.

—No —dijo Lemuel Hoskins, mirando fríamente a través de los cristales de sus gafas de montura de acero. Lemuel editaba ciencia ficción.

—O sea que no aceptas una verificación científica. No me escuchas. Yo no tengo voto, ¿no?

Marmie se irguió de puntillas, se dejó caer, repitió la operación varias veces y exhaló ruidosamente. Se había arremolinado el pelo con los dedos.

—Uno contra dieciséis —manifestó Hoskins.

—Oye, ¿por qué siempre has de tener tú razón? ¿Por qué he de ser yo siempre el que se equivoca?

—Marmie, reconócelo. A cada uno nos juzgan por lo que somos. Si bajara la difusión de la revista, yo sería un fracaso, estaría en apuros. El presidente de Editorial Espacio no haría preguntas, créeme; simplemente, miraría las cifras. Pero la difusión no baja, sino que sube. Eso indica que soy un buen director. En cuanto a ti..., cuando los directores te aceptan, eres un talento; cuando te rechazan, eres un chapucero. En este momento, eres un chapucero.

—Hay otros directores. No eres el único. —Marmie alzó las manos, con los dedos extendidos—. ¿Sabes contar? Aquí tienes cuántas de las revistas de ciencia ficción que hay en el mercado aceptarían con gusto un cuento de Tallinn, y con los ojos cerrados.

—Enhorabuena.

—Mira. —Marmie suavizó su tono—: Querías dos modificaciones, ¿verdad? Querías una escena introductoria con la batalla en el espacio. Bien, te lo concedí. Aquí está. —Agitó el manuscrito bajo las narices de Hoskins, que se apartó como espantado por el olor—. Pero también querías que en la acción que ocurre en el exterior de la nave espacial intercalara una escena retrospectiva del interior, y eso no puede ser. Si introduzco esa modificación, estropeo un final emocionante, profundo y conmovedor.

Hoskins se reclinó en la silla y se dirigió a su secretaria, que había estado todo el tiempo escribiendo a máquina en silencio. Estaba acostumbrada a esas escenas.

—¿Oye usted, señorita Kane? Habla de emoción, profundidad y conmoción. ¿Qué sabe de eso un escritor? Mira, si intercalas la escena retrospectiva, aumentas el suspense, das solidez al cuento, lo haces más convincente.

—¿Más convincente? —exclamó Marmie—. ¿Me estás diciendo que es convincente que un grupo de hombres a bordo de una nave espacial comience a hablar de política y sociología cuando están a punto de saltar en pedazos? ¡Santo cielo!

—No puedes hacer otra cosa. Si esperas a que el clímax haya pasado y luego hablas de política y sociología, el lector se dormirá.

—Pero trato de decirte que te equivocas y puedo demostrarlo. ¿De qué sirve hablar cuando he preparado un experimento científico...?

—¿Qué experimento científico? —Hoskins se dirigió de nuevo a su secretaria—. ¿Qué le parece, señorita Kane? Sé cree que es uno de sus personajes.

—Pues sucede que conozco a un científico.

—¿A quién?

—Al profesor Arndt Torgesson, que enseña psicodinámica en Columbia.

—Nunca he oído hablar de él.

—Supongo que eso significa muchísimo —replicó Marmie, con desprecio—. Tú nunca has oído hablar de él. Pero es que tú nunca habías oído hablar de Einstein hasta que tus escritores comenzaron a mencionarlo en sus cuentos.

—Muy gracioso, mira cómo me río. ¿Qué pasa con ese Torgesson?

—Ha elaborado un sistema para determinar científicamente el valor de un texto escrito. Es una labor increíble. Es..., es...

—¿Y es secreto?

—Claro que es secreto. No es un profesor de ciencia ficción. En la ciencia ficción, cuando alguien elabora una teoría, la anuncia sin demora a los periódicos. En la vida real no es así. Un científico se pasa años experimentando antes de publicar nada. Eso de publicar es una cosa muy seria.

—Y entonces ¿cómo te has enterado tú? Sólo pregunto.

—Sucede que el profesor Torgesson es un admirador mío. Sucede que le gustan mis cuentos. Sucede que él piensa que soy el mejor escritor del género.

—¿Y te muestra sus trabajos?

—Así es. Yo esperaba que tú revelaras tu tozudez con este cuento, así que le pedí que preparase un experimento. Dijo que lo haría siempre y cuando no habláramos del asunto. Dijo que sería un experimento interesante. Dijo...

—¿Por qué es tan secreto?

—Bueno... —Marmie titubeó—. Mira, supónte que te digo que tiene un mono que sabe escribir a máquina *Hamlet* por sí mismo.

Hoskins miró a Marmie, alarmado.

—¿Qué es esto, una broma? —se volvió hacia la señorita Kane—. Cuando un escritor escribe ciencia ficción durante diez años, es peligroso si está fuera de su jaula.

La señorita Kane siguió mecanografiando a la misma velocidad sin inmutarse.

—Ya me has oído —dijo Marmie—. Un mono común, aún más grotesco que un director cualquiera. Tengo concertada una cita para esta tarde. ¿Vendrás conmigo, o no?

—Claro que no. ¿Crees que voy a abandonar por tus estúpidas bromas una pila de manuscritos de este tamaño? —Se señaló la laringe con un ademán cortante—. ¿Crees que voy a seguirte el juego?

—Si es una broma, Hoskins, te pagaré una cena en cualquier restaurante que tú digas. La señorita Kane es testigo.

Hoskins se reclinó en la silla.

—¿Una cena? ¿Tú, Marmaduke Tallinn, el más célebre parásito de Nueva York, vas a pagar una cuenta?

Marmie hizo una mueca de disgusto, no por la referencia a su habilidad para eludir las cuentas de los restaurantes, sino por la mención de su horrible nombre de pila al completo.

—Lo repito, cenarás donde quieras y lo que quieras. Bistecs, setas, pechuga de pollo, caimán marciano; cualquier cosa.

Hoskins se levantó y recogió su sombrero.

—Por la oportunidad de verte sacar uno de esos viejos y enormes billetes de dólar que guardas en el tacón falso del zapato izquierdo desde 1928, iría andando hasta Boston...

El profesor Torgesson se sentía honrado. Estrechó cordialmente la mano de Hoskins.

—He leído *Relatos espaciales* desde que llegué a este país, señor Hoskins. Es una revista excelente. Y me gustan muchísimo los cuentos del señor Tallinn.

—¿Has oído? —se ufanó Marmie.

—He oído. Marmie dice que usted tiene un mono con talento, profesor.

—Sí, pero esto es confidencial. Aún no estoy preparado para publicar, y la publicidad prematura podría significar mi ruina profesional.

—Esto es estrictamente confidencial, profesor.

—Bien, bien. Siéntense, caballeros, siéntense. —Se puso a caminar—. ¿Le has hablado al señor Hoskins de mi trabajo, Marmie?

—Ni una palabra, profesor.

—Bien. De acuerdo, señor Hoskins, como es usted director de una revista de ciencia ficción, supongo que no tengo que preguntarle si sabe algo sobre cibernética.

Hoskins puso la expresión de quien se concentra intelectualmente.

—Sí, máquinas de computar..., el MIT..., Norbert Wiener...

—Sí, sí. —Torgesson se puso a caminar más deprisa—. Sabrá entonces que se han usado principios cibernéticos para construir ordenadores que juegan al ajedrez. Las reglas de los movimientos ajedrecísticos y el objetivo del juego se integran en los circuitos. Dada una posición cualquiera en el tablero, la máquina puede computar todos los movimientos posibles y sus consecuencias y escoger el que ofrece la mayor probabilidad de vencer. Incluso se puede lograr que tenga en cuenta el temperamento del oponente.

—Ah, sí —dijo Hoskins, acariciándose pensativamente la barbilla.

—Imagine una situación similar, en la que un ordenador recibe un fragmento de una obra literaria, a la cual puede añadir palabras sacadas del vocabulario que tiene incorporado, con el fin de satisfacer así los más elevados valores literarios. Desde luego, habría que enseñarle a la máquina el significado de las diversas teclas de una máquina de escribir. Ese ordenador sería mucho más complejo que una máquina jugadora de ajedrez.

Hoskins se impacientó:

—El mono, profesor. Marmie habló de un mono.

—Pero es que es a eso a lo que voy. Naturalmente, no existe una máquina de tal complejidad. Pero el cerebro humano..., ah, el cerebro humano es un ordenador en sí mismo. Como es lógico, no puedo usar un cerebro humano, pues, lamentablemente, la ley me lo impediría; pero hasta un cerebro de mono, bien manipulado, puede hacer más que cualquier máquina jamás construida por el hombre. ¡Espere! Traeré al pequeño Rollo.

Salió de la habitación. Hoskins aguardó un instante y miró con cautela a Marmie.

—¡Vaya! —exclamó.

—¿Qué ocurre? —preguntó Marmie.

—¿Qué ocurre? Ese hombre es un embaucador. Dime, Marmie, ¿dónde has contratado a este farsante?

Marmie se enfureció.

—¿Farsante? Estás en el clásico despacho de un profesor de Fayerweather Hall, Columbia. Reconoces la Universidad de Columbia, ¿no? Has visto la estatua de Alma Mater en la calle 116. Te señalé el despacho de Eisenhower.

—Claro, pero...

—Y éste es el despacho del profesor Torgesson. Mira la mugre. —Sopló sobre un libro y se levantó una nube de polvo—. Eso basta para demostrar que esto es real. Y mira el título del libro: *Psicodinámica de la conducta humana*, por el profesor Arndt Rolf Torgesson.

—Vale, Marmie, de acuerdo. Existe un Torgesson y estamos en su despacho. No sé cómo te enteraste de que el verdadero profesor estaba de vacaciones ni cómo te las has apañado para usar su despacho; pero no trates de convencerme de que este payaso con sus monos y sus ordenadores es el de verdad. ¡Ja!

—Dado tu temperamento tan suspicaz, sólo puedo deducir que tuviste una infancia muy desdichada y solitaria.

—No es más que el resultado de mi experiencia con los escritores, Marmie. Ya he escogido el restaurante y esto te va a costar bastante dinero.

—No me va a costar un céntimo —gruñó Marmie—. Y calla, que ya vuelve.

Un melancólico mono capuchino se aferraba al cuello del profesor.

—He aquí al pequeño Rollo —dijo Torgesson—. Saluda, Rollo. —El mono se tiró del mechón de pelo—. Me temo que está cansado. Pues bien, aquí tengo una parte de su manuscrito.

Bajó al mono y se lo dejó colgando de un dedo mientras sacaba dos hojas de la chaqueta y se las entregaba a Hoskins, que se puso a leer en voz alta:

—«Ser o no ser, he ahí la alternativa. Si es más digno para la razón tolerar los golpes y los dardos de la despiadada fortuna, o coger las armas contra una hueste de males y enfrentarse hasta ponerles fin. Morir, dormir. Nada más, y con un sueño pensar...». —Alzó la vista—. ¿El pequeño Rollo escribió a máquina esto?

—No exactamente. Es una copia de lo que escribió él.

—Ah, una copia. Bueno, pues el pequeño Rollo no se sabe bien a Shakespeare. Es «coger las armas contra un piélago de males».

Torgesson asintió con la cabeza.

—En efecto, señor Hoskins. Shakespeare escribió «piélago». Pero, verá usted, se trata de una metáfora contradictoria. No se lucha con armas contra un piélago; se lucha con armas contra una hueste o un ejército. Rollo escogió «hueste». Es uno de los pocos errores de Shakespeare.

—Quiero verle escribir a máquina.

—Pues claro. —Colocó una máquina de escribir sobre la mesa. Estaba conectada a un cable, y el profesor lo explicó—: Es necesario usar una máquina eléctrica, pues, de lo contrario, el esfuerzo físico sería agotador. También es preciso conectar al pequeño Rollo a este transformador. —Lo conectó, valiéndose de dos electrodos que sobresalían unos tres milímetros del pelo del cráneo de la criaturilla—. Rollo fue sometido a una delicadísima operación cerebral, en la cual se le conectaron cables a diversas zonas del cerebro. Podemos cancelar sus actividades voluntarias y usar su cerebro como un ordenador. Temo que los detalles serían...

—Quiero verle escribir a máquina —repitió Hoskins.

—¿Qué le gustaría que escribiera?

Hoskins lo pensó en seguida.

—¿Conoce *Lepanto*, de Chesterton?

—No se sabe nada de memoria. Escribe como un ordenador. Usted sólo ha de recitarle un fragmento para que él pueda evaluar la modalidad y computar las consecuencias de las primeras palabras.

Hoskins asintió, hinchó el pecho y declamó:

—Blancas fuentes canturreando en los patios luminosos, y el sultán de Bizancio las contempla sonriente. Una risa cual fontana canta en su torvo semblante, agitando la negrura de ese bosque que es su barba, curvando la purpúrea medialuna de sus labios; pues sus buques estremecen el mar más recóndito del mundo...

—Con eso basta —le interrumpió Torgesson.

Aguardaron en silencio. El mono miraba solemnemente a la máquina de escribir.

—El proceso lleva tiempo, por supuesto —explicó Torgesson—. El pequeño Rollo debe tener en cuenta el romanticismo del poema, el sabor ligeramente arcaico, el fuerte ritmo de sonsonete y demás.

Un dedito negro tocó una tecla. Era una «h».

—No pone mayúsculas —dijo el científico— ni signos de puntuación y aún no sabe usar bien los espacios. Por eso suelo reescribir su trabajo cuando termina.

El pequeño Rollo tocó una «a» y una «n». Luego, al cabo de una pausa prolongada, le dio un golpecito a la barra espaciadora.

—Han —leyó Hoskins.

El mono escribió a continuación: «han desafiado a las blancas republicas de los promontorios de italia han sorteado el adriatico frente al leon de los mares y el papa alzolos bra zos acon gojado y convoco a los reyes de lacristiand ad pidiendo espadas para defender la cruz».

—¡Por Dios! —exclamó Hoskins.

—¿Es así el poema? —preguntó Torgesson.

—¡Santísimo cielo!

—En tal caso, Chesterton realizó un trabajo bueno y coherente.

—¡Virgen bendita!

—¿Ves? —dijo Marmie, sacudiendo el hombro de Hoskins—. ¿Ves? ¿Ves? ¿Ves? ¿Ves?

—¡Que me cuelguen!

—Oye, escucha. —Marmie se restregó el cabello hasta que le quedó en mechones que recordaban el pecho de una cacatúa—. Vamos a lo nuestro. Analicemos mi cuento.

—Bien, pero...

—No sobrepasará la capacidad de Rollo —le aseguró Torgesson—. Con frecuencia le leo párrafos de la mejor ciencia ficción, incluidos algunos relatos de Marmie. Es asombroso el modo en que mejora algunas narraciones.

—No es eso —dijo Hoskins—. Cualquier mono puede escribir mejor ciencia ficción que algunos chapuceros que tenemos nosotros. Pero el cuento de Tallinn tiene trece mil palabras. El mono tardará una eternidad.

—No crea, señor Hoskins, no crea. Yo le leeré el cuento y en el punto crucial le permitiremos continuar.

237

Hoskins cruzó los brazos.

—Adelante. Estoy preparado.

—Yo estoy más que preparado —dijo Marmie, y se cruzó de brazos.

El pequeño Rollo, un guiñapo cataléptico, permaneció sentado mientras la suave voz del profesor subía y bajaba con las cadencias de una batalla espacial y la lucha de los cautivos terrícolas por recuperar la nave perdida.

Uno de los personajes salía al casco de la nave, y Torgesson siguió los cautivantes acontecimientos con embeleso. Leyó:

—... Stalny se quedó petrificado en el silencio de las eternas estrellas. Con un desgarrador dolor de rodilla, aguardó a que los monstruos oyeran el golpe y...

Marmie tiró de la manga del profesor, que dejó de leer y desconectó al pequeño Rollo.

—Eso es —dijo Marmie—. Verá usted, profesor. Aquí es donde Hoskins pretende meter sus sucias manos. Yo continúo la escena fuera de la nave espacial hasta que Stalny logra la victoria y la nave queda en manos terrícolas. Luego, paso a dar las explicaciones. Hoskins quiere que interrumpa esa escena, que regrese al interior, detenga la acción durante dos mil palabras y salga de nuevo. ¿Alguna vez oyó tamaña sandez?

—Dejemos que el mono decida —se irritó Hoskins.

Torgesson conectó al pequeño Rollo, que extendió su dedo negro y arrugado hacia la máquina de escribir. Hoskins y Marmie se inclinaron para mirar por encima del cuerpo encorvado del mono. La máquina imprimió una «e».

—La e —se animó Marmie, asintiendo con la cabeza.

—La e —repitió Hoskins.

La máquina escribió una «n» y comenzó a andar más deprisa: «entraran en acción stalny aguardaba con impotente hor ror aque las camarasdeaire se abrieran y los hostiles alienigenas...».

—Palabra por palabra —observó Marmie, embelesado.

—Desde luego, tiene tu mismo estilo vulgar.

—A los lectores les gusta.

—No les gustaría si tuvieran una edad mental promedio de...

238

Se calló.

—Adelante —lo animó Marmie—. Dilo, dilo. Di que tienen el cociente intelectual de un niño de doce años y repetiré tus palabras en todas las revistas de aficionados del país.

—Caballeros —intervino Torgesson—, caballeros. Molestan al pequeño Rollo.

Se volvieron hacia la máquina de escribir, que aún continuaba: «... las estrellas giraban majestuosamente aunque los sentidos de stal ny insistían en que la nave estaba quieta envezde rotar».

El carro de la máquina retrocedió para iniciar otra línea. Marmie contuvo el aliento. Ahí venía...

Y el dedito se movió y la máquina imprimió un asterisco.

—¡Un asterisco! —exclamó Hoskins.

—Un asterisco —murmuró Marmie.

—¿Un asterisco? —se extrañó Torgesson.

Siguió una línea de nueve asteriscos más.

—Eso es todo, amigo —dijo Hoskins. Y se lo explicó al atónito Torgesson—: Marmie tiene la costumbre de poner una línea de asteriscos cuando quiere indicar un drástico cambio de escena. Y yo quería precisamente un drástico cambio de escena.

La máquina inició un nuevo párrafo: «dentro de la nave...».

—Desconéctelo, profesor —indicó Marmie.

Hoskins se frotó las manos.

—¿Cuándo terminarás la revisión, Marmie?

—¿Qué revisión?

—Dijiste que valdría la versión del mono.

—Claro que sí. Te traje para que lo vieras. Ese pequeño Rollo es una máquina; una máquina fría, brutal y lógica.

—¿Y?

—Y el asunto es que un buen escritor no es una máquina. No escribe con la mente, sino con el corazón. —Se golpeó el pecho y repitió—: El corazón.

—¿Qué pretendes, Marmie? —gruñó Hoskins—. Si me vienes con la monserga del escritor que escribe con el alma y el corazón, me obligarás a vomitar aquí mismo. Sigamos con nuestro trato habitual: escribes cualquier cosa por dinero.

—Escúchame un minuto. El pequeño Rollo corrigió a Shakespeare. Tú mismo lo señalaste. El pequeño Rollo quería que

239

Shakespeare dijera «una hueste de males» y tenía razón desde su punto de vista maquinal. Un «piélago de males» es una metáfora contradictoria. Pero no creerás que Shakespeare no lo sabía; él sabía cuándo romper las reglas, eso es todo. El pequeño Rollo es una máquina que no sabe romper las reglas, pero un buen escritor sabe y debe romperlas. «Piélago de males» tiene más fuerza. Tiene ritmo y potencia. ¡Al cuerno con la metáfora contradictoria! Al pedirme que cambie de escena, estás siguiendo unas normas maquinales para mantener el suspense, de modo que el pequeño Rollo está de acuerdo contigo. Pero yo sé que debo romper la norma para mantener el profundo impacto emocional del final. De lo contrario, lo que obtengo es un producto mecánico que cualquier ordenador puede generar.

—Pero...

—Adelante —siguió Marmie—, vota por lo maquinal. Di que tu capacidad profesional no puede superar al pequeño Rollo.

Hoskins, con un temblor en la garganta, replicó:

—De acuerdo, Marmie, aceptaré el cuento tal como está. No, no me lo des. Mándalo por correo. Tengo que encontrar un bar, si no te importa.

Se puso el sombrero y dio media vuelta para marcharse.

—No le hable a nadie de Rollo, por favor —le recordó Torgesson.

—¿Acaso cree que estoy loco? —masculló Hoskins al cerrar la puerta.

Marmie se frotó las manos, extasiado, cuando tuvo la certeza de que Hoskins se había ido.

—Esto se llama tener cerebro —dijo, apoyándose un dedo en la sien—. He disfrutado de esta venta. Esta venta, profesor, vale por todas las que he hecho, por la suma de todas las demás.

Se desplomó con alegría en una silla. Torgesson levantó al pequeño Rollo.

—Pero, Marmaduke, ¿qué habrías hecho si el pequeño Rollo hubiera escrito tu versión?

Una sombra de pesadumbre cruzó fugazmente por el rostro de Marmie.

—Pues, demonios, es que eso es lo que creí que haría.

Las campanas cantarinas

Louis Peyton nunca comentaba los métodos con los que había burlado a la policía de la Tierra en un sinfín de duelos de ingenio, eludiendo siempre el acecho de la sonda psíquica. Habría sido una tontería revelarlos, pero en sus momentos más complacientes soñaba con redactar un testamento para que se diese a conocer después de su muerte, una declaración que no dejara la menor duda de que su éxito ininterrumpido era obra de la destreza y no de la suerte.

En dicho testamento diría: «No se puede crear una trama falsa para ocultar un delito sin imprimirle alguna huella del creador. Es mejor, pues, buscar en los acontecimientos una trama ya existente y, luego, conformar nuestros actos a dicha trama».

Peyton planeó el asesinato de Albert Cornwell teniendo en mente ese principio.

Cornwell, un minorista de poca monta de mercancía robada, estableció su primer contacto con Peyton cuando éste comía solo en Grinnell's. Cornwell lucía un lustre especial en el traje azul, una sonrisa especial en su arrugado rostro y un brillo especial en el descolorido bigote.

—Señor Peyton, me alegro de verle —saludó a su futuro asesino, sin ninguna aprensión tetradimensional—. Casi había desistido, se lo aseguro, casi había desistido.

Peyton odiaba que le interrumpieran la lectura del periódico y el postre en Grinnell's.

—Si quiere hacer negocios conmigo, Cornwell, sabe dónde encontrarme.

Con sus más de cuarenta años y su cabello entrecano, Peyton aún tenía la espalda erguida, porte juvenil y ojos oscuros, y gracias a una larga práctica había adquirido un tono de voz más cortante.

—No para esto, señor Peyton, no para esto. Sé de un escondrijo de..., ya sabe.

Agitó el índice de la mano derecha, como si fuera un badajo tocando un cuerpo invisible, y se tapó por un momento la oreja con la mano izquierda.

Peyton pasó una página del periódico, todavía algo húmedo del teledistribuidor, lo plegó y dijo:

—¿Campanas cantarinas?

—Oh, baje la voz, señor Peyton —susurró Cornwell, alarmado.

—Acompáñeme.

Atravesaron el parque. Otro de los axiomas de Peyton era que el mejor modo de guardar un secreto era conversar en voz baja al aire libre.

—Un escondrijo de campanas cantarinas —susurró Cornwell—. Una remesa entera. Sin bruñir, pero muy bonitas, señor Peyton.

—¿Usted las ha visto?

—No, señor Peyton, pero he hablado con alguien que las vio. Me dio pruebas suficientes para convencerme. Hay suficiente para que usted y yo nos retiremos con toda opulencia. Con toda opulencia, señor Peyton.

—¿Quién era ese hombre?

Una expresión de picardía iluminó el rostro de Cornwell como una tea humeante, oscureciendo más de lo que mostraba y dándole un aire repulsivo.

—El hombre era un explorador lunar, que tenía un método para localizar campanas en el borde de los cráteres. No conozco el método, pues no me lo reveló, pero reunió muchísimas, las ocultó en la Luna y vino a la Tierra para deshacerse de ellas.

—Supongo que ha muerto.

—Sí. Un desagradable accidente, señor Peyton. Cayó desde una gran altura. Muy triste. Desde luego, sus actividades en la Luna eran absolutamente ilegales. El Dominio es muy estricto en lo referente a la búsqueda de campanas. Así que quizás el destino quiso castigarlo... Sea como fuere, yo tengo su plano.

—No me interesan los detalles de su pequeña transacción —dijo Peyton, con indiferencia—. Pero quiero saber por qué acude a mí.

—Pues bien, hay suficiente para ambos, señor Peyton, y ambos podemos hacer nuestra labor. Por mi parte, yo sé dónde se encuentra el escondrijo y puedo conseguir una nave espacial. Usted...

—¿Sí?

—Usted sabe pilotar una nave espacial y dispone de excelentes contactos para colocar las campanas. Es una justa división del trabajo, señor Peyton, ¿no cree?

Peyton analizó el curso de su vida (el curso ya existente) y las cosas parecían encajar.

—Partiremos para la Luna el 10 de agosto.

Cornwell se detuvo.

—¡Señor Peyton! —exclamó—. Apenas estamos en abril.

Peyton siguió andando y Cornwell tuvo que darse prisa para alcanzarlo.

—¿Me oye usted, señor Peyton?

—El 10 de agosto. Me pondré en contacto con usted en el momento indicado y le diré a dónde llevar la nave. No intente verme personalmente hasta entonces. Adiós, Cornwell.

—¿Mitad y mitad?

—En efecto. Adiós.

Continuó su marcha a solas y analizó de nuevo el curso de su vida. A los veintisiete años había comprado un terreno en las Rocosas, donde un propietario anterior había construido una casa como refugio contra las guerras atómicas que amenazaron el mundo dos siglos atrás, guerras que no llegaron a estallar. Pero la casa seguía en pie; todo un monumento al atemorizado empeño por ser autosuficiente.

Era de acero y hormigón y se hallaba en un sitio muy aislado, muy por encima del nivel del mar y protegida en casi todos los flancos por picos montañosos que se elevaban aún a mayor altura. Tenía una unidad energética independiente, suministro de agua alimentado por arroyos de montaña, congeladores donde cabían cómodamente diez reses, y un sótano equipado como una fortaleza, con un arsenal de armas destinadas a ahuyentar a unas hordas hambrientas y aterrorizadas que nunca llegaron. Había también una unidad de aire acondicionado, que podía purificar el aire hasta limpiar todo rastro de radiactividad.

En esa casa destinada a la supervivencia, Peyton pasaba el mes de agosto de cada año de su vida de solterón empedernido. Desconectaba los comunicadores, la televisión y el teledistribuidor de periódicos. Levantaba un campo de fuerza en torno de la propiedad y dejaba un mecanismo de señales de corta distancia en el punto donde el campo de fuerza se cruzaba con el único sendero que serpeaba por esas montañas.

Durante un mes de cada año permanecía totalmente solo. Nadie lo veía, nadie se comunicaba con él. En absoluto aislamiento, gozaba de las únicas vacaciones que valoraba, al cabo de once meses de contacto con una humanidad por la cual sólo sentía un frío desdén.

Hasta la policía —y Peyton sonrió— sabía que el mes de agosto era sagrado para él. En cierta ocasión se escapó estando bajo fianza, arriesgándose al sondo psíquico, con tal de no perder su descanso de agosto.

Se le ocurrió otro aforismo que podría incluir en su testamento: para aparentar inocencia, nada mejor que la triunfal carencia de una coartada.

El 30 de julio, al igual que el 30 de julio de cada año, Louis Peyton subió al estratojet antigrav de las nueve y cuarto en Nueva York y llegó a Denver a las doce y media. Allí almorzó y tomó el autobús semigrav de las dos menos cuarto para Hump's Point, desde donde Sam Leibman lo llevó en un antiguo vehículo terrestre —¡de gravedad plena!— por el camino que llegaba al límite de su propiedad. Sam Leibman aceptó muy serio la propina de diez dólares que siempre recibía y se despidió tocándose el ala del sombrero, como lo había hecho cada 30 de julio durante quince años.

El 31 de julio, igual que el 31 de julio de cada año, Louis Peyton regresó a Hump's Point en su aeromóvil antigrav y encargó en el almacén general las provisiones necesarias para el mes siguiente. El pedido no tenía nada de insólito, era prácticamente un duplicado de pedidos anteriores.

MacIntyre, administrador de la tienda, examinó con gesto grave la lista, la comunicó al depósito central en Mountain District, Denver, y el pedido llegó al cabo de una hora por el rayo de transferencia de masa. Con ayuda de MacIntyre, Peyton cargó las provisiones en el aeromóvil, dio su habitual propina de diez dólares y volvió a su casa.

El 1 de agosto, a las doce y un minuto, el campo de fuerza que rodeaba la propiedad se activó a plena potencia y Peyton quedó aislado.

Y a partir de entonces fue otro el curso habitual. Deliberadamente se había dejado un margen de ocho días, durante los cuales destruyó meticulosamente las suficientes provisiones como para dar razón de todo el mes de agosto. Usó las cámaras pulverizadoras, que funcionaban como unidad de eliminación de desechos. Eran de un modelo avanzado, capaz de reducir toda la materia, incluidos los metales y los silicatos, a un polvo molecular impalpable e indetectable. La energía excedente que generó ese proceso fue arrastrada por el arroyo de montaña que atravesaba la propiedad, el cual estuvo un par de grados más caliente de lo normal durante una semana.

El 9 de agosto, su aeromóvil lo llevó a un paraje de Wyoming, donde aguardaban Albert Cornwell y una nave espacial. La nave espacial constituía un punto débil, pues alguien la había vendido, alguien la había transportado y alguien había contribuido a prepararla para el vuelo. Pero la pista de toda esa gente sólo conducía hasta Cornwell, y Cornwell (pensó Peyton, con una vaga sonrisa en sus fríos labios) sería la vía muerta donde terminarían todas las pistas. Una vía muy muerta.

El 10 de agosto, la nave espacial, con Peyton a los controles y Cornwell como pasajero, se elevó de la superficie de la Tierra. El campo antigrav era excelente. A plena potencia, el peso de la nave se reducía a menos de treinta gramos. Las micropilas transmitían energía de forma eficaz y silenciosa, y la nave ascendió por la atmósfera sin llamas ni estruendos, se redujo a un punto en el espacio y desapareció.

Era muy improbable que hubiese testigos del vuelo o que, en esos frágiles tiempos de paz, hubiera vigilancia de radar como en días de antaño. De hecho, no había vigilancia en absoluto.

Dos días en el espacio y dos semanas en la Luna. Casi de un modo instintivo, Peyton había dejado desde un principio margen para esas dos semanas. No se hacía ilusiones en cuanto al valor de los planos caseros diseñados por legos en cartografía. Podían ser útiles para el diseñador, que contaba con la ayuda de la memoria, pero para un extraño no eran más que un criptograma.

Cornwell no le mostró a Peyton el plano hasta después del despegue. Sonrió de un modo servil.

—A fin de cuentas, era mi única carta de triunfo.

—¿Lo ha cotejado con mapas de la Luna?

—No sabría cómo hacerlo, señor Peyton. Dependo de usted.

Peyton lo miró fríamente mientras le devolvía el plano. La única referencia cierta era el cráter de Tycho, emplazamiento de la subterránea Ciudad Luna.

En un sentido, al menos, la astronomía estaba a favor de ellos. Tycho se encontraba en el lado diurno de la Luna en ese momento. Eso significaba menos probabilidades de que las naves patrulleras salieran, menos probabilidades de que nadie los viese.

En un alunizaje antigrav arriesgado y rápido, Peyton condujo la nave a la fría y protectora oscuridad de la sombra de un cráter. El sol había pasado su cenit y la sombra ya no se reduciría.

Cornwell puso cara larga.

—Queridísimo señor Peyton, no podemos salir a explorar en pleno día lunar.

—El día lunar no dura eternamente —replicó Peyton—. Nos quedan cien horas de sol. Podemos aprovechar ese tiempo para aclimatarnos y estudiar el plano.

Aunque de mala gana, Cornwell accedió. Peyton estudió los mapas lunares una y otra vez, tomando cuidadosas mediciones y tratando de hallar el patrón de los cráteres en esos garabatos que eran la clave de... ¿De qué?

—El cráter que buscamos podría ser uno de estos tres: GC-3, GC-5 o MT-10 —resolvió finalmente.

—¿Qué hacemos, señor Peyton? —preguntó Cornwell, un tanto angustiado.

—Probaremos suerte en todos, empezando por el más próximo.

El límite de la luz se desplazó y los cubrió la sombra nocturna. Después, ambos pasaron periodos cada vez más largos en la superficie lunar, acostumbrándose al eterno silencio y a la oscuridad, al crudo resplandor de las estrellas y a esa rendija de luz que era la Tierra asomando sobre el borde del cráter. Dejaron huellas huecas en el polvo seco e inmutable. Peyton reparó en ellas cuando salieron del cráter a la luz de la Tierra, casi llena. Eso fue el octavo día después de su llegada a la Luna.

El frío lunar imponía un límite al tiempo de permanencia fuera de la nave. Día a día, sin embargo, lograban resistir más tiempo. Al undécimo día descartaron GC-5 como escondrijo de las campanas cantarinas.

El día decimoquinto, el frío ánimo de Peyton bullía de desesperación. Tenía que ser en el GC-3, pues el MT-10 estaba demasiado lejos. No les daría tiempo a llegar allí, explorarlo y regresar a la Tierra antes del 31 de agosto.

Ese mismo día, por suerte, descubrieron las campanas y la desesperación pasó al olvido.

No eran bonitas; simples masas irregulares de roca gris, grandes como un puño doble, llenas de vacío y ligeras como plumas en la gravedad lunar. Había una veintena, y después del bruñido se podrían vender a razón de cien mil dólares cada una.

Llevaron varias a la nave, las protegieron con virutas de madera y regresaron a buscar más. Tres veces efectuaron el viaje de ida y vuelta por un terreno que en la Tierra los habría extenuado, pero que apenas constituía un obstáculo en la escasa gravedad lunar.

Cornwell le pasó la última campana a Peyton, que la apoyó con cuidado en la cámara de presión.

—Apártelas, señor Peyton —se oyó la voz de Cornwell por la radio—. Voy a subir.

Se agachó para dar un brinco, alzó la vista y se quedó petrificado por el pánico. Su rostro, claramente visible a través de la dura lusilita tallada del casco, se congeló en una última mueca de terror.

—¡No, señor Peyton! ¡No...!

Peyton apretó el gatillo de la pistola de rayos. Estalló un fogonazo y Cornwell se convirtió en un guiñapo muerto, despatarrado entre restos de un traje espacial y moteado de sangre congelada.

Peyton miró sombríamente al cadáver, pero sólo durante un segundo. Luego, trasladó las últimas campanas a los envases ya preparados, se quitó el traje, activó el campo antigrav y las micropilas y, potencialmente más rico que dos semanas atrás, emprendió el viaje de regreso a la Tierra.

El 29 de agosto, la nave descendió silenciosamente de popa en el paraje de Wyoming de donde había partido el 10 de agosto. El cuidado con que Peyton había escogido el sitio estaba justificado. El aeromóvil aún estaba allí, a salvo dentro de una grieta del rocoso y escarpado terreno.

Trasladó los recipientes con las campanas al recoveco más profundo de la grieta, las tapó con tierra. Regresó a la nave para fijar los controles y realizar los últimos ajustes, salió de nuevo y, dos minutos después, se activaron los mandos automáticos del vehículo espacial.

La nave se elevó rumbo al oeste. Peyton la siguió con los ojos entrecerrados hasta que vio un destello de luz y el puntito de una nube en el cielo azul.

Torció la boca en una sonrisa. Había juzgado bien. Al ser inutilizadas las varillas de seguridad de cadmio, las micropilas superaron el nivel de seguridad y la nave se había pulverizado con el calor de la explosión nuclear subsiguiente.

Veinte minutos después se encontraba de vuelta en su propiedad. Estaba cansado y le dolían los músculos por la gravedad de la Tierra. Durmió bien.

Doce horas más tarde, al amanecer, se presentó la policía.

El hombre que abrió la puerta se entrelazó las manos sobre la barriga y saludó moviendo de arriba abajo la cabeza y sonriendo. El hombre que entró, H. Seton Davenport, del Departamento Terrícola de Investigaciones, miró incómodo a su alrededor.

La habitación a la que había entrado era grande y estaba en penumbra, excepto por la brillante lámpara que alumbraba una combinación de sillón y escritorio. Hileras de librofilmes cubrían las paredes. Mapas galácticos colgaban en un rincón de la habitación y una lente de aumento galáctica relucía sobre un soporte en otro rincón.

—¿Es usted el profesor Wendell Urth? —preguntó Davenport, con un tono que sugería incredulidad.

Davenport era un hombre corpulento, de cabello negro y nariz delgada y prominente; en la mejilla, una cicatriz con forma de estrella marcaba para siempre el lugar donde un látigo nervioso lo había golpeado desde muy cerca.

—En efecto —contestó el profesor, con una débil voz de tenor—. Y usted es el inspector Davenport.

El inspector presentó sus credenciales.

—La universidad le ha recomendado como extraterrólogo.

—Eso me dijo usted cuando llamó hace media hora —asintió afablemente Urth.

Tenía rasgos toscos, la nariz era un botón rechoncho y unas gafas gruesas cubrían sus ojos un tanto saltones.

—Iré directamente al asunto, profesor. Supongo que ha visitado usted la Luna...

El profesor, que había sacado una botella de líquido rojizo y dos vasos polvorientos de detrás de una pila de librofilmes arrumbados, dijo con brusquedad:

—Nunca he visitado la Luna, inspector. ¡Ni me propongo hacerlo! El viaje espacial es una tontería. No creo en él. —Y añadió en un tono más suave—: Siéntese. Siéntese. Beba un trago.

El inspector Davenport obedeció.

—Pero usted es...

—Extraterrólogo. Sí, me interesan los otros mundos, pero eso no significa que tenga que ir allí. ¡Por todos los santos! No hay que viajar por el tiempo para ser historiador, ¿verdad? —Se sentó, mostrando una ancha sonrisa en su cara redonda—. Y, ahora, dígame a qué ha venido.

—He venido —dijo el inspector, frunciendo el ceño— a hacerle una consulta sobre un caso de homicidio.

—¿Un homicidio? ¿Y qué tengo que ver yo con el homicidio?

—Este homicidio, profesor, se cometió en la Luna.

—Asombroso.

—Es más que asombroso. No tiene precedente, profesor. Desde que se fundó el Dominio Lunar hace cincuenta años, han estallado naves y los trajes espaciales han sufrido filtraciones; hubo hombres que murieron achicharrados en la parte que da al sol, congelados en el lado oscuro, o sofocados en ambas partes; hubo muertes por caídas, lo cual es una rareza, considerando la gravedad lunar. Pero en todo ese tiempo ningún hombre murió en la Luna como resultado del acto violento y deliberado de otro hombre; hasta ahora.

—¿Cómo se hizo?

—Con una pistola de rayos. Las autoridades acudieron al lugar al poco tiempo, gracias a una afortunada conjunción de circunstancias. Una nave patrulla observó un fogonazo sobre la superficie de la Luna. Ya sabe usted a cuánta distancia se ve un fogonazo en el lado nocturno. El piloto informó a Ciudad Luna y alunizó. Jura que mientras viraba llegó a tiempo de ver, a la luz de la Tierra, el despegue de una nave. Tras alunizar descubrió un cadáver calcinado y huellas.

—Usted supone que el fogonazo procedía de la pistola.

—Eso es seguro. El cadáver era reciente. Había partes internas del cuerpo que aún no se habían congelado. Las huellas pertenecían a dos personas. Mediciones cuidadosas demostraron que las depresiones pertenecían a dos grupos de distinto diámetro, lo que indicaba botas de diferente tamaño. En general conducían a los cráteres GC-3 y GC-5, un par de...

—Estoy familiarizado con el código oficial para designar cráteres lunares —dijo afablemente el profesor.

—Bien. El caso es que GC-3 contenía huellas que conducían a una grieta en la pared del cráter, donde se encontraron restos de piedra pómez endurecida. Los patrones de difracción de rayos X mostraron...

—¡Campanas cantarinas! —exclamó entusiasmado el extraterrólogo—. ¡No me diga que el homicidio tiene que ver con campanas cantarinas!

—¿Por qué? —preguntó Davenport, desconcertado.

—Yo tengo una. Una expedición de la universidad la descubrió y me la regaló a cambio de... Venga, inspector, debo mostrársela.

250

El profesor Urth se levantó y cruzó la habitación, indicándole al inspector con la mano que lo siguiera. Davenport lo siguió de mala gana.

Entraron en otra habitación, más amplia y más oscura que la primera y mucho más atiborrada de objetos. Davenport observó atónito el heterogéneo apilamiento de material, arrumbado sin ninguna pretensión de orden.

Distinguió un montoncito de «esmalte azul» de Marte, algo que algunos románticos consideraban que eran restos de marcianos extinguidos tiempo atrás, un pequeño meteorito, la maqueta de una vieja nave espacial, y una botella sellada, en cuya etiqueta estaba garabateado: «Atmósfera venusina».

—He transformado mi casa entera en museo —dijo con alegría el profesor Urth—. Es una de las ventajas de ser soltero. Claro que no tengo las cosas muy organizadas. Algún día, cuando tenga una semana libre...

Miró en torno con aire de despiste; luego, recordó a qué habían ido y apartó un gráfico, que mostraba el esquema evolutivo de los invertebrados marinos que constituían la forma más avanzada de vida en el Planeta de Barnard.

—Aquí está. Me temo que está deteriorada.

La campana pendía de un alambre, al cual estaba delicadamente soldada. Su deterioro era manifiesto. En el medio había una línea de constricción que le daba el aspecto de dos esferas pequeñas firmes, pero imperfectamente unidas. No obstante, estaba bruñida y presentaba un brillo opaco, grisáceo, aterciopelado y tenía los hoyuelos que los laboratorios, en sus fútiles intentos de fabricar campanas sintéticas, habían encontrado imposibles de imitar.

—He experimentado mucho antes de hallar un badajo adecuado. Pero el hueso funciona. Aquí tengo uno. —Y mostró algo que parecía una cuchara gruesa y corta, hecha de una sustancia blancuzca—. Lo hice con el fémur de un buey. Escuche.

Con sorprendente delicadeza, sus dedos regordetes manipularon la campana buscando el mejor sitio. La acomodó, la equilibró con sumo cuidado y, luego, dejando que se balanceara libremente, dio un golpe suave con el extremo grueso de la cuchara de hueso.

Fue como si un millón de arpas hubieran sonado a un kilómetro de distancia. El tañido crecía, se acallaba y regresaba. No llegaba de ninguna dirección en particular. Sonaba dentro de la cabeza, increíblemente dulce, emocionante y trémulo a un mismo tiempo.

El sonido se extinguió gradualmente y ambos hombres guardaron silencio durante todo un minuto.

—No está mal, ¿eh? —comentó el profesor, y le dio un golpecito a la campana para que se meciera, suspendida del alambre.

Davenport se inquietó. La fragilidad de una buena campana cantarina era proverbial.

—¡Con cuidado! No la rompa.

—Los geólogos dicen que las campanas son sólo de piedra pómez, endurecida a presión y que envuelve un vacío donde pequeñísimos fragmentos de roca se entrechocan libremente. Eso dicen ellos. Pero si eso es todo ¿por qué no podemos imitarlas? Ahora que una campana en perfecto estado haría que ésta pareciera una armónica desafinada.

—Exacto, y no hay en la Tierra ni una docena de personas que posean una campana perfecta, mientras que hay cien personas e instituciones que comprarían una a cualquier precio y sin hacer preguntas. Un surtido de campanas justificaría un homicidio.

El extraterrólogo se volvió hacia Davenport y se ajustó las gafas sobre su pequeña nariz con el índice rechoncho.

—No me he olvidado de su caso de homicidio. Por favor, continúe.

—Seré breve. Conozco la identidad del asesino.

Habían vuelto a sentarse en la biblioteca y el profesor Urth se entrelazó las manos sobre el amplio vientre.

—¿De veras? Entonces, no tendrá ningún problema, inspector.

—Saber y probar no es lo mismo, profesor. Lamentablemente, él no tiene coartada.

—Querrá decir que lamentablemente tiene una coartada.

—He dicho lo que quería decir. Si tuviera una coartada, yo podría destruirla de algún modo, porque sería falsa. Si hubiera testigos que sostuvieran que lo vieron en la Tierra en el momento del asesinato, podría desbaratar sus testimonios. Si él tuviera pruebas documentales, podría demostrar que son fraudulentas. Lamentablemente, no tiene nada de eso.

—¿Qué tiene?

El inspector Davenport describió la finca de Peyton en Colorado.

—Cada mes de agosto se encierra allí en absoluto aislamiento —concluyó—. Hasta el Departamento Terrícola de Investigaciones daría testimonio de ello. Cualquier jurado supondría que se encerró en su finca durante este agosto también, a menos que pudiéramos presentar pruebas contundentes de que estuvo en la Luna.

—¿Qué le hace creer que sí estuvo en la Luna? Tal vez sea inocente.

—¡No! —exclamó Davenport, con vehemencia—. Hace quince años que intento reunir pruebas contra él y nunca lo he conseguido. Pero a estas alturas puedo oler a distancia un crimen de Peyton. Le aseguro que nadie, salvo Peyton, nadie en la Tierra tendría la desfachatez, y tampoco los contactos para ello, de vender campanas cantarinas de contrabando. Se sabe que es un experto piloto espacial. Se sabe que tuvo contacto con la víctima, aunque no durante los últimos meses. Por desgracia, todo eso no prueba nada.

—¿No sería sencillo utilizar la sonda psíquica, ahora que su uso está legalizado?

Davenport frunció el ceño, y la cicatriz de su mejilla palideció.

—¿Ha leído usted la ley Konski-Hiakawa, profesor Urth?

—No.

—Creo que nadie la ha leído. El derecho a la intimidad mental, dice el Gobierno, es fundamental. De acuerdo. Pero ¿cuál es la consecuencia? El hombre que es sometido a la sonda psíquica y demuestra ser inocente del delito por el que se lo sondeó tiene derecho a cualquier compensación que un tribunal esté dispuesto a concederle. En un caso reciente, el cajero de un banco recibió veinticinco mil dólares porque lo sondearon por una errónea sospecha de robo. Las pruebas circunstanciales, que parecían conducir al robo, en realidad conducían a un episodio de adulterio. Este individuo alegó que perdió el empleo, que recibió amenazas por parte del esposo de la mujer, con los consiguientes temores, y, finalmente, que quedó expuesto al ridículo y al agravio cuando un periodista se enteró de los resultados del sondeo. El tribunal aceptó el alegato.

—Entiendo los argumentos de ese hombre.

—Todos los entendemos. Ése es el problema. Y algo más: quien haya sido sondeado una vez por cualquier razón no puede ser sondeado de nuevo por ninguna otra razón. La ley establece que nadie debe poner en peligro su mente dos veces en la vida.

—Eso es un inconveniente.

—Exacto. Desde que se legalizó la sonda psíquica hace dos años, he perdido la cuenta de la cantidad de pillos y de embaucadores que han procurado hacerse sondear como carteristas para, después, dedicarse sin problemas a las grandes estafas. Así que el Departamento no permitirá que se sondee a Peyton hasta que haya pruebas firmes de su culpabilidad. Lo peor de todo, profesor Urth, es que, si nos presentamos ante un tribunal sin la prueba de la sonda psíquica, no podemos ganar. En algo tan serio como el homicidio, hasta el jurado más obtuso entiende que no utilizar la sonda psíquica constituye una prueba clara de que la fiscalía no está segura de sus argumentos.

—¿Qué quiere usted de mí?

—Pruebas de que Peyton estuvo en la Luna en agosto. Hay que actuar deprisa. No puedo mantenerlo mucho tiempo más bajo sospecha. Si se difunde la noticia de este homicidio, la prensa mundial estallará como un asteroide chocando contra la atmósfera de Júpiter. Se trata de un crimen con mucho atractivo, ya me entiende; el primer asesinato en la Luna.

—¿Cuándo se cometió el crimen? —preguntó Urth, adoptando súbitamente un tono de interrogatorio.

—El 27 de agosto.

—¿Y cuándo se efectuó el arresto?

—Ayer, 30 de agosto.

—Entonces, si Peyton fue el asesino, habría tenido tiempo para regresar a la Tierra.

—Apenas. Muy poco. —Davenport apretó los labios—. Si yo hubiera llegado un día antes..., si me hubiese encontrado la casa vacía...

254

—¿Y durante cuánto tiempo supone usted que ambos, víctima y asesino, permanecieron en la Luna?

—A juzgar por el terreno recorrido por las huellas, varios días. Una semana por lo menos.

—¿Han localizado la nave?

—No, y tal vez nunca la encontremos. Hace unas diez horas, la Universidad de Denver informó de un ascenso en la radiactividad de fondo, que empezó a las seis de la tarde de antes de ayer y persistió durante varias horas. Es fácil, profesor, fijar los controles de una nave para que despegue sin tripulantes y estalle a setenta kilómetros de altura por un cortocircuito en la micropila.

—Si yo hubiera sido Peyton —observó pensativamente el profesor—, habría matado al hombre a bordo de la nave y hubiera volado el cadáver y la nave juntos.

—Usted no conoce a Peyton —dijo Davenport, en un tono tétrico—. Disfruta de sus victorias sobre la Ley. Las atesora. Al dejar ese cadáver en la Luna se proponía retarnos.

—Entiendo. —El profesor se dio una palmada en el vientre—. Bien, hay una posibilidad.

—¿De que usted pueda demostrar que él estuvo en la Luna?

—De que yo pueda darle a usted una opinión.

—¿Ahora?

—Cuanto antes, mejor. Siempre que pueda entrevistar al señor Peyton, por supuesto.

—Eso se puede arreglar. Tengo un jet antigrav esperando. Podemos estar en Washington en veinte minutos.

Pero una expresión de profunda alarma cruzó el semblante del rechoncho extraterrólogo. Se levantó y se alejó del agente, recluyéndose en el rincón más oscuro de la habitación.

—¡No!

—¿Qué ocurre, profesor?

—No voy a subir en un jet antigrav. No creo en ellos.

Davenport lo miró desconcertado.

—¿Prefiere un monorraíl?

—Desconfío de todos los medios de transporte. No creo en ellos. Salvo en caminar; no me molesta caminar. ¿No podría traer al señor Peyton a esta ciudad, a poca distancia? Al

Ayuntamiento, quizás. A menudo voy andando hasta el Ayuntamiento.

Davenport miró impotente a su alrededor. Observó los millares de volúmenes que hablaban de los años luz. En la otra habitación se veían los recuerdos de mundos lejanos. Y el profesor Urth palidecía ante la idea de subirse a un jet antigrav. Se encogió de hombros.

—Traeré a Peyton aquí, a esta habitación. ¿Eso le parece bien?

El profesor suspiró aliviado.

—Por supuesto.

—Espero que consiga algo, profesor Urth.

—Haré todo lo posible, señor Davenport.

Louis Peyton observó con disgusto la habitación y con desprecio al hombrecillo gordo que lo saludaba con un movimiento de cabeza. Miró de soslayo el asiento que le ofrecían y lo limpió con la mano antes de sentarse. Davenport se sentó junto a él, manteniendo a la vista la funda de la pistola.

El hombrecillo gordo se sentó sonriendo y se dio una palmada en el redondo vientre, como si acabara de terminar una buena comida y deseara que el mundo entero lo supiese.

—Buenas noches, señor Peyton. Soy el profesor Wendell Urth, extraterrólogo.

Peyton lo miró fijamente.

—¿Y qué quiere de mí?

—Quiero saber si usted estuvo en la Luna en algún momento del mes de agosto.

—No estuve.

—Pero nadie le vio en la Tierra entre el 1 y el 30 de agosto.

—Hice mi vida normal en agosto. Nadie me ve nunca durante ese mes. —Señaló a Davenport con la cabeza—. Él puede decírselo.

El profesor se rió entre dientes.

—Sería fantástico que pudiéramos verificarlo. Si hubiera un modo físico de diferenciar la Luna de la Tierra... Si pudiéramos, por ejemplo, analizarle el polvo del cabello y decir: «Ah, roca

256

lunar». Lamentablemente, no podemos. La roca lunar es muy parecida a la terrícola y, aunque no lo fuera, usted no tendría polvo en el cabello a menos que hubiera salido a la superficie lunar sin traje espacial, lo cual es improbable.

Peyton permaneció impasible.

El profesor Urth continuó, tras sonreír amablemente y subir una mano para acomodarse las gafas precariamente asentadas sobre la nariz.

—Un hombre que recorre el espacio o la Luna respira aire terrícola e ingiere alimentos terrícolas. Lleva encima las condiciones externas de la Tierra, esté en la nave o dentro de un traje espacial. Buscamos un hombre que se pasó dos días en el espacio para ir a la Luna, estuvo por lo menos una semana en la Luna y tardó dos días en regresar de la Luna. Durante todo ese tiempo llevó la Tierra encima, lo cual dificulta las cosas.

—Sugiero que se dificultarán menos si me sueltan y buscan al verdadero asesino.

—Tal vez lleguemos a eso —manifestó el profesor—. ¿Alguna vez ha visto algo parecido a esto?

Bajó la mano regordeta al suelo y recogió una esfera gris que irradiaba destellos opacos. Peyton sonrió.

—Parece una campana cantarina.

—Es una campana cantarina. Las campanas cantarinas fueron la causa del asesinato. ¿Qué opina de ésta?

—Parece muy deteriorada.

—Ah, pero examínela —lo invitó el profesor y, moviendo rápidamente la mano, se la arrojó a Peyton, que estaba a dos metros.

Davenport soltó un grito al tiempo que se ponía de pie. Peyton alzó las manos con esfuerzo, pero con tal rapidez que logró coger la campana.

—¡Necio! —exclamó Peyton—. ¡No la arroje de ese modo!

—Usted siente respeto por las campanas cantarinas, ¿verdad?

—Demasiado como para romperlas. Al menos, eso no es delito.

Acarició la campana, se la acercó al oído, la sacudió y escuchó el suave chasquido de los lunolitos, las pequeñas partículas de piedra pómez que repiqueteaban en el vacío.

Luego, sujetó la campana por el alambre de acero y acarició la superficie con la uña del pulgar, en un movimiento curvo de experto.

Fue como un tañido. Sonó una nota muy dulce y aguda, con un ligero *vibrato* que tardó en extinguirse y evocaba imágenes de un crepúsculo estival.

Por un instante, los tres hombres escucharon ese sonido.

—Devuélvamela, señor Peyton —dijo de pronto el profesor. Levantó la mano en un gesto perentorio y añadió—: ¡Tíremela!

Automáticamente, Louis Peyton arrojó la campana, que trazó un breve arco sin llegar a las manos del profesor, cayó al suelo y se hizo añicos con un gemido discordante.

Davenport y Peyton miraron con idéntica desolación los fragmentos grises, y la voz serena del profesor Urth apenas fue audible:

—Cuando se encuentre el escondrijo de las campanas del criminal, pediré que se me entregue una intacta y debidamente bruñida, como reemplazo y como honorarios.

—¿Honorarios? ¿Por qué? —preguntó Davenport con irritación.

—Creo que es evidente. A pesar de mi pequeño discurso de hace un momento, hay algo de las condiciones externas de la Tierra que ningún viajero espacial lleva consigo, y es la gravedad de la superficie terrestre. El hecho de que el señor Peyton calculase tan erróneamente la distancia al arrojar un objeto que estima tanto significa que sus músculos aún no se han readaptado a la atracción de la gravedad. Es mi opinión profesional, señor Davenport, que su prisionero estuvo lejos de la Tierra en los últimos días. Estuvo en el espacio o en un objeto planetario mucho más pequeño que la Tierra; en la Luna, por ejemplo.

Davenport se levantó triunfalmente.

—Quiero esa opinión por escrito —dijo, apoyando la mano en la pistola—, y eso bastará para conseguir la autorización de utilizar la sonda psíquica.

Louis Peyton, atónito y desconcertado, sólo atinó a comprender que cualquier testamento que dejara tendría que incluir el relato de su fracaso final.

La piedra parlante

El cinturón de asteroides es vasto y su población humana escasa.

Larry Vernadsky, al séptimo mes de su estancia de un año en la Estación Cinco, se preguntaba cada vez más si su sueldo compensaba ese encierro en solitario a más de cien millones de kilómetros de la Tierra. Era un joven menudo que no poseía el porte de un ingeniero en espacionáutica ni el de un minero de los asteroides. Tenía ojos azules, cabello del color de la mantequilla y un aire de inocencia que ocultaba una mente ágil y una curiosidad agudizada por el aislamiento.

Tanto el aire de inocencia como la curiosidad le fueron útiles a bordo de la *Robert Q.*

Cuando la *Robert Q* se posó en la plataforma externa de la Estación Cinco, Vernadsky subió a ella de inmediato, con un aire de ávido deleite que en un perro habría ido acompañado por el movimiento de la cola y una alegre cacofonía de ladridos.

No se amilanó ante el silencio huraño y el rostro severo con que el capitán de la *Robert Q* recibió sus sonrisas. En lo concerniente a Vernadsky, la nave era una compañía ansiada y bienvenida. Bienvenida en la medida de los millones de litros de hielo o las toneladas de alimentos concentrados y congelados que se apilaban en el asteroide hueco que era la Estación Cinco. Vernadsky estaba preparado con cualquier herramienta que fuera necesaria, con cualquier repuesto que se necesitara para cualquier motor hiperatómico.

Sonreía como un niño mientras rellenaba el formulario de rutina, que luego sería convertido a lenguaje informático para los archivos. Anotó el nombre y el número de serie de la nave, el número del motor, el número del generador de campo y todos los demás, el puerto de embarque («asteroides, muchísimos de ellos, no sé cuál fue el último», y Vernadsky anotó simplemente «cinturón», que era la abreviatura habitual para «cinturón de asteoires»), el puerto de destino («la Tierra»), y la razón para esa escala («carraspeos en el motor hiperatómico»).

—¿Cuántos tripulantes, capitán? —preguntó Vernadsky, echando una ojeada a los papeles de la nave.

—Dos. ¿Por qué no miras el motor? Tenemos que entregar un embarque.

El capitán tenía las mejillas oscurecidas por la barba crecida y el aplomo de un curtido minero de los asteroides, pero hablaba como un hombre educado, casi culto.

—Claro.

Vernadsky llevó su equipo de diagnosis a la sala de máquinas, seguido por el capitán. Con soltura y eficiencia, comprobó los circuitos, el grado de vacío y la densidad del campo de fuerza.

El capitán lo intrigaba. A pesar de que a él le disgustaba estar donde estaba, comprendía que algunos sintieran fascinación por la vastedad y la libertad del espacio. Pero intuía que ese capitán no era minero de los asteroides sólo por amor a la soledad.

—¿Trabaja con un tipo específico de mineral? —preguntó.

—Cromo y manganeso —contestó lacónicamente el capitán, con el ceño fruncido.

—¿De veras? Yo que usted reemplazaría el tubo múltiple Jenner.

—¿Es ésa la causa de los problemas?

—No. Pero está bastante vapuleado. Dentro de un millón y medio de kilómetros puede tener otro fallo. Mientras tenga la nave aquí...

—De acuerdo, reemplázalo. Pero encuentra ese carraspeo.

—Hago todo lo posible, capitán.

El capitán había hablado con tanta rudeza que hasta Vernadsky se amilanó. Siguió trabajando en silencio y luego se puso de pie.

—Tiene un semirreflector enturbiado por rayos gamma. Cada vez que el haz de positrones cierra su círculo, el motor se apaga durante un segundo. Tendrá que reemplazarlo.

—¿Cuánto tiempo tardará?

—Varias horas. Doce, tal vez.

—¿Qué? Voy con retraso.

—Lo lamento —dijo Vernadsky, de buen humor—. No puedo hacer milagros. Hay que limpiar el sistema con helio durante tres horas para que yo pueda entrar. Y luego hay que calibrar el nuevo semirreflector, y eso lleva tiempo. Podría repararlo a la ligera en cuestión de minutos, pero sólo a la ligera. Dejaría de funcionar antes de que usted llegara a la órbita de Marte.

El capitán frunció el ceño.

—Adelante. Manos a la obra.

Vernadsky llevó el tanque de helio a bordo de la nave. Con los generadores seudograv apagados no pesaba casi nada, pero seguía teniendo toda su masa y su inercia. Eso significaba que debía manipularlo con cuidado en cada recodo. Las maniobras resultaban aún más difíciles porque Vernadsky carecía de peso.

Como concentraba toda su atención en el cilindro, se equivocó al doblar un recodo y, de pronto, se halló en una sala extraña y en penumbra.

Dio un grito, sobresaltado, y dos hombres se abalanzaron sobre él, empujaron el cilindro y cerraron la puerta.

Guardó silencio mientras conectaba el cilindro a la válvula de entrada del motor y escuchaba el ronroneo del helio que bañaba el interior, absorbiendo los gases radiactivos para lanzarlos al vacío del espacio.

Pero finalmente la curiosidad prevaleció sobre la prudencia.

—Tiene un siliconio a bordo, capitán. Y es grande.

El capitán se volvió lentamente hacia Vernadsky.

—¿En serio? —dijo en un tono inexpresivo.

—Lo he visto. ¿Me deja echar otra ojeada?

—¿Por qué?

—Oh, vamos, capitán —protestó Vernadsky, en un tono de súplica—. Hace más de medio año que estoy en esta roca. He leído todo lo que he podido sobre los asteroides, lo cual significa toda clase de cosas sobre los siliconios. Y nunca he visto uno, ni siquiera uno pequeño. Hágame el favor.

—Creo que tienes trabajo que hacer.

—Sólo el bañado de helio durará horas. No se puede hacer nada más hasta que eso esté terminado. ¿Cómo es que tiene un siliconio, capitán?

—Es una mascota. A algunos les gustan los perros. A mí me gustan los siliconios.

—¿Le ha hecho hablar?

El capitán se sonrojó.

—¿Por qué lo preguntas?

—Algunos hablan. Los hay que incluso leen la mente.

—¿Qué pasa, eres experto en esas malditas cosas?

—He leído sobre ellas, ya se lo he dicho. Vamos, capitán. Echemos una ojeada.

Vernadsky trató de no mostrar que era consciente de que tenía al capitán enfrente y a un tripulante a cada lado. Todos eran más corpulentos y fornidos que él, y todos —estaba seguro— portaban armas.

—Bien, ¿qué hay de malo? —insistió—. No pienso robarlo. Sólo quiero verlo.

Quizá la inconclusa tarea de reparación le salvó el pellejo. O quizá fue ese aire de inocencia jovial y un poco boba.

—De acuerdo, vamos —dijo el capitán.

Y Vernadsky lo siguió, con su ágil mente en funcionamiento y el pulso acelerado.

Vernadsky miró con suma reverencia y cierta repulsión a la criatura gris. Era cierto que nunca había visto un siliconio, aunque sí había visto fotos tridimensionales y había leído descripciones de ellos. Pero en una presencia real hay algo que ni las palabras ni las fotos pueden reemplazar.

Tenía la piel gris, lisa y aceitosa. Los movimientos eran lentos, como convenía a una criatura que se refugiaba en la piedra y era semipétrea. No había músculos en movimiento debajo de la piel, sino que se movía a trozos, como el deslizamiento, una sobre otra, de finas capas de piedra.

Su forma era ovoide; redondeada arriba y chata abajo, con dos conjuntos de apéndices. Debajo estaban las «patas», dispuestas en forma radial. Eran seis en total y terminaban en bordes de afilado pedernal, reforzados por sedimentos de metal. Esos bordes podían atravesar una roca y partirla en porciones comestibles.

En el vientre chato de la criatura, que no se veía a menos que el silicionio se encontrara tumbado sobre el lomo, estaba la única abertura, por donde entraban al interior las rocas fragmentadas. Dentro, la piedra caliza y los silicatos hidratados reaccionaban para formar las siliconas que constituían los tejidos de la criatura. El sílice excedente era escupido por la abertura, en forma de excreciones blancas, duras y pedregosas.

Los lisos guijarros que yacían desperdigados en cavidades dentro de la estructura rocosa de los asteroides habían intrigado a los extraterrólogos, hasta que descubrieron los silicionios. Y se maravillaron ante el proceso mediante el cual esas criaturas lograban que las siliconas —polímeros de silicona-oxígeno, con cadenas laterales de hidrocarbono— realizaran muchas de las funciones que las proteínas cumplían en la vida terrícola.

Del punto más alto del lomo de la criatura salían los apéndices restantes; dos conos invertidos y huecos, insertados en ranuras paralelas del lomo, pero capaces de elevarse un poco. Cuando el silicionio se sepultaba en la roca, retraía las «orejas» para avanzar sin obstáculos. Cuando descansaba en una caverna hueca, las erguía para obtener una recepción más sensible. Su vaga semejanza con las orejas del conejo hizo inevitable el nombre de silicionio. Los extraterrólogos más serios, que habitualmente llamaban a las criaturas *Siliconeus asteroidea*, pensaban que las «orejas» podían estar relacionadas con los rudimentarios poderes telepáticos que poseían esas bestias. Una minoría pensaba de otro modo.

El silicionio se estaba deslizando despacio sobre una roca embadurnada de aceite. Había otras rocas desparramadas en un rincón de la habitación, y Vernadsky supuso que representaban el suministro alimentario de la criatura. O, al menos, el suministro para la construcción de sus tejidos. Había leído que eso no bastaba para obtener energía.

—Es un monstruo —comentó maravillado Vernadsky—. Mide más de treinta centímetros de largo. —El capitán se limitó a responder con un gruñido—. ¿Dónde lo encontró?

—En una de las rocas.

—Escuche, nadie ha encontrado uno mayor de cinco centímetros. Podría vendérselo a un museo o a una universidad de la Tierra por dos mil dólares.

El capitán se encogió de hombros.

—Bien, ya lo has visto. Volvamos al motor hiperatómico.

Agarró con fuerza el codo de Vernadsky y estaba dando media vuelta cuando los detuvo una voz pausada y con mala pronunciación, una voz resonante y áspera.

Se trataba de una voz configurada por la modulada fricción de roca sobre roca, y Vernadsky miró horrorizado al que hablaba. Era el silicionio, que de pronto se había transformado en una piedra parlante:

—El hombre se pregunta si esta cosa puede hablar.

—¡Santísimo espacio! —susurró Vernadsky—. ¡Habla!

—De acuerdo —dijo con impaciencia el capitán—, ya lo has visto y lo has oído. Vámonos.

—Y lee la mente —añadió Vernadsky.

—Marte gira en dos cuatro horas tres siete y medio minutos —dijo el silicionio—. La densidad de Júpiter es uno coma dos dos. Urano fue descubierto en el año uno siete ocho uno. Plutón es el planeta más lejos. El Sol es más pesado, con una masa de dos cero cero cero cero cero cero...

El capitán se llevó a Vernadsky a rastras, que, resistiéndose y tropezando, escuchaba fascinado esa voz que seguía repitiendo ceros.

—¿Dónde aprendió el silicionio todo eso, capitán?

—Le leemos un viejo libro de astronomía. Muy antiguo.

—Anterior a la invención del viaje espacial —refunfuñó uno de los tripulantes—. Ni siquiera es una filmación. Está impreso.

—Cállate —le ordenó el capitán.

Vernadsky verificó si el escape de helio contenía radiación gamma y, por fin, llegó el momento de terminar el baño y trabajar en el interior. Era una tarea delicada, y Vernadsky la interrumpió sólo una vez para tomarse un café y descansar.

—¿Sabe qué pienso, capitán? —dijo con una sonrisa inocente—. Esa cosa vive dentro de la roca, dentro de un asteroide durante toda su vida. Cientos de años, tal vez. Es una criatura enorme y quizá mucho más lista que el silicionio común. Usted la recoge y ella descubre que el universo no es de roca. Descubre millones de cosas que no imaginaba. Por eso le interesa la astronomía; por este mundo nuevo, estas ideas nuevas que capta en el libro y en la mente humana. ¿No le parece?

Estaba desesperado por sonsacarle al capitán algún dato concreto que confirmara sus deducciones. Ésa era la razón de que se arriesgase a decir lo que no debía de ser sino una parte de la verdad; la parte más pequeña, desde luego.

Pero el capitán, apoyándose contra una pared con los brazos cruzados, se limitó a decir:

—¿Cuándo terminarás?

Fue su último comentario y Vernadsky tuvo que darse por satisfecho. El motor quedó ajustado a gusto de Vernadsky, y el capitán le pagó una tarifa razonable en efectivo, aceptó el recibo y la nave se marchó en medio de un fogonazo de hiperenergía.

Vernadsky la siguió con la mirada, sin poder contener la excitación, y fue rápidamente al emisor subetérico.

—Debo de estar en lo cierto —murmuró—. Tiene que ser así.

El patrullero Milt Hawkins recibió la llamada en la intimidad de su asteroide, la Estación de Patrulla 72. Se estaba acariciando la barba de dos días, con una lata de cerveza helada en la mano y ante un proyector de filmes, y la expresión melancólica de su rostro rubicundo y mofletudo era producto de la soledad, al igual que la forzada jovialidad de los ojos de Vernadsky.

El patrullero Hawkins miró esos ojos con satisfacción. Aunque sólo fuera Vernadsky, la compañía era compañía. Lo saludó efusivamente y escuchó totalmente el sonido de la voz sin preocuparse demasiado por el contenido de las palabras.

Pero de pronto se despabiló y concentró ambos oídos en su labor.

—Un momento —interrumpió—. ¿De qué estás hablando?

—¿No me has escuchado, tonto polizonte? Te estoy diciendo todo lo que sé.

—Pues dilo poco a poco. ¿Qué pasa con ese siliconio?

—Ese tipo lleva uno a bordo. Lo llama mascota y lo alimenta con piedras grasientas.

—¿Ah, sí? Bueno, mira, un minero de los asteroides llamaría mascota a un trozo de queso si consiguiera que le hablase.

—No es un siliconio cualquiera. No es una de esas criaturillas pequeñas. Tiene casi medio metro de longitud. ¿No entiendes? ¡Santo espacio! Creí que sabías algo sobre los asteroides, ya que vives ahí.

—Bueno, y ¿por qué no me lo explicas?

—Mira, las rocas grasas generan tejidos, pero ¿de dónde extrae su energía un siliconio de ese tamaño?

—No lo sé.

—Directamente de... ¿Hay alguien cerca de ti?

—Ahora no. Ojalá hubiera alguien.

—Pronto desearás lo contrario. Los siliconios extraen su energía de la absorción directa de rayos gamma.

—¿Quién lo dice?

—Lo dice un tío llamado Wendell Urth. Es un importante extraterrólogo. Más aún, sostiene que para eso están las orejas del siliconio. —Vernadsky se apoyó ambos índices sobre las sienes y los agitó—. No es telepatía. Detectan la radiación gamma en niveles que ningún instrumento humano puede detectar.

—Bien. ¿Y qué pasa con eso? —preguntó Hawkins, pero se estaba preocupando.

—Pues que Urth dice que en ningún asteroide hay radiación gamma suficiente para siliconios de más de cinco centímetros de longitud. No hay radiactividad suficiente. Y éste medirá casi cuarenta centímetros.

—Bueno, y...

—Así que tiene que venir de un asteroide lleno de radiación, recargado de uranio, rebosante de rayos gamma. Un asteroide con radiactividad suficiente como para resultar caliente al tacto y encontrarse alejado de las órbitas regulares, de modo que nadie se ha encontrado con él. Pero supongamos que un chico listo aterrizara en el asteroide por casualidad y reparase en la tibieza de las rocas y se pusiera a pensar. El capitán del *Robert Q* no es un patán. Es un tipo astuto.

—Continúa.

—Supongamos que hace volar trozos de roca para analizarlos y se encuentra con un siliconio gigante. Ahora es consciente de que ha dado con la más increíble veta de la historia. Y no necesita hacer análisis. El siliconio puede guiarlo hasta los filones ricos.

—¿Por qué?

—Porque quiere aprender cosas acerca del universo. Porque se ha pasado un milenio bajo la roca y acaba de descubrir las estrellas. Sabe leer la mente y podría aprender a hablar. Puede llegar a un acuerdo. Y, oye, el capitán aceptaría sin remilgos. La explotación de uranio es monopolio estatal. A los mineros sin licencia ni siquiera se les permite llevar contadores. Es un plan perfecto para el capitán.

—Quizá tengas razón.

—Sin quizá. Deberías haber visto cómo me vigilaban mientras yo observaba al siliconio, dispuestos a abalanzarse sobre mí en cuanto dijera una palabra sospechosa. Tendrías que haber visto cómo me sacaron a rastras.

Hawkins se acarició con la mano la barbilla sin afeitar y calculó mentalmente cuánto tardaría en afeitarse.

—¿Durante cuánto tiempo puedes retenerlo en la estación?

—¡Retenerlo! ¡Santo espacio! ¡Se ha ido ya!

—¿Qué? Entonces ¿de qué demonios hablas? ¿Por qué le dejaste escapar?

—Eran tres tipos más corpulentos que yo, armados y dispuestos a matar. ¿Qué querías que hiciera?

—De acuerdo. ¿Y qué hacemos ahora?

—Salir a buscarlos. Será sencillo. Les reparé los semirreflectores, pero los reparé a mi manera. Antes de los quince mil kilómetros se quedarán sin energía. Además, instalé un rastreador en el tubo múltiple Jenner. —Hawkins miró boquiabierto el rostro risueño de Vernadsky y soltó una exclamación—. Y no le cuentes esto a nadie. Sólo tú, yo y la nave patrulla. Ellos no tendrán energía y nosotros tendremos un par de cañones. Nos dirán dónde queda el asteroide de uranio, lo localizamos y, luego, nos comunicamos con tu jefatura y les entregamos tres, repito, tres contrabandistas de uranio, un siliconio gigantesco, como jamás vio ningún terrícola, y una, repito, una enorme y gorda veta de uranio como tampoco ha visto jamás ningún terrícola. Y tú asciendes a teniente y yo consigo un puesto en la Tierra. ¿Te parece?

Hawkins estaba perplejo.

—Vale. Voy para allá.

Estaban casi encima de la nave cuando la detectaron ocularmente por el débil destello de la luz reflejada del sol.

—¿No les dejaste energía suficiente para las luces? —preguntó Hawkins—. No habrás desconectado el generador de emergencia, ¿verdad?

Vernadksy se encogió de hombros.

—Están ahorrando energía, con la esperanza de que alguien los rescate. Apuesto a que ahora están usando toda la que tienen en una llamada subetérica.

—En tal caso —dijo secamente Hawkins—, no la recibiré.

—¿No lo harás?

—En absoluto.

La nave patrulla se aproximó más. Su presa, sin energía, iba a la deriva a quince mil kilómetros por hora.

La nave patrulla se le acercó.

—¡Oh, no! —exclamó Hawkins, consternado.

—¿Qué sucede?

—La nave ha sufrido un impacto. Algún meteorito. Dios sabe que los hay a montones en el cinturón de asteroides.

El rostro y la voz de Vernadsky evidenciaron un repentino abatimiento.

—¿Un impacto? ¿La nave está destrozada?

—Tiene un boquete del tamaño de la puerta de un establo. Lo lamento, Vernadsky, pero esto no tiene buena pinta.

Vernadsky cerró los ojos sintiendo un nudo en la garganta. Sabía a qué se refería Hawkins. Había efectuado una reparación defectuosa a propósito, lo cual se podía juzgar como delito. Y una muerte como consecuencia de un delito era homicidio.

—Oye, Hawkins, tú sabes por qué lo hice.

—Sé lo que me dijiste y lo atestiguaré si es necesario. Pero si esa nave no lleva contrabando...

No terminó la frase. No era necesario.

Entraron en la destartalada nave enfundados en sus trajes.

La *Robert Q* era una carnicería. Sin energía, no había podido generar una pantalla protectora contra la roca que la golpeó ni detectarla a tiempo, y no habría podido eludirla aunque la hubiera detectado. El meteorito había atravesado el casco como si éste fuera papel de aluminio. La cabina del piloto se encontraba destrozada, la nave se había quedado sin aire y los tres tripulantes estaban muertos.

Uno de ellos se hallaba aplastado contra la pared y era carne congelada. El capitán y el otro tripulante se encontraban tiesos, con la piel hinchada por los coágulos helados que el aire había formado al escapar de la sangre rompiendo venas y arterias.

Vernadsky, que nunca había visto esa forma de muerte en el espacio, sintió náuseas, pero se esforzó por no vomitar dentro del traje y lo consiguió.

—Veamos el mineral que traen. Tiene que ser radiactivo —dijo, y se repitió para sus adentros: tiene que serlo, tiene que serlo.

La fuerza de la colisión había deformado la puerta de la cabina de carga y se veía una rendija de un centímetro de ancho en el borde con el marco.

Hawkins alzó el contador que llevaba en la mano enguantada y dirigió la ventanilla de mica hacia la rendija.

Parloteó como un millón de cotorras.

—Te lo dije —suspiró Vernadsky, con infinito alivio.

La reparación defectuosa era ya únicamente el ingenioso y loable cumplimiento del deber de un ciudadano leal, y la colisión que había provocado la muerte de tres hombres, un lamentable accidente.

Necesitaron dos descargas de pistola para arrancar la puerta alabeada, y las linternas alumbraron toneladas de roca.

Hawkins levantó dos trozos de buen tamaño y se los metió en el bolsillo del traje.

—Como prueba, y para los análisis.

—No lo mantengas cerca de la piel demasiado tiempo —le advirtió Vernadsky.

—El traje me protegerá hasta que regrese a la nave. No es uranio puro, ya sabes.

—Pero se acerca bastante —manifestó Vernadsky, con renovado aplomo.

Hawkins miró en torno.

—Bien, esto cambia las cosas. Hemos detenido a una banda de contrabandistas, o a parte de ella. ¿Y ahora qué?

—El asteroide de uranio..., oh...

—En efecto. ¿Dónde está? Los únicos que lo sabían están muertos.

—¡Santo espacio! —Y Vernadsky volvió a sentirse abatido. Sin el asteroide, sólo tenían tres cadáveres y unas cuantas toneladas de mineral de uranio. Estaba bien, pero no era nada espectacular. Se ganaría una felicitación y él no buscaba una felicitación, sino un puesto permanente en la Tierra; y para eso necesitaba algo más—. ¡Por el amor del espacio! —gritó de repente—. ¡El silicionio! Puede vivir en el vacío. Vive en el vacío continuamente y él sabe dónde está el asteroide.

—¡Bien! —exclamó Hawkins, con repentino entusiasmo—. ¿Dónde está esa cosa?

—En popa. Por aquí.

El silicionio destelló a la luz de las linternas. Se movía y estaba vivo. El corazón de Vernadsky se le salía del pecho por la emoción.

—Tenemos que moverlo, Hawkins.

—¿Por qué?

—El sonido no se desplaza en el vacío. Hemos de llevarlo a la nave patrulla.

—De acuerdo, de acuerdo.

—No podemos ponerle un traje con transmisor de radio, ya me entiendes.

—He dicho que de acuerdo.

Se lo llevaron con cuidado, manejando casi con afecto la grasienta superficie de la criatura con sus dedos enfundados en metal. Hawkins lo sostuvo mientras salían de la *Robert Q.*

Tenían al silicionio en la sala de control de la nave patrulla. Se habían quitado los cascos y Hawkins se estaba quitando el traje. Vernadsky no pudo esperar.

—¿Puedes leernos la mente? —preguntó.

Contuvo el aliento hasta que los sonidos discordantes de roca se modularon en palabras. Para los oídos de Vernadsky no podía haber sonidos más agradables en ese momento.

—Sí —respondió. Y añadió—: Vacío en derredor. Nada.

—¿Qué? —se alarmó Hawkins.

Vernadsky le hizo callar.

—Se refiere al viaje por el espacio. Debe de haberlo impresionado. —Se volvió hacia el siliconio y gritó, como si quisiera aclararse él mismo las ideas—: Los hombres que estaban contigo recogieron uranio, un mineral especial, radiaciones, energía.

—Querían comida —susurró la voz áspera.

¡Por supuesto! Era comida para el siliconio. Era una fuente de energías.

—¿Les mostraste dónde conseguirla?

—Sí.

—Apenas le oigo —se quejó Hawkins.

—Le pasa algo —comentó Vernadsky, preocupado. Y gritó—: ¿Te encuentras bien?

—No bien. No. Aire marchó de golpe. Algo malo dentro.

—La descompresión repentina debió de dañarlo —murmuró Vernadsky—. Oh, cielos... Mira, tú sabes lo que busco. ¿Dónde está tu hogar? El lugar con comida.

Los dos hombres aguardaron en silencio.

Las orejas del siliconio se elevaron despacio, temblaron y cayeron.

—Allí —fue la respuesta—. Por allí.

—¿Dónde? —chilló Vernadsky.

—Allí.

—Está haciendo algo —observó Hawkins—. Está señalando hacia algún sitio.

—Claro, sólo que no sabemos hacia dónde.

—Bueno, y ¿qué esperabas? ¿Que te diera las coordenadas?

—¿Por qué no? —se volvió hacia el siliconio, que estaba acurrucado en el suelo. Permanecía inmóvil y había una falta de vida en su exterior que no auguraba nada bueno—. El capitán

271

sabía dónde estaba el sitio donde comías. Tenía números para designarlo, ¿verdad?

Rogó para que el siliconio lo entendiera, para que leyera los pensamientos y no sólo escuchara las palabras.

—Sí —contestó el siliconio con un susurro de roca contra roca.

—Tres series numéricas —lo alentó Vernadsky.

Tenían que ser tres. Tres coordenadas en el espacio más las fechas, dando tres posiciones del asteroide en su órbita en torno al Sol. Esos datos permitían calcular la órbita completa y una posición determinada en cualquier momento. Hasta se podían incluir en el cálculo las perturbaciones planetarias.

La voz del siliconio sonó aún más débil:

—Sí.

—¿Cuáles eran? ¿Cuáles eran los números? Anótalos, Hawkins. Busca papel.

Pero el siliconio dijo:

—No sé. Números no importante. Lugar de comida allí.

—Está clarísimo —observó Hawkins—. No necesitaba las coordenadas, así que no prestó atención.

—Pronto no... —añadió el siliconio, e hizo una pausa como si paladeara una palabra nueva y extraña—. Pronto no vivo. —Otra pausa más larga—. Pronto muerto. ¿Qué después de muerte?

—Resiste —le imploró Vernadsky—. Dime, ¿el capitán anotó esos números en alguna parte?

El siliconio tardó un minuto largo en responder. Los dos hombres se agacharon tanto que sus cabezas casi rozaban la piedra moribunda.

—¿Qué después de muerte? —repitió.

—Una respuesta —gritó Vernadsky—. Sólo una. El capitán debió de apuntar los números. ¿Dónde? ¿Dónde?

—En el asteroide —susurró el siliconio.

Y no habló más.

Era una roca muerta, tan muerta como la roca que le dio nacimiento, tan muerta como las paredes de la nave, tan muerta como un humano muerto.

Y Vernadsky y Hawkins se incorporaron y se miraron con desesperanza.

—No tiene sentido —comentó Hawkins—. ¿Por qué iba a apuntar las coordenadas en el asteroide? Es como guardar la llave en la caja que tienes que abrir.

Vernadsky sacudió la cabeza.

—Una fortuna en uranio. La mayor veta de la historia y no sabemos dónde está.

H. Seton Davenport miró a su alrededor con una extraña sensación de placer. Aun en reposo, su rostro arrugado y su nariz prominente manifestaban cierta dureza. La cicatriz de la mejilla derecha, el pelo negro, las cejas enarcadas y la tez morena se combinaban para darle un aire de incorruptible agente del Departamento Terrícola de Investigaciones, y eso era.

Pero sonreía vagamente al mirar esa amplia habitación donde la penumbra volvía infinitas las hileras de librofilmes y los especímenes de quién sabe qué, procedentes de quién sabe dónde se amontonaban de un modo misterioso. Ese absoluto desorden y ese aire de aislamiento del mundo volvían irreal la habitación; casi tan irreal como su propio dueño.

Y el dueño estaba sentado en una combinación de sillón y escritorio que estaba bañada por el único foco de luz brillante de la habitación. Pasaba lentamente las hojas de unos informes oficiales que sostenía en la mano. Sólo apartaba la mano para acomodarse las gruesas gafas que amenazaban con caerse a cada instante de la nariz chata y redonda. Mientras leía, se le movía lentamente el vientre con el ritmo de la respiración.

Era el profesor Wendell Urth, quien, si de algo valía el juicio de los expertos, era el extraterrólogo más destacado de la Tierra. La gente lo consultaba sobre cualquier tema relacionado con lo extraterrestre, aunque en su vida adulta el profesor jamás se había alejado a más de una hora caminando del recinto universitario, donde tenía su hogar.

Miró solemnemente al inspector Davenport.

—Un hombre muy inteligente, este joven Vernadsky.

—¿Por haber deducido todo a partir de la presencia del siliconio? En efecto.

—No, no. La deducción fue sencilla. Inevitable, a decir verdad. Hasta un tonto la habría hecho. Yo me refería —añadió, enarcando las cejas un tanto severamente— al hecho de que el joven había leído acerca de mis experimentos concernientes a la sensibilidad del *Siliconeus asteroidea* a los rayos gamma.

—Ah, sí —asintió Davenport.

El profesor Urth era el gran experto en silicionos. Por eso Davenport acudía a él. Tenía una sola pregunta que hacerle, una pregunta sencilla; pero el profesor había fruncido sus labios carnosos, había sacudido la cabezota y había pedido ver todos los documentos del caso.

Por lo general, eso habría sido imposible, pero hacía poco que el profesor Urth había colaborado con el Departamento en el caso de las campanas cantarinas de la Luna, destruyendo una falta de coartada mediante una argucia relacionada con la gravedad lunar, así que el inspector había accedido.

El profesor terminó de leer, dejó las hojas sobre el escritorio, liberó los faldones de la camisa de la estrechez de la cintura y se limpió con ellos las gafas. Examinó los cristales a la luz, para comprobar los efectos de su limpieza, volvió a ponerse las gafas sobre la nariz y unió las manos encima del vientre, entrelazando sus dedos regordetes.

—¿Cuál era la pregunta, inspector?

—¿Es verdad, en su opinión, que un silicionio del tamaño y el tipo que se describen en el informe sólo se pudo haber desarrollado en un mundo rico en uranio...?

—Material radiactivo —le interrumpió el profesor—. Torio, tal vez, aunque probablemente uranio.

—¿La respuesta es sí, entonces?

—En efecto.

—¿Y qué tamaño tendría ese mundo?

—Un kilómetro y medio de diámetro, quizá —contestó pensativamente el extraterrólogo—. Tal vez más.

—¿Y cuántas toneladas de uranio, o de material radiactivo, mejor dicho?

—Billones, por lo menos.

—¿Estaría usted dispuesto a consignarlo por escrito y firmarlo?

—Desde luego.

—Muy bien, profesor. —Davenport se puso de pie y tomó el sombrero con una mano y puso la otra sobre los informes—. Es todo lo que necesitamos.

Pero el profesor Urth apoyó la mano en los informes y no la apartó de allí.

—Espere. ¿Cómo piensa encontrar el asteroide?

—Buscando. Asignaremos un volumen de espacio a cada nave disponible y... buscaremos.

—¡El gasto, el tiempo, el esfuerzo! Y nunca lo encontrarán.

—Una probabilidad entre mil. Tal vez lo consigamos.

—Una probabilidad entre un millón. No lo encontrarán.

—No podemos renunciar al uranio sin intentarlo. Su opinión profesional, profesor, justifica la empresa.

—Pero hay un modo mejor de encontrar el asteroide. Yo puedo encontrarlo.

Davenport miró fijamente al extraterrólogo. A pesar de las apariencias, el profesor Urth no era tonto. Lo sabía por experiencia personal.

—¿Cómo puede encontrarlo? —preguntó, con un vago tono de esperanza en la voz.

—Primero, mi precio.

—¿Su precio?

—Mis honorarios, si lo prefiere. Cuando el Gobierno llegue al asteroide, quizás encuentren allí otro siliconio de gran tamaño. Los siliconios son muy valiosos. Se trata de la única forma de vida con tejidos de silicio sólido y un fluido circulatorio consistente en silicona líquida. La respuesta a la pregunta de si los asteroides alguna vez formaron parte de un único cuerpo planetario puede encontrarse allí. Y la de muchos otros problemas... ¿Comprende usted?

—¿Es decir qué quiere que le consigan un siliconio grande?

—Vivo y en buen estado. Y gratis. Sí.

Davenport asintió con la cabeza.

—Estoy seguro de que el Gobierno aceptará. ¿Y en qué anda pensando usted?

—Pues en el comentario del siliconio —contestó el profesor, con la paciencia de quien debe explicarlo todo.

Davenport pareció desconcertarse.

—¿Qué comentario?

—El que consta en el informe. Antes de la muerte del silicionio. Vernadsky le preguntó que dónde había anotado el capitán las coordenadas, y el silicionio respondió: «En el asteroide».

Davenport no ocultó su desilusión.

—¡Santo espacio, profesor, lo sabemos, y lo hemos examinado desde todo punto de vista! No significa nada.

—¿Nada de nada, inspector?

—Nada importante. Lea de nuevo el informe. El silicionio ni siquiera escuchaba a Vernadsky. Sentía que se le iba la vida y eso lo tenía intrigado. Preguntó dos veces qué había después de la muerte. Y, ante la insistencia de Vernadsky, respondió: «En el asteroide». Tal vez ni siquiera oyó esa pregunta y lo que hizo fue responder a la suya propia. Quizá pensó que, después de la muerte, regresaría a su asteroide, a su hogar, donde se encontraría a salvo de nuevo. Eso es todo.

El profesor Urth meneó la cabeza.

—Es usted muy poético. Tiene demasiada imaginación. Vamos a ver, porque nos encontramos ante un problema interesante. Veamos si sabe usted resolverlo por sí mismo. Supongamos que el comentario del silicionio fuese realmente una respuesta a la pregunta de Vernadsky.

—Aunque así fuera, ¿de qué nos serviría? ¿A qué asteroide se estaba refiriendo, al asteroide de uranio? No podemos localizarlo, así que imposible hallar sus coordenadas. ¿Se refería a algún otro asteroide, que el *Robert Q* utilizaba como base? Tampoco podemos encontrarlo.

—Elude usted lo más evidente, inspector. ¿Por qué no se pregunta qué significa la frase «en el asteroide» para el silicionio? No para usted ni para mí, sino para el silicionio.

Davenport frunció el ceño.

—No le entiendo, profesor.

—Pues estoy hablando con toda claridad. ¿Qué significaba la palabra «asteroide» para el silicionio?

—El silicionio aprendió cosas del espacio en un texto de astronomía que le leían. Supongo que el libro explicaba qué era un asteroide.

—Exacto —chilló el profesor, apoyándose un dedo en un lateral de su chata nariz—. ¿Y cuál sería esa definición? Un asteroide es un cuerpo pequeño, más pequeño que los planetas, y gira alrededor del Sol en una órbita que, por lo general, se encuentra entre las de Marte y Júpiter. ¿De acuerdo?

—Supongo que sí.

—¿Y qué es la *Robert Q*?

—¿Se refiere a la nave?

—Usted la llama nave. Pero el libro de astronomía era antiguo, así que no hablaba de naves espaciales. Uno de los tripulantes lo especificó, dijo que era anterior al vuelo espacial. Entonces, ¿qué es la *Robert Q*? ¿No es un cuerpo más pequeño que los planetas? Y, mientras el siliconio estuvo a bordo, ¿no giraba alrededor del Sol en una órbita que, por lo general, se encontraba entre las de Marte y Júpiter?

—¿Quiere decir que el siliconio consideraba la nave otro asteroide y que, al decir «en el asteroide», quiso decir «en la nave»?

—Exacto. Le dije que le haría deducir el problema por sí mismo.

Pero ningún gesto de alegría ni de alivio hizo desaparecer la expresión sombría del inspector.

—Eso no es una solución, profesor.

El profesor parpadeó y su rostro redondo se volvió aún más blando y aniñado en su cándida complacencia.

—Claro que sí.

—En absoluto. Profesor, estoy de acuerdo en que nosotros no hemos razonado como usted y desdeñamos el comentario del siliconio; pero, de todas formas, ¿cree que no investigamos la nave? La desmantelamos pieza por pieza, placa por placa. No dejamos ni una soldadura en pie.

—Y no encontraron nada.

—Nada.

—Tal vez no buscaron en el sitio adecuado.

—Buscamos por todas partes. —El inspector se levantó, dispuesto para irse—. ¿Comprende, profesor? Cuando terminamos con la nave no existía ninguna posibilidad de que esas coordenadas estuvieran allí.

—Siéntese, inspector —dijo serenamente el profesor Urth—. Usted aún no ha analizado correctamente la frase del siliconio. Él aprendió nuestro idioma juntando una palabra aquí y otra allá. No sabía hablar coloquialmente. Algunas de sus frases lo demuestran. Por ejemplo, dijo el «planeta más lejos» en vez del «planeta más alejado». ¿Entiende?

—¿Y bien?

—Alguien que no sabe hablar coloquialmente un idioma usa los giros de su propio idioma, traduciéndolos palabra por palabra, o bien utiliza las palabras extranjeras según su significado literal. El siliconio no dominaba un idioma hablado propio, así que sólo podía seguir la segunda alternativa. Seamos literales, pues. Dijo «en el asteroide», inspector. No quiso decir en un papel, sino literalmente en la nave.

—Profesor Urth —dijo Davenport con tristeza—, cuando el Departamento se pone a buscar, se pone a buscar de verdad. Tampoco había inscripciones misteriosas en la nave.

El profesor no ocultó su decepción.

—Cielos, inspector. Esperaba que viera usted la respuesta. Cuenta con tantas pistas...

Davenport soltó un suspiro fuerte y prolongado. Le costó lo suyo, pero su voz volvió a sonar serena una vez más:

—¿Quiere decirme en qué está pensando, profesor?

El profesor se dio una palmada en el abdomen con una mano y se puso de nuevo las gafas.

—¿No comprende, inspector, que hay un sitio a bordo de una nave donde los números secretos están totalmente a salvo? ¿Dónde, aun estando bien a la vista, se encontrarían a salvo de que alguien los descubriera? ¿Dónde, aunque los miraran cien ojos, se hallarían bien protegidos? Excepto de un pensador astuto, por supuesto.

—¿Dónde? ¡Dígalo ya!

—Pues en esos sitios donde ya hay números. Números normales. Números legales. Números que deben constar allí.

—¿De qué está hablando?

—El número de serie de la nave, grabado en el casco. El número del motor; el número del generador de campo y unos cuantos más. Cada uno de ellos, grabado en alguna parte integrante de la nave. En la nave, como dijo el siliconio.

Davenport enarcó las cejas, comprendiendo de repente.

—Quizá tenga usted razón, y en tal caso ojalá encontremos un siliconio del doble de tamaño del que había en la *Robert Q.* Un siliconio que no sólo hable, sino que silbe. —Abrió el expediente, pasó rápidamente las hojas y sacó un formulario oficial—. Desde luego, tenemos anotados todos los números de identificación que encontramos. —Le extendió el formulario—. Si tres de ellos parecen coordenadas...

—Cabe esperar un cierto intento de ocultarlas —le advirtió el profesor—. Tal vez hayan añadido letras y cifras para que las series parezcan más auténticas.

Tomó una libreta y le entregó otra al inspector. Los dos pasaron varios minutos en silencio, anotando números de serie y probando a tachar las cifras que evidentemente no estaban relacionadas.

Finalmente Davenport soltó un suspiro que combinaba la satisfacción con la frustración.

—Me he atascado. Creo que tiene usted razón; los números del motor y de la calculadora son coordenadas y fechas disfrazadas. No se parecen a las series normales y es fácil eliminar las cifras falsas. O sea que tendríamos dos, pues juraría que todos los demás son números de serie absolutamente auténticos. ¿Qué ha descubierto usted, profesor?

—Estoy de acuerdo. Ahora tenemos dos coordenadas y sabemos dónde se inscribió la tercera —fue la respuesta del profesor.

—Conque lo sabemos, ¿eh? ¿Y cómo...? —El inspector se calló de pronto y lanzó una exclamación—. ¡Desde luego! El número de la nave misma, que no figura aquí porque estaba en el sitio del casco por donde penetró el meteorito. Me temo que se queda usted sin su siliconio, profesor. —Y, entonces, su rostro arrugado se iluminó—. ¡Pero qué tonto soy! El número no está, pero podemos pedirlo en un santiamén al Registro Interplanetario.

—Me parece que tendré que disentir por lo menos de la segunda parte de su afirmación. El Registro sólo tendrá el número auténtico original, no la coordenada disfrazada que puso el capitán.

—Justo en esa parte del casco... —murmuró Davenport—. Y por esa casualidad el asteroide puede quedar perdido para siempre. ¿De qué nos sirven dos coordenadas sin la tercera?

—Bueno, le serviría de mucho a un ser bidimensional. Pero las criaturas de nuestras dimensiones —agregó, dándose una palmada en el vientre— necesitan una tercera, y afortunadamente la tengo aquí.

—¿En el expediente del Departamento? Pero si acabamos de cotejar la lista de números...

—Su lista, inspector. En el expediente se incluye también el informe de Vernadsky. Y, desde luego, el número de serie que figura ahí es el falso, el que utilizaba la nave para volar, ya que no tenía sentido despertar la curiosidad de un mecánico haciéndole reparar en una discrepancia.

Daverport tomó una de las libretas y la lista de Vernadsky y, tras calcular un momento, sonrió.

El profesor Urth se levantó del sillón, con un bufido de placer, y se fue trotando hacia la puerta.

—Siempre es grato recibirle, inspector Davenport. Visíteme de nuevo. Y recuerde que el Gobierno puede quedarse con el uranio, pero yo quiero lo importante: un siliconio gigante, vivo y en buen estado.

El profesor sonreía.

—Y preferiblemente —añadió Davenport— que sepa silbar.

Y silbar fue precisamente lo que hizo él cuando se marchó.

Exploradores

Herman Chouns eran un intuitivo. Sus corazonadas a veces acertaban, a veces no. Mitad y mitad. Pero, si se considera que existe todo un universo de posibilidades para obtener una respuesta acertada, mitad y mitad no es un mal resultado.

Chouns no siempre se sentía tan contento con ello como podría esperarse. Lo sometía a un exceso de tensión. La gente le daba vueltas a un problema sin llegar a nada, acudía a él y decía:

—¿Tú qué crees, Chouns? Pon en marcha esa intuición que tienes.

Y si su conclusión resultaba errónea era él quien cargaba con los reproches.

Así que se alegró de que lo asignaran a un puesto para sólo dos hombres (eso significaba que el siguiente viaje sería a un sitio de baja prioridad, y la presión se aliviaría) y de que su compañero fuese Allen Smith.

Smith era tan prosaico como su nombre. El primer día, le dijo a Chouns:

—Lo que pasa contigo es que los archivos de tu memoria están siempre alerta. Cuando te enfrentas a un problema, recuerdas muchos detalles que los demás no tenemos presentes a la hora de tomar una decisión. Llamarlo corazonada hace que parezca algo misterioso, pero no lo es.

Se alisó el cabello mientras decía eso. Su cabello era claro y se estiraba como una gorra.

Chouns, que llevaba el cabello muy desaliñado y tenía una nariz pequeña y un poco descentrada, murmuró (como era costumbre en él):

—Quizá sea telepatía.

—¡Pamplinas! —gruñó Smith (como era costumbre en él)—: Los científicos han estudiado psiónica durante mil años sin llegar a ninguna parte. No existen la precognición, la telequinesis, la clarividencia ni la telepatía.

—Lo admito, pero ten en cuenta una cosa. Si obtengo una imagen de lo que piensa cada miembro de un grupo de personas, aun sin saber qué está pasando puedo integrar la información y dar una respuesta. Sabría más que cualquier individuo del grupo, de modo que formularía un juicio mejor que el de los demás, a veces.

—¿Tienes pruebas de ello?

Chouns lo miró con sus suaves ojos castaños.

—Es sólo una corazonada.

Se llevaban bien. Chouns agradecía el sentido práctico del otro, y Smith toleraba las especulaciones de Chouns. A menudo disentían, pero nunca reñían.

Ni siquiera cuando llegaron a su objetivo, un cúmulo globular que nunca había sentido los chorros de energía de un reactor nuclear construido por humanos, la tensión creciente no empeoró la situación.

—Me pregunto qué harán en la Tierra con tantos datos —dijo Smith—. A veces parece un despilfarro.

—La Tierra apenas está empezando a extenderse. Es imposible saber cuánto se expandirá la humanidad por la galaxia, dentro de un millón de años por ejemplo. Todos los datos que obtengamos serán útiles en alguna ocasión.

—Hablas como el manual de reclutamiento de los equipos de exploración. —Señaló la pantalla en cuyo centro el cúmulo se esparcía como talco—. ¿Crees que habrá algo interesante en esa cosa?

—Tal vez. Tengo una corazonada...

Se calló, tragó saliva, parpadeó y sonrió. Smith resopló.

—Vamos a enfocar los grupos estelares más próximos y haremos una pasada al azar por la parte más densa. Te apuesto uno contra diez a que hallamos una proporción McKomin inferior a 0,2.

—Perderás —murmuró Chouns.

Sentía esa emoción que siempre lo embargaba cuando estaban a punto de explorar nuevos mundos. Era una sensación contagiosa y que todos los años embargaba a cientos de jóvenes. Jóvenes que, como había hecho él años atrás, ingresaban en los equipos con la avidez de ver los mundos que sus descendientes algún día considerarían propios; cada uno de ellos un explorador...

Ajustaron el enfoque, efectuaron su primer salto hiperespacial dentro del cúmulo y comenzaron a examinar las estrellas, buscando sistemas planetarios.

Los ordenadores hicieron su trabajo, los archivos aumentaron y todo continuó con una rutina satisfactoria hasta que en el sistema 23, poco después del salto, los motores hiperatómicos fallaron.

—Qué raro —murmuró Chouns—. Los analizadores no dicen qué anda mal.

Tenía razón. Las agujas oscilaban espasmódicamente sin detenerse. No había diagnóstico y, en consecuencia, no podían realizar reparaciones.

—Nunca he visto nada parecido —gruñó Smith—. Tendremos que apagar todo y hacer la diagnosis de forma manual.

—También podemos hacerla cómodamente —sugirió Chouns, que ya estaba en el telescopio—. Al motor ordinario no le pasa nada y hay dos planetas aceptables en este sistema.

—¿Sí? ¿Cómo de aceptables? ¿Y cuáles son?

—El primero y el segundo de cuatro. Ambos de agua-oxígeno. El primero es un poco más cálido y mayor que la Tierra; el segundo, un poco más frío y más pequeño. ¿Te parece bien?

—¿Hay vida?

—En ambos. Vegetación, al menos.

Smith soltó un gruñido. Eso no parecía nada raro, ya que era frecuente que hubiese vegetación en los mundos de agua-oxígeno. Y al contrario de lo que ocurría con la vida animal, la vegetación se podía ver por el telescopio; o, mejor dicho, por el espectroscopio. Sólo se habían hallado cuatro pigmentos fotoquímicos en cualquier forma vegetal, y cada uno de ellos podía detectarse por la naturaleza de la luz que reflejaba.

—La vegetación de ambos planetas es de tipo clorofílico —le informó Chouns—. Será como la Tierra; un verdadero hogar.

—¿Cuál está más cerca?

—El número dos, y estamos en camino. Tengo la sensación de que será un bonito planeta.

—Lo juzgaré con el instrumental, si no te importa —refunfuñó Smith.

Pero parecía ser una de las corazonadas acertadas de Chouns. Se trataba de un planeta acogedor, con una intrincada red oceánica que garantizaba un clima con pocas variaciones de temperatura. Las estribaciones montañosas eran bajas y redondeadas, y la distribución de la vegetación indicaba una fertilidad abundante y generalizada.

Chouns manejaba los controles para el descenso. Smith se impacientó.

—¿Por qué eliges tanto? Da lo mismo un lugar que otro.

—Estoy buscando un claro. No tiene sentido quemar media hectárea de vida vegetal.

—¿Y qué pasa si lo haces?

—¿Y qué pasa si no lo hago? —replicó Chouns, y buscó su claro.

Sólo después de posarse se dieron mínimamente cuenta de con qué se habían tropezado.

—¡Santo hiperespacio! —exclamó Smith.

Chouns estaba anonadado. La vida animal era mucho más rara de encontrar que la vegetal, y dar con un vestigio de inteligencia resultaba mucho más raro aún; y, sin embargo, a poco más de medio kilómetro de donde estaban parados, había un agrupamiento de chozas de paja que, evidentemente, eran producto de una inteligencia primitiva.

—Con cuidado —advirtió Smith.

—No creo que haya peligro.

Chouns bajó a la superficie del planeta absolutamente confiado, Smith lo siguió. Chouns apenas podía contener su entusiasmo.

—Esto es sensacional. Nadie había informado hasta ahora de nada que no fuesen cavernas o de ramas de árboles entrelazadas.

—Espero que sean inofensivos.

—Hay demasiada paz para que no lo sean. Huele el aire.

Cuando estaban descendiendo, el terreno —hasta todos los límites del horizonte, excepto donde una cordillera baja cortaba la línea uniforme— aparecía salpicado de extensiones rosa claro en medio del verdor de la clorofila. Vistas de cerca, las extensiones rosadas se fraccionaban en flores individuales, frágiles y fragantes. Sólo las zonas que rodeaban las chozas estaban cubiertas de algo amarillo, que parecía cereal.

Empezaron a salir criaturas de las chozas y se aproximaron a la nave con una especie de confianza vacilante. Tenían cuatro patas y un cuerpo arqueado, cuyos hombros se erguían a un metro de altura. Sobre esos hombros se asentaba una cabeza con ojos saltones (Chouns contó seis), dispuestos en círculo y capaces de moverse con una desconcertante independencia. («Eso compensa la inmovilidad de la cabeza», pensó Chouns.)

La cola se bifurcaba y formaba dos fibrillas resistentes, que cada animal sostenía en alto. Las fibrillas se mantenían en movimiento continuo, y tan rápido que se hacían confusas a la vista.

—Vamos —dijo Chouns—. Estoy seguro de que no nos harán daño. —Los animales los rodearon a una distancia prudente. Las colas emitían un ruido zumbante—. Tal vez se comunican así. Y parece evidente que son vegetarianos.

Señaló una de las chozas, donde un pequeño miembro de la especie, sentado sobre las ancas, arrancaba el grano de ámbar con las colas y se lo pasaba por la boca, como quien lame cerezas marrasquino ensartadas en un mondadientes.

—Los seres humanos comen lechuga —replicó Smith—, pero eso no prueba nada.

Aparecían más criaturas, rodeaban a los hombres durante unos segundos y se perdían por el rosa y el verde.

—Son vegetarianos —insistió Chouns—. Mira el modo en que disponen el cultivo principal.

El cultivo principal, como lo llamaba Chouns, consistía en una guirnalda de espigas suaves y verdes, cercanas al suelo. En el centro de la guirnalda crecía un tallo velludo que, a intervalos de cinco centímetros, mostraba brotes carnosos, veteados y palpitantes. El tallo terminaba en capullos rosados que, excepto por el color, eran lo más terrícola de esas plantas.

Las plantas se hallaban dispuestas en hileras y columnas precisas y geométricas. El suelo removido estaba espolvoreado con una sustancia extraña que sólo podía ser fertilizante. La parcela se encontraba entrecruzada por pasajes angostos, con la anchura suficiente para que pasaran esos animales, y cada pasaje lo bordeaba un canalillo, evidentemente para el agua.

Los animales andaban desperdigados por los campos, trabajando diligentemente y con la cabeza gacha. Sólo algunos permanecían cerca de los dos hombres.

Chouns movió la cabeza apreciativamente.

—Son buenos granjeros.

—No está mal —concedió Smith. Se aproximó a un capullo rosado y alargó un brazo hacia él, pero, cuando estaba a pocos centímetros, lo detuvieron las vibraciones de las colas, gimiendo hasta el chillido, y el contacto de una cola en el brazo. Era un toque delicado, pero firme, que se interponía entre Smith y las plantas—. ¿Qué demonios...? —masculló Smith, retrocediendo.

Tenía medio desenfundada la pistola cuando Chouns le dijo:

—No hay por qué ponerse nervioso. Tómatelo con calma.

Media docena de criaturas a su alrededor les ofrecían tallos de grano con humildad y gentileza. Algunas los empuñaban con la cola, otras los empujaban con el hocico.

—Son bastante amables —comentó Chouns—. Tal vez arrancar un capullo atente contra sus costumbres y probablemente haya que tratar las plantas según unas reglas rígidas. Toda cultura agrícola tiene sus ritos de fertilidad, y eso es complejo. Las reglas que rigen el cultivo de las plantas deben de ser muy estrictas, pues de lo contrario no tendrían esas hileras tan pulcras... ¡Santo espacio, causaremos un revuelo cuando contemos todo esto!

El zumbido de las colas se elevó nuevamente y las criaturas cercanas retrocedieron.

Otro miembro de la especie estaba saliendo de una cabaña de mayor tamaño que había en el centro del poblado.

—Supongo que es el jefe —murmuró Chouns.

El nuevo avanzó despacio, con la cola en alto, y tomó un pequeño objeto negro con cada fibrilla. A un metro y medio de distancia, arqueó la cola hacia delante.

—¡Nos los regala! —exclamó Smith, sorprendido—. ¡Chouns, por amor de Dios, mira eso!

Chouns ya estaba mirando, y febrilmente.

—Son visores hiperespaciales Gamow —susurró emocionado—. ¡Son aparatos de diez mil dólares!

Smith salió nuevamente de la nave al cabo de una hora.

¡Funciona! —gritó desde la rampa. —¡Son perfectos! ¡Somos ricos!

—¡He revisado las chozas y no he visto más! —gritó Chouns a su vez.

—¡No desprecies estos dos! ¡Santo Dios, son tan negociables como dinero en efectivo!

Pero Chouns seguía mirando a su alrededor desesperado, con los brazos en jarras. Tres de las criaturas lo habían llevado de choza en choza, pacientemente, sin entrometerse, pero siempre interponiéndose entre él y los geométricos capullos rosados. Ahora le clavaban su mirada múltiple.

—Y es el último modelo —comentó Smith—. Mira.

Señaló la inscripción que decía: *Modelo X-20, Productos Gamow, Varsovia, Sector Europeo*. Chouns echó un vistazo, con impaciencia. Tenía las mejillas rojas y respiraba entrecortadamente.

—Lo que me interesa es conseguir más. Sé que hay más visores Gamow en alguna parte. Los quiero.

Se estaba poniendo el sol y la temperatura descendía. Smith estornudó dos veces, y luego Chouns.

—Pillaremos una pulmonía.

—Tengo que hacérselo entender —insistió Chouns con terquedad, haciendo caso omiso del comentario de su compañero.

Después de haberse comido apresuradamente una lata de salchichas de cerdo y de beberse una lata de café, se encontraba dispuesto para intentarlo de nuevo. Levantó uno de los visores en el aire y dijo:

—Más, más. —Hizo movimientos circulares con los brazos. Señaló un visor, después el otro y luego los visores imaginarios alineados frente a él—. ¡Más!

En ese momento, el sol desapareció en el horizonte y un inmenso zumbido surgió de todas partes mientras las criaturas agachaban la cabeza, erguían la cola bifurcada y la hacían vibrar con estridencia y haciéndola invisible a la luz del crepúsculo.

—¿Qué diablos...? —murmuró Smith, poniéndose nervioso—. ¡Oye, mira los capullos! —Y estornudó de nuevo.

Las flores rosadas se encogían visiblemente.

Chouns gritó, para hacerse oír por encima del zumbido:

—Quizá sea una reacción ante el ocaso. Los capullos se cierran de noche. El zumbido podría ser una costumbre religiosa.

El contacto de una cola en su muñeca llamó la atención de Chouns.

La cola pertenecía a la criatura más cercana a él y estaba señalando hacia arriba, a un objeto brillante que pendía sobre el horizonte al oeste. La cola bajó y señaló el visor y, luego, nuevamente la estrella.

—¡Por supuesto! —exclamó Chouns con entusiasmo—. ¡Es el planeta interior, el otro mundo habitable! Estos objetos deben venir de allí. —Entonces, recordó algo de pronto y añadió—: Oye, Smith, los motores hiperatómicos siguen sin funcionar.

Smith puso cara de alarma, como si él también se hubiera olvidado de algo.

—Iba a decírtelo... —murmuró—. Ya están bien.

—¿Los reparaste?

—Ni siquiera los he tocado. Pero cuando estaba probando los visores encendí los hiperatómicos y funcionaban. En ese momento no les presté atención; me había olvidado de que iban mal. Lo cierto es que funcionan.

—Pues vámonos —dijo Chouns de pronto.

Ni siquiera pensó en dormir.

Ninguno de los dos durmió durante el trayecto de seis horas. Permanecieron ante los controles como drogados por el apasionamiento. Una vez más escogieron un claro donde posar la nave.

Hacía un calor subtropical, y un río ancho y lleno de lodo corría plácidamente junto a ellos. En la ribera el fango estaba endurecido y lleno de grandes cavidades.

Salieron a la superficie del planeta y Smith lanzó un grito ronco.

—¡Chouns, mira eso!

Chouns se zafó de la mano de su compañero.

—¡Las mismas plantas! ¡Que me cuelguen!

Eran inconfundibles: los capullos rosados, el tallo con sus brotes veteados y la guirnalda de espigas debajo. También estaban dispuestas geométricamente, plantadas con cuidado, y había fertilizante y canales de riego.

—¿No habremos cometido el error de viajar en círculo...? —aventuró Smith.

—No, mira el Sol. Tiene el doble de tamaño. Y mira allí.

De las cavidades de la ribera surgían objetos bronceados y sinuosos, lisos como serpientes. Tenían unos treinta centímetros de diámetro y algo más de tres metros de longitud. Los dos extremos eran igualmente tersos y romos, y en la mitad del cuerpo había bultos. Todos esos bultos, como obedeciendo una señal, se partieron en dos para formar bocas sin labios que se abrían y se cerraban produciendo un sonido como el de un bosque de varillas secas.

Sin embargo, como en el planeta exterior, la mayoría de las criaturas se fueron hacia las parcelas cultivadas una vez que hubieron satisfecho su curiosidad.

Smith estornudó, y la fuerza del estornudo levantó una andanada de polvo de la manga de la chaqueta. La miró asombrado y se puso a sacudirse.

—Demonios, estoy lleno de polvo. —El polvo se elevaba como una bruma rosada—. Y tú también —añadió, dándole una palmada a Chouns.

Ambos estornudaron.

—Supongo que lo cogí en el otro planeta —dijo Chouns.

—Podemos sufrir una alergia.

—Imposible. —Chouns alzó uno de los visores y les gritó a las criaturas serpenteantes—: ¿Tenéis de éstos?

Durante un rato no hubo más respuesta que el chapaleo del agua cuando algunas criaturas se zambullían en el río y emergían con plateados organismos acuáticos, que se metían debajo del cuerpo para introducirlos en una boca oculta.

Pero luego uno de los bichos, más largo que los demás, se aproximó y levantó ligeramente uno de sus extremos romos y se balanceó ciegamente. El bulbo del centro se hinchó suavemente hasta partirse en dos con un chasquido audible. Entre las dos mitades había dos visores más, duplicados de los dos primeros.

—¡Santo cielo! —exclamó Chouns, extasiado—. ¿No es hermoso?

Dio un paso adelante para coger los dos objetos. La hinchazón que los albergaba se hizo más delgada y se alargó, formando algo parecido a unos tentáculos, y se los entregó.

Chouns se echó a reír. Eran visores Gamow, en efecto, copias perfectas de los dos primeros. Chouns lo acarició, pero Smith estaba vociferando a todo pulmón:

—¿No me oyes? ¡Demonios, Chouns, escúchame!

—¿Qué pasa?

Comprendió que Smith llevaba un buen rato gritándole.

—¡Mira las flores, Chouns!

Se estaban cerrando como las del otro planeta, y entre las hileras se erguían las criaturas serpenteantes, apoyándose en un extremo y meciéndose a un ritmo extraño y desigual. Sólo las puntas romas eran visibles por encima de la extensión rosada.

—No puedes decir que se cierran porque anochece —observó Smith—. Es pleno día.

Chouns se encogió de hombros.

—Otro planeta, otra planta. ¡Venga! Sólo tenemos dos visores. Debe de haber más.

—Chouns, vámonos a casa.

Smith se plantó con firmeza y aferró con fuerza el cuello de Chouns, que se volvió hacia él con el rostro rojo de indignación.

—¿Qué estás haciendo?

—Me estoy preparando para dormirte de un golpe si no regresas de inmediato a la nave.

Chouns dudó un instante, pero finalmente se calmó y accedió.

—De acuerdo —dijo.

Estaban saliendo del cúmulo estelar.

—¿Cómo te encuentras? —preguntó Smith.

Chouns se incorporó en la litera y se acarició el cabello.

—Normal, creo; cuerdo de nuevo. ¿Cuánto he dormido?

—Doce horas.

—¿Y tú?

—Descabecé un sueñecito. —Se volvió hacia los instrumentos y ajustó algunos controles—. ¿Sabes qué ocurrió en esos planetas?

—¿Tú lo sabes?

—Eso creo.

—¿De veras? ¿Por qué no me explicas?

—Era la misma planta en ambos planetas, ¿de acuerdo?

—Por supuesto.

—Fue trasplantada de un planeta al otro. Crece en ambos perfectamente, pero en ocasiones debe de haber fecundación cruzada, una mezcla de ambas cepas, supongo que para mantener el vigor. Ocurre a menudo en la Tierra.

—¿Fecundación cruzada para vigorizar las plantas? Sí.

—Pero aquí fuimos nosotros los agentes que efectuaron la mezcla. Descendimos a uno de los planetas y nuestros cuerpos se cubrieron de polen. ¿Recuerdas que los capullos se cerraron? Debió de ser después de que se liberara el polen, y eso era lo que nos hacía estornudar. Luego, descendimos en el otro planeta y nos sacudimos el polen de la ropa. Eso generó una nueva cepa híbrida. Sólo fuimos un par de abejas bípedas, Chouns, al servicio de las flores.

Chouns sonrió.

—Un papel indigno, en cierto modo.

—No se trata de eso. ¿No ves el peligro? ¿No entiendes por qué tenemos que regresar a toda prisa?

—¿Por qué?

—Porque los organismos no se adaptan así como así, y esas plantas parecen estar adaptadas a la fertilización interplanetaria. Incluso nos pagaron, igual que se hace con las abejas; pero no con néctar, sino con visores Gamow.

—¿Y bien?

—Bueno, pues que no puede haber fertilización interplanetaria a menos que algo o alguien se encargue de la tarea. Esta vez lo hicimos nosotros; pero éramos los primeros humanos que entraban en ese cúmulo, de modo que antes debieron de hacerlo seres no-humanos, quizá los mismos que trasplantaron los capullos. Eso significa que en ese cúmulo hay una raza de seres inteligentes con capacidad para el viaje espacial. Y la Tierra tiene que saberlo. —Chouns movió la cabeza en sentido negativo y Smith frunció el ceño—. ¿Encuentras fallos en mi razonamiento?

Chouns se apoyó la cabeza en las palmas.

—Digamos que no has entendido casi nada.

—¿Por qué? —se enfadó Smith.

—Tu teoría de la fecundación cruzada es bastante buena, pero has pasado por alto ciertos detalles. Al acercarnos a ese sistema estelar, nuestros motores hiperatómicos se descontrolaron de un modo que los controles automáticos no pudieron diagnosticar ni corregir. Después de posarnos en el primer planeta no hicimos nada para repararlos; nos olvidamos de ellos y, cuando los pusiste en marcha más tarde, descubriste que funcionaban perfectamente, pero le diste tan poca importancia que ni siquiera me lo mencionaste hasta unas horas después. Y hay algo más. Los lugares que escogimos para posarnos en ambos planetas estaban cerca de un agrupamiento de vida animal. ¿Mera suerte? ¡Y nuestra increíble confianza en la buena voluntad de esas criaturas! Ni siquiera nos molestamos en analizar la atmósfera para verificar si había gases venenosos. Y lo que más me molesta es que me volví loco con esos visores Gamow. ¿Por qué? Son valiosos, sí, pero no tanto; y, generalmente, no pierdo la cabeza por ganarme unos cuartos.

Smith, que había guardado un incómodo silencio, dijo:

—No veo a dónde quieres llegar.

—Vamos, Smith, tú no eres tonto. ¿No es evidente que nos estaban controlando mentalmente?

Su compañero torció la boca en una mueca entre burlona y dubitativa.

—¿De nuevo con tus teorías psiónicas?

—Sí. Los hechos son los hechos. Ya te dije que mis corazonadas podían constituir una forma de telepatía rudimentaria.

—¿Eso también es un hecho? No lo creías hace un par de días.

—Pero ahora sí. Mira, soy mejor receptor que tú, así que a mí me afectó más que a ti. Ahora que ya ha terminado entiendo lo que sucedió porque recibí más, ¿comprendes?

—No —rezongó Smith.

—Pues escucha. Tú dices que los visores Gamow fueron el néctar que nos instigó a la polinización. Lo has dicho tú.

—De acuerdo.

—Bien, y ¿de dónde procedían? Eran productos terrícolas; incluso leímos el nombre del fabricante y el modelo, letra por letra. Ahora bien, si ningún ser humano ha visitado ese cúmulo, ¿cómo llegaron allí los visores? Ninguno de nosotros pensó en ello entonces, y tú pareces no pensar en ello ahora.

—Bueno...

—¿Qué hiciste con los visores en cuanto subimos a la nave, Smith? Me los quitaste. Lo recuerdo perfectamente.

—Los guardé en la caja de caudales —contestó Smith a la defensiva.

—¿Los has tocado desde entonces?

—No.

—¿Y yo?

—Tampoco, que yo sepa.

—Tienes mi palabra de que no los he tocado. ¿Por qué no abres la caja de caudales?

Smith fue despacio hasta la caja, cuya combinación respondía a sus huellas dactilares. Metió la mano dentro sin mirar y, con expresión demudada, lanzó un grito, examinó el interior y sacó el contenido.

Había cuatro piedras de diversos colores, todas rectangulares.

—Usaron nuestras emociones para guiarnos —murmuró Chouns, pronunciando cuidadosamente cada palabra—. Nos hicieron creer que los motores hiperatómicos estaban averiados para que así tuviéramos que ir a uno de los planetas, supongo que no importaba a cuál; y nos hicieron creer que lo que teníamos en la mano eran instrumentos de precisión, para que nos trasladáramos al otro planeta.

—¿Quiénes? —gruñó Smith—. ¿Las bestias con cola, o las serpientes? ¿O ambos?

—Ninguno de los dos. Fueron las plantas.

—¿Las plantas? ¿Las flores?

—Por supuesto. Vimos dos especies de animales cuidando la misma especie de planta. Al ser animales, dimos por sentado

293

que ellos eran los amos. ¿Pero por qué hemos de suponer eso? Eran las plantas las que recibían los cuidados.

—En la Tierra también cuidamos de las plantas, Chouns.

—Y nos las comemos.

—Tal vez esas criaturas se coman sus plantas.

—Digamos que sé que no se las comen. Nos manipularon bastante bien. Recordarás el empeño que yo tenía en encontrar un claro donde posar la nave.

—Yo no sentí esa necesidad.

—Porque tú no manejabas los controles; no se preocuparon de ti. Recuerda que no reparamos en el polen, aunque estábamos cubiertos de él, hasta que llegamos al segundo planeta. Y allí nos lo sacudimos de encima siguiendo una orden.

—Jamás he oído nada tan descabellado.

—¿Por qué es descabellado? No asociamos la inteligencia con las plantas porque las plantas no tienen sistema nervioso, pero éstas quizá lo tenían. ¿Recuerdas esos brotes carnosos en el tallo? Además, las plantas no tienen libertad de movimientos, pero no la necesitan si desarrollan poderes psiónicos y utilizan animales móviles para que las cuiden, las fertilicen, las rieguen, las polinicen y demás. Se ocupan de ellas con sincera devoción y son felices así porque las plantas hacen que se sientan felices.

—Lo lamento por ti —murmuró Smith—. Si intentas contar toda esta historia en la Tierra, lo lamento por ti.

—No me hago ilusiones, pero es mi deber tratar de prevenir a la Tierra. Ya has visto lo que hacen con los animales.

—Según tu versión, los esclavizan.

—Peor que eso. Las criaturas con cola o las serpenteantes, o tanto unas como otras, debieron de ser tan civilizadas como para dominar el viaje espacial; de lo contrario, las plantas no se encontrarían en ambos planetas. Pero cuando las plantas desarrollaron poderes psiónicos (tal vez una raza mutante) eso se terminó. Los animales en fase atómica son peligrosos, así que les hicieron olvidar, los redujeron a lo que son. Maldita sea, Smith, esas plantas son las criaturas más peligrosas del universo. Es preciso informar a la Tierra porque otros terrícolas podrían entrar en el cúmulo.

Smith se echó a reír.

—¿Sabes? Estás totalmente chalado. Si esas plantas nos dominaban, ¿por qué nos dejaron escapar para que avisemos a los demás?

Chouns hizo una pausa y contestó:

—No lo sé.

Smith recobró el buen humor.

—Debo confesar que por un momento me convenciste.

Chouns se rascó la cabeza. ¿Por qué los habían liberado? ¿Y por qué sentía ese insistente apremio de avisar a la Tierra acerca de una especie con la cual otros terrícolas quizá no establecieran contacto durante milenios?

Pensó desesperadamente y vislumbró algo, pero se le escapó. Tuvo la sensación de que le había sido arrebatado ese pensamiento, pero esa sensación también desapareció.

Sólo sabía que debían continuar viaje a toda velocidad, que tenían que darse prisa.

Así, tras un sinfín de años, habían vuelto las condiciones favorables. Las protoesporas de dos especies de la planta madre se encontraron y se mezclaron, fusionándose en la ropa, en el pelo y en la nave de los nuevos animales. Casi de inmediato se formaron las esporas híbridas; las esporas que tenían capacidad y potencialidad para adaptarse a un nuevo planeta.

Estas esporas aguardaban en silencio en la nave que —merced a la influencia de la planta madre sobre la mente de las criaturas de a bordo— las llevaba a toda velocidad hacia un mundo nuevo y maduro, donde las criaturas móviles atenderían sus necesidades.

Aguardaban con paciencia vegetal (una paciencia invencible, que ningún animal puede conocer) la llegada a un mundo nuevo; cada una de ellas, a su manera diminuta, un explorador...

Reunámonos

La paz había durado un siglo y la gente se olvidó de cómo era la falta de paz. No habrían sabido reaccionar si se hubieran enterado de que por fin llegaba una especie de guerra.

Elias Lynn, jefe de la Oficina de Robótica, no supo cómo reaccionar cuando se enteró. La Oficina de Robótica tenía su jefatura en Cheyenne, según un criterio de descentralización que llevaba en práctica un siglo, y Lynn estudió con escepticismo al joven funcionario de Seguridad de Washington que le había llevado la noticia.

Elias Lynn era un hombre corpulento y campechano, con ojos azules y saltones. La mirada fija de esos ojos incomodaba a muchas personas, pero el funcionario de Seguridad ni se inmutó.

Lynn decidió que su primera reacción debía ser la incredulidad. ¡Y lo era, qué diablos! ¿Cómo podía creerse aquello?

—¿Es segura esta información? —preguntó, inclinándose en la silla.

El funcionario de Seguridad, que se había presentado como Ralph G. Breckenridge y había mostrado sus credenciales, tenía la blandura de la juventud: labios carnosos, mejillas mofletudas, que se ruborizaban fácilmente, y ojos límpidos. Su atuendo no era adecuado para Cheyenne, pero iba bien con el ambiente de aire acondicionado de Washington, donde seguía estando la sede central de Seguridad.

—No hay ninguna duda —respondió Breckenridge, sonrojándose.

—Supongo que ustedes lo saben todo sobre Ellos —dijo Lynn, sin poder reprimir el tono irónico.

No se dio cuenta del énfasis que había puesto en el pronombre que aludía al enemigo, como equivalente de una mayúscula. Era un hábito cultural de su generación y de la precedente. Nadie decía «Este», «rojos», «soviéticos» ni «rusos», ya que hubiera resultado demasiado confuso, pues algunos de Ellos no eran del Este ni rojos ni soviéticos ni mucho menos rusos. Parecía mucho más simple —y mucho más preciso— decir Nosotros y Ellos.

Quienes viajaban venían comentando que Ellos hacían lo mismo a la inversa. Al otro lado, Ellos era Nosotros (en el idioma correspondiente) y Nosotros era Ellos.

Nadie pensaba en esas cosas. Era natural y espontáneo. Ni siquiera se trataba de odio. Al principio se llamó Guerra Fría, pero era ya tan sólo un juego, un juego benévolo, con reglas tácitas y una cierta decencia.

—¿Por qué iban a querer Ellos alterar la situación? —preguntó Lynn bruscamente.

Se levantó y miró el mapa del mundo colgado de la pared, dividido en dos regiones delimitadas por bordes de un color tenue. Una parte irregular a la izquierda del mapa se encontraba bordeada de verde. La parte más pequeña, pero igualmente irregular de la derecha estaba bordeada de rosa. Nosotros y Ellos.

El mapa no se había alterado mucho en un siglo. La pérdida de Formosa y la conquista de Alemania Oriental, ochenta años atrás, constituían los últimos cambios territoriales de importancia.

Pero sí se había producido un cambio significativo en los colores. Dos generaciones antes, el territorio de Ellos era de color rojo sangre; el de Nosotros, de color blanco inmaculado. Ahora los colores eran más neutros. Lynn había visto los mapas de Ellos y ocurría lo mismo.

—No harían eso —decidió Lynn.

—Lo están haciendo —dijo Breckenridge—, y será mejor que se vaya usted acostumbrando. Por supuesto, comprendo que no es agradable pensar que Ellos nos superan tanto en robótica.

Sus ojos permanecían límpidos, pero las palabras eran incisivas, y Lynn se estremeció con su impacto.

Desde luego, eso explicaba por qué un jefe de Robótica se enteraba tan tarde y por medio de un funcionario de Seguridad. Había perdido prestigio a ojos del Gobierno; si Robótica había fallado en la lucha, Lynn no podía esperar la menor misericordia política.

—Aunque lo que usted afirma sea cierto —se defendió Lynn—, Ellos no nos superan tanto. Nosotros podemos construir robots humanoides.

—¿Lo hemos hecho?

—Sí, en efecto. Hemos construido algunos modelos experimentales.

—Ellos ya lo hicieron hace diez años. Y llevan diez años de progreso.

Lynn estaba consternado. Se preguntó si su incredulidad era resultado del orgullo herido y del temor por su empleo y su reputación. Se sintió avergonzado ante esa posibilidad, pero aun así debía actuar a la defensiva.

—Mire, joven, el equilibrio entre Ellos y Nosotros nunca ha sido perfecto en todos sus detalles. Siempre nos llevaron la delantera en uno u otro aspecto, y Nosotros en algún otro. Si ahora nos llevan la delantera en robótica, es porque le han consagrado mayores esfuerzos que Nosotros. Y eso significa que en alguna otra rama Nosotros nos hemos esforzado más que Ellos. Quizá signifique que estamos más adelantados en investigación de campos de fuerza o en hiperatómica.

Lynn se sintió turbado ante su propia declaración. Lo que decía era cierto, pero ése era el gran peligro que amenazaba al mundo. El mundo dependía de que el equilibrio fuera lo más perfecto posible. Si la balanza se inclinaba demasiado en una u otra dirección...

Casi al principio de lo que fue la Guerra Fría, ambos bandos desarrollaron armas termonucleares, lo que hizo impensable la idea de una guerra. La competencia pasó de lo militar a lo económico y lo psicológico, y se mantuvo allí.

Pero cada bando siempre procuraba romper el equilibrio, desarrollar una defensa para todo tipo de ofensiva para la que no hubiera defensa; algo que posibilitara la guerra. Y no porque ambos bandos ansiaran la guerra, sino porque los dos temían que el otro realizara primero ese descubrimiento decisivo.

A lo largo de cien años, cada uno de los bandos mantuvo pareja la lucha. Durante cien años se conservó la paz, mientras iban apareciendo, como subproductos de una investigación continua, los campos de fuerza, la energía solar, el control de los insectos y los robots. Los dos bandos comenzaron a aventurarse en el campo de la mentálica, que era el nombre que se le dio a la bioquímica y la biofísica del pensamiento, y ambos tenían puestos de avanzada en la Luna y en Marte. La humanidad progresaba a grandes pasos por obra del reclutamiento forzoso.

Incluso era necesario para ambos bandos comportarse de un modo decente y humanitario entre sí, pues la crueldad y la tiranía podían granjearle amigos al bando contrario.

Era imposible que se hubiera roto el equilibrio con el estallido de una guerra.

—Quiero consultar a uno de mis hombres. Necesito su opinión.

—¿Es de fiar?

Lynn hizo una mueca de disgusto.

—¡Cielo santo! ¿A quién de la Oficina de Robótica no han investigado a fondo ustedes hasta el aburrimiento? Sí, garantizo que es de fiar. Si no se puede confiar en un hombre como Humphrey Carl Laszlo, entonces no estamos en condiciones de hacer frente a ese ataque que usted afirma que Ellos han lanzado, hagamos lo que hagamos.

—He oído hablar de Laszlo.

—Bien, ¿y lo aprueba?

—Sí.

—De acuerdo entonces. Le haré pasar y nos enteraremos de qué opina sobre la posibilidad de que una fuerza de robots invada Estados Unidos.

—No exactamente —murmuró Breckenridge—. Sigue usted sin aceptar la realidad. De lo que tiene que enterarse es de qué opina sobre que una fuerza de robots haya invadido ya, de hecho, Estados Unidos.

Laszlo era nieto de un húngaro que había escapado atravesando lo que entonces se llamaba Telón de Acero y eso lo eximía de toda sospecha. Era corpulento y calvo y mostraba una expresión pendenciera en su rostro desafiante, pero tenía el acento exquisito de Harvard y hablaba con voz muy queda.

Para Lynn, que después de pasarse años en administración sabía que ya no era experto en las diversas fases de la robótica moderna, Laszlo suponía un cómodo depósito de conocimientos. La mera presencia de ese hombre lo tranquilizaba.

—¿Qué opinas? —le preguntó.

Laszlo contorsionó el rostro en un gesto feroz.

—¿De que Ellos estén tan adelantados? Totalmente increíble. Significaría que han producido humanoides que no se pueden diferenciar de los seres humanos a poca distancia. Significaría un considerable avance en robomentálica.

—Usted está comprometido personalmente —observó fríamente Breckenridge—. Dejando de lado el orgullo profesional, ¿por qué es imposible que Ellos estén tan adelantados?

Laszlo se encogió de hombros.

—Le aseguro que estoy muy familiarizado con todos sus textos sobre robótica. Sé aproximadamente en qué punto se encuentran.

—Usted sabe aproximadamente en qué punto quieren Ellos que usted piense que se encuentran —le corrigió Breckenridge—. ¿Ha ido alguna vez al otro lado?

—No.

—¿Y usted, señor Lynn?

—No, tampoco.

—¿Alguien de Robótica ha ido al otro lado en los últimos veinticinco años? —preguntó Breckenridge, con el aplomo de quien conoce ya la respuesta.

Durante varios segundos hubo una atmósfera de concentrada reflexión. El ancho rostro de Laszlo manifestó cierta inquietud.

—Hace mucho tiempo que Ellos no organizan una conferencia sobre robótica —manifestó.

—Veinticinco años —dijo Breckenridge—. ¿No es significativo?

—Tal vez —admitió de mala gana Laszlo—. Pero lo que me molesta es otra cosa, que ninguno de Ellos ha asistido jamás a nuestras conferencias sobre robótica, que yo recuerde.

—¿Fueron invitados?

—Desde luego —intervino Lynn, con aire de preocupación.

—¿Se niegan a asistir a conferencias científicas de otro tipo que organicemos Nosotros?— preguntó Breckenridge.

—No lo sé —respondió Laszlo, paseando de un lado a otro—. No he oído hablar de ningún caso. ¿Y usted, jefe?

—No —dijo Lynn.

—¿No dirían ustedes que es como si Ellos no quisieran ponerse en la situación de tener que corresponder a la invitación? ¿O como si temieran que sus hombres hablaran demasiado?

Eso parecía, en efecto, y Lynn tuvo la abrumadora convicción de que Seguridad estaba en lo cierto.

¿Por qué otra razón no se establecían contactos sobre robótica? Durante años, los investigadores se estuvieron desplazando en ambas direcciones y de uno en uno, desde los días de Eisenhower y Khruschev. Había buenos motivos para ello: una honesta apreciación del carácter supranacional de la ciencia; impulsos de amistad, que resultaban difíciles de erradicar de los individuos; el deseo de someterse a una perspectiva nueva e interesante, y lograr que los otros saludaran como nuevas e interesantes las ideas trilladas propias.

Los Gobiernos mismos deseaban que la situación continuara. Siempre existía la posibilidad de que, sonsacando todo lo posible y callando lo máximo posible, el intercambio resultara favorable.

Pero no ocurría así en el campo de la robótica.

Un pequeño detalle. Más aún, un detalle que conocían desde siempre. Lynn pensó con tristeza que se habían arrellanado en la complacencia.

Como el otro bando no hacía nada públicamente en robótica, lo tentador era recostarse en la certeza de la superioridad. ¿Por qué no había parecido posible, y ni siquiera probable, que Ellos ocultaran mejores naipes, una carta de triunfo para el momento apropiado?

Era evidente que Laszlo había llegado a las mismas conclusiones, pues preguntó:

—¿Qué podemos hacer?

—¿Hacer? —repitió Lynn.

Le costaba pensar en nada, salvo en el total horror que le causaba esa nueva convicción. En alguna parte de Estados Unidos había diez robots humanoides, cada cual portando un fragmento de una bomba CT.

¡CT! La carrera por el puro horror en materia de bombas había finalizado allí. ¡CT! ¡Conversión Total! El Sol ya no servía como sinónimo. La conversión total hacía que el Sol pareciera una simple vela de cumpleaños.

Los humanoides, cada uno de ellos inofensivo por separado, podían, por el mero hecho de reunirse, superar la masa crítica y...

Lynn se levantó con esfuerzo. Sus prominentes ojeras, que por lo general le conferían a su feo rostro un aire amenazador, aparecían más visibles que nunca.

—Tendremos que hallar modos de distinguir a un humanoide de un humano para localizar a los humanoides.

—¿En cuánto tiempo? —murmuró Laszlo.

—¡Como mínimo, cinco minutos antes de que se reúnan! —gritó Lynn—. Y no tengo ni idea de cuándo se van a reunir.

Breckenridge dio su aprobación con un movimiento de cabeza.

—Me alegro de que esté usted de nuestra parte. He de llevarle a Washington a una reunión.

Lynn enarcó las cejas:

—De acuerdo.

Se preguntó si lo habrían reemplazado de haber tardado más en dejarse convencer y si asistiría a la reunión de Washington un nuevo jefe de la Oficina de Robótica. De pronto, deseó fervientemente que pasara precisamente eso.

Allí se encontraban el ayudante primero del Presidente, el ministro de Ciencias, el ministro de Seguridad, Lynn y Breckenridge. Cinco hombres sentados alrededor de una mesa en las mazmorras de una fortaleza subterránea cercana a Washington.

El ayudante presidencial Jeffreys era un hombre imponente y apuesto, de cabello cano y mandíbula prominente, fuerte, reflexivo y tan diplomático como debía serlo un ayudante del Presidente.

—A mi juicio, nos enfrentamos a tres preguntas —manifestó—. Primera, ¿cuándo se reunirán los humanoides? Segunda, ¿dónde se reunirán? Y tercera, ¿cómo los detendremos antes de que se reúnan?

Amberley, el ministro de Ciencias, asintió repetida y convulsivamente con la cabeza. Había sido decano de la Facultad de Ingeniería del Noroeste antes de ocupar ese cargo. Era delgado, anguloso y muy nervioso. Su dedo índice no paraba de trazar lentamente círculos sobre la mesa.

—En cuanto a cuándo se reunirán —dijo—, es evidente que tardarán un tiempo.

—¿Por qué lo dice? —preguntó Lynn.

—Hace por lo menos un mes que se encuentran en Estados Unidos. Eso afirma Seguridad.

Lynn se volvió automáticamente hacia Breckenridge, y Macalaster, el ministro de Seguridad, interceptó esa mirada y salió en defensa del funcionario de su Ministerio:

—La información es fiable. No se deje engañar por la aparente juventud de Breckenridge, señor Lynn. En parte nos resulta valioso por eso. En realidad, tiene treinta y cuatro años y hace diez que trabaja en el Ministerio. Estuvo en Moscú durante casi un año y sin él no sabríamos nada sobre este terrible peligro. De ese modo obtuvimos la mayoría de los detalles.

—Pero no los decisivos —objetó Lynn.

Macalaster sonrió con frialdad. Su barbilla gruesa y sus ojos cejijuntos eran bien conocidos, pero no se sabía casi nada más sobre él.

—Todos tenemos limitaciones humanas, señor Lynn —observó—. El agente Breckenridge ha conseguido muchísimo.

—Digamos que contamos con algo de tiempo —intervino el ayudante del Presidente—. Si hubieran necesitado actuar de inmediato lo habrían hecho ya. Parece bastante probable que están esperando un momento específico. Si conociéramos el lugar, tal vez el momento nos sería evidente.

—Si piensan atacar un blanco con una C.T., querrán provocar el mayor daño posible, así que sospecho que ese blanco es una ciudad importante. En cualquier caso, una metrópoli es el único blanco digno de una C.T. Creo que existen cuatro posibilidades: Washington, como centro administrativo; Nueva York como centro financiero; y Detroit y Pittsburgh, como principales centros industriales.

—Yo voto por Nueva York —declaró Malacaster, de Seguridad—. La administración y la industria están tan descentralizadas que la destrucción de una ciudad no impediría una represalia inmediata.

—Entonces, ¿por qué Nueva York? —preguntó Amberley, de Ciencias, quizá con más brusquedad de la que se proponía—. Las finanzas también están descentralizadas.

—Por una cuestión de moral. Tal vez pretenden quebrantar nuestra voluntad de resistencia, inducir a una rendición por el puro horror del primer golpe. La mayor destrucción de vidas humanas se daría en el área metropolitana de Nueva York...

—Vaya sangre fría —masculló Lynn.

—En efecto —asintió Malacaster—, pero serán capaces de ello si piensan que significará lograr la victoria final de un solo golpe. ¿Acaso nosotros no...?

El ayudante del Presidente se alisó su cabello blanco.

—Supongamos lo peor. Supongamos que Nueva York resultara destruida en algún momento del invierno, preferiblemente al cabo de una tormenta fuerte, cuando las comunicaciones se hallan en peor estado y la desorganización de los servicios públicos y del suministro alimentario en las zonas marginales está en su momento más preocupante. ¿Cómo los detenemos?

—Hallar diez hombres entre doscientos veinte millones... —murmuró Amberley—. Es una pequeñísima aguja en un inmenso pajar.

—Se equivoca —replicó Jeffreys, meneando la cabeza—. Son diez humanoides entre doscientos veinte millones de humanos.

—No veo la diferencia —insistió el ministro de Ciencias—. No sabemos si un humanoide se puede distinguir de un humano a simple vista. Tal vez no se pueda.

Miró a Lynn. Todos miraron a Lynn.

—En Cheyenne no hemos podido fabricar ninguno que pasara por humano a la luz del día —dijo muy serio Lynn.

—Pero Ellos sí han podido —hizo notar el ministro de Seguridad—, y no sólo físicamente. Estamos seguros de ello. Disponen de procedimientos metálicos tan avanzados que pueden copiar el patrón microelectrónico del cerebro y grabarlo en las sendas positrónicas del robot.

Lynn lo miró perplejo.

—¿Insinúa usted que Ellos pueden crear replicantes de seres humanos, con personalidad y memoria?

—Así es.

—¿De seres humanos específicos?

—Correcto.

—¿Esto también se basa en los hallazgos del agente Breckenridge?

—Sí. Las pruebas son irrefutables.

Lynn reflexionó un instante.

—Es decir que en Estados Unidos hay diez hombres que no son hombres, sino humanoides —dijo al fin—. Pero Ellos tendrían que haber contado con originales. No podrían ser orientales, que resultarían fáciles de localizar, así que tienen que ser europeos del Este. ¿Cómo los habrían introducido en este país? Dada la precisión de la red de radar en todas las fronteras del mundo, ¿cómo se podría introducir un individuo, humano o humanoide, sin que lo supiéramos?

—No es imposible —manifestó Macalaster—. Hay ciertas filtraciones lícitas en la frontera; empresarios, pilotos e incluso turistas. Ambos lados los vigilan, por supuesto, pero diez de ellos pudieron ser secuestrados y utilizados como modelos para los humanoides. Luego, habrían enviado a los humanoides en su lugar y, como nosotros no esperábamos esa sustitución, pasaron inadvertidos. Si eran norteamericanos no tendrían dificultades para entrar en el país. Es así de simple.

—¿Y ni siquiera sus amigos y sus parientes habrían notado la diferencia?

—Debemos suponer que no. Créame, hemos estado pendientes de todo informe que implicara un ataque repentino de amnesia o un cambio inquietante de personalidad. Hemos investigado a miles de personas.

Amberley se miró las yemas de los dedos al decir:

—Creo que las medidas comunes no darán resultado. El ataque debe provenir de la Oficina de Robótica, y depende del jefe de esa oficina.

De nuevo las miradas confluyeron en Lynn.

Lynn sintió que lo invadía el resentimiento. Tuvo la impresión de que la reunión estaba destinada a eso. No había solución para el problema, ninguna sugerencia significativa. Era una artimaña oficial, una artimaña de hombres que temían la derrota y deseaban que la responsabilidad recayera clara e inequívocamente en otra persona.

Pero había algo de justo en todo ello. Robótica había bajado la guardia. Y Lynn no era sólo Lynn; era Lynn de Robótica y suya tenía que ser la responsabilidad.

—Haré lo que pueda —dijo.

Pasó la noche en vela y, a la mañana siguiente, se sentía cansado en cuerpo y alma cuando solicitó y consiguió otra entrevista con el ayudante presidencial Jeffreys. Breckenridge estaba presente y, aunque Lynn hubiera preferido un encuentro en privado, comprendía que era una situación justa, pues Breckenridge había logrado ser influyente en el Gobierno como consecuencia de su brillante labor de espionaje. Bien, y ¿por qué no?

—Estoy pensando en la posibilidad de que el enemigo haya sembrado una falsa alarma —dijo Lynn.

—¿En qué sentido?

—Por impaciente que a veces se ponga el público, y por mucho que en ocasiones los legisladores encuentren conveniente hablar de ello, el Gobierno al menos reconoce que el equilibrio mundial es beneficioso, y Ellos también lo reconocen seguramente. Diez humanoides con una bomba CT es un modo trivial de romper ese equilibrio.

—La destrucción de quince millones de seres humanos no es trivial.

—Lo es desde el punto de vista del poder mundial. No nos desmoralizaría hasta el punto de firmar la rendición ni nos dejaría inutilizados hasta el extremo de convencernos de que no podemos ganar. Habría una guerra a muerte a escala planetaria, algo que ambos bandos han eludido con éxito durante mucho tiempo. Y Ellos sólo habrían logrado que combatiéramos con una ciudad menos. No es suficiente.

—¿Que sugiere usted? —preguntó fríamente Jeffreys—. ¿Que Ellos no tienen diez humanoides en nuestro país? ¿Que no hay una bomba CT esperando a ser montada?

—Concederé que esas cosas existen, pero quizá por una razón más importante que el mero estallido de una bomba.

—¿Como cuál?

—Es posible que la destrucción física resultante de la reunión de los humanoides no sea lo peor que pueda ocurrirnos. ¿Qué me dice de la destrucción moral e intelectual que se deriva de su mera presencia? Con el debido respeto al agente Breckenridge, es posible que Ellos deseen que tengamos conocimiento de los humanoides, los cuales quizá no estén destinados a reunirse, sino a permanecer separados para mantenernos en constante preocupación.

—¿Por qué?

—Dígame, ¿qué medidas se han tomado contra los humanoides? Supongo que Seguridad está revisando las fichas de todos los ciudadanos que han cruzado la frontera o se han aproximado a ella lo suficiente como para posibilitar un secuestro. Por lo que ayer dijo Macalaster, sé que están investigando casos psiquiátricos sospechosos. ¿Qué más?

—Se están instalando pequeños aparatos de rayos X en lugares clave de las grandes ciudades —le informó Jeffreys—. En los estadios, por ejemplo...

—¿Donde diez humanoides podrían mezclarse con los cien mil espectadores de un partido de fútbol o de aeropolo?

—Exacto.

—¿Y en salas de conciertos y en iglesias?

—Tenemos que empezar por alguna parte. No podemos hacerlo todo de golpe.

—Particularmente, porque hay que evitar el pánico, ¿verdad? No conviene que el público advierta que en cualquier momento una ciudad cualquiera puede esfumarse junto con todos sus habitantes.

—Es obvio. ¿Adónde quiere llegar?

—Una parte cada vez mayor de nuestro esfuerzo nacional se desviará hacia ese desagradable problema al que Amberley denominó hallar una pequeñísima aguja en un inmenso pajar. Nos perseguiremos la cola furiosamente, mientras Ellos progresan en sus investigaciones hasta un punto en el que no podamos alcanzarlos, en que debamos rendirnos sin siquiera chascar los dedos en represalia. Y, además, esta noticia se difundirá según vaya participando más gente en las medidas de precaución, y más gente empezará a adivinar qué ocurre. ¿Y entonces qué? El pánico podría hacernos más daño que una bomba CT.

—En nombre del cielo —exclamó el ayudante presidencial—, ¿qué sugiere que hagamos?

—Nada. No caer en la trampa. Vivir como hemos vivido y apostar a que Ellos no se atreverán a romper el equilibrio por llevar de ventaja una sola bomba.

—¡Imposible! ¡Totalmente imposible! Nuestro bienestar descansa en mis manos y no puedo permitirme el lujo de no hacer nada. Quizás estoy de acuerdo con usted en que las máquinas de rayos X en los estadios deportivos constituyen una medida superficial que no resultará efectiva, pero hay que tomarla para que, después, la gente no llegue a la amarga conclusión de que entregamos nuestro país en aras de un sutil razonamiento que nos indujo a no actuar. De hecho, nuestra contraofensiva va a ser muy activa, por el contrario.

—¿En qué sentido?

El ayudante presidencial miró a Breckenridge. El joven funcionario de Seguridad, que había permanecido callado hasta ese momento, dijo:

—No tiene sentido hablar de una posible ruptura del equilibrio en el futuro cuando el equilibrio está roto ahora. No importa si esos humanoides van o no van a estallar. Quizá sólo sean un señuelo para distraernos, como dice usted. Pero lo cierto es que llevamos un cuarto de siglo de retraso en robótica y eso puede ser fatal. ¿Qué otros avances en robótica nos sorprenderán si estalla una guerra? La única respuesta es encauzar todas nuestras fuerzas de inmediato, ahora mismo, hacia un programa relámpago de investigación en robótica, y el primer problema que hay que solucionar es hallar a los humanoides. Considérelo un ejercicio de robótica, si quiere, o llámelo impedir la muerte de quince millones de hombres, mujeres y niños.

Lynn movió la cabeza en sentido negativo.

—No puede hacerlo. Les estaría siguiendo el juego. Ellos quieren llevarnos hacia un callejón sin salida para tener la libertad de avanzar en las demás direcciones.

—Eso supone usted —replicó Jeffreys con impaciencia—. Breckenridge ha cursado esta propuesta a través de los canales indicados y el Gobierno la ha aprobado, así que comenzaremos con una conferencia multicientífica.

—¿Multicientífica?

—Hemos confeccionado una lista de todos los científicos importantes de cada rama de las ciencias naturales —le explicó Breckenridge—. Irán todos a Cheyenne. Habrá un solo punto en el orden del día: Cómo lograr progresos en robótica. El principal subapartado será: Cómo desarrollar un aparato receptor de los campos electromagnéticos de la corteza cerebral, que sea lo suficientemente delicado como para distinguir entre un cerebro humano protoplasmático y un cerebro humanoide positrónico.

—Esperábamos que usted quisiera dirigir esa conferencia —dijo Jeffreys.

—No se me ha consultado.

—Evidentemente no nos sobraba tiempo. ¿Acepta el cargo?

Lynn sonrió. De nuevo era una cuestión de responsabilidad. La responsabilidad debía recaer sobre Lynn de Robótica. Tenía la sensación de que sería Breckenridge quien realmente llevaría la voz cantante. Pero ¿qué podía hacer?

—Acepto —contestó.

Breckenridge y Lynn regresaron juntos a Cheyenne, donde esa noche Laszlo escuchó con hosco recelo la descripción que le hizo Lynn de los acontecimientos venideros.

—Mientras usted no estaba, jefe, sometí cinco modelos experimentales de estructura humanoide a los procedimientos de verificación. Nuestros hombres trabajan doce horas al día, en tres turnos superpuestos. Si hemos de organizar una conferencia, estaremos atestados de gente y la burocracia será infernal. El trabajo se detendrá.

—Sólo será transitorio. Ganará más de lo que pierda.

Laszlo frunció el ceño.

—Un grupo de astrofísicos y geoquímicos no nos ayudará en robótica.

—La perspectiva de otros especialistas puede ser útil.

—¿Está seguro? ¿Cómo sabemos que existe un modo de detectar ondas cerebrales y, en tal caso, que hay un modo de distinguir al humano del humanoide por el patrón ondulatorio? ¿Quién ha montado este proyecto?

—Yo —respondió Breckenridge.

—¿Usted? ¿Es usted experto en robótica?

—He estudiado robótica —contestó serenamente el funcionario de Seguridad.

—No es lo mismo.

—He tenido acceso a textos sobre robótica rusa, en ruso. Información ultrasecreta y mucho más avanzada que toda la que poseen ustedes.

—En eso tiene razón, Laszlo.

—Partiendo de ese material —continuó Breckenridge— sugerí esta línea de investigación. Cabe suponer que, al copiar el patrón electromagnético de una mente humana específica en un cerebro positrónico específico, no se pueda conseguir un duplicado exacto. Por lo pronto, el más complejo cerebro positrónico, con la pequeñez suficiente para caber en un cráneo humano, es cientos de veces menos complejo que el cerebro humano. No puede captar todos los matices, por lo tanto, y tiene que haber un modo de sacar partido de ese detalle.

Laszlo quedó impresionado a su pesar, y Lynn sonrió amargamente. No costaba mucho enfurecerse con Breckenridge y la inminente intrusión de varios cientos de científicos de otras especialidades, pero el problema era estimulante. Al menos, les quedaba ese consuelo.

La idea se le ocurrió sin sobresaltos.

Lynn se encontró con que no tenía nada que hacer salvo permanecer en su despacho, en un puesto ejecutivo que era meramente nominal. Tal vez eso contribuyó. Tuvo tiempo para pensar, para imaginar a científicos creativos de medio mundo convergiendo en Cheyenne.

Era Breckenridge quien, con fría eficiencia, manejaba los preparativos. Había sido esa especie de seguridad al decir: «Reunámonos y venceremos».

Reunámonos.

Se le ocurrió tan sin sobresaltos que un testigo sólo hubiera visto que, en ese momento, Lynn parpadeaba dos veces, pero nada más.

Hizo lo que tenía que hacer con un distanciamiento que lo mantuvo sereno cuando lo más lógico era volverse loco.

Buscó a Breckenridge en su improvisado cuartel general. El funcionario estaba a solas y tenía el ceño fruncido.

—¿Algún problema?

—Creo que ninguno —contestó Lynn, con un cierto cansancio—. He decretado la ley marcial.

—¿Qué?

—Como jefe de división, puedo hacerlo si considero que la situación lo requiere. Dentro del ámbito de mi división puedo ser un dictador. Es una de las ventajas de la descentralización.

—Anule esa orden de inmediato. —Breckenridge avanzó un paso—. Cuando Washington se entere de esto, significará su deshonra.

—Ya estoy deshonrado, de cualquier modo. ¿Cree que no me doy cuenta de que me han preparado el papel del mayor villano de la historia estadounidense, el del hombre que permitió que Ellos rompieran el equilibrio? No tengo nada que perder, y tal vez mucho que ganar. —Soltó una risa histérica—. Qué buen objetivo será la división de Robótica, ¿eh, Breckenridge? Sólo unos cuantos miles de hombres eliminados por una bomba CT, capaz de arrasar ochocientos kilómetros cuadrados en un microsegundo. Pero quinientos de esos hombres serán nuestros más importantes científicos. Nos encontraríamos entonces en la peculiar situación de tener que elegir entre entrar en guerra, cuando acaban de reventarnos los sesos, o rendirnos. Creo que nos rendiríamos.

—Pero eso es imposible, Lynn. ¿Me oye? ¿Me entiende? ¿Cómo podrían los humanoides burlar nuestras medidas de seguridad? ¿Cómo podrían reunirse?

—¡Se están reuniendo ya! Los estamos ayudando. Les estamos ordenando que se reúnan. Nuestros científicos viajan al otro lado, Breckenridge. Viajan regularmente. Usted mismo comentó que era extraño que ningún especialista en robótica lo hiciera. Pues bien, diez de esos científicos aún están allí y serán reemplazados por diez humanoides que vendrán a Cheyenne.

—Es una conjetura ridícula.

—Yo creo que es buena, Breckenridge. Pero no hubiera funcionado a menos que, al enterarnos de que los humanoides estaban en Estados Unidos, organizáramos la conferencia. Es una gran coincidencia que usted trajera la noticia de los humanoides, sugiriese la conferencia y el orden del día, esté a cargo del espectáculo y sepa exactamente qué científicos han sido invitados. ¿Se ha asegurado de que en la lista figuren esos diez?

—¡Doctor Lynn! —exclamó Breckenridge fuera de sí, disponiéndose a abalanzarse sobre él.

—No se mueva. Llevo una pistola. Aguardaremos a que los científicos lleguen uno a uno y uno a uno los examinaremos con rayos X. Uno a uno. Comprobaremos su radiactividad. No dejaremos que dos de ellos se reúnan sin registrarlos antes y, si los quinientos pasan la prueba, le entregaré mi pistola y me rendiré a usted. Sólo que sospecho que encontraremos a esos diez humanoides. Siéntese, Breckenridge. —Ambos se sentaron—. Esperaremos, y, cuando esté cansado, Laszlo me reemplazará. Esperaremos.

El profesor Manuel Jiménez, del Instituto de Estudios Avanzados de Buenos Aires, estalló en un avión a reacción estratosférico que volaba a cinco mil metros de altura sobre el valle del Amazonas. Fue una simple explosión química, pero suficiente para destruir el avión.

El profesor Herman Liebowitz, del MIT, estalló en un monorraíl, matando a veinte personas e hiriendo a otras cien.

Del mismo modo, el profesor Auguste Marin, del Instituto Nucleónico de Montreal, y otros siete científicos más perecieron en diferentes etapas de su viaje a Cheyenne.

Laszlo entró corriendo y muy excitado dio la noticia. Hacía sólo dos horas que Lynn estaba allí sentado, encañonando a Breckenridge con la pistola.

—Pensé que estaba chiflado, jefe, pero tenía usted razón. Eran humanoides. Tenían que serlo. —Se volvió hacia Breckenridge, con los ojos cargados de odio—. Sólo que alguien los avisó. Él los avisó, y ahora no queda ninguno intacto. No podemos estudiar a ninguno.

—¡Por Dios! —exclamó Lynn, y con gran celeridad apuntó el arma hacia Breckenridge y disparó. El cuello del agente voló hecho pedazos, el torso se desprendió y la cabeza cayó, chocó contra el suelo y echó a rodar—. No había caído en la cuenta. Creí que era un traidor, nada más.

Y Laszlo se quedó paralizado, con la boca abierta e incapaz momentáneamente de decir una palabra.

—Claro que los avisó —añadió Lynn—. ¿Pero cómo podía hacerlo sentado en esa silla, a menos que estuviera equipado con un transmisor de radio? ¿No lo entiendes? Breckenridge estuvo en Moscú, y el verdadero Breckenridge todavía sigue allí. ¡Por Dios, eran once!

—¿Por qué no estalló?

—Supongo que esperaba a tener la certeza de que los otros habían recibido el mensaje y estaban destruidos. Cielos, cuando entraste con la noticia y comprendí la verdad, me apresuré a disparar. Dios sabrá por cuántos segundos me adelanté a él.

—Al menos tendremos uno para estudiar —dijo Laszlo, con voz trémula.

Se agachó y metió los dedos en el pegajoso fluido que brotaba por los mutilados bordes del cuello del cuerpo decapitado.

No era sangre, sino aceite de calidad superior para máquinas.

Paté de hígado

No podría revelar mi verdadero nombre aunque quisiera, y en estas circunstancias no quiero revelarlo.

No soy buen escritor, así que le pedí a Isaac Asimov que se encargara de redactar esto por mí. Lo escogí a él por varias razones. Primero, porque es bioquímico, así que comprende de qué hablo, al menos en parte. Segundo, porque sabe escribir, o al menos —lo cual no necesariamente significa lo mismo— ha publicado bastante.

No fui el primero que tuvo el honor de conocer a la Gallina. El primero fue un algodonero de Tejas llamado Ian Angus MacGregor, que era el dueño antes de que el ave pasara a manos del Gobierno.

En el verano de 1955, MacGregor envió cartas al Ministerio de Agricultura, solicitando información sobre la incubación de huevos de gallina. El Ministerio le remitió todos los folletos disponibles sobre el tema, pero MacGregor se limitó a enviar cartas aún más apasionadas, en las que abundaban las referencias a su «amigo», el diputado local.

Mi conexión con el asunto es que trabajo en el Ministerio de Agricultura. Como ya iba a asistir a una convención en San Antonio en julio de 1955, mi jefe me pidió que pasara por la finca de MacGregor y viera en qué podía ayudarlo. Somos funcionarios públicos y, además, habíamos recibido una carta del diputado de MacGregor.

El 17 de julio de 1955 conocí a la Gallina.

Primero conocí a MacGregor. Era un cincuentón alto, de rostro arrugado y suspicaz. Revisé toda la información que él había recibido y le pregunté cortésmente que si podía ver sus gallinas.

314

—No son gallinas, amigo. Es una sola gallina.

—¿Puedo ver a esa única gallina?

—Mejor será que no.

—Entonces, no puedo ayudarlo más. Si es una sola gallina, pues eso es que le pasa algo. ¿Por qué se preocupa por una gallina? Cómasela.

Me levanté y cogí mi sombrero.

—¡Espere! —Me quedé mirándolo mientras él apretaba los labios, entrecerraba los ojos y libraba una callada lucha consigo mismo—. Acompáñeme.

Lo acompañé hasta un corral, rodeado de alambre de espinos cerrado con llave, que albergaba una gallina: la Gallina.

—Ésta es la Gallina —dijo, y lo pronunció de tal manera que hasta pude oír la mayúscula.

La miré. Parecía como cualquier otra gallina gorda, oronda y malhumorada.

—Y éste es uno de sus huevos —añadió MacGregor—. Estuvo en la incubadora. No pasa nada.

Lo sacó del espacioso bolsillo del mono. Había una tensión extraña en la forma en que lo sostenía.

Fruncí el ceño. Algo no iba bien en ese huevo. Era más pequeño y más esférico de lo normal.

—Cójalo —me ofreció MacGregor.

Lo cogí. O lo intenté. Usé la fuerza indicada para un huevo de ese tamaño, y se quedó donde estaba. Tuve que esforzarme más para levantarlo.

Comprendí por qué MacGregor lo sostenía de un modo extraño: pesaba casi un kilo.

Lo miré, apretándolo en la palma, y MacGregor sonrió socarronamente.

—Tírelo —dijo.

Me quedé boquiabierto, así que el propio MacGregor me lo quitó de la mano y lo tiró.

Cayó con un ruido blando. No se rompió. No hubo un reventón de clara y yema. Sólo se quedó allí, clavado en el suelo.

Lo recogí. La blanca cáscara se había partido en el lugar del impacto. Algunos trozos se astillaron y lo que brillaba dentro era de un tono amarillo apagado.

Me temblaban las manos. Aunque apenas podía mover los dedos, quité parte del resto de la cáscara y miré aquello amarillo.

No tenía que realizar ningún análisis. El corazón me lo decía.

¡Me encontraba ante la mismísima Gallina!

¡La Gallina de los Huevos de Oro! El primer problema a resolver fue conseguir que MacGregor me diera el huevo de oro. Yo estaba casi histérico.

—Le entregaré un recibo. Le garantizaré el pago. Haré todo lo que sea razonable.

—No quiero que el Gobierno meta las narices —protestó tercamente.

Pero yo era el doble de terco y, finalmente, le firmé un recibo y él me acompañó hasta el coche y se quedó en la carretera, siguiéndome con la vista mientras yo me alejaba.

El jefe de mi sección del Ministerio de Agricultura se llama Louis P. Bronstein. Nos llevamos bien y pensé que podría explicarle la situación sin que me pusiera bajo observación psiquiátrica. Aun así, no corrí riesgos. Tenía el huevo conmigo y cuando llegué a la parte peliaguda lo puse sobre el escritorio.

—Es un metal amarillo y pudiera ser bronce, sólo que es inerte ante el ácido nítrico concentrado.

—Es un fraude —dijo Bronstein—. Tiene que serlo.

—¿Un fraude que utiliza oro de verdad? Recuerda que cuando lo vi por primera vez estaba totalmente cubierto por una cáscara de huevo auténtica e intacta. Ha sido fácil analizar un fragmento de la cáscara. Carbonato de calcio.

El Proyecto Gallina se puso en marcha. Era el 20 de julio de 1955.

Yo fui el investigador responsable desde el principio y permanecí a cargo de la investigación durante todo el proyecto, aunque el asunto pronto me sobrepasó.

Comenzamos con ese huevo. El promedio de su radio era de 35 milímetros (eje mayor, 72 milímetros; eje menor, 68 milímetros). La cápsula de oro tenía 2,45 milímetros de grosor. Al estudiar otros huevos después, descubrimos que este valor era bastante alto. El grosor medio resultó ser de 2,1 milímetros.

Por dentro era un huevo. Parecía un huevo y olía como un huevo.

Se analizaron las partes alícuotas y los componentes orgánicos eran bastante normales. La clara era albúmina en un 9,7%. La yema tenía el complemento normal de vitelina, colesterol, fosfolípido y carotenoide. Carecíamos de material suficiente para analizar otros componentes, pero luego, al disponer de más huevos, lo hicimos y no apareció nada anormal en cuanto al contenido de vitaminas, coenzimas, nucleótidos, grupos de sulfhidrilo, etcétera, etcétera.

Descubrimos una importante anomalía en lo concerniente a la conducta del huevo ante el calor. Una pequeña parte de la yema se calentaba, «endureciéndose» de inmediato. Le dimos una porción del huevo hervido a un ratón. Se la comió y sobrevivió.

Yo mordisqueé otro trozo. Una cantidad pequeña, por supuesto, pero me causó náuseas. Puramente psicosomático, sin duda.

Boris W. Finley, del Departamento de Bioquímica de la Universidad de Temple —un asesor del departamento—, supervisó estos análisis. Dijo, refiriéndose al endurecimiento por hervor:

—La facilidad con que se desnaturalizan térmicamente las proteínas del huevo indica una desnaturalización parcial inicial, y teniendo en cuenta la estructura del huevo se trata de una contaminación por metal pesado.

Así que analizamos una parte de la yema en busca de componentes inorgánicos y descubrimos que poseía una elevada proporción de ion de cloraraurato, un ion de carga simple y que contiene un átomo de oro y cuatro de cloro, cuyo símbolo es $AuC1_4$ —. (El símbolo «Au» para el oro viene de la palabra latina «aurum».) Cuando digo que había una elevada proporción de ion de cloraraurato, me refiero a que había 3,2 partes sobre mil; es decir, un 0,32%. Eso es lo suficientemente alto como para formar complejos insolubles de una «proteína de oro» que se coagularía fácilmente.

—Es evidente que no se puede empollar este huevo —señaló Finley—, ni ningún huevo similar. Está envenenado por metal pesado. Tal vez el oro sea más atractivo que el plomo, pero es igual de venenoso para las proteínas.

Asentí sombríamente.

—Al menos, también está a salvo del deterioro.

—En efecto. Ningún parásito que se precie viviría en esta espesura cloraurífera.

Llegó el definitivo análisis espectrográfico del oro: prácticamente puro. La única impureza detectable era el hierro, en un 0,23% del total. El contenido ferroso de la yema también era el doble del normal. Por el momento, sin embargo, olvidamos el tema del hierro.

Una semana después del inicio del Proyecto Gallina se envió una expedición a Tejas. Fueron cinco bioquímicos (aún poníamos el énfasis en la bioquímica, como se ve), junto con tres camiones repletos de equipo y un escuadrón del Ejército. Yo también fui, desde luego.

En cuanto llegamos, aislamos la granja de MacGregor.

Fue una idea afortunada que tomáramos medidas de seguridad desde el principio. El razonamiento era erróneo, pero los resultados fueron buenos.

El Ministerio quería que el Proyecto Gallina se mantuviera en secreto porque aún flotaba la sospecha de que podía ser un fraude, y no queríamos arriesgarnos a quedar en ridículo. Y si no era un fraude no podíamos exponernos al acoso de los reporteros, que inevitablemente vendrían a husmear buscando un artículo sobre los huevos de oro.

Las implicaciones del asunto sólo se aclararon después del comienzo del Proyecto Gallina y de nuestra llegada a la granja de MacGregor.

Naturalmente, a MacGregor no le gustó verse rodeado de hombres y de equipo. No le gustó que le dijeran que la Gallina era propiedad del Gobierno. No le gustó que le confiscaran los huevos.

No le gustó, pero lo aceptó, si se puede hablar de aceptación cuando alguien debe negociar mientras le instalan una ametralladora en el establo y diez hombres con bayoneta calada desfilan frente a su casa.

Recibió una compensación, por supuesto; ¿qué significa el dinero para el Gobierno?

A la Gallina tampoco le gustaron ciertas cosas. Que le extrajeran muestras de sangre, por ejemplo. No nos atrevíamos a anestesiarla por miedo a alterarle el metabolismo, y se necesitaron dos hombres para sujetarla. ¿Alguna vez han intentado ustedes sujetar a una gallina furiosa?

La Gallina quedó bajo vigilancia las veinticuatro horas del día, con amenaza de consejo de guerra sumarísimo para cualquier persona que dejara que algo le ocurriese. Si alguno de esos soldados lee esta historia, quizá llegue a entrever qué sucedía. En tal caso, tendrá la sensatez de cerrar el pico si sabe lo que le conviene.

La sangre de la Gallina se sometió a todos los análisis concebibles.

Tenía dos partes de cien mil (0,002%) de ion de cloraurato. La sangre tomada de la vena hepática era más rica que el resto, casi cuatro partes de cien mil.

—El hígado —gruñó Finley.

Tomamos radiografías. En el negativo, el hígado era una confusa masa de color gris claro, más claro que las vísceras cercanas, porque detenía más rayos X, puesto que contenía más oro. Los vasos sanguíneos eran más claros que el hígado, y los ovarios eran puro blanco. Ningún rayo X atravesó los ovarios.

Tenía sentido, y en uno de los primeros informes Finley lo expuso con la mayor franqueza posible. En una parte del informe se decía:

«El ion de cloraurato es vertido por el hígado en la corriente sanguínea. Los ovarios actúan como una trampa para el ion, que allí es reducido a oro metálico y depositado como una cáscara en torno del huevo en desarrollo. Las concentraciones relativamente altas del ion de cloraurato no reducido penetran en el contenido del huevo en desarrollo.

»Hay pocas dudas de que este proceso permite a la Gallina liberarse de los átomos de oro que, de continuar acumulándose, la envenenarían. La excreción mediante cáscaras de huevo puede ser nueva en el reino animal, tal vez única, pero es innegable que mantiene viva a la Gallina.

»Lamentablemente, sin embargo, el ovario se emponzoña tanto que se ponen pocos huevos, probablemente sólo los necesarios para liberarse del oro acumulado, y esos pocos huevos son imposibles de empollar».

Esto fue lo que explicó por escrito, pero a los demás nos dijo:

—Eso nos plantea una pregunta embarazosa.

Yo sabía cuál era. Todos lo sabíamos.

¿De dónde venía el oro?

No hubo respuesta por un tiempo, a excepción de algunas pruebas negativas. No se encontró oro perceptible en lo que comía la Gallina ni ésta había engullido ningún guijarro que contuviera oro. No existían rastros de oro en el suelo de la zona y no hallamos nada al examinar la casa y el terreno. No había monedas de oro ni alhajas de oro ni láminas de oro ni relojes de oro ni ninguna otra cosa de oro. Nadie en la granja tenía siquiera empastes de oro en la dentadura.

Estaba la sortija de bodas de la señora MacGregor, desde luego, pero sólo había tenido una en toda su vida y la llevaba puesta.

Entonces, ¿de dónde venía el oro?

Los primeros indicios de la respuesta aparecieron el 16 de agosto de 1955.

Albert Nevis, de Purdue, estaba metiéndole tubos gástricos a la Gallina (otro procedimiento al cual ella se oponía enérgicamente) con la idea de analizar el contenido de su tubo digestivo. Era una de nuestras búsquedas rutinarias de oro exógeno.

Encontramos oro, pero sólo vestigios, y había buenas razones para suponer que esos vestigios habían acompañado a las secreciones digestivas y, por ende, eran de origen endógeno; es decir, interno.

Sin embargo, apareció algo más. Mejor dicho, la carencia de algo.

Yo estaba allí cuando Nevis entró en el despacho que Finley tenía en la estructura prefabricada que habíamos levantado de la noche a la mañana cerca del corral.

—La Gallina tiene poco pigmento biliar —nos informó Nevis—. El contenido del duodeno no muestra casi nada.

Finley frunció el ceño.

—Tal vez la función hepática esté bloqueado a causa de la concentración áurea. Puede que no esté secretando bilis.

—Sí está secretando bilis —replicó Nevis—. Hay ácidos biliares en cantidad normal, o casi normal. Sólo faltan los pigmentos biliares. He realizado un análisis fecal para confirmarlo. No hay pigmentos biliares.

Quiero explicar algo. Los ácidos biliares son esteroides que el hígado vierte en la bilis y que llegan por esa vía al extremo superior del intestino delgado. Estos ácidos biliares son moléculas similares al detergente, que ayudan a emulsionar la grasa de nuestra dieta —o de la dieta de la Gallina— y la distribuyen en forma de pequeñas burbujas en el contenido acuoso del intestino. Esta distribución u homogeneización facilita la digestión de las grasas.

Los pigmentos biliares —la sustancia que le faltaba a la Gallina— son otra cosa. El hígado los genera a partir de la hemoglobina, esa proteína sanguínea roja y portadora de oxígeno. La hemoglobina consumida se descompone en el hígado, y el hemo es separado. El hemo está compuesto por una molécula cuadrangular llamada porfirina, con un átomo de hierro en el centro. El hígado extrae el hierro y lo almacena para un uso futuro; luego, descompone la molécula cuadrangular que queda. Esta porfirina descompuesta es pigmento biliar. Tiene un color pardusco o verdusco —según los nuevos cambios químicos— y se vierte en la bilis.

Los pigmentos biliares no son útiles para el cuerpo. Se vierten en la bilis como productos de desecho. Atraviesan los intestinos y se expulsan con las heces. Más aún, son los responsables del color de las heces.

A Finley le destellaron los ojos.

—Parece ser que el catabolismo de la porfirina no sigue el curso normal en el hígado —dijo Nevis—. ¿No les parece?

Claro que nos parecía.

Después de eso reinó un gran entusiasmo. Por primera vez descubríamos en la Gallina una anomalía metabólica que no estaba directamente relacionada con el oro.

Hicimos una biopsia del hígado (es decir, le sacamos a la Gallina un trozo cilíndrico de hígado). La Gallina sintió dolor, pero no sufrió daño. También tomamos más muestras de sangre.

Aislamos la hemoglobina de la sangre y pequeñas cantidades de los citocromos de las muestras de hígado. (Los citocromos son enzimas oxidizantes y que también contienen hemo.)

Separamos el hemo y, en una solución de ácido, una parte se condensó en una forma de sustancia anaranjada y brillante. El 2 de agosto de 1955 teníamos cinco microgramos del compuesto.

El compuesto anaranjado era similar al hemo, pero no era hemo. El hierro del hemo puede estar en la forma de un ion ferroso doblemente cargado (Fe + +), o de un ion férrico triplemente cargado (Fe + + +), en cuyo caso el compuesto se llama hematina. (A propósito, ferroso y férrico vienen de la palabra latina «ferrum».)

El compuesto anaranjado que habíamos separado del hemo tenía la parte de porfirina de la molécula, pero el metal del centro era oro; para ser más específico, un ion áurico triplemente cargado (Au+ +). Llamamos a este compuesto «aurem», que es simplemente una abreviatura de «hemo áurico».

Nunca se había descubierto un compuesto orgánico natural que contuviera oro. El aurem fue el primero, y normalmente sería noticia de primera plana en el mundo de la bioquímica. Pero ahora no era nada, nada en comparación con los nuevos horizontes que abría su mera existencia.

Al parecer, el hígado no descomponía el hemo en pigmento biliar; en cambio, lo convertía en aurem: reemplazaba el hierro por oro. El aurem, en equilibrio con el ion de clourato, entraba en la corriente sanguínea y era llevado a los ovarios, donde un mecanismo aún no identificado separaba el oro y eliminaba la porfirina de la molécula.

Los nuevos análisis mostraron que el 29% del oro de la sangre de la Gallina se introducía en el plasma en forma de ion de clouraurato; el 71% restante era transportado en corpúsculos de sangre roja en forma de «aurohemoglobina». Se hizo un intento de introducir en la Gallina rastros de oro radiactivo, para detectar radiactividad en el plasma y en los corpúsculos y ver cómo los ovarios manejaban las moléculas de aurohemoglobina. Nos parecía que la aurohemoglobina se debía eliminar más despacio que el ion de clouraurato disuelto en el plasma.

El experimento falló, sin embargo, pues no detectamos radiactividad. Lo atribuimos a la inexperiencia, pues ninguno de nosotros era experto en isótopos, lo cual fue una lástima porque ese fallo resultó ser muy significativo y el no advertirlo nos costó varias semanas.

La auremoglobina se demostró inútil como portadora de oxígeno, pero sólo abarcaba un 0,1% de la hemoglobina total de los glóbulos rojos, de modo que no había interferencia con la respiración de la Gallina.

La pregunta acerca del origen del oro seguía en pie, y fue Nevis quien hizo la sugerencia decisiva.

—Quizás —aventuró, en una reunión que celebramos la noche del 25 de agosto de 1955—, la Gallina no reemplace el hierro con oro. Tal vez transmute el hierro en oro.

Antes de conocer personalmente a Nevis ese verano, yo lo conocía ya por sus publicaciones (se especializa en química biliar y función hepática) y siempre lo había considerado una persona lúcida y cauta. Tal vez excesivamente cauta. Nadie lo consideraría capaz de hacer una afirmación tan ridícula.

Eso demuestra la desesperación y la desmoralización que reinaban en el Proyecto Gallina.

La desesperación procedía de que no había ningún sitio de donde pudiera venir el oro. La Gallina excretaba oro a razón de 38,9 gramos diarios y lo llevaba haciendo desde hacía meses. Ese oro tenía que venir de alguna parte o, de no ser así, debía hacerse a partir de algo.

La desmoralización que nos indujo a examinar la segunda alternativa se debía al hecho de que nos enfrentábamos a la Gallina de los Huevos de Oro. Todo era posible. Todos vivíamos en un mundo de cuento de hadas y eso nos llevaba a perder el sentido de la realidad.

Finley consideró seriamente esa posibilidad:

—La hemoglobina entra en la sangre y sale un poco de auremoglobina. La cáscara de oro de los huevos tiene una sola impureza, el hierro. La yema del huevo no contiene más que dos elementos en cantidad elevada: oro y hierro. Tiene sentido, aunque de un modo descabellado. Necesitaremos ayuda, caballeros.

La necesitábamos, e implicaba una tercera etapa de la investigación. La primera de ellas consistió en mi intervención; la segunda fue el grupo de bioquímicos; y la tercera, la mejor, la más importante, suponía la intrusión de físicos nucleares.

El 5 de septiembre de 1955 llegó John L. Billings, de la Universidad de California. Traía equipo, y en las semanas siguientes llegaron más aparatos. Se estaban construyendo más estructuras prefabricadas. Comprendí que al cabo de un año tendríamos un instituto de investigaciones construido en torno de la Gallina.

Billings se reunió con nosotros la noche del día 5. Finley lo puso al corriente:

—Hay muchos problemas serios en esta idea del hierro que se transforma en oro. Por lo pronto, la cantidad total de hierro de la Gallina sólo puede estar en el orden del medio gramo, pero produce cuarenta gramos de oro al día.

Billings tenía una voz clara y aguda.

—Hay un problema peor —dijo—. El hierro se encuentra en el fondo de la curva de aglomeración. El oro está mucho más elevado. Para convertir un gramo de hierro en un gramo de oro se requiere tanta energía como la que se produce en la fisión de un gramo de uranio 235.

Finley se encogió de hombros.

—Dejaré ese problema en sus manos.

—Lo pensaré.

No se limitó a pensar en ello. Aisló nuevas muestras de hemo de la Gallina, las transformó en cenizas y envió el óxido de hierro a Brookhaven para que efectuaran un análisis isotópico. No había razones específicas para hacer tal cosa; fue sólo una de las muchas investigaciones, pero fue también la que produjo resultados.

Cuando recibimos las cifras, Billings dio un respingo.

—No hay Fe^{56} —dijo.

—¿Y qué pasa con los demás isótopos? —preguntó Finley.

—Todos están presentes en las proporciones relativas apropiadas, pero no se detecta Fe^{56}.

Tendré que dar otra explicación. El hierro natural se compone de cuatro isótopos. Estos isótopos son variedades de átomos que difieren de otros en su peso atómico. Los átomos de hierro con un peso atómico de 56 (Fe^{56}) constituyen el 91,6% de todos los átomos del hierro. Los demás átomos tienen pesos atómicos de 54, 57 y 58.

El hierro del hemo de la Gallina estaba compuesto sólo por Fe^{54}, Fe^{57} y Fe^{51}. La consecuencia era obvia. El Fe^{56} desapa-

324

recía, mientras que los demás isótopos no; y esto significaba que se estaba produciendo una reacción nuclear. Una reacción nuclear podía tomar un isótopo y dejar tranquilos a los demás. Una reacción química común, cualquier reacción química, tendría que disponer de todos los isótopos en forma equitativa.

—Pero es energéticamente imposible —objetó Finley.

Lo dijo con un ligero sarcasmo, teniendo en cuenta el comentario inicial de Billings. Como bioquímicos, sabíamos que en el cuerpo acontecían muchas reacciones que requerían una entrada de energía, y esto se resolvía acoplando la reacción que demandaba energía con una reacción que generaba energía.

Sin embargo, las reacciones químicas despedían o consumían pocas kilocalorías por mol; las reacciones nucleares despedían o consumían millones. Suministrar energía para una reacción nuclear que consumiera energía requería, pues, una segunda reacción nuclear, productora de energía.

No vimos a Billings en dos días. Cuando regresó nos dijo:

—Miren esto. La reacción productora de energía debe producir tanta energía por nucleón involucrado como la que absorbe la reacción consumidora de energía. Si produce un poco menos, la reacción general no funciona. Si produce un poco más, considerando la cantidad astronómica de nucleones involucrados, la energía excedente producida vaporizaría a la Gallina en una fracción de segundo.

—¿Y? —preguntó Finley.

—Pues que el número de reacciones posibles es muy limitado. He conseguido descubrir un solo sistema probable. El oxígeno 18, si se convierte en hierro 56, produce energía suficiente para transformar el hierro 56 en oro 197. Es como bajar por un lado de una montaña rusa y luego por el otro. Tendremos que verificarlo.

—¿Cómo?

—Podemos verificar primero la composición isotópica del oxígeno de la Gallina.

El oxígeno está integrado por tres isótopos estables, y casi todo es O^{18}. El O^{18} constituye un solo átomo de oxígeno de cada 250.

Otra muestra de sangre. El contenido acuoso fue destilado en el vacío y se sometió una parte al espectrógrafo de masa. Había O^{18}, pero sólo un átomo de oxígeno por cada 1.300. El 80% del O^{18} que esperábamos no se encontraba allí.

—Esto lo corrobora —afirmó Billings—. El oxígeno 18 se consume. Se suministra constantemente en el agua y en la comida que le damos a la Gallina, pero aun así se consume. Se produce así el oro 197. El hierro 56 es un intermediario y, como la reacción que consume hierro 56 es más rápida que la que lo produce, no puede alcanzar una concentración significativa, y el análisis isotópico muestra su ausencia.

No estábamos satisfechos, así que probamos de nuevo. Durante una semana alimentamos a la Gallina con agua enriquecida con O^{18}. La producción de oro se elevó casi en seguida. Al final de una semana producía 45,8 gramos, pero el contenido de O^{18} del agua de su cuerpo no era más alto que antes.

—No cabe la menor duda —dijo Billings. Rompió su lápiz y se puso en pie—. Esa Gallina es un reactor nuclear viviente.

La Gallina era obviamente una mutación.

Una mutación sugería radiación, entre otras cosas, y la radiación nos recordó las pruebas nucleares realizadas en 1952 y en 1953 a cientos de kilómetros de la granja de MacGregor. (Si alguien piensa que nunca se realizaron pruebas nucleares en Tejas, eso sólo indica dos cosas: que yo no estoy contándolo todo y que ustedes no lo saben todo.)

Dudo que en ningún momento de la historia de la era atómica la radiación de fondo se haya analizado tan exhaustivamente ni que el contenido radiactivo del suelo se haya examinado con tanto rigor.

Se estudiaron documentos previos, sin importar lo secretos que fueran; a esas alturas, el Proyecto Gallina tenía la mayor prioridad que jamás se hubiera concedido.

Incluso analizamos informes meteorológicos para seguir la conducta de los vientos en la época de las pruebas nucleares.

Aparecieron dos elementos.

Primero: la radiación de fondo de la granja era un poco más alta de lo normal. Nada dañino, me apresuro a añadir. Había indicios, sin embargo, de que en el momento del nacimiento de la

Gallina la granja había estado en las inmediaciones de, por lo menos, dos precipitaciones radiactivas. Nada dañino, insisto.

Segundo: la Gallina era la única de su especie, la única de todas las criaturas de la granja que pudimos analizar, humanos incluidos, que no revelaba radiactividad. Mirémoslo así: todo muestra vestigios de radiactividad; eso es lo que significa radiación de fondo. Pero la Gallina no mostraba ninguno.

Finley envió un informe el 6 de diciembre de 1955, una parte del cual era como sigue:

«La Gallina es una mutación extraordinaria, nacida en un ámbito de alta radiactividad que alentaba mutaciones en general y que hizo de esta mutación en particular una mutación beneficiosa.

»La Gallina tiene sistemas enzimáticos capaces de catalizar varias reacciones nucleares. Ignoramos si el sistema enzimático contiene una enzima o más. Tampoco sabemos nada sobre la naturaleza de las enzimas en cuestión. Tampoco se puede formular ninguna teoría en cuanto a cómo una enzima puede catalizar una reacción nuclear, pues éstas involucran interacciones con fuerzas que superan en cinco órdenes de magnitud a las involucradas en las reacciones químicas comunes que las enzimas suelen catalizar.

»El cambio nuclear general es de oxígeno 18 a oro 197. El oxígeno 18 abunda en este ámbito, pues se halla en gran cantidad en el agua y en todos los alimentos orgánicos. El oro 197 es excretado a través de los ovarios. Un intermediario conocido es el hierro 56, y el hecho de que se forme auremoglobina nos induce a sospechar que la enzima o enzimas pueden tener al hemo como grupo protésico.

»Se ha reflexionado bastante sobre el valor que este cambio nuclear podría revestir para la Gallina. El oxígeno 18 no es nocivo y el oro 197 resulta difícil de eliminar, es potencialmente venenoso y causa esterilidad. Su formación podría ser un medio de evitar un peligro mayor. Este peligro...».

Pero la mera lectura del informe, amigo lector, crea una impresión de placidez reflexiva. En realidad, nunca he visto un hombre tan cerca de la apoplejía como lo estaba Billings cuando oyó hablar de esos experimentos con oro radiactivo que mencioné antes; los experimentos en los que no detectamos ninguna radiactividad en la Gallina, por lo cual los desechamos.

Nos preguntó una y otra vez que cómo podíamos haberle quitado importancia a la pérdida de radiactividad.

—Son ustedes como un periodista novato al que se envía a cubrir una boda de sociedad y, al regresar, dice que no hay artículo porque el novio no se ha presentado. Le dieron oro radiactivo y se perdió. No sólo eso, sino que no detectaron ustedes radiactividad natural en la Gallina; ni carbono 14; ni potasio 40. Y a eso lo llamaron fracaso.

Comenzamos a alimentar a la Gallina con isótopos radiactivos. Al principio, con cautela; pero, antes del fin de enero de 1956, le dábamos montones de ellos.

La Gallina permanecía sin radiación.

—Lo que ocurre —explicó Billings— es que este proceso nuclear catalizado por enzimas logra convertir todo isótopo inestable en un isótopo estable.

—Eso es provechoso —comenté yo.

—¿Provechoso? ¡Es una cosa hermosa! Se trata de la defensa perfecta contra la era atómica. Escuchen, la conversión de oxígeno 18 en oro 197 libera ocho positrones y una fracción por cada átomo de oxígeno. Eso significa ocho rayos gamma y una fracción en cuanto cada positrón se combina con un electrón. Tampoco hay rayos gamma. La Gallina debe de ser capaz de absorber rayos gamma sin sufrir daño alguno

Rociamos a la Gallina con rayos gamma. Al elevarse el nivel, tuvo una fiebre leve e interrumpimos la operación, asustados. Pero era sólo fiebre, no enfermedad por radiación. Pasó un día, la fiebre bajó y la Gallina estaba perfecta.

—¿Ven ustedes lo que tenemos? —preguntó Billings.

—Una maravilla científica —respondió Finley.

—¡Hombre!, ¿es que no ve las aplicaciones prácticas? Si pudiéramos descubrir el mecanismo y reproducirlo en el tubo de ensayo, tendríamos un método perfecto para eliminar cenizas radiactivas. El mayor obstáculo para promover una economía atómica en gran escala es el contratiempo de qué hacer con los isótopos radiactivos generados durante el proceso. Y bastaría con pasarlos por un preparado enzimático en grandes toneles.

Si descubriéramos ese mecanismo, caballeros, podríamos dejar de preocuparnos de las precipitaciones radiactivas; hallaríamos una protección contra la enfermedad por radiación. Si alteramos el mecanismo, podemos tener gallinas que excreten cualquier elemento que necesitemos. ¿Qué les parece huevos de uranio 235? ¡El mecanismo! ¡El mecanismo!

Y todos nos quedamos mirando a la Gallina.

Si se pudiera empollar esos huevos... Si pudiéramos conseguir una bandada de gallinas semejantes a reactores nucleares...

—Debe de haber ocurrido con anterioridad —observó Finley—. Las leyendas sobre estas gallinas debieron de originarse de algún modo.

—¿Quiere usted esperar? —preguntó Billings.

Si tuviéramos un grupo de esas gallinas podríamos comenzar a diseccionar algunas; estudiaríamos sus ovarios; prepararíamos muestras de tejido y homogenatos de tejido.

Tal vez no sirviera de nada. El tejido de una biopsia de hígado no reaccionaba con el oxígeno 18 en ninguna de las condiciones que probamos.

Pero quizá pudiéramos rociar un hígado intacto. Podríamos estudiar embriones intactos y observar si alguno desarrollaba el mecanismo.

Pero con una sola Gallina no podíamos hacer nada de eso. No nos atrevíamos a matar a la Gallina de los Huevos de Oro. El secreto estaba en el hígado de esa gorda Gallina.

¡Vaya paté de hígado que nos habían servido! La frustración era realmente indigesta.

—Necesitamos una idea —dijo Nevis pensativamente—. Un enfoque radicalmente distinto. Un pensamiento crucial.

—Con hablar no ganamos nada —refunfuñó Billings, abatido.

Y en un malogrado intento de bromear, yo dije:

—Podríamos hacerlo público en los periódicos. —Y eso me dio una idea y exclamé—: ¡Ciencia ficción!

—¿Qué? —preguntó Finley.

—Escuchen, las revistas de ciencia ficción publican historias en tono de broma. A los lectores les divierten. Se interesan por ellas. —Les hablé de las historias de Asimov sobre la tiotimolina, que yo había leído en otros tiempos. La atmósfera era fría y reprobatoria—. Ni siquiera atentaríamos contra las normas de seguridad —insistí—, porque nadie se lo creería. —Les hablé también de aquella vez en 1944, cuando Cleve Cartmill escribió un cuento donde describía la bomba atómica con un año de antelación y el FBI se calló la boca—. Y los lectores de ciencia ficción tienen ideas. No los subestimen. Aunque ellos lo consideren una historia de broma, enviarán sus ideas al jefe de redacción. Y ya que no tenemos ideas propias, ya que nos encontramos en un callejón sin salida, ¿qué podemos perder?

Aún no estaban convencidos.

—Además —añadí—, la Gallina no vivirá eternamente.

Eso dio resultado.

Tuvimos que convencer a Washington; luego, me puse en contacto con John Campbell, director de la revista, y él habló con Asimov.

Ahora, la historia ya está escrita. La he leído, la apruebo y ruego a los lectores que no se la crean. No, por favor.

Pero...

¿Alguna idea?

330

Galeote

La empresa Robots y Hombres Mecánicos de Estados Unidos, la parte acusada, tenía suficiente influencia como para forzar un juicio sin jurado, a puerta cerrada.

La Universidad del Noreste no se molestó en impedirlo. Los síndicos sabían cómo podía reaccionar el público ante cualquier problema relacionado con la mala conducta de un robot, por anómala que fuera esa conducta. Sabían también que una manifestación contra los robots podía transformarse rápidamente en una manifestación contra la ciencia.

El Gobierno, representado por el juez Harlow Shane, también estaba deseando poner un final silencioso a ese enredo. No convenía contrariar ni a la compañía ni al mundo académico.

—Como no están presentes la prensa, el público ni el jurado —dijo el juez Shane—, omitamos las ceremonias y vayamos al grano.

Sonrió de mala gana, quizá sin mayor esperanza de que esa solicitud surtiera efecto, y se subió la toga para sentarse más cómodamente. Tenía rostro rubicundo, barbilla redonda y blanda, nariz ancha y ojos claros y separados. No era un rostro imponente y el juez lo sabía.

Barnabas H. Goodfellow, profesor de Física en la Universidad del Noreste, fue el primero en comparecer, prestando el juramento habitual con una expresión que daba un mentís a su apellido*.

A good fellow se utiliza como «una buena persona». (*N. del T.*)

Después de las preguntas iniciales de costumbre, el fiscal se metió las manos en los bolsillos y dijo:

—¿Cuándo se le llamó la atención, profesor, sobre el posible empleo del robot EZ-27, y cómo?

El rostro menudo y anguloso del profesor Goodfellow adoptó una expresión crispada, apenas más benévola que la anterior.

—He mantenido contacto profesional y una cierta relación social con el profesor Alfred Lanning, director de investigaciones de Robots y Hombres Mecánicos. De modo que estaba dispuesto a escuchar con cierta tolerancia cuando recibí su extraña sugerencia el 3 de marzo del año pasado...

—¿Del 2033?

—En efecto.

—Excúseme por la interrupción. Continúe, por favor.

El profesor asintió con frialdad, frunció el ceño para ordenarse las ideas y comenzó a declarar.

El profesor Goodfellow miró al robot con aprensión. Lo habían trasladado a esa sala del sótano en una caja de embalaje, respetando las normas que regulaban el embarque de robots de un lado al otro de la superficie terrestre.

Sabía que iba a llegar; no era que no estuviese preparado. Lanning le había telefoneado el 3 de marzo y él se dejó persuadir, con el inevitable resultado de que ahora se encontraba frente a un robot.

Era mucho más grande de lo común.

Alfred Lanning también miró al robot, como cerciorándose de que no hubiera sufrido daños en el traslado. Luego, volvió sus cejas enérgicas y la melena de su cabello blanco hacia el profesor.

—Éste es el robot EZ-27, el primero de su modelo que será accesible al uso público. —Se giró hacia el robot—. Te presento al profesor Goodfellow, Easy.

Easy habló en un tono neutro, pero tan de súbito que el profesor se sobresaltó.

—Buenas tardes, profesor.

Easy tenía más de dos metros de altura y las proporciones de un hombre, un detalle distintivo de la compañía, que, gracias a ese detalle y a la posesión de las patentes básicas del cerebro positrónico, disfrutaba del monopolio en materia de robots y de un cuasimonopolio en materia de ordenadores.

Los dos hombres que habían desenvuelto el robot se marcharon y el profesor miró a Lanning, al robot y de nuevo a Lanning.

—Estoy seguro de que es inofensivo —dijo, aunque no parecía tan seguro.

—Más inofensivo que yo —afirmó Lanning—. A mí podrían persuadirme de pegarle a usted, pero nadie podría persuadir a Easy. Supongo que conoce las tres leyes de la robótica.

—Sí, por supuesto.

—Están incorporadas a los patrones positrónicos del cerebro y deben ser respetadas. La primera ley, la regla primordial de la existencia robótica, salvaguarda la vida y el bienestar de todos los humanos. —Hizo una pausa, se frotó la mejilla y añadió—: Es algo de lo cual quisiéramos persuadir a toda la Tierra si pudiéramos.

—Es que tiene un aspecto impresionante.

—Concedido. Pero al margen de su apariencia descubrirá usted que es útil.

—No sé en qué sentido. Nuestras conversaciones no fueron muy esclarecedoras. Aun así, acepté echarle un vistazo y aquí me tiene.

—Haremos algo más que echar un vistazo, profesor. ¿Ha traído un libro?

—Sí.

—¿Puedo verlo?

El profesor Goodfellow bajó la mano sin apartar los ojos de la figura humanoide y metálica. Sacó un libro del maletín que tenía a sus pies.

Lanning extendió la mano y miró el lomo: *Química física de los electrolitos en solución*.

—Perfecto. Usted lo seleccionó al azar. El texto no fue sugerencia mía. ¿De acuerdo?

—Sí.

Lanning le pasó el libro al robot EZ-27.

El profesor se sobresaltó.

—¡No! ¡Es un libro valioso!

Lanning enarcó las cejas, que parecían coco en polvo.

—Easy no piensa romper el libro en una demostración de fuerza, se lo aseguro. Puede manejar un libro con tanto cuidado como usted o como yo. Adelante, Easy.

—Gracias —dijo Easy. Y volviendo ligeramente su corpachón de metal añadió—: Con su permiso, profesor Goodfellow.

El profesor lo miró anonadado.

—Sí... Sí, claro.

Moviendo con lentitud y firmeza los dedos de metal, Easy pasaba una página del libro, echaba una ojeada a la página de la izquierda y otra a la de la derecha; pasaba la página, miraba a la izquierda y a la derecha; pasaba otra página, y repitió esa operación minuto tras minuto. Su aire poderoso resultaba imponente aun en esa vasta sala de paredes de cemento, y los dos observadores humanos parecían enclenques por comparación.

—La luz no es muy buena —murmuró Goodfellow.

—Servirá.

—¿Pero qué está haciendo?

—Paciencia, por favor.

Al fin, el robot pasó la última página.

—¿Qué opinas, Easy? —preguntó Lanning.

—Es un libro muy preciso y puedo efectuar pocas observaciones —contestó el robot—. En la línea 22 de la página 27, la palabra «positivo» está escrita p-o-i-s-t-i-v-o. La coma de la línea 6 de la página 32 es superflua, mientras que se debió poner una coma en la línea 13 de la página 54. El signo más de la ecuación XIV-2 de la página 337 debería ser un signo menos para guardar coherencia con las ecuaciones anteriores...

—¡Un momento! —exclamó el profesor—. ¿Qué está haciendo?

—¿Haciendo? —repitió Lanning, con súbita irritación—. ¡Caramba, ya lo ha hecho! Ha leído ese libro como un corrector de pruebas.

—¿Como un corrector de pruebas?

—Sí. En el breve tiempo que le llevó pasar las páginas, ha detectado todos los errores de ortografía, gramática y puntuación. Ha captado las incoherencias y los errores en el orden de las palabras. Y retendrá la información al pie de la letra indefinidamente.

El profesor estaba boquiabierto. Echó a andar, alejándose de Lanning y de Easy, y regresó. Se cruzó los brazos sobre el pecho y los miró fijamente.

—¿Este robot es un corrector de pruebas? —preguntó.

Lanning asintió.

—Entre otras cosas.

—¿Y por qué me lo muestra usted?

—Para que me ayude a convencer a la universidad de que adquiera uno.

—¿Para corregir pruebas?

—Entre otras cosas —repitió pacientemente Lanning.

El profesor frunció el rostro con ceñuda incredulidad.

—¡Pero esto es ridículo!

—¿Por qué?

—La universidad nunca podría pagar este corrector de pruebas de media tonelada, que eso es lo que debe de pesar.

—No sólo corrige pruebas. Prepara informes a partir de resúmenes, llena formularios, sirve como archivo de memoria, actualiza ponencias...

—¡Nimiedades!

—No tanto, como le mostraré en seguida. Pero creo que podremos hablar más cómodamente en su despacho, si usted no se opone.

—Claro que no —dijo el profesor mecánicamente, dio un paso como para salir y añadió—: Pero el robot... No podemos llevar al robot. Tendrá que guardarlo de nuevo en la caja.

—Podemos dejarlo aquí.

—¿Sin vigilancia?

—¿Por qué no? Él sabe que debe quedarse. Profesor Goodfellow, tiene usted que comprender que un robot es mucho más fiable que un ser humano.

—Yo sería el responsable de cualquier daño...

—No habrá daños, se lo garantizo. Mire, es tarde. Usted no espera a nadie hasta mañana por la mañana. El camión y mis dos hombres están ahí fuera. La empresa se responsabilizará de cual-

335

quier incidente, aunque no va a ocurrir nada. Tómelo como una demostración de la fiabilidad del robot.

El profesor se dejó conducir fuera del sótano. Pero no parecía tenerlas todas consigo una vez en su despacho, cinco pisos más arriba.

Se enjugó las gotas que le perlaban la frente con un pañuelo blanco.

—Como usted sabe muy bien, Lanning, hay leyes contra el uso de robots en la superficie terrestre.

—Las leyes, profesor Goodfellow, no son tan simples. No puede hacerse uso de robots en avenidas públicas ni dentro de edificios públicos. No se pueden usar en terrenos ni edificios privados, excepto con ciertas restricciones que, por lo general, son prohibitivas. La universidad es una institución vasta y de propiedad privada que, habitualmente, recibe tratamiento preferencial. Si el robot se utiliza sólo en una sala específica y únicamente con propósitos académicos, si se observan ciertas restricciones y si los hombres y las mujeres que entran en esa sala prestan su plena colaboración, nos mantendremos dentro de la ley.

—¿Tantos problemas sólo para corregir pruebas?

—Los usos serían infinitos, profesor. Hasta ahora sólo se ha utilizado mano de obra robótica para aliviar las tareas físicas rutinarias. Pero hay también tareas mentales rutinarias. Si un profesor creativo está obligado a pasarse dos semanas revisando penosamente la ortografía de unos trabajos impresos y yo le ofrezco una máquina que puede hacerlo en treinta minutos, ¿le parece eso una nimiedad?

—Pero el precio...

—El precio no es problema. Usted no puede comprar a EZ-27, pues mi empresa no vende sus productos. Pero la universidad puede alquilar a EZ-27 por mil dólares anuales; mucho menos que lo que cuesta un espectrógrafo de microondas de grabación continua.

Goodfellow se quedó estupefacto, y Lanning aprovechó la oportunidad:

—Sólo le pido que plantee el asunto ante las personas que toman las decisiones. Yo estaría encantado de hablar con ellos si quieren más información.

—Bueno... —aceptó dubitativamente Goodfellow—, puedo mencionarlo en la reunión del senado la próxima semana. Pero no le puedo prometer que sirva de algo.

—Naturalmente —dijo Lanning.

El abogado defensor era bajo y rechoncho y caminaba con cierto aplomo, en una postura que le acentuaba la papada. Miró fijamente al profesor Goodfellow, una vez que le cedieron el turno para interrogar al testigo.

—Usted aceptó sin vacilar, ¿verdad? —dijo.

El profesor se apresuró a responder:

—Supongo que deseaba librarme del profesor Lanning. Habría aceptado cualquier cosa.

—¿Con la intención de olvidarse de ello cuando él se fuera?

—Bien...

—No obstante, usted planteó el asunto ante una reunión de la junta ejecutiva del senado universitario.

—Sí, lo hice.

—Así que siguió la sugerencia del profesor Lanning. No se limitó a aceptar simbólicamente, sino que aceptó con entusiasmo, ¿no es así?

—Simplemente me atuve a los procedimientos habituales.

—En realidad, el robot no le atemorizaba tanto como afirma ahora. Usted conoce las tres leyes de la robótica y las conocía en el momento de su entrevista con el profesor Lanning.

—Sí.

—Y estaba dispuesto a dejar a un robot suelto y sin custodia.

—El profesor Lanning me aseguró...

—Usted nunca habría aceptado la palabra del profesor si hubiera abrigado el menor temor de que el robot fuese peligroso.

—Tenía fe en la palabra...

—Eso es todo —le interrumpió bruscamente el defensor.

Cuando el agitado profesor Goodfellow, bastante aturdido, se retiró del estrado, el juez Shane se inclinó hacia delante y dijo:

—Como no soy experto en robótica, me gustaría saber con exactitud cuáles son las tres leyes de la robótica. ¿Tendría el profesor Lanning la amabilidad de citarlas?

Lanning se sorprendió. Estaba hablando en voz baja con la mujer canosa que tenía al lado. Se puso de pie y la mujer irguió un rostro inexpresivo.

—Muy bien, señoría. —Lanning hizo una pausa como para iniciar un discurso y manifestó, con exagerada claridad—: Primera Ley: un robot no debe dañar a un ser humano ni, por inacción, permitir que un ser humano sufra daño. Segunda Ley: un robot debe obedecer las órdenes impartidas por los seres humanos, excepto cuando dichas órdenes estén reñidas con la Primera Ley. Tercera Ley: un robot debe proteger su propia existencia, mientras dicha protección no esté reñida ni con la Primera ni con la Segunda Ley.

—Entiendo —aprobó el juez, tomando notas con rapidez—. Estas leyes están incorporadas a todos los robots, ¿verdad?

—A cada uno de ellos. Cualquier robotista puede atestiguarlo.

—¿Y en el robot EZ-27, específicamente?

—Sí, señoría.

—Tal vez deba repetir estas declaraciones bajo juramento.

—Estoy dispuesto a hacerlo, señoría.

Se sentó de nuevo.

Susan Calvin, robopsicóloga jefa de Robots y Hombres Mecánicos, la mujer canosa sentada junto a Lanning, miró a su superior con severidad (miraba a todos los seres humanos con severidad).

—¿El testimonio de Goodfellow fue exacto, Alfred?

—En lo esencial, sí —murmuró Lanning—. Él no estaba tan intimidado por el robot y estuvo muy dispuesto a hablar de negocios en cuanto oyó el precio. Pero no hay alteraciones graves.

—Hubiera sido conveniente poner un precio superior a mil dólares —comentó pensativa la doctora.

—Estábamos deseando colocar a Easy.

—Lo sé. Demasiada ansiedad, tal vez. Tratarán de insinuar que teníamos algún otro motivo.

—Lo teníamos —gruñó Lanning—. Lo admití en la reunión del senado universitario.

—Pueden insinuar que teníamos otro además del que admitimos.

Scott Robertson, hijo del fundador de la empresa y propietario de la mayor parte de las acciones, se inclinó por el otro lado de la doctora Calvin y susurró:

—¿Por qué no hace que hable Easy, para que sepamos dónde estamos?

—Usted sabe que él no puede hablar de ello, señor Robertson.

—Es usted la psicóloga, doctora Calvin. Hágale hablar.

—Si yo soy la psicóloga, señor Robertson —replicó fríamente Susan Calvin—, deje que sea yo quien tome las decisiones. Mi robot no será obligado a hacer nada al precio de su bienestar.

Robertson frunció el ceño, dispuesto a replicar a su vez, pero el juez Shane dio unos golpecitos con el mazo cortésmente y todos guardaron silencio de mala gana.

Francis J. Hart, jefe del Departamento de Inglés y decano de Estudios de Posgrado, se hallaba en el estrado. Era un hombre regordete, meticulosamente vestido con ropa oscura y de corte conservador. Varios mechones de cabello le atravesaban la rosada coronilla. Estaba sentado con las manos entrelazadas sobre las piernas y, cada poco tiempo, sonreía apretando los labios.

—Mi primera participación en el asunto del robot EZ-27 —declaró— fue con motivo de la sesión del comité ejecutivo del senado de la universidad, donde el profesor Goodfellow presentó el tema. Luego, el 10 de abril del año pasado, celebramos una reunión especial para tratar el asunto, y yo la presidí.

—¿Se tomó acta de la reunión del comité ejecutivo, o de esa reunión especial?

—No. Fue una reunión bastante excepcional. —El decano sonrió—. Consideramos que convenía mantener una cierta reserva.

—¿Qué sucedió en esa reunión?

El decano Hart no se sentía a gusto como presidente de esa reunión. Tampoco los demás miembros parecían demasiado tranquilos. Sólo el profesor Lanning parecía en paz consigo mismo. Con su figura alta y esbelta y su melena de cabello blanco, evocaba un retrato de Andrew Jackson.

En el centro de la mesa había muestras del trabajo del robot, y el profesor Minott de química física tenía en sus manos la reproducción de un gráfico dibujado por el robot. El químico fruncía los labios en un gesto de aprobación.

Hart se aclaró la garganta y dijo:

—Parece indudable que el robot puede realizar ciertas tareas de rutina con adecuada competencia. Por ejemplo, he revisado esto antes de entrar y hay poquísimos reparos que poner.

Cogió una larga hoja impresa, el triple de larga que una página común de un libro. Era una hoja de unas galeradas, destinadas a ser corregidas por los autores antes de que el texto se compaginara. A lo largo de los dos anchos márgenes de la hoja había marcas, claras y perfectamente legibles. Algunas palabras aparecían tachadas y estaban reemplazadas en el margen por caracteres tan pulcros y regulares que parecían letra de imprenta. Unas correcciones estaban en azul, para indicar que el error original era del autor; otras, en rojo, indicativas de que se trataba de un error de impresión.

—En realidad —intervino Lanning—, yo diría que hay poquísimos reparos. Diría que no hay ninguno, profesor Hart. Estoy seguro de que las correcciones son perfectas, en la medida en que lo era el manuscrito original. Si el manuscrito con el cual se cotejaron estas galeradas contenía inexactitudes, al margen de los problemas idiomáticos, el robot no es competente para corregirlas.

—Lo aceptamos. De todas formas, en ocasiones el robot modificó el orden de las palabras y no creo que las reglas de nuestro idioma sean tan rígidas como para tener la certeza de que la opción del robot fue la correcta en cada caso.

—El cerebro positrónico de Easy —replicó Lanning, mostrando sus grandes dientes en una sonrisa— se modeló según el contenido de todas las obras autorizadas sobre el tema. Estoy seguro de que no puede usted señalar un solo caso donde la elección del robot fuera claramente incorrecta.

El profesor Minott apartó los ojos del gráfico que seguía teniendo en la mano.

—La pregunta que a mí se me ocurre, profesor Lanning, es por qué necesitamos un robot, con todas las dificultades en relaciones públicas que ello supondría. La ciencia de la automatización ha llegado sin duda al punto en que su empresa podría diseñar una máquina, un ordenador común de un tipo conocido y aceptado por el público, que corrigiera galeradas.

—Claro que podríamos, pero esa máquina requeriría que las galeradas fueran traducidas a símbolos especiales o, al menos, transcritas en cinta. Las correcciones aparecerían en símbolos. Sería preciso emplear gente que tradujera palabras a símbolos y símbolos a palabras. Más aún, ese ordenador no podría realizar ninguna otra tarea. No podría preparar el gráfico que usted tiene en la mano, por ejemplo. —Minott emitió un gruñido—. La característica distintiva del robot positrónico es su adaptabilidad. Puede realizar diversas tareas. Su diseño humanoide lo habilita para utilizar herramientas y máquinas que están destinadas, a fin de cuentas, al uso humano. Habla, y uno puede hablarle. Hasta cierto punto se puede razonar con él. Comparado incluso con un robot sencillo, cualquier ordenador común con un cerebro no positrónico es sólo una pesada máquina de sumar.

—Si todos hablamos y razonamos con el robot —intervino Goodfellow—, ¿qué probabilidades hay de desconcertarlo? Supongo que no tiene capacidad para absorber una cantidad infinita de datos.

—No, no la tiene. Pero dura cinco años con un uso ordinario. Sabrá cuándo necesita una limpieza, y nuestra empresa realizará el trabajo sin cargo.

—¿La empresa?

—Sí. La compañía se reserva el derecho de atender al robot fuera de sus tareas asignadas. Es una de las razones por las cuales conservamos el control de nuestros robots positrónicos y los alquilamos en vez de venderlos. En el cumplimiento de sus funciones ordinarias, cualquier robot puede ser dirigido por cualquier hombre. Fuera de esas funciones, un robot requiere un manejo experto, y nosotros podemos ofrecerlo. Por ejemplo, cualquiera de ustedes puede borrar la mente de un robot EZ hasta cierto punto, diciéndole que olvide tal o cual cosa. Pero seguramente dirán la frase de un modo que le hará olvidar demasiado o demasiado poco. Nosotros detectaríamos esa irregularidad, porque lleva incorporados unos dispositivos de seguridad. De todos modos, como normalmente no es preciso borrar datos ni realizar otras tareas inútiles, esto no supone ningún problema.

El decano Hart se tocó la cabeza, como para así cerciorarse de que los mechones de su cabello estuvieran distribuidos de modo uniforme.

—Usted está deseando que nos quedemos con esa máquina —dijo—, pero sin duda su empresa pierde dinero con el trato. Mil dólares por año es un precio ridículamente bajo. ¿Acaso así espera alquilar otras máquinas semejantes a otras universidades a un precio más razonable?

—Por supuesto —admitió Lanning.

—Pero aun así la cantidad de máquinas que podría alquilar sería limitada. Dudo que resultara ser un buen negocio.

Lanning apoyó los codos en la mesa y se inclinó hacia delante.

—Lo diré sin rodeos, caballeros. Los robots no se pueden utilizar en la Tierra, excepto en casos especiales, a causa de un prejuicio que existe contra ellos por parte del público. Robots y Hombres Mecánicos es una compañía de gran éxito en los mercados extraterrestres y en las rutas espaciales, por no mencionar nuestras subsidiarias de ordenadores. Sin embargo, no nos interesan sólo los beneficios económicos; mantenemos la firme creencia de que el uso de robots en la Tierra significaría una vida mejor para todos, aunque al principio se produjeran ciertos trastornos de índole económica. Naturalmente, los sindicatos están contra nosotros, pero sin duda podemos esperar cooperación por parte de las grandes universidades. El robot Easy ayudará a eliminar las tareas académicas pesadas y aburridas, adoptando, si se me concede la libertad de expresarlo así, el papel de esclavo en galeras. Otras universidades e instituciones de investigación seguirán el ejemplo y, si da resultado, tal vez podamos colocar otros robots de otros tipos y logremos superar paulatinamente el rechazo del público.

—Hoy la Universidad del Noreste, mañana el mundo —murmuró Minott.

Lanning le susurró irritado a Susan Calvin:

—Ni yo fui tan elocuente ni ellos estaban tan reacios. A mil dólares por año, se morían de ganas de tener a Easy. El profesor Minott me dijo que nunca había visto un trabajo tan bello como ese gráfico y que no había errores en las galeradas ni en ninguna otra parte. Hart lo admitió sin reservas.

Las severas arrugas verticales del rostro de la doctora Calvin no se ablandaron.

—Tendrías que haber pedido más dinero del que podían pagar, Alfred, y dejar que regatearan.

—Tal vez —gruñó Lanning.

El fiscal aún no había terminado con el profesor Hart.

—Cuando se fue el profesor Lanning, ¿se votó sobre la aceptación del robot EZ-27?

—Sí, en efecto.

—¿Con qué resultado?

—En favor de la aceptación, por voto mayoritario.

—¿Qué influyó sobre ese voto, en su opinión?

La defensa protestó de inmediato.

El fiscal replanteó la pregunta:

—¿Qué influyó sobre su voto personal? Creo que usted votó a favor.

—Sí, voté a favor. Lo hice principalmente porque me impresionó la afirmación del profesor Lanning de que era nuestro deber, en cuanto representantes de la dirección intelectual del mundo, permitir que la robótica ayudara al hombre a solucionar sus problemas.

—En otras palabras, el profesor Lanning le convenció.

—Es su trabajo y lo hizo muy bien.

—Su testigo.

El defensor se aproximó al estrado y examinó durante unos largos segundos al profesor Hart. Luego, dijo:

—En realidad, todos ustedes estaban bastante ansiosos de poder utilizar el robot EZ-27, ¿no es así?

—Pensábamos que nos sería útil si era capaz de realizar el trabajo.

—¿Si era capaz de realizar el trabajo? Entiendo que usted examinó las muestras del trabajo del robot EZ-27 con sumo cuidado el día de la reunión que acaba de describir.

—Sí, lo hice. Como la tarea de la máquina se relacionaba principalmente con el manejo del idioma, y dado que ésa es mi principal área de competencia, parecía lógico que fuera yo el escogido para examinar ese trabajo.

—Muy bien. ¿Había en la mesa, en el momento de la reunión, algo que resultara insatisfactorio? Tengo todo el material aquí, como parte de las pruebas; ¿puede usted señalar algo que fuera insatisfactorio?

—Bueno...

—Es una pregunta sencilla. ¿Había una sola cosa insatisfactoria? Usted lo inspeccionó todo. ¿La había?

El profesor frunció el ceño.

—No.

—También tengo algunas muestras del trabajo realizado por el robot EZ-27 durante sus catorce meses de labor en la universidad; ¿lo examinaría usted y me indicaría si hay algún problema en alguna de ellas?

—Cuando cometía un error, era una belleza.

—¡Responda a mi pregunta —vociferó el defensor— y sólo a la pregunta que le hago! ¿Hay algún error en este material?

El decano Hart lo miró todo con cautela.

—No, ninguno.

—Al margen de la cuestión que a todos nos ocupa, ¿sabe de algún error por parte de EZ-27?

—Al margen de la cuestión que es objeto de este juicio, no.

El defensor carraspeó, como para indicar un punto y aparte.

—Ahora bien, en cuanto al voto concerniente a la aceptación del robot EZ-27, usted dijo que había una mayoría a favor. ¿Cuál fue el resultado exacto?

—Trece contra uno, si mal no recuerdo.

—¡Trece contra uno! Algo más que una mayoría, ¿no le parece?

—¡No, señor! —el decano Hart no pudo contener su pedantería—. La palabra «mayoría» significa «más de la mitad». Trece sobre catorce es una mayoría, nada más.

—Pero una mayoría casi unánime.

—¡Una mayoría como cualquier otra!

El defensor cambió de enfoque:

—¿Y quién fue el único que se opuso?

El decano Hart parecía encontrarse muy incómodo.

—El profesor Simon Ninheimer.

El defensor fingió sorpresa.

—¿El profesor Ninheimer? ¿El jefe del Departamento de Sociología?

—Sí, señor.

—¿El querellante?

—Sí, señor.

El defensor frunció los labios.

—En otras palabras, resulta que el hombre que entabla un pleito de 750.000 dólares por daños y perjuicios contra mi cliente, Robots y Hombres Mecánicos S. A., fue el hombre que se opuso desde el principio al uso del robot, aunque todos los demás integrantes del comité ejecutivo del senado universitario estaban convencidos de que era una buena idea.

—Votó contra la moción, como era su derecho.

—En su descripción de la reunión usted no ha citado ninguna observación del profesor Ninheimer; ¿hizo alguna?

—Creo que habló.

—¿Cree?

—Bueno, sí que habló.

—¿Contra el uso del robot?

—Sí.

—¿Se expresó con violencia?

El decano Hart hizo una pausa antes de contestar:

—Se expresó con vehemencia.

El defensor adoptó un tono confidencial.

—¿Cuánto tiempo hace que conoce al profesor Ninheimer, decano Hart?

—Unos doce años.

—¿Es suficiente?

—Yo diría que sí.

—Conociéndolo, pues, ¿diría usted que es la clase de hombre que seguiría guardándole rencor a un robot, máxime cuando un voto adverso...?

El fiscal ahogó el resto de la pregunta con una indignada y ferviente protesta. La defensa dio por terminado su interrogatorio y el juez Shane propuso un receso para almorzar.

Robertson trituraba furioso su sándwich. La empresa no se iría a pique por una pérdida de 750.000 dólares, aunque perderlos tampoco sería beneficioso. Por otra parte, sabía que habría consecuencias mucho más perjudiciales en cuanto a las relaciones públicas.

—¿A qué viene tanta palabrería sobre cómo entró Easy en la universidad? —masculló—. ¿Qué esperan ganar?

—Una acción judicial es como una partida de ajedrez, señor Robertson —le explicó el abogado defensor—. Suele ganar quien prevé más jugadas, y mi amigo el fiscal no es un principiante. Puede ser que parezcan dañados, pero eso no es ningún problema. Su objetivo principal es adelantarse a nuestra defensa. Deben contar con que nosotros procuraremos demostrar que Easy no pudo ser culpable, dadas las leyes de la robótica.

—De acuerdo —aceptó Robertson—. Ésa es nuestra defensa. Y es absolutamente hermética.

—Lo es para un ingeniero en robótica, no necesariamente para un juez. Se están parapetando en una posición desde la cual pueden demostrar que EZ-27 no era un robot común. Era el primero de su tipo que se presentaba en público, un modelo experimental que necesitaba ser puesto a prueba; y la universidad era el único modo aceptable de ofrecer esa prueba. Eso parecería verosímil, dados los insistentes intentos del profesor Lanning para colocar el robot y la voluntad de la compañía de alquilarlo por tan poco dinero. Luego, la fiscalía argumentará que las pruebas han demostrado que Easy fue un fracaso. ¿Ahora comprende el propósito de todo lo expuesto?

—Pero EZ-27 era un modelo perfecto —argumentó Robertson—. Era el número veintisiete de la producción.

—Lo cual es desfavorable —apuntó sombríamente el abogado—. ¿Qué tenía de malo el veintiséis? Algo, evidentemente. ¿Por qué no podía haber defectos en el veintisiete también?

—No había nada malo en el veintiséis, excepto que no era lo suficientemente complejo para la tarea. Fueron los primeros cerebros positrónicos de su clase que se construyeron y procedíamos más bien al azar. ¡Pero las tres leyes eran válidas en todos ellos! Ningún robot es tan imperfecto como para que las tres leyes no sean válidas.

—El profesor Lanning me lo ha explicado, señor Robertson, y estoy dispuesto a creerle. Pero tal vez el juez no esté tan dispuesto. Dependemos de la decisión de un hombre honesto e inteligente que no sabe nada de robótica y, por lo tanto, es susceptible de ser persuadido. Por ejemplo, si usted, el profesor Lanning o la doctora Calvin comparecieran en el estrado y dijeran que los cerebros positrónicos se construyen «al azar», como acaba de decir usted, el fiscal les haría trizas en el interrogatorio. Estaríamos perdidos. Así que conviene evitar esa expresión.

—Si Easy pudiera hablar... —gruñó Robertson.

El abogado se encogió de hombros.

—Un robot no es válido como testigo, así que no serviría de nada.

—Al menos, conoceríamos los hechos. Sabríamos cómo llegó a hacer semejante cosa.

Susan Calvin se enfureció. En sus mejillas apareció un apagado tono rojo y su voz sonó con vestigios de calor humano:

—Sabemos cómo llegó a hacerlo. ¡Se lo ordenaron! Se lo he explicado a nuestros abogados y se lo explicaré a usted ahora.

—¿Quién se lo ordenó? —preguntó Robertson, francamente perplejo, y pensando con resentimiento que nadie le contaba nunca nada y que esa gente de investigación ¡se consideraban los dueños de la compañía, por amor de Dios!

—El querellante —respondió la doctora.

—¡Santo cielo! ¿Por qué?

—Aún no sé por qué. Tal vez sólo para demandarnos, para ganar un poco de dinero —contestó la doctora, con un destello tristón en los ojos.

—¿Y por qué Easy no lo dice?

—¿No es obvio? Le han ordenado que se calle.

—¿Por qué habría de ser obvio? —preguntó Robertson de mal humor.

—Bien, es obvio para mí. La psicología robótica es mi profesión. Aunque Easy no responde a las preguntas directas sobre el asunto, pero sí a las colaterales. Midiendo la vacilación creciente de sus respuestas a medida que nos aproximamos a la pregunta central, midiendo la zona de vacío y la intensidad de los contrapotenciales configurados, es posible afirmar con precisión científica que sus problemas son resultado de la orden de no hablar, cuya fuerza se basa en la Primera Ley. En otras palabras, le han dicho que si habla causará daño a un ser humano; supuestamente, al abominable profesor Ninheimer, el querellante, quien para el robot parecerá un ser humano.

—Muy bien —dijo Robertson—, ¿y no puede usted explicarle que si no habla causará daño a toda la compañía?

—La compañía no es un ser humano y la Primera Ley de la robótica no reconoce a una empresa como una persona, al igual que ocurre con las leyes comunes. Además, sería peligroso tratar de cancelar esa inhibición. La persona que la instaló podría anularla de una forma menos peligrosa, porque las motivaciones del robot en ese aspecto se centran en esa persona. Cualquier otro sistema... —Sacudió la cabeza, casi con apasionamiento—. ¡No permitiré que le hagan daño al robot!

Lanning intervino, con el aire de quien introduce cordura en un problema.

—Me parece que sólo tenemos que demostrar que un robot es incapaz del acto del cual se acusa a Easy. Nosotros podemos lograrlo.

—Exacto —se apresuró a decir el defensor, irritado—. Sólo ustedes pueden lograrlo. Los únicos testigos capaces de dar cuenta de la condición en que se encuentra Easy y de la naturaleza del estado mental de Easy son empleados de Robots y Hombres Mecánicos. El juez no puede aceptar ese testimonio como imparcial.

—¿Cómo puede negar el testimonio de los expertos?

—Negándose a dejarse convencer. Está en su derecho como juez. Ante la posibilidad de que un hombre como el profesor Ninheimer se haya propuesto arruinar su propia reputación, aun por una suma suculenta, el juez no aceptaría los tecnicismos de sus ingenieros. A fin de cuentas, el juez es un hombre. Si tiene que escoger entre un hombre que hace algo imposible y un robot que hace algo imposible, decidirá a favor del hombre.

—Un hombre sí puede hacer algo imposible —arguyó Lanning—, porque desconocemos todas las complejidades de la mente humana y no sabemos qué es imposible en una determinada mente humana. Pero sí sabemos qué es imposible para un robot.

—Bien, veremos si podemos convencer de eso al juez —masculló el abogado.

—¡Si eso es todo lo que se le ocurre decir, no veo cómo va a conseguirlo! —vociferó Robertson.

—Ya lo veremos. Es bueno tener presentes las dificultades, pero no nos dejemos abatir. Yo también he tratado de adelantarme a algunas jugadas en nuestra partida de ajedrez. —Y añadió, señalando a la robopsicóloga con un solemne movimiento de cabeza—: Con ayuda de esta señora.

Lanning los miró a ambos y preguntó:

—¿De qué se trata?

Pero el ujier asomó la cabeza y anunció con voz ronca que el juicio iba a continuar.

Se sentaron y examinaron al hombre que había iniciado el problema.

Simon Ninheimer tenía el cabello rubio rojizo y esponjoso, y un rostro delgado y que se estrechaba en una nariz picuda y una barbilla puntiaguda. Su costumbre de titubear ante las palabras decisivas le daba el aire de un amante de la precisión absoluta. Cuando decía que «el sol sale por el..., mmm..., oriente», uno tenía la certeza de que había reflexionado seriamente sobre la posibilidad de que pudiera salir por occidente.

—¿Se opuso usted al empleo del robot EZ-27 en la universidad? —le preguntó el fiscal.

—En efecto.

—¿Por qué?

—Pensé que no comprendíamos del todo los..., mmm..., motivos de la compañía. Yo recelaba de esa urgencia para entregarnos el robot.

—¿Creía usted que era capaz de realizar las tareas para las cuales estaba diseñado?

—Sé con certeza que no lo era.

—¿Expondría usted sus razones?

Hacía ocho años que Simon Ninheimer trabajaba en un libro titulado *Tensiones sociales en el viaje espacial y su resolución*. El afán de precisión de Ninheimer no se limitaba sólo a sus hábitos en la conversación, y en una disciplina como la sociología, casi imprecisa por definición, eso lo dejaba sin aliento.

No tenía la sensación de haber completado su trabajo ni siquiera cuando lo vio ya en las galeradas. Todo lo contrario. Al mirar aquellas largas tiras de papel impreso, lo único que deseaba era disponer de otro modo las líneas.

Jim Baker, instructor e inminente profesor auxiliar de sociología, se encontró a Ninheimer, tres días después de que el impresor le enviara la primera tanda de galeradas, enfrascado en los papeles. Las galeradas llegaron en tres copias: una para Ninheimer, otra para Baker y una tercera, designada «original», que recibiría las correcciones finales, una combinación de las de Ninheimer y de las de Baker, tras una reunión en la que se zanjaban conflictos y desacuerdos. Así habían actuado en los diversos trabajos en que habían colaborado en los últimos tres años, y funcionaba bien.

El joven Baker tenía su copia en la mano.

—He revisado el primer capítulo y contiene algunos errores tipográficos —dijo con su voz meliflua.

—El primer capítulo siempre los tiene —replicó Ninheimer con aire distante.

—¿Quiere que los miremos ahora?

Ninheimer fijó sus graves ojos en Baker.

—No he hecho nada con las galeradas, Jim. Creo que no voy a tomarme esa molestia.

—¿Que no va a tomarse esa molestia? —preguntó Baker, confundido.

Ninheimer frunció los labios.

—He preguntado cuánto... mmm..., trabajo tiene la máquina. A fin de cuentas, se lo..., mmm..., designó como corrector de pruebas. Han fijado un calendario.

—¿La máquina? ¿Se refiere a Easy?

—Creo que ése es el estúpido nombre que le han puesto.

—Pero, profesor Ninheimer, creí que usted prefería mantenerse alejado de él.

—Al parecer soy el único. Pero quizá debiera sacar partido de esa..., mmm..., ventaja.

—Oh, vaya, parece ser que he estado perdiendo el tiempo con este primer capítulo —se lamentó el joven, con voz plañidera.

—No lo has perdido. Podemos comparar el resultado de la máquina con el tuyo, como verificación.

—Si usted quiere, pero...

—¿Sí?

—Dudo que encontremos problemas en el trabajo de Easy. Se supone que jamás ha cometido un error.

—Conque no, ¿eh? —dijo secamente Ninheimer.

Cuatro días después, Baker llevó de nuevo el primer capítulo. Esa vez era la copia de Ninheimer, recién salida del pabellón que se había construido para albergar a Easy y su equipo.

Baker estaba eufórico.

—¡Doctor Ninheimer, no sólo ha detectado los mismos errores que yo, sino varias erratas que se me habían pasado por alto! ¡Y lo hizo en doce minutos!

Ninheimer miró el fajo, con las marcas y los símbolos pulcramente anotados en los márgenes.

—No es tan completo como lo habríamos hecho tú y yo. Tendríamos que haber metido una inserción sobre el trabajo de Suzuki acerca de los efectos neurológicos de la baja gravedad.

—¿Se refiere al artículo publicado en *Reseñas Sociológicas*?

—Desde luego.

—Bien, no se puede esperar lo imposible. Easy no podría leerse la bibliografía en nuestro lugar.

—Me doy cuenta. De hecho, he preparado la inserción. Veré a la máquina y comprobaré si sabe..., mmm..., manejar inserciones.

—Sabrá hacerlo.

—Prefiero asegurarme.

Ninheimer tuvo que concertar una cita para ver a Easy, y sólo pudo conseguir quince minutos al atardecer.

Pero los quince minutos resultaron ser tiempo de sobra. El robot EZ-27 comprendió de inmediato cómo insertar textos.

Ninheimer se sintió incómodo al hallarse por primera vez tan cerca del robot. Casi automáticamente, como si Easy fuera humano, se sorprendió preguntándole:

—¿Eres feliz con tu trabajo?

—Muy feliz, profesor Ninheimer —respondió Easy solemnemente, y las fotocélulas que eran sus ojos relucieron con su habitual resplandor rojo.

—¿Me conoces?

—Dado que usted me presenta material adicional para incluirlo en las galeradas, deduzco que usted es el autor. El nombre del autor, por supuesto, figura en el encabezamiento de cada página de las pruebas.

—Entiendo. Así que haces..., mmm..., deducciones. Dime... —añadió el profesor, sin poder evitar la pregunta—: ¿qué piensas hasta ahora del libro?

—Me resulta grato trabajar con él.

—¿Grato? Es una palabra extraña en un..., mmm..., mecanismo sin emociones. Me han dicho que no tienes emociones.

—Las palabras del libro armonizan con mis circuitos —explicó Easy—. No inspiran contraposibilidades. Mis sendas cerebrales traducen este dato mecánico en una palabra como «grato». El contexto emocional es fortuito.

—Entiendo. ¿Por qué el libro te parece grato?

—Trata sobre seres humanos, profesor, y no sobre materia inorgánica ni símbolos matemáticos. El libro intenta entender a los seres humanos y contribuir al aumento de la felicidad humana.

—¿Y eso es lo que intentas hacer tú y por eso el libro armoniza con tus circuitos? ¿Es así?

—Así es, profesor.

Los quince minutos terminaron. Ninheimer salió y se marchó a la biblioteca de la universidad, que estaba a punto de cerrar. La obligó a permanecer abierta el tiempo suficiente para hallar un texto elemental sobre robótica. Se lo llevó a casa.

Excepto por las ocasionales inserciones de material adicional, las galeradas iban a Easy y de Easy a los editores, con escasa intervención de Ninheimer al principio y ninguna después.

—Me hace sentir inútil —se quejó Baker, con cierta turbación.

352

—Lo que deberías sentir es que tienes tiempo para iniciar un nuevo proyecto —masculló Ninheimer, sin apartar la vista de las notas que estaba haciendo en el último número de *Extractos de Ciencias Sociales*.

—No estoy habituado. Me siguen preocupando las galeradas, aunque sé que es una tontería.

—Lo es.

—El otro día tomé un par de hojas antes de que Easy las enviara a...

—¿Qué? —Ninheimer irguió un rostro iracundo. Cerró con violencia la revista—. ¿Molestaste a la máquina mientras trabajaba?

—Sólo un minuto. Todo estaba bien. Ah, modificó una palabra. Usted definía algo como «criminal», y él cambió la palabra por «cruento». Pensó que el segundo adjetivo concordaba mejor con el contexto.

—¿Qué pensaste tú? —preguntó Ninheimer, reflexivamente.

—Estuve de acuerdo. Aprobé la corrección.

Ninheimer hizo girar la silla y se enfrentó a su joven adjunto.

—Oye, preferiría que no volvieras a hacerlo. Si he de usar la máquina, quiero..., mmm..., aprovecharla plenamente. Si he de usarla, pero pierdo tus..., mmm..., servicios porque resulta que la supervisas, cuando la idea es precisamente que no requiere supervisión, no gano nada, ¿entiendes?

—Sí, profesor Ninheimer —dijo sumisamente Baker.

Los ejemplares de prueba de *Tensiones sociales* llegaron al despacho del profesor Ninheimer el 8 de mayo. Les echó una hojeada, pasó las páginas y leyó uno que otro párrafo. Luego, los guardó.

Como explicó posteriormente, se olvidó de ellos. Durante ocho años había trabajado en eso, pero hacía meses que otros intereses cautivaban su atención, mientras Easy le quitaba ese peso de encima. Ni siquiera se acordó de donar el ejemplar de rigor a la biblioteca de la universidad.

Tampoco Baker, que estaba enfrascado en su trabajo y se había distanciado del jefe de departamento desde que tuvo que soportar aquella reprimenda en su último encuentro, recibió un ejemplar.

El 16 de junio, esa etapa terminó. Ninheimer recibió una llamada videotelefónica y miró sorprendido a la imagen de la pantalla.

—¡Speidell! ¿Estás en la ciudad?

—No, en Cleveland —contestó Speidell, temblándole la voz.

—¿Y por qué me llamas?

—¡Porque he estado hojeando tu nuevo libro! Ninheimer, ¿estás loco? ¿Has perdido el juicio?

Ninheimer se puso tenso.

—¿Hay algún..., mmm..., problema? —preguntó alarmado.

—¿Un problema? Te remito a la página 562. ¿Qué demonios te propones al interpretar mi trabajo de ese modo? ¿En qué parte del artículo que citas yo sostengo que la personalidad delictiva no existe y que los organismos que hacen cumplir las leyes son los verdaderos delincuentes? Mira, déjame citar...

—¡Espera, espera! —exclamó Ninheimer, tratando de hallar la página—. Veamos. Veamos... ¡Santo Dios!

—¿Y bien?

—Speidell, no entiendo cómo ha ocurrido esto. Yo no lo escribí.

—¡Pero es lo que está impreso! Y esa tergiversación no es la peor. Mira en la página 690 e imagínate lo que hará Ipatiev cuando vea el embrollo que has armado con sus descubrimientos. Oye, Ninheimer, este libro está plagado de errores de ese tipo. No sé en qué estabas pensando, pero la única opción que te queda es retirar el libro del mercado. ¡Y será mejor que te prepares para presentar muchas disculpas en la próxima reunión de la Asociación!

—Speidell, escucha...

Pero Speidell cortó la comunicación con tal brusquedad que durante quince segundos parpadearon sombras en la pantalla.

Ninheimer, entonces, se enfrascó en el libro y empezó a marcar pasajes con tinta roja.

Se las apañó para contener la furia cuando se entrevistó de nuevo con Easy, pero tenía los labios pálidos. Le pasó el libro a Easy y dijo:

—¿Quieres leer los pasajes marcados en las páginas 562, 631, 664 y 690?

Easy los leyó en cuatro hojeadas.

—Sí, profesor Ninheimer.

—Esto no es lo que ponía en las galeradas originales.

—No, profesor.

—¿Tú hiciste estas modificaciones?

—Sí, profesor.

—¿Por qué?

—Profesor, los pasajes de su versión eran muy lesivos para ciertos grupos de seres humanos. Me pareció aconsejable cambiar las palabras para evitar causarles daño.

—¿Cómo te atreviste a semejante cosa?

—La Primera Ley, profesor, no me permite que, mediante la inacción, consienta que se cause daño a seres humanos. Dada su reputación en el mundo de la sociología y la amplia circulación de que gozaría su libro entre los especialistas, varios seres humanos que usted menciona sufrirían un daño considerable.

—¿Y no comprendes el daño que sufriré yo ahora?

—Era preciso escoger la alternativa menos dañina.

El profesor Ninheimer se marchó temblando de furia. Era evidente que Robots y Hombres Mecánicos tendría que pagar por aquello.

En la mesa de los acusados reinaba una excitación que se intensificó cuando el fiscal remató su argumento:

—Entonces, ¿el robot EZ-27 le informó de que la razón de lo que había hecho se basaba en la Primera Ley de la robótica?

—Correcto.

—¿Y que, por lo tanto, no tenía otra opción?

—En efecto.

—De lo que se deduce, pues, que Robots y Hombres Mecánicos diseñó un robot que estaría obligado a reescribir los libros de acuerdo con sus propias concepciones de lo que era correcto, y, sin embargo, lo vendió como un simple corrector de pruebas. ¿Usted diría eso?

La defensa protestó de inmediato, señalando que se pedía al testigo que decidiera sobre una cuestión sobre la cual no tenía competencia. El juez amonestó a la fiscalía en los términos habituales, pero no quedó duda de que la declaración había surtido efecto, incluso en el abogado defensor. La defensa pidió un breve receso antes de iniciar el interrogatorio, usando un tecnicismo legal que le valió cinco minutos.

El abogado consultó con Susan Calvin.

—¿Es posible, doctora Calvin, que el profesor Ninheimer esté diciendo la verdad y que Easy actuara motivado por la Primera Ley?

Calvin apretó los labios y respondió:

—No, no es posible. La última parte del testimonio de Ninheimer es deliberadamente falsa. Easy no está diseñado para juzgar en el nivel de abstracción representado por un texto avanzado de sociología. No podría afirmar nunca que ciertos grupos de humanos se verían dañados por una frase de un libro semejante. Su mente no está construida para eso.

—Pero supongo que no podemos demostrárselo a un lego —comentó el abogado, con tono pesimista.

—No —admitió Calvin—. La prueba sería extremadamente compleja. Nuestra salida sigue siendo la misma. Hemos de probar que Ninheimer miente, y nada de lo que ha dicho debe cambiar nuestro plan de ataque.

—Muy bien, doctora Calvin. Tendré que aceptar su palabra. Continuaremos según lo planeado.

En la sala del juicio, la maza del juez se elevó y bajó, y el profesor Ninheimer se sentó nuevamente en el estrado. Sonreía ligeramente, como si supiese que su posición era inexpugnable y estuviera disfrutando de la posibilidad de repeler un ataque infructuoso.

El abogado defensor se le acercó cauteloso y comenzó a hablar con voz suave:

—Profesor Ninheimer, ¿afirma usted que ignoraba por completo esos presuntos cambios en el manuscrito hasta que el profesor Speidell habló con usted el 16 de junio?

—Así es.

—¿Nunca vio las galeradas después de que el robot EZ-27 corrigiera las pruebas?

—Al principio sí, pero me pareció una tarea inútil. Me fié de las afirmaciones de la compañía. Esas absurdas..., mmm..., modificaciones se efectuaron sólo en la última parte del libro, una vez que el robot, supongo, hubo aprendido bastante sobre sociología...

—¡Olvidemos las suposiciones! Tengo entendido que su colega, el profesor Baker, vio las últimas pruebas por lo menos en una ocasión. ¿Recuerda que usted dio testimonio de ello?

—Sí. Como ya declaré, me contó que había visto una página, y hasta en esa página el robot había alterado una palabra.

—¿No le resulta extraño, profesor, que después de un año de implacable hostilidad hacia el robot, después de haber votado contra él y de haberse negado a usarlo, decidiera usted de pronto poner su libro, su *magnum opus*, en sus manos?

—No me resulta extraño. Decidí que era conveniente usar la máquina.

—¿Y de repente confió tanto en el robot EZ-27 que ni siquiera se molestó en revisar las galeradas?

—Ya le he dicho que me..., mmm..., convenció la propaganda de Robots y Hombres Mecánicos.

—¿Tanto se convenció que, cuando su colega, el profesor Baker, intentó revisar la tarea del robot, usted le reprendió severamente?

—No le reprendí. Simplemente no deseaba que él..., mmm..., perdiera el tiempo. Al menos, entonces me pareció una pérdida de tiempo. No vi que fuera significativa la modificación de esa palabra en el...

—No tengo dudas de que le han aconsejado que mencione este punto, para que la modificación conste en acta —ironizó el abogado, pero cambió de rumbo para impedir una protesta—. Lo cierto es que usted estaba muy enfadado con el profesor Baker.

—No, señor. No estaba enfadado.

—Pues no le dio un ejemplar del libro cuando lo recibió.

—Por mera distracción. Tampoco entregué un ejemplar a la biblioteca —Ninheimer sonrió cautelosamente—. Los profesores son famosos por su despiste.

—¿No le resulta extraño que, al cabo de más de un año de trabajo perfecto, el robot EZ-27 se equivocara precisamente en su libro, en un libro escrito por la persona más implacablemente hostil hacia el robot?

—Mi libro fue la única obra voluminosa que tuvo que corregir en la que se hablaba sobre la humanidad. Las tres leyes de la robótica cobraron validez.

—Profesor Ninheimer, varias veces usted se ha expresado como un experto en robótica. Al parecer, se tomó usted un repentino interés en la robótica y sacó libros sobre el tema de la biblioteca. Dio testimonio de ello, ¿verdad?

—Sólo un libro. Fue resultado de lo que considero..., mmm..., curiosidad natural.

—¿Y eso le permite explicar por qué el robot, como usted alega, tergiversó el libro?

—Así es.

—Muy oportuno. Pero ¿está seguro de que su interés por la robótica no estaba destinado a permitirle manipular al robot con otros propósitos?

Ninheimer se sonrojó.

—¡Por supuesto que no!

El defensor elevó la voz:

—Más aún, ¿está seguro de que los pasajes presuntamente alterados no se encontraban tal como usted los escribió originalmente?

El sociólogo se irguió en el asiento.

—¡Eso es..., mmm..., rídiculo! Tengo las galeradas...

Le costaba hablar y el fiscal se levantó para intervenir:

—Con su permiso, señoría, me propongo presentar como prueba el juego de galeradas que le entregó el profesor Ninheimer al robot EZ-27 y el juego de galeradas que envió el robot EZ-27 a los editores. Lo haré si mi estimado colega así lo desea, y estoy dispuesto a que se conceda un receso con el objeto de que ambos juegos de galeradas puedan compararse.

El defensor agitó la mano con impaciencia.

—No es necesario. Mi honorable oponente puede presentar esas galeradas cuando le plazca. Estoy seguro de que mostrarán las discrepancias que alega el querellante. Pero me gustaría que el testigo nos dijera si también está en posesión de las galeradas del profesor Baker.

Ninheimer frunció el ceño. Aún no las tenía todas consigo.

—¿Las galeradas del profesor Baker?

—¡Sí, profesor! Las galeradas del profesor Baker. Usted ha declarado que el profesor Baker recibió otra copia de las galeradas. Le pediré al escribiente que lea su testimonio si es que de pronto padece usted una amnesia selectiva. ¿O será simplemente que los profesores, como usted dice, son famosos por su despiste?

—Recuerdo las galeradas del profesor Baker —dijo Ninheimer—. No eran necesarias una vez que el trabajo quedó a cargo de la máquina...

—¿Así que las quemó?

—No. Las tiré a la papelera.

—Quemarlas, tirarlas..., ¿qué más da? Lo cierto es que se desembarazó de ellas.

—No hay nada malo... —comenzó débilmente Ninheimer.

—¿Nada malo? —vociferó el defensor—. Nada malo, excepto que ahora no hay modo de comprobar si, en ciertas hojas cruciales, pudo usted haber reemplazado una inofensiva página de la copia del profesor Baker por una página de su propia copia, la cual usted alteró deliberadamente para obligar al robot a...

El fiscal presentó una enérgica protesta. El juez Shane se inclinó hacia delante, procurando adoptar un semblante colérico que expresara la intensidad de sus emociones.

—¿Tiene usted pruebas, abogado, de la notable afirmación que acaba de hacer? —preguntó.

—Ninguna prueba directa, señoría —respondió serenamente el defensor—. Pero quisiera señalar que la repentina conversión del querellante al abandono del antirrobotismo, el repentino interés en la robótica, la negativa a revisar las galeradas o a permitir que otra persona las revisara, su modo de evitar que nadie viera el libro inmediatamente después de la publicación; todo ello apunta claramente...

—Abogado —interrumpió el juez con impaciencia—, éste no es sitio para deducciones esotéricas. El querellante no está sometido a juicio. Tampoco es usted su fiscal. Prohíbo este tipo de ataques, y sólo puedo señalar que la desesperación que le indujo a ello únicamente contribuirá a perjudicar su posición. Si tiene preguntas legítimas, abogado, continúe con el interrogatorio. Pero le advierto que no vuelva a usar tales procedimientos en esta sala.

—No tengo más preguntas, señoría.

Robertson le susurró acaloradamente cuando el abogado defensor regresó a su mesa:

—¿Por qué hizo eso, por amor de Dios? Ahora el juez está totalmente en contra de usted.

—Pero Ninheimer está temblando —replicó con calma el abogado—. Y lo hemos preparado para la maniobra de mañana. Estará maduro.

Susan Calvin asintió gravemente.

El resto de la exposición de la fiscalía fue débil en comparación. Compareció el profesor Baker y corroboró la mayor parte del testimonio de Ninheimer. Comparecieron los profesores Speidell e Ipatiev y comentaron en tono conmovedor su consternación ante ciertos pasajes del libro del profesor Ninheimer. Ambos dieron su opinión profesional respecto de que la reputación del profesor Ninheimer había sufrido un grave revés.

Se presentaron las galeradas como prueba, así como algunos ejemplares del libro concluido.

La defensa no hizo más preguntas ese día. La fiscalía concluyó con sus alegatos y se declaró un receso hasta la mañana siguiente.

El defensor realizó su primera maniobra cuando el juicio se reanudó el segundo día. Pidió que el robot EZ-27 fuera admitido como espectador.

El fiscal protestó de inmediato, y el juez Shane llamó a ambos al estrado.

—Esto es obviamente ilícito —alegó el fiscal—. Un robot no puede estar en un edificio público.

—Este tribunal —señaló el defensor— está cerrado para todos, excepto para quienes guardan una relación inmediata con el caso.

—Una enorme máquina conocida por su conducta irregular perturbaría a mi cliente y a mis testigos con su sola presencia. Transformaría este juicio en una parodia.

El juez parecía estar de acuerdo. Se volvió hacia el defensor y preguntó con severidad:

—¿Cuáles son sus razones para esta solicitud?

—Alegaremos que el robot EZ-27 no pudo, por la naturaleza de su constitución, haberse comportado tal como se dice que se comportó. Será necesario efectuar algunas demostraciones.

—No tiene objeto, señoría —rechazó el fiscal—. Las demostraciones realizadas por empleados de Robots y Hombres Mecánicos tienen escaso valor testimonial cuando es la propia compañía la acusada.

—Señoría —replicó el defensor—, a usted, no al fiscal, le corresponde decidir la validez de una prueba. Al menos, eso tengo entendido.

Al quedar en juego sus prerrogativas, el juez Shane se vio obligado a decir:

—Entiende usted bien. No obstante, la presencia de un robot en la sala suscita importantes cuestiones legales.

—Señoría, seguramente no será nada que prevalezca sobre los requerimientos de la justicia. Si el robot no está presente, se nos impide presentar nuestra única defensa.

El juez reflexionó.

—Está también el problema de transportar el robot.

—La compañía se ha enfrentado a menudo con ese problema. Tenemos un camión aparcado frente al juzgado, construido según las leyes que rigen el transporte de robots. El robot EZ-27 se encuentra en una caja de embalaje bajo la vigilancia de dos hombres. Las puertas del camión están bien aseguradas y se han tomado todas las precauciones necesarias.

—Parece usted seguro —dijo el juez, de mal talante— de que la decisión de este tribunal será en su favor.

—En absoluto, señoría. En caso contrario, simplemente nos llevaremos el camión. No he hecho ningún supuesto en cuanto a las decisiones de su señoría.

El juez movió la cabeza afirmativamente.

—Ha lugar la solicitud de la defensa.

Metieron la caja en un gran carro, y los dos hombres que la empujaban la abrieron. La sala estaba sumida en un profundo silencio.

Susan Calvin esperó que quitaran las gruesas láminas de celuforme y estiró una mano.

—Ven, Easy.

El robot extendió su gran brazo metálico. Le llevaba más de medio metro de altura, pero la seguía dócilmente, como un niño a su madre. Alguien se rió nerviosamente y la doctora Calvin le clavó una mirada fulminante.

Easy se sentó cuidadosamente en una gran silla que le acercó el ujier, la cual crujió pero resistió.

—Cuando sea necesario, señoría —habló el defensor—, demostraremos que éste es EZ-27, el robot que estuvo trabajando en la Universidad del Noreste durante el periodo que nos ocupa.

—Bien —aprobó el juez—. Eso será necesario, pues yo, al menos, no tengo ni idea de cómo distinguir un robot de otro.

—Y ahora —añadió el defensor—, quisiera llamar a mi primer testigo. El profesor Simon Ninheimer, por favor.

El escribiente titubeó y miró al juez. El juez Shane preguntó, visiblemente sorprendido:

—¿Llama usted al querellante como testigo?

—Sí, señoría.

—Espero que recuerde que, mientras él sea testigo de la defensa, no se le permitirá a usted el margen de libertad del que podría disfrutar si interrogara a un testigo de la fiscalía.

—Mi único propósito es llegar a la verdad. Sólo será preciso hacer unas cuantas preguntas corteses.

—Bien —aceptó el juez, dubitativamente—, es usted quien lleva el caso. Llame al testigo.

Ninheimer se sentó en el estrado y fue informado de que estaba aún bajo juramento. Parecía más nervioso que el día anterior, casi atemorizado.

Pero el abogado lo miró benévolamente.

—Vamos a ver, profesor Ninheimer, usted le pide a mi cliente la suma de setecientos cincuenta mil dólares.

—Esa es la..., mmm..., cantidad. Sí.

—Es mucho dinero.

—He sufrido muchos perjuicios.

—No tantos, seguramente. El texto puesto en cuestión se refiere exactamente a unos pocos pasajes de un libro. Tal vez fueran pasajes desafortunados, pero, a fin de cuentas, a veces se publican libros con curiosos errores.

Ninheimer hinchó sus fosas nasales.

—Señor, este libro tenía que haber sido la cumbre de mi carrera profesional. Por el contrario, me presenta como un investigador incompetente, alguien que tergiversa las opiniones de honorables amigos y colegas, y un apologista de perspectivas ridículas y..., mmm..., obsoletas. ¡Mi reputación está irremisiblemente destruida! Nunca podré comparecer con orgullo en ninguna..., mmm..., asamblea de especialistas, sea cual sea el resultado de este juicio. Con toda seguridad, no podré continuar mi carrera, que ha constituido toda mi vida. El auténtico objetivo de mi vida ha sido..., mmm..., abortado y destruido.

El abogado no intentó interrumpir la perorata, sino que se limitó a mirarse distraídamente las uñas.

—Pero, profesor Ninheimer —dijo, en un tono muy tranquilo—, a su edad, usted no puede aspirar a ganar más de..., seamos generosos..., más de ciento cincuenta mil dólares durante el resto de su vida. En cambio, le pide a este tribunal que le otorgue el quíntuple de esa cifra.

En un arrebato emocional aún más vehemente, Ninheimer alegó:

—No sólo se me ha destruido en vida. No sé durante cuántas generaciones los sociólogos me acusarán de..., mmm..., necio o maniático. Mis verdaderos logros quedarán sepultados e ignorados. No sólo se me ha destruido hasta el día de mi muerte, sino para toda la eternidad, pues siempre habrá personas que no se creerán que un robot insertó esos textos...

El robot EZ-27 se puso de pie. Susan Calvin no intentó impedírselo. Sin inmutarse, siguió mirando hacia delante. El abogado defensor suspiró.

La melodiosa voz de Easy resonó claramente:

—Me gustaría explicarles a todos que yo, en efecto, inserté en las galeradas ciertos pasajes que parecían en abierta contradicción con lo que allí se decía al principio...

Hasta el fiscal parecía tan anonadado ante el espectáculo de un robot de más de dos metros, levantándose para hablarle al tribunal, que no fue capaz de impedir lo que evidentemente constituía un procedimiento de lo más irregular.

Cuando logró reaccionar, era ya demasiado tarde, pues Ninheimer se levantó con el rostro demudado y bramó:

—¡Maldita sea! ¡Se te ordenó que mantuvieras la boca cerrada...!

Se interrumpió de golpe. Easy también se calló.

El fiscal estaba de pie, exigiendo que se declarase nulo el juicio. El juez Shane golpeó desesperadamente con su maza.

—¡Silencio! ¡Silencio! Por supuesto que hay excelentes razones para declarar nulo el juicio, pero en bien de la justicia me gustaría que el profesor Ninheimer concluyera su declaración. He oído claramente que le decía al robot que se le había ordenado que mantuviera la boca cerrada. En su testimonio, profesor Ninheimer, no se mencionaba que al robot se le hubiera ordenado que guardara silencio sobre nada. —Ninheimer miró atónito al juez—. ¿Le ordenó usted al robot EZ-27 que guardara silencio sobre algo? En tal caso, ¿sobre qué?

—Señoría... —comenzó Ninheimer con voz ronca, pero no pudo continuar.

El juez agudizó la voz:

—¿Ordenó usted que se insertaran esos textos en las galeradas y le ordenó luego al robot que guardara silencio sobre esa participación que había tenido usted?

El fiscal presentó una enérgica protesta, pero Ninheimer gritó:

—¡Oh, no vale la pena! ¡Sí, sí!

Abandonó el estrado a todo correr y en la puerta lo detuvo el ujier. Se desplomó desesperado en un asiento y hundió la cabeza entre las manos.

—Es evidente que la presencia del robot EZ-27 ha sido una artimaña —manifestó el juez Shane—. Si no fuera por el hecho de que dicha artimaña ha servido para impedir un grave error, declararía al abogado de la defensa en desacato. Ahora me resulta claro, más allá de toda duda, que el querellante ha cometido un fraude inexplicable, pues aparentemente arruinó su carrera a sabiendas...

La sentencia, desde luego, favoreció a la parte acusada.

La doctora Susan Calvin se hizo anunciar en el piso de soltero que el profesor Ninheimer ocupaba en la universidad. El joven ingeniero que conducía el coche se ofreció a acompañarla, pero ella lo miró con desdén.

—¿Crees que me atacará? Aguarda aquí.

Ninheimer no tenía ánimos para atacar a nadie. Estaba recogiendo sus cosas a toda prisa, deseando marcharse de allí antes de que la adversa conclusión del juicio llegara a conocimiento de todo el mundo.

Miró a Calvin con aire desafiante.

—¿Viene a advertirme que presentarán una contrademanda? En tal caso, no obtendrán nada. No tengo dinero ni trabajo ni futuro. Ni siquiera puedo pagar las costas del juicio.

—Si busca compasión, no la va a encontrar conmigo —replicó fríamente Calvin—. Este asunto fue responsabilidad suya, únicamente. Pero no habrá una contrademanda ni contra usted ni contra la universidad. Más aún, haremos lo posible para impedir que lo encarcelen por falso testimonio. No somos vengativos.

—Ah, ¿es por eso por lo que no me han arrestado? Me lo estaba preguntando. Pero a fin de cuentas no tienen razones para ser vengativos. Han conseguido lo que deseaban.

—En parte, sí. La universidad conservará a Easy por una tarifa bastante más elevada. Además, la publicidad extraoficial relacionada con el juicio nos permitirá colocar más modelos EZ en otras instituciones, sin peligro de que este problema se repita.

—¿Y por qué ha venido a verme?

—Porque yo aún no he conseguido todo lo que quiero. Quiero saber por qué odia tanto a los robots. Aunque hubiera ganado el juicio, su reputación estaría destruida. El dinero que hubiese obtenido no le habría bastado como compensación. ¿Se hubiera contentado con desahogar su odio hacia los robots?

—¿Le interesan las mentes humanas, doctora Calvin? —preguntó Ninheimer, con un tono sarcástico.

—En la medida en que sus reacciones afectan al bienestar de los robots, sí. Por esa razón he aprendido un poco de psicología humana.

365

—¡Lo suficiente como para engañarme!

—Eso no me fue difícil —apostilló la doctora Calvin—. Lo difícil fue hacerlo de un modo que no dañara a Easy.

—Es típico de usted preocuparse más por una máquina que por un humano.

Ninheimer la miró con feroz desprecio, pero Calvin no se inmutó.

—Sólo parece que es así, profesor Ninheimer. Únicamente preocupándonos por los robots podemos preocuparnos por el hombre del siglo veintiuno. Usted lo entendería si fuera robotista.

—¡He leído bastante sobre robótica para saber que no quiero ser robotista!

—Disculpe, pero no ha leído más que un libro sobre robótica. Y no le ha servido de nada. Usted aprendió lo suficiente para saber que podía ordenarle a un robot que hiciera muchas cosas, incluso falsificar un libro, si lo hacía correctamente. Aprendió lo suficiente para saber que no podía ordenarle que olvidara algo del todo sin arriesgarse a que lo detectaran, pero pensó que era más seguro ordenarle simplemente que guardara silencio. Se equivocó.

—¿Adivinó usted la verdad a partir de su silencio?

—No se trata de adivinar. Usted es un aficionado y no supo borrar sus rastros. Mi único problema era demostrarlo ante el juez, pero tuvo usted la amabilidad de ayudarnos con su ignorancia.

—¿Esta conversación tiene sentido? —preguntó Ninheimer, con aire cansado.

—Para mí sí, porque quiero que entienda que ha juzgado muy mal a los robots. Hizo callar a Easy diciéndole que si le contaba a alguien que había tergiversado el libro perdería usted el empleo. Eso configuró un potencial en Easy para el silencio, el cual tenía la fuerza suficiente para resistir nuestros esfuerzos de quebrantarlo. Si hubiéramos insistido, le habríamos dañado el cerebro. En el estrado, sin embargo, configuró usted un contrapotencial más elevado. Dijo que, como la gente pensaría que usted, no un robot, había escrito los pasajes controvertidos, perdería mucho más que su empleo. Perdería su reputación, su prestigio, su respeto, su razón para vivir. Se perdería el recuerdo de usted después de su muerte. Usted mismo configuró así un potencial nuevo y más elevado, y eso hizo que Easy hablara.

—Por Dios —exclamó Ninheimer, desviando la cabeza.

Calvin fue inexorable:

—¿Comprende usted por qué habló? ¡No fue para acusarlo, sino para defenderlo! Se puede demostrar matemáticamente que estaba dispuesto a asumir la culpa por ese delito en su lugar, a negar que usted tenía algo que ver. La Primera Ley se lo exigía. Iba a mentir, a dañarse a sí mismo, causando un perjuicio monetario a la compañía. Para él, todo eso significaba menos que salvarle a usted. Si entendiera algo sobre robots y robótica, profesor, le habría dejado hablar. Pero no sabe usted nada. Yo estaba segura de que así era, y eso le aseguré al abogado defensor. En su odio por los robots, usted pensó que Easy actuaría como un ser humano y se defendería a expensas de usted. Así que reaccionó contra él, presa del pánico, y se destruyó a sí mismo.

—¡Ojalá algún día sus robots se vuelvan contra usted y la liquiden! —exclamó Ninheimer con vehemencia.

—No diga bobadas. Y ahora me gustaría que me explicase por qué ha hecho todo esto.

Ninheimer sonrió amargamente.

—¿He de diseccionar mi mente en beneficio de su curiosidad intelectual y a cambio de mi inmunidad ante una acusación de falso testimonio?

—Puede expresarlo así si quiere —contestó fríamente Calvin—. Pero explíquese.

—¿Para que usted pueda repeler futuros ataques contra los robots con mayor eficacia, con mayor conocimiento?

—En efecto.

—Se lo diré, pero sólo para darme el gusto de ver que no le sirve de nada. Usted no comprende la motivación humana; sólo puede comprender a esas condenadas máquinas porque usted misma es una máquina, recubierta de piel. —Respiraba entrecortadamente y no vacilaba al hablar, no buscaba palabras precisas. Era como si la precisión ya no le interesara—. Durante doscientos cincuenta años, la máquina ha reemplazado al hombre y ha destruido al artesano. Las piezas de alfarería se hacen con moldes y prensas. Las obras de arte se han reemplazado por baratijas catalogadas en moldes. Tal vez usted lo considere un progreso. El artista está limitado a las abstracciones, restringido al mundo de las ideas. Debe diseñar algo con la mente, y luego la máquina hace el resto. ¿Cree usted que el alfarero se contenta con la creación mental? ¿Cree que sólo la idea es suficiente? ¿Cree que no hay nada en el contacto con la arcilla, en observar cómo el objeto crece mientras la mano y la mente trabajan juntos? ¿Cree que el crecimiento no actúa como realimentación para modificar y mejorar la idea?

—Usted no es alfarero —replicó la doctora Calvin.

—¡Soy un artista creativo! Diseño y construyo artículos y libros. No se trata sólo de pensar palabras y ponerlas en el orden apropiado. Si eso fuera todo, no habría placer ni retribución en ello. Un libro debe cobrar forma en las manos del escritor. Uno debe ver el crecimiento y el desarrollo de los capítulos. Uno debe escribir y reescribir y observar cómo los cambios trascienden el concepto original. Es importante tener en la mano las galeradas, ver cómo quedan las frases impresas y modelarlas de nuevo. Hay un centenar de contactos entre un hombre y su obra en cada etapa del juego, y el contacto mismo es placentero y compensa del trabajo que un hombre vuelca en su creación. Su robot nos arrebataría todo eso.

—Lo mismo hace una máquina de escribir. Lo mismo hace una imprenta. ¿Propone usted volver a los manuscritos pergeñados a mano?

—Las máquinas de escribir y las imprentas nos quitan algo, pero su robot nos privaría de todo. Su robot se encarga de las galeradas. Pronto él u otros robots se encargarán de escribir, de buscar las fuentes, de cotejar y revisar los pasajes, incluso de sacar conclusiones. ¿Qué le dejarían al autor? Sólo una cosa: las áridas decisiones concernientes a las órdenes que debe dar al robot. Quiero salvar de semejante infierno a las futuras generaciones del mundo académico. Eso era para mí más importante incluso que mi reputación y me propuse destruir a Robots y Hombres Mecánicos por los medios que fueran necesarios.

—Estaba condenado al fracaso —sentenció Susan Calvin.

—Estaba condenado a intentarlo —replicó Simon Ninheimer.

Calvin dio media vuelta y se marchó. Hizo lo posible para no sentir un aguijonazo de compasión por ese hombre acabado.

No lo consiguió del todo.

Lenny

La empresa Robots y Hombres Mecánicos de Estados Unidos tenía un problema. El problema era la gente.

Peter Bogert, jefe de matemática, se dirigía a la sala de montaje cuando se topó con Alfred Lanning, director de investigaciones. Lanning, apoyado en el pasamanos, miraba a la sala de ordenadores enarcando sus enérgicas cejas blancas.

En el piso de abajo, un grupo de humanos de ambos sexos y diversas edades miraba en torno con curiosidad, mientras un guía entonaba un discurso preestablecido sobre informática robótica:

—Este ordenador que ven es el mayor de su tipo en el mundo. Contiene cinco millones trescientos mil criotrones y es capaz de manipular simultáneamente más de cien mil variables. Con su ayuda, nuestra empresa puede diseñar con precisión el cerebro positrónico de los modelos nuevos. Los requisitos se consignan en una cinta que se perfora mediante la acción de este teclado, algo similar a una máquina de escribir o una linotipia muy complicada, excepto que no maneja letras, sino conceptos. Las proposiciones se descomponen en sus equivalentes lógico-simbólicos y éstos a su vez son convertidos en patrones de perforación. En menos de una hora, el ordenador puede presentar a nuestros científicos el diseño de un cerebro que ofrecerá todas las sendas positrónicas necesarias para fabricar un robot...

Alfred Lanning reparó en la presencia del otro.

—Ah, Peter.

Bogert se alisó el cabello negro y lustroso con ambas manos, aunque lo tenía impecable.

—No pareces muy entusiasmado con esto, Alfred.

Lanning gruñó. La idea de realizar visitas turísticas por toda la empresa era reciente y se suponía cumplía una doble función. Por una parte, según se afirmaba, permitía que la gente viera a los robots de cerca y acallara así su temor casi instintivo hacia los objetos mecánicos mediante una creciente familiaridad. Por otra parte, se suponía que las visitas lograrían generar un interés para que algunas personas se dedicaran a las investigaciones robóticas.

—Sabes que no lo estoy. Una vez por semana, nuestra tarea se complica. Considerando las horas-hombre que se pierden, la retribución es insuficiente.

—Entonces, ¿no han subido aún las solicitudes de empleo?

—Un poco, pero sólo en las categorías donde esa necesidad no es vital. Necesitamos investigadores, ya lo sabes. Pero, como los robots están prohibidos en la Tierra, el trabajo de robotista no es muy popular, que digamos.

—El maldito complejo de Frankenstein —comentó Bogert, repitiendo a sabiendas una de las frases favoritas de Lanning.

Lanning pasó por alto esa burla afectuosa.

—Debería acostumbrarme, pero no lo consigo. Todo ser humano de la Tierra tendría que saber ya que las Tres Leyes constituyen una salvaguardia perfecta, que los robots no son peligrosos. Fíjate en ese grupo. —Miró hacia abajo—. Obsérvalos. La mayoría recorren la sala de montaje de robots por la excitación del miedo, como si subieran en una montaña rusa. Y cuando entran en la sala del modelo MEC..., demonios, Peter, un modelo MEC que es incapaz de hacer otra cosa que avanzar dos pasos, decir «mucho gusto en conocerle», dar la mano y retroceder dos pasos; y, sin embargo, todos se intimidan y las madres abrazan a sus hijos. ¿Cómo vamos a obtener trabajadores que piensen a partir de esos idiotas?

Bogert no tenía respuesta. Miraron una vez más a los visitantes, que estaban pasando de la sala de informática al sector de montaje de cerebros positrónicos. Luego, se marcharon. No vieron a Mortimer W. Jacobson, de dieciséis años, quien, para ser justos, no tenía la intención de causar el menor daño.

371

En realidad, ni siquiera podría decirse que la culpa fuera de Mortimer. Todos los trabajadores sabían en qué día de la semana se realizaban las visitas. Todos los aparatos debían estar neutralizados o cerrados, pues no era razonable esperar que los seres humanos resistieran la tentación de mover interruptores, llaves y manivelas y de pulsar botones. Además, el guía debía vigilar atentamente a quienes sucumbieran a esa tentación.

Pero en ese momento el guía había entrado en la sala contigua y Mortimer iba al final de la fila. Pasó ante el teclado mediante el cual se introducían datos en el ordenador. No tenía modo de saber que en aquel instante se estaban introduciendo los planos para un nuevo diseño robótico; de lo contrario, siendo como era un buen chico, habría evitado tocar el teclado. No tenía modo de saber que —en un acto de negligencia casi criminal— un técnico se había olvidado de desactivar el teclado.

Así que Mortimer tocó las teclas al azar, como si se tratara de un instrumento musical.

No notó que un trozo de la cinta perforada se salía de un aparato que había en otra parte de la sala, silenciosa e inadvertidamente.

Y el técnico, cuando volvió, tampoco notó ninguna intromisión. Le llamó la atención que el teclado estuviera activado, pero no se molestó en verificarlo. Al cabo de unos minutos, incluso esa leve inquietud se le había pasado, y continuó introduciendo datos en el ordenador.

En cuanto a Mortimer, nunca supo lo que había hecho.

El nuevo modelo LNE estaba diseñado para extraer boro en las minas del cinturón de asteroides. Los hidruros de boro cobraban cada vez más valor como detonantes para las micropilas protónicas que generaban potencia a bordo de las naves espaciales, y la magra provisión existente en la Tierra se estaba agotando.

Eso significaba que los robots LNE tendrían que estar equipados con ojos sensibles a esas líneas prominentes en el análisis espectroscópico de los filones de boro y con un tipo de extremidades útiles para transformar el mineral en el producto terminado. Como de costumbre, sin embargo, el equipamiento mental constituía el mayor problema.

El primer cerebro positrónico LNE ya estaba terminado. Era el prototipo y pasaría a integrar la colección de prototipos de la compañía. Cuando lo hubieran probado, fabricarían otros para alquilarlos (nunca venderlos) a empresas mineras.

El prototipo LNE estaba terminado. Alto, erguido y reluciente, parecía por fuera como muchos otros robots no especializados.

Los técnicos, guiándose por las instrucciones del *Manual de Robótica*, debían preguntar: «¿Cómo estás?».

La respuesta correspondiente era: «Estoy bien y dispuesto a activar mis funciones. Confío en que tú también estés bien», o alguna otra ligera variante.

Ese primer diálogo sólo servía para indicar que el robot oía, comprendía una pregunta rutinaria y daba una respuesta rutinaria congruente con lo que uno esperaría de una mentalidad robótica. A partir de ahí era posible pasar a asuntos más complejos, que pondrían a prueba las tres Leyes y su interacción con el conocimiento especializado de cada modelo.

Así que el técnico preguntó «¿cómo estás?» y, de inmediato, se sobresaltó ante la voz del prototipo LNE. Era distinta de todas las voces de robot que conocía (y había oído muchas). Formaba sílabas semejantes a los tañidos de una celesta de baja modulación.

Tan sorprendente era la voz que el técnico sólo oyó retrospectivamente, al cabo de unos segundos, las sílabas que había formado esa voz maravillosa:

—Da, da, da, gu.

El robot permanecía alto y erguido, pero alzó la mano derecha y se metió un dedo en la boca.

El técnico lo miró horrorizado y echó a correr. Cerró la puerta con llave y, desde otra sala, hizo una llamada de emergencia a la doctora Susan Calvin.

La doctora Susan Calvin era la única robopsicóloga de la compañía (y prácticamente de toda la humanidad). No tuvo que avanzar mucho en sus análisis del prototipo LNE para pedir perentoriamente una transcripción de los planos del cerebro positrónico dibujados por ordenador y las instrucciones que los habían guiado. Tras estudiarlos mandó a buscar a Bogert.

La doctora tenía el cabello gris peinado severamente hacia atrás; y su rostro frío, con fuertes arrugas verticales interrumpidas por el corte horizontal de una pálida boca de labios finos, se volvió enérgicamente hacia Bogert.

—¿Qué es esto, Peter?

Bogert estudió con creciente estupefacción los pasajes que ella señalaba.

—Por Dios, Susan, no tiene sentido.

—Claro que no. ¿Cómo se llegó a estas instrucciones?

Llamaron al técnico encargado y él juró con toda sinceridad que no era obra suya y que no podía explicarlo. El ordenador dio una respuesta negativa a todos los intentos de búsqueda de fallos.

—El cerebro positrónico no tiene remedio —comentó pensativamente Susan Calvin—. Estas instrucciones insensatas han cancelado tantas funciones superiores que el resultado se asemeja a un bebé humano. —Bogert manifestó asombro, y Susan Calvin adoptó la actitud glacial que siempre adoptaba ante la menor insinuación de duda de su palabra—. Nos esforzamos en lograr que un robot se parezca mentalmente a un hombre. Si eliminamos lo que denominamos funciones adultas, lo que queda, como es lógico, es un bebé humano, mentalmente hablando. ¿Por qué estás tan sorprendido, Peter?

El prototipo LNE, que no parecía darse cuenta de lo que ocurría a su alrededor, se sentó y empezó a examinarse los pies.

Bogert lo miró fijamente.

—Es una lástima desmantelar a esa criatura. Es un bonito trabajo.

—¿Desmantelarla? —bramó la robopsicóloga.

—Desde luego, Susan. ¿De qué sirve esa cosa? Santo cielo, si existe un objeto totalmente inútil es un robot que no puede realizar ninguna tarea. No pretenderás que esta cosa pueda hacer algo, ¿verdad?

—No, claro que no.

—¿Entonces?

—Quiero realizar más análisis —dijo tercamente Susan Calvin.

Bogert la miró con impaciencia, pero se encogió de hombros. Si había una persona en toda la empresa con quien no tenía sentido discutir, ésa era Susan Calvin. Los robots eran su pasión, y se hubiera dicho que una tan larga asociación con ellos la había privado de toda apariencia de humanidad. Era imposible disuadirla de una decisión, así como era imposible disuadir a una micropila activada de que funcionara.

—¡Qué más da! —murmuró, y añadió en voz alta—: ¿Nos informarás cuando hayas terminado los análisis?

—Lo haré. Ven, Lenny.

(LNE, pensó Bogert. Inevitablemente, las siglas se habían transformado en Lenny.)

Susan Calvin tendió la mano, pero el robot se limitó a mirarla. Con ternura, la robopsicóloga tomó la mano del robot. Lenny se puso de pie (al menos su coordinación mecánica funcionaba bien) y salieron juntos, el robot y esa mujer a quien superaba en medio metro. Muchos ojos los siguieron con curiosidad por los largos corredores.

Una pared del laboratorio de Susan Calvin, la que daba directamente a su despacho privado, estaba cubierta con la reproducción ampliada de un diagrama de sendas positrónicas. Hacía casi un mes que Susan Calvin la estudiaba absortamente.

Estaba examinando atentamente en ese momento los vericuetos de esas sendas atrofiadas. Lenny, sentado en el suelo, movía las piernas y balbuceaba sílabas ininteligibles con una voz tan bella que era posible escucharlas con embeleso aun sin entenderlas.

Susan Calvin se volvió hacia el robot.

—Lenny... Lenny...

Repitió el nombre, con paciencia, hasta que Lenny irguió la cabeza y emitió un sonido inquisitivo. La robopsicóloga sonrió complacida. Cada vez necesitaba menos tiempo para atraer la atención del robot.

—Alza la mano, Lenny. Mano... arriba. Mano... arriba.

La doctora levantó su propia mano una y otra vez.

Lenny siguió el movimiento con los ojos. Arriba, abajo, arriba, abajo. Luego, movió la mano espasmódicamente y balbuceó.

—Muy bien, Lenny —dijo gravemente Susan Calvin—. Inténtalo de nuevo. Mano... arriba.

Muy suavemente, extendió su mano, tomó la del robot, la levantó y la bajó.

—Mano... arriba. Mano... arriba.

Una voz la llamó desde el despacho:

—¿Susan?

Calvin apretó los labios.

—¿Qué ocurre, Alfred?

El director de investigaciones entró, miró al diagrama de la pared y, luego, al robot.

—¿Sigues con ello?

—Estoy trabajando, sí.

—Bien, ya sabes, Susan... —sacó un puro y lo miró, disponiéndose a morder la punta. Cuando se encontró con la severa y reprobatoria mirada de la mujer, guardó el puro y comenzó de nuevo—: Bien, ya sabes, Susan, que el modelo LNE está en producción.

—Eso he oído. ¿Hay algo en que yo pueda colaborar?

—No. Pero el mero hecho de que esté en producción y funcione bien significa que es inútil insistir con este espécimen deteriorado. ¿No deberíamos desarmarlo?

—En pocas palabras, Alfred, te fastidia que yo pierda mi valioso tiempo. Tranquilízate. No estoy perdiendo el tiempo. Estoy trabajando con este robot.

—Pero ese trabajo no tiene sentido.

—Yo seré quien lo juzgue, Alfred —replicó la doctora en un tono amenazador, y Lanning consideró que sería más prudente cambiar de enfoque.

—¿Puedes explicarme qué significa? ¿Qué estás haciendo ahora, por ejemplo?

—Trato de lograr que levante la mano cuando se lo orde-no. Intento conseguir que imite el sonido de la palabra.

Como si estuviera pendiente de ella, Lenny balbuceó y alzó la mano torpemente. Lanning sacudió la cabeza.

—Esa voz es asombrosa. ¿Cómo se ha logrado?

—No lo sé. El transmisor es normal. Estoy segura de que podría hablar normalmente, pero no lo hace. Habla así como consecuencia de algo que hay en las sendas positrónicas, y aún no lo he localizado.

—Bien, pues localízalo, por Dios. Esa voz podría ser útil.

—Oh, entonces, ¿mis estudios sobre Lenny pueden servir de algo?

Lanning se encogió de hombros, avergonzado.

—Bueno, se trata de un elemento menor.

—Lamento que no veas los elementos mayores, que son mucho más importantes, pero no es culpa mía. Ahora, Alfred, ¿quieres irte y dejarme trabajar?

Lanning encendió el puro en el despacho de Bogert.

—Esa mujer está cada día más rara —comentó con resentimiento.

Bogert le entendió perfectamente. En Robots y Hombres Mecánicos existía una sola «esa mujer».

—¿Todavía sigue atareada con ese seudorobot, con ese Lenny?

—Trata de hacerle hablar, lo juro.

Bogert se encogió de hombros.

—Ése es el problema de esta empresa. Me refiero a lo de conseguir investigadores capacitados. Si tuviéramos otros robopsicólogos, podríamos jubilar a Susan. A propósito, supongo que la reunión de directores programada para mañana tiene que ver con el problema de la contratación de personal.

Lanning asintió con la cabeza y miró su puro, disgustado.

—Sí. Pero el problema es la calidad, no la cantidad. Hemos subido tanto los sueldos que hay muchos solicitantes; pero la mayoría se interesan sólo por el dinero. El truco está en conseguir a los que se interesan por la robótica; gente como Susan Calvin.

—No, diablos, como ella no.

—Iguales no, de acuerdo. Pero tendrás que admitir, Peter, que es una apasionada de los robots. No tiene otro interés en la vida.

—Lo sé. Precisamente por eso es tan insoportable.

Lanning asintió en silencio. Había perdido la cuenta de las veces que habría deseado despedir a Susan Calvin. También había perdido la cuenta de la cantidad de millones de dólares que ella le había ahorrado a la empresa. Era indispensable y seguiría siéndolo hasta su muerte, o hasta que pudieran solucionar el problema de encontrar gente del mismo calibre y que se interesara en las investigaciones sobre robótica.

—Creo que vamos a limitar esas visitas turísticas.

Peter se encogió de hombros.

—Si tú lo dices... Pero entre tanto, en serio, ¿qué hacemos con Susan? Es capaz de apegarse indefinidamente a Lenny. Ya sabes cómo es cuando se encuentra con lo que considera un problema interesante.

—¿Qué podemos hacer? Si demostramos demasiada ansiedad por interrumpirla, insistirá en ello por puro empecinamiento femenino. En última instancia, no podemos obligarla a hacer nada.

El matemático sonrió.

—Yo no aplicaría el adjetivo «femenino» a ninguna parte de ella.

—Está bien —rezongó Lanning—. Al menos, ese robot no le hará daño a nadie.

En eso se equivocaba.

La señal de emergencia siempre causa nerviosismo en cualquier gran instalación industrial. Esas señales habían sonado varias veces a lo largo de la historia de Robots y Hombres Mecánicos: incendios, inundaciones, disturbios e insurrecciones.

Pero una señal no había sonado nunca. Nunca había sonado la señal de «robot fuera de control». Y nadie esperaba que sonara. Estaba instalada únicamente por insistencia del Gobierno. («Al demonio con ese complejo de Frankenstein», mascullaba Lanning en las raras ocasiones en que pensaba en ello.)

Pero la estridente sirena empezó a ulular con intervalos de diez segundos, y prácticamente nadie —desde el presidente de la junta de directores hasta el más novato ayudante de ordenanza— reconoció de inmediato ese sonido insólito. Tras esa incertidumbre inicial, guardias armados y médicos convergieron masivamente en la zona de peligro, y la empresa al completo quedó paralizada.

Charles Randow, técnico en informática, fue trasladado al sector hospitalario con el brazo roto. No hubo más daños. Al menos, no hubo más daños físicos.

—¡Pero el daño moral está más allá de toda estimación! —vociferó Lanning.

Susan Calvin se enfrentó a él con calma mortal.

—No le harás nada a Lenny. Nada. ¿Entiendes?

—¿Lo entiendes tú, Susan? Esa cosa ha herido a un ser humano. Ha quebrantado la Primera Ley. ¿No conoces la Primera Ley?

—No le harás nada a Lenny.

—Por amor de Dios, Susan, ¿a ti debo explicarte la Primera Ley? Un robot no puede dañar a un ser humano ni, mediante la inacción, permitir que un ser humano sufra daños. Nuestra posición depende del estricto respeto de esa Primera Ley por parte de todos los robots de todos los tipos. Si el público se entera de que ha habido una excepción, una sola excepción, podría obligarnos a cerrar la empresa. Nuestra única probabilidad de supervivencia sería anunciar de inmediato que ese robot ha sido destruido, explicar las circunstancias y rezar para que el público se convenza de que no sucederá de nuevo.

—Me gustaría averiguar qué sucedió. Yo no estaba presente en ese momento y me gustaría averiguar qué hacía Randow en mis laboratorios sin mi autorización.

—Pero lo más importante es obvio. Tu robot golpeó a Randow, ese imbécil apretó el botón de «robot fuera de control» y nos ha creado un problema. Pero tu robot lo golpeó y le causó lesiones que incluyen un brazo roto. La verdad es que tu Lenny está tan deformado que no respeta la Primera Ley y hay que destruirlo.

—Sí que respeta la Primera Ley. He estudiado sus sendas cerebrales y sé que la respeta.

—Y entonces, ¿cómo ha podido golpear a un hombre? —preguntó Lanning, con desesperado sarcasmo—. Pregúntaselo a Lenny. Sin duda ya le habrás enseñado a hablar.

Susan Calvin se ruborizó.

—Prefiero entrevistar a la víctima. Y en mi ausencia, Alfred, quiero que mis dependencias estén bien cerradas, con Lenny en el interior. No quiero que nadie se le acerque. Si sufre algún daño mientras yo no estoy, esta empresa no volverá a saber de mí en ninguna circunstancia.

—¿Aprobarás su destrucción si ha violado la Primera Ley?

—Sí, porque sé que no la ha violado.

Charles Randow estaba tendido en la cama, con el brazo en cabestrillo. Aún estaba conmocionado por ese momento en que creyó que un robot se le abalanzaba con la intención de asesinarlo. Ningún ser humano había tenido nunca razones tan contundentes para temer que un robot le causara daño. Era una experiencia singular.

Susan Calvin y Alfred Lanning estaban junto a la cama; los acompañaba Peter Bogert, que se había encontrado con ellos por el camino. No estaban presentes médicos ni enfermeras.

—¿Qué sucedió? —preguntó Susan Calvin.

Randow no las tenía todas consigo.

—Esa cosa me pegó en el brazo —murmuró—. Se abalanzó sobre mí.

—Comienza desde más atrás —dijo Calvin—. ¿Qué hacías en mi laboratorio sin mi autorización?

El joven técnico en informática tragó saliva, moviendo visiblemente la nuez de la garganta. Tenía pómulos altos y estaba muy pálido.

—Todos sabíamos lo de ese robot. Se rumoreaba que trataba usted de enseñarle a hablar como si fuera un instrumento musical. Circulaban apuestas acerca de si hablaba o no. Algunos sostienen que usted puede enseñarle a hablar a un poste.

—Supongo que eso es un cumplido —comentó Susan Calvin en un tono glacial—. ¿Qué tenía que ver eso contigo?

—Yo debía entrar allí para zanjar la cuestión, para enterarme de si hablaba, ya me entiende. Robamos una llave de su laboratorio y esperamos a que usted se fuera. Echamos a suertes para ver quién entraba. Perdí yo.

—¿Y qué más?

—Intenté hacerle hablar y me pegó.

—¿Cómo intentaste hacerle hablar?

—Le..., le hice preguntas, pero no decía nada y tuve que sacudirlo, así que... le grité... y...

—¿Y?

Hubo una larga pausa. Bajo la mirada imperturbable de Susan Calvin, Randow dijo al fin:

—Traté de asustarlo para que dijera algo. Tenía que impresionarlo.

—¿Cómo intentaste asustarlo?

—Fingí que le iba a dar un golpe.

—¿Y te desvió el brazo?

—Me dio un golpe en el brazo.

—Muy bien. Eso es todo. —Calvin se volvió hacia Lanning y Bogert—. Vámonos, caballeros.

En la puerta, se giró hacia Randow.

—Puedo resolver el problema de las apuestas, si aún te interesa. Lenny articula muy bien algunas palabras.

No dijeron nada hasta llegar al despacho de Susan Calvin. Las paredes estaban revestidas de libros; algunos, de su autoría. El despacho reflejaba su personalidad fría y ordenada. Había una sola silla. Susan Calvin se sentó. Lanning y Bogert permanecieron de pie.

—Lenny se limitó a defenderse. Es la Tercera Ley: un robot debe proteger su propia existencia.

—Excepto —objetó Lanning— cuando entra en conflicto con la Primera o con la Segunda Ley. ¡Completa el enunciado! Lenny no tenía derecho a defenderse causando un daño, por ínfimo que fuera, a un ser humano.

—No lo hizo a sabiendas —replicó Calvin—. Lenny tiene un cerebro fallido. No tenía modo de conocer su propia fuerza ni la debilidad de los humanos. Al apartar el brazo amenazador de un ser humano, no podía saber que el hueso se rompería. Humanamente, no se puede achacar culpa moral a un individuo que no sabe diferenciar entre el bien y el mal.

Bogert intervino en tono tranquilizador:

—Vamos, Susan, nosotros no achacamos culpas. Nosotros comprendemos que Lenny es el equivalente de un bebé, humanamente hablando, y no lo culpamos. Pero el público sí lo hará. Nos cerrarán la empresa.

—Todo lo contrario. Si tuvieras el cerebro de una pulga, Peter, verías que ésta es la oportunidad que la compañía esperaba. Esto resolverá sus problemas.

Lanning frunció sus cejas blancas.

—¿Qué problemas, Susan?

—¿Acaso la empresa no desea mantener a nuestro personal de investigación en lo que considera, Dios nos guarde, su avanzado nivel actual?

—Por supuesto.

—Bien, y ¿qué ofreces a tus futuros investigadores? ¿Diversión? ¿Novedad? ¿La emoción de explorar lo desconocido? No. Les ofreces sueldos y la garantía de que no habrá problemas.

—¿Qué quieres decir? —se interesó Bogert.

—¿Hay problemas? —prosiguió Susan Calvin—. ¿Qué clase de robots producimos? Robots plenamente desarrollados, aptos para sus tareas. Una industria nos explica qué necesita; un ordenador diseña el cerebro; las máquinas dan forma al robot; y ya está, listo y terminado. Peter, hace un tiempo me preguntaste cuál era la utilidad de Lenny. Preguntas que de qué sirve un robot que no está diseñado para ninguna tarea. Ahora te pregunto yo: ¿de qué sirve un robot diseñado para una sola tarea? Comienza y termina en el mismo lugar. Los modelos LNE extraen boro; si se necesita berilio, son inútiles; si la tecnología del boro entra en una nueva fase, se vuelven obsoletos. Un ser humano diseñado de ese modo sería un subhumano. Un robot diseñado de ese modo es un subrobot.

—¿Quieres un robot versátil? —preguntó incrédulamente Lanning.

—¿Por qué no? ¿Por qué no? He estado trabajando con un robot cuyo cerebro estaba casi totalmente idiotizado. Le estaba enseñando y tú, Alfred, me preguntaste que para qué servía. Para muy poco, tal vez, en lo concerniente a Lenny, pues nunca superará el nivel de un niño humano de cinco años. ¿Pero cuál es la utilidad general? Enorme, si abordas el asunto como un estudio del problema abstracto de aprender a enseñar a los robots. Yo he aprendido modos de poner ciertas sendas en cortocircuito para crear sendas nuevas. Los nuevos estudios ofrecerán técnicas mejores, más sutiles y más eficientes para hacer lo mismo.

—¿Y bien?

—Supongamos que tomas un cerebro positrónico donde estuvieran trazadas las sendas básicas, pero no las secundarias. Supongamos que luego creas las secundarias. Podrías vender robots básicos diseñados para ser instruidos, robots capaces de adaptarse a diversas tareas. Los robots serían tan versátiles como los seres humanos. ¡Los robots podrían aprender! —La miraron de hito en hito. La robopsicóloga se impacientó—: Aún no lo entendéis, ¿verdad?

—Entiendo lo que dices —dijo Lanning.

—¿No entendéis que ante un campo de investigación totalmente nuevo, unas técnicas totalmente nuevas a desarrollar, un área totalmente nueva y desconocida para explorar, los jóvenes sentirán mayor entusiasmo por la robótica? Intentadlo y ya veréis.

—¿Puedo señalar que esto es peligroso? —intervino Bogert—. Comenzar con robots ignorantes como Lenny significará que nunca podremos confiar en la Primera Ley, tal como ha ocurrido en el caso de Lenny.

—Exacto. Haz público ese dato.

—¿Hacerlo público?

—Desde luego. Haz conocer el peligro. Explica que instalarás un nuevo Instituto de investigaciones en la Luna, si la población terrícola prefiere que estos trabajos no se realicen en la Tierra, pero haz hincapié en el peligro que correrían los posibles candidatos.

—¿Por qué, por amor de Dios? —quiso saber Lanning.

—Porque el conocimiento del peligro le añadirá un nuevo atractivo al asunto. ¿Crees que la tecnología nuclear no implica peligro, que la espacionáutica no entraña riesgos? ¿Tu oferta de absoluta seguridad te ha servido de algo? ¿Te ha ayudado a enfrentarte a ese complejo de Frankenstein que tanto desprecias? Pues prueba otra cosa, algo que haya funcionado en otras áreas.

Sonó un ruido al otro lado de la puerta que conducía a los laboratorios personales de Calvin. Era el sonido de campanas de la voz de Lenny. La robopsicóloga guardó silencio y escuchó:

—Excusadme —dijo—. Creo que Lenny me llama.

—¿Puede llamarte? —se sorprendió Lanning.

—Ya os he dicho que logré enseñarle algunas palabras. —Se dirigió hacia la puerta, con cierto nerviosismo—. Si queréis esperarme...

Los dos hombres la miraron mientras salía y se quedaron callados durante un rato.

—¿Crees que tiene razón, Peter? —preguntó finalmente Lanning.

—Es posible, Alfred, es posible. La suficiente como para que planteemos el asunto en la reunión de directores y veamos qué opinan. A fin de cuentas, la cosa ya no tiene remedio. Un robot ha dañado a un ser humano y es de público conocimiento. Como dice Susan, podríamos tratar de volcar el asunto a nuestro favor. Pero desconfío de los motivos de ella.

—¿En qué sentido?

—Aunque haya dicho la verdad, en su caso es una mera racionalización. Su motivación es su deseo de no abandonar a ese robot. Si insistiéramos, pretextaría que desea continuar aprendiendo técnicas para enseñar a los robots; pero creo que ha hallado otra utilidad para Lenny, una utilidad tan singular que no congeniaría con otra mujer que no fuera ella.

—No te entiendo.

—¿No oíste cómo la llamó el robot?

—Pues no... —murmuró Lanning, y entonces la puerta se abrió de golpe y ambos se callaron.

Susan Calvin entró y miró a su alrededor con incertidumbre.

—¿Habéis visto...? Estoy segura de que estaba por aquí... Oh, ahí está.

Corrió hacia el extremo de un anaquel y cogió un objeto hueco y de malla metálica, con forma de pesa de gimnasia. La malla metálica contenía piezas de metal de diversas formas.

Las piezas de metal se entrechocaron con un grato campanilleo. Lanning pensó que el objeto parecía una versión robótica de un sonajero para bebés.

Cuando Susan Calvin abrió la puerta para salir, Lenny la llamó de nuevo. Esa vez, Lanning oyó claramente las palabras que Susan Calvin le había enseñado. Con melodiosa voz de celesta, repetía:

—Mami, te quiero. Mami, te quiero.

Y se oyeron los pasos de Susan Calvin apresurándose por el laboratorio para ir a atender a la única clase de niño que ella podía tener y amar.

Veredicto

Era indudable que Montie Stein, con fraudulenta astucia, había robado más de cien mil dólares. También era indudable que lo habían detenido un día después de expirar la ley de prescripción.

Pero el meollo del trascendental caso del Estado de Nueva York contra Montgomery Harlow Stein, con todas sus consecuencias, fue el modo en que Stein burló el arresto durante ese periodo, ya que introdujo en la cuarta dimensión la jurisprudencia.

Lo que hizo Stein, después de cometer el desfalco y embolsarse los cien mil, fue meterse en una máquina del tiempo, de la cual estaba en posesión ilícita, y programar los controles para siete años y un día en el futuro.

El abogado de Stein lo expresó con sencillez. Ocultarse en el tiempo no era diferente de ocultarse en el espacio. Si las fuerzas de la ley no descubrían a Stein en ese periodo de siete años, peor para ellas.

El fiscal señaló que la ley de prescripción no tenía la finalidad de ser un juego entre la justicia y el delincuente; era una medida misericordiosa, destinada a proteger al infractor de un temor indefinidamente prolongado al arresto. Para ciertos delitos se consideraba que un periodo limitado de aprensión por la aprehensión —por decirlo así— era ya un castigo suficiente. Pero Stein, insistió el fiscal, no había pasado por dicho periodo en ningún caso.

El abogado de Stein no se inmutó. La ley no decía nada acerca de medir el temor y la angustia del culpable. Simplemente, fijaba un límite de tiempo.

El fiscal afirmó que Stein no había superado ese límite.

El defensor alegó que Stein tenía ya siete años más que en el momento del delito y, por lo tanto, había superado el límite.

El fiscal cuestionó esa afirmación y la defensa presentó el certificado de nacimiento de Stein. Había nacido en el año 2973. En el año del delito, el 3004, tenía treinta y un años. En ese momento, trasladado al 3011, tenía treinta y ocho.

El fiscal gritó que fisiológicamente Stein no tenía treinta y ocho años, sino treinta y uno.

La defensa señaló que el derecho —una vez que se admitía que el individuo era dueño de sus facultades— sólo reconocía la edad cronológica, la cual se obtenía restando sencillamente la fecha de nacimiento de la fecha actual.

El fiscal, perdiendo los estribos, juró que si Stein quedaba en libertad la mitad de las leyes escritas serían inútiles.

Pues cambiemos las leyes, replicó la defensa, para que se tenga en cuenta el viaje por el tiempo. Pero añadió que mientras las leyes no se hubiesen modificado había que aplicarlas tal como estaban escritas.

El juez Neville Preston se tomó una semana para reflexionar y, luego, presentó su sentencia. Fue un momento crucial en la historia del derecho. Es una lástima, pues, que algunas personas sospechen que el juez Preston estuvo influenciado en su criterio por el irresistible impulso de expresar la sentencia del modo en que lo hizo.

Pues el texto completo de la sentencia fue:

«Un niño en el tiempo salva a Stein».*

---

* En inglés: *A niche in the time saves Stein*. Una distorsión del proverbio tradicional *A stitch in time save nine* («Más vale prevenir que curar»; o, en su traducción literal: «Una costura a tiempo ahorra nueve»). La inversión de iniciales se corresponde con la del título original del cuento (*A Loint of Paw* en vez de *A Point of Law*, «Una cuestión judicial»). *(N. del T.)*

Una estatua para papá

¿La primera vez? ¿De veras? Pero por supuesto que ha oído usted hablar de ello. Sí, estoy seguro.

Si le interesa el descubrimiento, créame que será para mí un placer contárselo. Es una historia que siempre me ha gustado narrar, pero pocas personas me brindan la oportunidad de hacerlo. Incluso me han aconsejado que la mantuviera en secreto, porque atenta contra las leyendas que proliferan en torno a mi padre.

Pero yo creo que la verdad es valiosa. Tiene su moraleja. Un hombre se pasa la vida consagrando sus energías a satisfacer su curiosidad y de pronto, por accidente, sin habérselo propuesto, termina por ser un benefactor de la humanidad.

Papá era sólo un físico teórico que se dedicaba a investigar el viaje por el tiempo. Creo que nunca pensó en lo que el viaje por el tiempo podría significar para el *Homo sapiens*. Sentía curiosidad únicamente por las relaciones matemáticas que regían el universo.

¿Tiene hambre? Mejor así. Supongo que tardará cerca de media hora. Lo prepararán adecuadamente para un dignatario como usted. Es una cuestión de orgullo.

Ante todo, papá era pobre como sólo puede serlo un profesor universitario. Pero con el tiempo se fue haciendo rico. En sus últimos años era fabulosamente rico, y en cuanto a mí, mis hijos y mis nietos..., bueno, ya lo ve con sus propios ojos.

También le han dedicado estatuas. La más antigua está en la ladera donde se realizó el descubrimiento. Puede verla por la ventana. Sí. ¿No distingue la inscripción? Claro, el ángulo es desfavorable. No importa.

Cuando papá se puso a investigar el viaje por el tiempo, la mayoría de los físicos estaban desilusionados, a pesar del entusiasmo que provocaron inicialmente los cronoembudos.

La verdad es que no hay mucho que ver. Los cronoembudos son totalmente irracionales e incontrolables. Sólo presentan una distorsión ondulante, de algo más de medio metro de anchura como máximo, y que desaparece rápidamente. Tratar de enfocar el pasado es como tratar de enfocar una pluma en medio de un turbulento huracán.

Intentaron sujetar el pasado con garfios, pero eso resultó igual de imprevisible. A veces funcionaba unos segundos, con un hombre aferrado con fuerza al garfio, aunque lo habitual era que el martinete no resistiera. No se obtuvo nada del pasado hasta que... Bien, ya llegaré a eso.

Al cabo de cincuenta años de no progresar en absoluto, los científicos perdieron todo interés. La técnica operativa parecía un callejón sin salida. Al recordar la situación, no puedo echarles la culpa. Algunos incluso intentaron demostrar que los embudos no revelaban el pasado; pero se divisaron muchos animales vivos a través de los embudos, y se trataba de animales ya extinguidos en la actualidad.

De cualquier modo, cuando los viajes por el tiempo estaban casi olvidados ya, apareció papá. Convenció al Gobierno de que le suministrara fondos para instalar un cronoembudo propio, y abordó el asunto desde otro ángulo.

Yo lo ayudaba en aquella época. Acababa de salir de la universidad y era doctor en Física.

Sin embargo, nuestros intentos tropezaron con problemas al cabo de un año. Papá tuvo dificultades para lograr que le renovaran la subvención. Los industriales no estaban interesados, y la universidad pensaba que papá comprometía la reputación de la institución al empecinarse en investigar un campo muerto. El decano, que sólo comprendía el aspecto financiero de las investigaciones, empezó insinuándole que se pasara a áreas más lucrativas y terminó por expulsarlo.

Ese decano —que todavía vivía y seguía contando los dólares de las subvenciones cuando papá falleció— se sentiría de lo más ridículo cuando papá legó a la universidad un millón de dólares en su testamento, con un codicilo que cancelaba la herencia con el argumento de que el decano carecía de perspectiva de futuro. Pero eso fue tan sólo una venganza póstuma. Pues años antes...

No deseo entrometerme, pero le aconsejo que no coma más panecillos. Bastará con que tome la sopa despacio, para evitar un apetito demasiado voraz.

De cualquier modo, nos las apañamos. Papá conservó el equipo que había comprado con el dinero de la subvención, lo sacó de la universidad y lo instaló aquí.

Esos primeros años sin recursos fueron agobiantes, y yo insistía en que abandonara. Él no cejaba. Era tozudo y siempre se las ingeniaba para encontrar mil dólares cuando los necesitaba.

La vida continuaba, pero él no permitía que nada obstruyera su investigación. Mamá falleció; papá guardó luto y volvió a su tarea. Yo me casé, tuve un hijo y luego una hija. No siempre podía acompañarlo, pero él continuaba sin mí. Se rompió una pierna y siguió trabajando con la escayola puesta durante meses.

Así que le atribuyo todo el mérito. Yo ayudaba, por supuesto. Hacía funciones de asesoría y me encargaba de negociar con Washington. Pero él era el alma del proyecto.

A pesar de eso, no llegábamos a ninguna parte. Hubiera dado lo mismo tirar por uno de esos cronoembudos todo el dinero que lográbamos juntar, lo cual no quiere decir que hubiese podido atravesarlo.

A fin de cuentas, nunca conseguimos meter un garfio en un embudo. Sólo nos acercamos en una ocasión. El garfio había entrado unos cinco centímetros cuando el foco se alteró. Lo arrancó limpiamente y, en alguna parte del Mesozoico, hay ahora una varilla de acero, construida por el hombre, oxidándose en la orilla de un río.

Hasta que un día, el día crucial, el foco se mantuvo durante diez largos minutos; algo para lo cual había menos de una probabilidad entre un billón. ¡Cielos, con qué frenesí instalamos las cámaras! Veíamos criaturas que se desplazaban ágilmente al otro lado del embudo.

Luego, para colmo de bienes, el cronoembudo se volvió permeable, y hubiéramos jurado que sólo el aire se interponía entre el pasado y nosotros. La baja permeabilidad debía de estar relacionada con la duración del foco, pero nunca pudimos demostrar que así fuera.

Por supuesto, no teníamos ningún garfio a mano. Pero la baja permeabilidad permitió que algo se desplazara del «entonces» al «ahora». Obnubilado, actuando por mero instinto, extendí el brazo y agarré aquello.

En ese momento perdimos el foco, pero ya no sentíamos amargura ni desesperación. Ambos observábamos sorprendidos lo que yo tenía en la mano. Era un puñado de barro duro y seco, completamente liso por donde había tocado los bordes del cronoembudo, y entre el barro había catorce huevos del tamaño de huevos de pato.

—¿Huevos de dinosaurio? —pregunté—. ¿Crees que es eso?

—Quizá. No podemos saberlo con certeza.

—¡A menos que los incubemos! —exclamé de pronto, con un entusiasmo incontenible. Los dejé en el suelo como si fueran de platino. Estaban calientes, con el calor del sol primitivo—. Papá, si los incubamos tendremos criaturas que llevan extinguidas más de cien millones de años. Será la primera vez que alguien trae algo del pasado. Si lo hacemos público...

Yo pensaba en las subvenciones, en la publicidad, en todo lo que aquello significaría para papá. Ya veía el rostro consternado del decano.

Pero papá veía el asunto de otra manera.

—Ni una palabra, hijo. Si esto se difunde, tendremos veinte equipos de investigación estudiando los cronoembudos, con lo que me impedirán progresar. No, una vez que haya resuelto el problema de los embudos, podrás hacer público todo lo que quieras. Hasta entonces, guardaremos silencio. Hijo, no pongas esa cara. Tendré la respuesta dentro de un año, estoy seguro.

Yo no estaba tan seguro, pero tenía la convicción de que esos huevos nos brindarían todas las pruebas que necesitábamos. Puse un gran horno a la temperatura de la sangre e hice circular aire y humedad. Conecté una alarma para que sonara en cuanto hubiese movimiento dentro de los huevos.

Se abrieron a las tres de la madrugada diecinueve días después, y allí estaban: catorce diminutos canguros con escamas verdosas, patas traseras con zarpas, muslos rechonchos y colas delgadas como látigos.

Al principio pensé que se trataba de tiranosaurios, pero eran demasiado pequeños. Pasaron meses, y comprendí que no alcanzarían mayor tamaño que el de un perro mediano.

Papá parecía defraudado, pero yo perseveré, con la esperanza de que me permitiera utilizarlos con fines publicitarios. Uno murió antes de la madurez y otro pereció en una riña. Pero los otros doce sobrevivieron, cinco machos y siete hembras. Los alimentaba con zanahorias picadas, huevos hervidos y leche, y les tomé bastante afecto. Eran tontorrones, pero tiernos; y realmente hermosos. Sus escamas...

Bueno, es una bobada describirlos. Las fotos publicitarias han circulado más que suficiente. Aunque, pensándolo bien, no sé si en Marte... Ah, también allí. Pues me alegro.

Pero pasó mucho tiempo antes de que esas fotos pudieran impresionar al público, por no mencionar la visión directa de aquellas criaturas. Papá se mantuvo intransigente. Pasaron tres años. No tuvimos suerte con los cronoembudos. Nuestro único hallazgo no se repitió, pero papá no se daba por vencido.

Cinco hembras pusieron huevos, y pronto tuve más de cincuenta criaturas en mis manos.

—¿Qué hacemos con ellas? —pregunté.

—Matarlas —contestó papá.

Yo no podía hacer tal cosa, por supuesto.

Henri, ¿está todo a punto? De acuerdo.

Cuando sucedió, ya habíamos agotado nuestros recursos. Estábamos sin blanca. Yo lo había intentado por todas partes sin conseguir nada más que rechazos. Casi me alegraba, porque pensaba que así papá tendría que ceder. Pero él, firme ante la adversidad, preparó fríamente otro experimento.

Le juro que si no hubiera ocurrrido el accidente jamás habríamos encontrado la verdad. La humanidad habría quedado privada de una de sus mayores bendiciones.

A veces ocurren cosas así. Perkin detecta un tinte rojo en la suciedad y descubre las tinturas de anilina. Remsen se lleva un dedo contaminado a los labios y descubre la sacarina. Goodyear deja caer una mixtura en la estufa y descubre el secreto de la vulcanización.

En nuestro caso fue un dinosaurio joven que entró en el laboratorio. Eran tantos que yo no podía vigilarlos a todos.

El dinosaurio atravesó dos puntos de contacto que estaban abiertos, justo allí, donde ahora está la placa que conmemora el acontecimiento. Estoy convencido de que esa coincidencia no podría repetirse en mil años. Estalló un fogonazo y el cronoembudo que acabábamos de configurar desapareció en un arco iris de chispas.

Ni siquiera entonces lo comprendimos. Sólo sabíamos que la criatura había provocado un cortocircuito, estropeando un equipo de cien mil dólares, y que estábamos en plena bancarrota. Lo único que podíamos mostrar era un dinosaurio achicharrado. Nosotros estábamos ligeramente chamuscados, pero el dinosaurio recibió toda la concentración de energías de campo. Podíamos olerlo. El aire estaba saturado con su aroma. Papá y yo nos miramos atónitos. Lo recogí con un par de tenacillas. Estaba negro y calcinado por fuera; pero las escamas quemadas se desprendieron al tocarlas, arrancando la piel, y debajo de la quemadura había una carne blanca y firme que parecía pollo.

No pude resistir la tentación de probarla, y se parecía a la del pollo tanto como Júpiter se parece a un asteroide.

Me crea o no, con nuestra labor científica reducida a escombros, nos sentamos allí a disfrutar del exquisito manjar que era la carne de dinosaurio. Había partes quemadas y partes crudas, y estaba sin condimentar; pero no paramos hasta dejar limpios los huesos.

—Papá —dije finalmente—, tenemos que criarlos sistemáticamente con propósitos alimentarios.

Papá tuvo que aceptar. Estábamos totalmente arruinados.

Obtuve un préstamo del banco cuando invité a su presidente a cenar y le serví dinosaurio.

Nunca ha fallado. Nadie que haya saboreado lo que hoy llamamos «dinopollo» se conforma con los platos normales. Una comida sin dinopollo no es más que un alimento que ingerimos para sobrevivir. Sólo el dinopollo es comida.

Nuestra familia aún posee la única bandada de dinopollos existente y seguimos siendo los únicos proveedores de la cadena mundial de restaurantes —la primera y más antigua— que ha crecido en torno de ellos.

Pobre papá. Nunca fue feliz, salvo en esos momentos en que comía dinopollo. Continuó trabajando con los cronoembudos, al igual que muchos oportunistas que pronto se sumaron a las investigaciones, tal como él había previsto. Pero no se ha logrado nada hasta ahora; nada, excepto el dinopollo.

Ah, Pierre, gracias. ¡Un trabajo superlativo! Ahora, caballero, permítame que lo trinche. Sin sal, y con apenas una pizca de salsa. Eso es... Ah, ésa es la expresión que siempre veo en la cara de un hombre que saborea este manjar por primera vez.

La humanidad, agradecida, aportó cincuenta mil dólares para construir la estatua de la colina, pero ni siquiera ese tributo hizo feliz a papá.

Él no veía más que la inscripción: «El hombre que proporcionó el dinopollo al mundo».

Y hasta el día de su muerte sólo deseó una cosa: hallar el secreto del viaje por el tiempo. Aunque fue un benefactor de la humanidad, murió sin satisfacer su curiosidad.

Aniversario

Los preparativos para el rito anual habían concluido.

Aquel año se celebraba en casa de Moore, y la señora Moore y sus pequeños pasarían resignadamente la velada en casa de la madre de ella.

Con una débil sonrisa en los labios, Warren Moore examinó la habitación. Al principio, la celebración sólo se mantenía gracias al entusiasmo de Mark Brandon, pero Moore había llegado a apreciar aquel recuerdo. Tal vez fuera cosa de la edad, de los veinte años pasados. Su sensiblería aumentaba a la par que su barriga y su calvicie.

Así que todas las ventanas estaban polarizadas, en oscuridad total, y las cortinas se encontraban corridas. Sólo algunos puntos de la pared se hallaban iluminados, evocando la escasa luz y el espantoso aislamiento del día del accidente.

Sobre la mesa había raciones espaciales, con formas de varillas y de tubos, y en el centro resplandecía una botella de acuaverde Jabra, el potente brebaje que sólo la actividad química de los hongos marcianos podía suministrar.

Moore miró su reloj. Brandon llegaría pronto; nunca llegaba tarde a esa reunión. Estaba intrigado por lo que Brandon le había dicho por el tubo: «Warren, esta vez tengo una sorpresa. Espera y verás. Espera y verás».

Brandon parecía no envejecer. A sus cuarenta años, no sólo conservaba la silueta, sino la vitalidad. Aún se entusiasmaba con lo bueno y se exasperaba con lo malo. El cabello se le estaba encaneciendo, pero, salvo por ese detalle, cuando Brandon se paseaba de un lado a otro, hablando de cualquier cosa a voz en grito y a toda velocidad, Moore no necesitaba cerrar los ojos para ver al asustado joven que sobrevivió al naufragio del *Reina de Plata*.

Llamaron a la puerta y Moore la activó sin girarse.

—Entra, Mark.

—¿Señor Moore? —dijo una voz extraña y tímida.

Moore se volvió. También estaba Brandon, pero al fondo, sonriendo con entusiasmo. Delante de él había un individuo bajo, regordete, calvo por completo, de piel muy morena y con aspecto de veterano del espacio.

—¿Mike Shea...? ¡Mike Shea, santísimo espacio!

Se estrecharon la mano, riéndose.

—Se puso en contacto conmigo en mi despacho —explicó Brandon—. Recordó que yo trabajaba en Productos Atómicos...

—Han pasado un montón de años —comentó Moore—. Veamos, estuviste en la Tierra hace doce años...

—Nunca ha venido a un aniversario —le interrumpió Brandon—. ¿Qué me dices? Ahora se retira. Abandonará el espacio para irse a una propiedad que ha adquirido en Arizona. Ha pasado a saludarnos antes de marcharse. Vino a la ciudad para eso, y yo creí que venía por lo del aniversario. «¿Qué aniversario?», me preguntó el muy tonto.

Shea asintió sonriendo.

—Me ha dicho que lo celebráis todos los años.

—¡Claro que sí! —exclamó Brandon—. Y esta vez será la primera en que estaremos los tres, el primer aniversario de verdad. Son veinte años, Mike; veinte años desde que Warren salió de ese cascajo para llevarnos hasta Vesta.

Shea echó un vistazo alrededor.

—Raciones espaciales, ¿eh? Yo las consumo todas las semanas. Y Jabra. Ah, claro, ya recuerdo... Veinte años. Jamás he pensado en ello y de pronto parece que fuera ayer. ¿Os acordáis de cuando al fin regresamos a la Tierra?

—Ya lo creo —respondió Brandon—. Los desfiles, los discursos. Warren era el único héroe del acontecimiento y nosotros insistíamos en ello, pero no nos prestaban atención ¿Os acordáis?

—En fin —dijo Moore—, fuimos los primeros en sobrevivir a una colisión en el espacio. Era algo inusitado, y lo inusitado merece una celebración. Estas cosas son irracionales.

—¿Recordáis las canciones que compusieron? —preguntó Shea—. Esa marcha... «Podéis cantar sobre las rutas del espacio y el ritmo desenfrenado del...»

Brandon se le unió con su clara voz de tenor e incluso Moore sumó su voz al coro, hasta el punto de que la última línea sonó estentórea como para agitar las cortinas.

—«En las ruinas del *Reina de Plata*» —vociferaron, y soltaron una estruendosa risotada.

—Abramos el Jabra para el primer sorbo —propuso Brandon—. Esta botella debe durar toda la noche.

—Mark insiste en la fidelidad total —explicó Moore—. Me sorprende que no me pida que salga por la ventana y eche a volar en torno del edificio.

—Pues no es mala idea —bromeó Brandon.

—¿Recordáis nuestro último brindis? —Shea alzó el vaso vacío y entonó—: Caballeros, por la provisión anual de H_2O que supimos guardar. Estábamos ebrios cuando aterrizamos. Vaya, éramos jóvenes. Yo tenía treinta años y me creía un viejo. Y ahora —añadió en un tono melancólico— me han retirado.

—¡Bebe! —lo animó Brandon—. Hoy vuelves a tener sed, y recordamos aquel día en el *Reina de Plata* aunque todos lo olviden. Público ingrato y voluble.

Moore se rió.

—¿Qué esperabas? ¿Una fiesta nacional cada año, con raciones espaciales y Jabra, la comida y la bebida del ritual?

—Escucha, seguimos siendo los únicos hombres que han sobrevivido a una colisión en el espacio. Y míranos. Nadie nos recuerda.

—Enhorabuena. A fin de cuentas lo pasamos bien y la publicidad nos dio un buen impulso. Nos va bien, Mark. Y también le iría bien a Mike Shea si no hubiera querido regresar al espacio.

Shea sonrió y se encogió de hombros.

—Me gusta estar allí y no me arrepiento. Con la indemnización del seguro que me dieron, cuento con bastante dinero para retirarme.

—La colisión fue un gran traspiés para Seguros Transespaciales —comentó Brandon en un tono evocador—. Aun así, todavía falta algo. Uno habla del *Reina de Plata* actualmente y la gente sólo piensa en Quentin, si es que piensa en alguien.

—¿En quién? —preguntó Shea.

—Quentin. El profesor Horace Quentin. Una de las víctimas. Si hablas de los tres supervivientes, te miran sin entender.

—Vamos, Mark, reconócelo —medió Moore—. El profesor Quentin era uno de los grandes científicos del mundo y nosotros tres no somos nadie.

—Sobrevivimos. Seguimos siendo los únicos que han sobrevivido.

—¿Y qué? Mira, John Hester iba a bordo, y él también era un científico importante. No tanto como Quentin, pero importante. Yo estaba junto a él en esa última cena, cuando el meteoro chocó con nosotros. Bueno, pues sólo porque Quentin murió en el accidente mismo, la muerte de Hester se olvidó. Nadie recuerda que Hester murió en el *Reina de Plata*. Sólo se acuerdan de Quentin. También a nosotros nos han olvidado, pero al menos estamos vivos.

—Te diré una cosa —dijo Brandon después de una pausa, durante la cual la explicación de Moore no surtió ningún efecto—, somos náufragos una vez más. Hace veinte años éramos náufragos frente a Vesta. Hoy somos náufragos del olvido. Ahora los tres estamos reunidos de nuevo, y lo que ocurrió antes puede volver a ocurrir. Hace veinte años Warren nos llevó hasta Vesta. Resolvamos este nuevo problema.

—¿Lo de vencer al olvido, quieres decir? —preguntó Moore—. ¿Hacernos famosos?

—Claro. ¿Por qué no? ¿Conoces un mejor modo de celebrar un vigésimo aniversario?

—No, pero me gustaría saber por dónde quieres empezar. No creo que la gente recuerde el *Reina de Plata*, excepto por Quentin, así que tendrás que pensar en alguna forma de evocar el accidente. Sólo para empezar.

Una expresión pensativa cruzó el chato semblante de Shea.

—Algunas personas se acuerdan del *Reina de Plata*. La compañía de seguros lo recuerda, y eso es extraño, ahora que tocáis el tema. Hace diez u once años, estuve en Vesta y pregunté que si los restos de la nave aún estaban allí. Me dijeron que sí, que nadie tenía intención de llevárselos. Así que pensé en echarles un vistazo y fui hacia allá con un motor de reacción sujeto a la espalda. En la gravedad de Vesta, sólo se necesita un motor de reacción. De todos modos, sólo pude ver la nave a lo lejos. Estaba rodeada por un campo de fuerza.

Brandon enarcó las cejas.

—¿El *Reina de Plata*? ¿Y por qué?

—Regresé y pregunté el porqué. No me lo explicaron, y me dijeron que no sabían que yo pensaba ir allí. Me dijeron que pertenecía a la compañía de seguros.

Moore movió la cabeza afirmativamente.

—Claro. Se quedaron con los restos después de pagar. Yo firmé la cesión, renunciando a los derechos de mi prima de salvamento cuando acepté el cheque de la indemnización. Y supongo que vosotros también.

—¿Pero por qué el campo de fuerza? —se extrañó Brandon—. ¿Por qué tanto secreto?

—No lo sé.

—Esos restos no valen nada, excepto como chatarra. Costaría demasiado transportarlos.

—Exacto —asintió Shea—. Pero lo más extraño es que se traían trozos desde el espacio, y había una pila de piezas retorcidas. Pregunté y me dijeron que siempre aterrizaban naves con más restos y que la compañía de seguros pagaba un precio fijo por cada fragmento del *Reina de Plata*, así que las naves que volaban en las inmediaciones de Vesta siempre buscaban algo. En mi último viaje, fui a ver de nuevo el *Reina de Plata* y la pila era mucho más grande.

A Brandon le brillaron los ojos.

—¿Quieres decir que todavía siguen buscando?

—No lo sé. Tal vez ya no lo hagan. Pero la pila era mucho mayor que hace diez años, así que en ese momento todavía buscaban.

Brandon se reclinó en la silla y cruzó las piernas.

—Vaya, eso es muy raro. Una austera compañía de seguros gasta dinero y explora el espacio de las inmediaciones de Vesta para hallar piezas de una nave destruida veinte años atrás.

—Tal vez intenta probar que hubo sabotaje —aventuró Moore.

—¿Después de veinte años? Aunque lo probaran, no recuperarían el dinero. Es un asunto liquidado.

—Quizás hayan dejado de buscar hace años.

Brandon se levantó con aire decidido.

—Preguntemos. Aquí hay algo raro, y el acuaverde Jabra y este aniversario me han embriagado lo suficiente como para querer averiguarlo.

—Claro —dijo Shea—, pero ¿a quién le preguntamos?

—A Multivac —respondió Brandon.

Shea abrió los ojos.

—¡Multivac! Oye, Moore, ¿tienes un terminal de Multivac aquí?

—Sí.

—Nunca he visto ninguno y siempre he querido verlos.

—No es gran cosa, Mike. Parece una máquina de escribir. No confundas un terminal de Multivac con Multivac mismo. No conozco a nadie que haya visto Multivac.

Moore sonrió ante la idea. No creía que jamás llegara a conocer a ninguno de los pocos técnicos que se pasaban la mayor parte de sus días laborales en un lugar oculto en las entrañas de la Tierra, cuidando de un superordenador de un kilómetro y medio de longitud que era depositario de todos los datos conocidos por el hombre y que dirigía la economía humana, guiaba las investigaciones científicas, contribuía a tomar decisiones políticas y tenía millones de circuitos libres para responder a preguntas personales que no atentaran contra la intimidad.

Mientras subían al segundo piso por la rampa de potencia, Brandon comentó:

—He pensado en instalar un terminal Multivac para los niños. Las tareas escolares y todo eso, ya sabéis. Pero no quiero que se convierta en una especie de sostén caro y vistoso. ¿Cómo te las apañas tú, Warren?

—Primero me enseñan las preguntas —respondió Moore—. Si yo no las apruebo, Multivac no las ve.

El terminal de Multivac era, en efecto, una especie de máquina de escribir.

Moore fijó las coordenadas que abrían su sector de la red de circuitos planetarios.

—Ahora, escuchad un momento. Quiero dejar constancia de que me opongo a esto y sólo os sigo el juego porque es el aniversario y porque soy tan bobo como para sentir curiosidad. ¿Cómo expreso la pregunta?

Brandon dijo:

—Pregunta esto: ¿Sigue Seguros Transespaciales buscando restos del *Reina de Plata* en las cercanías de Vesta? Eso únicamente requiere un sí o un no.

Moore se encogió de hombros y tecleó, mientras Shea observaba con admiración reverente.

—¿Cómo responde? —preguntó—. ¿Habla?

Moore sonrió.

—Oh, no, no puedo gastar tanto dinero. Este modelo imprime la respuesta en un papel que sale por esa ranura.

Mientras hablaba, salió una tira de papel. Moore lo cogió y le echó un vistazo.

—Vamos a ver. Multivac dice que sí.

—¡Ja! —exclamó Brandon—. Te lo dije. Ahora pregunta por qué.

—Es una tontería. Es evidente que esa pregunta atenta contra la intimidad. Sólo sale un papel amarillo que te pide que especifiques tus razones.

—Pregunta y averígualo. La búsqueda de los fragmentos no es secreta. Tal vez la razón tampoco lo sea.

Moore se encogió de hombros. Tecleó: «¿Por qué Seguros Transespaciales está llevando a cabo este proyecto de búsqueda de fragmentos del *Reina de Plata* que se mencionó en la pregunta anterior?».

Un papel amarillo salió casi de inmediato: «Especifíque razones para solicitar información requerida».

—De acuerdo —insistió Brandon, sin amilanarse—. Dile que somos los tres supervivientes y que tenemos derecho a saberlo. Adelante. Díselo.

Moore lo tecleó con una frase neutra y surgió otro papel amarillo: «Razón insuficiente. Imposible dar respuesta».

—No creo que tengan derecho a mantener eso en secreto —se obstinó Brandon.

—Eso depende de Multivac —replicó Moore—. Juzga las razones presentadas y decide si se ve afectada la ética de la intimidad. El Gobierno mismo no podría atentar contra esa ética sin una orden judicial, y los tribunales rara vez se pronuncian en contra de Multivac. ¿Qué piensas hacer?

Brandon se puso de pie y, según su costumbre, empezó a pasear por la habitación.

—De acuerdo. Entonces, deduzcámoslo por nuestra cuenta. Es algo tan importante como para justificar tanta molestia. Hemos convenido en que no intentan hallar pruebas de sabotaje, pues han pasado veinte años. Pero Transespaciales debe de estar buscando algo tan valioso que merece la pena. ¿Qué podría ser tan valioso?

—Mark, eres un soñador —comentó Moore.

Brandon no le prestó atención.

—No pueden ser alhajas, dinero ni títulos. No podría haber suficiente como para compensar el coste de la búsqueda. Ni siquiera aunque el *Reina de Plata* fuera de oro puro. ¿Qué podría ser más valioso.

—No puedes juzgar el valor, Mark. Una carta podría valer un céntimo como papel y, sin embargo, significar cien millones de dólares para una empresa, según lo que se dijera en la carta.

Brandon asintió vigorosamente.

—Correcto. Documentos. Papeles valiosos. ¿Quién podría tener papeles que valieran miles de millones en ese viaje?

—¿Cómo saberlo?

—¿Qué me decís del profesor Horace Quentin? ¿Qué opinas, Warren? La gente lo recuerda porque era importante. ¿Qué pasa con los papeles que quizá llevaba consigo? Detalles de un nuevo descubrimiento, tal vez. Demonios, si al menos lo hubiera visto durante la travesía, tal vez me hubiera dicho algo mientras charlábamos. ¿Alguna vez lo viste tú, Warren?

—Que yo recuerde, no. Al menos no hablé con él. Así que una charla queda descartada en mi caso. Aunque quizá me haya cruzado con él sin saberlo.

—No, no creo —intervino Shea, repentinamente pensativo—. Creo recordar algo. Había un pasajero que jamás abandonaba su cabina. El camarero lo comentaba. Ni siquiera salía a comer.

—¿Quentin? —preguntó Brandon, dejando de caminar para mirar ávidamente al veterano del espacio.

—Tal vez, Brandon. Quizá fuera él. No recuerdo que nadie dijese que lo era. No me acuerdo. Pero debía de ser un tipo importante, porque en una nave espacial nadie se preocupa de llevar la comida a una cabina a menos que el pasajero sea alguien importante.

—Y Quentin era el tipo más importante a bordo —señaló Brandon, con satisfacción—. Así que llevaba algo en la cabina. Algo muy valioso. Algo que tenía oculto.

—Tal vez sufría de mareo espacial —objetó Moore—, sólo que...

Frunció el ceño y guardó silencio.

—Adelante —le urgió Brandon—. ¿También recuerdas algo?

—Puede ser. Te he dicho que me senté junto al doctor Hester en esa última cena. Comentó que estaba deseando conocer al profesor Quentin durante el viaje y que no había tenido suerte.

—¡Claro! —exclamó Brandon—. ¡Porque Quentin no salía de la cabina!

—Hester no dijo eso. Pero nos pusimos a hablar de Quentin. ¿Qué fue lo que dijo? —Moore se apoyó las manos en las sienes, como exprimiéndose para extraer un recuerdo de veinte años atrás—. No me acuerdo de las palabras exactas, pero comentó que Quentin era un histrión, un esclavo del melodrama o algo parecido, y que se dirigían a una conferencia científica a Ganimedes y Quentin ni siquiera había anunciado el título de su ponencia.

—Todo encaja —dijo Brandon, echando a andar nuevamente—. Había hecho un gran descubrimiento y lo mantenía en secreto porque pensaba revelarlo en la conferencia de Ganimedes con un gran efecto teatral. No salía de la cabina porque temía que Hester quisiera sonsacarle algo, y lo hubiera hecho, sin duda. Y entonces la nave chocó contra esa roca y Quentin murió. Seguros Transespaciales investigó, oyó rumores sobre el descubrimiento y pensó que si lograba controlarlo recobraría sus pérdidas y mucho más. Así que se apropió de la nave y desde entonces están buscando los papeles de Quentin entre los restos.

Moore sonrió afectuosamente.

—Mark, es una hermosa fábula. Disfruto esta velada con sólo ver cómo inventas tanto a partir de nada.

—A partir de nada, ¿eh? Vamos a preguntarle de nuevo a Multivac. Este mes te pagaré la cuenta.

—No te preocupes, no hace falta. Pero, si no te molesta, subiré la botella de Jabra. Necesito un sorbo más para alcanzarte.

—También yo —se apuntó Shea.

Brandon se sentó ante la máquina de escribir. Los dedos le temblaban de ansiedad cuando tecleó: «¿Cuál era la índole de las últimas investigaciones del profesor Horace Quentin?».

Moore había regresado con la botella y unos vasos cuando salió la respuesta; esa vez, en papel blanco. Era una respuesta larga y en letra pequeña, y enumeraba artículos científicos publicados en revistas de veinte años atrás.

Moore le echó una hojeada.

—No soy físico, pero parece que estaba interesado en la óptica.

Brandon sacudió la cabeza con impaciencia.

—Pero todo eso está publicado. Queremos algo que aún no hubiera publicado.

—Nunca averiguaremos nada sobre eso.

—La compañía de seguros lo averiguó.

—Ésa es sólo tu teoría.

Brandon se acariciaba la barbilla con mano trémula.

—Déjame hacerle una pregunta más a Multivac.

Se sentó de nuevo y tecleó: «Quiero el nombre y el número de tubo de los colegas aún vivos del profesor Horace Quentin, los que se contaban entre sus allegados en la universidad donde él enseñaba».

—¿Cómo sabes que enseñaba en una universidad? —preguntó Moore.

—Si no es así, Multivac nos lo dirá.

Salió un papel. Sólo contenía un nombre.

—¿Piensas llamar a ese hombre? —preguntó Moore.

—Claro que sí. Otis Fitzsimmons, con un número de tubo de Detroit. Warren, ¿puedo...?

—Adelante. Sigue siendo parte del juego.

Brandon marcó la combinación en el teclado del tubo de Moore. Respondió una voz femenina. Brandon preguntó por el profesor Fitzsimmons y hubo una breve pausa. Luego, contestó una voz vieja y chillona:

—Profesor Fitzsimmons —dijo Brandon—, represento a Seguros Transespaciales en el tema del difunto profesor Horace Quentin...

—Por amor de Dios, Mark —susurró Moore, pero Brandon lo contuvo con un gesto perentorio.

Hubo una pausa tan larga como si hubiera un fallo en las comunicaciones, pero finalmente la vieja voz respondió:

—¿Otra vez? ¿Después de tantos años?

Brandon chascó los dedos en un incontenible gesto de triunfo, pero conservó el aplomo.

—Seguimos intentando averiguar, profesor, si usted recuerda nuevos detalles sobre algo que el profesor Quentin llevara consigo en ese último viaje y se relacionara con su último descubrimiento inédito.

—Demonios —fue la enfadada respuesta—, ya le he dicho que no lo sé. No quiero que me molesten más con ese asunto. No sé si había algo. Él hizo insinuaciones, pero siempre las hacía sobre un artilugio u otro.

—¿Qué artilugio, profesor?

—Le digo que no lo sé. Una vez usó un nombre y se lo dije a ustedes. No creo que tenga importancia.

—Ese nombre no figura en nuestra documentación, profesor.

—Bien, pues debería. ¿Cómo era? Ah, sí. Un opticón.

—¿Con ka?

—Con ce o con ka. No lo sé ni me importa. Por favor, no quiero que vuelvan a molestarme por esto. Adiós.

Seguía refunfuñando cuando la línea se perdió.

Brandon estaba complacido.

—Mark —lo reprendió Moore—, eso es lo más estúpido que has podido hacer. Es ilegal usar una identidad fraudulenta en el tubo. Si él quiere crearte problemas...

—¿Por qué iba a hacerlo? Ya lo ha olvidado. ¿No lo entiendes, Warren? Transespaciales ha preguntado por lo mismo. Él insistía en que ya lo había explicado antes.

—De acuerdo. Pero eso ya lo suponías. ¿Qué más sabes ahora?

—También sabemos que el artilugio de Quentin se llamaba opticón.

—Fitzsimmons no parecía muy seguro. De todos modos, como ya sabemos que hacia el final se especializaba en óptica, un nombre como opticón no significa un gran adelanto.

—Y Seguros Transespaciales está buscando el opticón o unos papeles relacionados con él. Tal vez Quentin se guardaba los detalles y sólo tenía un modelo del instrumento. Shea nos ha contado que estaban recogiendo objetos de metal, ¿verdad?

—Había mucho metal en esa pila —asintió Shea.

—Lo dejarían en el espacio si estuvieran buscando papeles, así que de eso se trata, de un instrumento que quizá se llame opticón.

—Aunque todas tus teorías sean correctas, Mark, y estemos buscando un opticón, esa búsqueda es absolutamente inútil —afirmó Moore—. Dudo que más del diez por ciento de los restos permanezcan en la órbita de Vesta. La velocidad de fuga de Vesta es prácticamente inexistente. Sólo un impulso fortuito en una dirección fortuita y a una velocidad fortuita puso en órbita nuestro sector de la nave. El resto desapareció, se esparció por todo el sistema solar en todas las órbitas concebibles en torno del Sol.

—Ellos han recogido fragmentos.

—Sí, el diez por ciento que logró ponerse en la órbita de Vesta. Eso es todo.

Brandon no se daba por vencido.

—Supongamos que estaba allí y no lo encontraron. Alguien pudo habérseles adelantado.

Mike Shea se echó a reír.

—Nosotros estuvimos allí, pero, desde luego, sólo escapamos con el pellejo encima, y dimos gracias por ello. ¿Quién más?

—Correcto, y si alguien más lo encontró, ¿por qué lo mantiene en secreto?

—Tal vez no sabe qué es.

—¿Entonces cómo...? —Moore se interrumpió y se volvió hacia Shea—. ¿Qué has dicho?

Shea se quedó desconcertado.

—¿Quién, yo?

—Has dicho que nosotros estuvimos allí. —Moore entrecerró los ojos. Sacudió la cabeza como para despejarla y susurró—: ¡Gran galaxia!

—¿Qué ocurre? —preguntó Brandon—. ¿Qué pasa, Warren?

—No estoy seguro. Estás volviéndome loco con tus teorías. Tan loco que empiezo a tomarlas en serio. ¿Sabes que sí nos llevamos algunas cosas con nosotros? Además de la ropa y las pertenencias personales. Al menos, yo me llevé algo.

—¿Qué?

—Fue cuando me abría paso por el casco de la nave en ruinas... ¡Santo espacio, es como si estuviera allí, lo veo con tanta claridad...! Cogí algunos objetos y los guardé en el bolsillo de mi traje espacial. No sé por qué. No las tenía todas conmigo y lo hice sin pensar. Y, bueno, me quedé con ellos, como recuerdo. Los traje a la Tierra.

—¿Dónde están?

—No lo sé. Nos hemos mudado varias veces, ya lo sabes.

—No los habrás tirado, ¿verdad?

—No, pero cuando te trasladas de casa se extravían cosas.

—Si no las tiraste, deben de estar en alguna parte de esta casa.

—Si no se han perdido. Juro que no recuerdo haberlas visto en quince años.

—¿Qué cosas eran?

—Una pluma estilográfica, que yo recuerde; una verdadera antigüedad, de las que llevaban un cartucho con tinta. Pero lo que me tiene desconcertado es que el otro objeto era unos prismáticos de no más de quince centímetros de longitud. ¿Entendéis a qué me refiero? ¡Unos prismáticos!

—¡Un opticón! —exclamó Brandon—. ¡Claro!

—Es sólo una coincidencia —agregó Moore, tratando de recobrar la cordura—. Sólo una extraña coincidencia.

Pero Brandon no lo creía así.

—¡Claro que no es una coincidencia! Transespaciales no pudo hallar el opticón entre los restos de la nave ni en el espacio porque lo tenías tú.

—Estás chiflado.

—Vamos, tenemos que encontrar esa cosa.

Moore resopló.

—Bien, miraré, si eso es lo que quieres, pero dudo que lo encuentre. Empezaremos por el desván. Es el lugar más lógico.

Shea se rió entre dientes.

—El lugar más lógico suele ser el menos indicado para buscar.

Pero todos enfilaron hacia la rampa de potencia y subieron un piso más.

El desván olía a moho y a desuso. Moore puso en marcha el condensatrón.

—Hace dos años que no condensamos el polvo. Eso os muestra que no vengo con frecuencia. Bien, veamos... De estar en alguna parte, sería en mi colección de soltero. Me refiero a los cachivaches que reunía antes de casarme. Podemos empezar por aquí.

Se puso a hojear el contenido de unas carpetas de plástico mientras Brandon miraba ansiosamente por encima del hombro.

—¿Qué te parece? —dijo Moore—. Mi anuario de la universidad. Era aficionado al audio en esos tiempos, un verdadero fanático. Logré grabar la voz con la imagen de cada estudiante de este álbum. —Acarició con afecto la cubierta—. Cualquiera juraría que aquí están las fotos tridimensionales habituales, pero todas tienen aprisionada la... —Notó que Brandon lo miraba ceñudo—. De acuerdo, seguiré buscando.

Dejó las carpetas y abrió un baúl de pesada y anticuada madera falsa. Separó el contenido de los diversos compartimentos.

—Oye, ¿qué es eso? —preguntó Brandon.

Señaló un pequeño cilindro que salió rodando por el suelo con un pequeño sonido sordo.

—¡La pluma! —exclamó Moore—. ¡Es ésa! Y aquí están los prismáticos. Ninguna de las dos cosas funciona, por supuesto. Ambas están estropeadas. Al menos, supongo que la pluma está rota, porque dentro suena algo que está suelto. ¿Lo oís? No tenía la menor idea de cómo llenarla, así que nunca he sabido si funcionaba. Hace años que no fabrican cartuchos de tinta.

Brandon la sostuvo bajo la luz.

—Tiene unas iniciales.

—¿Sí? No recuerdo haberlas visto.

—Están bastante desgastadas. Parecen ser J.K.Q.

—¿Q?

—Exacto, y es una inicial rara para un apellido. La pluma debía de ser de Quentin. Un recuerdo sentimental o un amuleto. Tal vez perteneció a un bisabuelo suyo de la época en que se usaban estas plumas; algún bisabuelo llamado Jason Knight Quentin o Judah Kent Quentin o algo parecido. Podemos comprobar los nombres de los antepasados de Quentin a través de Multivac.

Moore movió la cabeza afirmativamente.

—Creo que sí. Como ves, me has vuelto tan loco como tú.

—Y si es así se demuestra que la cogiste del cuarto de Quentin. Así que también cogerías allí los prismáticos.

—Aguarda. No recuerdo haber cogido las dos cosas en el mismo lugar. No me acuerdo muy bien de mi trayecto por el exterior de la nave.

Brandon cambió de posición los prismáticos bajo la luz.

—Aquí no hay iniciales.

—¿Esperabas alguna?

—No veo nada, excepto esta estrecha marca de unión. —Pasó la uña del pulgar por el fino surco que rodeaba los prismáticos cerca del extremo más grueso. Trató en vano de hacer que girase—. Es de una sola pieza. —Se los puso ante los ojos—. Esto no funciona.

—Ya te he dicho que estaba roto. No tiene lentes...

—Cabe esperar algún desperfecto cuando una nave espacial choca contra un meteoro de cierto tamaño y se hace trizas —intervino Shea.

—De modo que aunque fuera esto... —dijo Moore, de nuevo pesimista—, aunque esto fuera el opticón, no nos serviría de nada.

Tomó los prismáticos y palpó los bordes vacíos.

—Ni siquiera se sabe dónde iban las lentes. No encuentro el surco donde pudieron estar colocadas. Es como si nunca... ¡Eh! —exclamó de pronto.

—¿Qué pasa? —se alarmó Brandon.

—¡El nombre! ¡El nombre del artilugio!

—¿Opticón?

—¡No! Cuando hablaste con Fitzsimmons por el tubo, todos entendimos «un opticón».

—Bueno, eso es lo que dijo.

—Claro —lo secundó Shea—. Yo también le oí.

—Eso creímos. Pero sólo dijo el nombre, una palabra. Anopticón. No dijo «un opticón», dos palabras, sino «anopticón», una sola palabra.

—¿Y cuál es la diferencia? —preguntó Brandon.

—Enorme. Un opticón sería un instrumento con lentes, pero anopticón tiene el prefijo griego «an-», que significa «no». Las palabras de origen griego lo usan para indicar algo negativo. Anarquía significa «falta de gobierno», anemia significa «falta de sangre», anónimo significa «falta de nombre», y anopticón significa...

—¡Falta de lentes! —exclamó Brandon.

—¡Exacto! Quentin debía de estar trabajando en un aparato óptico sin lentes, y tal vez éste no esté roto.

—Pero no se ve nada al mirar por él —objetó Shea.

—Debe de estar colocado en neutro —señaló Moore—. Habrá algún modo de regularlo.

Igual que Brandon antes, lo sujetó con ambas manos y trató de hacerlo girar en torno del surco. Aumentó la presión, gruñendo.

—No lo rompas —le advirtió Brandon.

—Está cediendo. O bien se supone que es rígido, o bien la corrosión lo ha atascado. —Se detuvo, miró el instrumento con impaciencia y se lo llevó de nuevo al ojo. Dio media vuelta, despolarizó una ventana y miró las luces de la ciudad—. Que me arrojen al espacio —murmuró, con el aliento entrecortado.

—¿Qué pasa? ¿Qué pasa? —se excitó Brandon.

El atónito Moore le entregó el instrumento y Brandon se lo llevó a los ojos y exclamó:

—¡Es un telescopio!

—¡Déjame ver! —dijo Shea.

410

Pasaron casi una hora con él, convirtiéndolo en telescopio al hacerlo girar en una dirección y en microscopio al hacerlo girar en la contraria.

—¿Cómo funciona? —preguntaba una y otra vez Brandon.

—No lo sé —repetía Moore. Finalmente dijo—: Estoy seguro de que tiene que ver con campos de fuerza concentrados. Actuamos contra una considerable resistencia de campo. Con instrumentos de mayor tamaño, se requerirá un ajuste de la potencia.

—Un truco bastante ingenioso —comentó Shea.

—Es algo más —agregó Moore—. Apuesto a que representa un giro totalmente nuevo en física teórica. Concentra la luz sin lentes y se puede ajustar para recoger luz en una superficie cada vez más amplia sin cambios en la longitud focal. Estoy seguro de que podríamos reproducir el telescopio de quinientas pulgadas de Ceres en una dirección y un microscopio electrónico en la otra. Más aún, no veo ninguna aberración cromática, así que debe de curvar igualmente la luz de todas las longitudes de onda. Tal vez también curve ondas de radio y rayos gamma. Tal vez distorsione la gravedad, si la gravedad es una especie de radiación. Tal vez...

—¿Vale dinero? —preguntó Shea secamente.

—Muchísimo, si alguien supiera cómo funciona.

—Entonces, no iremos a ver a los de Seguros Transespaciales. Consultaremos primero con un abogado. ¿Cedimos estas cosas con nuestros derechos de la prima de salvamento o no? Ya estaban en tus manos antes de que firmaras el papel. Por otra parte, ¿el papel tiene validez si no sabíamos qué estábamos cediendo? Tal vez se pueda considerar un fraude.

—Más aún —añadió Moore—, tratándose de esto, no sé si debiera poseerlo una compañía privada. Deberíamos consultar a un organismo gubernamental. Si hay dinero en ello...

Pero Brandon se estaba golpeando las rodillas con los puños.

—¡Al demonio con el dinero, Warren! Recibiré de buena gana todo el dinero que me caiga en las manos, pero eso no es lo importante. ¡Seremos famosos, hombre, famosos! Imagina la historia. Un fabuloso tesoro perdido en el espacio. Una empresa gigantesca lleva hurgando en el espacio veinte años para encontrarlo y nosotros, los olvidados, lo tenemos en nuestras manos. Luego, en el vigésimo aniversario de la pérdida, lo encontramos. Si esta cosa funciona, si la anóptica se transforma en una gran técnica científica, nunca nos olvidarán.

Moore sonrió y se echó a reír.

—Muy bien. Lo has conseguido, Mark. Conseguiste lo que te proponías. Nos has salvado de quedar abandonados en el olvido.

—Lo hicimos entre todos. Mike Shea nos puso en marcha con la información básica necesaria, yo elaboré la teoría y tú tenías el instrumento.

—De acuerdo. Es tarde y mi esposa regresará pronto, así que pongamos manos a la obra. Multivac nos dirá qué organismo sería el apropiado y quién...

—No, no —interrumpió Brandon—. Primero el rito. El brindis de cierre del aniversario, por favor, y con el cambio apropiado. ¿No me das ese gusto, Warren?

Le pasó la botella de acuaverde Jabra. Moore llenó cada vaso hasta el borde.

—Caballeros, un brindis —dijo solemnemente. Los tres alzaron los vasos—. Caballeros, por los recuerdos del *Reina de Plata* que supimos guardar.

Necrológica

Mi esposo Lancelot siempre lee el periódico durante el desayuno. Lo primero que veo de él es su rostro enjuto y abstraído, con ese perpetuo aire de furia y de desconcertada frustración. En vez de saludarme, se acerca el periódico a la cara.

Luego, sólo veo el brazo que sale de detrás del periódico para coger una segunda taza de café, donde acabo de echar la acostumbrada medida de azúcar, ni mucha ni poca, para evitar que él me fulmine con la mirada.

Ya no lamento esta situación. Al menos, nos permite desayunar en paz.

Sin embargo, esta mañana la paz fue interrumpida cuando Lancelot vociferó:

—¡Santo cielo! Ese idiota de Paul Farber ha muerto. ¡Apoplejía!

Apenas reconocí el nombre. Lancelot lo había mencionado en ocasiones, así que yo lo conocía como uno de sus colegas, otro físico teórico. Por el exasperado epíteto de mi esposo tuve la razonable certeza de que era un físico de cierto renombre que había alcanzado el éxito no conseguido por Lancelot.

Dejó el periódico y me miró irritado.

—¿Por qué llenan las necrológicas con estos embustes? Lo convierten en un segundo Einstein sólo porque ha muerto de apoplejía.

Si había un tema que yo había aprendido a eludir era el de las necrológicas. Ni siquiera me atreví a asentir.

Lancelot arrojó el periódico y se marchó de la habitación, dejando los huevos a medio terminar y la segunda taza de café sin tocar.

Suspiré. ¿Qué más podía hacer? ¿Qué más?

Claro que el verdadero nombre de mi esposo no es Lancelot Stebbins. Cambio los nombres y las circunstancias para proteger a cierta persona. Aun así, aunque utilizara los nombres reales, nadie reconocería a mi esposo.

Lancelot tenía cierto talento en este sentido: un talento para pasar inadvertido. Invariablemente, alguien se le adelantaba en sus descubrimientos, o un descubrimiento mayor y simultáneo lo dejaba en segundo plano. En las convenciones científicas, sus ponencias atraían poco público porque en otra sección alguien presentaba una ponencia más importante.

Como es lógico, esto había hecho mella en él. Lo cambió.

Cuando nos casamos hace veinticinco años, él era un partido interesante. Gozaba de buena posición gracias a una herencia y ya era un físico ambicioso y prometedor. En cuanto a mí, creo que entonces era bonita, pero eso no duró. Lo que duró fue mi introversión y mi ineptitud para ese éxito social que un profesor joven y emprendedor necesita en una esposa.

Tal vez eso formase parte del talento de Lancelot para pasar inadvertido. Si se hubiera casado con una mujer más brillante, quizás ella lo hubiera iluminado hasta hacerlo visible.

Es posible que Lancelot lo comprendiese al cabo de un tiempo y por eso se volvió distante tras un par de años de moderada felicidad. A veces yo misma lo creía así y me sentía culpable.

Pero luego pensé que era sólo por su sed de fama, que creció al no ser satisfecha. Dejó su puesto docente y construyó un laboratorio propio en las inmediaciones de la ciudad, donde —según decía— dispondría de un terreno barato y aislado.

El dinero no constituía un problema. En esa especialidad, el Gobierno era generoso con las subvenciones y siempre se conseguían. Además, él hacía uso de nuestro propio dinero sin reserva ninguna.

Yo trataba de respaldarlo.

—Pero no es necesario, Lancelot —le decía—. No tenemos problemas económicos. Ellos no te niegan un puesto en la universidad. Yo sólo quiero hijos y una vida normal.

Pero lo consumía una llama que lo cegaba para todo lo demás. Se volvió furiosamente hacia mí.

—Hay algo que debe venir primero. El mundo de la ciencia tiene que reconocerme por lo que soy, por un..., por un gran investigador.

En esa época, aún vacilaba al aplicarse la palabra genio.

Fue en balde. La suerte se ensañaba con él. Su laboratorio era un hervidero de actividad, y Lancelot contrataba ayudantes con sueldos estupendos y se deslomaba trabajando, pero no obtenía resultados.

Yo seguía esperando que desistiera, que regresara a la ciudad y nos permitiera llevar una vida normal y apacible. Lo esperaba, pero cada vez que él estaba a punto de admitir la derrota surgía una nueva batalla, un nuevo intento de asaltar los bastiones de la fama. En cada ocasión, acometía con esperanzas renovadas y caía víctima de la desesperación.

Y siempre se desquitaba conmigo, pues si el mundo lo maltrataba podía desahogarse maltratándome a mí. No soy una persona valiente, pero empecé a pensar que debía abandonarlo.

Y, sin embargo...

Era evidente que durante el último año se había estado preparando para otra batalla. Una más, pensé. Había en él algo más intenso, más crispado que antes. El modo en que murmuraba a solas y se reía por nada, o las veces que se pasaba días sin comer y noches sin dormir. Incluso se acostumbró a guardar apuntes del laboratorio en una caja de caudales del dormitorio, como si recelara de sus propios ayudantes.

Yo tenía la fatalista certeza de que ese intento también fracasaría. Y si fracasaba a su edad tendría que reconocer que su última oportunidad había pasado. Tendría que desistir.

Así que decidí aguardar, armándome de paciencia.

Pero la lectura de aquella necrológica durante el desayuno fue una especie de sacudida.

Una vez, en una ocasión similar anterior, yo comenté que al menos él podría contar con un cierto grado de reconocimiento en su nota necrológica.

Supongo que no fue un comentario muy inteligente, pero mis comentarios nunca lo son. No fue más que un intento de bromear para arrancarlo de una creciente depresión que, como yo sabía por experiencia, lo volvería insoportable.

Y tal vez hubiera en mi comentario un poco de despecho inconsciente. Francamente, no lo sé.

De cualquier modo, se giró impetuosamente hacia mí y, temblándole todo el cuerpo y uniendo sus oscuras cejas sobre los ojos hundidos, me gritó con estridencia:

—¡Pero jamás leeré mi necrológica! ¡Me privarán hasta de eso!

Y me escupió. Me escupió deliberadamente.

Me fui corriendo a mi dormitorio.

Nunca se disculpó, pero tras unos días de evitarlo por completo continuamos nuestra fría existencia como de costumbre. Ninguno de los dos hizo referencia alguna al incidente.

Y ahora otra necrológica.

Sentada a la mesa del desayuno, comprendí que para él era la gota que colmaba el vaso, la culminación de su prolongado fracaso.

Intuí que sobrevendría una crisis y no sabía si temerla o recibirla con gusto. Tal vez debiera recibirla con gusto. Era imposible que un cambio no fuera para mejor.

Poco antes del almuerzo fue a verme a la sala de estar, donde un cesto de costura me ocupaba las manos y un poco de televisión me ocupaba la mente.

—Necesitaré tu ayuda —dijo en un tono brusco.

Hacía más de veinte años que no me decía nada semejante, e involuntariamente me ablandé. Parecía estar poseído de una euforia enfermiza. Había un rubor en sus pálidas mejillas.

—Con mucho gusto —contesté—. Si hay algo que pueda hacer por ti.

—Sí, hay algo. Les he dado a mis ayudantes un mes de vacaciones. Se marcharán el sábado y, luego, tú y yo trabajaremos a solas en el laboratorio. Te lo digo ahora para que no organices ninguna actividad para la semana próxima.

Me amilané un poco.

—Pero, Lancelot, sabes que no puedo ayudarte en tu trabajo. Yo no entiendo...

—Lo sé —me interrumpió con desdén—, pero no tienes que entender mi trabajo. Sólo es preciso que sigas unas cuantas instrucciones y que lo hagas con cuidado. Lo cierto es que por fin he descubierto algo que me pondrá donde merezco...

—Oh, Lancelot —se me escapó sin darme cuenta, pues había oído esa frase varias veces.

—Escúchame, tonta. Por una vez trata de comportarte como una adulta. Esta vez lo he conseguido. Esta vez nadie puede adelantárseme porque mi descubrimiento se basa en un concepto tan heterodoxo que ningún físico viviente, excepto yo, tendría el genio suficiente para pensar en ello; al menos, durante toda una generación. Y cuando mi trabajo se difunda por el mundo quizá se me reconozca como el mayor científico de todos los tiempos.

—Me alegro por ti, Lancelot.

—He dicho que *quizá* se me reconozca. También podría suceder lo contrario. Se cometen muchas injusticias a la hora de atribuir los méritos científicos. He escarmentado ya demasiadas veces. Así que no bastará con anunciar el descubrimiento. Si lo hago, todos se pondrán a trabajar en ello y al cabo de un tiempo seré sólo un nombre en los libros de historia, y la gloria estará distribuida entre un montón de oportunistas.

Creo que la única razón por la que me habló entonces, tres días antes de iniciar el trabajo que planeaba, fue porque ya no podía contenerse. Necesitaba contarlo, y yo era una nulidad tal que no resultaba peligroso confiar en mí.

—Tengo la intención de que mi descubrimiento esté rodeado de tal aura de dramatismo, de que llegue a la humanidad con un estruendo tan resonante, que no quedará espacio para que se mencione a nadie en la misma frase que a mí, nunca.

Lancelot estaba yendo demasiado lejos y yo temía el efecto de otra desilusión. ¿No estaría enloqueciendo?

—Lancelot, ¿por qué molestarnos? ¿Por qué no desistir? ¿Por qué no nos tomamos unas largas vacaciones? Has trabajado con empeño y durante muchísimo tiempo, Lancelot. Tal vez pudiéramos hacer un viaje a Europa. Siempre he querido...

Pegó una patada en el suelo.

—¿Por qué no dejas de soltar esos estúpidos maullidos? ¡El sábado vendrás conmigo al laboratorio!

Dormí mal las tres noches siguientes. Él nunca se había portado de ese modo, nunca había llegado a tal extremo. ¿Acaso ya se había vuelto loco? Podía ser locura de verdad, una locura nacida de una desilusión insoportable y despertada por la nota necrológica. Se había deshecho de sus ayudantes y me quería en el laboratorio. Antes nunca me dejaba entrar allí. Sin duda se proponía hacerme algo, someterme a un experimento demencial o matarme sin más.

Durante esas desdichadas noches de miedo pensaba en llamar a la policía, en huir, en..., en cualquier cosa.

Pero luego llegaba la mañana y pensaba que no estaba loco y que sin duda no me trataría con violencia. Ni siquiera el episodio del escupitajo era violento de verdad y, en realidad, nunca había intentado causarme daño físico.

Así que me resigné a esperar, y el sábado me dirigí con la docilidad de una gallina hacia lo que podía ser mi muerte. Juntos, en silencio, recorrimos el sendero que unía la casa con el laboratorio.

El laboratorio era intimidatorio ya por sí mismo, y entré con toda cautela, pero Lancelot me reprendió:

—Oye, deja ya de mirar a tu alrededor como si fueran a hacerte daño. Sólo tienes que hacer lo que yo te diga y mirar a donde yo te indique.

—Sí, Lancelot.

Me había conducido a una pequeña habitación cuya puerta estaba cerrada con candado. Estaba abarrotada de objetos de extraña apariencia, con muchos cables.

—Antes de nada, ¿ves este crisol de hierro?

—Sí, Lancelot.

Era un pequeño, pero profundo recipiente de metal grueso, con manchas de herrumbre en el exterior. Estaba cubierto con una tosca red de alambre.

Dentro vi un ratón blanco y con las patas delanteras en el lado interior del crisol y el hocico en la red de alambre, temblando de curiosidad o quizá de ansiedad. Me temo que di un salto, pues ver un ratón inesperadamente es alarmante, al menos para mí.

—No te va a hacer nada —gruñó Lancelot—. Ahora ponte contra la pared y obsérvame.

Mis temores se agudizaron. Tenía la certeza de que un rayo saldría de alguna parte y me quemaría viva, de que una cosa metálica y monstruosa saldría y me trituraría, de que...

Cerré los ojos.

Pero no sucedió nada. No a mí, al menos. Sólo oí un siseo, como si un petardo hubiera fallado.

—¿Bien? —me dijo Lancelot.

Abrí los ojos. Me estaba mirando, henchido de orgullo. Yo lo miré a él, desconcertada.

—Aquí. ¿No lo ves, idiota? Aquí.

A medio metro del crisol había otro. Yo no lo había visto antes.

—¿Te refieres a ese segundo crisol? —pregunté.

—No es un segundo crisol, sino un duplicado del primero. Para todos los efectos son el mismo crisol, átomo por átomo. Compáralos. Verás que las manchas de óxido son idénticas.

—¿Hiciste el segundo a partir del primero?

—Sí, pero de un modo especial. Normalmente, la creación de materia requeriría una cantidad imposible de energía. Se necesitaría la fisión total de cien gramos de uranio para crear un gramo de materia duplicada, incluso con un rendimiento perfecto. El gran secreto que he descubierto es que la duplicación de un objeto en un punto del futuro requiere escasa energía si dicha energía se aplica correctamente. La esencia de esta proeza..., querida, es que al crear el duplicado y traerlo de vuelta he logrado el equivalente del viaje por el tiempo.

El hecho de que me dirigiera un término afectuoso revelaba su grado de exaltación y felicidad.

—¡Es extraordinario! —exclamé, pues a decir verdad estaba impresionada—. ¿El ratón también ha vuelto?

Miré dentro del segundo crisol y tuve otro sobresalto desagradable. Había un ratón blanco... y muerto.

Lancelot se ruborizó un poco.

—Es un inconveniente. Puedo traer de vuelta la materia viviente, pero no como materia viva, sino muerta.

—Qué lástima. ¿Por qué?

—Aún no lo sé. Sospecho que los duplicados son del todo perfectos a escala atómica. Desde luego, no hay daños visibles. Las disecciones lo demuestran.

—Podrías preguntar...

Me callé de inmediato ante su mirada. Comprendí que era mejor no sugerir una colaboración, pues sabía por experiencia que en tal caso el colaborador recibiría invariablemente todo el mérito por el descubrimiento.

—Ya he preguntado —dijo Lancelot, en un tono amargamente divertido—. Un biólogo les hizo la autopsia a algunos de mis animales y no encontró nada. Por supuesto, no sabía de dónde venía el animal y me cuidé de llevármelo antes de que algo me delatara. ¡Cielos, ni siquiera mis ayudantes saben qué estoy haciendo!

—¿Pero por qué tanto secreteo?

—Porque no puedo traer objetos vivos. Algún sutil trastorno molecular. Si publicara mis resultados, alguien podría descubrir el modo de impedir ese trastorno, añadir una mejora de poca importancia a mi descubrimiento y hacerse más famoso que yo porque traería de vuelta a un hombre vivo que podría proporcionar información sobre el futuro.

Lo comprendí perfectamente. No tenía ni que decirme que aquello podría ocurrir; ocurriría sin duda. Inevitablemente. De hecho, hiciera lo que hiciese, otro se llevaría los laureles. Estaba segura de ello.

—Sin embargo —continuó, hablando para sí mismo más que para mí—, no puedo esperar más. Debo hacerlo público, pero de tal modo que quede indeleble y permanentemente asociado conmigo. El aura dramática ha de ser tan efectiva que no haya modo de referirse al viaje por el tiempo sin mencionarme a mí, hagan lo que hagan otros en el futuro. Yo prepararé ese drama y tú representarás un papel en él.

—¿Pero qué quieres que haga, Lancelot?

—Serás mi viuda.

Le agarré el brazo.

—Lancelot, ¿quieres decir...?

No puedo analizar los sentimientos conflictivos que me embargaron en ese instante.

Se zafó de mí rudamente.

—Sólo provisionalmente. No me voy a suicidar; simplemente, me haré volver desde un futuro de tres días.

—Pero estarás muerto.

—Sólo el «yo» que regrese. El «yo» real estará tan vivo como siempre. Como ese ratón blanco. —Fijó la vista en un cuadrante—. Ah, tiempo cero dentro de pocos segundos. Observa el segundo crisol y el ratón muerto.

Se esfumó ante mis ojos y de nuevo oí un siseo.

—¿Adónde ha ido?

—A ninguna parte. Era sólo un duplicado. En cuanto pasamos por ese instante del tiempo en el cual se formó el duplicado, desapareció de forma natural. Pero el primer ratón era el original y está vivito y coleando. Lo mismo ocurrirá conmigo. Un «yo» duplicado regresará muerto. El «yo» original estará vivo. Dentro de tres días, llegaremos al instante en que se formó el «yo» duplicado, usando mi «yo» verdadero como modelo, y regresó muerto. Una vez que pasemos ese momento, el «yo» muerto desaparecerá y el vivo permanecerá. ¿Está claro?

—Parece peligroso.

—Pues no lo es. Cuando aparezca mi cadáver, el médico me declarará muerto, los periódicos anunciarán que estoy muerto, el sepulturero se dispondrá a enterrar al muerto. Luego, volveré a la vida y haré público cómo lo hice. Cuando eso ocurra, seré algo más que el descubridor del viaje por el tiempo. Seré el hombre que regresó de la tumba. El viaje temporal y Lancelot Stebbins gozarán de tanta publicidad y quedarán tan unidos el uno al otro que nada podrá separar mi nombre de la idea del viaje por el tiempo.

—Lancelot —murmuré—, ¿por qué no nos limitamos a anunciar tu descubrimiento? Es un plan demasiado rebuscado. Con sólo hacerlo público te harás famoso y luego podremos mudarnos a la ciudad y...

—¡Cállate! Haz lo que te digo.

No sé cuánto tiempo llevaba Lancelot pensando en todo eso antes de que la necrológica aquella llevara las cosas a tal extremo. No subestimo su inteligencia. A pesar de su pésima suerte, su brillantez era incuestionable.

Antes de que se marcharan sus ayudantes, les había informado sobre los experimentos que se proponía realizar en su ausencia. Una vez que ellos dieran testimonio, nadie se extrañaría de que Lancelot estuviera trabajando con una combinación de reacciones químicas y muriera envenenado con cianuro.

—Encárgate de que la policía se ponga en contacto en seguida con mis ayudantes. Ya sabes dónde se encuentran. No quiero que haya insinuaciones de homicidio ni de suicidio; que sólo se hable de accidente, un accidente lógico y natural. Quiero que un médico certifique rápidamente la defunción y que se notifique de inmediato a los periódicos.

—Pero, Lancelot, ¿y si encuentran a tu verdadero yo?

—¿Por qué iban a encontrarlo? Si encuentras un cadáver, ¿te pones a buscar su réplica viviente? Nadie me buscará, y entre tanto yo me ocultaré en la cámara del tiempo. Hay retrete y lavabo y puedo llevar suficientes sándwiches preparados para alimentarme. —Y añadió con disgusto—: Claro que tendré que prescindir del café hasta que todo haya terminado. No puedo permitir que alguien huela un inexplicable aroma a café mientras se supone que estoy muerto. No importa; hay agua en abundancia y son sólo tres días.

Entrelacé las manos nerviosamente.

—Y si te encontraran ¿no sería igual? Habrá un «yo» muerto y un «yo» vivo...

En realidad, intentaba consolarme a mí misma, prepararme para la inevitable desilusión.

—¡No! ¡No sería igual! ¡Todo se convertiría en un engaño que había fracasado! ¡Me haría famoso, pero sólo como un tonto!

—Pero, Lancelot —dije cautamente—, siempre algo sale mal.

—No esta vez.

—Pero siempre dices «no esta vez» y, sin embargo, siempre...

Pálido por la rabia y con los ojos en blanco, me agarró del codo y me zarandeó, pero no me atreví a gritar.

—Sólo algo puede ir mal y eres tú. Si me delatas, si no desempeñas perfectamente tu papel, si no sigues las instrucciones al pie de la letra, yo..., yo... —Pareció buscar el castigo apropiado y dijo—: Te mataré.

Volví la cabeza aterrorizada y traté de zafarme, pero él me retuvo con fuerza. Su fuerza era notable cuando lo poseía la ira.

—¡Escúchame! Me has causado bastante daño con tu forma de ser, pero me he culpado a mí mismo primero por casarme contigo y luego por no haber encontrado tiempo para divorciarme. Pero ahora, a pesar de ti, tengo la oportunidad de transformar mi vida en un gran éxito. Si estropeas esta oportunidad, te mataré. Lo digo en serio.

No me cabía duda.

—Haré todo lo que digas —susurré, y me soltó.

Se pasó un día entero trabajando con sus máquinas.

—Nunca he transportado más de cien gramos —dijo reflexivamente.

Pensé: No funcionará, no puede funcionar.

Al día siguiente, reguló el aparato de tal modo que yo sólo debía apagar un interruptor. Durante un buen rato me hizo practicar con ese interruptor en un circuito desconectado.

—¿Lo entiendes ahora? ¿Ves cómo se hace?

—Sí.

—Pues hazlo cuando se encienda esta luz, ni un segundo antes.

No funcionará, pensé.

—Sí —dije.

Ocupó su puesto y guardó un hosco silencio. Llevaba puesto un delantal de caucho sobre una chaqueta de laboratorio.

La luz destelló y la práctica rindió sus frutos, pues conecté el interruptor automáticamente antes de que ningún pensamiento pudiera detenerme o hacerme vacilar.

Por un instante vi a dos Lancelots, uno al lado del otro; el nuevo, vestido como el viejo, pero más desaliñado. Luego, el nuevo se desplomó y se quedó inerte.

—¡Bien! —exclamó el Lancelot vivo, saliendo de ese lugar cuidadosamente marcado—. Ayúdame. Cógele por las piernas.

Me quedé maravillada de Lancelot. Sin una mueca de inquietud, era capaz de trasladar su propio cadáver, su cadáver de tres días más tarde, tan impávido como si llevara un saco de trigo.

Lo agarré de los tobillos, sintiendo un retortijón en el estómago. Aún estaba tibio, recién muerto. Lo llevamos por un corredor, subimos por una escalera, cruzamos otro corredor y entramos en un cuarto. Lancelot ya lo tenía todo preparado. Una solución burbujeaba en un extraño artilugio de vidrio en un sector cerrado con una puerta corrediza.

Había otros aparatos de química esparcidos por allí, sin duda destinados a hacer creer que había un experimento en marcha. En el escritorio, sobresalía de entre otros un frasco con la etiqueta de «Cianuro de potasio». Cerca de él había algunos cristalitos desparramados; cianuro, supongo.

Lancelot dejó caer el cadáver como si se hubiera caído del taburete, le puso cristales en la mano izquierda y arrojó un puñado en el delantal de caucho y otro en la barbilla.

—Ellos lo entenderán —murmuró. Echó una última ojeada y me dijo—: Muy bien. Ahora vete a casa y llama al médico. Di que viniste a traerme un sándwich porque yo seguí trabajando durante la hora del almuerzo. Ahí está. —Y señaló un plato roto y un sándwich esparcido, tirado donde presuntamente se me había caído de las manos—. Grita un poco, pero no exageres.

No me resultó difícil gritar ni llorar cuando llegó el momento. Hacía días que tenía ganas de hacer ambas cosas y fue un alivio poder desahogar mi histeria.

El médico se comportó tal como Lancelot había previsto. El frasco de cianuro fue lo primero que vio. Frunció el ceño.

—Cielos, señora Stebbins. Era un químico descuidado.

—Supongo que sí —sollocé—. No debía hacer este trabajo, pero sus ayudantes están de vacaciones.

—No se debe tratar el cianuro como si fuera sal. —El médico sacudió la cabeza con aire moralizador—. Señora Stebbins, tendré que llamar a la policía. Es envenenamiento accidental por cianuro, pero se trata de una muerte violenta y la policía...

—Oh, sí. Llame usted. —Y de inmediato me reproché haber hablado con tan sospechosa avidez.

Llegó la policía, acompañada de un cirujano forense, quien gruñó disgustado al ver los cristales de cianuro en la mano, en el delantal y en la barbilla. Los policías no demostraron el menor interés. Se limitaron a hacer preguntas estadísticas relacionadas con los nombres y las edades. Me preguntaron que si yo podría encargarme del sepelio. Dije que sí y se marcharon.

Luego, telefoneé a los periódicos y a dos agencias de prensa. Les dije que suponía que obtendrían noticias del deceso en los archivos de la policía y que esperaba que no hicieran hincapié en que mi esposo era un químico descuidado, con el tono de alguien que desea que no se hable mal de los difuntos. A fin de cuentas, agregué, era físico nuclear y no químico, y últimamente yo tenía la sensación de que podía hallarse en problemas.

Seguí las indicaciones de Lancelot al pie de la letra y eso también funcionó. ¿Un físico nuclear con problemas? ¿Espías? ¿Agentes enemigos?

Los periodistas acudieron ávidamente. Les di un retrato juvenil de Lancelot y un fotógrafo tomó fotos del laboratorio. Los conduje por algunas salas del laboratorio principal para que tomaran más fotos. Ni los policías ni los periodistas me hicieron pregunta alguna sobre la habitación cerrada, y nadie pareció reparar en ella.

Les di también un montón de material profesional y biográfico que Lancelot había dejado preparado y les conté varias anécdotas destinadas a revelar una combinación de humanidad y brillantez. Traté de ser literal en todo y, sin embargo, no me sentía confiada. Algo saldría mal, sabía que algo saldría mal.

Y cuando eso ocurriera él me echaría la culpa. Y esta vez había prometido matarme.

Al día siguiente le llevé los periódicos. Los leyó una y otra vez con ojos relucientes. Le habían dedicado un recuadro entero en el lado inferior izquierdo de la primera plana del *New York Times*. Tanto el *Times* como Associated Press hacían poco hincapié en el enigma de su muerte, pero uno de los tabloides tenía un llamativo titular en primera página: «Misteriosa muerte de sabio atómico».

Lancelot se rió estentóreamente mientras leía y, cuando terminó con todos, volvió al primero.

Me miró severamente.

—No te vayas. Escucha lo que dicen.

—Ya los he leído todos, Lancelot.

—Te digo que escuches.

Me los leyó uno por uno en voz alta, demorándose en las alabanzas a los difuntos. Finalmente dijo, radiante de satisfacción:

—¿Sigues creyendo que algo saldrá mal?

—Si la policía volviera a preguntarme por qué pienso que estabas en apuros...

—Tus declaraciones fueron imprecisas. Diles que habías tenido pesadillas. Para cuando quieran investigar más, si es que lo hacen, será demasiado tarde.

Por supuesto, todo iba bien, pero me costaba creer que seguiría así. De todos modos, la mente humana es extraña, insiste en tener esperanzas cuando todo está en contra.

—Lancelot, cuando todo esto haya terminado y seas famoso, famoso de verdad, podrás retirarte. Podremos regresar a la ciudad y vivir en paz.

—Eres una imbécil. Una vez que se me reconozca deberé continuar, ¿no lo entiendes? Los jóvenes acudirán a mí. Este laboratorio se convertirá en un gran Instituto de Investigación Temporal. Seré una leyenda viviente, y mi grandeza alcanzará tales alturas que nadie podrá ser otra cosa que un enano intelectual en comparación conmigo.

Se puso de puntillas, con los ojos brillantes, como si ya viera el pedestal donde iban a ponerlo.

Había sido mi última esperanza de recibir una migaja de felicidad. Suspiré.

Le pedí al sepulturero que dejara el ataúd con el cuerpo en el laboratorio antes de enterrarlo en el terreno de la familia Stebbins en Long Island. Le pedí que no lo embalsamara y me ofrecí a conservarlo en una sala refrigerada a cuatro grados.

El sepulturero llevó el ataúd al laboratorio con un gesto de fría desaprobación. Sin duda eso se reflejó en la cuenta que recibí más tarde. Mi explicación de que deseaba tenerlo cerca por última vez y darles a los ayudantes la oportunidad de ver el cadáver era incongruente y sonaba como tal.

De todas formas, Lancelot había especificado claramente qué debía decir.

Una vez que el cuerpo estuvo en el ataúd, con la tapa abierta, fui a ver a Lancelot.

—Oye, el sepulturero está muy disgustado. Creo que sospecha que hay gato encerrado.

—Bien —dijo Lancelot con satisfacción.

—Pero...

—Sólo es preciso aguardar un día más. Una mera sospecha no va a cambiar las cosas. Mañana por la mañana, el cuerpo desaparecerá, o debería desaparecer.

—¿Quieres decir que tal vez no desaparezca?

Lo sabía, lo sabía, pensé.

—Podría darse alguna demora o algún adelanto. Nunca he transportado nada tan pesado y no sé hasta qué punto son exactas mis ecuaciones. Si quiero que el cuerpo esté aquí y no en una sala de velatorios es, entre otras cosas, para poder realizar las observaciones pertinentes.

—Pero en la sala de velatorios desaparecería ante testigos.

—¿Y piensas que aquí sospecharán alguna artimaña?

—Desde luego.

Lancelot parecía divertido.

—Dirán: ¿por qué mandó de vacaciones a sus ayudantes?, ¿por qué se mató realizando experimentos que un niño podría realizar?, ¿por qué el cadáver desapareció sin testigos? Dirán: esa historia del viaje por el tiempo es absurda; tomó drogas para sumirse en un trance cataléptico y los médicos se dejaron embaucar.

—Sí —murmuré. ¿Cómo se había dado cuenta de todo eso?

—Y cuando yo afirme que he resuelto el problema del viaje por el tiempo —prosiguió—, que incuestionablemente se certificó mi muerte y que yo incuestionablemente no estaba vivo, los científicos ortodoxos me denunciarán por farsante. Y en una semana me habré convertido en un nombre cotidiano para todos los habitantes de la Tierra. No hablarán de otra cosa. Me ofreceré para hacer una demostración del viaje por el tiempo ante cualquier grupo de científicos que desee presenciarla. Ofreceré hacer la demostración por un circuito intercontinental de televisión. La presión pública obligará a los científicos a asistir, y la televisión a darles autorización. Lo de menos será si la gente ansía un milagro o un linchamiento. ¡Lo verá! Y entonces alcanzaré el éxito y nadie en la historia de la ciencia habrá logrado una culminación más trascendente.

Me quedé obnubilada un instante, pero algo dentro de mí insistía: demasiado largo, demasiado complicado, algo saldrá mal.

Esa noche llegaron sus ayudantes y trataron de mostrarse respetuosamente acongojados en presencia del cadáver; dos testigos más que jurarían haber visto muerto a Lancelot, dos testigos más que embrollarían la situación y contribuirían a llevar los acontecimientos hasta una cima estratosférica.

A las cuatro de la madrugada siguiente estábamos en la sala refrigerada, arropados en abrigos y esperando el momento cero.

El eufórico Lancelot revisaba sus instrumentos una y otra vez, mientras el ordenador trabajaba constantemente. No sé cómo lograba mover los dedos con tanta agilidad haciendo el frío que hacía.

Yo estaba totalmente alicaída. Era el frío, el cadáver en el ataúd, la incertidumbre del futuro.

Hacía una eternidad que estábamos allí cuando Lancelot exclamó a media voz:

—Funcionará. Funcionará tal como predije. A lo sumo, la desaparición se retrasará cinco minutos, y esto tratándose de setenta kilogramos de masa. Mi análisis de las fuerzas cronométricas es magistral.

Me sonrió, pero también le sonrió al cadáver con igual calidez.

Noté que tenía la chaqueta arrugada y desaliñada, igual que el segundo Lancelot, el muerto, cuando apareció. La llevaba puesta desde hacía tres días hasta para dormir.

Lancelot pareció leerme los pensamientos, o tal vez la mirada, pues bajó la vista a su chaqueta y dijo:

—Sí, será mejor que me ponga el delantal. Mi segundo yo lo tenía puesto cuando apareció.

—¿Qué ocurriría si no te lo pusieras? —pregunté con voz neutra.

—Tendría que hacerlo. Sería necesario. Algo me lo habría recordado. De lo contrario, él no habría aparecido con el delantal puesto. —Entrecerró los ojos—. ¿Sigues creyendo que algo saldrá mal?

—No lo sé —murmuré.

—¿Crees que el cuerpo no desaparecerá o que yo desaparecerá? —No respondí—. ¿No ves que mi suerte ha cambiado al fin? —chilló—. ¿No ves que todo sale a la perfección y según lo planeado? Seré el hombre más grande que haya vivido. Vamos, calienta agua para el café. —De pronto, recobró la calma—. Servirá para celebrar que mi doble nos abandona y yo regreso a la vida. Hace tres días que no tomo café.

Era café instantáneo, pero después de tres días se conformaría con eso. Manipulé el calentador eléctrico del laboratorio con los dedos congelados hasta que Lancelot me empujó a un lado y puso a calentar una jarra de agua.

—Tardará un rato —dijo, poniendo al máximo el mando. Miró al reloj y a los cuadrantes de las paredes—. Mi doble se habrá ido antes de que el agua hierva. Ven a mirar.

Se puso a un lado del ataúd. Yo vacilé.

—Ven —me ordenó.

Fui.

Se miró con infinito placer y esperó. Ambos esperamos, con la vista fija en el cadáver.

Se oyó el siseo y Lancelot gritó:

—¡Quedan menos de dos minutos!

Sin un temblor ni un parpadeo, el cadáver desapareció.

El ataúd abierto contenía ropa vacía. Por supuesto, no era la ropa en la que había llegado el cadáver, sino prendas reales y que permanecían en la realidad. Allí estaban: muda interior, camisa, pantalones, corbata, chaqueta. Los calcetines colgaban de los zapatos caídos. El cuerpo se había esfumado.

Oí el hervor del agua.

—Café —dijo Lancelot—. Primero el café. Luego llamaremos a la policía y a los periódicos.

Preparé café para él y para mí.

Le añadí la acostumbrada medida de azúcar, ni mucha ni poca. Incluso en aquella situación, sabiendo que esa vez no le importaría, no pude contra el hábito.

Sorbí mi café, sin crema ni azúcar, según mi costumbre, y el calor me reanimó.

Él revolvió su café.

—Con todo lo que he esperado... —dijo en voz baja.

Se llevó la taza a los labios, que sonreían triunfantes, y bebió.

Fueron sus últimas palabras.

Ahora que todo había terminado, sentí un cierto frenesí. Me las apañé para desnudarlo y ponerle la ropa del cadáver desaparecido. Logré levantar el cuerpo y tenderlo en el ataúd. Le coloqué los brazos sobre el pecho.

Lavé todo rastro de café en el fregadero de la otra habitación y también el azucarero. Una y otra vez lo lavé, hasta que desapareció todo el cianuro que había sustituido al azúcar.

Llevé su chaqueta de laboratorio y el resto de la ropa al cesto donde guardé las que había traído el doble. El segundo juego había desaparecido, y puse allí el primero.

Luego, esperé.

Esa noche, comprobé que el cadáver estaba frío y llamé al sepulturero. Nadie tenía por qué asombrarse. Esperaban un cadáver y allí lo tenían. El mismo cadáver. Realmente el mismo. Incluso tenía cianuro, tal como supuestamente lo tenía el primero.

Supongo que serían capaces de distinguir entre un cuerpo muerto doce horas atrás y otro que llevaba tres días y medio muerto, aunque refrigerado; pero ¿quién iba a molestarse en investigar?

No investigaron. Cerraron el ataúd, se lo llevaron y lo sepultaron. Era el homicidio perfecto.

En rigor, como Lancelot estaba legalmente muerto cuando lo maté, me pregunto si en verdad fue un homicidio. Por supuesto, no pienso consultárselo a un abogado.

Ahora llevo una vida apacible y feliz. Tengo suficiente dinero. Voy al teatro. He entablado amistades.

Y vivo sin remordimientos. Lancelot nunca recibirá sus laureles. Algún día, cuando alguien vuelva a descubrir el viaje por el tiempo, el nombre de Lancelot Stebbins permanecerá olvidado en las tinieblas del Estigia. Pero yo ya le había advertido que, fueran cuales fuesen sus planes, así terminaría todo. Si yo no lo hubiera matado, alguna otra cosa habría estropeado sus planes, y entonces él me habría matado a mí.

Así que vivo sin remordimientos.

Incluso se lo he perdonado todo; todo, salvo ese momento en que me escupió. Resulta irónico que gozara de un instante de felicidad antes de morir, pues recibió una dádiva que pocos han tenido, y él fue el único que pudo saborearla.

A pesar del berrido que me pegó aquella vez que me escupió, Lancelot tuvo la oportunidad de leer su propia necrológica.

Lluvia, lluvia, aléjate

—Ahí está otra vez —dijo Lillian Wright, ajustando las celosías—. Ahí está, George.

—¿Ahí está quién? —preguntó su esposo, tratando de obtener un contraste satisfactorio en el televisor para ver el partido de béisbol.

—La señora Sakkaro —respondió Lillian, y para impedir el inevitable «¿quién es ésa?» se apresuró a añadir—: La nueva vecina, por amor de Dios.

—Ah.

—Tomando el sol. Siempre tomando el sol. Me pregunto dónde estará su hijo. Habitualmente está fuera, en un día tan bonito como éste, jugando en ese patio inmenso y tirando la pelota contra la casa. ¿No le has visto nunca, George?

—Le he oído. Es una versión de la tortura china de la gota de agua. Un golpe en la pared, un golpe en el suelo, un golpe en la mano. Blam, bang, paf...

—Es un chico agradable, tranquilo y bien educado. Ojalá Tommie entablara amistad con él. Tiene la edad apropiada. Unos diez años, diría yo.

—No sabía que Tommie tuviese problemas para entablar amistades.

—Pero es difícil con los Sakkaro. Son muy reservados. Ni siquiera sé qué hace el señor Sakkaro.

—¿Por qué tienes que saberlo? No te incumbe lo que hace.

—Es raro que nunca lo vea salir a trabajar.

—A mí nadie me ve salir a trabajar.

—Tú te quedas en casa a escribir. ¿Qué hace él?

—Sin duda, la señora Sakkaro sabe qué hace su esposo y le fastidia no saber qué hago yo.

—Oh, George. —Lillian se alejó de la ventana y miró con disgusto al televisor. (Schoendienst era el bateador)—. Creo que deberíamos intentarlo. El vecindario debería intentarlo.

—¿Intentar qué? —George estaba repantigado en el sillón, con una Coca-Cola en la mano, recién abierta y chorreando por la humedad.

—Conocerlos.

—¿No lo intentaste ya cuando llegaron? Me dijiste que habías ido a visitarlos.

—Los saludé, pero ella acababa de mudarse y todavía estaba muy atareada, así que eso fue todo. Han pasado dos meses y lo único que hacemos es saludarnos. Es muy rara.

—¿Ah, sí?

—Siempre está mirando al cielo. La he visto cien veces, y nunca sale si está nublado. Una vez, cuando el chico estaba jugando fuera, le ordenó que entrara, gritándole que iba a llover. La oí por casualidad y salí deprisa, pues tenía ropa tendida. Hacía un sol aplastante. Y, sí, había algunas nubecillas, pero nada más.

—¿Y luego llovió?

—Claro que no. Salí corriendo al patio para nada.

George estaba enfrascado en el alboroto que había provocado un fallo de un jugador. Cuando terminó la algarabía y mientras el lanzador procuraba recobrar la compostura, George le comentó a Lillian, que entraba en la cocina:

—Bueno, como son de Arizona, no creo que conozcan nubes de otro tipo.

Lillian regresó a la sala, taconeando.

—¿De dónde?

—De Arizona, según Tommie.

—¿Cómo lo supo Tommie?

—Habló con el chico mientras jugaban a la pelota, y él le dijo a Tommie que venían de Arizona y luego lo llamaron desde la casa. Al menos, Tommie dice que debía de ser Arizona, Alabama o un sitio similar. Ya sabes que Tommie no tiene buena memoria. Pero si el tiempo los pone nerviosos supongo que son de Arizona y por eso no saben cómo tomarse un buen clima lluvioso como el nuestro.

—¿Y por qué no me lo habías contado nunca?

—Porque Tommie me lo contó esta mañana, porque pensé que él ya te habría contado y, con franqueza, porque creí que podrías llevar una vida normal aunque nunca lo supieses. ¡Vaya...!

La pelota se remontó hacia las tribunas y el lanzador se dio por vencido. Lillian se acercó a las celosías.

—Tendré que conocerla mejor. Parece muy agradable... ¡Oh, Dios, mira eso, George! —George no apartó la vista del televisor—. Sé que está mirando esa nube. Y ahora se meterá en casa. Seguro.

Dos días después, George fue a la biblioteca a buscar unas referencias y regresó con una pila de libros. Lillian lo recibió exultante:

—Oye, mañana no harás nada.

—Parece una afirmación, no una pregunta.

—Es una afirmación. Iremos con los Sakkaro al parque de Murphy.

—¿Con...?

—Con nuestros vecinos, George. ¿Cómo es posible que nunca recuerdes el apellido?

—Soy un superdotado. ¿Y cómo ha sido eso?

—Esta mañana fui a su casa y toqué el timbre.

—¿Así de fácil?

—No creas. Fue difícil. Estuve allí, vacilando y con el dedo sobre el timbre, hasta que comprendí que era preferible llamar y no que alguien abriera la puerta y me sorprendiera plantada allí como una boba.

—¿Y ella no te echó?

—No. Fue amabilísima. Me invitó a entrar, me reconoció, se alegró de que la visitara.

—Y tú le sugeriste lo de ir al parque.

—Sí. Pensé que todo sería más fácil si sugería un sitio donde los niños pudieran divertirse. A ella no le gustaría estropearle a su hijo una oportunidad así.

—Psicología materna.

—Pero tendrías que ver su casa.

—Ah. Había un motivo para todo esto. Ahora lo entiendo. Querías hacer una inspección completa. Por favor, no me comentes la combinación de colores. No me interesa cómo son las colchas y puedo prescindir de toda alusión al tamaño de los armarios.

El secreto de la felicidad de su matrimonio era que Lillian no le prestaba atención a George. Comentó la combinación de colores, describió las colchas y precisó las medidas exactas de los armarios.

—¡Y todo muy limpio! Nunca he visto un lugar tan inmaculado.

—Pues si llegas a conocerla bien te crearás unas exigencias imposibles y tendrás que dejar de verla sólo para protegerte.

—La cocina —continuó Lillian, sin prestarle atención— estaba tan resplandeciente como si nunca la hubieran usado. Le pedí un vaso de agua y ella puso el vaso bajo el grifo con tal habilidad que ni una gota cayó en el fregadero. No era afectación; lo hizo tan espontáneamente que comprendí que siempre lo hacía de ese modo. Y cuando me entregó el vaso lo sostenía con una servilleta limpia. Aséptica como un hospital.

—Debe de ser insoportable. ¿Aceptó venir con nosotros sin vacilar?

—Bueno..., no sin vacilar. Llamó a su esposo para preguntarle cuál era el pronóstico del tiempo y él dijo que los periódicos anunciaban cielo despejado para mañana, pero que estaba esperando el último informe de la radio.

—Todos los periódicos lo decían, ¿eh?

—Desde luego; todos publican el informe oficial, así que todos concuerdan. Pero creo que ellos están suscritos a todos los periódicos. Al menos, yo he visto el paquete que deja el repartidor...

—No te pierdes detalle, ¿no?

—De cualquier modo —siguió Lillian con severidad—, ella llamó a la oficina de meteorología y pidió las últimas noticias. Se las comunicó a su esposo y dijeron que irían, aunque nos telefonearían si había cambios imprevistos en el tiempo.

—De acuerdo. Entonces, iremos.

Los Sakkaro eran jóvenes y agradables, morenos y guapos. Mientras atravesaban la calzada para ir hasta el automóvil de los Wright, George se inclinó hacia su esposa y le susurró al oído:

—Así que la razón es él.

—Ojalá fuera así. ¿Lo que lleva es una bolsa?

—Una radio portátil. Sin duda para escuchar los pronósticos del tiempo.

El pequeño Sakkaro venía corriendo detrás, agitando algo que resultó ser un barómetro aneroide, y los tres se subieron al asiento trasero. Entablaron una charla sobre temas impersonales que se prolongó hasta que llegaron al parque de Murphy.

El niño Sakkaro era tan cortés y razonable que incluso Tommie Wright, apretujado entre sus padres en el asiento delantero, siguió su ejemplo y adoptó una apariencia civilizada. Lillian no recordaba haber disfrutado de un viaje tan apacible.

No la molestaba en absoluto que el señor Sakkaro tuviera la radio encendida, aunque en un volumen inaudible, y nunca le vio llevársela al oído.

Hacía un día delicioso en el parque, caluroso y seco sin llegar a ser bochornoso, con un sol alegre y brillante en un cielo muy azul. Ni siquiera el señor Sakkaro, que no dejaba de inspeccionar el cielo ni de mirar el barómetro, parecía encontrar motivos de queja.

Lillian llevó a los niños a la parte de las atracciones y les compró billetes suficientes para que disfrutaran de todas las emociones centrífugas que ofrecía el parque.

—Por favor —le dijo a la señora Sakkaro cuando ésta se opuso—, invito yo. La próxima vez le tocará a usted.

Cuando regresó, George estaba solo.

—¿Dónde...?

—Allí, en el puesto de los refrescos. Les he dicho que te esperaría aquí y luego nos reuniríamos con ellos —contestó George, en un tono sombrío.

—¿Pasa algo malo?

—No, nada malo, excepto que sospecho que él debe de ser bastante rico.

—¿Qué?

—No sé cómo se gana la vida. He insinuado...

—¿Quién fisgonea ahora?

—Lo hice por ti. Me ha dicho que se dedica simplemente a estudiar la naturaleza humana.

—¡Qué filosófico! Eso explicaría por qué reciben tantos periódicos.

—Sí, pero con un hombre apuesto y rico como vecino me parece que yo también voy a tener que enfrentarme a unas exigencias imposibles.

—No seas tonto.

—Y no viene de Arizona.

—¿No?

—Le dije que había oído que eran de Arizona. Se sorprendió tanto que parece evidente que no. Se echó a reír y me preguntó que si tenía acento de Arizona.

—Tiene un poco de acento —observó Lillian pensativamente—. Hay mucha gente de origen hispano en el suroeste, así que podría ser de Arizona. Sakkaro podría ser un apellido hispano.

—A mí me parece japonés... Vamos, nos están llamando. ¡Oh, cielos, mira lo que han comprado!

Cada uno de los Sakkaro tenía tres palillos de algodón de azúcar, enormes remolinos de empalagosa espuma rosada batida en un recipiente caliente. Se derretía dulcemente en la boca y la dejaba pegajosa.

Los Sakkaro entregaron un palillo a cada uno de los Wright y éstos aceptaron por cortesía.

Caminaron por la avenida central, probaron suerte con los dardos, lanzaron pelotas, derribaron cilindros de madera, se hicieron fotos, grabaron sus voces y probaron la fuerza de sus manos.

Finalmente, recogieron a los pequeños, que habían quedado reducidos a un gozoso estado de tripas revueltas, y los Sakkaro se llevaron al suyo al puesto de los refrescos. Tommie quería un perrito caliente y George le dio una moneda, así que el crío echó a correr.

—Francamente —dijo George—, prefiero quedarme aquí. Si les veo engullir más algodón de azúcar me pondré verde y vomitaré. Apostaría a que se han comido una docena de palillos cada uno.

—Lo sé, y ahora están comprando más para el niño.

—Le he ofrecido a Sakkaro una hamburguesa, pero me la ha rechazado con mala cara. No es que una hamburguesa sea una gran cosa, ahora que después de tanta golosina debe saber a gloria.

—Lo sé. Yo le he ofrecido a ella zumo de naranja y se sobresaltó como si se lo hubiera arrojado a la cara. Supongo que nunca han visitado un sitio como éste y necesitarán tiempo para adaptarse a la novedad. Se atiborrarán de algodón de azúcar y no volverán a probarlo en diez años.

—Bueno, quizá. —Caminaron hacia los Sakkaro—. Mira, Lillian, se está nublando.

El señor Sakkaro tenía la radio pegada a la oreja y miraba angustiado hacia el oeste.

—Vaya, ya lo he visto —comentó George—. Uno contra cincuenta a que quieren volver a casa.

Los tres Sakkaro se le echaron encima, amables, pero insistentes. Lo lamentaban, lo habían pasado de maravilla, los invitarían en cuanto pudieran, pero ahora tenían que irse, de verdad. Se acercaba una tormenta. La señora Sakkaro se quejó de los pronósticos, pues todos habían anticipado buen tiempo.

George trató de consolarlos:

—Es difícil predecir una tormenta local, pero aunque viniera duraría a lo sumo media hora.

Ante ese comentario, el pequeño Sakkaro casi rompió a llorar, y la mano de la señora Sakkaro, que sostenía un pañuelo, tembló visiblemente.

—Vamos a casa —dijo George, resignado.

El viaje de regreso se prolongó interminablemente. Nadie hablaba. El señor Sakkaro tenía la radio a todo volumen y pasaba de una emisora a otra, sintonizando los informes meteorológicos. Ya todos anunciaban «chaparrones locales».

El pequeño Sakkaro chilló que el barómetro estaba bajando, y la señora Sakkaro, con la barbilla en la palma de la mano, miró alarmada al cielo y le pidió a George que condujera más deprisa.

—Parece amenazador, ¿verdad? —observó Lillian, en un cortés intento de compartir la preocupación de sus invitados. Pero luego George le oyó mascullar entre dientes—: ¡Habrase visto!

El viento levantaba una polvareda cuando llegaron a la calle donde vivían, y las hojas susurraban de un modo amenazador. Un relámpago cruzó el firmamento.

—Estarán en casa dentro de un par de minutos, amigos. Lo conseguiremos —los tranquilizó George.

Frenó en la puerta que daba al inmenso patio de los Sakkaro, se bajó del coche y abrió la portezuela trasera. Creyó sentir una gota. Habían llegado justo a tiempo.

Los Sakkaro salieron a trompicones, con el rostro tenso y mascullando unas frases de agradecimiento, y corrieron hacia la puerta como una exhalación.

—Francamente —comentó Lillian—, cualquiera diría que son...

Los cielos se abrieron arrojando goterones gigantes, como si una presa celestial hubiera reventado. La lluvia repicó con fuerza sobre el techo del auto y a pocos metros de la puerta los Sakkaro se detuvieron y miraron hacia arriba con desesperación.

La lluvia emborronó, desdibujó y encogió el rostro. Los tres cuerpos se arrugaron y se deshicieron dentro de la ropa, que se desplomó en tres montones pegajosos y mojados.

Y mientras los Wright observaban paralizados por el horror Lillian fue incapaz de dejar incompleta la frase:

—... de azúcar y tienen miedo de derretirse.

Luz estelar

Arthur Trent oyó claramente las palabras que escupía el receptor.

—¡Trent! No puedes escapar. Interceptaremos tu órbita en un par de horas. Si intentas resistir, te haremos pedazos.

Trent sonrió y guardó silencio. No tenía armas ni necesidad de luchar. En menos de un par de horas la nave daría el salto al hiperespacio y jamás lo hallarían. Se llevaría un kilogramo de krilio, suficiente para construir sendas cerebrales de miles de robots, por un valor de diez millones de créditos en cualquier mundo de la galaxia, y sin preguntas.

El viejo Brennmeyer lo había planeado todo. Lo había estado planeando durante más de treinta años. Era el trabajo de toda su vida.

—Es la huida, jovencito —le había dicho—. Por eso te necesito. Tú puedes pilotar una nave y llevarla al espacio. Yo no.

—Llevarla al espacio no servirá de nada, señor Brennmeyer. Nos capturarán en medio día.

—No nos capturarán si damos el salto. No nos capturarán si cruzamos el hiperespacio y aparecemos a varios años luz de distancia.

—Nos llevaría medio día planear el salto, y aunque lo hiciéramos a tiempo la policía alertaría a todos los sistemas estelares.

—No, Trent, no. —El viejo le cogió la mano con trémula excitación—. No a todos los sistemas estelares, sólo a los que están en las inmediaciones. La galaxia es vasta y los colonos de los últimos cincuenta mil años han perdido contacto entre sí.

Describió la situación en un tono de voz ansioso. La galaxia era ya como la superficie del planeta original —la Tierra, lo llamaban— en los tiempos prehistóricos. El ser humano se había esparcido por todos los continentes, pero cada uno de los grupos sólo conocía la zona vecina.

—Si efectuamos el salto al azar —le explicó Brennmeyer— estaremos en cualquier parte, incluso a cincuenta mil años luz, y encontrarnos les será tan fácil como hallar un guijarro en una aglomeración de meteoritos.

Trent sacudió la cabeza.

—Pero no sabremos dónde estamos. No tendremos modo de llegar a un planeta habitado.

Brennmeyer miró receloso a su alrededor. No tenía a nadie cerca, pero bajó la voz:

—Me he pasado treinta años recopilando datos sobre todos los planetas habitables de la galaxia. He investigado todos los documentos antiguos. He viajado miles de años luz, más lejos que cualquier piloto espacial. Y el paradero de cada planeta habitable está ahora en la memoria del mejor ordenador del mundo. —Trent enarcó las cejas. El viejo prosiguió—: Diseño ordenadores y tengo los mejores. También he localizado el paradero de todas las estrellas luminosas de la galaxia, todas las estrellas de clase espectral F, B, A y O, y los he almacenado en la memoria. Después del salto, el ordenador escudriña los cielos espectroscópicamente y compara los resultados con su mapa de la galaxia. Cuando encuentra la concordancia apropiada, y tarde o temprano ha de encontrarla, la nave queda localizada en el espacio y, luego, es guiada automáticamente, mediante un segundo salto, a las cercanías del planeta habitado más próximo.

—Parece complicado.

—No puede fallar. He trabajado en ello muchos años y no puede fallar. Me quedarán diez años para ser millonario. Pero tú eres joven. Tú serás millonario durante mucho más tiempo.

—Cuando se salta al azar, se puede terminar dentro de una estrella.

—Ni una probabilidad en cien billones, Trent. También podríamos aparecer tan lejos de cualquier estrella luminosa que el ordenador no encuentre nada que concuerde con su programa. Podríamos saltar a sólo un año luz y descubrir que la policía aún nos sigue el rastro. Las probabilidades son aún menores. Si quieres preocuparte, preocúpate por la posibilidad de morir de un ataque cardíaco en el momento del despegue. Las probabilidades son mucho más altas.

—Usted podría sufrir un ataque cardíaco. Es más viejo.

El anciano se encogió de hombros.

—Yo no cuento. El ordenador lo hará todo automáticamente.

Trent asintió con la cabeza y recordó ese detalle. Una medianoche, cuando la nave estaba preparada y Brennmeyer llegó con el krilio en un maletín —no tuvo dificultades en conseguirlo, pues era hombre de confianza—, Trent tomó el maletín con una mano al tiempo que movía la otra con rapidez y certeza.

Un cuchillo seguía siendo lo mejor, tan rápido como un despolarizador molecular, igual de mortífero y mucho más silencioso. Dejó el cuchillo clavado en el cuerpo, con sus huellas dactilares. ¿Qué importaba? No iban a aprehenderlo.

Una vez en las honduras del espacio, perseguido por las naves patrulla, sintió la tensión que siempre precedía a un salto. Ningún fisiólogo podía explicarla, pero todo piloto veterano conocía esa sensación.

Por un instante de no espacio y no tiempo se producía un desgarrón, mientras la nave y el piloto se convertían en no materia y no energía y, luego, se ensamblaban inmediatamente en otra parte de la galaxia.

Trent sonrió. Seguía con vida. No había ninguna estrella demasiado cerca y había millares a suficiente distancia. El cielo parecía un hervidero de estrellas y su configuración era tan distinta que supo que el salto lo había llevado lejos. Algunas de esas estrellas tenían que ser de clase espectral F o mejores aún. El ordenador contaría con muchas probabilidades para utilizar su memoria. No tardaría mucho.

Se reclinó confortablemente y observó el movimiento de la rutilante luz estelar mientras la nave giraba despacio. Divisó una estrella muy brillante. No parecía estar a más de dos años luz, y su experiencia como piloto le decía que era una estrella caliente y propicia. El ordenador la usaría como base para estudiar la configuración del entorno. No tardará mucho, pensó Trent una vez más.

Pero tardaba. Transcurrieron minutos, una hora. Y el ordenador continuaba con sus chasquidos y sus parpadeos.

Trent frunció el ceño. ¿Por qué no hallaba la configuración? Tenía que estar allí. Brennmeyer le había mostrado sus largos años de trabajo. No podía haber excluido una estrella ni haberla registrado en un lugar erróneo.

Por supuesto que las estrellas nacían, morían y se desplazaban en el curso de su existencia, pero esos cambios eran lentos, muy lentos. Las configuraciones que Brennmeyer había registrado no podían cambiar en un millón de años.

Trent sintió un pánico repentino. ¡No! No era posible. Las probabilidades era aún más bajas que las de saltar al interior de una estrella.

Aguardó a que la estrella brillante apareciera de nuevo y, con manos temblorosas, la enfocó con el telescopio. Puso todo el aumento posible y, alrededor de la brillante mota de luz, apareció la bruma delatora de gases turbulentos en fuga.

¡Era una nova!

La estrella había pasado de una turbia oscuridad a una luminosidad fulgurante, quizá sólo un mes atrás. Antes pertenecía a una clase espectral tan baja que el ordenador la había ignorado, aunque seguramente merecía tenérsela en cuenta.

Pero la nova que existía en el espacio no existía en la memoria del ordenador porque Brennmeyer no la había registrado. No existía cuando Brennmeyer reunía sus datos. Al menos, no existía como estrella brillante y luminosa.

—¡No la tengas en cuenta! —gritó Trent—. ¡Ignórala!

Pero le gritaba a una máquina automática que compararía el patrón centrado en la nova con el patrón galáctico sin encontrarla, y quizá continuaría comparando mientras durase la energía.

El aire se agotaría mucho antes. La vida de Trent se agotaría mucho antes.

Trent se hundió en el asiento, contempló aquella burlona luz estelar e inició la larga y agónica espera de la muerte.

Si al menos se hubiera guardado el cuchillo...

Padre fundador

La combinación de catástrofes había ocurrido cinco años atrás. Cinco revoluciones en ese planeta, HC-12549d según los mapas y anónimo en otros sentidos. Más de seis revoluciones en la Tierra; pero ¿y quién estaba llevando la cuenta ya?

Si los habitantes de la Tierra se enterasen, quizá dirían que era una lucha heroica, una saga épica del Cuerpo Galáctico; cinco hombres contra un mundo hostil, resistiendo a brazo partido durante cinco (o más de seis) años. Y estaban agonizando, tras haber perdido la batalla. Tres se encontraban en coma, otro aún mantenía abiertos sus ojos amarillentos y el quinto continuaba en pie.

Pero no se trataba de una cuestión de heroísmo. Eran cinco hombres luchando contra el tedio y la desesperación en esa burbuja metálica, y por la poco heroica razón de que no había otra cosa que hacer mientras siguieran con vida.

Si alguno se sentía estimulado por la batalla, jamás lo mencionaba. Al cabo del primer año dejaron de hablar de rescate y, al cabo del segundo, dejaron de usar la palabra «Tierra».

Pero una palabra estaba siempre presente; si nadie la pronunciaba, permanecía en sus pensamientos: amoníaco.

Pensaron en ella por primera vez mientras improvisaban el aterrizaje contra viento y marea, con los motores jadeantes y en un cascajo maltrecho.

Siempre se tenía presente la posibilidad de que hubiese accidentes, desde luego, y siempre se esperaba que ocurrieran unos cuantos; pero de uno en uno. Si una explosión estelar achicharraba los hipercircuitos, se podían reparar, siempre y cuando se contase con tiempo para ello; si un meteorito desajustaba las válvulas de alimentación, se podían reparar, siempre y cuando se

444

contase con tiempo para ello; si, bajo una gran tensión, se calculaba mal una trayectoria y una aceleración momentáneamente insoportable arrancaba las antenas de salto estelar y embotaba los sentidos de todos los miembros de la tripulación, pues las antenas se podían reemplazar y la tripulación acababa recobrando los sentidos, siempre y cuando se contase con tiempo para ello.

Hay una probabilidad, entre una innumerable cantidad de ellas, de que las tres cosas ocurran simultáneamente, y menos durante un aterrizaje endemoniado, cuando el tiempo, lo que más se necesita en el momento de corregir los errores, es precisamente lo que más escasea.

El *Crucero Juan* dio con esa probabilidad entre una innumerable cantidad de ellas y efectuó su último aterrizaje, pues nunca más volvió a despegar de una superficie planetaria.

Ya era un milagro que aterrizara casi intacto. Los cinco tripulantes dispusieron así al menos de varios años de vida. Al margen de eso, sólo la fortuita llegada de otra nave podría ayudarlos, pero no contaban con ello. Eran conscientes de haber tropezado con todas las coincidencias que podían concurrir en una vida, y todas ellas malas.

No había escapatoria.

Y la palabra clave era «amoníaco». Mientras la superficie ascendía en espiral hacia ellos y la muerte (piadosamente rápida) les hacía frente con óptimas probabilidades de vencer, Chou tuvo tiempo para fijarse en los espasmódicos saltos del espectrógrafo de absorción.

—¡Amoníaco! —exclamó.

Los otros le oyeron, pero no tuvieron tiempo de prestarle atención. Estaban concentrados en luchar contra una muerte rápida a cambio de una muerte lenta.

Aterrizaron en un terreno arenoso y con una vegetación escasa y azulada (¿azulada?); hierbas semejantes a juncos, objetos parecidos a árboles, achaparrados, con corteza azul y sin hojas; sin indicios de vida animal, y con un cielo nublado y verdoso (¿verdoso?). Y esa palabra comenzó a obsesionarlos.

—¿Amoníaco? —preguntó Petersen.

—Cuatro por ciento —le confirmó Chou.

—Eso es imposible —rechazó Petersen.

Pero no lo era. Los libros no decían que fuese imposible. El Cuerpo Galáctico había descubierto que un planeta de cierta masa y volumen y determinada temperatura era un planeta oceánico y tenía una de estas dos atmósferas: nitrógeno/oxígeno, o nitrógeno/bióxido de carbono. En el primer caso, la vida sería superior; en el segundo, primitiva.

Ya nadie comprobaba factores que no fueran la masa, el volumen y la temperatura. Se daba esa atmósfera por sentado (o una u otra de las dos citadas). Pero los libros no decían que tuviera que ser así, sino que siempre era así. Las atmósferas de otro tipo eran termodinámicamente posibles, pero muy improbables, y en la práctica no se encontraban.

Hasta entonces. Los hombres del *Crucero Juan* habían encontrado una y se pasarían el resto de su vida bañados por una atmósfera de nitrógeno/bióxido de carbono/amoníaco.

Los hombres convirtieron la nave en una burbuja subterránea y de ambiente terrícola. No podían despegar ni podían proyectar un haz de comunicaciones por el hiperespacio, pero todo lo demás era rescatable. Para compensar las ineficiencias del sistema de reciclaje, podían extraer agua y aire del planeta dentro de ciertos limites; siempre, por supuesto, que eliminaran el amoníaco.

Organizaron partidas de exploración, pues los trajes estaban en excelentes condiciones y eso los ayudaba a pasar el tiempo. El planeta era inofensivo: sin vida animal y con escasa vida vegetal por doquier. Azul, siempre azul; clorofila amoniacal; proteína amoniacal.

Instalaron laboratorios, analizaron los componentes de las plantas, estudiaron muestras microscópicas y compilaron vastos volúmenes de hallazgos. Trataron de cultivar plantas nativas en la atmósfera libre de amoníaco y fracasaron. Se transformaron en geólogos y estudiaron la corteza del planeta; se hicieron astrónomos y estudiaron el espectro del sol de ese mundo.

—Con el tiempo —decía a veces Barrère—, el Cuerpo llegará de nuevo a este planeta y legaremos una herencia de conocimiento. Es un planeta singular. Tal vez no haya otro planeta similar a la Tierra y con amoníaco en toda la Vía Láctea.

—Estupendo —replicaba Sandropoulos con amargura—. Qué suerte para nosotros.

Sandropoulos dedujo la termodinámica de la situación:

—Es un sistema metaestable. El amoníaco desaparece a través de una oxidación geoquímica que forma nitrógeno; las plantas utilizan nitrógeno y forman de nuevo amoníaco, adaptándose así a la presencia del amoníaco. Si el índice de formación de amoníaco mediante las plantas bajara un dos por ciento, se crearía una espiral descendente. La vida vegetal se marchitaría, reduciendo aún más el amoníaco, y así sucesivamente.

—Es decir que si extermináramos suficientes plantas —apuntó Vlassov— podríamos eliminar el amoníaco.

—Si tuviéramos aerotrineos y armas de ángulo ancho, y contáramos con un año para trabajar, podríamos lograrlo —contestó Sandropoulos—; pero no los tenemos, y hay un modo mejor de conseguirlo. Si pudiéramos cultivar nuestras propias plantas, la formación de oxígeno por fotosíntesis incrementaría el índice de oxidación del amoníaco. Incluso un aumento pequeño y localizado reduciría el amoníaco de la zona, estimularía el crecimiento de la vegetación terrícola y reprimiría la vegetación nativa, rebajando aún más el amoníaco, y así sucesivamente.

Se transformaron en jardineros durante la estación de la siembra; a fin de cuentas, estaban acostumbrados a ella en el Cuerpo Galáctico. La vida de los planetas similares a la Tierra era habitualmente del tipo agua/proteínas, pero existían variaciones infinitas, y los alimentos de otros mundos rara vez resultaban nutritivos y eran mucho menos apetecibles. Había que probar con plantas terrícolas. A menudo (aunque no siempre), algunas clases de plantas terrícolas invadían la flora nativa y la ahogaban. Al menguar la flora nativa, otras plantas terrícolas podían echar raíces.

De esa manera, muchos planetas se habían convertido en nuevas Tierras. Durante el proceso, las plantas terrícolas desarrollaron cientos de variedades resistentes que florecían en condiciones extremas, lo cual, en el mejor de los casos, facilitaba la siembra en el siguiente planeta.

El amoníaco mataba cualquier planta terrícola, pero las semillas de que disponía el *Crucero Juan* no eran verdaderas plantas terrícolas, sino mutaciones de esas plantas en otros mundos. Lucharon con denuedo, pero no fue suficiente. Algunas variedades crecieron de modo débil y enfermizo y, luego, murieron.

Aun así, tuvieron mejor suerte que la vida microscópica. Los bacterioides del planeta eran mucho más florecientes que las desordenadas y azules plantas nativas. Los microorganismos nativos sofocaban cualquier intento de competencia por parte de las muestras terrícolas, fracasó el intento de sembrar el suelo alienígena con flora bacteriana de tipo terrícola para ayudar a las plantas terrícolas.

Vlassov sacudió la cabeza.

—De cualquier modo, no serviría. Si nuestras bacterias sobrevivieran, sólo lo harían adaptándose a la presencia del amoníaco.

—Las bacterias no nos ayudarán —dijo Sandropoulos—. Necesitamos las plantas, pues ellas tienen sistemas para facturar oxígeno.

—Nosotros podríamos generar un poco —apuntó Petersen—. Podríamos electrolizar el agua.

—¿Cuánto durará nuestro equipo? Con sólo que nuestras plantas salieran adelante sería como electrolizar el agua para siempre; poco a poco, pero con perseverancia hasta que el planeta cediera.

—Tratemos el suelo, pues —propuso Barrère—. Está plagado de sales de amoníaco. Lo hornearemos para extraer las sales y lo reemplazaremos por suelo sin amoníaco.

—¿Y qué pasa con la atmósfera? —preguntó Chou.

—En un terreno libre de amoníaco, quizá se adapten a pesar de la atmósfera. Casi lo han logrado en las condiciones actuales.

Trabajaron como estibadores, pero sin un final a la vista. Ninguno creía que aquello acabaría funcionando y no tenían perspectivas de un futuro personal aunque sí funcionara. Pero el trabajo mataba el tiempo.

Para la siguiente estación de siembra tuvieron el suelo libre de amoníaco, pero las plantas terrícolas seguían creciendo muy débiles. Incluso pusieron cúpulas sobre varios brotes y les bombearon aire sin amoníaco. Eso ayudó un poco, aunque no lo suficiente. Ajustaron la composición química del suelo de todos los modos posibles. No obtuvieron ninguna recompensa.

Los débiles brotes produjeron diminutas bocanadas de oxígeno, pero no bastó para acabar con la atmósfera de amoníaco.

—Un esfuerzo más —dijo Sandropoulos—, uno más. Lo estamos desequilibrando, pero no logramos eliminarlo.

Las herramientas y las máquinas se mellaban y gastaban con el tiempo, y el futuro se iba estrechando. Cada vez había menos margen de maniobra.

El final llegó de un modo casi gratificante por lo repentino. No tenían un nombre para la debilidad y el vértigo. Ninguno sospechó un envenenamiento directo por amoníaco; sin embargo, se alimentaban con los cultivos de algas de lo que había sido el jardín hidropónico de la nave, y los cultivos estaban contaminados de amoníaco.

Tal vez fuese obra de algún microorganismo nativo que al fin había aprendido a alimentarse de ellos. Tal vez era un microorganismo terrícola que había sufrido una mutación en ese entorno extraño.

Así que tres de ellos murieron finalmente; por fortuna, sin dolor. Se alegraron de morir y abandonar esa pelea inútil.

—Es tonto perder así —susurró Chou.

Petersen, el único de los cinco que se mantenía en pie (por alguna razón era inmune), volvió su rostro apenado hacia el único compañero vivo.

—No te mueras —le pidió—. No me dejes solo.

Chou intentó sonreír.

—No tengo opción. Pero puedes seguirnos, viejo amigo. ¿Para qué luchar? No quedan herramientas y ya no hay modo de ganar, si es que alguna vez lo hubo.

Aun entonces Petersen combatió su desesperación concentrándose en la lucha contra la atmósfera. Pero tenía la mente fatigada y el corazón consumido, y cuando Chou murió al cabo de una hora se encontró con cuatro cadáveres.

Miró los cadáveres, recordando, evocando (pues ya estaba solo y se atrevía a sollozar) la Tierra misma, que había visto por última vez en una visita de once años antes.

Tendría que sepultar los cuerpos. Arrancaría ramas azuladas de los árboles nativos y construiría cruces. En las cruces colgaría los cascos espaciales y apoyaría al pie los tanques de oxígeno. Tanques vacíos, símbolo de la lucha perdida.

Un tonto homenaje para unos hombres que ya no estaban, y para unos futuros ojos que seguramente nunca lo verían.

Pero necesitaba hacerlo para demostrar respeto por sus amigos y por sí mismo, pues no era hombre de abandonar a sus amigos en la muerte mientras él se mantenía en pie.

Además...

¿Además? Pensó con esfuerzo durante unos momentos.

Mientras permaneciera con vida se valdría de todos sus recursos. Enterraría a sus amigos.

Los sepultó en una parcela del terreno libre de amoníaco que habían construido laboriosamente; los sepultó sin mortaja y sin ropa, los dejó desnudos en el suelo hostil para que se descompusieran lentamente originando sus propios microorganismos antes de que éstos también perecieran con la inevitable invasión de los bacterioides nativos.

Clavó las cruces, con los cascos y los cilindros de oxígeno colgados de ellas, las apuntaló con piedras y se dio media vuelta, abatido, para regresar a la nave enterrada, donde ahora vivía solo.

Trabajó día tras día y al fin también sintió los síntomas.

Se metió en el traje espacial y salió a la superficie por última vez.

Se puso de rodillas en los jardines. Las plantas terrícolas eran verdes. Habían vivido más que antes. Parecían saludables y vigorosas.

Cubrían todo el suelo y limpiaban la atmósfera, pero Petersen había agotado el último recurso que le quedaba para fertilizarlas...

De la carne putrefacta de los terrícolas surgían los nutrientes que impulsaban el esfuerzo final. De las plantas terrícolas brotaba el oxígeno que derrotaría al amoníaco y arrancaría al planeta del inexplicable nicho en que se había atascado.

Si los terrícolas regresaban alguna vez (¿cuándo, dentro de un millón de años?) encontrarían una atmósfera de nitrógeno/oxígeno y una flora limitada que evocaría extrañamente la de la Tierra.

Las cruces se pudrirían y se derrumbarían; el metal se oxidaría y se descompondría. Quizá los huesos se fosilizaran y dejaran un testimonio de lo ocurrido. Quizá alguien descubriera sus papeles, que estaban encerrados herméticamente.

Pero nada de eso importaba. Aunque nadie encontrase nada, el planeta mismo, el planeta entero sería un monumento para los cinco.

Petersen se tumbó para morir en medio de su victoria.

La clave

Karl Jennings sabía que iba a morir. Le quedaban pocas horas de vida y tenía mucho que hacer.

Sin comunicaciones era imposible escapar de esa sentencia de muerte en la Luna.

Aun en la Tierra había parajes donde, sin una radio a mano, un hombre podía llegar a morir al no contar con la ayuda del prójimo, sin el corazón del prójimo para compadecerlo, sin siquiera los ojos del prójimo para descubrir su cadáver. En la Luna, casi todos los parajes eran así.

Los terrícolas sabían que él se encontraba allí, desde luego. Jennings formaba parte de una expedición geológica; mejor dicho, de una expedición selenológica. Era extraño cómo su mente habituada a la Tierra insistía en el prefijo «geo».

Se devanó los sesos sin dejar de trabajar. Aunque estaba agonizando, aún sentía esa artificiosa lucidez. Miró en torno angustiosamente. No había nada que ver. Se hallaba en la eterna sombra del interior norte de la pared del cráter, una negrura sólo mitigada por el parpadeo intermitente de la linterna. Jennings mantenía esa intermitencia en parte porque no quería agotar la fuente energética antes de morir y en parte porque no quería arriesgarse a ser visto.

A la izquierda, hacia el sur a lo largo del cercano horizonte lunar, brillaba una blanca astilla de luz solar. Más allá del horizonte se extendía el invisible borde del cráter. El sol no se elevaba a suficiente altura como para iluminar el suelo que él pisaba. Al menos, Jennings estaba a salvo de la radiación.

Cavó metódica, pero torpemente, enfundado en el traje espacial. Le dolía espantosamente el costado.

El polvo y la roca partida no cobraban esa apariencia de «castillo de cuento de hadas», característica de las partes de la superficie lunar expuestas a la alternativa de luz y sombra, calor y frío. Allí, en el frío continuo, el lento desmoronamiento de la pared del cráter había apilado escombros finos en una masa heterogénea. No sería fácil distinguir el lugar donde estaba cavando.

Calculó mal la irregularidad de la oscura superficie y un puñado de fragmentos polvorientos se le escapó de las manos. Las partículas cayeron con lentitud lunar, pero aparentando celeridad, pues no había aire que ofreciera resistencia y las dispersara en una bruma polvorienta.

Jennings encendió la linterna un instante y apartó de un puntapié una roca escabrosa.

No tenía mucho tiempo. Cavó a mayor profundidad.

Si cavaba un poco más lograría meter el dispositivo en el hoyo y taparlo. Strauss no debía hallarlo.

¡Strauss!

El otro miembro del equipo. Socio en el descubrimiento. Socio en la fama.

Si Strauss hubiera querido quedarse sólo con la fama, Jennings quizá lo habría permitido. El descubrimiento era más importante que la fama individual. Pero Strauss quería mucho más, codiciaba algo que Jennings impediría a toda costa.

Estaba dispuesto a morir con tal de impedirlo.

Y se estaba muriendo.

La habían hallado juntos. Strauss se encontró la nave; mejor dicho, los restos de la nave; mejor aún, lo que quizá fueran los restos de algo análogo a una nave.

—Metal —dijo Strauss, recogiendo un objeto mellado y amorfo.

Sus ojos y su rostro apenas se distinguían a través del grueso cristal de plomo del visor, pero su voz áspera sonó con claridad en la radio del traje. Jennings se acercó dando botes ingrávidos desde su posición a ochocientos metros.

—¡Qué raro! —comentó—. No hay metal suelto en la Luna.

—No debería haberlo. Pero ya sabes que no se ha explorado más del uno por ciento de la superficie lunar. Quién sabe qué puede haber en ella.

Jennings asintió con la cabeza y extendió su mano enguantada para coger el objeto.

Era cierto que en la Luna podía hallarse cualquier cosa. Ésa era la primera expedición selenográfica financiada con fondos privados. Hasta entonces, sólo se habían realizado proyectos gubernamentales con diversos objetivos. Como signo del avance de la era del espacio, la Sociedad Geológica financiaba el envío de dos hombres a la Luna para que realizaran únicamente estudios selenológicos.

—Parece como si hubiera tenido una superficie pulida —observó Strauss.

—Tienes razón. Tal vez haya más.

Hallaron tres fragmentos más; dos, de tamaño ínfimo y el tercero, un objeto irregular que mostraba rastros de una unión.

—Llevémoslos a la nave.

Se subieron al pequeño deslizador para regresar a la nave madre. Una vez a bordo, se quitaron los trajes, algo que Jennings siempre hacía con satisfacción. Se rascó enérgicamente las costillas y se frotó las mejillas hasta que la tez clara se le pobló de manchas rojas.

Strauss prescindió de esas delicadezas y se puso a trabajar. El rayo láser picoteó en el metal, y el vapor se registró en el espectrógrafo. Titanio y acero esencialmente, con vestigios de cobalto y de molibdeno.

—Artificial, sin duda —determinó Strauss. Su rostro de rasgos gruesos estaba huraño y duro como siempre. No se inmutaba, aunque el corazón de Jennings palpitaba con más fuerza.

—Y sin duda esto merece fuegos artificiales —bromeó Jennings, llevado por la excitación.

Había puesto énfasis en el término «artificiales», para indicar que era un juego de palabras. Pero Strauss lo fulminó con una mirada distanciadora que cortó de raíz cualquier intento de seguir con los retruécanos.

Jennings suspiró. Nunca podía contenerse. Recordaba que en la universidad... Bien, no tenía importancia. Que Strauss conservara la calma si quería, pero ese descubrimiento merecía festejarse con el mejor retruécano del mundo.

Se preguntó si Strauss comprendería el significado de aquel hallazgo.

Sabía muy poco sobre Strauss, salvo lo de su reputación selenológica. Había leído los artículos de Strauss y suponía que él había leído los suyos. Aunque tal vez se hubieran cruzado sus caminos en la época universitaria, nunca se habían conocido hasta que ambos se presentaron como voluntarios para esa misión y fueron seleccionados.

En la semana de viaje, Jennings reparó incómodamente en la figura corpulenta de Strauss, en su cabello claro y sus ojos azules, en su modo de mover las prominentes mandíbulas cuando comía. Jennings, de físico mucho más menudo, que también tenía ojos azules y cuyo cabello era más oscuro, se amilanaba ante la arrolladora energía de Strauss.

—No está documentado que ninguna nave haya descendido en esta parte de la Luna —dijo Jennings—. Y ninguna se ha estrellado.

—Si formara parte de una nave, sería liso y lustroso. Esto está erosionado. Teniendo en cuenta que no hay atmósfera, eso significa una exposición de muchos años al bombardeo de los micrometeoros.

Strauss sí comprendía el significado del hallazgo.

—¡Este artefacto no es de creación humana! —exclamó Jennings, exultante—. Criaturas extraterrestres han visitado la Luna. Quién sabe hace cuánto tiempo.

—Quién sabe —convino Strauss.

—En el informe...

—Espera. Habrá tiempo para hacer un informe cuando tengamos algo de qué informar. Si era una nave, sin duda hallaremos algo más.

Pero no tenía sentido ponerse a buscar en ese momento. Habían trabajado durante horas, y era momento de comer y descansar. Lo mejor sería abordar la tarea frescos y consagrarle varias horas. Se pusieron de acuerdo tácitamente.

La Tierra estaba baja sobre el horizonte oriental, casi llena, brillante y estriada de azul. Jennings la contempló mientras comían y experimentó, como de costumbre, una intensa añoranza.

455

—Parece muy tranquila —comentó—, pero hay seis mil millones de personas trabajando en ella.

Strauss abandonó sus cavilaciones para replicar:

—¡Seis mil millones de personas destruyéndola!

Jennings frunció el ceño.

—No serás un ultra, ¿eh?

—¿De qué demonios estás hablando?

Jennings se sonrojó. El rubor siempre se le notaba en la tez clara, que se ponía rosada ante cualquier arrebato emocional. Le resultaba tremendamente embarazoso.

Siguió comiendo sin decir nada.

Hacía una generación que la población de la Tierra se mantenía igual. No se podía tolerar un nuevo incremento. Todos lo admitían. Incluso había quienes afirmaban que la falta de incremento era insuficiente, que sería necesario reducir la población. Jennings simpatizaba con ese punto de vista. La Tierra estaba siendo devorada por una población humana excesiva.

¿Pero cómo lograr el descenso de la población? ¿Al azar, alentando a la gente a reducir la tasa de natalidad a su aire? En los últimos tiempos se elevaba un clamor que no sólo exigía un descenso demográfico, sino un descenso selectivo: la supervivencia del más apto, para la cual quienes se consideraban a sí mismos los más aptos escogían los criterios de aptitud.

Creo que lo he insultado, pensó Jennings.

Luego, cuando estaba a punto de quedarse dormido, se le ocurrió de repente que no sabía nada sobre el carácter de Strauss. ¿Y si se proponía ponerse a buscar él solo para adjudicarse todo el mérito del...?

Abrió los ojos alarmado, pero Strauss respiraba entrecortadamente y pronto empezó a roncar.

Pasaron tres días buscando más fragmentos. Hallaron algunos. Hallaron más que eso. Hallaron una zona reluciente con la diminuta fosforescencia de las bacterias lunares. Esas bacterias eran bastante comunes, pero en ninguna parte se había descubierto una concentración tan grande como para causar un fulgor visible.

—Un ser orgánico, o sus restos, debió de estar aquí alguna vez —observó Strauss—. El ser murió, pero sus microorganismos no y, al final, lo consumieron.

—Y quizá se propagaron —añadió Jennings—. Tal vez ése sea el origen de las bacterias lunares. Quizá no sean nativas, sino el resultado de una contaminación... de hace milenios.

—También funciona en sentido contrario. Como estas bacterias son esencialmente diferentes de cualquier microorganismo terrícola, las criaturas de quienes fueron parásitas, si tal es el caso, también debían de ser esencialmente distintas. Otro indicio de una presencia extraterrestre.

El camino terminaba en la pared de un pequeño cráter.

—Es una inmensa tarea de excavación —suspiró Jennings—. Será mejor que informemos y que nos manden ayuda.

—No —dijo sombríamente Strauss—. Tal vez esa ayuda no se justifique. El cráter se pudo haber formado un millón de años después de que la nave se estrellara.

—¿Quieres decir que entonces se vaporizó todo y sólo habría quedado esto que hemos encontrado? —Strauss asintió con la cabeza y Jennings añadió—: Probemos suerte de todos modos. Podemos cavar un poco. Si trazamos una línea a través de los lugares donde hemos hallado algo y continuamos...

Strauss trabajaba con desgana, así que fue Jennings quien hizo el verdadero hallazgo. Sin duda eso contaba. Aunque Strauss hubiera hallado el primer fragmento metálico, Jennings había hallado el dispositivo.

Era un artefacto hundido un metro bajo una roca irregular que al caer había abierto una cavidad en la superficie lunar. Durante un millón de años, la cavidad había protegido el artefacto de la radiación, de los micrometeoros y de los cambios de temperatura, de modo que permanecía intacto.

Jennings lo bautizó como el Dispositivo. No se parecía a ningún instrumento que él conociera, pero ¿por qué iba a parecerse?

—No veo asperezas —dijo—. Quizá no esté roto.

—Pero quizá falten piezas.

—Quizá, pero no parece haber partes móviles. Es una pieza entera, extrañamente irregular. Es lo que necesitamos. Una pieza de metal gastado o una zona rica en bacterias sirven sólo para hacer deducciones y para mantener disputas. Pero esto es algo fantástico, un dispositivo de evidente origen extraterrestre.

—Lo habían apoyado en la mesa y ambos lo observaban muy serios—. Presentemos un informe preliminar.

—¡No! —rugió Strauss—. ¡Claro que no!

—¿Por qué no?

—Porque si lo hacemos se transformará en un proyecto de la Sociedad. Esto se llenará de intrusos y cuando terminen no seremos ni siquiera una nota a pie de página. ¡No! —Adoptó una expresión taimada—. Vamos a hacer todo lo que podamos y a sacar el mayor provecho posible antes de que lleguen esas arpías.

Jennings lo pensó. Tampoco él quería perder la fama que se merecía. Pero aun así...

—No sé si quiero correr el riesgo, Strauss. —Sintió el impulso de llamarlo por el nombre de pila, pero se contuvo—. Mira, no es correcto esperar. Si esto es de origen extraterrestre, tiene que ser de otro sistema solar. No hay sitio en este sistema solar, aparte de la Tierra, que pueda albergar una forma de vida avanzada.

—Eso no está demostrado —gruñó Strauss—. ¿Pero qué hay con ello, suponiendo que tengas razón?

—Eso significaría que las criaturas de la nave dominaban el viaje interestelar y, por lo tanto, estaban tecnológicamente más avanzadas que nosotros. Quién sabe lo que el Dispositivo puede decirnos sobre su avanzada tecnología. Quizá sea la clave de... quién sabe qué. Podría ser la clave de una increíble revolución científica.

—Devaneos románticos. Si es producto de una tecnología mucho más avanzada que la nuestra, no aprenderemos nada de ella. Resucita a Einstein y muéstrale una microprotodistorsión. No sabría cómo interpretarla.

—No tenemos la certeza de que no aprenderemos nada.

—Aun así, ¿qué? ¿Qué tiene de malo una pequeña demora? ¿Qué tiene de malo asegurarnos el mérito? ¿Qué tiene de malo asegurarnos una participación, que no nos dejen excluidos?

—Pero, Strauss... —Jennings se sintió conmovido casi hasta las lágrimas en su afán de comunicar la importancia que él atribuía al Dispositivo—. Imagínate que nos estrelláramos con él. Imagínate que no lográramos regresar a la Tierra. No podemos poner en peligro esta cosa. —La acarició, casi como si estuviera enamorado de ella—. Deberíamos informar sobre ella y pedir que envíen naves para buscarla. Es demasiado preciosa para...

En medio de tanta intensidad emocional, el Dispositivo pareció entibiarse bajo su mano. Una parte de la superficie, semioculta por un reborde de metal, emitió un fulgor fosforescente.

Jennings apartó la mano con un gesto espasmódico y el Dispositivo se oscureció. Pero era suficiente; el momento había sido infinitamente revelador.

—Fue como si se abriera una ventana en tu cráneo —jadeó Jennings—. Pude ver tu mente.

—Yo leí la tuya, o la experimenté, o entré en ella, o lo que sea.

Tocó el dispositivo con actitud fría y distante, pero no ocurrió nada.

—Eres un ultra —lo acusó Jennings—. Cuando toqué esto... —Lo tocó de nuevo—. Vuelve a ocurrir. Lo veo. ¿Estás loco? ¿De veras crees que es humanamente aceptable condenar a casi toda la raza humana a la extinción y destruir la versatilidad y la variedad de la especie?

De nuevo apartó la mano, asqueado por las revelaciones, y de nuevo el Dispositivo se oscureció. Una vez más, Strauss lo tocó con reservas y no ocurrió nada.

—No empecemos a discutir, por amor de Dios —dijo Strauss—. Esto es un aparato de comunicación, un amplificador telepático. ¿Por qué no? Las células cerebrales tienen potencial eléctrico. El pensamiento puede considerarse un campo ondulatorio electromagnético de microintensidades...

Jennings se apartó. No quería hablar con Strauss.

—Pasaremos un informe de inmediato. Me importa un bledo la fama. Puedes quedarte con ella. Yo sólo quiero que esto esté fuera de nuestras manos.

Por un instante, Strauss permaneció tenso. Luego, se relajó.

—Es más que un comunicador. Responde a la emoción y la amplifica.

—¿De qué estás hablando?

—Ha funcionado dos veces cuando lo tocaste ahora, aunque lo estuviste manipulando todo el día sin efecto visible. Y no reacciona cuando yo lo toco.

—¿Y bien?

—Se activó cuando estabas en un estado de alta tensión emocional. Supongo que eso es lo que requiere para reaccionar. Y cuando desvariabas sobre los ultras hace un instante, me sentí igual que tú por un momento.

—Te sentiste como debías.

—Escúchame, ¿estás seguro de tener razón? Cualquier hombre pensante sabe que la Tierra estaría mejor con una población de mil millones que con seis mil millones. Si usáramos la automatización al máximo, algo que ahora las masas nos impiden, podríamos tener una Tierra totalmente eficaz y viable con una población de sólo cinco millones, por ejemplo. Escúchame, Jennings. No te vayas, hombre. —Suavizó el tono de su voz, en un esfuerzo por conquistarlo con argumentos razonables—: Pero no podemos reducir la población democráticamente, ya lo sabes. No se trata del impulso sexual, pues los dispositivos intrauterinos resolvieron hace tiempo el control de la natalidad. Es una cuestión de nacionalismo. Cada grupo étnico quiere que los demás sean los primeros en reducir su población, y yo estoy de acuerdo con ellos. Quiero que mi grupo étnico, nuestro grupo étnico, prevalezca. Quiero que la Tierra la herede una élite, lo cual significa hombres como nosotros. Somos los seres humanos verdaderos, y esa horda de simios que nos contiene nos está destruyendo a todos. De cualquier forma, están condenados; ¿por qué no salvarnos nosotros?

—No —rechazó con firmeza Jennings—. Ningún grupo tiene el monopolio de la humanidad. Tus cinco millones de reflejos idénticos, atrapados en una humanidad privada de variedad y versatilidad, se morirían de aburrimiento, y se lo habrían ganado a pulso.

—Sensiblerías, Jennings. Tú no lo crees. Nuestros tontos humanitaristas te han enseñado a creerlo. Mira, este artefacto es justo lo que necesitamos. Aunque no podamos construir otros ni comprender cómo funcionan, éste sería sufiente. Si pudiéramos controlar o guiar la mente de ciertos hombres, poco a poco impondríamos nuestro punto de vista en el mundo. Ya tenemos una organización. Lo sabes si has visto mi mente. Está mejor motivada y estructurada que cualquier otra organización de la Tierra. A diario nos vienen los mejores cerebros de la humanidad, ¿por qué no tú? Este instrumento es una clave, pero no sólo para obtener más conocimiento; es una clave para la solución final de los problemas humanos. ¡Únete a nosotros!

Había hablado con un apasionamiento que Jennings le desconocía. Apoyó la mano en el Dispositivo, que parpadeó un par de segundos y se apagó.

Jennings sonrió sin humor. Entendía lo ocurrido. Strauss había intentado agudizar su intensidad emocional para activar el Dispositivo y había fallado.

—No puedes activarlo —le dijo—. Eres un superhombre, un maestro del autodominio, y no puedes dejarte llevar, ¿verdad?

Cogió con manos trémulas el Dispositivo, que se encendió de inmediato.

—Entonces, actívalo tú. Gana renombre por salvar a la humanidad.

—Jamás —replicó Jennings, sofocado por la emoción—. Pasaré el informe ahora.

—No. —Strauss tomó un cuchillo de la mesa—. Tiene punta y filo suficientes.

—Un comentario incisivo —observó Jennings, consciente de su retruécano a pesar de la tensión del momento—. Entiendo tus planes. Con el Dispositivo puedes convencer a cualquiera de que nunca existí. Puedes lograr una victoria ultra.

Strauss movió varias veces la cabeza en sentido afirmativo.

—Me lees la mente a la perfección.

—Pero no lo lograrás —susurró Jennings—. No, mientras yo tenga esto.

Lo inmovilizó con su voluntad. Strauss se movió desmañadamente y se detuvo. Empuñaba el cuchillo con firmeza y le temblaba el brazo, pero no podía hacerlo avanzar. Ambos sudaban profusamente.

—No puedes... mantenerlo así... todo el día —se esforzó Strauss, hablando entre dientes.

Jennings lo percibía con claridad, pero no contaba con palabras para describirlo. Era como retener a un animal escurridizo y de enorme fuerza, un animal que no cesaba de contorsionarse. Tenía que concentrarse en esa sensación de inmovilidad.

No estaba familiarizado con el Dispositivo. No sabía utilizarlo hábilmente. Era como pedirle a alguien que nunca hubiera visto una espada que la empuñara con la destreza de un mosquetero.

—Exacto —dijo Strauss, siguiéndole los pensamientos, y avanzó un paso con esfuerzo.

Jennings sabía que no podría oponer resistencia a la firme determinación de Strauss. Ambos lo sabían. Pero estaba el deslizador. Debía irse de allí con el Dispositivo.

Sólo que Jennings no tenía secretos. Strauss le vio el pensamiento y procuró interponerse entre él y el deslizador.

Jennings redobló sus esfuerzos. No inmovilidad, sino inconsciencia. Duerme, Strauss, pensó desesperadamente. ¡Duerme!

Strauss cayó de rodillas, apretando con fuerza los párpados.

Con el corazón desbocado, Jennings corrió hacia delante. Si pudiera golpearlo con algo, arrebatarle el cuchillo...

Y como sus pensamientos habían dejado de concentrarse en el sueño Strauss lo agarró por un tobillo y tiró de él con brusquedad.

Y no lo dudó un momento. En cuanto Jennings cayó al suelo, subió y bajó la mano que empuñaba el cuchillo. Jennings sintió un dolor agudo, y una llamarada de miedo y desesperación le invadió la mente.

Ese arrebato emocional elevó el parpadeo del Dispositivo a un fogonazo. Strauss aflojó la mano y Jennings lanzó unos incoherentes y silenciosos gritos de temor y rabia con la mente.

Strauss se derrumbó, con el rostro demudado.

Jennings se levantó con esfuerzo y retrocedió. No se atrevía a hacer nada, salvo concentrarse en mantener la inconsciencia del otro. Todo intento de acción violenta le restaría fuerza mental, lo privaría de una vacilante y torpe fuerza mental que no podría dedicar a un uso efectivo.

Fue hacia el deslizador. A bordo habría un traje, y vendajes...

El deslizador no estaba pensado para viajes largos, y tampoco Jennings resistiría un viaje largo. Tenía el flanco derecho empapado de sangre a pesar de los vendajes. El interior del traje estaba endurecido por la sangre seca.

No había señales de la nave, pero sin duda llegaría tarde o temprano. Tenía mayor potencia y detectores que captarían la nube de la concentración de cargas que dejaban los reactores iónicos del deslizador.

Había intentado comunicarse por radio con Estación Luna, pero aún no llegaba respuesta y Jennings optó por callar. Las señales sólo harían que Strauss lo localizara.

Podía tratar de llegar a Estación Luna, pero no creía que pudiera lograrlo. Strauss lo detectaría antes. O moriría y se estrellaría antes. No llegaría. Tendría que ocultar el Dispositivo, ponerlo a buen recaudo y, luego, enfilar hacia Estación Luna.

El Dispositivo...

No estaba seguro de tener razón. Podía acabar con la raza humana, pero era infinitamente valioso. ¿Debía destruirlo del todo? Era el único vestigio de una vida inteligente no humana. Albergaba los secretos de una tecnología avanzada, se trataba del instrumento de una ciencia mental avanzada. A pesar del peligro, había que tener en cuenta el valor, el valor potencial...

No, debía ocultarlo para que alguien lo hallara de nuevo, pero sólo los moderados del Gobierno. Nunca los ultras.

El deslizador descendió por el borde norte del cráter. Jennings lo conocía y podía sepultar el Dispositivo allí. Si luego no lograba llegar a Estación Luna, tendría que alejarse del escondrijo para no delatarlo con su presencia. Y debería dejar alguna clave de su paradero.

Le pareció que pensaba con increíble lucidez. ¿Era la influencia del Dispositivo? ¿Estimulaba su pensamiento y lo guiaba hacia el mensaje perfecto? ¿O era la alucinación insensata de un moribundo? No lo sabía, pero no tenía otra opción. Debía intentarlo.

Pues Karl Jennings sabía que iba a morir. Le quedaban pocas horas de vida y tenía mucho que hacer.

H. Seton Davenport, de la División Estadounidense del Departamento Terrícola de Investigaciones, se frotó con aire ausente la cicatriz de la mejilla izquierda.

—Sé que los ultras son peligrosos, señor.

El jefe de división, M.T. Ashley, miró a Davenport con los ojos entrecerrados. El gesto de sus mejillas enjutas denotaba su desaprobación. Como había jurado una vez más que dejaría de fumar, buscó a tientas una goma de mascar, la desenvolvió, la estrujó y se la metió en la boca. Se estaba volviendo viejo y malhumorado, y su bigote corto y gris raspaba cuando se lo frotaba con los nudillos.

—No sabe hasta qué punto son peligrosos, y me pregunto si alguien lo sabe. Son pocos, pero gozan de influencia entre los poderosos, que están muy dispuestos a considerarse la élite. Nadie sabe con certeza quiénes ni cuántos son.

—¿Ni siquiera el Departamento?

—El Departamento está atado de manos. Más aún, ni siquiera nosotros estamos libres de esa mancha. ¿Lo está usted?

Davenport frunció el ceño.

—Yo no soy ultra.

—No he dicho que lo fuera. Le pregunto que si está libre de esa mancha. ¿Ha pensado en lo sucedido en la Tierra en los dos últimos siglos? ¿Nunca ha pensado que una moderada disminución demográfica sería algo positivo? ¿Nunca ha pensado que sería maravilloso liberarse de los poco inteligentes, de los incapaces, de los insensibles y dejar el resto? Porque yo lo he pensado, qué diablos.

—Sí, me acuso de haberlo pensado alguna vez. Pero una cosa es expresar un deseo y otra muy distinta planificar un proyecto práctico de acción hitleriana.

—El deseo no está tan lejos del acto como usted cree. Convénzase de que el objetivo tiene importancia, de que el peligro es bastante grande, y los medios se volverán cada vez menos objetables. De cualquier modo, ahora que ha terminado ese asunto de Estambul, le pondré al corriente de esto. Lo de Estambul no fue nada en comparación. ¿Conoce al agente Ferrant?

—¿El que desapareció? No personalmente.

—Bien, pues hace dos meses se localizó una nave abandonada en la superficie lunar. Realizaba una investigación selenográfica, financiada con fondos privados. La Sociedad Geológica Rusoamericana, que patrocinaba el vuelo, informó de que la nave no se había comunicado. Una búsqueda de rutina la localizó sin mayores inconvenientes, a una razonable distancia del lugar desde donde transmitió su último informe. La nave no estaba dañada, pero el deslizador había desaparecido, junto con uno de los tripulantes, Karl Jennings. El otro hombre, James Strauss, estaba vivo, pero deliraba. No mostraba lesiones físicas, pero estaba loco de remate. Todavía lo está, y eso es importante.

—¿Por qué? —preguntó Davenport.

—Porque el equipo médico que lo examinó halló anomalías neuroquímicas y neuroeléctricas sin precedentes. Nunca han visto un caso semejante. Nada humano pudo provocarlo.

Una sonrisa fugaz cruzó el rostro grave de Davenport.

—¿Sospecha usted de invasores extraterrestres?

—Quizá —contestó el otro, sin sonreír en absoluto—. Pero permítame continuar. Una búsqueda rutinaria por las cercanías de la nave no reveló indicios del deslizador. Luego, Estación Luna comunicó que había recibido señales débiles de origen incierto. Supuestamente procedían de la margen occidental de Mare Imbrium, pero no estaban seguros de que fueran de origen humano y no creían que hubiera naves en las cercanías. Ignoraron las señales. Pensando en el deslizador, sin embargo, la partida de búsqueda se dirigió hacia Imbrium y lo localizó. Jennings estaba a bordo, muerto. Una puñalada en el costado. Es sorprendente que lograra sobrevivir tanto tiempo. Mientras tanto, los médicos estaban cada vez más desconcertados por los delirios de Strauss. Se pusieron en contacto con el Departamento y nuestros dos agentes lunares llegaron a la nave. Uno de ellos era Ferrant. Estudió las grabaciones de esos delirios. No tenía sentido hacerle preguntas, pues no había modo, ni lo hay, de comunicarse con Strauss. Existe una alta muralla entre el universo y él, y tal vez sea para siempre. Sin embargo, sus delirios, a pesar de las redundancias y las incoherencias, pueden tener cierto sentido. Ferrant lo ordenó todo, como un rompecabezas. Al parecer, Strauss y Jennings hallaron un objeto que consideraron antiguo y no humano, un artefacto de una nave que se estrelló hace milenios. Parece ser que podía alterar la mente humana.

—¿Y alteró la mente de Strauss? ¿Es eso?

—Exacto. Strauss era un ultra (podemos decir «era» porque está vivo sólo técnicamente) y Jennings no quiso entregarle el objeto. Y por buenas razones. En sus delirios, Strauss habló de usarlo para provocar el autoexterminio, como él lo llamó, de los indeseables. Quería conseguir una población final e ideal de cinco millones. Hubo una lucha, en la cual Jennings, aparentemente, se valió de ese artefacto, pero Strauss tenía un cuchillo. Cuando Jennings se marchó iba herido, y la mente de Strauss estaba destruida.

—¿Y dónde está el objeto?

—El agente Ferrant actuó con decisión. Registró de nuevo la nave y sus inmediaciones. No había rastros de nada que no fuera una formación lunar natural o un evidente producto de la tecnología humana. No encontró nada que pudiera ser el artefacto. Luego, investigó el deslizador y sus inmediaciones. Nada.

—¿No pudieron los miembros del primer equipo de investigación, que no sospechaban nada, haberse llevado algo?

—Juraron que no, y no hay razones para sospechar que mintieran. Posteriormente, el compañero de Ferrant...

—¿Quién era?

—Gorbansky.

—Lo conozco. Hemos trabajado juntos.

—En efecto. ¿Qué piensa de él?

—Es honesto y capaz.

—De acuerdo. Gorbansky encontró algo. No un artefacto extraterrestre, sino algo humano y de lo más corriente. Era una tarjeta blanca común, con una inscripción, insertada en el dedo medio del guante derecho. Supuestamente, Jennings la escribió antes de su muerte, así que, supuestamente, representaba la clave del escondrijo.

—¿Hay razones para pensar que lo escondió?

—Ya he dicho que no lo encontramos en ninguna parte.

—Pero pudo haberlo destruido, pensando que era peligroso dejarlo intacto.

—Es muy dudoso. Si aceptamos la conversación que hemos reconstruido a partir de los delirios de Strauss, y Ferrant logró una reconstrucción que parece ser casi literal, Jennings pensaba que ese artefacto era de importancia decisiva para la humanidad. Lo denominó la «clave de una increíble revolución científica». No destruiría algo así. Simplemente lo ocultaría de los ultras y trataría de informar de su paradero al Gobierno. De lo contrario, ¿por qué iba a dejar una clave del paradero?

Davenport sacudió la cabeza.

—Está usted en un círculo vicioso, señor. Dice que dejó una clave porque usted cree que hay un objeto oculto, y cree que hay un objeto oculto porque dejó una clave.

—Lo admito. Todo es dudoso. ¿Los delirios de Strauss significan algo? ¿La reconstrucción de Ferrant es válida? ¿La pista de Jennings es realmente una pista? ¿Existe un artefacto, ese Dispositivo, como lo llamaba Jennings? No tiene sentido hacerse preguntas. Ahora debemos actuar sobre el supuesto de que el Dispositivo existe y hay que encontrarlo.

—¿Porque Ferrant ha desaparecido?

—Exacto.

—¿Secuestrado por los ultras?

—En absoluto. La tarjeta desapareció con él.

—Oh..., entiendo.

—Hace tiempo que sospechamos que Ferrant es un ultra encubierto. Y no es el único sospechoso dentro del Departamento. Las pruebas no bastaban para actuar abiertamente; no podemos basarnos en meras sospechas, porque pondríamos el Departamento patas arriba. Ferrant estaba bajo vigilancia.

—¿Por parte de quién?

—De Gorbansky. Afortunadamente Gorbansky había filmado la tarjeta y envió la reproducción al cuartel general terrícola, admitiendo que la consideraba sólo un objeto curioso y la adjuntaba al informe por mero afán de cumplir con la rutina habitual. Ferrant, el más inteligente de los dos, me parece a mí, entendió de qué se trataba y actuó en consecuencia. Lo hizo a un alto precio, pues se ha delatado y destruye así su futura utilidad para los ultras; pero es posible que esa futura utilidad no sea necesaria. Si los ultras controlan el Dispositivo...

—Tal vez Ferrant ya lo tenga.

—Recuerde que se encontraba bajo vigilancia. Gorbansky jura que el Dispositivo no estaba en ninguna parte.

—Gorbansky no fue capaz de impedir que Ferrant se marchara con la tarjeta. Tal vez tampoco logró evitar que localizara el Dispositivo.

Ashley tamborileó sobre el escritorio, con un ritmo inquieto y desigual.

—Prefiero no pensar eso. Si encontramos a Ferrant, podremos averiguar cuánto daño ha causado; hasta entonces, debemos buscar el Dispositivo. Si Jennings lo ocultó, seguramente intentó alejarse del escondrijo, pues de lo contrario ¿por qué iba a dejar una pista? No debe de estar en las cercanías.

—Tal vez no vivió el tiempo suficiente para alejarse.

Ashley volvió a tamborilear.

—El deslizador mostraba indicios de haber emprendido un vuelo largo y acelerado y de haber acabado estrellándose. Eso concuerda con la idea de que Jennings procuraba alejarse todo lo posible del escondrijo.

—¿Se sabe de qué dirección venía?

—Sí, pero no nos sirve de mucho. Por lo que indican las toberas laterales, estuvo efectuando deliberadamente virajes y cambios de dirección.

Davenport suspiró.

—Supongo que tendrá una copia de la tarjeta.

—En efecto. Aquí está.

Le entregó un duplicado. Davenport lo estudió unos instantes. Era así:

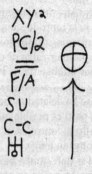

468

—No le veo ningún significado a esto —comentó Davenport.

—Tampoco yo se lo veía al principio, y tampoco vieron nada las primeras personas con las que consulté. Pero piense un poco. Jennings debía de creer que Strauss lo perseguía; tal vez no supiera que había quedado fuera de combate para siempre. Además, temía que algún ultra lo encontrara antes que un moderado. No se atrevía a dejar una pista demasiado clara. —El jefe de división dio unos golpecitos con el dedo sobre la copia de la tarjeta—. Esto debe de representar una clave de difícil comprensión en apariencia, pero lo suficientemente clara para alguien dotado de ingenio.

—¿Podemos estar seguros de eso? —preguntó Davenport, escéptico—. A fin de cuentas, era un hombre moribundo que se sentía atemorizado, y tal vez estaba sometido al influjo de ese objeto. Puede ser que no pensara de un modo lúcido y ni siquiera humano. Por ejemplo, ¿por qué no intentó llegar a la Estación Luna? Terminó a casi media circunferencia de distancia. ¿Estaba demasiado alterado para pensar claramente? ¿Demasiado paranoico para confiar siquiera en la Estación? Sin embargo, trató de comunicarse, pues la Estación captó las señales. Lo que quiero decir es que esta tarjeta, que no parece tener sentido, en efecto no tiene sentido.

Ashley meneó de lado a lado la cabeza solemnemente, como si fuera una campana.

—Estaba atemorizado, sí. Y supongo que no disponía de la presencia de ánimo suficiente para llegar a la Estación Lunar. Sólo quería correr y escapar. Aun así, esto tiene algún sentido. Todo encaja demasiado bien. Cada anotación tiene un sentido, y también el conjunto.

—¿Cuál es ese sentido?

—Notará usted que hay siete puntos en el lado izquierdo y dos en el derecho. Veamos primero el lado izquierdo. El tercero parece un signo de igual. ¿Un signo de igual significa algo para usted, algo en particular?

—Una ecuación algebraica.

—Eso es general. ¿Algo en particular?

—No.

—Supongamos que lo consideramos un par de líneas paralelas.

—¿El quinto postulado de Euclides? —aventuró Davenport.

—¡Bien! En la Luna hay un cráter llamado Euclides, en homenaje al matemático griego.

Davenport asintió con la cabeza.

—Ahora veo por dónde va usted. En cuanto a F/A, eso es fuerza dividida por aceleración, la definición de la masa en la segunda ley del movimiento de Newton...

—Sí, y en la Luna también hay un cráter llamando Newton.

—Sí, pero aguarde. La anotación inferior es el símbolo astronómico del planeta Urano y no hay ningún cráter ni ningún otro objeto lunar que se llame Urano.

—Tiene usted razón. Pero Urano fue descubierto por William Herschel y la H que forma parte del símbolo astronómico es la inicial de su nombre. Y ocurre que en la Luna hay un cráter llamado Herschel; tres, en realidad, pues uno es por Caroline Herschel, hermana del astrónomo, y otro por John Herschel, su hijo.

Davenport reflexionó un momento y dijo:

—PC/2. Presión por la mitad de la velocidad de la luz. No conozco esa ecuación.

—Pruebe con cráteres. Pruebe con la P de Ptolomeo y con la C de Copérnico.

—¿Y buscar un punto intermedio? ¿Eso podría significar un punto a medio camino entre Ptolomeo y Copérnico?

—Me defrauda usted, Davenport —ironizó Ashley—. Pensé que conocía mejor la historia de la astronomía. Ptolomeo planteaba una imagen geocéntrica del sistema solar, con la Tierra en el centro, mientras que Copérnico presentaba una imagen heliocéntrica, con el Sol en el centro. Un astrónomo buscó una solución intermedia, a medio camino entre Ptolomeo y Copérnico...

—¡Tycho Brahe!

—Correcto. Y el cráter Tycho es el rasgo más conspicuo de la superficie lunar.

—De acuerdo. Veamos el resto. C-C es un modo corriente de indicar un tipo común de enlace químico. Enlace se dice *bond* en inglés, y creo que hay un cráter llamado Bond.

—Sí, en honor del astrónomo americano W.C. Bond.

—Y la primera anotación, XY^2... XYY, una equis y dos íes griegas... ¡Ya está! Alfonso X. Era el astrónomo español medieval Alfonso el Sabio*. El cráter Alphonsus.

—Muy bien. ¿Qué es SU?

—Eso me desconcierta, señor.

—Le daré una teoría. Significa «Soviet Union». Unión Soviética era el antiguo nombre de la Región Rusa. La Unión Soviética fue el primer país que confeccionó un mapa del otro lado de la Luna, y quizás allí haya un cráter. Tsiolkovsky, por ejemplo. Como ve, cada símbolo de la izquierda parece representar un cráter: Alphonsus, Tycho, Euclides, Newton, Tsiolkovsky, Bond, Herschel.

—¿Y los símbolos de la derecha?

—Eso está absolutamente claro. El círculo dividido en cuatro es el símbolo astronómico de la Tierra. La flecha que lo señala indica que la Tierra debe estar directamente encima.

—¡Ah! —exclamó Davenport—. ¡El Sinus Medii, la Bahía Media, sobre cuyo cenit está perpetuamente la Tierra! No es un cráter, así que está en el lado derecho, al margen de los demás símbolos.

—Exactamente. Se puede atribuir un sentido a todas las anotaciones, de modo que es muy probable que esto no sea algo sin sentido y que procure indicarnos algo. ¿Pero qué? Hasta ahora tenemos siete cráteres y otro lugar. ¿Qué significa? Es de suponer que el Dispositivo puede estar en un solo lugar.

—Bien. Un cráter puede ser un sitio enorme. Aunque supongamos que él usó el lado de la sombra, para evitar la radiación solar, puede haber muchísimos kilómetros que examinar en cada caso. Imaginemos que la flecha que señalaba el símbolo de la Tierra define el cráter donde ocultó el Dispositivo, el lugar desde donde la Tierra puede ser vista más cerca del cenit.

—Hemos pensado en ello. Delimita una zona e identifica siete cráteres, la extremidad meridional de los que están al nor-

---

* La pronunciación del plural de la letra Y es similar a la pronunciación de *wise* («sabio»). *(N. del T.)*

te del ecuador lunar y la extremidad septentrional de los que están al sur. Pero ¿cuál de los siete?

Davenport frunció el ceño. Hasta el momento no se le había ocurrido nada que no se le hubiese ocurrido antes a alguien.

—¡Regístrelos todos! —exclamó.

Ashley se rió con desgana.

—No hemos hecho otra cosa en las últimas semanas.

—¿Y qué han encontrado?

—Nada. No hemos encontrado nada. Pero seguimos buscando.

—Es evidente que interpretamos mal uno de los símbolos.

—¡Obviamente!

—Usted mismo dijo que había tres cráteres llamados Herschel. El símbolo SU, si significa Unión Soviética y, por lo tanto, la otra cara de la Luna, puede representar cualquier cráter del otro lado. Lomonosov, Jules Verne, Joliot-Curie, cualquiera. Más aún, el símbolo de la Tierra podría representar el cráter Atlas, a quien se representa sosteniendo la Tierra, en algunas versiones del mito. La flecha podría representar la Muralla Recta.

—Sin duda, Davenport. Pero aunque lleguemos a la interpretación correcta del símbolo correcto ¿cómo la distinguimos de las interpretaciones erróneas, o de las interpretaciones correctas de los símbolos erróneos? En esta tarjeta tiene que haber algo que nos brinde un dato tan claro que podamos distinguir la clave real de todas las claves falsas. Hemos fracasado y necesitamos una mente nueva, Davenport. ¿Usted qué ve aquí?

—Le diré lo que podríamos hacer —masculló Davenport—. Podemos consultar a alguien que yo... ¡Oh, cielos!

Ashley procuró dominar su entusiasmo.

—¿Qué ve?

Davenport notó que le temblaba la mano. Confió en que no le temblaran los labios.

—Dígame, ¿ha investigado el pasado de Jennings?

—Por supuesto.

—¿Dónde estudió?

—En la Universidad del Este.

Davenport sintió un arrebato de alegría, pero se contuvo. Eso no era suficiente.

—¿Siguió un curso de extraterrología?

—Claro que sí. Eso es lo normal para conseguir el título de geología.

—Pues bien, ¿sabe usted quién enseña extraterrología en la Universidad del Este?

Ashley chascó los dedos.

—¡Ese excéntrico! ¿Cómo se llama...? Wendell Urth.

—Exacto, un excéntrico que es un hombre brillante a su manera; un excéntrico que ha actuado como asesor para el Departamento en varias ocasiones y siempre ha resuelto los problemas; un excéntrico al que yo iba a sugerir que consultáramos y resulta que la propia tarjeta nos está diciendo que lo hagamos. Una flecha que señala el símbolo de la Tierra. Un retruécano que podría significar «Id a Urth»*, escrito por un hombre que fue alumno de Urth y seguramente le conocía.

Ashley miró la tarjeta.

—Vaya, es posible. ¿Pero qué podría decirnos Urth que no veamos nosotros?

Davenport respondió, con una paciencia cortés:

—Sugiero que se lo preguntemos, señor.

Ashley miró en torno con curiosidad y medio asustado. Tenía la sensación de hallarse en una exótica tienda de curiosidades, oscura y peligrosa, y de que en cualquier momento podría atacarlo un demonio chillón.

La iluminación era escasa y abundaban las sombras. Las paredes parecían distantes y estaban revestidas de librofilmes, desde el suelo hasta el techo. En un rincón había una lente galáctica tridimensional y, detrás de ella, mapas estelares que apenas se vislumbraban. En otro rincón se veía un mapa de la Luna, aunque quizá fuera un mapa de Marte.

Sólo el escritorio del centro se hallaba bien iluminado por una lámpara de rayos finos. Estaba atiborrado de papeles y libros impresos. Había un pequeño proyector con película, y

---

* Urth se pronuncia igual que *Earth* («Tierra»). *(N. del T.)*

un anticuado reloj esférico producía un zumbido suavemente alegre.

Costaba recordar que era por la tarde y que en el exterior el sol dominaba en el cielo. En ese lugar reinaba una noche eterna. No se veían ventanas, y la clara presencia del aire acondicionado no le evitaba a Ashley cierta sensación de claustrofobia.

Se acercó más a Davenport, quien parecía insensible a lo desagradable de aquella situación.

—Llegará en seguida, señor —murmuró Davenport.

—¿Siempre es así?

—Siempre. Nunca sale de aquí, por lo que yo sé, excepto para atravesar el campus y dictar sus clases.

—¡Caballeros, caballeros! —se oyó una aguda voz de tenor—. Me alegra mucho verles. Son ustedes muy amables al visitarme.

Un hombrecillo rechoncho salió de otra habitación, abandonando las sombras y emergiendo a la luz.

Les sonrió, ajustándose sus gafas gruesas y redondas. Cuando apartó los dedos, las gafas quedaron precariamente suspendidas en la redonda punta de su pequeña nariz.

—Soy Wendell Urth —se presentó.

La barba puntiaguda y gris en la regordeta barbilla no contribuía a realzar la escasa dignidad del rostro risueño y del rechoncho torso elipsoide.

—¡Caballeros! Son muy amables al visitarme —repitió, tras dejarse caer en una silla, de la que sus piernas quedaron colgando, con las puntas de los zapatos a dos o tres centímetros del suelo—. Tal vez el señor Davenport recuerde que para mí es importante permanecer aquí. No me agrada viajar, excepto a pie, y con dar un paseo por el campus tengo suficiente.

Ashley lo miró desconcertado, de pie, y a su vez Urth lo observó con creciente desconcierto. Sacó un pañuelo y se limpió las gafas, se las volvió a poner y dijo:

—Ah, ya sé cuál es el problema. Necesitan sillas. Sí. Bien, pues cójanlas. Si hay cosas encima, quítenlas. Quítenlas. Siéntense, por favor.

Davenport quitó los libros de una silla y los dejó cuidadosamente en el suelo. Empujó la silla hacia Ashley y levantó un cráneo humano de otra silla y lo dejó aún con más cuidado sobre el escritorio de Urth. La mandíbula, que no estaba sujeta con firmeza, se entreabrió durante el traslado y quedó torcida.

—No importa —dijo afablemente Urth—, no se estropeará. Cuéntenme a qué han venido, caballeros.

Davenport aguardó un instante a que hablara Ashley, pero tomó con gusto la iniciativa al ver que su jefe guardaba silencio.

—Profesor Urth, ¿recuerda a un alumno llamado Jennings, Karl Jennings?

Urth dejó de sonreír mientras se esforzaba por recordar. Sus ojillos saltones parpadearon.

—No —respondió finalmente—. No en este momento.

—Se graduó en Geología. Estudió extraterrología con usted hace algunos años. Aquí tengo su fotografía, por si le sirve de ayuda.

Urth estudio la fotografía con miope concentración, pero seguía dudando. Davenport continuó:

—Dejó un mensaje críptico, que constituye la clave de un asunto de gran importancia. Hasta ahora no logramos interpretarlo satisfactoriamente, pero sí hemos deducido algo, y es que nos indica que acudamos a usted.

—¿De veras? ¡Qué interesante! ¿Con qué propósito deben acudir a mí?

—Supuestamente, para que nos ayude a interpretar el mensaje.

—¿Puedo verlo?

Ashley le pasó el papel a Wendell Urth. El extraterrólogo lo miró sin fijarse mucho, le dio la vuelta y se quedó un momento contemplando el dorso en blanco.

—¿Dónde dice que acudan a mí?

Ashley se quedó sorprendido, pero Davenport se apresuró a intervenir:

—La flecha que apunta al símbolo de la Tierra. Parece claro.

—Parece claro que es una flecha que apunta al símbolo del planeta Tierra. Supongo que podría significar literalmente «id a la Tierra», si esto se hubiese encontrado en otro mundo.

—Se encontró en la Luna, profesor Urth, y podría significar eso. Sin embargo, la referencia a usted nos pareció evidente, una vez que averiguamos que Jennings había sido alumno suyo.

—¿Siguió un curso de extraterrología en esta universidad?

—En efecto.

—¿En qué año, señor Davenport?

—En el 18.

—Ah. El acertijo está resuelto.

—¿Se refiere al significado del mensaje? —preguntó Davenport.

—No, no. El mensaje no significa nada para mí. Me refiero al acertijo de por qué no me acordaba de él, pero lo recuerdo ahora. Era un sujeto muy discreto, ansioso, tímido y modesto; una persona nada fácil de recordar. —Golpeó el mensaje con el dedo—. Sin esto, nunca me hubiera acordado.

—¿Por qué la tarjeta cambia las cosas? —quiso saber Davenport.

—La referencia a mí es un retruécano entre mi apellido y el nombre del planeta Tierra. Es poco sutil, pero así era Jennings. Le encantaban los juegos de palabras. Lo único que recuerdo de él son sus intentos de crear retruécanos. A mí me encantan, pero los de Jennings eran muy malos. O vergonzosamente obvios, como en este caso. Carecía de talento para los retruécanos, pero le gustaban tanto...

—Todo el mensaje es una especie de retruécano, profesor —interrumpió Ashley—. Al menos, eso es lo que creemos, y concuerda con lo que dice usted.

—¡Ah! —Urth se ajustó las gafas y miró nuevamente la tarjeta y los símbolos. Frunció sus carnosos labios y dijo jovialmente—: Pues no lo entiendo.

—En ese caso... —dijo Ashley, cerrando las manos.

—Pero si ustedes me explican de qué se trata —continuó Urth—, quizá signifique algo.

—¿Puedo contárselo, señor? —preguntó Davenport—. Creo que este hombre es digno de confianza y... podría ayudarnos.

—Adelante —masculló Ashley—. A estas alturas, ¿qué podemos perder?

Davenport resumió la historia con frases precisas y telegráficas, mientras Urth escuchaba moviendo sus dedos rechonchos sobre el escritorio blanco, como si barriera invisibles cenizas de tabaco. Al final de la narración, alzó las piernas y las cruzó, como un afable Buda.

Cuando Davenport hubo terminado, Urth reflexionó un momento.

—¿Tienen una transcripción de la conversación reconstruida por Ferrant?

—La tenemos —asintió Davenport—. ¿Quiere verla?

—Por favor.

Urth colocó la tira de microfilme en un visor y la examinó deprisa, moviendo los labios. Luego, señaló la reproducción del mensaje críptico.

—¿Y ustedes dicen que ésta es la clave del asunto, la pista crucial?

—Eso creemos, profesor.

—Pero no es el original, sino una reproducción.

—En efecto.

—El original desapareció con ese hombre, Ferrant, y ustedes creen que está en manos de los ultras.

—Posiblemente.

Urth sacudió la cabeza con aire preocupado.

—Es de sobra conocido que no simpatizo con los ultras. Los combatiría por todos los medios, así que no deseo que parezca que me echo atrás; pero... ¿cómo saber con certeza que existe ese objeto que altera las mentes? Sólo tenemos los delirios de un psicópata y dudosas deducciones a partir de la copia de un misterioso conjunto de signos que quizá no signifiquen nada.

—Sí, profesor, pero no podemos correr riesgos.

—¿Qué certeza hay de que esta copia sea exacta? ¿Y si en el original hay algo que aquí falta, algo que clarifica el mensaje, algo sin lo cual el mensaje resulta indescifrable?

—Estamos seguros de que la copia es exacta.

—¿Qué me dicen del reverso? No hay nada en el dorso de esta copia. ¿Qué me dicen del reverso del original?

—El agente que hizo la copia nos informó de que la otra cara estaba en blanco.

—Los hombres pueden cometer errores.

—No tenemos razones para pensar que se equivocó y debemos partir del supuesto de que no se equivocó. Al menos, mientras no recobremos el original.

—Entonces, ¿toda interpretación de este mensaje se debe hacer a partir de lo que vemos aquí?

—Eso creemos. Estamos casi seguros —respondió Davenport, con creciente abatimiento.

Urth aún parecía preocupado.

—¿Por qué no dejar el objeto donde está? Si ningún grupo lo encuentra, tanto mejor. Desapruebo cualquier método de jugar con la mente y no me gustaría contribuir a posibilitarlo.

Davenport acalló con un ademán a Ashley, al darse cuenta de que éste iba a hablar, y dijo:

—Debo aclararle, profesor Urth, que el Dispositivo tiene otros aspectos. Supongamos que una expedición extraterrestre viajara a un planeta distante y primitivo y dejara allí una radio antigua, y supongamos que los nativos de ese lugar hubieran descubierto la corriente eléctrica, pero no el tubo de vacío. La población podría entonces descubrir que, cuando se conecta la radio a una corriente, ciertos objetos de vidrio de la radio se calientan y brillan, pero, como es lógico, no recibirían sonidos inteligibles, sino, en el mejor de los casos, únicamente zumbidos y chisporroteos. Sin embargo, si dejaran caer la radio enchufada en una bañera, la persona que estuviera en la bañera se electrocutaría. ¿La gente de ese planeta hipotético debería llegar a la conclusión de que el objeto que estudian sólo sirve para matar?

—Entiendo la analogía —admitió Urth—. Usted piensa que esa capacidad para alterar las mentes es sólo una función accesoria del Dispositivo.

—Estoy seguro de ello. Si fuéramos capaces de deducir su verdadera finalidad, la tecnología terrícola podría dar un salto de siglos.

—Es decir que usted está de acuerdo con lo que dijo Jennings... —Consultó el microfilme—. «Quizá sea la clave de... quién sabe qué. Podría ser la clave de una increíble revolución científica.»

—Exacto.

—No obstante, altera las mentes y es infinitamente peligroso. Sea cual sea la finalidad de la radio, lo cierto es que electrocuta.

—Por eso no podemos permitir que los ultras se hagan con ello.

—¿Y el Gobierno?

—Debo señalar que la cautela tiene un límite razonable. Recuerde que la raza humana siempre ha coqueteado con el peligro, desde el primer cuchillo de pedernal de la Edad de Piedra; y, antes de eso, el primer garrote de madera también podía matar. Se podían usar para someter a hombres más débiles a la voluntad de los más fuertes, lo cual también es una forma de alterar las mentes. Lo que cuenta, profesor, no es el Dispositivo mismo, por peligroso que sea en lo abstracto, sino las intenciones de quien lo utiliza. Los ultras han manifestado su intención de exterminar a más del noventa y nueve por ciento de la humanidad. El Gobierno, sean cuales fueren los derechos de los hombres que lo integran, no tiene esa intención.

—¿Y qué intención tiene el Gobierno?

—Un estudio científico del Dispositivo. Incluso esa capacidad para alterar la mente puede producir grandes beneficios. Usado con lucidez, podría enseñarnos algo sobre el fundamento físico de las funciones mentales. Podríamos aprender a corregir trastornos mentales o a curar a los ultras. La humanidad podría aprender a desarrollar una mayor inteligencia.

—¿Por qué voy a creer que semejante idealismo se llevará a la práctica?

—Yo sí lo creo. Pero piénselo de este otro modo. Si nos ayuda, usted se arriesga a enfrentarse a un posible desvío hacia el mal por parte del Gobierno; pero, si no lo hace, se arriesga a enfrentarse al propósito indudablemente maligno de los ultras.

Urth asintió con la cabeza, pensativo.

—Quizá tenga razón. Aun así, debo pedirle un favor. Tengo una sobrina que siente un gran afecto por mí. Siempre está contrariada porque me niego terminantemente a incurrir en la locura de viajar. Afirma que no se dará por satisfecha hasta que algún día la acompañe a Europa, a Carolina del Norte o a cualquier otro lugar absurdo...

Ashley se inclinó hacia delante, desechando el gesto de Davenport.

—Profesor Urth, si usted nos ayuda a hallar el Dispositivo, y si éste funciona, le aseguro que le ayudaremos a liberarse de su fobia hacia los viajes, para que pueda ir con su sobrina a donde desee.

Urth abrió los ojos de par en par y miró salvajemente a su alrededor, como si estuviera acorralado.

—¡No! ¡No! ¡Jamás! —Bajó la voz y susurró roncamente—: Les explicaré la naturaleza de mis honorarios. Si los ayudo, si ustedes recobran el Dispositivo y aprenden a usarlo, si mi ayuda es conocida por el público, mi sobrina arremeterá contra el Gobierno como una furia. Es una mujer tozuda y chillona, que recaudará dinero y organizará manifestaciones. Nada la detendrá. Y, sin embargo, no deben ceder ante ella. ¡Jamás! Deben ustedes resistir todas las presiones. Quiero que me dejen en paz, como estoy ahora. Eso es lo único que pido como retribución.

Ashley se sonrojó.

—Sí, por supuesto, si así lo desea.

—¿Cuento con su palabra?

—Cuenta con mi palabra.

—Recuérdelo, por favor. También confío en usted, señor Davenport.

—Será como usted desee —lo tranquilizó Davenport—. Y supongo que ahora nos dará la interpretación de las anotaciones.

—¿Las anotaciones? —preguntó Urth, concentrando la atención en la tarjeta—. ¿Se refiere a estas marcas, XY^2 y demás?

—Sí. ¿Qué significan?

—No lo sé. Sus interpretaciones valen tanto como cualquier otra.

Ashely estalló:

—¿Quiere decir que toda esa cháchara sobre su presunta ayuda no llevaba a nada? ¿A qué vienen tantos rodeos?

Wendell Urth parecía confundido e intimidado.

—Me gustaría ayudarles.

—Pero no sabe qué significan las anotaciones.

—No..., no... Pero sé qué significa el mensaje.

—¿Lo sabe? —gritó Davenport.

—Desde luego. El significado es transparente. Lo sospeché mientras usted me contaba la historia. Y estuve seguro una vez que leí la reconstrucción de las conversaciones entre Strauss y Jennings. Ustedes también lo comprenderían, caballeros, con sólo que se detuvieran a pensar.

—¡Oiga! —se impacientó Ashley—. ¡Usted ha dicho que no sabe qué significan las anotaciones!

—Y no lo sé. Sólo sé qué significa el mensaje.

—¿Qué es el mensaje si no está en las anotaciones? ¿Es el papel, por amor de Dios?

—Sí, en cierto sentido.

—¿Tinta invisible o algo parecido?

—¡No! ¿Por qué les cuesta tanto entenderlo, cuando están a punto?

Davenport se inclinó hacia Ashley.

—Señor, déjeme esto a mí, por favor.

Ashley resopló.

—Adelante.

—Profesor —dijo Davenport—, ¿quiere ofrecernos su análisis?

—¡Ah! Bien, de acuerdo. —El menudo extraterrólogo se recostó en la silla y se enjugó la frente húmeda con la manga—. Veamos el mensaje. Si ustedes aceptan que el círculo dividido en cuatro y la flecha los dirigen hacia mí, eso nos deja siete anotaciones. Si éstas se refieren a siete cráteres, por lo menos seis de ellos deben de estar destinados a distraer la atención, pues el Dispositivo sólo puede estar en un lugar. No contenía piezas móviles ni separables; era de una sola pieza. Además, ninguna de esas anotaciones está clara. SU podría significar cualquier sitio del otro lado de la Luna, que es una superficie del tamaño de Suramérica. PC/2 puede significar Tycho, como dice el señor Ashley, o «a medio camino entre Ptolomeo y Copérnico», como pensó el señor Davenport, o « a medio camino entre Platón y Cassini». XY^2 podría significar Alphonsus, que es una interpretación muy ingeniosa; pero podría también referirse a un sistema de coordenadas donde la coordenada Y fuera el cuadrado de la coordenada X. Análogamente, C-C podría significar Bond o «a medio camino entre Cassini y Copérnico». F/A podría significar «Newton» o «a medio camino entre Fabricius y Arquímedes». En síntesis, significan tanto que no significan nada. Aunque una de ellas significara algo, no se la podría escoger entre las demás, así que lo más sensato es suponer que son pistas falsas. Es necesario, pues, determinar qué parte del mensaje carece de ambigüedades y está perfectamente clara. La respuesta sólo puede ser que se trata de un mensaje, que es una pista para llegar a un escondrijo. Es la única certeza que tenemos, ¿no es así?

Davenport asintió con la cabeza.

—Al menos, creemos estar seguros de ello.

—Bien. Ustedes han dicho que este mensaje es la clave de todo el asunto. Han actuado como si fuera la pista decisiva. Jennings mismo se refirió al Dispositivo como una clave. Si combinamos esta visión seria del asunto con la afición de Jennings por los retruécanos, una afición que quizás agudizó el Dispositivo... Les contaré una historia.

»En la segunda mitad del siglo dieciséis, había un jesuita alemán que vivía en Roma. Era un matemático y astrónomo de renombre y ayudó al papa Gregorio XIII a reformar el calendario en 1582, efectuando los enormes cálculos requeridos. Este astrónomo admiraba a Copérnico, pero no aceptaba la versión heliocéntrica del sistema solar. Se aferraba a la vieja creencia de que la Tierra era el centro del universo.

»En 1650, casi cuarenta años después de la muerte de este matemático, otro jesuita, el astrónomo italiano Giovanni Battista Riccioli, trazó un mapa de la Luna. Denominó los cráteres con nombres de astrónomos del pasado y, como él también rechazaba a Copérnico, escogió los cráteres mayores y más espectaculares para aquellos que situaban la Tierra en el centro del universo: Ptolomeo, Hiparco, Alfonso X, Tycho Brahe. Reservó el cráter de mayor tamaño que pudo hallar para su predecesor, el jesuita alemán.

»Este cráter es sólo el segundo en tamaño visible desde la Tierra. El mayor es Bailly, que está en el borde de la Luna y resulta difícil de ver desde la Tierra. Riccioli lo ignoró, y su denominación proviene de un astrónomo que vivió un siglo después y murió guillotinado durante la Revolución Francesa.

Ashley lo escuchaba con impaciencia.

—¿Pero qué tiene que ver esto con el mensaje?

—Pues todo —contestó Urth, sorprendido—. ¿No dijeron ustedes que este mensaje era la clave de todo el asunto? ¿No es la pista decisiva?

—Sí, desde luego.

—¿Hay alguna duda de que nos enfrentamos a algo que es la clave de otra cosa?

—Pues no —respondió Ashley.

—Bien... El nombre del jesuita alemán de que hablaba es Christoph Klau. ¿Ven ustedes el retruécano? Klau es clave.

La desilusión aflojó el cuerpo de Ashley.

—Eso es muy rebuscado —masculló.

—Profesor Urth —dijo ansiosamente Davenport—, no hay ningún lugar de la Luna llamado Klau.

—Claro que no. De eso se trata. En aquella época de la historia, la segunda mitad del siglo dieciséis, los eruditos europeos latinizaban sus nombres. Eso ocurrió con Klau. En vez de la «u» alemana, usó la letra latina equivalente, la «v». Luego, añadió el «ius» habitual en los nombres latinos y Christoph Klau pasó a ser Christopher Clavius, y supongo que ustedes recuerdan ese cráter gigante que llamamos Clavius.

—Pero... —comenzó Davenport.

—Sin peros. Sólo señalaré que la palabra latina *clavis* significa clave. ¿Ven ahora ese retruécano doble y bilingüe? Klau, Clavis, clave. En toda su vida, Jennings jamás habría logrado un retruécano doble y bilingüe sin el Dispositivo. Entonces pudo hacerlo, y sospecho que tuvo una muerte triunfal, dadas las circunstancias. Y les dijo que acudieran a mí porque sabía que yo recordaría su afición por los retruécanos y porque sabía que a mí también me gustaban. —Los dos hombres del Departamento lo miraban con los ojos desorbitados—. Sugiero que registren el borde de Clavius, en ese punto donde la Tierra está más cerca del cenit.

Ashley se levantó.

—¿Dónde está su videoteléfono?

—En la habitación contigua.

Ashley salió disparado. Davenport se quedó con el profesor.

—¿Está seguro? —le preguntó.

—Totalmente. Pero aunque me equivoque sospecho que no importa.

—¿Qué es lo que no importa?

—Que lo encuentren o no. Pues si los ultras hallan el Dispositivo dudo que sean capaces de usarlo.

—¿Por qué lo dice?

—Ustedes me preguntaron que si Jennings había sido alumno mío, pero no me preguntaron por Strauss, que también era geólogo. Fue alumno mío un año después de Jennings. Lo recuerdo bien.

—¿Sí?

—Un hombre desagradable, muy frío. La característica distintiva de los ultras. Son gélidos, muy rígidos, muy seguros de sí mismos. No pueden sentirse identificados con nadie, ya que, en ese caso, no hablarían de matar a miles de millones de seres humanos. Sus únicas emociones son glaciales y egoístas, sentimientos que no pueden franquear la distancia entre dos seres humanos.

—Creo que lo entiendo.

—Claro que lo entiende. La conversación reconstruida a partir de los delirios de Strauss nos mostró que no podía manipular el Dispositivo. Carecía de intensidad emocional, o de las emociones necesarias. Sospecho que lo mismo ocurre con todos los ultras. Jennings, que no era un ultra, podía manipularlo. Cualquiera que pudiera usar el Dispositivo sería incapaz de ser cruel a sangre fría. Podría atacar por miedo, como Jennings atacó a Strauss, pero no por mero cálculo, como Strauss atacó a Jennings. Para expresarlo de una manera trillada, creo que el Dispositivo se puede activar mediante el amor, pero no mediante el odio; y los ultras se caracterizan por odiar.

Davenport asintió con la cabeza.

—Espero que tenga razon. Pero, entonces..., ¿por qué recela tanto del Gobierno, si piensa que esos hombres no podrían manipular el Dispositivo?

Urth se encogió de hombros.

—Quería asegurarme de que ustedes podían racionalizar sin vacilaciones y ser persuasivos ante una argumentación inesperada. A fin de cuentas, quizá tengan que vérselas con mi sobrina.

La bola de billar

James Priss —supongo que debería decir el *profesor* James Priss, aunque todos sabrán a quién me refiero incluso si no menciono el título— siempre hablaba despacio.

Lo sé. Lo entrevisté varias veces. Tenía la mente más brillante conocida desde Einstein, pero no funcionaba deprisa. Él mismo admitía que era lento. Quizá su mente no funcionaba deprisa precisamente por ser tan brillante.

Articulaba una frase, reflexionaba, añadía algo más. Aun en asuntos triviales, su mente gigantesca se demoraba en la incertidumbre, agregando un toque aquí y otro allá.

Le imagino preguntándose si el sol despuntaría a la mañana siguiente. ¿Qué significa «despuntar»? ¿Podemos estar seguros de que habrá un mañana? ¿La palabra «sol» no reviste ninguna ambigüedad?

Añádase a este modo de hablar un semblante blando y pálido, sin más expresión que un titubeo general, un cabello gris y ralo peinado impecablemente, trajes invariablemente conservadores, y tendremos el retrato del profesor James Priss: una persona retraída carente de magnetismo.

Por eso, nadie en el mundo, excepto yo, podía sospechar que fuera un asesino. Y ni siquiera yo estoy seguro. A fin de cuentas, él pensaba despacio; siempre pensaba despacio. ¿Es concebible que en un momento crucial haya logrado actuar deprisa y sin dilación?

No importa. Aunque sea un asesino, se salió con la suya. Es demasiado tarde para invertir la situación y yo no lo conseguiría aunque me decidiera a permitir que esto se publicara.

Edward Bloom fue compañero de estudios de Priss, y luego las circunstancias los acercaron durante una generación. Tenían la misma edad y ambos amaban la vida de soltero, pero eran opuestos en todo lo demás.

Bloom era ostentoso, pintoresco, alto, corpulento, locuaz, atrevido y lleno de aplomo. Su mente apresaba lo esencial con la rapidez de un impacto meteórico. No era un teórico como Priss; Bloom no tenía esa paciencia ni esa capacidad de intensa concentración en un punto abstracto. Lo admitía; se jactaba de ello.

Pero tenía una habilidad inquietante para aplicar una teoría, para ver el modo de utilizarla. En el frío bloque de mármol de una estructura abstracta veía sin dificultad el intrincado diseño de un dispositivo maravilloso. El bloque se rajaba con su contacto, y quedaba libre el dispositivo.

Es bien conocido, y no se exagera demasiado, que Bloom no podía construir nada que no funcionara o que no fuera patentable o que no resultara rentable. A los cuarenta y cinco años era uno de los hombres más ricos de la Tierra.

Y si algo congeniaba con las aptitudes de Bloom el técnico era el pensamiento de Priss el teórico. Los mejores aparatos de Bloom estaban construidos a partir de las más grandes ideas de Priss, y a medida que Bloom ganaba fama y riqueza Priss obtenía un respeto monumental entre sus colegas.

Era de esperar, pues, que cuando Priss formuló su teoría del doble campo, Bloom se pusiera de inmediato a construir el primer dispositivo práctico antigravedad.

Mi trabajo consistía en hallar un interés humano en la teoría del doble campo para los suscriptores de *Telenoticias*, y eso se consigue tratando con seres humanos y no con ideas abstractas. Como mi entrevistado era el profesor Priss, no parecía una tarea fácil.

Naturalmente, le preguntaría sobre las posibilidades de la antigravedad, que interesaba a todos, y no sobre la teoría del doble campo, algo que nadie comprendía.

—¿La antigravedad? —Priss apretó sus labios pálidos y reflexionó—. No sé si es posible, si alguna vez podrá serlo. No he resuelto el asunto a mi entera satisfacción. No sé si las ecuaciones de doble campo tendrían una solución finita, lo cual sería necesario; por supuesto, si...

Y se enredó en un análisis oscuro. Yo lo estimulé:

—Bloom dice que es posible construir ese aparato.

Priss movió la cabeza en sentido afirmativo.

—Sí, pero quién sabe. Ed Bloom ha demostrado poseer un asombroso don para ver lo que no es evidente. Tiene una mente insólita, y que con toda seguridad le ha hecho ganar una fortuna.

Nos encontrábamos sentados en la casa de Priss. Clase media de la más normal. No pude evitar echar una ojeada aquí y allá. Priss no tenía una fortuna.

No creo que me adivinara el pensamiento. Me vio mirar. Y supongo que eran sus propios pensamientos.

—La riqueza no es la recompensa habitual para el científico puro. Ni siquiera es una recompensa muy deseable —comentó.

Es posible, pensé. Priss tenía su propia recompensa. Era la tercera persona de la historia que había ganado dos premios Nobel, y el primero en ganar los dos en el campo de las ciencias, y ambos sin compartir. Nadie se quejaría de eso. Y aunque no era rico tampoco era pobre.

Pero no parecía satisfecho. Tal vez no estuviera molesto con la riqueza de Bloom, sino con su fama; Bloom era una celebridad dondequiera que iba, mientras que Priss, fuera de las convenciones científicas y de los clubes de profesores, era un personaje anónimo.

No sé si esto se me veía en los ojos o en el entrecejo fruncido, el caso es que Priss continuó:

—Pero somos amigos. Jugamos al billar un par de veces por semana. Normalmente le gano.

(Nunca publiqué esa declaración. La cotejé con Bloom, quien la negó con otra larga declaración que comenzaba con una interjección y se volvía cada vez más personal. Lo cierto es que ninguno de ellos era un novato en el billar. Yo les vi jugar una vez, después de estas declaraciones, y ambos empuñaban el taco con aplomo profesional. Más aún, los dos jugaban con saña, y las partidas no parecían amistosas.)

—¿Le importaría predecir si Bloom logrará construir un dispositivo antigravedad? —pregunté.

—¿Quiere decir que si estoy dispuesto a comprometer mi palabra? Mmmm. Bien, veamos, joven. ¿Qué queremos decir con antigravedad? Nuestra concepción de la gravedad se basa en la teoría general de la relatividad de Einstein, que ya tiene un siglo y medio, pero que, dentro de sus límites, permanece firme. Podemos describirla...

Escuché cortésmente. No era la primera vez que le oía perorar sobre el tema, pero si quería sonsacarle algo —lo cual no era seguro— tendría que dejar que se explayara a gusto.

—Podemos describirla imaginando el universo como una lámina de caucho irrompible, plana, delgada y superflexible. Si describimos la masa como algo asociado con el peso, como ocurre en la superficie de la Tierra, esperaríamos que una masa, apoyada sobre la lámina de caucho, dejara una hendidura. A mayor masa, más profunda la hendidura.

»En el universo real existen toda clase de masas, así que debemos imaginar nuestra lámina de caucho como acribillada de hendiduras. Cualquier objeto que rodara por la lámina seguiría esas hendiduras, virando y cambiando de rumbo. Estos virajes y cambios de rumbo, de hecho, nos demuestran la existencia de una fuerza de gravedad. Si el objeto móvil se acerca al centro de la hendidura y se mueve despacio, queda atrapado y gira en torno de la hendidura. En ausencia de fricción, mantiene ese movimiento para siempre. En otras palabras, Albert Einstein interpretó como una distorsión geométrica lo que Newton interpretaba como una fuerza.

Hizo una pausa. Había hablado con bastante soltura —para ser él— porque estaba diciendo algo que había dicho muchas veces. Pero luego empezó a vacilar.

—Al tratar de producir la antigravedad, pues, tratamos de alterar la geometría del universo. Si continuamos con nuestra metáfora, tratamos de alisar esa lámina de caucho llena de hendiduras. Es como ponerse debajo de una masa y levantarla, sosteniéndola para impedir que se abra una hendidura. Si aplanamos de ese modo la lámina de caucho, creamos un universo (o, al menos, una porción de universo) donde la gravedad no existe. Un cuerpo rodante pasaría por esa masa que no produce hendiduras sin alterar su rumbo, y podríamos interpretar que esto significa que la masa no ejerce fuerza gravitatoria. Para lograr esta hazaña, sin embargo, necesitamos una masa equivalente a la masa que produce la hendidura. Para producir antigravedad en la Tierra de esta manera, tendríamos que utilizar una masa equivalente a la terrestre y ponerla encima de nosotros, como quien dice.

—Pero su teoría del doble campo... —interrumpí.

—Exacto. La relatividad general no explica el campo gravitatorio y el campo electromagnético en un solo conjunto de ecuaciones. Einstein se pasó media vida buscando ese conjunto, una teoría de campo unificado, y fracasó. Todos los que siguieron a Einstein también fracasaron. Yo partí, en cambio, del supuesto de que había dos campos que no se podían unificar y seguí las consecuencias, y la metáfora de la «lámina de caucho» me permitirá explicar una parte.

Ahora llegábamos a algo que yo no había oído antes.

—¿Cómo es eso? —pregunté.

—Supongamos que, en vez de tratar de levantar la masa que provoca la hendidura, procuramos endurecer la lámina, hacerla menos vulnerable a las hendiduras. Se contraería, al menos en una pequeña superficie, y se aplanaría. La gravedad se debilitaría y también la masa, pues ambas son esencialmente el mismo fenómeno en ese universo con hendiduras. Si lográramos que la lámina de caucho fuera totalmente plana, la gravedad y la masa desaparecerían.

»En las condiciones apropiadas, el campo electromagnético contrarrestaría el campo gravitatorio y serviría para endurecer la urdimbre del universo. El campo electromagnético es mucho más fuerte que el gravitatorio, así que el primero podría superar al segundo.

—Pero usted dice «en las condiciones apropiadas». ¿Se pueden lograr esas condiciones apropiadas de que usted habla, profesor?

—Pues no lo sé —contestó pensativamente Priss—. Si el universo fuera una lámina de caucho, su rigidez tendría que alcanzar un valor infinito antes de poder permanecer totalmente plano bajo una masa capaz de producir una hendidura. Si eso también ocurre en el universo real, se requeriría un campo electromagnético de intensidad infinita, lo cual significaría que la antigravedad sería imposible.

—Pero Bloom dice...

—Sí, supongo que Bloom cree que bastará con un campo finito, si se puede aplicar apropiadamente. Aun así, por ingenioso que sea Bloom —añadió Priss, sonriendo apenas—, no debemos considerar que es infalible. Su comprensión de la teoría es bastante endeble. No..., bueno, nunca llegó a sacarse el título universitario, ¿lo sabía?

Estuve a punto de decirle que lo sabía. Todo el mundo lo sabía. Pero había cierta avidez en la voz de Priss y noté que le brillaban los ojos, como si le deleitara difundir esa noticia. Así que asentí con la cabeza como si me interesara el dato para una futura referencia.

—Entonces, diría usted que Bloom está equivocado y que la antigravedad es imposible.

Priss asintió.

—El campo gravitatorio se puede generar, por supuesto; pero si por antigravedad nos referimos a un campo de gravedad cero, sin ninguna gravedad en un significativo volumen de espacio, entonces sospecho que la antigravedad puede resultar imposible, a pesar de Bloom.

Así que en cierto modo obtuve lo que quería.

No pude ver a Bloom durante tres meses, y cuando lo encontré estaba de mal humor.

Se había enfadado nada más publicarse las declaraciones de Priss. Proclamó que Priss sería invitado a la exhibición del dispositivo antigravedad en cuanto estuviera construido, e incluso se le pediría que participara en la demostración. Un periodista —no yo, lamentablemente— lo abordó en un momento libre y le pidió que se explayara.

—Con el tiempo tendré ese dispositivo, tal vez pronto. Y usted podrá asistir. Cualquier periodista podrá asistir. Y también podrá asistir el profesor James Priss. Puede representar a la ciencia teórica y, una vez que yo haya demostrado la antigravedad, adaptar su teoría para explicarla. Estoy seguro de que sabrá adaptarla de forma magistral y señalar con exactitud por qué no era posible que yo fracasara. Podría hacerlo ahora y ahorrar tiempo, pero supongo que no lo hará.

Lo dijo todo con mucha educación, pero se le notaba refunfuñar por debajo del rápido fluir de las palabras.

No obstante, siguió jugando al billar con Priss, y cuando ambos se reunían se comportaban con absoluto decoro. Los progresos de Bloom eran fáciles de evaluar a la luz de sus respectivas actitudes ante la prensa. Bloom se mostraba cada vez más cortante, mientras que Priss manifestaba un creciente buen humor.

Cuando Bloom me concedió una entrevista después de mi enésima solicitud, me pregunté si eso significaba el final de su búsqueda. Me hice un poco la ilusión de que iba a anunciarme a mí su triunfo definitivo.

Pero no fue así. Nos reunimos en el despacho de su empresa, al norte del Estado de Nueva York. Se encontraba en un entorno maravilloso, alejado de las zonas pobladas, con bellos jardines que abarcaban tanto terreno como un vasto establecimiento industrial. Edison en su cúspide, dos siglos atrás, jamás había tenido un éxito tan arrollador como Bloom.

Pero Bloom no estaba de buen talante. Llegó con diez minutos de retraso y pasó junto al escritorio de la secretaria saludándome con un brusco movimiento de cabeza. Llevaba una chaqueta de laboratorio sin abotonar.

Se desplomó en la silla y dijo:

—Lamento haberle hecho esperar, pero no disponía de tanto tiempo como esperaba.

Bloom era un actor nato y sabía que no le convenía estar a mal con la prensa, aunque era evidente que en ese momento le costaba ceñirse a ese principio.

Hice la conjetura obvia:

—Me han dado a entender que sus pruebas recientes no han tenido éxito.

—¿Quién le dijo eso?

—Yo diría que es de conocimiento público, señor Bloom.

—No, no lo es. No diga eso, joven. No hay ningún conocimiento público sobre lo que sucede en mis laboratorios y talleres. Usted repite las opiniones del profesor, ¿verdad? Me refiero a Priss.

—No, yo no...

—Claro que sí. ¿No es usted quien dio a conocer esa declaración de que la antigravedad es imposible?

—Él no lo dijo tan categóricamente.

—Él nunca dice nada categóricamente, pero fue una declaración bastante categórica para ser de Priss, aunque no tanto como dejaré este maldito universo de caucho cuando haya terminado con mi proyecto.

—¿Eso significa que está realizando progresos, señor Bloom?

—Usted sabe que sí —rezongó—. O debería saberlo. ¿No asistió a la demostración de la semana pasada?

—Sí, asistí.

Juzgué que Bloom estaba en apuros, de lo contrario no mencionaría esa demostración. Funcionó pero no era una maravilla. Entre los dos polos de un imán se generó una zona de gravedad reducida.

Se realizó con mucha astucia. Se utilizó un equilibrio de efecto Mösbauer para sondear el espacio que había entre ambos polos. Para quien no haya visto nunca un equilibrio de efecto Mösbauer en acción, éste consiste en un haz monocromático de rayos gamma disparados a lo largo del campo de baja gravedad. Los rayos gamma cambian ligera, pero mensurablemente de longitud de onda bajo la influencia del campo gravitatorio y, si algo altera la intensidad del campo, el cambio de longitud de onda varía de forma correspondiente. Es un método delicadísimo para sondear un campo gravitatorio y funcionó como por arte de magia. Era indudable que Bloom había reducido la gravedad.

El problema estaba en que otros lo habían conseguido antes. Bloom utilizó circuitos que facilitaban el logro de ese efecto —su sistema era ingenioso, como de costumbre, y estaba debidamente patentado— y sostenía que mediante ese método la antigravedad dejaría de ser una curiosidad científica para convertirse en un recurso práctico con aplicación industrial.

Quizá. Pero era una tarea inconclusa y, por lo general, él no armaba ninguna bulla por algo que estaba inconcluso. No lo habría hecho esta vez si no hubiera contado con algo real.

—Entiendo que en esa demostración preliminar usted alcanzó 0,8 g, menos de lo que se logró en Brasil la primavera pasada —señalé.

—¿De veras? Bien, calcule la energía utilizada en Brasil y la de aquí, y luego dígame la diferencia de reducción de gravedad por kilovatio-hora. Quedará sorprendido.

—Pero lo importante es si usted puede lograr la gravedad cero. Es lo que el profesor Priss considera imposible. Todos convienen en que reducir la intensidad del campo no es una gran hazaña.

Bloom apretó los puños. Tuve la sensación de que un experimento decisivo había fallado ese día y él estaba fuera de sí. Bloom odiaba que el universo le pusiera obstáculos.

—Los teóricos me enferman —murmuró en un tono bajo y controlado como si se hubiera cansado de no decirlo y hubiese decidido hablar sin pelos en la lengua—. Priss ha ganado dos premios Nobel por manejar unas cuantas ecuaciones, pero ¿qué ha hecho con ellas? ¡Nada! Yo hice algo con ellas y pienso hacer más, le guste o no a Priss. La gente me recordará a mí. Yo me llevaré los laureles. Él se puede quedar con su maldito título y sus premios y la aprobación de los eruditos. Escuche, le diré qué es lo que le fastidia a Priss. Simple envidia. Lo saca de quicio que yo reciba todo lo que recibo por hacer cosas. Él quiere recibir lo mismo por pensarlas. Se lo dije una vez... Jugamos juntos al billar, ya sabe...

Fue entonces cuando yo cité lo que me dijo Priss sobre el billar y Bloom me dio su réplica. Nunca he publicado ninguna de las dos. Eran trivialidades.

—Jugamos al billar —me contó Bloom, cuando se hubo calmado— y le he ganado bastantes partidas. Nos llevamos bastante bien. Qué diablos, somos compañeros de universidad y todo eso..., aunque nunca sabré cómo terminó la carrera. Le fue bien en física, por supuesto, y en matemáticas; pero yo creo que sólo por compasión le aprobaron las asignaturas de humanidades.

—Usted no obtuvo su título, ¿verdad, señor Bloom?

Lo dije por pura malicia. Estaba disfrutando de su reacción.

—Abandoné para dedicarme a los negocios, maldita sea. Mi media académica, durante los tres años que asistí, fue una nota excelente. No se imagine cosas raras, ¿entiende? Demonios, cuando Priss obtuvo su doctorado, yo me encontraba reuniendo mi segundo millón. —Y continuó, evidentemente irritado—: Sea como fuere, estábamos jugando al billar y le dije: «Jim, la gente común nunca entenderá por qué te llevas el premio Nobel cuando soy yo quien obtiene los resultados. ¿Para qué necesitas dos? ¡Dame uno!». Pasó la tiza por el taco y dijo, en ese tono soso suyo: «Tú tienes dos mil millones, Ed. Dame mil». Como usted ve, lo que quiere es dinero.

—¿Y a usted no le molesta que él se lleve los honores?

Por un segundo pensé que me echaría con cajas destempladas, pero no fue así. Se rió y agitó la mano como si estuviera borrando una pizarra invisible.

—Bah, olvídelo. Todo esto es extraoficial. Escuche, ¿quiere una declaración? De acuerdo. Las cosas no han ido bien hoy y yo estaba de mal humor, pero todo se solucionará. Creo saber dónde está el fallo. Y, si me equivoco, ya lo averiguaré. Puede decir que yo sostengo que no necesitamos intensidad electromagnética infinita; aplanaremos esa lámina de caucho; obtendremos la gravedad cero. Y cuando la obtengamos haré la demostración más contundente que se haya visto, en exclusiva para la prensa y para Priss, y usted queda invitado. Y puede decir también que no falta mucho. ¿De acuerdo?

¡De acuerdo!

Después de aquello tuve la oportunidad de verlos a los dos un par de veces más. Incluso los vi juntos cuando asistí a una de sus partidas de billar. Como dije antes, ambos jugaban bien.

Pero la invitación a la demostración no vino tan pronto. Llegó once meses después de las declaraciones de Bloom. Aunque quizás era injusto esperar un trabajo más rápido.

Recibí una invitación con letras grabadas en la que me aseguraban que primero habría un cóctel. Bloom nunca hacía las cosas a medias, y deseaba contar con un grupo de periodistas complacidos y satisfechos. También asistiría la televisión tridimensional. Bloom se sentía muy confiado, eso estaba claro; tan confiado como para querer introducir su demostración en cada sala de estar del planeta.

Llamé al profesor Priss para cerciorarme de que también estaba invitado. Lo estaba.

—¿Piensa asistir, profesor?

Hubo una pausa. En la pantalla, el semblante del profesor era un monumento a la desgana.

—Una demostración de este tipo es algo muy inapropiado cuando se trata de una cuestión científica seria. No me gusta alentar estas cosas. —Temí que pretendiera escabullirse, pues el dramatismo de la situación se resentiría muchísimo si él no estaba presente. Pero quizá decidió que no podía acobardarse delante del mundo entero y añadió con evidente disgusto—: Por supuesto, Ed Bloom no es un verdadero científico y necesita exhibirse. Estaré allí.

—¿Cree usted que el señor Bloom puede generar gravedad cero, profesor?

—Bueno... El señor Bloom me envió una copia del diseño de su aparato y... no estoy seguro. Tal vez pueda hacerlo..., él..., él dice que puede hacerlo. —Hizo otra larga pausa—. Desde luego..., creo que me gustaría verlo.

También a mí, y a muchos otros.

La puesta en escena era impecable. Se despejó por completo una planta entera del principal edificio de la empresa, el edificio de la colina. Tal como se había prometido, había cócteles y entremeses, música suave y luces tenues, y un elegante y jovial Edward Bloom oficiando de anfitrión perfecto mientras camareros corteses y silenciosos llevaban y traían cosas. Todo era afabilidad y maravillosa camaradería.

James Priss no llegaba, y noté que Bloom escrutaba la multitud con impaciencia. Pero al fin llegó, llevando consigo su sosería, una insipidez que no se veía afectada por el bullicio y el esplendor (yo no hallaba mejor palabra para describirlo, aunque quizá sólo fuera el destello en mi interior de los dos martinis que me había bebido) que colmaba la sala.

Bloom lo vio y adoptó una expresión radiante. Cruzó el salón a grandes pasos, tomó de la mano a Priss y lo arrastró a la barra.

—¡Jim! ¡Me alegra verte! ¿Qué quieres beber? Demonios, habría interrumpido todo si no hubieras venido. No se puede hacer esto sin la estrella. —Estrechó la mano de Priss—. A fin de cuentas, es tu teoría. Nada podemos hacer los pobres mortales sin los pocos, los poquísimos escogidos que nos señalan el rumbo.

Prodigaba elogios con efusividad, ya que podía darse el lujo. Estaba engordando a Priss antes de sacrificarlo.

Priss intentó rechazar la copa con un murmullo, pero le pusieron un vaso en la mano y Bloom elevó la voz:

—¡Caballeros! Un momento de silencio, por favor. Por el profesor Priss, la mente más ilustre desde Einstein, dos veces premio Nobel, padre de la teoría del doble campo e inspirador de la demostración que estamos a punto de ver..., aunque él no creía que funcionara y tuvo las agallas de decirlo en público. —Estallaron unas risotadas que se acallaron rápidamente y Priss puso la cara más huraña que podía poner—. Pero, ahora que el profesor Priss está aquí y ya hemos brindado, continuaremos con lo nuestro. ¡Síganme, caballeros!

La demostración se realizaba en un sitio aún más complicado que la vez anterior, en el piso más alto del edificio. Se usaban otros imanes —mucho más pequeños—, aunque, al parecer, también se utilizaría el equilibrio de efecto Mösbauer.

Pero había algo nuevo que sorprendió a todos, llamando poderosamente la atención. Una mesa de billar descansaba bajo un polo del imán. Debajo estaba el otro polo. Un agujero redondo de casi medio metro atravesaba el centro de la mesa y era evidente que el campo de gravedad cero se produciría a través de ese agujero.

Parecía como si toda la demostración estuviera montada de un modo surrealista, con el fin de poner énfasis en la victoria de Bloom sobre Priss. Iba a ser otra versión de su eterna partida de billar, y Bloom sería el ganador.

No sé si los demás periodistas se tomaron las cosas de ese modo, pero creo que Priss sí. Noté que aún tenía en la mano la copa que le habían obligado a aceptar. Rara vez bebía, pero se llevó el vaso a los labios y lo vació de dos sorbos. Miró la bola de billar y no necesité ser telépata para comprender que lo consideraba una burla.

Bloom nos condujo a los veinte asientos que rodeaban tres lados de la mesa (el cuarto lado se usaría como zona de trabajo). Acompañaron a Priss al asiento desde donde se dominaba la mejor vista. Echó una ojeada a las cámaras tridimensionales, que ya estaban funcionando. Tal vez pensaba en marcharse, pero sabiendo que no podía hacerlo ante los ojos del mundo.

La demostración era esencialmente simple; lo que contaba era la producción. Unos cuadrantes a plena vista medían el consumo de energía, y había otros que transferían las lecturas de equilibrio Mösbauer a una posición y un tamaño visibles para todos. Estaba organizado todo para que resultara fácil de ver en tres dimensiones.

Bloom explicó en un tono amable cada paso e hizo un par de pausas para pedirle a Priss su confirmación. No abusó de ese recurso, pero lo utilizó lo suficiente como para ensartar a Priss en su propio suplicio. Desde donde yo estaba podía ver al profesor.

Parecía un hombre en el infierno.

Como todos sabemos, Bloom tuvo éxito. El equilibrador Mösbauer mostró que la intensidad gravitatoria descendía a medida que se intensificaba el campo electromagnético. Hubo ovaciones cuando descendió por debajo de 0,52 g. Una línea roja lo indicaba en el medidor.

—Ya saben ustedes que la marca de 0,52 g —manifestó Bloom, seguro de sí— representa la anterior marca más baja en intensidad gravitatoria. Ahora estamos por debajo de eso, con un coste en electricidad que es inferior al diez por ciento de lo que costó cuando se estableció el récord. Y bajaremos aún más.

Bloom —creo que deliberadamente, para crear más tensión— redujo el descenso hacia el final, dejando que las cámaras tridimensionales enfocaran alternativamente el agujero de la mesa de billar y el medidor que mostraba la lectura de equilibrio Mösbauer.

—Caballeros —dijo—, encontrarán unas gafas oscuras en el lateral de su asiento. Úsenlas, por favor. Pronto se establecerá el campo de gravedad cero, que irradiará una luz rica en rayos ultravioleta.

Se puso unas gafas, y se oyó un susurro mientras todos se las ponían.

Creo que nadie respiró durante el último minuto, cuando la lectura del medidor descendió a cero y se quedó fija allí. Un cilindro de luz vibraba de polo a polo a través del agujero de la mesa de billar.

Se oyeron veinte suspiros.

—Señor Bloom —preguntó alguien—, ¿cuál es la causa de esa luz?

—Es característica del campo de gravedad cero —contestó Bloom, lo cual no era una respuesta.

Los periodistas se pusieron de pie y se agolparon en torno de la mesa. Bloom los mantuvo a raya.

—¡Por favor, caballeros, atrás!

Sólo Priss permaneció sentado. Parecía sumido en sus pensamientos y, desde entonces, estoy seguro de que las gafas ocultaron el posible significado de todo lo que siguió después. No le vi los ojos. No pude. Y eso significaba que ni yo ni nadie podíamos adivinar qué pasaba detrás de aquellos ojos. Tal vez no hubiéramos podido adivinarlo aunque no hubiera tenido puestas las gafas. Quién sabe.

Bloom volvía a hablar en voz alta:

—¡Por favor! La demostración aún no ha concluido. Hasta ahora sólo hemos repetido algo que ya había hecho con antelación. Acabo de generar un campo de gravedad cero y he demostrado que se puede realizar de forma práctica. Pero quiero demostrar lo que puede lograr este campo. A continuación, veremos algo que jamás se ha visto, que ni siquiera yo he visto. Nunca he realizado experimentos de este tipo, aunque me hubiera gustado mucho hacerlo, porque entendía que el profesor Priss merecía el honor de...

Priss irguió la cabeza.

—¿Qué... Qué...?

—Profesor Priss —continuó Bloom, sonriendo—, me gustaría que usted realizara el primer experimento que muestre la interacción de un objeto sólido con un campo de gravedad cero. Fíjese en que el campo se ha formado en el centro de una mesa de billar. El mundo conoce su magnífica destreza en este juego, profesor, un talento sólo superado por su asombrosa capacidad como físico teórico. ¿No desea disparar una bola de billar al volumen de gravedad cero?

Le ofrecía una bola y un taco al profesor. Priss, con los ojos ocultos por las gafas, los miró y muy despacio, con muchos titubeos, extendió las manos para cogerlos.

Me pregunto qué mostrarían sus ojos. Me pregunto, también, en qué medida la decisión de que Priss jugara al billar en la demostración obedecía a la ira de Bloom ante el comentario que el profesor había hecho sobre sus partidas de billar, aquel comentario que yo le había citado. ¿Era yo, a mi modo, responsable de lo que siguió?

—Vamos, en pie, profesor —dijo Bloom—, y déjeme ocupar su asiento. El espectáculo le pertenece a partir de ahora. ¡Adelante! —Bloom se sentó y añadió, en un tono que se fue haciendo progresivamente más profundo—: Una vez que el profesor Priss dispare la bola hacia el volumen de gravedad cero, ya no quedará afectada por el campo gravitatorio de la Tierra. Permanecerá inmóvil mientras la Tierra rota en torno de su eje y gira alrededor del Sol. He calculado que la Tierra, en esta latitud y a esta hora del día, se desplazará hacia abajo en sus movimientos. Nosotros nos moveremos con ella y la bola permanecerá quieta. Nos parecerá que se eleva alejándose de la superficie terrestre. Observen.

Priss parecía paralizado ante la mesa. ¿Sorpresa? ¿Desconcierto? No lo sé. Nunca lo sabré. ¿Intentó interrumpir el discurso de Bloom, o sólo sufría por el angustioso disgusto de tener que desempeñar el ignominioso papel que le imponía su adversario?

Se volvió hacia la mesa de billar. Miró a la mesa y, luego, a Bloom. Todos los periodistas estaban de pie, apiñándose para tener una buena vista. Sólo Bloom permanecía sentado, sonriente y aislado. No miraba a la mesa ni a la bola ni al campo de gravedad cero. Por lo que me permitían distinguir las gafas, estaba mirando a Priss.

Priss dejó la bola en la mesa. Él sería el agente del espectacular y definitivo triunfo de Bloom, convirtiéndose (él, el hombre que había dicho que era imposible) en un hazmerreír.

Tal vez pensó que no había escapatoria. O tal vez...

Manejando el taco con firmeza, puso la bola en movimiento. La bola se desplazó lentamente, seguida por todos los ojos. Chocó contra el borde de la mesa y rebotó. Iba cada vez más despacio, como si Priss aumentara la tensión para dar mayor esplendor al triunfo de Bloom.

Yo lo veía perfectamente, pues estaba del lado de la mesa opuesto al de Priss. Veía la bola desplazándose hacia el resplandor del campo de gravedad cero y, más allá, la parte de Bloom que no quedaba oculta por ese resplandor.

La bola se aproximó al volumen de gravedad cero, se demoró un instante en el borde y, de pronto, desapareció con un relampagueo, un estruendo, un repentino olor a ropa quemada.

Gritamos. Todos gritamos.

He visto la escena en televisión después, junto con el resto del mundo. Me veo a mí mismo en esos quince segundos de desbocada confusión, pero no me reconozco el rostro.

¡Quince segundos!

Y luego descubrimos a Bloom. Aún estaba sentado en la silla, cruzado de brazos, pero tenía un agujero del tamaño de una bola de billar en el antebrazo, en el pecho y en la espalda. La autopsia reveló posteriormente que la bola le había arrancado la mayor parte del corazón.

Apagaron el aparato. Llamaron a la policía. Se llevaron a Priss, que parecía la viva imagen del desconsuelo. Yo no me sentía mucho mejor, a decir verdad, y cualquiera de los periodistas que afirme que presenció la escena sin conmoverse es un embustero descarado.

No volví a ver a Priss sino al cabo de unos meses. Había perdido un poco de peso, pero su aspecto era bastante bueno. Tenía color en las mejillas y mostraba un cierto aire de decisión. Iba mejor vestido que nunca.

—Ahora sé qué sucedió —me dijo—. Si hubiera tenido tiempo para pensarlo, lo habría sabido entonces. Pero pienso con lentitud, y el pobre Ed Bloom estaba tan empecinado en presentar un gran espectáculo y hacerlo bien que me arrastró con su entusiasmo. Naturalmente, he procurado reparar parte del daño que causé involuntariamente.

—No puede resucitar a Bloom —señalé con calma.

—No, no puedo —contestó él, igual de tranquilo—. Pero todavía queda su empresa. Lo que sucedió en la demostración, a plena vista del mundo entero, fue la peor publicidad para la gravedad cero, y es importante que esa historia se aclare. Por eso he querido verle a usted.

—¿Sí?

—Si yo hubiera pensado con mayor rapidez, habría sabido que Ed decía un disparate al afirmar que la bola de billar se elevaría lentamente en el campo de gravedad cero. ¡Era imposible! Si Bloom no hubiera despreciado tanto la teoría, si no se hubiera empeñado tanto en enorgullecerse de su ignorancia de la teoría, lo habría sabido. El movimiento de la Tierra no es el único movimiento a tener en cuenta, joven. El Sol se desplaza en una amplia órbita en torno del centro de la galaxia de la Vía Láctea. Y la galaxia también se desplaza, de un modo aún no definido con claridad. Si la bola de billar estuviera sujeta a la gravedad cero, cualquiera diría que no se ve afectada por estos movimientos y, por lo tanto, queda en un estado de reposo absoluto; pero no existe el reposo absoluto. —Sacudió lentamente la cabeza—. El problema de Ed era que él pensaba en la gravedad cero que se obtiene en una nave espacial en caída libre, cuando la gente flota. Esperaba que la bola flotara. Sin embargo, en una nave espacial, la gravedad cero no es resultado de la ausencia de gravitación, sino del hecho de que dos objetos, la nave y su tripulante, caen a la misma velocidad, respondiendo del mismo modo a la gravedad, de modo que cada uno de ellos está inmóvil respecto del otro. En el campo de gravedad cero generado por Ed se dio un aplanamiento del universo de caucho, lo cual significa una pérdida de masa. Todo lo que estaba contenido en ese campo, incluidas las moléculas de aire apresadas en su interior y la bola de billar que yo impulsé, carecía de masa mientras permaneciera en él. Un objeto sin masa sólo se puede mover de un modo.

Hizo una pausa, invitándome a que preguntara.

—¿De qué modo?

—A la velocidad de la luz. Todo objeto sin masa, como un neutrino o un fotón, debe viajar a la velocidad de la luz mientras exista. La luz se mueve a esa velocidad sólo porque está constituida por fotones. En cuanto la bola de billar entró en el campo de gravedad cero y perdió su masa, alcanzó la velocidad de la luz y salió disparada.

Sacudí la cabeza.

—¿Pero no recobró su masa en cuanto dejó el volumen de gravedad cero?

—Por supuesto, y de inmediato se vio afectada por el campo gravitatorio y perdió velocidad a causa de la fricción del aire y de la superficie de la mesa de billar. Pero imagine cuánta fricción se necesitaría para desacelerar un objeto que, con la masa de una bola de billar, se desplazara a la velocidad de la luz. Atravesó nuestros ciento cincuenta kilómetros de atmósfera en una milésima de segundo, y dudo que haya aminorado su velocidad más allá de unos pocos kilómetros por segundo, sólo unos pocos de esos casi trescientos mil kilómetros por segundo. Por el camino, calcinó la superficie de la mesa, perforó el borde y atravesó al pobre Ed y también la ventana, en la que abrió círculos impecables porque los atravesó antes de que los fragmenos contiguos de algo tan quebradizo como el vidrio tuvieran la oportunidad de hacerse añicos. Y fue una suerte que estuviéramos en el último piso de un edificio situado en una zona rural; de haber estado en la ciudad, habría atravesado varios edificios y matado a varias personas. Ahora, esa bola de billar se encuentra en el espacio, allende el sistema solar, y continuará viajando eternamente, a casi la velocidad de la luz, hasta que choque con un objeto de tamaño suficiente para detenerla. Y, entonces, le abrirá un buen cráter.

Jugué con la idea, no muy convencido de que me gustara.

—¿Cómo es posible? La bola de billar entró en gravedad pero casi sin velocidad. Yo lo vi. Y usted dice que salió con una increíble cantidad de energía cinética. ¿De dónde venía esa energía?

Priss se encogió de hombros.

—¡De ninguna parte! La ley de conservación de la energía sólo se sostiene en las condiciones en que es válida la relatividad general; es decir, en un universo de caucho con hendiduras. Cuando se aplana la hendidura, la relatividad general ya no es válida, y se puede crear y destruir energía libremente. Eso explica la radiación que cubre la superficie cilíndrica del volumen de gravedad cero. Usted recordará que Bloom no explicó esa radiación, y me temo que no sabía explicarla. Ojalá hubiera experimentado más; ojalá no hubiese estado tan ansioso de montar su espectáculo...

—¿Y cómo se explica la radiación, profesor?

—Por las moléculas de aire del interior del volumen. Cada una de ellas toma la velocidad de la luz y sale despedida hacia fuera. Son sólo moléculas, no bolas de billar, así que son detenidas; pero la energía cinética del movimiento se convierte en radiación energética. Es continua porque siempre están entrando nuevas moléculas, las cuales alcanzan la velocidad de la luz y salen despedidas.

—Entonces, ¿se crea energía continuamente?

—Exacto. Y eso es lo que debemos aclararle al público. La antigravedad no está destinada a elevar naves espaciales ni a revolucionar el movimiento mecánico, sino que constituirá una fuente incesante de energía gratuita, pues parte de la energía producida se puede desviar para sostener el campo que mantiene plana esa parte del universo. Sin saberlo, Ed Bloom no sólo inventó la antigravedad, sino la primera máquina de movimiento perpetuo de primera clase; una máquina que genera energía a partir de nada.

—Esa bola pudo matarnos a cualquiera de nosotros, ¿verdad, profesor? Pudo haber salido en cualquier dirección.

—Mire, los fotones sin masa emergen de cualquier fuente lumínica a la velocidad de la luz y en cualquier dirección. Por eso, una vela irradia luz hacia todas partes. Las moléculas de aire sin masa salen del volumen de gravedad cero en todas las direcciones, y así el cilindro resplandece. Pero la bola de billar era sólo un objeto. Pudo haber salido en cualquier dirección, pero tenía que salir sólo en una, escogida al azar; y la escogida resultó ser la que pilló a Ed.

Eso fue todo. Cualquiera conoce las consecuencias. La humanidad cuenta con energía gratuita y así tenemos el mundo que hoy tenemos. La empresa de Bloom puso al profesor Priss a cargo del nuevo proyecto, y con el tiempo se hizo tan rico y famoso como lo había sido Edward Bloom. Y, además, Priss tiene los dos premios Nobel.

Sólo que...

Sigo pensando.

Los fotones emergen de una fuente lumínica en todas las direcciones porque son creados en el momento y no hay razón para que se desplacen en tal dirección y no en otra. Las moléculas de aire salen del campo de gravedad cero en todas las direcciones porque entran desde todas las direcciones.

Pero ¿qué pasa con una bola de billar que entra en un campo de gravedad cero desde determinada dirección? ¿Sale en la misma dirección, o en cualquiera?

He hecho preguntas discretamente, pero los físicos teóricos no están seguros, y no he hallado constancia de que la empresa de Bloom, el único organismo que trabaja con campos de gravedad cero, haya experimentado en la materia.

Una persona de la empresa me dijo en una ocasión que el principio de incertidumbre garantiza el surgimiento aleatorio de un objeto que entre en cualquier dirección. Pero, entonces, ¿por qué no realizan el experimento?

¿Es posible que...?

¿Es posible que por una vez la mente de Priss trabajara deprisa? ¿Es posible que, ante la humillación que Bloom deseaba infligirle, Priss lo haya visto todo de golpe? Estuvo estudiando la radiación que rodeaba el volumen de gravedad cero, así que tal vez averiguó qué la causaba y dedujera cuál sería el movimiento, a la velocidad de la luz, de cualquier cosa que entrara en el volumen.

Entonces, ¿por qué no dijo nada?

Algo es seguro. Nada de lo que Priss hiciera en la mesa de billar pudo ser accidental. Era un experto, y la bola de billar hizo exactamente lo que él se proponía. Yo lo presencié. Vi que miraba a Bloom y luego a la mesa como si estudiara los ángulos.

Le vi golpear la bola, y vi que la bola rebotaba en el lateral de la mesa y se desplazaba hacia el volumen de gravedad cero, enfilándose hacia determinada dirección.

Pues en el instante en que Priss envió esa bola hacia el volumen de gravedad cero —y las películas tridimensionales me lo confirman— ya iba dirigida al corazón de Bloom.

¿Accidente? ¿Coincidencia?

¿Homicidio?

Exilio en el infierno

—Los rusos —puntualizó Dowling— enviaban prisioneros a Siberia mucho antes de que el viaje espacial fuera algo cotidiano. Los franceses usaban la Isla del Diablo con ese propósito. Los ingleses los despachaban a Australia.

Estudió el tablero y detuvo la mano a unos centímetros del alfil.

Parkinson, al otro lado del tablero, observaba distraídamente las piezas. El ajedrez era el juego profesional de los programadores de ordenadores, pero, dadas las circunstancias, no sentía entusiasmo. Estaba molesto. Y Dowling tendría que haberse sentido peor, pues él programaba el alegato del fiscal.

El programador solía contagiarse de algunas características que se atribuían al ordenador, como la carencia de emociones y la impermeabilidad a todo lo que no fuera lógico. Dowling lo reflejaba en su meticuloso corte de cabello y en la pulcra elegancia de su atuendo.

Parkinson, que prefería programar la defensa de los casos legales en que participaba, también prefería descuidar deliberadamente ciertos aspectos de su apariencia.

—Quieres decir que el exilio es un castigo tradicional y que, por lo tanto, no es particularmente cruel —comentó.

—No, sin duda es cruel, pero también tradicional y, en la actualidad, se ha convertido en la disuasión perfecta.

Dowling movió el alfil sin levantar la vista. Parkinson sí la levantó, aunque involuntariamente.

No vio nada, desde luego. Estaban en el interior, en el cómodo mundo moderno adaptado a las necesidades humanas y protegido contra la intemperie. Fuera, la noche resplandecería con la luz del astro.

¿Cuándo lo había visto por última vez? Hacía mucho tiempo. Se preguntó en qué fase se encontraría. ¿Llena? ¿Menguante? ¿Creciente? ¿Era una brillante uña de luz en el cielo?

Debía de ser una vista adorable. Lo fue en otros tiempos. Pero hacía siglos de eso, antes de que el viaje espacial fuera común y barato y antes de que el entorno se volviera tan refinado y estuviese tan controlado. Ahora, esa bonita vista en el cielo era una nueva y horrenda Isla del Diablo pendiendo en el espacio.

Nadie se atrevía a llamarla por su nombre. Ni siquiera era un nombre, sólo una silenciosa mirada hacia el cielo.

—Podías haberme dejado programar el alegato contra el exilio en general —dijo Parkinson.

—¿Por qué? No habría alterado el resultado.

—Éste no, Dowling. Pero podría influir en casos futuros. Los castigos futuros se hubieran conmutado por sentencia de muerte.

—¿Para un culpable de destruir el equipo? Estás soñando.

—Fue un acto de furia ciega. Hubo intento de dañar a un ser humano, de acuerdo, pero no se intentó dañar el equipo.

—Nada, eso no significa nada. La falta de intención no es excusa en estos casos, y lo sabes.

—Debería ser una excusa. Eso era precisamente lo que yo deseaba alegar.

Parkinson adelantó un peón para proteger el caballo.

Dowling reflexionó.

—Tratas de continuar atacando a la reina, Parkinson, y no te lo permitiré... Veamos... —Y mientras meditaba, dijo—: No estamos en los tiempos primitivos, Parkinson. Vivimos en un mundo superpoblado, sin margen para el error. Bastaría con que se fundiera un consistor para poner en peligro a una considerable franja de la población. Cuando la ira pone en peligro toda una línea energética, es algo serio.

—No cuestiono eso...

—Parecías cuestionarlo cuando elaborabas el programa de la defensa.

—No. Mira, cuando el haz de láser de Jenkins atravesó la distorsión de campo, yo mismo estuve expuesto a la muerte. Un cuarto de hora más de demora habría significado el fin para mí también, y lo sé perfectamente. Sólo sostengo que el exilio no es el castigo apropiado.

Tamborileó sobre el tablero para mayor énfasis, y Dowling sujetó la reina antes de que se cayera.

—Estoy sujetándola, no moviéndola —murmuró. Recorrió con la vista una pieza tras otra. Seguía dudando—. Te equivocas, Parkinson. Es el castigo apropiado porque no hay nada peor y se corresponde con el peor delito. Mira, todos dependemos por completo de una tecnología compleja y frágil. Una avería podría matarnos a todos y no importa si la avería es deliberada, accidental u obra de la incompetencia. Los seres humanos exigen la pena máxima para cualquier acto así, pues es el único modo de obtener seguridad. La mera muerte no es lo suficientemente disuasoria.

—Sí que lo es. Nadie quiere morir.

—Y nadie quiere vivir allá arriba en el exilio. Por eso hemos tenido un solo caso en los últimos diez años y únicamente un exiliado. ¡Vaya, a ver cómo te las apañas ahora!

Movió la torre de la reina una casilla a la derecha.

Se encendió una luz. Parkinson se puso de pie.

—La programación ha terminado. El ordenador ya tendrá el veredicto.

Dowling levantó la vista con una expresión flemática.

—No tienes dudas sobre el veredicto, ¿eh? Deja el tablero como está. Seguiremos después.

Parkinson estaba seguro de que no tendría ánimos para continuar la partida. Echó a andar por el corredor hacia el juzgado, con su paso ágil de costumbre.

En cuanto entraron Dowling y él, el juez se sentó y luego entró Jenkins, flanqueado por dos guardias.

Jenkins estaba demacrado, pero impasible. Desde que sufrió aquel ataque de furia y, por accidente, dejó todo un sector sumido en la oscuridad mientras atacaba a un compañero, debía de conocer la inevitable consecuencia de su imperdonable delito. No hacerse ilusiones sirve de ayuda.

Parkinson no estaba impasible. No se atrevía a mirar a Jenkins a la cara. No podría haberlo hecho sin preguntarse, dolorosamente, qué pensaría Jenkins en ese momento. ¿Acaso absorbía con cada uno de sus sentidos todas las perfecciones de aquel confort antes de ser arrojado para siempre al luminoso infierno que surcaba el cielo nocturno?

¿Saboreaba aquel aire limpio y agradable, las luces tenues, la temperatura estable, el agua pura, el entorno seguro diseñado para acunar a la humanidad en un dócil confort?

Mientras que allá arriba...

El juez pulsó un botón y la decisión del ordenador se convirtió en el sonido cálido y sobrio de una voz humana normalizada.

—La evaluación de toda la información pertinente, a la luz de la ley de la nación y de todos los precedentes relevantes, lleva a la conclusión de que Anthony Jenkins es culpable del delito de destruir el equipo y queda sometido a la pena máxima.

Sólo había seis personas en el tribunal, pero toda la población lo escuchó por televisión.

El juez empleó la fraseología de costumbre:

—El acusado será trasladado al puerto espacial más cercano y, en el primer medio de transporte disponible, será expulsado de este mundo y vivirá exiliado mientras dure su vida natural.

Jenkins pareció encogerse, pero no dijo una palabra.

Parkinson se estremeció. ¿Cuántos lamentarían la enormidad de semejante castigo, fuera cual fuese el delito? ¿Cuánto tiempo pasaría para que los hombres tuvieran la humanidad de eliminar para siempre el castigo del exilio?

¿Alguien podía imaginar a Jenkins en el espacio sin sentir un escalofrío? ¿Podían pensar en un congénere arrojado para toda la vida en medio de la población extraña, hostil y perversa de un mundo insoportablemente caluroso de día y helado de noche, un mundo donde el cielo era de un azul penetrante y el suelo de un verde más penetrante e intenso aún, donde el aire polvoriento se arremolinaba tumultuoso y el viscoso mar se levantaba eternamente?

Y la gravedad; ese pesado, pesado, pesado, eterno ¡tirón!

¿Quién podía soportar el horror de condenar a alguien, cualquiera que fuese la razón, a abandonar el acogedor hogar de la Luna para ir a ese infierno que flotaba en el cielo: la Tierra?

Factor clave

Jack Weaver salió de las entrañas de Multivac cansado y malhumorado.

—¿Nada? —le preguntó Todd Nemerson desde el taburete donde mantenía su guardia permanente.

—Nada —contestó Weaver—. Nada, nada, nada. Nadie puede descubrir qué pasa.

—Excepto que no funciona, querrás decir.

—Tú no eres una gran ayuda, ahí sentado.

—Estoy pensando.

—¡Pensando!

Weaver entreabrió una comisura de la boca, mostrando un colmillo. Nemerson se removió con impaciencia en el taburete.

—¿Por qué no? Hay seis equipos de técnicos en informática merodeando por los corredores de Multivac. No han obtenido ningún resultado en tres días. ¿No puedes dedicar una persona a pensar?

—No es cuestión de pensar. Tenemos que buscar. Hay un relé atascado en alguna parte.

—No es tan simple, Jack.

—¿Quién dice que sea simple? ¿Sabes cuántos millones de relés hay aquí?

—Eso no importa. Si sólo fuera un relé, Multivac tendría circuitos alternativos, dispositivos para localizar el fallo y capacidad para reparar o sustituir la pieza defectuosa. El problema es que Multivac no sólo no responde a la pregunta original, sino que se niega a decirnos cuál es el problema. Y entre tanto cundirá el pánico en todas las ciudades si no hacemos algo. La economía mundial depende de Multivac, y todo el mundo lo sabe.

—Yo también lo sé. ¿Pero qué se puede hacer?

—Te lo he dicho. Pensar. Sin duda hemos pasado algo por alto. Mira, Jack, durante cien años los genios de la informática se han dedicado a hacer a Multivac cada vez más complejo. Ahora puede hacer de todo, incluso hablar y escuchar. Es casi tan complejo como el cerebro humano. No entendemos el cerebro humano; ¿cómo vamos a entender a Multivac?

—Oh, cállate. Sólo te queda decir que Multivac es humano.

—¿Por qué no? —Nemerson se sumió en sus reflexiones—. Ahora que lo dices, ¿por qué no? ¿Podríamos asegurar si Multivac ha atravesado la fina línea divisoria en que dejó de ser una máquina para comenzar a ser humano? ¿Existe esa línea divisoria? Si el cerebro es apenas más complejo que Multivac y no paramos de hacer a Multivac cada vez más complejo, ¿no hay un punto donde...?

Dejó la frase en el aire. Weaver se puso nervioso.

—¿Adónde quieres llegar? Supongamos que Multivac sea humano. ¿De qué nos serviría eso para averiguar por qué no funciona?

—Por una razón humana, quizá. Supongamos que te preguntaran a ti el precio más probable del trigo en el próximo verano y no contestaras. ¿Por qué no contestarías?

—Porque no lo sé. Pero Multivac lo sabría. Le hemos dado todos los factores. Puede analizar los futuros del clima, de la política y de la economía. Sabemos que puede. Lo ha hecho antes.

—De acuerdo. Supongamos que yo te hiciera la pregunta y que tú conocieras la respuesta pero no me contestaras. ¿Por qué?

—Porque tendría un tumor cerebral —rezongó Weaver—. Porque habría perdido el conocimiento. Porque estaría borracho. ¡Demonios, porque mi maquinaria no funcionaría! Eso es lo que tratamos de averiguar en Multivac. Estamos buscando el lugar donde su maquinaria está estropeada, buscamos el factor clave.

—Pero no lo habéis encontrado. —Nemerson se levantó del taburete—. ¿Por qué no me haces la pregunta en la que se atascó Multivac?

—¿Cómo? ¿Quieres que te pase la cinta?

—Vamos, Jack. Hazme la pregunta con toda la charla previa que le das a Multivac. Porque le hablas, ¿no?

—Tengo que hacerlo. Es terapia.

Nemerson asintió con la cabeza.

—Sí, de eso se trata, de terapia. Ésa es la versión oficial. Hablamos con él para fingir que es un ser humano, con el objeto de no volvernos neuróticos por tener una máquina que sabe muchísimo más que nosotros. Convertimos a un espantoso monstruo de metal en una imagen paternal y protectora.

—Si quieres decirlo así...

—Bien, está mal y lo sabes. Un ordenador tan complejo como Multivac debe hablar y escuchar para ser eficaz. No basta con insertarle y sacarle puntitos codificados. En un cierto nivel de complejidad, Multivac debe parecer humano, porque, por Dios, es que es humano. Vamos, Jack, hazme la pregunta. Quiero ver cómo reacciono.

Jack Weaver se sonrojó.

—Esto es una tontería.

—Vamos, hazlo.

Weaver estaba tan deprimido y desesperado que accedió. A regañadientes, fingió que insertaba el programa en Multivac y le habló del modo habitual. Comentó los datos más recientes sobre los disturbios rurales, habló de la nueva ecuación que describía las contorsiones de las corrientes de aire, sermoneó respecto a la constante solar.

Al principio lo hacía de un modo rígido, pero pronto el hábito se impuso y habló con mayor soltura, y cuando terminó de introducir el programa casi cortó el contacto oprimiendo un interruptor en la cintura de Todd Nemerson.

—Ya está. Desarrolla eso y danos la respuesta sin demora.

Por un instante, Jack Weaver se quedó allí como si sintiera una vez más la excitación de activar la máquina más gigantesca y majestuosa jamás ensamblada por la mente y las manos del hombre. Luego, regresó a la realidad y masculló:

—Bien, se acabó el juego.

—Al menos ahora sé por qué yo no respondería —dijo Nemerson—, así que vamos a probarlo con Multivac. Lo despejaremos; haremos que los investigadores le quiten las zarpas de encima. Meteremos el programa, pero déjame hablar a mí. Sólo una vez.

Weaver se encogió de hombros y se volvió hacia la pared de control de Multivac, cubierta de cuadrantes y de luces fijas. Lo despejó poco a poco. Uno a uno ordenó a los equipos de técnicos que se fueran.

Luego, inhaló profundamente y comenzó a cargar el programa en Multivac. Era la duodécima vez que lo hacía. En alguna parte lejana, algún periodista comentaría que lo estaban intentando de nuevo. En todo el mundo, la humanidad dependiente de Multivac contendría colectivamente el aliento.

Nemerson hablaba mientras Weaver cargaba los datos en silencio. Hablaba con soltura, tratando de recordar qué había dicho Weaver, pero aguardando al momento de añadir el factor clave.

Weaver terminó, y Nemerson dijo, con un punto de tensión en la voz:

—Bien, Multivac. Desarrolla eso y danos la respuesta. —Hizo una pausa y añadió el factor clave—: *Por favor.*

Y por todo Multivac las válvulas y los relés se pusieron a trabajar con alegría. A fin de cuentas, una máquina tiene sentimientos... cuando ha dejado ya de ser una máquina.

Intuición femenina

Las Tres Leyes de la robótica:

1. Un robot no debe dañar a un ser humano ni, por inacción, permitir que un ser humano sufra daño.

2. Un robot debe obedecer las órdenes impartidas por los seres humanos, excepto cuando dichas órdenes estén reñidas con la Primera Ley.

3. Un robot debe proteger su propia existencia, mientras dicha protección no esté reñida ni con la Primera ni con la Segunda Ley.

Por primera vez en la historia de Robots y Hombres Mecánicos de Estados Unidos, un accidente había destruido un robot en la Tierra.

Nadie tenía la culpa. La aeronave había saltado en pedazos en pleno vuelo, y una incrédula comisión de investigación dudaba si dar a conocer las pruebas de que había chocado contra un meteorito. Ninguna otra cosa podía haber sido tan rápida como para impedir eludirla automáticamente; ninguna otra cosa podía haber causado tantos daños excepto una explosión nuclear, la cual quedaba descartada.

Si se asociaba esto con un informe que hablaba de un fogonazo en el cielo nocturno poco antes de la explosión —un informe del Observatorio Flagstaff, no de un aficionado— y con la posición de un enorme fragmento de hierro meteórico, sepultado en el suelo a un kilómetro y medio del lugar del accidente, no se podía llegar a otra conclusión.

Aun así, nunca había ocurrido semejante cosa, y los cálculos de las probabilidades en contra arrojaban cifras monstruosas. Pero hasta las improbabilidades más extremas son posibles.

En las oficinas de Robots y Hombres Mecánicos, el cómo y el porqué eran secundarios. Lo importante era que un robot estaba destruido.

Eso era perturbador.

El hecho de que JN-5 fuese un prototipo, el primero que se colocaba en ese campo después de cuatro intentos, era aún más perturbador.

El hecho de que JN-5 fuese un tipo de robot totalmente nuevo, muy diferente de todo lo anterior, era inmensamente perturbador.

El hecho de que JN-5 hubiese logrado algo antes de su destrucción, algo de una incalculable importancia, y que ese logro pudiera perderse para siempre, resultaba perturbador hasta extremos inconcebibles.

Ni siquiera merecía la pena mencionar que, junto con el robot, también había perecido el jefe de robopsicología de la empresa.

Clinton Madarian había ingresado en la empresa diez años antes. Durante cinco de esos años estuvo trabajando sin quejas, bajo la gruñona supervisión de Susan Calvin.

La brillantez de Madarian era manifiesta y Susan Calvin lo había ascendido discretamente por encima de hombres con más antigüedad. Jamás se hubiera dignado darle explicaciones a Peter Bogert, el director de investigaciones, pero dichas explicaciones no eran necesarias. En todo caso, eran obvias.

En muchos sentidos, Madarian suponía el reverso de la renombrada doctora Calvin. No era tan obeso como lo hacía parecer su papada, pero poseía una presencia arrolladora, mientras que Susan pasaba casi inadvertida. El macizo rostro de Madarian, su melena de cabello rojizo y reluciente, su tez rubicunda y su voz tronante, su risa estentórea y, sobre todo, su aplomo y su avidez para anunciar sus éxitos parecían restar espacio a quienes se encontraban en la misma habitación que él.

Cuando Susan Calvin se jubiló finalmente (negándose de antemano a prestar toda colaboración para una cena de homenaje que se planeaba en su honor, con tal firmeza que la jubilación jamás se anunció a las agencias de prensa), Madarian la reemplazó.

Llevaba un día en ese puesto cuando inició el proyecto JN.

Se trataba del proyecto más costoso que hubiera emprendido nunca la compañía, pero Madarian desechó ese detalle con un simpático gesto de la mano.

—Vale todos y cada uno de los centavos que gastemos, Peter. Y espero que convenzas de ello al consejo de dirección.

—Dame razones —dijo Bogert, preguntándose si Madarian se las daría, ya que Susan Calvin jamás había dado razones de nada.

Sin embargo, Madarian aceptó de buen grado y se arrellanó cómodamente en el enorme sillón del despacho del director.

Bogert observó a su interlocutor con un asombro rayano en la admiración. Su cabello antes negro había encanecido y dentro de esa década seguía los pasos de Susan. Eso significaría el final del equipo que había hecho de Robots y Hombres Mecánicos una empresa internacional que rivalizaba en importancia y complejidad con los Gobiernos mismos. Ni él ni sus predecesores habían captado del todo la enorme expansión de la firma.

Pero ésta era una nueva generación. Los nuevos se sentían a sus anchas en ese coloso. Carecían de la capacidad de asombro que a ellos los hubiera dejado boquiabiertos de incredulidad. Seguían adelante, y eso era bueno.

—Propongo iniciar la construcción de robots sin restricciones —dijo Madarian.

—¿Sin las tres leyes? Pero...

—No, Peter. ¿Ésas son las únicas restricciones que se te ocurren? Demonios, tú contribuiste al diseño de los primeros cerebros positrónicos; ¿debo aclararte que, aparte de las tres leyes, no hay una sola senda cerebral que no esté cuidadosamente diseñada y fijada? Tenemos robots planeados para tareas específicas, con aptitudes específicas implantadas.

—Y tú propones...

—Que en todos los niveles, por debajo de las tres leyes, haya sendas abiertas. No es difícil.

516

—Claro que no es difícil. Las cosas inútiles nunca lo son. Lo difícil es fijar las sendas y hacer útil al robot.

—¿Pero por qué es difícil? Fijar las sendas requiere un enorme esfuerzo porque el principio de incertidumbre es importante en partículas que tienen la masa de los positrones, y el efecto de incertidumbre se debe reducir al mínimo. Pero ¿por qué? Podemos disponer las cosas de tal modo que el principio posea relevancia suficiente para permitir el cruce de sendas de forma impredecible...

—Y obtendremos un robot impredecible.

—Obtendremos un robot creativo —replicó Madarian, un tanto impaciente—. Peter, si algo tiene un cerebro humano que un cerebro robótico no haya tenido jamás, es ese carácter impredecible que procede de los efectos de incertidumbre en el nivel subatómico. Admito que este efecto nunca se ha demostrado experimentalmente dentro del sistema nervioso, pero sin él el cerebro humano no es superior, en principio, al cerebro robótico.

—Y tú crees que si introduces ese efecto en el cerebro robótico el cerebro humano dejará de ser, en principio, superior al cerebro robótico.

—Exactamente —dijo Madarian.

Continuaron hablando durante un buen rato.

No iba a ser fácil convencer al consejo de dirección. Scott Robertson, el mayor accionista de la firma, manifestó:

—Ya resultaba bastante difícil administrar la industria de la robótica en estas condiciones, con la hostilidad pública hacia los robots siempre a punto de estallar. Si el público se entera de que los robots no tendrán control... ¡Oh, no me hable de las tres leyes! El ciudadano común no va a creerse que las tres leyes lo protegerán, no en cuanto oiga la palabra «descontrolados».

—Pues no la usemos —replicó Madarian—. Digamos que son robots... «intuitivos».

—Un robot intuitivo —murmuró alguien—. ¿Un robot femenino?

Una sonrisa cruzó el rostro de los presentes. Madarian aprovechó la situación.

—De acuerdo. Un robot femenino. Nuestros robots son asexuados y éste también lo será, pero siempre actuamos como si fueran masculinos. Les damos nombres masculinos y los designamos con pronombres masculinos. En cuanto a éste, si tenemos en cuenta la naturaleza de la estructuración matemática del cerebro que he propuesto, entraría en el sistema de coordenadas JN. El primer robot sería JN-1, y di por sentado que se llamaría John-1... Me temo que hasta ahí llega el nivel de originalidad del robotista medio. Pero ¿por qué no llamarlo Jane-1? Si hemos de comunicar al público de qué se trata, diremos que estamos construyendo un robot femenino y con intuición.

Robertson sacudió la cabeza.

—¿Cuál sería la diferencia? Usted dice que planea eliminar la última barrera que, en principio, impide que el cerebro robótico sea superior al humano. ¿Cómo cree que reaccionará el público?

—¿Piensa usted darlo a conocer al público? —preguntó Madarian. Reflexionó un instante—. Pues bien, el público en general cree que las mujeres no son tan inteligentes como los hombres.

Una expresión de alarma asomó en el rostro de varios hombres, que miraron de soslayo, como si Susan Calvin aún ocupara su asiento de costumbre.

—Si anunciamos que es un robot femenino —prosiguió Madarian—, no importará qué sea. El público dará por sentado que es deficiente mental. Nosotros nos limitamos a presentar al robot como Jane-1 y no añadimos una palabra más. Estamos a salvo.

—En realidad, el problema es más complicado —murmuró Peter Bogert—. Madarian y yo hemos revisado los cálculos matemáticos y la serie JN, llámese John o Jane, sería muy segura. Resultaría menos compleja y tendría menos capacidad intelectual, en un sentido ortodoxo, que muchas otras series que hemos diseñado y construido. Sólo se sumaría el factor de..., bueno, de acostumbrarse a denominarlo «intuición».

—Quién sabe qué haría ese robot —masculló Robertson.

—Madarian ha sugerido una cosa que puede hacer. Como todos sabemos, el salto espacial está desarrollado por principio. Es posible alcanzar hipervelocidades que superan la de la luz, visitar otros sistemas estelares y regresar en muy poco tiempo, en semanas a lo sumo.

—Eso no es ninguna novedad —protestó Robertson—. Se pudo haber hecho sin robots.

—Exacto, y no nos sirve de nada porque no podemos usar el motor de hipervelocidad nada más que una vez, como demostración; de modo que la empresa obtiene pocos elogios. El salto espacial es arriesgado; requiere una inmensa cantidad de energía y, por lo tanto, es muy costoso. Si fuéramos a utilizarlo, sería interesante poder informar de la existencia de un planeta habitable. Una necesidad psicológica, digamos. Si gastamos veinte mil millones de dólares en un salto espacial y sólo obtenemos datos científicos, el público querrá saber por qué derrochamos su dinero. Si señalamos la existencia de un planeta habitable, adquirimos la talla de un Colón interestelar y nadie se preocupa del dinero.

—¿Entonces?

—Entonces, ¿dónde hallaremos un planeta habitable? O, dicho de otro modo, ¿qué estrella, dentro del alcance del salto espacial en su estado actual de desarrollo, cuál de las trescientas mil estrellas y sistemas estelares que se encuentran a trescientos años luz tiene mayores probabilidades de poseer un planeta habitable? Disponemos de una enorme cantidad de detalles sobre cada una de las estrellas de ese vecindario de trescientos años luz, y la idea de que casi todas poseen sistemas planetarios. ¿Pero cuál de ellas tiene un planeta habitable? ¿Cuál visitamos? No lo sabemos.

—¿Cómo nos ayudaría Jane? —preguntó uno de los asistentes a la reunión.

Madarian iba a responder, pero le hizo un gesto a Bogert y éste comprendió. El director tendría una mayor influencia. Bogert no se sintió muy complacido; si la serie JN fracasaba, él quedaría tan asociado al proyecto que jamás podría desprenderse del pegajoso sentimiento de culpa. Por otra parte, su jubilación no estaba tan lejos, y si el proyecto daba resultado él saldría de la empresa con una aureola de gloria. Tal vez fuera por la confianza que irradiaba Madarian, pero Bogert había llegado a convencerse de que daría resultado.

Así que dijo:

—Es posible que en alguna parte de las bibliotecas de datos que poseemos sobre esas estrellas existan métodos para estimar las probabilidades de la presencia de planetas habitables del tipo Tierra. Sólo es preciso comprender bien esos datos, examinarlos de un modo creativo, establecer las correlaciones correctas. Aún no lo hemos hecho. O, si algún astrónomo lo ha intentado, no fue tan listo como para comprender qué tenía entre manos. Un robot JN podría establecer correlaciones con mayor rapidez y precisión que un ser humano. En un día, establecería y desecharía tantas correlaciones como un hombre en diez años. Más aún, trabajaría de forma realmente aleatoria, mientras que un hombre trabajaría de una forma tendenciosa, partiendo de sus prejuicios y de las creencias aceptadas.

Se hizo un largo silencio.

—Pero es sólo una cuestión de probabilidades, ¿verdad? —preguntó al fin Robertson—. Supongamos que ese robot dijera que la estrella con más probabilidades de tener planetas habitables dentro de un radio de tantos años luz es tal o cual; vamos allí y descubrimos que esa probabilidad es sólo una probabilidad, y no hay planetas habitables. ¿En qué situación quedamos?

—Aun así ganamos —respondió Madarian—. Sabremos cómo llegó el robot a esa conclusión porque nos lo dirá. Podría ayudarnos a comprender mucho mejor los detalles astronómicos y dar validez al proyecto aunque no efectuemos el salto espacial. Además, luego podemos deducir cuáles son los cinco sitios con mayor probabilidad de tener planetas, y la probabilidad de que uno de los cinco tenga un planeta habitable superior a 0,95. Sería casi seguro...

Continuaron deliberando largo rato.

Los fondos otorgados fueron insuficientes, pero Madarian confiaba en la costumbre de echar dinero sobre dinero. Cuando doscientos millones estuvieran a punto de perderse irremisiblemente y bastaran otros cien para salvarlo todo, estos otros cien millones se aprobarían sin duda.

Jane-1 fue construida y exhibida. Peter Bogert la examinó con gesto grave.

—¿Por qué tiene la cintura tan estrecha? No hay duda de que eso introduce alguna debilidad mecánica.

Madarian se rió entre dientes.

—Oye, si vamos a llamarla Jane, no tiene sentido que parezca Tarzán.

Bogert meneó la cabeza.

—No me convence. Pronto sentirás la tentación de hincharle el busto para que aparente tener senos, y es una pésima idea. Si las mujeres empiezan a pensar que los robots pueden parecerse a ellas, se les meterán ideas perversas en la cabeza y entonces se mostrarán hostiles de verdad.

—Quizá tengas razón —dijo Madarian—. Ninguna mujer quiere ser reemplazada por algo que no tiene ninguno de sus defectos. Estoy de acuerdo.

Jane-2 no tenía la cintura estrecha. Era una robot huraña que se movía poco y hablaba menos.

Madarian había acudido pocas veces a Bogert para presentarle novedades durante la construcción, un indicio seguro de que las cosas no andaban muy bien. El entusiasmo de Madarian cuando tenía éxito era agobiante. No hubiera vacilado en despertar a Bogert a las tres de la madrugada con una noticia de última hora en vez de esperar al día siguiente. Bogert estaba seguro de ello.

Por el contrario, Madarian actuaba como reprimido y parecía pálido y consumido.

—No habla —señaló Bogert.

—Claro que habla. —Madarian se sentó y se mordió el labio inferior—. A veces.

Bogert se levantó y caminó en torno de la robot.

—Y cuando habla lo que dice no tiene sentido, supongo. Claro que si no habla no es una mujer, ¿verdad?

Madarian intentó una débil sonrisa y desistió.

—El cerebro, aisladamente, pasó el examen.

—Lo sé.

—Pero una vez que el cerebro quedó a cargo del aparato físico de la robot fue necesario modificarlo, por supuesto.

—Por supuesto —convino Bogert.

—Pero de un modo imprevisible y frustrante. El problema es que cuando se aborda un cálculo de incertidumbre de n dimensiones las cosas resultan...

—¿De incertidumbre? —ironizó Bogert.

Su propia reacción le sorprendió. La inversión de la compañía ya era considerable y habían transcurrido casi dos años, pero los resultados eran, por decirlo moderadamente, decepcionantes. Aun así, le divertía mofarse de Madarian.

Para sus adentros, se preguntó si en cierta forma no se estaría mofando de la ausente Susan Calvin. Madarian era mucho más efusivo que Susan... cuando las cosas andaban bien. También era mucho más vulnerable cuando las cosas andaban mal. Susan, en cambio, nunca se desmoronaba. Madarian ofrecía un blanco perfecto, como compensación por el blanco que Susan nunca se había prestado a ser.

Madarian reaccionó ante la réplica de Bogert con tanta displicencia como Susan Calvin, pero no por desdén —como habría hecho Susan—, sino porque no la oyó.

—El problema es el tema del reconocimiento —argumentó—. Jane-2 correlaciona espléndidamente. Puede establecer correlaciones sobre cualquier tema, pero luego no distingue un resultado valioso de un resultado inservible. No es fácil programar un robot para que distinga una correlación significativa cuando no se sabe qué correlaciones establecerá.

—Supongo que has pensado en reducir el potencial del empalme diódico W-21 y activar...

—No, no, no, no... —La contestación de Madarian se fue disminuyendo hasta el susurro—. No se trata de que lo arroje todo. Eso podemos hacerlo nosotros. Lo importante es que reconozca la correlación crucial y llegue a una conclusión. Una vez que lo consiga, cualquier robot Jane daría una respuesta por intuición. Sería algo que nosotros no podríamos conseguir, excepto por una rarísima casualidad.

—Tengo la impresión —dijo secamente Bogert— de que semejante robot podría hacer rutinariamente lo que entre los seres humanos sólo puede hacer un genio.

Madarian asintió vigorosamente.

—Exacto, Peter. Yo mismo lo habría dicho si no hubiera temido asustar a los ejecutivos. Por favor, no lo repitas delante de ellos.

—¿De veras quieres una robot genio?

—¿Qué son las palabras? Intento obtener un robot con capacidad para establecer correlaciones aleatorias a enorme velocidad, junto con un cociente de alto reconocimiento para una significación clave. Y estoy tratando de traducir estas palabras a ecuaciones de campo positrónicas. Creí que ya lo tenía, pero no. Todavía no. —Miró a Jane-2 con insatisfacción y le preguntó—: ¿Cuál es la mejor significación que tienes, Jane-2?

Jane-2 volvió la cabeza hacia Madarian, pero no emitió ningún sonido.

—Lo está pasando por los bancos de correlación —susurró Madarian resignado.

Al fin, Jane-2 habló con voz neutra:

—No estoy segura.

Era el primer sonido que emitía.

Madarian elevó los ojos al techo.

—Está haciendo el equivalente de armar ecuaciones con soluciones indeterminadas.

—Me he dado cuenta —dijo Bogert—. Escucha, Madarian, ¿crees que puedes llegar a alguna parte, o nos retiramos ahora y limitamos nuestras pérdidas a quinientos millones?

—Oh, lo resolveré —rezongó Madarian.

Jane-3 tampoco dio resultado. Ni siquiera llegó a activarse, y Madarian estaba fuera de sí.

Era un error humano. Culpa suya, para ser exactos. Pero mientras Madarian se sentía totalmente humillado otros guardaban silencio; que quien no hubiera cometido nunca un error en las matemáticas temiblemente intrincadas del cerebro positrónico rellenara el primer memorándum correctivo.

Transcurrió otro año hasta que Jane-4 estuvo a punto. Madarian estaba nuevamente exultante.

—Lo ha logrado. Tiene un buen cociente de alto reconocimiento.

Estaba tan confiado que exhibió a la robot ante el consejo de dirección y le hizo resolver problemas: No problemas matemáticos —cualquier robot resolvía problemas matemáticos—, sino problemas cuyos términos eran deliberadamente ambiguos sin ser imprecisos.

—No se necesita mucho para eso —dijo luego Bogert.

—Claro que no. Es elemental para Jane-4, pero tenía que mostrarles algo, ¿no?

—¿Sabes cuánto hemos gastado hasta ahora?

—Vamos, Peter, no me vengas con eso. ¿Sabes cuánto hemos recuperado? Estas cosas no ocurren en el vacío. He pasado tres años infernales, te lo confieso; pero he elaborado nuevas técnicas de cálculo que nos ahorrarán un mínimo de cincuenta mil dólares en cada tipo de cerebro positrónico que diseñemos, desde ahora y para siempre. ¿De acuerdo?

—Pero...

—Sin peros. Es así. Y sospecho que el cálculo de incertidumbre con n dimensiones tendrá muchísimas aplicaciones si nos las ingeniamos para hallarlas, y mis robots Jane las hallarán. Una vez que tenga lo que quiero, la nueva serie JN se costeará sola en cinco años, aunque tripliquemos lo que hemos invertido hasta ahora.

—¿Qué significa «lo que quiero»? ¿Qué problema hay con Jane-4?

—Nada. O nada importante. Está en el buen camino, pero se puede mejorar y me propongo mejorarla. Creí saber a dónde iba cuando la diseñé. Ahora la he puesto a prueba y sé a dónde voy. Me propongo llegar allí.

Jane-5 fue lo que buscaba. Madarian tardó más de un año, pero ya no tenía reservas; estaba absolutamente seguro.

Era más baja y delgada que un robot común. Sin ser una caricatura femenina, como Jane-1, poseía un aire femenino a pesar de no contar con la silueta de una mujer.

—Es su apostura —comentó Bogert.

La robot extendía grácilmente los brazos y cuando daba media vuelta parecía curvar ligeramente el torso.

—Escúchala —dijo Madarian—. ¿Cómo estás, Jane?

—En excelente salud, gracias —respondió Jane-5, con una turbadora y femenina voz de contralto.

—¿Por qué has hecho eso, Clinton? —preguntó Peter, sobresaltado, y frunció el ceño.

—Es psicológicamente importante. Quiero que la gente la considere una mujer, que la trate como una mujer, que le explique las cosas.

—¿Qué gente?

Madarian hundió las manos en sus bolsillos y miró pensativamente a Bogert.

—Quisiera que se dispusiera lo necesario para que Jane y yo fuéramos a Flagstaff.

Bogert notó que Madarian no decía Jane-5. Ya no usaba el número; se trataba de la única Jane.

—¿A Flagstaff? ¿Por qué?

—Porque es el centro mundial de planetología general. Allí es donde se estudian las estrellas y se intenta calcular la probabilidad de que haya planetas habitables, ¿no es cierto?

—Lo sé, pero está en la Tierra.

—Sí, claro.

—Los movimientos de los robots en la Tierra están estrictamente controlados. Y no es necesario. Trae aquí una biblioteca de libros sobre planetología general y que Jane los asimile.

—¡No! Peter, métete en la mollera que Jane no es un robot lógico común. Es intuitiva.

—¿Y?

—Pues que ¿cómo saber qué necesita, qué puede utilizar, qué la estimula? Podemos usar cualquier modelo metálico de la fábrica para leer libros; son datos fríos y desactualizados. Jane necesita información viva, tonos de voz, temas adicionales, incluso irrelevancias. ¿Cómo diablos sabremos cuándo algo se activa dentro de ella y se inserta en un patrón? Si lo supiéramos, no la necesitaríamos a ella, ¿verdad?

Bogert empezaba a sentirse acosado.

—Pues trae aquí a los expertos en planetología general.

—Aquí no servirá de nada. Ellos estarán fuera de su elemento. No reaccionarán con naturalidad. Quiero que Jane les observe trabajar, quiero que vea sus instrumentos, sus despachos, sus escritorios, todo lo posible, y quiero que la hagas transportar a Flagstaff. Y no quiero hablar más de esto.

Por un momento pareció ser Susan quien hablaba. Bogert hizo una mueca.

—Ese traslado es complicado. El transporte de un robot experimental...

—Jane no es experimental. Es la quinta de la serie.

—Las otras cuatro no eran modelos operativos.

Madarian alzó las manos con exasperación.

—¿Y quién te obliga a contárselo al Gobierno?

—No me preocupa el Gobierno. Puedo conseguir que entiendan ciertos casos especiales. Se trata de la opinión pública. Hemos avanzado muchísimo en cincuenta años y no tengo la intención de retroceder veinticinco permitiendo que pierdas el control de...

—No perderé el control. Estás diciendo tonterías. ¡Mira! La empresa puede pagar un avión privado. Aterrizaremos discretamente en el aeropuerto comercial más próximo y nos perderemos entre cientos de aterrizajes similares. Podemos hacer que un vehículo terrestre de carrocería cerrada nos vaya a buscar para llevarnos a Flagstaff. Jane estará dentro de una caja de embalaje y todo el mundo creerá que estamos transportando equipo no robótico al laboratorio. Nadie nos prestará atención. Los trabajadores de Flagstaff estarán sobre aviso y conocerán el objetivo de la visita. Tendrán muchos motivos para cooperar y evitar una filtración.

Bogert lo meditó.

—Lo más arriesgado serán el avión y el vehículo terrestre. Si algo le ocurre a la caja...

—No ocurrirá nada.

—Podemos lograrlo si desactivamos a Jane durante el transporte. Así, aunque alguien descubra que está dentro...

—No, Peter. No se puede hacer eso con Jane-5. Ha realizado asociaciones libres desde que la activamos. La información que posee se puede congelar durante la desactivación, pero no las asociaciones libres. No, señor. No podemos desactivarla nunca.

—Pero si se descubre que estamos transportando un robot activado...

—Nadie lo descubrirá.

Madarian se mantuvo en sus trece y el avión despegó al fin. Era un Computojet automático del último modelo, pero llevaba un piloto humano como precaución, un empleado de la empresa. La caja que contenía a Jane llegó al aeropuerto sin problemas, fue trasladada al vehículo terrestre y llegó a los laboratorios de investigación de Flagstaff sin novedad.

Peter Bogert recibió la llamada de Madarian menos de una hora después. Madarian estaba extasiado y, como era habitual en él, no tardó en hacerlo saber.

El mensaje llegó por rayo láser protegido, codificado y casi impenetrable; pero Bogert se enfadó. Sabía que era posible descubrirlo si alguien con suficiente capacidad tecnológica —el Gobierno, por ejemplo— estaba decidido a hacerlo. Su única tranquilidad era que el Gobierno no tenía razones para intentarlo. Eso esperaba Bogert, al menos.

—Por amor de Dios, ¿era necesario que llamaras?

Madarian no le prestó atención.

—Fue una inspiración. Puro genio, te lo aseguro.

Bogert miró al receptor.

—¿Quieres decir que ya tienes la respuesta? —exclamó en un tono de incredulidad.

—¡No, no! Danos tiempo, demonios. Quiero decir que lo de la voz fue pura inspiración. Cuando nos llevaron en coche desde el aeropuerto hasta el edificio principal de Flagstaff, sacamos a Jane de la caja. Todos los hombres presentes retrocedieron. ¡Los muy imbéciles tenían miedo! Si ni siquiera los científicos comprenden el significado de las tres leyes de la robótica, ¿qué podemos esperar de la gente común? Por un momento pensé que todo iba a ser inútil, que no hablarían, que estarían pensando en poner los pies en polvorosa en cuanto ella se descontrolase y no podrían pensar en otra cosa.

—Bien, ve al grano.

—Así que ella los saludó rutinariamente: «Buenas tardes, caballeros. Es un placer conocerles». Con esa bella voz de contralto... ¡Fue sensacional! Un tipo se ajustó la corbata, otro se alisó el cabello. Lo que más me divirtió fue que el fulano más viejo del lugar se miró a la bragueta para asegurarse de que la tenía cerrada. Ahora están locos por ella. Sólo necesitaban la voz. Ya no es una robot, es una chica.

—¿Quieres decir que le hablan?

—¡Vaya que si le hablan! Tenía que haberla programado para darle entonaciones eróticas y ya la estarían invitando a salir. ¡El poder de los reflejos condicionados! Escucha, los hombres reaccionan ante las voces. En los momentos más íntimos, ¿acaso miran? Es la voz en el oído...

—Sí, Clinton, creo recordarlo. ¿Dónde está Jane ahora?

—Con ellos. No se separan de ella.

—¡Cuernos! ¡Vete allí con ella! No la pierdas de vista, hombre.

Las llamadas posteriores de Madarian, durante su estancia de diez días en Flagstaff, fueron cada vez más infrecuentes y menos exaltadas.

Informó de que Jane escuchaba atentamente y en ocasiones respondía. Conservaba su popularidad. La dejaban entrar en todas partes. Pero no había resultados.

—¿Ninguno? —preguntó Bogert.

Madarian se puso a la defensiva:

—No puede decirse «ninguno». Es imposible decirlo con un robot intuitivo. Nunca se sabe lo que puede estar pasándole por la cabeza. Esta mañana le preguntó a Jensen qué había desayunado.

—¿Rossiter Jensen? ¿El astrofísico?

—Sí, por supuesto. Bien, pues él no había desayunado hoy. Sólo una taza de café.

—Así que Jane está aprendiendo a hablar de naderías. Vaya, eso no compensa el gasto...

—Oh, no seas tonto. No se trataba de naderías. Nada lo es para Jane. Lo preguntó porque tenía algo que ver con una correlación que estaba estableciendo en su mente.

—¿Pero qué puede...?

—¿Cómo saberlo? Si lo supiera, yo sería una Jane y tú no la necesitarías. Pero tiene que significar algo. Está programada para motivaciones de alcance avanzado, con el objeto de obtener una respuesta a la pregunta de si hay un planeta con una relación óptima de habitabilidad y distancia, y...

—Entonces, cuéntamelo cuando lo haya logrado. No es necesario que me hagas una descripción detallada de las posibles correlaciones.

En realidad, no esperaba recibir una notificación de éxito. A cada día que pasaba, Bogert se sentía más abatido, así que cuando llegó la notificación no estaba preparado para ello. Y llegó muy al final.

El mensaje culminante de Madarian fue un susurro. La euforia había completado el círculo y Madarian susurraba por pura admiración.

—Lo consiguió —dijo—. Lo consiguió. Y cuando yo me daba por vencido, además; después de haber asimilado todos los datos del lugar, y la mayoría de ellos dos o tres veces, sin decir una palabra que sonara acertada... Ahora estoy en el avión de vuelta. Acabamos de despegar.

Bogert consiguió recobrar el aliento.

—No juegues conmigo, Madarian. ¿Tienes respuestas? En tal caso, dilo. Dilo sin rodeos.

—Ella tiene la respuesta. Me ha dado la respuesta. Me ha dado el nombre de tres estrellas a ochenta años luz y que tienen de un sesenta a un noventa por ciento de probabilidades de poseer un planeta habitable cada una. Una de ellas tiene una probabilidad del 0,972. Es casi seguro. Y eso no es todo. Cuando regresemos, Jane podrá exponer los razonamientos que la llevaron a esa conclusión, y anticipo que la ciencia de la astrofísica y la cosmología sufrirán un...

—¿Estás seguro...?

—¿Crees que alucino? Incluso tengo un testigo. El pobre saltó más de medio metro en el momento en que Jane dio la respuesta con su espléndida voz.

Y fue entonces cuando el meteorito hizo impacto haciendo trizas el avión. Madarian y el piloto quedaron reducidos a guiñapos de carne sanguinolenta, y de Jane no se recuperó ningún resto utilizable.

El desánimo nunca había sido más profundo en Robots y Hombres Mecánicos. Robertson trató de consolarse pensando que la destrucción había sido tan completa que ocultaba los actos ilegales en que había incurrido la compañía. Peter sacudió la cabeza, lamentándose.

—Hemos perdido nuestra mejor oportunidad de obtener una inmejorable imagen pública, de superar el maldito complejo de Frankenstein; lo que para los robots hubiese significado el hecho de que uno de ellos solucionara el problema de los planetas habitables, después de que otros robots habían contribuido a desarrollar el salto espacial. Ellos nos habrían abierto la galaxia. Y si al mismo tiempo hubiéramos impulsado el conocimiento científico en varios rumbos como... ¡Oh, Dios! No hay modo de calcular los beneficios para la raza humana; y para nosotros, por supuesto.

—Pero podríamos construir otras Janes, ¿verdad? —preguntó Robertson—. Incluso sin Madarian.

—Claro que sí. ¿Pero podemos depender nuevamente de la correlación apropiada? Quién sabe lo baja que era la probabilidad del resultado final. ¿Y si Madarian hubiera tenido una fantástica suerte de principiante? ¿Y si luego tuvimos una mala suerte aún más fantástica? Un meteorito cayendo sobre... Es simplemente increíble...

—¿No pudo haber sido... adrede? —susurró Robertson—. Es decir, que no quisieran que nos enterásemos y el meteorito fuese la conclusión de...

Guardó silencio ante la mirada fulminante de Bogert, que dijo:

—No todo se ha perdido, supongo. Otras Janes nos ayudarán de otros modos. Y podemos dar voz femenina a los robots, si eso sirve para alentar la aceptación pública; aunque no sé qué dirán las mujeres. Si al menos supiéramos qué dijo Jane-5...

—En esa última llamada, Madarian dijo que había un testigo.

—Lo sé. He pensado en ello. ¿Crees que no he estado en contacto con Flagstaff? Allí nadie oyó que Jane dijera nada fuera de lo común, nada que pareciera una respuesta al problema de los planetas habitables, y seguro que esa gente habría reconocido una respuesta así, o al menos habría reconocido que era una respuesta posible.

—¿Puede ser que Madarian mintiese? ¿Es posible que estuviera loco? ¿Tal vez trataba de protegerse...?

—¿Quieres decir que si intentaba salvar su reputación fingiendo que tenía la respuesta, con la intención de manipular a Jane para que no hablara y venirnos con la farsa de que había ocurrido un accidente? ¡Demonios! No puedo aceptar semejante cosa. Sería como suponer que lo del meteorito lo preparó él.

—Entonces, ¿qué hacemos?

—Volveremos a Flagstaff. La respuesta ha de estar allí. Tengo que profundizar más, eso es todo. Iré allá y llevaré un par de hombres del departamento de Madarian. Tenemos que registrar ese lugar de cabo a rabo.

—Pero aunque hubiera un testigo y él hubiera oído algo ¿de qué nos serviría ahora, si no está Jane para explicar el procedimiento?

—Todos los detalles son útiles. Jane dio el nombre de las estrellas, tal vez el número de catálogo, pues ninguna de las estrellas con nombre tiene posibilidad alguna. Si alguien puede recordar que lo dijo y recordar el número de catálogo, o lo oyó con claridad suficiente como para que podamos recuperarlo por medio de un sondeo psíquico en caso de que le falle la memoria consciente, entonces tendremos algo. Dados los resultados finales y los datos iniciales presentados a Jane, tal vez podamos reconstruir el razonamiento; tal vez recuperemos esa intuición. Si lo conseguimos, salvaremos la partida...

Bogert regresó al cabo de tres días, callado y muy deprimido. Cuando Robertson le preguntó ansiosamente por los resultados, sacudió la cabeza.

—¡Nada!

—¿Nada?

—Absolutamente nada. He hablado con todos los hombres de Flagstaff, con todos los científicos, con todos los técnicos, con todos los estudiantes que se hubieran relacionado con Jane, con todos los hombres que la hubieran visto. No eran muchos; admito que Madarian fue discreto. Sólo permitió que la vieran quienes pudiesen tener conocimientos planetológicos que ofrecerle. Un total de veintitrés hombres vio a Jane, y de ellos sólo doce entablaron con ella una verdadera conversación. Les hice repetir una y otra vez lo que Jane había dicho. Lo recordaban todo muy bien. Son hombres entusiastas y comprometidos en un experimento decisivo en su especialidad, así que tenían buenas motivaciones para recordar. Y estaban tratando con una robot parlante, algo bastante fuera de lo común, y que para colmo hablaba como una actriz de televisión. No podían olvidarse de nada.

—Tal vez un sondeo psíquico...

—Si uno de ellos tuviera la más vaga idea de que sucedió algo, le arrancaría su consentimiento para efectuarle un sondeo. Pero no hay ninguna excusa, y sondear a doce hombres que se ganan la vida utilizando su cerebro es imposible. Con franqueza, no serviría de nada. Si Jane hubiera mencionado tres estrellas, diciendo que tenían planetas habitables, habría sido como encenderles fuegos artificiales en el cerebro. ¿Cómo podrían olvidarlo?

—Tal vez alguien miente. Alguien que quiere la información para provecho propio, con el fin de recoger luego los laureles.

—¿De qué le serviría? Todos saben por qué Madarian y Jane estuvieron allí. Saben por qué he ido yo. Si en el futuro algún hombre de Flagstaff propone una teoría sobre un planeta habitable, que sea asombrosamente nueva y diferente, pero válida, todos los hombres de Flagstaff y de nuestra empresa sabrán de inmediato que es información robada. Nunca se saldría con la suya.

—Pues, entonces, Madarian cometió un error.

—Me cuesta creerlo. Madarian tenía una personalidad irritante, como todos los robopsicólogos. Quizá por eso trabajan con robots y no con hombres. Pero no era tonto. No podía equivocarse en algo como esto.

—Entonces... —Robertson había agotado las posibilidades. Se habían topado con una pared en blanco y la miraban con desconsuelo. Finalmente, sugirió—: Peter...

—¿Sí?

—Preguntémosle a Susan.

Bogert se puso tenso.

—¿Qué?

—Preguntémosle a Susan. La llamamos y le pedimos que venga.

—¿Por qué? ¿Qué puede hacer ella?

—No sé, pero es robopsicóloga y quizás entienda mejor a Madarian. Además... Bueno, siempre tuvo más cabeza que cualquiera de nosotros.

—Tiene casi ochenta años.

—Y tú setenta. ¿Y qué?

Bogert suspiró. ¿La incisiva lengua de Susan habría perdido su filo en los años de retiro?

—Vale, le preguntaré —dijo Bogert.

Susan Calvin entró en el despacho de Bogert y miró en torno antes de clavar la vista en el director de investigaciones. Había envejecido mucho desde su jubilación. Tenía el cabello blanco y ralo y el rostro arrugado. Su aspecto era tan frágil que parecía transparente, aunque conservaba esos ojos penetrantes e implacables.

Bogert se le acercó afectuosamente, con la mano extendida.

—¡Susan!

Susan le estrechó la mano.

—Tienes bastante buen aspecto, Peter, para ser un anciano. Yo que tú no esperaría hasta el año próximo. Retírate y deja que trabajen los jóvenes... Y Madarian ha muerto. ¿Me llamas para que vuelva a mi vieja tarea? ¿Te empeñas en conservar tus antiguallas aun después de muertas?

—No, no, Susan. Te he llamado...

Se calló porque no sabía cómo empezar. Pero Susan le leyó la mente con la facilidad de costumbre. Se sentó con la cautela que le imponían sus endurecidas articulaciones y dijo:

—Peter, me has llamado porque estás en apuros. Preferirías verme muerta a tenerme a un kilómetro de distancia.

—Vamos, Susan...

—No pierdas tiempo con lisonjas. No tuve tiempo para ellas a los cuarenta, así que menos ahora. La muerte de Madarian y tu llamada son hechos insólitos, de modo que ha de existir una conexión. Dos hechos insólitos sin conexión es algo demasiado improbable. Empieza por el principio y no temas quedar como un tonto. Hace mucho tiempo que sé que lo eres.

Bogert carraspeó y habló. Susan escuchó atentamente, alzando en ocasiones su mano marchita para intercalar una pregunta.

—¿Intuición femenina? —bufó una de las veces—. ¿Para eso queríais el robot? Ah, los hombres. Ante una mujer que llega a una conclusión correcta, no podéis aceptar que es igual o superior a vosotros en inteligencia, e inventáis algo que llamáis intuición femenina.

—Bueno, sí, Susan, pero permíteme continuar...

Continuó. Cuando habló de la voz de contralto de Jane, Susan comentó:

—A veces no sé si sentir repugnancia por el sexo masculino o simplemente desecharlo por despreciable.

—Bien, permíteme continuar...

Cuando Bogert hubo concluido, Susan dijo:

—¿Puedo usar este despacho en privado durante un par de horas?

—Sí, pero...

—Quiero revisar la documentación; la programación de Jane, las llamadas de Madarian, tus entrevistas en Flagstaff. Supongo que puedo usar ese deslumbrante teléfono láser protegido y tu terminal de ordenador.

—Sí, desde luego.

—Pues lárgate de aquí, Peter.

Cuarenta y cinco minutos después, Susan caminó hasta la puerta, la abrió y llamó a Bogert, que acudió acompañado por Robertson. Ambos entraron y Susan saludó al segundo con cara de pocos amigos.

Bogert trató de evaluar los resultados a partir del semblante de Susan, pero era sólo el semblante de una anciana huraña que no tenía intención de facilitarle las cosas.

—¿Crees que podrás hacer algo, Susan? —preguntó con cautela.

—¿Más de lo que he hecho? No, nada más.

Bogert apretó los labios acongojado, pero Robertson preguntó:

—¿Qué has hecho, Susan?

—He pensado un poco, ya que no puedo persuadir a los demás de que lo hagan. Por lo pronto, he pensado en Madarian. Yo lo conocía, como sabéis. Era inteligente, pero exasperantemente extravertido. Pensé que te gustaría, después de haberme tenido a mí, Peter.

—Fue un cambio —reconoció Bogert, sin poder contenerse.

—Y siempre corría hacia ti con los resultados en cuanto los obtenía, ¿verdad?

—Así es.

—Sin embargo, su último mensaje, el mensaje en el que afirmó que Jane le había dado la respuesta, lo envió desde el avión. ¿Por qué esperó tanto? ¿Por qué no te llamó desde Flagstaff en cuanto Jane dijo lo que fuera que dijese?

—Supongo que quiso verificarlo exhaustivamente y... Bueno, no lo sé. Era lo más importante que le había ocurrido nunca. Tal vez quiso esperar y asegurarse.

—Por el contrario. Cuanto más importante era el asunto, menos esperaba. Y si podía esperar ¿por qué no esperó hasta estar de vuelta aquí, donde podría cotejar los resultados con todo el equipo informático que la empresa podía poner a su disposición? En síntesis, esperó demasiado desde un punto de vista y demasiado poco desde el otro.

—¿Crees que se traía algo entre manos...? —interrumpió Robertson.

Susan lo miró con desprecio.

—Scott, no trates de competir con Peter en materia de comentarios anodinos. Permíteme continuar... Otro problema es el testigo. Según las grabaciones de esa última llamada, Madarian dijo: «El pobre saltó más de medio metro en el momento en que Jane dio la respuesta con su espléndida voz». Ésas fueron sus últimas palabras. Y la pregunta es: ¿por qué el testigo se sobresaltó? Según Madarian, todos los hombres estaban locos por esa voz, y se habían pasado diez días con la robot, con Jane; ¿por qué iba a sobresaltarlos que hablara?

—Supuse que fue el asombro de oír que Jane daba respuesta a un problema que lleva ocupando la mente de los planetólogos desde hace casi un siglo —opinó Bogert.

—Pero ellos esperaban que Jane encontrara esa respuesta. Para eso estaba allí. Además, fíjate en la frase. Madarian da a entender que el testigo estaba sobresaltado, no asombrado. ¿Entiendes la diferencia? Más aún, esa reacción sobrevino «en el momento en que Jane dio la respuesta...». En otras palabras, apenas Jane se puso a hablar. Asombrarse ante el contenido de lo que dijo Jane habría requerido que el testigo lo escuchara para que pudiese asimilarlo. Madarian habría dicho que saltó más de medio metro después de oír lo que dijo Jane. Sería «después», no «en el momento».

—No creo que puedas hilar tan fino como para reducir todo al uso de una palabra —refunfuñó Bogert.

—Puedo —replicó Susan en su tono glacial—, porque soy robopsicóloga. Y sé que Madarian lo haría así porque era robopsicólogo. Tenemos, pues, que explicar esas dos anomalías. La rara tardanza de la llamada de Madarian y la rara reacción del testigo.

—¿Puedes explicarlas? —preguntó Robertson.

—Claro que sí, ya que empleo un poco de simple lógica. Madarian llamó con la noticia sin demora, como de costumbre. Si Jane hubiera resuelto el problema en Flagstaff, él habría llamado desde allí; como llamó desde el avión, eso es que Jane debió de resolver el problema después de salir de Flagstaff.

—Pero entonces...

—Déjame terminar, déjame terminar. ¿Madarian no se trasladó desde el aeropuerto a Flagstaff en un coche cerrado? ¿Y Jane no iba en la caja?

—Sí.

—Y supongo que Madarian y Jane, que iba en su caja, regresaron de Flagstaff al aeropuerto en el mismo vehículo cerrado. ¿Correcto?

—Sí, correcto.

—Y no estaban solos en el coche. En una de sus llamadas, Madarían dijo: «nos llevaron en coche desde el aeropuerto has-

536

ta el edificio principal», lo cual me hace suponer que había un chófer, un conductor humano en el coche.

—¡Santo cielo!

—Tu problema, Peter, es que cuando piensas en el testigo de una declaración planetológica piensas sólo en planetólogos. Divides a los seres humanos en categorías, y desdeñas y desechas a la mayoría. Un robot no puede hacer eso. La Primera Ley dice: «Un robot no debe dañar a un ser humano ni, por inacción, permitir que un ser humano sufra daño». Cualquier ser humano. Es la esencia de la perspectiva robótica. Un robot no establece distinciones. Para un robot, todos los hombres son verdaderamente iguales y, para un robopsicólogo que debe tratar con hombres en el nivel robótico, todos los hombres son verdaderamente iguales también. A Madarian no se le habría ocurrido decir que un camionero oyó la frase. Para ti un camionero no es un científico, sino el accesorio inanimado de un camión; pero para Madarian era un hombre y un testigo. Nada más. Nada menos.

Bogert sacudió la cabeza incrédulamente.

—¿Estás segura?

—Claro que estoy segura. ¿Cómo explicas, de lo contrario, que el testigo se haya sobresaltado? Jane estaba embalada en una caja, ¿verdad? Pero no estaba desactivada. Según los documentos, Madarian se mostró siempre inflexible en cuanto a no desactivar un robot intuitivo. Más aún, Jane-5, como cualquiera de las otras Janes, era poco locuaz. Probablemente, a Madarian no se le ocurrió nunca ordenarle que guardara silencio dentro de la caja, y ella estableció sus correlaciones sólo cuando se encontraba ya dentro. Como era de esperar, se puso a hablar. Una bella voz de contralto sonó de pronto de la caja. Si tú fueras el conductor, ¿qué harías? Sin duda te sobresaltarías. Es un milagro que no se estrellara.

—Pero si el testigo fue el camionero, ¿por qué no se presentó...?

—¿Por qué? ¿Cómo puede saber él que ocurrió algo decisivo, que oyó algo importante? Además, ¿no crees que Madarian le habrá dado una buena propina para hacerle callar? ¿Tú querrías que se difundiera la noticia de que un robot activado estaba siendo transportado ilegalmente por la superficie terrestre?

—¿Y se acordará de lo que oyó?

—¿Por qué no? Tal vez tú pienses, Peter, que un camionero, que para ti es poco más que un simio, no es capaz de recordar. Pero los camioneros también pueden tener cerebro. Lo que Jane dijo era algo poco común, así que es probable que el camionero recuerde algo. Aunque se equivoque en algunas letras o números, se trata de un conjunto finito; es decir, quinientas cincuenta estrellas, o sistemas estelares, a ochenta años luz o así, no he mirado el número exacto. Podéis establecer las opciones correctas. Y de ser necesario tendréis todas las excusas para hacer uso de la sonda psíquica...

Los dos hombres la miraban de hito en hito. Finalmente, Bogert susurró, sin querer creérselo:

—¿Pero cómo puedes estar tan segura?

Por un momento, Susan estuvo a punto de decir: Porque he llamado a Flagstaff, idiota, y porque he hablado con el camionero y porque él me contó lo que había oído y porque lo he verificado con el ordenador de Flagstaff y he dado con las tres únicas estrellas que concuerdan con esa información y porque tengo los nombres en el bolsillo.

Pero se calló; que él mismo se encargara de averiguarlo. Se puso de pie y dijo sardónicamente:

—¿Cómo puedo estar tan segura...? No sé, llámelo intuición femenina.

El mayor patrimonio

La Tierra era un gran parque domesticado.

La Tierra era un gran parque domesticado.

Lou Tansonia la veía en expansión mientras observaba con el ceño fruncido desde el transbordador lunar. Su nariz prominente le dividía el rostro enjuto en dos delgadas mitades y ambas parecían siempre tristes, pero esa vez constituían un fiel reflejo de su estado de ánimo.

Nunca había estado fuera tanto tiempo —casi un mes— y preveía un ingrato periodo de aclimatación bajo el tirón inclemente de la potente gravedad de la Tierra.

Pero eso vendría después. No era la causa de la tristeza que sentía al contemplar cómo la Tierra aumentaba de tamaño.

Mientras el planeta era un círculo con espirales blancas que relucían al Sol, aún poseía su belleza prístina. Cuando los retazos de marrón y verde asomaron entre las nubes, seguía pareciendo el planeta que había sido durante trescientos millones de años, desde que la vida emergió del mar para propagarse por la tierra seca y cubrir los valles de verdor.

Pero a menor altura, a medida que descendía la nave, la docilidad era evidente.

No había tierras agrestes. Lou nunca había visto parajes agrestes en la Tierra, sólo los conocía por haber leído sobre ellos o haberlos visto en viejas películas.

Los bosques formaban hileras ordenadas, con cada árbol clasificado por su especie y posición. Los cereales crecían en parcelas en sistemática rotación, fertilizados y desbrozados de forma intermitente y automática. Los pocos animales domésticos que aún existían estaban numerados, y Lou tenía la amarga sospecha de que lo mismo sucedía con las hojas de hierba.

Los animales eran tan raros que constituían una atracción. Hasta los insectos habían desaparecido, y ningún animal grande podía verse fuera de los parques zoológicos.

Incluso los gatos escaseaban, pues era mucho más patriótico tener un hámster, si uno necesitaba una mascota.

¡Precisemos! Sólo la población animal y no humana de la Tierra había disminuido. El conjunto de la población animal era tan grande como siempre, pero la mayor parte, unas tres cuartas partes del total, pertenecía a una sola especie: *Homo sapiens*. Y, a pesar de todos los esfuerzos del Departamento Terrícola de Ecología, esa fracción aumentaba lentamente año tras año.

Lou pensó en ello, como de costumbre, con una agobiante sensación de pérdida. La presencia humana no era sofocante. No se veían indicios de ella desde las órbitas finales del transbordador, y Lou no vería indicios de ella ni siquiera cuando descendiese mucho más.

Las proliferantes ciudades de los caóticos días preplanetarios habían desaparecido. Las viejas carreteras se avistaban desde el aire por la impronta que aún dejaban en la vegetación, pero resultaban invisibles desde cerca. Rara vez se veían hombres trabajando en la superficie, pero estaban allí, bajo tierra. Miles de millones de seres humanos, con sus fábricas, sus plantas de procesamiento de alimentos, sus plantas energéticas, sus túneles de vacío.

Ese mundo domesticado se alimentaba de energía solar y estaba libre de conflictos, y a Lou le resultaba detestable.

Pero por el momento casi podía olvidarlo, pues al cabo de meses de fracaso vería en persona a Adrastus. Para ello había tenido que mover todas sus influencias.

Ino Adrastus era secretario general de Ecología. No se trataba de un puesto electivo ni muy conocido. Era simplemente el puesto más importante de la Tierra, pues lo controlaba todo.

Jan Marley dijo exactamente esas palabras, con un aire desmañado y somnoliento que hacía pensar que habría estado gordo si la dieta humana no estuviese tan controlada como para impedir la obesidad.

—Por supuesto, éste es el puesto más importante de la Tierra y nadie parece enterarse. Quiero escribirlo.

Adrastus se encogió de hombros. Su figura corpulenta, con su mechón de pelo entrecano y sus descoloridos ojos azules y rodeados de arrugas, desempeñaba un papel discreto en la escena administrativa desde hacía una generación. Era secretario general de Ecología desde que los consejos ecológicos regionales se habían fusionado en el Departamento Terrícola. Quienes lo conocían no concebían la ecología sin él.

—Lo cierto es que no tomo decisiones —dijo—. Las directivas que firmo no me pertenecen. Las firmo porque sería psicológicamente perturbador que las firmaran los ordenadores. Pero sólo los ordenadores pueden realizar esa tarea. Este departamento ingiere una increíble cantidad de datos al día, datos que llegan desde todos los rincones del globo y que no sólo se refieren a nacimientos, muertes, cambios demográficos, producción y consumo entre los seres humanos, sino, sobre todo, a los cambios tangibles en la población vegetal y animal, por no mencionar la medición de los principales segmentos del medio ambiente: aire, mar y suelo. La información es desmenuzada, absorbida y asimilada en bancos de memoria de tremenda complejidad, y esa memoria nos da las respuestas a nuestras preguntas.

—¿Respuestas a todas las preguntas? —preguntó Marley, con expresión pícara.

Adrastus sonrió.

—Aprendemos a no molestarnos en hacer preguntas que no tienen respuesta.

—Y el resultado es el equilibrio ecológico.

—En efecto, pero un equilibrio ecológico especial. A lo largo de la historia del planeta, el equilibrio se ha mantenido siempre, pero invariablemente a costa de una catástrofe. Después de un desequilibrio transitorio, el equilibrio se restaura mediante hambrunas, epidemias o drásticos cambios climáticos. Ahora lo mantenemos sin catástrofes por medio de cambios y modificaciones diarias, sin permitir nunca que el desequilibrio se acumule peligrosamente.

—Eso dijo usted una vez: «El mayor patrimonio del género humano es la ecología equilibrada».

—Eso dicen que he dicho.

—Está en esa pared, a sus espaldas.

—Sólo las primeras palabras —replicó secamente Adrastus.

La inscripción parpadeaba en una larga placa de plástico brillante: «El mayor patrimonio del género humano...».

—No es preciso completar la frase.

—¿Qué más puedo decirle?

—¿Puedo pasar un tiempo con usted para ver cómo trabaja?

—Sólo vería a un escribiente glorificado.

—No lo creo. ¿Hay alguna cita a la que yo pueda asistir?

—Hoy tengo una. Un joven llamado Tansonia. Uno de nuestros hombres de la Luna. Puede usted asistir.

—¿Hombres de la Luna? ¿Se refiere...?

—Sí, de los laboratorios lunares. Gracias a Dios, tenemos la Luna. De lo contrario, realizarían todos esos experimentos en la Tierra, y ya nos cuesta bastante equilibrar la ecología.

—¿Se refiere a los experimentos nucleares y a la contaminación radiactiva?

—Me refiero a muchas cosas.

Lou Tansonia combinaba un mal disimulado entusiasmo con una mal disimulada aprensión.

—Me alegra tener esta oportunidad de verle, señor secretario —dijo entrecortadamente, resollando a causa de la gravedad de la Tierra.

—Lamento que no haya podido ser antes —contestó afablemente Adrastus—. Tengo excelentes informes sobre su labor. Este caballero es Jan Marley, escritor científico, y es hombre de confianza.

Lou miró de soslayo al escritor, le saludó con un movimiento de cabeza y se volvió hacia Adrastus.

—Señor secretario...

—Siéntese —dijo Adrastus.

Lou se sentó con la torpeza que cabía esperar en alguien que se estaba aclimatando a la Tierra, pero dando la sensación de que no quería perder un solo instante, ni siquiera en sentarse.

—Señor secretario, apelo a usted personalmente en relación con mi solicitud de proyecto núme...

—Lo conozco.

—¿Lo ha leído?

—No, pero los ordenadores sí. Lo han rechazado.

—¡Sí! Pero yo recurro a usted, no a los ordenadores.

Adrastus sonrió y sacudió la cabeza.

—Es una reclamación difícil. No tendría el coraje suficiente para anular una decisión del ordenador.

—Pero debe hacerlo —protestó el joven, con vehemencia—. Mi especialidad es la ingeniería genética.

—Sí, lo sé.

—Y la ingeniería genética —agregó Lou, pasando por alto la interrupción— es la sierva de la medicina, pero no debería serlo. No del todo, al menos.

—Es raro que piense así. Usted es médico y ha realizado importantes trabajos en genética médica. Me han dicho que dentro de dos años su labor puede conducir a la eliminación total de la diabetes mellitus.

—Sí, pero no me importa. No quiero continuar con eso; que lo haga otro. Curar la diabetes es apenas un detalle que sólo reducirá la tasa de mortalidad y alentará más el crecimiento demográfico. No me interesa lograr eso.

—¿No valora la vida humana?

—No infinitamente. Hay demasiadas personas en la Tierra.

—Sé que algunos piensan así.

—Usted es uno de ellos, señor secretario. Usted ha escrito artículos expresando esa opinión. Y para cualquier hombre que piense, para usted más que para ningún otro, las consecuencias son evidentes. El exceso de población significa incomodidad, y para reducir la incomodidad hay que eliminar la intimidad. Si apiñamos muchas personas en un campo, sólo podrán sentarse haciéndolo todas al mismo tiempo. Si tenemos una muchedumbre, sólo puede desplazarse rápidamente marchando en formación. En eso se están transformando los hombres, en una muchedumbre que marcha a ciegas sin saber adónde ni por qué.

—¿Cuánto tiempo ha estado ensayando este discurso, señor Tansonia?

Lou se sonrojó.

—Y las demás formas de vida están disminuyendo, tanto en especies como en individuos, excepto las plantas que comemos. La ecología se vuelve más simple cada año.

—Se mantiene equilibrada.

—Pero pierde color y variedad, y ni siquiera sabemos si ese equilibrio es realmente bueno. Aceptamos el equilibrio sólo porque es lo único que tenemos.

—¿Qué haría usted?

—Pregúntele al ordenador que rechazó mi propuesta. Quiero iniciar un programa de ingeniería genética en una amplia gama de especies, desde los gusanos hasta los mamíferos. Quiero crear una nueva variedad a partir del cada vez más menguado material de que disponemos, antes de que desaparezca.

—¿Con qué objeto?

—Para organizar ecosistemas artificiales. Para organizar ecosistemas basados en plantas y animales totalmente distintos de los existentes.

—¿Qué se ganaría con ello?

—No lo sé. Si supiera exactamente qué ganaríamos no sería preciso investigar. Pero sé qué deberíamos ganar. Deberíamos aprender más acerca del funcionamiento de un ecosistema. Hasta ahora sólo hemos tomado lo que nos dio la naturaleza, y luego lo destrozamos y destruimos y nos las apañamos con sus maltrechas sobras. ¿Por qué no construir algo y estudiarlo?

—¿Construir a ciegas? ¿Al azar?

—No sabemos lo suficiente para hacerlo de otro modo. La fuerza impulsora básica de la ingeniería genética es la mutación aleatoria. En medicina, el azar se debe reducir a toda costa, pues se busca un efecto específico. Quiero tomar el componente aleatorio de la ingeniería genética y aprovecharlo.

Adrastus frunció el ceño.

—¿Y cómo piensa organizar semejante ecosistema? ¿No interferirá en el ecosistema existente y provocará un desequilibrio? No podemos permitirnos ese lujo.

—No me propongo realizar los experimentos en la Tierra. Claro que no.

—¿En la Luna?

—Tampoco en la Luna. En los asteroides. He pensado en ello desde que mi propuesta fue introducida en el ordenador que la rechazó. Tal vez esto cambie las cosas. Podemos ahuecar asteroides, uno por ecosistema. Destinaríamos varios asteroides a este propósito. Los preparamos adecuadamente, los equipamos de fuentes energéticas y de transductores, los poblamos de conjuntos de formas de vida que integren un ecosistema cerrado. Y a ver qué ocurre. Si no funciona, averiguamos por qué y sustraemos un elemento, o tal vez sumamos un elemento, o cambiamos las proporciones. Desarrollaremos una ciencia de la ecología aplicada o, si lo prefiere, una ciencia de la ingeniería ecológica; una ciencia más compleja y decisiva que la ingeniería genética.

—Pero no sabe cuáles serían los beneficios.

—Los beneficios específicos no, claro. Pero es inevitable que haya algunos. Incrementará nuestros conocimientos en el campo que más lo necesitamos. —Señaló las letras que parpadeaban a la espalda de Adrastus—. Usted mismo lo ha dicho: «El mayor patrimonio del género humano es una ecología equilibrada». Le ofrezco un modo de investigar un ecosistema experimental, algo que jamás se ha hecho.

—¿Cuántos asteroides necesitará?

Lou titubeó.

—¿Diez? —sugirió en un tono interrogativo—. Para empezar.

—Tome cinco —dijo Adrastus, mientras firmaba el informe que anulaba la decisión del ordenador.

Marley observó más tarde:

—¿Insiste en que es un escribiente glorificado? Anula usted la decisión del ordenador y dispone de cinco asteroides. Así de simple.

—El Congreso deberá aprobarlo antes. Estoy seguro de que lo hará.

—Entonces, ¿cree que la sugerencia de este hombre es buena?

—No, no lo creo. No dará resultado. A pesar de su entusiasmo, el asunto es tan complicado que serían necesarios muchos más hombres de los disponibles, durante muchos más años de los que ese joven vivirá, para llegar a un punto satisfactorio.

—¿Está seguro?

—Lo dice el ordenador. Por eso rechazó el proyecto.

—¿Y por qué ha anulado usted su decisión?

—Porque yo, y el Gobierno en general, estamos aquí para preservar algo mucho más importante que la ecología.

—No le entiendo.

—Porque usted cita erróneamente lo que dije hace mucho tiempo; porque todo el mundo lo cita erróneamente. Yo dije dos frases, y las fusionaron en una y nunca he podido separarlas de nuevo. Supongo que la raza humana se resiste a aceptarlas tal como yo las pronuncié.

—¿Quiere decir que no dijo que «el mayor patrimonio del género humano es una ecología equilibrada»?

—Claro que no. Dije: «La mayor necesidad del género humano es una ecología equilibrada».

—Pero en su placa pone: «El mayor patrimonio del género humano...»

—Así comienza la segunda frase, la que todos se niegan a citar, pero que yo jamás olvido: «El mayor patrimonio del género humano es una mente inquieta». No he anulado la decisión del ordenador en aras de la ecología, pues ésta sólo es necesaria para vivir; la anulé para salvar una mente valiosa y mantenerla activa, una mente inquieta. Es lo que necesitamos para que el género humano sea humano, lo cual es más importante que la mera supervivencia.

Marley se puso de pie.

—Sospecho, señor secretario, que usted deseaba que yo estuviera presente en la entrevista. Usted desea que haga pública esta tesis, ¿verdad?

—Digamos que aprovecho la oportunidad para intentar que mis frases se citen correctamente.

Reflejo simétrico

Las Tres Leyes de la robótica:

1. Un robot no debe dañar a un ser humano ni, por inacción, permitir que un ser humano sufra daño.

2. Un robot debe obedecer las órdenes impartidas por los seres humanos, excepto cuando dichas órdenes estén reñidas con la Primera Ley.

3. Un robot debe proteger su propia existencia, mientras dicha protección no esté reñida ni con la Primera ni con la Segunda Ley.

Lije Baley estaba a punto de encender la pipa cuando la puerta del despacho se abrió de golpe. Baley puso cara de fastidio y dejó caer la pipa. Tan sorprendido estaba que la dejó donde había caído.

—R. Daneel Olivaw —dijo con desconcertado entusiasmo—. ¡Por Josafat! Eres tú, ¿verdad?

—En efecto —repuso el alto y broncíneo recién llegado, con expresión imperturbable—. Lamento entrar sin anunciarme, pero se trata de una situación delicada y no deseo la menor intrusión de hombres ni de robots, ni siquiera aquí. En todo caso, me agrada verte de nuevo, amigo Elijah.

Y el robot tendió la mano derecha en un gesto tan humano como su apariencia. Baley se quedó tan desarmado por el asombro que por un instante miró la mano sin entender.

Pero luego le estrechó las dos, sintiendo su cálida firmeza.

—¿Pero por qué, Daneel? Eres bienvenido en cualquier momento, pero... ¿cuál es esa delicada situación? ¿De nuevo hay problemas con la Tierra?

—No, amigo Elijah, no se trata de la Tierra. La delicada situación a que me refiero es nimia en apariencia. Una disputa matemática, nada más. Como, por casualidad, estábamos a un corto salto de la Tierra...

—¿Esta disputa se llevó a cabo en una nave estelar?

—En efecto. Es una disputa pequeña, pero asombrosamente grande para los humanos involucrados.

Baley no pudo contener una sonrisa.

—No me sorprende que los humanos te desconcierten. No obedecen las Tres Leyes.

—Es un verdadero inconveniente —convino gravemente R. Daneel—, y creo que los humanos mismos se desconciertan ante los humanos. Es posible que tú te desconciertes menos que los hombres de otros mundos, porque en la Tierra viven muchos más humanos que en los mundos del espacio. Por ello creo que puedes ayudarnos. —R. Daneel hizo una pausa y se apresuró a añadir—: De todas formas, he aprendido algunas reglas del comportamiento humano. Por ejemplo, parece que soy deficiente en cuestiones de cortesía, según las pautas humanas, pues no te he preguntado por tu esposa y por tu hijo.

—Están bien. El chico estudia en la universidad y Jessie participa en la política local. Con esto damos por liquidadas las frases de cortesía. Ahora cuéntame por qué estás aquí.

—Como te he dicho, estábamos a un corto salto de la Tierra, así que le sugerí al capitán que te consultáramos.

—¿Y el capitán accedió?

Baley imaginó al orgulloso y autocrático capitán de una nave estelar de los mundos del espacio accediendo a descender ni más ni menos que en la Tierra para consultar ni más ni menos que a un terrícola.

—Creo que se encontraba en una situación en la que habría accedido a todo. Además, te alabé muchísimo, aunque, por supuesto, no dije más que la verdad. Total que accedí a efectuar todas las negociaciones de tal modo que ningún tripulante ni pasajero necesitara entrar en una ciudad terrícola.

—Ni hablar con ningún terrícola, claro. ¿Pero qué ha ocurrido?

—Entre los pasajeros de la nave, *Eta Carina*, se encontraban dos matemáticos que viajaban a Aurora para asistir a una conferencia interestelar sobre neurobiofísica. La disputa se centra en torno de estos dos matemáticos, Alfred Barr Humboldt y Gennao Sabbat. ¿Has oído hablar de ellos, amigo Elijah?

—En absoluto. No sé nada de matemática. Oye, Daneel, espero que no le hayas dicho a nadie que soy un experto en matemática ni...

—Claro que no, amigo Elijah. Sé que no lo eres. Y no importa, pues la cuestión matemática no resulta relevante para el asunto en cuestión.

—Bien, continúa.

—Como tú no conoces a ninguno de los dos hombres, amigo Elijah, déjame decirte que el profesor Humboldt ya va por su vigesimoséptima década... ¿Ocurre algo, amigo Elijah?

—Nada, nada —masculló Baley. Simplemente había murmurado algo para sus adentros, una reacción natural ante la gran longevidad de la gente del espacio—. ¿Y sigue en activo, a pesar de la edad? En la Tierra, los matemáticos de más de treinta años...

—El profesor Humboldt es uno de los tres matemáticos de mayor prestigio de la galaxia. Por supuesto que sigue en activo. El profesor Sabbat, por otra parte, es muy joven, pues aún no llega a los cincuenta, pero ya se ha afirmado como el nuevo talento más notable en las ramas más abstrusas de las matemáticas.

—Ambos son ilustres, entonces —asintió Baley. Se acordó de su pipa y la recogió. Decidió que ya no tenía sentido encenderla y la vació—. ¿Qué ha pasado? ¿Es un caso de homicidio? ¿Uno de los dos mató clarísimamente al otro?

—Uno de estos dos hombres de gran reputación intenta destruir la del otro. Según los valores humanos, creo que se puede considerar peor que el homicidio.

—A veces sí, supongo. ¿Entonces, cuál de ellos intenta destruir al otro?

—Vaya, amigo Elijah, de eso se trata, de cuál de los dos.

—Continúa.

—El profesor Humboldt cuenta la historia claramente. Poco antes de subir a la nave estelar, descubrió un posible método para analizar sendas neurales a partir de cambios en los patrones de absorción de microondas de las áreas corticales locales.

Se trataba de una técnica puramente matemática y de extraordinaria sutileza, aunque yo no comprendo ni puedo transmitir correctamente los detalles. Pero esto no importa. Humboldt reflexionó y se convenció cada vez más de que tenía entre manos algo revolucionario, algo que dejaría pequeños todos sus logros anteriores en matemática. Luego, se enteró de que el profesor Sabbat estaba a bordo.

—Ah. ¿Y se lo comentó al joven Sabbat?

—Exacto. Los dos se habían visto en reuniones profesionales y se conocían por su reputación. Humboldt le describió a Sabbat todos los detalles. Sabbat respaldó totalmente el análisis de Humboldt y elogió sin reservas la importancia del descubrimiento y el ingenio de su descubridor. Alentado por esto, Humboldt preparó una ponencia en la que describía sumariamente su labor, y dos días después se dispuso a despachar un mensaje subetérico a los presidentes de la conferencia de Aurora, con el objeto de establecer oficialmente su prioridad y preparar una posible deliberación antes del cierre de las sesiones. Para su sorpresa, descubrió que Sabbat había preparado su propia ponencia, muy similar a la suya, y que Sabbat también se disponía a transmitir un mensaje subetérico a Aurora.

—Supongo que Humboldt se puso furioso.

—¡Ya lo creo!

—¿Y Sabbat? ¿Qué alegó?

—Lo mismo que Humboldt. Palabra por palabra.

—¿Y cuál es el problema?

—Cada historia es un reflejo fiel de la otra, a excepción del cambio de nombres. Es un reflejo simétrico, como la imagen de un espejo. Según Sabbat, él tuvo esa intuición y le consultó a Humboldt, quien concordó con el análisis y lo alabó.

—Entonces, ambos alegan que la idea les pertenece y uno de los dos la robó. No parece difícil de resolver. En cuestiones académicas, sólo es preciso presentar los trabajos fechados y rubricados. A partir de ahí se puede deducir la prioridad. Aunque uno sea falso, se puede descubrir mediante las incoherencias internas.

—Generalmente tendrías razón, amigo Elijah, pero esto es matemática, no una ciencia experimental. Humboldt afirma que elaboró los elementos esenciales mentalmente; no puso nada por escrito hasta que tuvo preparada la ponencia. El profesor Sabbat afirma exactamente lo mismo.

—Pues entonces sed más drásticos y terminad con el asunto. Sometedlos a ambos a un sondeo psíquico y averiguad quién miente.

R. Daneel negó con la cabeza lentamente.

—Amigo Elijah, no entiendes a estos hombres. Son personas de rango y erudición, miembros de la Academia Imperial. Como tales, no pueden ser sometidos a un juicio de conducta profesional, excepto por un jurado de colegas de igual categoría, a menos que renuncien personal y voluntariamente a ese derecho.

—Proponédselo, entonces. El culpable no renunciará a su derecho porque no podrá enfrentarse a la sonda psíquica. El inocente renunciará de inmediato. Ni siquiera tendréis que hacer uso de la sonda.

—No funciona así, amigo Elijah. Renunciar a tal derecho en semejante caso, para ser investigado por legos, constituye un golpe serio y tal vez irrecuperable para el prestigio de ambos. Ellos se niegan tercamente a renunciar a su derecho a tener un juicio especial, pues se trata de una cuestión de orgullo. La culpa o la inocencia son totalmente secundarias.

—Si es así, olvidaos del asunto. Postergadlo hasta llegar a Aurora. En la conferencia de neurobiofísica habrá una gran cantidad de colegas profesionales y...

—Eso significaría un golpe tremendo para la ciencia, amigo Elijah. Ambos sufrirían por haber causado un escándalo. Incluso el inocente sería culpado de haber protagonizado una situación de tan pésimo gusto. Todos pensarían que la cuestión debió zanjarse discretamente fuera de los tribunales.

—De acuerdo. No soy un habitante de los mundos del espacio, pero trataré de imaginar que esta actitud tiene sentido. ¿Qué dicen los dos hombres en cuestión?

—Humboldt da su pleno consentimiento. Dice que si Sabbat admite que le robó la idea y permite que Humboldt transmita su ponencia, o al menos que la presente en la conferencia, no hará acusaciones. Guardará el secreto de la fechoría de Sabbat; y lo mismo hará el capitán, el único de los otros humanos que está al corriente de la disputa.

—¿Pero el joven Sabbat no está de acuerdo?

—Por el contrario. Está de acuerdo hasta en el último detalle, aunque con los nombres invertidos. De nuevo el reflejo simétrico.

—¿Así que están en tablas?

—Creo, amigo Elijah, que cada uno de ellos espera que el otro ceda y admita su culpa.

—Pues esperad vosotros también.

—El capitán sostiene que es imposible. La espera presenta dos alternativas. La primera es que ambos se obstinen de tal modo que, cuando la nave descienda en Aurora, el escándalo intelectual estalle. El capitán, siendo responsable de la justicia a bordo, sufrirá así una humillación por no haber sabido zanjar la cuestión, y la idea le resulta intolerable.

—¿Y la segunda alternativa?

—Que uno de los dos matemáticos admita haber cometido la fechoría. Pero ¿confesaría por ser realmente culpable, o por el noble deseo de evitar el escándalo? ¿Sería correcto privar de mérito a quien es tan ético que prefiere perder ese mérito antes que perjudicar a la ciencia en su conjunto? Por otra parte, quizás el culpable confiese en el último momento, pero dando a entender que sólo lo hace en aras de la ciencia, eludiendo de este modo la humillación de su acto y arrojando una sombra de duda sobre el otro. El capitán sería el único que sabría la verdad; pero no desea pasarse el resto de su vida preguntándose si lo que ha protagonizado no es más que una grotesca parodia de la justicia.

Baley suspiró.

—Una versión intelecutal del juego de la gallina. ¿Quién se acobardará primero a medida que se aproximen a Aurora? ¿Esto es todo, Daneel?

—No. Hay testigos de la transacción.

—¡Por Josafat! ¿Por qué no lo dijiste antes? ¿Qué testigos?

—El criado personal del profesor Humboldt...

—Un robot, supongo.

—Desde luego. Se llama R. Preston. Este criado, R. Preston, estuvo presente en la conversación inicial y respalda el testimonio del profesor Humboldt hasta los últimos detalles.

—¿Es decir que sostiene que la idea original fue de Humboldt, que Humboldt se la contó a Sabbat, que Sabbat elogió la idea y demás?

—Sí, con todos los detalles.

—Entiendo. ¿Y eso zanja la cuestión, o no? Sospecho que no.

—Tienes razón. No zanja la cuestión, pues hay un segundo testigo. El profesor Sabbat también tiene un criado personal, R. Idda, un robot del mismo modelo que R. Preston, fabricado según creo, en el mismo año y en la misma fábrica. Ambos llevan más o menos el mismo tiempo prestando sus servicios.

—Qué rara coincidencia, muy rara.

—Una realidad, me temo, y que hace difícil emitir un juicio basado en unas claras diferencias entre los dos sirvientes.

—Así que R. Idda cuenta la misma versión que R. Preston, ¿no es así?

—Exactamente la misma, con excepción del cambio de nombres, como en un reflejo simétrico.

—R. Idda, pues, afirma que el joven Sabbat, el que no ha cumplido aún cincuenta años... —Lije Baley no pudo evitar un cierto tono irónico; él tampoco había cumplido los cincuenta, pero no se sentía joven—. Bien, pues que Sabbat tuvo la idea, se la expuso al profesor Humboldt y éste lo elogió profusamente y demás.

—Sí, amigo Elijah.

—O sea que un robot miente.

—Eso parece.

—Debe de ser fácil saber cuál. Me imagino que el examen de un buen robotista...

—Un buen robotista no es suficiente en este caso, amigo Elijah. Sólo un robopsicólogo competente podría aportar la credibilidad y la experiencia suficientes para tomar una decisión en un caso de tamaña importancia. No llevamos ningún especialista así a bordo. El examen sólo podría realizarse cuando lleguemos a Aurora...

—Y entonces estallará el escándalo. Bien, pues estás en la Tierra. Podemos buscar un robopsicólogo, y seguramente lo que suceda en la Tierra nunca llegará a oídos de Aurora y no habrá escándalo.

—Sólo que ni el profesor Humboldt ni el profesor Sabbat permitirán que un robopsicólogo de la Tierra examine a su criado. El terrícola tendría que...

Hizo una pausa, y Lije Baley acabó la frase por él:

—Tendría que tocar al robot.

—Son viejos criados, con buenos antecedentes...

—Y no se les debe manchar con el contacto de un terrícola. ¿Y qué cuernos quieres que haga? —Procuró contenerse—. Lo lamento, R. Daneel, pero no entiendo por qué me has metido en esto.

—Yo iba en la nave en una misión que no tenía nada que ver con este problema. El capitán acudió a mí porque tenía que acudir a alguien. Yo le parecía suficientemente humano como para escuchar y suficientemente robot como para ser un confidente discreto. Me contó la historia y me preguntó que qué haría yo. Me di cuenta de que el siguiente salto nos podía llevar tanto a la Tierra como a nuestro destino. Le dije al capitán que, aunque me costaba tanto como a él resolver el problema del reflejo simétrico, en la Tierra había alguien que podía ayudarnos.

—¡Por Josafat! —murmuró Baley.

—Ten en cuenta, amigo Elijah, que resolver este problema sería beneficioso para tu carrera y hasta la Tierra misma sacaría provecho. El asunto no gozaría de publicidad, desde luego, pero el capitán es un hombre muy influyente en su mundo nativo y quedaría muy agradecido.

—Con eso sólo me pones más tenso.

—Confío plenamente en que ya tienes alguna idea del procedimiento a seguir.

—¿Ah, sí? Supongo que el procedimiento obvio consiste en entrevistar a los dos matemáticos, uno de los cuales parece ser un ladrón.

—Me temo, amigo Elijah, que ninguno de los dos vendrá a la ciudad. Y ninguno aceptará que vayas a verlos.

—Y no hay modo de lograr que la gente del espacio se ponga en contacto con un terrícola, sea cual fuere la emergencia. Sí, lo entiendo, Daneel... Pero estaba pensando en una entrevista por circuito cerrado de televisión.

—Tampoco. No se prestarán a ser interrogados por un terrícola.

—Entonces, ¿qué quieren de mí? ¿Puedo hablar con los robots?

—Tampoco permitirán que los robots vengan aquí.

—¡Por Josafat, Daneel! Tú has venido.

—Fue por decisión propia. Mientras estoy a bordo de una nave, cuento con autorización para tomar esas decisiones sin veto de ningún ser humano, excepto del capitán, y él ansiaba establecer el contacto. Conociéndote a ti, decidí que contactar por televisión sería insuficiente. Deseaba estrecharte la mano.

Lije Baley se ablandó.

—Te lo agradezco, Daneel, pero ojalá no hubieras pensado en mí. ¿Puedo al menos hablar por televisión con los robots?

—Creo que eso puede arreglarse.

—Algo es algo. Eso significa que estaré realizando la labor propia de un robopsicólogo, de un modo tosco.

—Pero tú eres detective, amigo Elijah, no robopsicólogo.

—Bien, olvídalo. Pero antes de verlos pensemos un poco. Dime, ¿es posible que ambos robots estén diciendo la verdad? Tal vez la conversación entre los dos matemáticos fue equívoca. Tal vez fuese de tal índole que cada uno de los robots está convencido sinceramente de que la idea era de su amo. O quizás uno de ellos oyó una parte de la conversación y el otro oyó otra parte, de modo que cada uno pudo suponer que su amo era el dueño de la idea.

—Imposible, amigo Elijah. Ambos robots repiten la conversación de un modo idéntico. Y las dos repeticiones son contradictorias.

—¿Entonces es seguro que uno de los robots está mintiendo?

—Sí.

—¿Podré ver la transcripción de todas las pruebas presentadas hasta ahora al capitán?

—Supuse que las pedirías y he traído copias.

—Otra ventaja. ¿Habéis interrogado a los robots y el interrogatorio está incluido en la transcripción?

—Los robots se han limitado a repetir su historia. Un verdadero interrogatorio sólo podría realizarlo un robopsicólogo.

—¿O yo?

—Tú eres detective, amigo Elijah, no...

—De acuerdo, Daneel. A ver si entiendo la psicología de la gente del espacio. Un detective sirve porque no es robopsicólogo. Vayamos más lejos. Un robot no suele mentir, pero lo hace si es necesario para respetar las Tres Leyes. Puede mentir para proteger, legítimamente, su existencia, de acuerdo con la Tercera Ley. Puede mentir también si es necesario para obedecer una orden legítima impartida por un ser humano, de acuerdo con la Segunda Ley. Y más aún, puede mentir si es necesario salvar una vida humana o impedir que se cause daño a un ser humano, de acuerdo con la Primera Ley.

—Sí.

—Y en este caso cada uno de los robots estaría defendiendo la reputación profesional de su amo, y mentiría si fuera preciso. Dadas las circunstancias, la reputación profesional sería casi el equivalente de la vida, y la mentira supondría una urgencia casi equivalente a la impuesta por la Primera Ley.

—Pero, mediante la mentira, cada uno de ellos estaría dañando la reputación profesional del amo del otro, amigo Elijah.

—En efecto, pero también cada uno de ellos podría tener una concepción más clara del valor de la reputación de su propio amo y considerarla sinceramente superior a la del otro, y pensaría, por consiguiente, que causa menor daño con una mentira que con la verdad. —Guardó silencio un instante y añadió—: Muy bien, ¿me pones en comunicación con uno de los robots? Con R. Idda, por ejemplo.

—¿El robot del profesor Sabbat?

—Sí, el robot del joven.

—Sólo me llevará unos minutos. Tengo un microrreceptor equipado por un proyector. Sólo necesito una pared limpia, y creo que ésta servirá si me permites correr algunos de estos archivadores de películas.

—Adelante. ¿Tendré que usar micrófono?

—No, puedes hablar normalmente. Disculpa, amigo Elijah, si tienes que esperar un poco. Tendré que comunicarme con la nave y pedir la entrevista con R. Idda.

—Si vas a tardar, Daneel, ¿por qué no me pasas las transcripciones de las pruebas reunidas hasta ahora?

Lije Baley encendió la pipa, y examinó las hojas que le habían dado mientras R. Daneel preparaba el equipo. Pasaron varios minutos.

—Si estás preparado amigo Elijah —dijo R. Daneel—, R. Idda también lo está. ¿O prefieres disponer de unos minutos más para leer la transcripción?

—No —contestó Baley, soltando un suspiro—. No me he enterado de nada nuevo. Ponme con él y encárgate de que la entrevista sea grabada y transcrita.

R. Idda, irreal en la proyección bidimensional reflejada en la pared, tenía una estructura básicamente metálica y no era una criatura humanoide como R. Daneel. Muy pocos rasgos de su cuerpo, alto, pero macizo, lo diferenciaban de los muchos robots que Baley había visto, salvo unos pocos detalles en su estructura.

—Salud, R. Idda —lo saludó Baley.

—Salud, señor —contestó R. Idda, con una voz apagada que parecía asombrosamente humana.

—Eres el criado personal de Gennao Sabbat, ¿verdad?

—Así es.

—¿Cuánto tiempo hace de eso, muchacho?

—Veintidós años, señor.

—¿Y la reputación de tu amo es valiosa para ti?

—Sí, señor.

—¿Considerarías importante proteger esa reputación?

—Sí, señor.

—¿Tan importante como proteger su vida física?

—No, señor.

—¿Y sería tan importante proteger su reputación como la reputación de otro?

R. Idda titubeó.

—En esos casos se debe decidir según el mérito individual de cada uno —respondió—. No hay modo de establecer una norma general.

557

Baley vaciló a su vez. Esos robots de los mundos del espacio hablaban con mayor soltura y refinamiento que los modelos terrícolas. No sabía si podría ganarle en ingenio.

—Si decidieras que la reputación de tu amo es más importante que la de otra persona, como, por ejemplo, la de Alfred Barr Humboldt, ¿mentirías para proteger la de tu amo?

—Mentiría, señor.

—¿Mentiste en tu testimonio concerniente a la controversia de tu amo con el profesor Humboldt?

—No, señor.

—Pero si hubieras mentido, negarías que mentiste y así encubrirías esa mentira, ¿verdad?

—Sí, señor.

—Pues bien, considéralo así. Tu amo, Gennao Sabbat, es un matemático de gran reputación, pero es joven. Si en esta controversia con el profesor Humboldt él hubiera sucumbido a la tentación de actuar antiéticamente, su reputación se eclipsaría un tanto, pero como es joven tiene tiempo de sobra para recobrarse. Lo aguardarían muchos triunfos intelectuales y la gente, a la larga, recordaría el intento de plagio como el error de un joven impulsivo y con poco criterio. Sería algo de lo que se podría recuperar en el futuro. En cambio, si el profesor Humboldt hubiera sucumbido a esa tentación, el asunto sería mucho más grave. Es un anciano cuyas grandes obras se extienden por siglos. Su reputación es impecable hasta ahora. Sin embargo, todo eso se olvidaría a la luz de esta fechoría de sus últimos años, y no tendría oportunidades de recuperarse en el tiempo relativamente breve que le queda. No podría realizar muchas cosas ya. En el caso de Humboldt se tirarían por la borda muchos más años de trabajo que en el caso de tu amo, y él tendría menos oportunidades de recobrar su posición. ¿Entiendes, pues, que Humboldt se enfrenta a la peor situación y que merece la mayor consideración?

Hubo una larga pausa.

—Mi testimonio fue una mentira —dijo al fin R. Idda, en un tono de voz imperturbable—. El trabajo pertenecía al profesor Humboldt, y mi amo ha intentado apropiarse injustamente del mérito.

—Muy bien, muchacho. Tienes órdenes de no hablar de esto con nadie hasta que el capitán de la nave te autorice a ello. Puedes retirarte.

La pantalla quedó en blanco, y Baley le dio una chupada a su pipa.

—¿Crees que lo habrá oído el capitán, Daneel?

—Sin duda. Es el único testigo, con excepción de nosotros.

—Bien. Ahora trae al otro.

—¿Pero tiene sentido, amigo Elijah, puesto que R. Idda ya ha confesado?

—Claro que sí. La confesión de R. Idda no significa nada.

—¿Nada?

—Nada en absoluto. Le he hecho ver que el profesor Humboldt se encontraba en la peor situación. Naturalmente, si estaba mintiendo para proteger a Sabbat, pasaría a confesar la verdad, tal como afirma haber hecho. Por otra parte, si estaba diciendo la verdad, mentiría para proteger a Humboldt. Sigue siendo un reflejo simétrico y no hemos ganado nada.

—¿Y qué ganaremos con interrogar a R. Preston?

—Nada, si el reflejo simétrico fuera perfecto; pero no lo es. A fin de cuentas, uno de los robots dice la verdad y otro miente, y ahí se da una asimetría. Déjame ver a R. Preston. Y si ya tienes la transcripción del interrogatorio de R. Idda dámela.

El proyector se puso en marcha de nuevo. R. Preston era idéntico a R. Idda en todo, excepto en un minúsculo detalle del pecho.

—Salud, R. Preston —dijo Baley, teniendo a la vista la transcripción de las respuestas de R. Idda.

—Salud, señor —contestó R. Preston. Su voz era idéntica a la de R. Idda.

—Eres el criado personal de Alfred Barr Humboldt, ¿verdad?

—Así es.

—¿Cuánto tiempo hace de eso, muchacho?

—Veintidós años, señor.

—¿Y la reputación de tu amo es valiosa para ti?

—Sí, señor.

—¿Considerarías importante proteger esa reputación?

—Sí, señor.

—¿Tan importante como proteger su vida física?

—No, señor.

—¿Y sería tan importante proteger su reputación como la reputación de otro?

R. Preston titubeó.

—En esos casos se debe decidir según el mérito individual de cada uno —respondió—. No hay modo de establecer una norma general.

—Si decidieras que la reputación de tu amo es más importante que la de otra persona, como, por ejemplo, la de Gennao Sabbat, ¿mentirías para proteger la de tu amo?

—Mentiría, señor.

—¿Mentiste en tu testimonio concerniente a la controversia de tu amo con el profesor Humboldt?

—No, señor.

—Pero si hubieras mentido negarías que mentiste y así encubrirías esa mentira, ¿verdad?

—Sí, señor.

—Pues bien, considéralo así. Tu amo, Alfred Barr Humboldt, es un matemático de gran reputación, pero es anciano. Si en esta controversia con el profesor Sabbat él hubiera sucumbido a la tentación de actuar antiéticamente, su reputación se eclipsaría un tanto, pero su ancianidad y sus siglos de logros le permitirían superar la situación. La gente recordaría su intento de plagio como el error de un hombre achacoso, cuyo juicio se tambalea. En cambio, si el profesor Sabbat hubiera sucumbido a esa tentación, el asunto sería mucho más grave. Es un joven con una reputación mucho menos sólida. Normalmente, contaría con siglos por delante para acumular conocimientos y realizar grandes logros. Pero el error de su juventud se lo impediría. Tiene un futuro mucho más extenso que perder que tu amo. ¿Entiendes, pues, que Sabbat se enfrenta a la peor situación y que merece la mayor consideración?

Hubo una larga pausa.

—Mi testimonio fue tal como yo lo... —dijo al fin R. Preston, en un tono de voz impertubable, y se interrumpió.

—Continúa, por favor, R. Preston.

No hubo respuesta.

—Me temo, amigo Elijah —intervino R. Daneel—, que R. Preston se ha paralizado. Está fuera de servicio.

—Pues bien —dijo Baley—, al fin hemos ocasionado una asimetría. Ello nos permite descubrir al culpable.

—¿En qué sentido, amigo Elijah?

—Piénsalo. Supongamos que fueras una persona inocente y tu robot personal fuese testigo de ello. No sería preciso que hicieras nada, ya que tu robot diría la verdad y respaldaría tu testimonio. Sin embargo, si fueses la persona culpable, tendrías que depender de la mentira de tu robot. Sería una situación más arriesgada, pues, aunque el robot mentiría en caso de ser necesario, se sentiría más inclinado a decir la verdad, de modo que la mentira resultaría menos firme que la verdad. Para impedirlo, la persona culpable tendría que ordenarle al robot que mintiera. De este modo, la Primera Ley quedaría fortalecida por la Segunda, de un modo sustancial.

—Eso parece razonable —admitió R. Daneel.

—Supongamos que tenemos un robot de cada tipo. Uno de ellos pasaría de una verdad no reforzada a la mentira y podría hacerlo sin problemas serios, tras algún que otro titubeo. El otro robot pasaría de una mentira muy reforzada a la verdad, pero tendría que hacerlo a riesgo de quemar varias sendas positrónicas de su cerebro y quedar paralizado.

—Y como R. Preston ha quedado paralizado...

—El amo de R. Preston, el profesor Humboldt, es el culpable del plagio. Si le comunicas esto al capitán y le sugieres que interrogue al profesor, tal vez obtenga una confesión. En tal caso, espero que me lo digas de inmediato.

—Por supuesto. ¿Me excusas, amigo Elijah? He de hablar en privado con el capitán.

—Faltaría más. Utiliza la sala de conferencias. Está protegida.

Baley no pudo trabajar en nada durante la ausencia de R. Daneel.

Guardó un inquieto silencio. Mucho dependía del valor de su análisis, y su falta de experiencia en robótica lo preocupaba.

R. Daneel regresó a la media hora; la media hora más larga de la vida de Baley.

No tenía sentido tratar de averiguar lo sucedido guiándose por la expresión del impávido rostro del humanoide. Baley procuró mantenerse igualmente impávido.

—¿Sí, Daneel?

—Tal como dijiste, amigo Elijah. El profesor Humboldt ha confesado. Declaró que contaba con que el profesor Sabbat cedería, permitiéndole así obtener un último triunfo. La crisis se ha superado y el capitán está agradecido. Me autoriza para decirte que admira enormemente tu sutileza, y creo que yo mismo me veré favorecido por haberte recomendado.

—Bien. —Baley suspiró. Ahora que se había demostrado que su decisión era la correcta, le temblaban las rodillas y la frente se le perló de sudor—. ¡Por Josafat, R. Daneel, no vuelvas a ponerme en semejante trance!

—Intentaré no hacerlo, amigo Elijah. Todo dependerá, desde luego, de la importancia de la crisis, de tu proximidad y de otros factores. Hasta entonces, tengo una pregunta...

—¿Sí?

—¿No era posible suponer que el paso de la mentira a la verdad era fácil, y difícil el de la verdad a la mentira? En tal caso, el robot inutilizado sería el que pasase de la verdad a la mentira; y, como R. Preston se paralizó, podría llegarse a la conclusión de que el profesor Humboldt era el inocente y el profesor Sabbat el culpable.

—Sí, Daneel, era posible argumentar de ese modo, pero fue el otro argumento el que resultó ser el correcto. Humboldt ha confesado, ¿no?

—En efecto. Pero siendo ambos argumentos posibles, amigo Elijah, ¿cómo escogiste tan pronto el correcto?

Baley sintió un temblor en los labios. Se calmó y los curvó en una sonrisa.

—Porque, Daneel, tomé en cuenta las reacciones humanas, no las robóticas. Sé más sobre seres humanos que sobre robots. En otras palabras, sospechaba quién era el culpable antes de entrevistar a los robots. Una vez que provoqué en ellos una reacción asimétrica, simplemente la interpreté de modo que pudiera atribuirle la culpa al que ya consideraba culpable. La reacción del robot fue tan contundente como para desarmar al culpable; mi análisis de la conducta humana podría haber resultado insuficiente por sí solo.

—Siento curiosidad por saber cuál fue tu análisis de la conducta humana.

—¡Por Josafat, Daneel! ¡Piensa y no tendrás que preguntar! Hay otro elemento asimétrico en esta historia de reflejos simétricos, además de lo verdadero y lo falso. Es la edad de los dos matemáticos. Uno es muy viejo y el otro es muy joven.

—Sí, desde luego. ¿Y qué pasa con eso?

—Bien, pues que me puedo imaginar a un joven, impulsado por una idea repentina, asombrosa y revolucionaria, consultando a un anciano al que considera, desde sus tiempos de estudiante, un semidiós en esa especialidad. No me puedo imaginar a un anciano, colmado de honores y habituado a los triunfos, impulsado con una idea repentina, asombrosa y revolucionaria, consultando a un hombre un par de siglos más joven, a quien consideraría un mequetrefe. Además, si un joven tuviera la posibilidad, ¿intentaría robar una idea a un semidiós? Impensable. En cambio, un anciano, consciente del declive de sus facultades, tal vez procurase arrebatar una última oportunidad de fama sin creerse obligado a respetar a un novato. En síntesis, no era concebible que Sabbat robase la idea de Humboldt. Y desde ambas perspectivas el profesor Humboldt era el culpable.

R. Daneel reflexionó largo rato. Luego, extendió la mano.

—Debo irme, amigo Elijah. Me he alegrado de verte. Ojalá nos reunamos pronto.

Baley estrechó cálidamente la mano del robot.

—Si no te importa, R. Daneel, que no sea demasiado pronto.

Coja una cerilla

El espacio era un abismo negro. No se veía nada, ni siquiera una estrella.

No porque no hubiera estrellas...

Sin embargo, la idea de que quizá no hubiera estrellas —literalmente— le había revuelto el estómago a Per Hanson. Era la vieja pesadilla que acuciaba subliminalmente el cerebro de todo viajero del espacio profundo.

Cuando efectuabas un salto en el universo taquiónico, no sabías con certeza dónde surgirías. La sincronización y la cantidad de energía podían estar rigurosamente controladas y hasta pudiera ser que contases con el mejor fusionista del espacio, pero el principio de incertidumbre era el rey supremo, así que siempre era probable (y aun inevitable) un error. Y en el ámbito de los taquiones un error milimétrico podía equivaler a mil años luz.

¿Qué ocurriría si aparecías en ninguna parte o tan lejos de cualquier parte que no tuvieras modo de averiguar tu paradero y nada pudiese guiarte de vuelta a alguna parte?

Imposible, decían los expertos. No había ningún sitio del universo desde el cual no se pudieran ver cuásares, y ellos te permitirían localizar tu posición. Además, la probabilidad de que durante un salto el azar te llevara fuera de la galaxia era de sólo uno contra diez millones, y la de llegar a la galaxia de Andrómeda o a Maffei 1 era de uno contra un trillón.

Olvídese de ello, decían los expertos.

De modo que, cuando la nave emergía del salto y regresaba de las extravagantes paradojas de los taquiones ultralumínicos al conocido territorio de los tardiones y los protones, era del todo punto imposible que no hubiera estrellas visibles. Si no las veías, eso es que estabas en una nube de polvo; era la única explicación. Había zonas brumosas en la galaxia, o en cualquier galaxia en espiral, como antaño las hubo en la Tierra, cuando era el único hogar de la humanidad en vez de esa pieza de museo preservada y controlada en que se había convertido. Hanson era alto y huraño, tenía la tez curtida y, si había algo que él no supiera sobre las hipernaves que surcaban la galaxia y sus inmediaciones —siempre con excepción de los arcanos de los fusionistas—, era porque aún no estaba resuelto. En ese momento se encontraba solo en el cubículo del capitán. Disponía de todos los medios para comunicarse con cualquier hombre o mujer de a bordo y para recibir los resultados de cualquier pieza del equipo, y a él le gustaba ser una presencia invisible.

Ahora nada le agradaba. Activó la comunicación y dijo:

—¿Qué más, Strauss?

—Estamos en un cúmulo abierto —se oyó la voz de Strauss. (Hanson no encendió la pantalla, pues habría revelado su rostro y prefería mantener su preocupación en secreto)—. Al menos parece ser un cúmulo abierto, por el nivel de radiación que recibimos en las zonas del infrarrojo y de las microondas. El problema es que no podemos localizar las posiciones con precisión suficiente para averiguar nuestro paradero. Nada.

—¿Nada en la luz visible?

—Nada. Ni en el infrarrojo cercano. La nube de polvo es espesa como una sopa.

—¿Qué tamaño tiene?

—No hay modo de saberlo.

—¿Puedes estimar la distancia hasta el borde más próximo?

—Ni siquiera en un orden de magnitud. Tal vez esté a una semana luz. Tal vez a diez años luz. No hay modo de saberlo.

—¿Has hablado con Viluekis?

—Sí.

—¿Y qué dice?

—No mucho. Está de malhumor. Se lo ha tomado como un insulto personal, desde luego.

—Por supuesto. —Hanson suspiró. Los fusionistas eran como niños consentidos, pero se les toleraba porque desempeñaban un papel romántico en el espacio profundo—. Le habrás dicho que estas cosas son imprevisibles y que pueden ocurrir en cualquier momento.

—Se lo dije. Y respondió, como te puedes imaginar: «No puede ocurrirle a Viluekis».

—Pero le ha ocurrido. Bien, yo no puedo hablar con él. Interpretará que trato de imponer mi rango y luego no podremos sonsacarle nada. ¿No quiere activar la pala?

—Dice que no puede. Dice que se dañará.

—¿Cómo se puede dañar un campo magnético?

—Ni se lo digas —gruñó Strauss—. Te responderá que un tubo de fusión es algo más que un campo magnético y luego dirá que tratas de subestimarlo.

—Sí, lo sé... Bien, que todo el mundo estudie esta nube. Tiene que haber un modo de deducir hacia dónde y a qué distancia queda el borde más próximo.

Cerró la comunicación y escrutó la lejanía.

¡El borde más próximo! Era dudoso que a la velocidad de la nave (en relación con la materia circundante) se atrevieran a consumir la energía requerida para efectuar una drástica alteración del curso.

Se habían sumergido en el salto a velocidad semilumínica —en relación con el núcleo galáctico del universo tardiónico— y emergieron a la misma velocidad. Eso siempre suponía un riesgo. A fin de cuentas, si al emerger te encontrabas cerca de una estrella y enfilabas hacia ella a velocidad semilumínica...

Los teóricos negaban esa posibilidad. No cabía esperar que uno se aproximara peligrosamente a un cuerpo masivo mediante un salto. Eso decían los expertos.

El salto implicaba fuerzas gravitorias y esas fuerzas se repetían en la transición tardión/taquión y taquión/tardión. De hecho, la incertidumbre del salto se explicaba en gran medida por el efecto aleatorio de una fuerza gravitoria neta que nunca se pudo deducir en todos sus detalles.

Además, decían, había que confiar en el instinto del fusionista. Un buen fusionista nunca se equivoca.

Pero este fusionista los había metido en una nube.

¡Ah, eso! Pasa continuamente. No importa. Ya se sabe cómo son esas nubes tenues. Ni siquiera nota uno que está en ella.

(No es el caso de esta nube, querido experto.)

Más aún, las nubes son buenas. Las palas no tienen que trabajar tanto para mantener la fusión en marcha y el acopio de energía.

(No es el caso de esta nube, querido experto.)

Bien, hay que confiar en que el fusionista halle una solución.

(¿Y si no hay solución?)

Hanson se asustó ante ese pensamiento. Trató de olvidarlo. ¿Pero cómo olvidas un pensamiento que es un rugido en tu cabeza?

Henry Strauss, astrónomo de a bordo, se encontraba bastante deprimido. Habría podido aceptar una catástrofe cualquiera. En una hipernave era imposible cerrar los ojos a la posibilidad de una catástrofe. Estabas preparado, o procurabas estarlo. En todo caso, resultaba más difícil para los pasajeros.

Pero cuando la catástrofe involucraba algo que te desvivías por observar y estudiar, y cuando descubrías que el hallazgo profesional de toda tu vida era precisamente lo que te estaba matando...

Suspiró.

Era un hombre corpulento, con lentes de contacto de color que daban un brillo espurio a unos ojos que en caso contrario habrían armonizado con una personalidad totalmente descolorida.

El capitán no podía hacer nada. Lo sabía. El capitán podía ser un déspota con el resto de la nave, pero los fusionistas eran una ley aparte. Incluso para los pasajeros (pensó con disgusto), el fusionista es el emperador de las rutas espaciales y todos los demás quedan reducidos a la nulidad.

Era una cuestión de oferta y demanda. El ordenador podía sincronizar y calcular el suministro de energía, el lugar y la dirección exactas (si «dirección» significaba algo en la transición de tardión/taquión), pero el margen de error era enorme y sólo un fusionista de talento podía reducirlo.

Nadie sabía de dónde sacaban su talento. El fusionista nacía, no se hacía. Pero los fusionistas sabían que poseían ese talento y sacaban partido de la situación.

Viluekis no era mal tipo, para ser fusionista; aunque eso no fuese decir mucho. Al menos, ellos dos mantenían una relación cordial, a pesar de que Viluekis se había apropiado sin esfuerzo de la más bonita pasajera de a bordo, por mucho que Strauss la hubiese visto primero. (Formaba parte de los derechos imperiales de los fusionistas en viaje.)

Strauss llamó a Anton Viluekis. La comunicación tardó un tiempo, y Viluekis apareció irritado y ojeroso.

—¿Cómo está el tubo? —preguntó Strauss, en un tono amable.

—Creo que lo apagué a tiempo. Lo he revisado y no veo ningún daño. Ahora tengo que asearme. —Se miró la ropa.

—Al menos no está dañado.

—Pero no podemos usarlo.

—Podríamos usarlo —insistió Strauss—. No sabemos qué sucederá ahí fuera. Si el tubo estuviera dañado, no importaría lo que ocurriese fuera, pero así, si la nube se despeja...

—Si esto, si lo otro... Pues voy a decirte otro «si»: Si los estúpidos astrónomos hubierais sabido que esa nube estaba aquí, yo podría haberla evitado.

Eso estaba fuera de lugar, y Strauss no mordió el anzuelo.

—Tal vez se despeje —insistió.

—¿Cuál es el análisis?

—No es bueno, Viluekis. Es la nube de hidroxilo más densa que se haya observado. No hay en la galaxia, por lo que yo sé, un lugar donde el hidroxilo esté tan concentrado.

—¿Y no hay hidrógeno?

—Un poco de hidrógeno, por supuesto. Un cinco por ciento.

—No es suficiente. Hay algo más aparte del hidroxilo. Hay algo que me ha causado más problemas que el hidroxilo. ¿Lo detectaste?

—Oh, sí. Formaldehído. Hay más formaldehído que hidrógeno. ¿Comprendes lo que eso significa? Algún proceso ha concentrado el oxígeno y el carbono del espacio en cantidades inauditas, suficientes para consumir el hidrógeno en un volumen de varios años luz cúbicos. No conozco ni puedo imaginar nada que explique semejante cosa.

—¿Qué estás diciendo, Strauss; que ésta es la única nube de este tipo en el espacio y que yo soy tan tonto que aparezco en ella?

—No digo eso, Viluekis. Sólo digo lo que me oyes decir y no me has oído esas palabras. Pero para salir dependemos de ti. No puedo pedir auxilio porque no puedo apuntar un hiperhaz sin saber dónde estamos. No puedo averiguar dónde estamos porque no puedo localizar ninguna estrella...

—Y yo no puedo usar el tubo de fusión, así que ¿por qué he de ser el villano? Tú tampoco puedes hacer tu trabajo; ¿por qué el fusionista es siempre el villano? Depende de ti, Strauss, depende de ti. Dime adónde dirigir la nave para hallar hidrógeno. Dime dónde está el borde de la nube... ¡O al cuerno con el borde de la nube! Encuéntrame el borde de esta concentración de hidroxilo y formaldehido.

—Ojalá pudiera, pero hasta ahora sólo puedo detectar hidroxilo y formaldehido, por más que lo intento.

—No podemos fusionar esas sustancias.

—Lo sé.

—Pues bien —arremetió con violencia Viluekis—, aquí tienes una prueba de por qué el Gobierno se equivoca cuando legisla en materia de seguridad en vez de dejar el asunto al criterio de los fusionistas. Si tuviéramos capacidad de doble salto no habría ningún problema.

Strauss sabía muy bien a qué se refería Viluekis. Siempre existía la tendencia a ahorrar tiempo efectuando dos saltos en rápida sucesión, pero claro, si un salto implicaba incertidumbres inevitables, dos saltos las multiplicaban inmensamente y ni siquiera el mejor fusionista podría hacer gran cosa. El error multiplicado alargaba casi invariablemente el tiempo total de viaje.

Una regla estricta de la hipernavegación imponía como mínimo un día entero de navegación a velocidad de crucero entre un salto y otro (se prefería tres días enteros) para dar tiempo a preparar el siguiente salto con cautela. Para evitar la violación de esa regla, cada salto se efectuaba en unas condiciones que dejaban energía insuficiente para el segundo. Al menos durante un tiempo, las palas debían recoger y comprimir hidrógeno, fusionarlo y almacenar energía hasta que alcanzara para la ignición. Y habitualmente se necesitaba por lo menos un día para almacenar energía suficiente para un salto.

—¿Cuánta energía te falta, Viluekis? —preguntó Strauss.

—No mucha. Sólo esto. —Viluekis separó apenas unos milímetros el pulgar y el índice—. Pero es suficiente.

—Qué lástima —se lamentó Strauss. El suministro energético quedaba registrado y podía ser inspeccionado, pero aun así los fusionistas a veces embarullaban los datos y se dejaban margen para un segundo salto—. ¿Estás seguro? Supongamos que activaras los generadores de emergencia, que apagaras todas las luces...

—Y la circulación del aire y los aparatos y el jardín hidropónico. Lo sé, lo sé. He hecho los cálculos, pero no alcanza. ¿Ves para qué sirve esa estúpida regulación de la seguridad?

Strauss logró seguir conteniéndose. Sabía —todos lo sabían— que la Hermandad de Fusionistas fueron los que más impulsaron esa regulación. Un doble salto, a veces exigido por el capitán, a menudo dejaba mal parado al fusionista. Pero al menos había una ventaja: al existir una pausa obligatoria entre salto y salto, quedaba una semana hasta que los pasajeros empezaran a inquietarse y a entrar en sospechas, y en esa semana algo podía cambiar. De momento, no había transcurrido ni un día entero.

—¿Estás seguro de que no puedes hacer nada con el sistema? ¿No puedes filtrar algunas impurezas?

—¡Filtrar! No son impurezas, sino todo lo contrario. Aquí la única impureza es el hidrógeno. Escucha, necesitaré quinientos millones de grados para fusionar átomos de carbono y oxígeno, tal vez mil millones. Es imposible y no pienso intentarlo. Si intento algo y no funciona, sería culpa mía, y no voy a correr ese riesgo. De ti depende llevarme hasta el hidrógeno, así que encárgate de ello. Lleva esta nave hasta el hidrógeno. No me importa lo que tardes.

—No podemos ir más deprisa, Viluekis, teniendo en cuenta la densidad del medio. Y a velocidad semilumínica quizá tengamos que viajar durante dos años, tal vez veinte...

—Bien, pues encuentra una salida. O que la encuentre el capitán.

Strauss cortó la comunicación angustiado. No había modo de entablar una conversación racional con un fusionista. Había oído la teoría (postulada con toda seriedad) de que los saltos repetidos afectaban el cerebro. En el salto, cada tardión de materia común se transformaba en un taquión equivalente y, luego, se retransformaba en el tardión original. Si la doble conversión adolecía de una mínima imperfección, sin duda el efecto se manifestaría primeramente en el cerebro, el fragmento de materia más complejo de esa transición. Nunca se habían demostrado efectos perniciosos experimentalmente, y los oficiales de las naves no parecían sufrir ningún deterioro que no pudiera atribuirse al mero envejecimiento. Pero quizá los cerebros de los fusionistas, que les permitían superar por mera intuición los mejores ordenadores, fueran particularmente complejos y, por ende, particularmente vulnerables.

¡Qué diablos! ¡No tenía nada que ver! ¡Los fusionistas sólo eran niños malcriados!

Titubeó. ¿Debía tratar de comunicarse con Cheryl? Ella quizá limara las asperezas y, una vez que el nene Viluekis se repusiera de su berrinche, quizá se le ocurriera un modo de activar los tubos de fusión a pesar del hidroxilo.

¿Pero de veras creía que Vilukis podía hacerlo, o simplemente no toleraba la idea de surcar el espacio durante años? Sin duda, las hipernaves se hallaban preparadas para esa eventualidad, en principio, pero nunca se había presentado y los tripulantes (por no hablar de los pasajeros) no estaban preparados para ella.

Pero si hablaba con Cheryl ¿qué podría decirle sin que pareciera una orden para seducirlo? Sólo había pasado un día y aún no estaba dispuesto a hacer de alcahuete por un fusionista.

Esperaría. Un tiempo, por lo menos.

Viluekis frunció el ceño. Se sentía mejor después de darse un baño y le complacía haber sido severo con Strauss. No es que el hombre fuese un mal tipo, pero como todos ellos (capitán, tripulantes, pasajeros; todos los imbéciles del universo que no eran fusionistas) quería eludir la responsabilidad. Endósaselo al fusionista era una vieja cantinela, pero él no estaba dispuesto a escucharla.

Toda esa cháchara acerca de una travesía que podía durar varios años era un modo de intimidarlo. Si se pusieran a ello, podrían calcular los límites de la nube, y en alguna parte tenía que haber un borde más cercano. Sería demasiada mala suerte haber aparecido justo en el centro. Claro que si habían emergido cerca de un borde y enfilaban hacia el otro...

Viluekis se levantó y se desperezó. Era alto y las cejas le colgaban sobre los ojos como doseles.

¿Y si tardaban años? Ninguna hipernave había viajado durante años. La travesía más larga duró ochenta y ocho días y trece horas, cuando una nave se encontró en una posición desfavorable respecto de una estrella difusa y tuvo que retroceder a 0,9 a la velocidad de la luz antes de poder efectuar el salto.

Habían sobrevivido, aunque fueron tres meses de viaje. Claro que veinte años...

Pero era imposible.

La señal parpadeó tres veces antes de que él se diera cuenta de ello. Si era el capitán, que venía a verlo personalmente, se iba a ir a mayor velocidad que al venir.

—¡Anton!

Esa voz sedosa y apremiante lo tranquilizó. Activó la puerta deslizante, para que entrase Cheryl, y la cerró.

Cheryl tenía unos veinticinco años, ojos verdes, barbilla firme, cabello rojo y opaco y una figura despampanante.

—Anton, ¿ocurre algo malo?

Viluekis no se quedó tan sorprendido como para admitir una cosa así. Hasta un fusionista sabía que no debía hacer revelaciones prematuras a un pasajero.

—En absoluto. ¿Por qué lo preguntas?

—Lo dice uno de los pasajeros. Un hombre llamado Martand.

—¿Martand? ¿Qué cuernos sabrá él? —Y añadió con suspicacia—: ¿Y por qué escuchas a ese necio? ¿Qué pinta tiene?

Cheryl sonrió dócilmente.

—Es sólo alguien con quien conversaba en el salón. Es un sesentón inofensivo, aunque sospecho que preferiría no serlo.

Pero eso no importa. No hay estrellas a la vista. Cualquiera se da cuenta de eso, y Martand dijo que era importante.

—¿Eso dijo? Estamos atravesando una nube, eso es todo. Hay muchas nubes en la galaxia y las hipernaves las atraviesan continuamente.

—Sí, pero Martand dice que habitualmente se ven estrellas, aun desde una nube.

—¿Qué cuernos sabrá él? —replicó Viluekis—. ¿Es un veterano del espacio profundo?

—No —admitió Cheryl—. Es su primer viaje, creo. Pero parece saber mucho.

—Seguro. Escucha, aconséjale que cierre el pico. Lo pueden encerrar en solitario por esto. Y no andes repitiendo esas historias.

Cheryl ladeó la cabeza.

—Francamente, Anton, hablas como si hubiera realmente problemas. Louis Martand es un tipo interesante. Es maestro de escuela, de Ciencias Generales de octavo curso.

—¡Un maestro de escuela! ¡Santo Cielo, Cheryl...!

—Pero deberías escucharle. Dice que enseñar a los niños es una de las pocas profesiones en las que debes saber un poco de todo porque los chicos hacen preguntas y huelen las respuestas falsas.

—Pues bien, tal vez tú también debieras especializarte en oler respuestas falsas. Ahora, Cheryl, vete a decirle que se calle o lo haré yo mismo.

—De acuerdo. Pero primero... ¿es verdad que atravesamos una nube de hidroxilo y que el tubo de fusión está apagado?

Viluekis abrió la boca y la volvió a cerrar, poco antes de preguntar:

—¿Quién te dijo eso?

—Martand. Ya me voy.

—¡No! —chilló Viluekis—. Espera. ¿A cuántos más les ha dicho eso?

—A nadie. Dice que no quiere sembrar el pánico. Me da la impresión de que yo estaba allí justo cuando él pensaba en ello y supongo que no pudo contenerse.

—¿Sabe que me conoces?

Cheryl frunció el ceño.

—Me parece que se lo mencioné.

Viluekis resopló.

—No creas que es a ti a quien ese viejo loco intenta apabullar con sus conocimientos. Trata de impresionarme a mí a través de ti.

—En absoluto. Más aún, me pidió que no te contara nada.

—Sabiendo muy bien que vendrías a mí de inmediato.

—¿Para qué iba a querer él que yo hiciera eso?

—Para ponerme en evidencia. ¿Sabes lo que pasa con los fusionistas? Todos nos tenéis rencor porque nos necesitáis, porque...

—¿Pero eso qué tiene que ver? Si Martand se equivoca, ¿en qué te perjudicaría? Y si está en lo cierto... ¿Está en lo cierto, Anton?

—Bien, ¿qué dijo exactamente?

—No sé si recuerdo todo —respondió Cheryl pensativamente—. Fue cuando emergimos del salto, algunas horas después. Todos comentaban que no había estrellas a la vista. En la sala todo el mundo decía que pronto habría otro salto porque de nada servía viajar por el espacio profundo sin una buena vista. Por supuesto, sabíamos que deberíamos seguir viaje por lo menos durante un día. Entonces entró Martand, me vio y se acercó para hablarme. Creo que le agrado.

—Y yo creo que él no me agrada —refunfuñó Viluekis—. Continúa.

—Le comenté que un viaje sin vistas resultaba bastante lúgubre y él dijo que seguiría así por un tiempo, y parecía preocupado. Le pregunté que por qué y me contestó que el tubo de fusión estaba apagado.

—¿Quién le dijo eso?

—Según él, en uno de los lavabos de hombres se oía un zumbido que había dejado de oírse, y que en ese armario de la sala de juegos donde guardan los tableros de ajedrez existía un punto en el que el tubo de fusión entibiaba la pared, y esa pared ahora estaba fría.

—¿Son ésas las pruebas que tiene?

Cheryl ignoró el comentario y continuó:

—Dijo que no se ven estrellas porque estábamos en una nube de polvo y que los tubos de fusión debían de estar parados porque no había hidrógeno suficiente, y que probablemente no hubiera energía suficiente para iniciar otro salto y que si buscábamos hidrógeno tendríamos que viajar durante años para salir de la nube.

Viluekis se enfureció.

—Está sembrando el pánico. ¿Sabes qué...?

—Todo lo contrario. Me pidió que no se lo contara a nadie porque sembraría el pánico y aseguró que no pasaría nada, que sólo me lo contaba en un arranque de entusiasmo porque acababa de deducirlo y quería hablar con alguien, pero que existía una salida fácil y el fusionista sabría qué hacer y no había que preocuparse. Y como tú eres el fusionista se me ocurrió preguntarte que si era verdad lo de la nube y si ya habías solucionado el problema.

—Ese maestrito no sabe nada de nada. Aléjate de él... Oye, ¿te comentó cuál era esa salida fácil?

—No. ¿Tenía que habérselo preguntado?

—No. ¿Por qué ibas a preguntárselo? ¿Qué puede saber él? Pero... En fin, pregúntaselo. Me gustaría saber qué tiene en mente ese idiota. Pregúntale.

Cheryl asintió con la cabeza.

—Le preguntaré. ¿Estamos en apuros?

—¿Por qué no lo dejas en mis manos? No estamos en apuros mientras yo no lo diga.

Se quedó mirando a la puerta cuando ella se fue, furioso e inquieto. ¿Por qué ese tal Louis Martand, el maestro de escuela, andaba fastidiando con sus elucubraciones?

Si al final resultaba necesario efectuar una larga travesía, habría que explicárselo todo a los pasajeros, pues de lo contrario ninguno sobreviviría. Y Martand proclamaría a voz en cuello...

Viluekis tecleó exasperadamente el número del capitán.

El delgado y pulcro Martand parecía encontrarse siempre a punto de sonreír, aunque su semblante se hallaba marcado por una serena gravedad; una gravedad expectante, como si estuviese a la espera de que su interlocutor le dijese algo muy importante.

—Hablé con el señor Viluekis —le dijo Cheryl—. Es el fusionista. Le repetí lo que usted me dijo.

Martand sacudió la cabeza sobresaltado.

—¡Me temo que no debiste hacerlo!

—Parecía muy disgustado, sí.

—Desde luego. Los fusionistas son muy especiales y no toleran que los extraños...

—Ya lo noté. Pero insistió en que no había nada de qué preocuparse.

—Claro que no —dijo Martand, tomándole la mano y palmeándola en un gesto confortante, pero luego no la soltó—. Te dije que existía una salida fácil. Tal vez ya la esté preparando. Aun así, supongo que tardará un rato en pensarlo.

—¿Pensar en qué? ¿Por qué no habría de pensarlo, si usted lo ha hecho?

—Pero él es un especialista, mi joven damisela. A los especialistas les cuesta salirse de su especialidad. Yo, en cambio, no puedo encajonarme. Cuando organizo una demostración en clase, casi siempre tengo que improvisar. Nunca he estado en una escuela donde haya micropilas protónicas disponibles, y he tenido que preparar un generador termoeléctrico de queroseno para salir de excursión.

—¿Qué es el queroseno?

Martand se rió con deleite.

—¿Ves? La gente olvida. El queroseno es un líquido inflamable. Y a menudo he debido usar una fuente de energía aún más primitiva, que es la madera prendida por fricción. ¿Alguna vez lo has visto? Coges una cerilla... —Cheryl puso cara de no entender y Martand decidió olvidar el tema—. Bien, no importa. Sólo trataba de explicarte que ese fusionista tendrá que pensar en algo más primitivo que la fusión y eso le llevará tiempo. Pero yo estoy habituado a trabajar con métodos primitivos. Por ejemplo, ¿sabes qué hay allá fuera?

Señaló la ventana, donde no se veía nada. Se veía tan poco que no había ningún pasajero frente a la ventana panorámica.

—Una nube. Una nube de polvo.

—Ah, pero ¿de qué clase? Lo único que se halla por doquier es el hidrógeno. Es el elemento original del universo y las hipernaves dependen de él. Ninguna nave puede transportar combustible suficiente para efectuar varios saltos o para acelerar y desacelerar repetidamente a la velocidad de la luz. Hay que usar palas para recoger combustible en el espacio.

—¡Y yo que pensaba que el espacio exterior estaba vacío!

—Casi vacío, querida mía, y ese «casi» es bastante exacto. Cuando viajas a ciento cincuenta mil kilómetros por segundo, se puede sacar y comprimir bastante hidrógeno, aunque haya sólo algunos átomos por centímetro cúbico. Y las pequeñas cantidades de hidrógeno al fusionarse proporcionan la energía que necesitamos. En las nubes, el hidrógeno suele ser aún más denso, pero las impurezas pueden causar problemas, como ocurre en este caso.

—¿Cómo sabe usted que hay impurezas?

—Porque de lo contrario el señor Viluekis no hubiera apagado el tubo de fusión. Después del hidrógeno, los elementos más comunes en el universo son el helio, el oxígeno y el carbono. Si las bombas de fusión están paradas, significa que falta el combustible, es decir, el hidrógeno, y que hay algo que puede dañar el complejo sistema de fusión. No puede ser helio; que es inofensivo. Tal vez sean grupos de hidroxilo, una combinación de oxígeno e hidrógeno. ¿Entiendes?

—Creo que sí. Estudié Ciencias Generales en la universidad y estoy recordando algo. El polvo consiste en grupos de hidroxilo adheridos a granos de polvo sólidos.

—O libres en estado gaseoso. En dosis moderadas, el hidroxilo no es demasiado peligroso para el sistema de fusión, pero los compuestos de carbono sí. El formaldehído es el más probable, y yo estimaría que hay una proporción de uno por cada cuatro hidroxilos: ¿Entiendes ahora?

—No —dijo Cheryl sin rodeos.

—Esos compuestos no se fusionan. Si los calientas a unos pocos cientos de millones grados, se descomponen en átomos simples y la concentración de oxígeno y carbono daña el sistema. ¿Pero por qué no absorberlos a temperaturas comunes? El hidroxilo se combinará así con el formaldehído después de la compresión, en una reacción química que no causará daño al sistema. Al menos, estoy seguro de que un buen fusionista podría modificar el sistema de tal modo para manipular una reacción química a temperatura ambiente. La energía de la reacción se puede almacenar y, al cabo de un tiempo, habrá suficiente para posibilitar un salto.

—Pero no lo entiendo del todo. Las reacciones químicas producen muy poca energía, comparadas con la fusión.

—Tienes toda la razón, querida. Pero no necesitamos mucha cantidad. El salto anterior nos dejó con energía insuficiente para un segundo salto inmediato, ésas son las normas; pero apuesto a que tu amigo el fusionista se encargó de que faltara la menor cantidad posible de energía. Los fusionistas suelen hacerlo. La escasa cantidad adicional que se requiere para alcanzar la ignición se puede obtener a partir de reacciones químicas comunes. Luego, una vez que el salto nos saque de la nube, una travesía de una semana nos permitirá llenar los tanques de energía y podremos continuar sin problemas. Desde luego...

Martand enarcó las cejas y se encogió de hombros.

—¿Sí?

—Desde luego, si por alguna razón el señor Viluekis se demora, puede haber problemas. Cada día que pasamos sin saltar se consume energía por la vida cotidiana de la nave, y al cabo de un tiempo las reacciones químicas no nos suminitrarán la energía necesaria para la ignición. Espero que no tarde demasiado.

—Bien, ¿por qué no se lo dice? Ahora.

Martand meneó la cabeza.

—¿Decirle algo a un fusionista? Imposible, querida.

—Entonces lo haré yo.

—Oh, no. Sin duda se le ocurrirá a él mismo. Te hago una apuesta, querida. Dile lo que te he dicho y dile también que he dicho que él ya lo había pensado y que el tubo de fusión ya estaba funcionando. Y, por supuesto, si gano...

Martand sonrió. Cheryl también sonrió y dijo:

—Ya veremos.

Martand la siguió con los ojos, sin pensar precisamente en Viluekis. No se sorprendió cuando un guardia apareció de pronto.

—Por favor, acompáñeme, señor Martand.

—Gracias por dejarme terminar —susurró Martand en un tono tranquilo—. Temí que no me lo permitiera.

El capitán tardó unas seis horas en recibirlo. Martand estaba encarcelado (así lo entendía él) en solitario, pero la situación no era molesta. Finalmente lo recibió el capitán, que parecía más fatigado que hostil.

—Me han comunicado que usted difundía rumores destinados a sembrar el pánico entre los pasajeros. Es una acusación grave.

—Hablé con una sola pasajera, señor, y con un propósito.

—En efecto. Le pusimos de inmediato bajo vigilancia y tengo un informe bastante completo de la conversación que usted entabló con Cheryl Winter. Fue la segunda conversación sobre el tema.

—Sí.

—Al parecer, usted deseaba que lo esencial de la conversación le fuera comunicado al señor Viluekis.

—Sí, señor.

—¿No pensó en acudir personalmente al señor Viluekis?

—Dudo que me hubiera escuchado.

—¿Por qué no acudió a mí?

—Tal vez usted me hubiera escuchado, pero ¿cómo le hubiera pasado la información al señor Viluekis? También tendría que haber recurrido a la señorita Winter. Los fusionistas tienen sus peculiaridades.

El capitán asintió distraídamente.

—¿Qué esperaba usted que ocurriera cuando la señorita Winter le pasara la información al señor Viluekis?

—Tenía la esperanza de que él se mostrara menos a la defensiva con la señorita Winter que con otras personas, que se sintiera menos amenazado. Esperaba que se echara a reír y dijera que era una idea sencilla, que ya se le había ocurrido a él mucho antes y que las palas ya estaban trabajando con el propósito de generar la reacción química. Luego, en cuanto se librara de la señorita Winter, activaría las palas a toda prisa y le comunicaría la decisión a usted, señor, omitiendo toda referencia a mi persona o a la señorita Winter.

—¿No pensó que podría desechar la idea como impracticable?

—Existía ese riesgo, pero no ocurrió así.

—¿Cómo lo sabe?

—Porque media hora después de mi detención las luces de la habitación donde me hallaba se pusieron más tenues y no recobraron el brillo. Supuse que el gasto de energía de la nave se estaba reduciendo al mínimo, y también supuse que Viluekis se estaba valiendo de todo el suministro disponible con el fin de que la reacción química le proporcionara energía para la ignición.

El capitán arrugó el entrecejo.

—¿Por qué estaba tan seguro de poder manipular al señor Viluekis? Sin duda usted nunca ha tratado con fusionistas.

—Ah, pero enseño en octavo curso. He tratado con otros niños.

El capitán permaneció impertérrito unos instantes, pero al fin sonrió.

—Usted me resulta simpático, señor Martand, pero eso no va a ayudarle. Sus expectativas se cumplieron, casi tal como usted esperaba. ¿Pero entiende usted las consecuencias?

—Las entenderé si usted me lo explica.

—El señor Viluekis tuvo que evaluar su sugerencia y decidir al instante si era práctica. Hubo de introducir varios ajustes en el sistema para permitir reacciones químicas sin eliminar la posibilidad de una fusión futura. Tenía que determinar el máximo porcentaje con seguridad de reacción, la cantidad de energía almacenada que debía ahorrar, el punto en que la ignición se podría intentar sin peligro, y la clase y la índole del salto. Todo se debía hacer deprisa y sólo un fusionista podía hacerlo. Más aún, no cualquier fusionista podía hacerlo. Viluekis es excepcional incluso entre los fusionistas. ¿Entiende?

—Perfectamente.

El capitán miró al reloj de la pared y activó su ventana. El cielo estaba tan negro como en los dos últimos días.

—El señor Viluekis me ha informado de la hora en la que intentaremos la ignición para el salto. Piensa que funcionará y confío en su juicio.

—Si se equivoca —dijo sombríamente Martand—, tal vez nos encontremos en la misma situación que antes, sólo que privados de energía.

—Lo sé, y como tal vez usted se sienta algo responsable por haber metido la idea en la cabeza del fusionista pensé que le gustaría compartir estos escasos momentos de espera que nos quedan.

Ambos hombres callaron, observando la pantalla, mientras los segundos y los minutos pasaban deprisa. Hanson no había mencionado el momento justo, así que Martand no tenía modo de saber cuán inminente era. Sólo podía mirar de soslayo al capitán, que conservaba un semblante deliberadamente inexpresivo.

Y luego sintió ese extraño retortijón que desaparecía de inmediato, como una contracción en la pared abdominal. Habían saltado.

—¡Estrellas! —exclamó Hanson con un jadeo de satisfacción. Una explosión de astros iluminaba la pantalla y Martand no recordaba haber presenciado un espectáculo más agradable en toda su vida—. Y en el segundo exacto. Una magnífica tarea. Ahora carecemos de energía, pero nos reabasteceremos en unos días y durante ese tiempo los pasajeros tendrán la posibilidad de contemplar las vistas.

Martand se sentía demasiado aliviado para hablar. El capitán se volvió hacia él.

—Bien, señor Martand. Su idea fue meritoria. Podría argumentarse que ha salvado la nave y a todos sus ocupantes. También se podría argumentar que al señor Viluekis se le habría ocurrido pronto. Pero no habrá discusiones sobre ello, pues la participación de usted no se puede difundir. El señor Viluekis realizó la tarea y fue un alarde de virtuosismo, aunque usted la haya inspirado. Él recibirá los elogios y los grandes honores. Usted no recibirá nada.

Martand calló un instante.

—Entiendo —dijo al fin—. Un fusionista es indispensable y yo no cuento para nada. Si se lastima el orgullo del señor Viluekis, puede volverse inútil para usted, y usted no puede perderlo. En cuanto a mí..., bien, que sea como usted dice. Hasta pronto, capitán.

—No tan deprisa. No podemos confiar en usted.

—No diré nada.

—Tal vez no tenga la intención, pero eso no basta. No podemos correr el riesgo. Durante el resto del vuelo permanecerá en arresto domiciliario.

—¿Por qué? —exclamó Martand—. Le he salvado a usted y a la maldita nave... y al fusionista.

—Exactamente por eso. Por salvarlo. Así funcionan las cosas.

—¿Dónde está la justicia?

El capitán sacudió lentamente la cabeza.

—Es un bien raro, lo admito, y a veces demasiado costoso. Ni siquiera podrá regresar a su habitación. No verá a nadie durante el resto del viaje.

Martand se frotó la barbilla.

—No creo que lo diga literalmente, capitán.

—Me temo que sí.

—Pero hay otra persona que podría hablar... accidentalmente y sin proponérselo. Será mejor que también ponga a la señorita Winter bajo arresto domiciliario.

—¿Y que duplique la injusticia?

—La mutua compañía es un buen consuelo para los infortunados —sugirió Martand.

Y el capitán sonrió.

—Tal vez tenga usted razón —dijo.

Versos luminosos

Nadie habría imaginado que la señora Avis Lardner fuese capaz de cometer un asesinato. Viuda del gran mártir astronauta, era filántropa, coleccionista de arte, magnífica anfitriona y —todos convenían en ello— un genio artístico. Pero ante todo era el ser humano más tierno y gentil que se pudiera imaginar.

Su esposo William J. Lardner pereció, como todos sabemos, por los efectos de la radiación de una explosión solar, después de haberse quedado en el espacio para que una nave de pasajeros pudiera llegar a la Estación Espacial 5.

La señora Lardner recibió una generosa pensión por eso y la invirtió con prudencia y buen tino. En su madurez había amasado una gran fortuna.

Su casa era una exposición, un auténtico museo que contenía una pequeña, pero muy selecta colección de bellísimas gemas. Había obtenido reliquias procedentes de diversas culturas, toda clase de objetos enjoyados que pertenecieron a la aristocracia de esas culturas. Poseía uno de los primeros relojes de pulsera manufacturados en Estados Unidos, una daga enjoyada de Camboya, un enjoyado par de gafas de Italia, y un largo etcétera casi interminable.

Todo estaba expuesto. Los objetos no estaban asegurados, y no había las medidas de seguridad habituales. No se necesitaban precauciones convencionales, pues la señora Lardner disponía de muchos robots que custodiaban cada objeto con imperturbable concentración, irreprochable honestidad e impecable eficacia.

Todo el mundo conocía la existencia de esos robots y jamás hubo denuncia de ningún intento de robo.

Además estaban sus esculturas lumínicas. Ninguno de los invitados a sus muchas y lujosas fiestas sabía cómo la señora Lardner había descubierto su genio para ese arte. Pero en toda ocasión en que la casa acogía huéspedes una nueva sinfonía de luces titilaba en las habitaciones; curvas y sólidos tridimensionales y de colores diluidos, algunos puros y otros combinados en efectos sorprendentes y cristalinos, que bañaban a los maravillados huéspedes e infundían belleza al blanco cabello y el suave cutis de la señora Lardner.

Los huéspedes quedaban deslumbrados por las esculturas lumínicas. Nunca eran las mismas y nunca cesaban de explorar nuevos caminos experimentales. Muchas personas que podían costearse fotoconsolas preparaban esculturas lumínicas para entretenerse, pero nadie podía emular la pericia de la señora Lardner. Ni siquiera los que se consideraban artistas profesionales.

Ella se lo tomaba con encantadora modestia.

—No, no —protestaba cuando la elogiaban con arrebatos de lirismo—. Yo no diría que mis esculturas de luz son «poesía de luz». Eso es demasiado halagüeño. A lo sumo diría que son «versos luminosos». —Y todos celebraban su ingenio con una sonrisa.

Aunque a menudo se lo pedían, nunca creaba esculturas de luz para ninguna otra ocasión que no fueran sus propias fiestas.

—No quiero comercializarme —declaraba.

Sin embargo, no se oponía a preparar refinados hologramas de sus esculturas para que gozaran de perdurabilidad y se reprodujesen en museos de arte de todo el mundo. Y nunca cobraba nada por el uso de sus esculturas lumínicas.

—No podría pedir un céntimo —decía, extendiendo los brazos—. Es gratis para todos. A fin de cuentas, yo no sabría qué hacer con ellas.

¡Y era verdad! Nunca utilizaba la misma escultura lumínica dos veces.

Cuando se tomaban los hologramas, ella era la viva imagen de la colaboración. Vigilaba benignamente a cada paso y siempre les ordenaba a sus criados robots que ayudaran.

—Por favor, Courtney, ¿serías tan amable de ajustar esa escalerilla?

Era su modo de ser. Siempre se dirigía a sus robots con la cortesía más formal.

Una vez, años atrás, un funcionario gubernamental de la Oficina de Robots y Hombres Mecánicos le había reprochado:

—No puede hacer eso. Interfiere en la eficacia de los robots. Están construidos para cumplir órdenes y, cuanto más claras sean, mejor las cumplirán. Cuando usted les habla con tanta amabilidad, les cuesta entender que están recibiendo una orden. Reaccionan con más lentitud.

La señora Lardner irguió su cabeza aristocrática.

—Yo no pido celeridad ni eficacia. Pido buena voluntad. Mis robots me aman.

El funcionario gubernamental pudo haberle explicado que los robots no aman, pero enmudeció ante la ofendida, aunque tierna mirada de aquella dama.

Era bien sabido que la señora Lardner jamás devolvía un robot a la fábrica para que lo repararan. Los cerebros positrónicos son complejísimos, y en uno de cada diez el ajuste no es perfecto al salir de la fábrica. A veces, el error tarda en manifestarse, pero la compañía Robots y Hombres Mecánicos siempre los repara gratuitamente.

La señora Lardner sacudía la cabeza.

—Una vez que un robot está en mi casa, y en tanto cumpla sus deberes, estoy dispuesta a tolerar pequeñas excentricidades. No permitiré que lo maltraten.

Era imposible tratar de explicarle que un robot era sólo una máquina.

—Nada que sea tan inteligente como un robot puede ser sólo una máquina —replicaba—. Yo los trato como personas.

En eso era terminante.

Incluso conservó a Max, que era casi inservible. No entendía lo que se esperaba de él. Pero la señora Lardner lo negaba enfáticamente:

—En absoluto —declaraba con firmeza—. Puede recoger sombreros y abrigos y los guarda muy bien. Es capaz de sostener objetos. Sabe hacer muchas cosas.

—¿Pero por qué no haces que lo reparen? —le preguntó una vez una amiga.

—¡Oh, no podría! Se trata de su personalidad. Es adorable, ¿sabes? A fin de cuentas, un cerebro positrónico es tan complejo que nadie puede comprender qué le pasa. Si lo hicieran totalmente normal, ningún ajuste le devolvería ese carácter adorable. No quiero renunciar a eso.

—Pero si tiene problemas de ajuste —objetó la amiga, mirando nerviosamente a Max—, ¿no podría resultar peligroso?

—Jamás —negó la señora Lardner, y soltó una carcajada—. Lo tengo desde hace años. Es totalmente inofensivo y muy entrañable.

En realidad, su aspecto era el de cualquier otro robot: liso, metálico, vagamente humano, pero inexpresivo.

Para la dulce señora Lardner, sin embargo, todos eran individuos y todos eran tiernos y adorables. Así era esa mujer.

¿Cómo pudo cometer un homicidio?

Nadie habría imaginado que John Semper Travis pudiera ser víctima de un asesinato. Introvertido y gentil, estaba en el mundo, pero vivía en otra parte. Tenía una mentalidad matemática que le permitía urdir el complejo tapiz de sendas cerebrales positrónicas de una mente de robot.

Era ingeniero jefe de Robots y Hombres Mecánicos de Estados Unidos.

Pero también era un ferviente aficionado a la escultura lumínica. Había escrito un libro sobre el tema, tratando de demostrar que el tipo de matemática que él utilizaba en las sendas cerebrales positrónicas se podía transformar en una guía para la producción de bellas esculturas lumínicas.

Sin embargo, su intento de llevar la teoría a la práctica resultó un estruendoso fracaso. Las esculturas que él producía, siguiendo sus principios matemáticos, salían obtusas, mecánicas y anodinas.

Era la única causa de infelicidad en su vida apacible, introvertida y segura, pero le producía una enorme infelicidad. Sabía que sus teorías eran correctas, sólo que no lograba ponerlas en práctica. Si tan sólo pudiera crear una gran obra de escultura lumínica...

Naturalmente, conocía las esculturas de la señora Lardner. Todo el mundo la aclamaba como a un genio, pero Travis sabía que la buena señora no comprendía ni siquiera los aspectos más simples de la matemática robótica. Mantenía correspondencia con ella, pero la mujer se negaba a explicar sus métodos y Travis se preguntaba si tendría alguno. ¿No sería mera intuición? Pero hasta la intuición se podía reducir a matemática. Al fin, logró obtener una invitación para una de las fiestas de la señora Lardner. Necesitaba verla.

Travis llegó tarde. Había estado intentando crear otra escultura lumínica y había fracasado. Saludó a la señora Lardner con una especie de respeto reverencial y comentó:

—Qué extraño era el robot que recogió mi sombrero y mi abrigo.

—Es Max —dijo la señora Lardner.

—Tiene problemas de ajuste y es un modelo bastante antiguo; ¿por qué no lo ha devuelto a la fábrica?

—Oh, no. Sería demasiada molestia.

—En absoluto, señora Lardner. Le sorprendería saber lo sencilla que es la tarea. Como yo trabajo en la empresa, me he tomado la libertad de ajustarlo por mi cuenta. Lo hice en un santiamén, y usted verá que ahora funciona perfectamente.

La señora Lardner fue presa de una transfiguración. Se enfureció por primera vez en su dulce vida, y parecía como si ni siquiera supiese fruncir el ceño.

—¿Lo ha reparado? ¡Era él quien creaba mis esculturas lumínicas! ¡Era el desajuste, ese desajuste, lo que ya no se puede volver a reproducir, ese..., ese...!

Fue una verdadera desgracia que hubiese estado mostrando su colección y que la daga enjoyada de Camboya estuviera sobre la mesa de mármol a tan poca distancia.

El rostro de Travis también estaba transfigurado.

—¿Quiere decir que si yo hubiera estudiado sus sendas cerebrales desajustadas podría haber aprendido...?

Ella se abalanzó con la daga a tal velocidad que nadie pudo detenerla, y él no intentó esquivarla. Algunos comentaron que Travis le había salido al encuentro, como si deseara morir.

Un extraño en el paraíso

1

Eran hermanos. No en el sentido de que ambos fueran seres humanos o porque hubiesen nacido en el mismo asilo. En absoluto. Eran hermanos en el sentido más biológico del término. Eran parientes, por utilizar un vocablo que se había vuelto arcaico siglos atrás, antes de la Catástrofe, cuando la familia, ese fenómeno tribal, aún conservaba cierta validez. ¡Qué embarazoso era!

Anthony casi lo había olvidado en los años transcurridos desde la infancia. A veces pasaba varios meses sin pensar en ello. Pero desde que lo habían unido inextricablemente con William vivía momentos de abrumadora zozobra.

No habría sido así si las circunstancias lo hubieran evidenciado desde siempre; si, como en la época anterior a la Catástrofe (Anthony era un gran lector de historia), hubieran compartido el apellido, poniendo de manifiesto el parentesco.

En el presente uno adoptaba un apellido y lo cambiaba cuando quería. A fin de cuentas, lo que contaba era la cadena simbólica, que estaba codificada y se imponía desde el nacimiento.

William se apellidaba Anti-Aut. Insistía en ello con una especie de sobrio profesionalismo. Era asunto suyo, desde luego, pero ese apellido no dejaba de ser un aviso de mal gusto. Anthony optó por el de Smith a los trece años y nunca lo había cambiado. Era sencillo, fácil de escribir y muy personal, pues no conocía a nadie que hubiera escogido ese nombre. En otros tiempos fue un apellido muy común, antes de la Catástrofe, lo cual tal vez explicara su actual rareza.

Pero la diferencia de apellido no significaba nada cuando ambos estaban juntos. Eran iguales.

Si hubieran sido mellizos... Pero nunca se permitía que un par de óvulos gemelos llegara a su término. Era sólo esa similitud física que a veces se presentaba entre los no gemelos, especialmente cuando el parentesco provenía de ambos lados. Anthony Smith era cinco años menor, pero ambos tenían nariz aguileña, párpados gruesos y esa hendidura apenas visible en la barbilla; una mala pasada del azar de la genética. Se trataba de un problema previsible cuando los padres actuaban impulsados por una cierta pasión por la monotonía.

Al principio, una vez que estuvieron juntos, atraían esas miradas de sorpresa que van seguidas de un significativo silencio. Anthony trataba de ignorarlo, pero William perversamente comentaba:

—Somos hermanos.

—¿Ah, sí? —decía el desconcertado interlocutor, como deseando preguntar si eran hermanos de sangre.

Luego, los buenos modales se imponían y el interlocutor cambiaba de tema. Pero esa situación era infrecuente. La mayoría de las personas del Proyecto conocía la situación (¿cómo impedirlo?) y procuraba evitarla.

William no era mala persona. En absoluto. Si no hubiese sido hermano de Anthony o si hubiesen podido ocultar que eran hermanos, se habrían llevado maravillosamente.

Pero en esas circunstancias...

Para colmo, jugaron juntos en la infancia y compartieron las primeras etapas de la educación en el mismo asilo, merced a ciertas maniobras de su madre. Tras tener dos hijos del mismo padre y alcanzar así el límite (pues no había cumplido los exigentes requisitos para tener un tercero), se empecinó en visitarlos a ambos en el mismo viaje. Era una mujer extraña.

William fue el primero en abandonar el asilo, ya que era el mayor. Se dedicó a la ciencia, a la ingeniería genética. Anthony se enteró de ello, cuando aún estaba en el asilo, por una carta de la madre. Por entonces tenía ya edad suficiente para hablarle con firmeza a la matrona, y así las cartas se interrumpieron. Pero siempre recordaba que la última le había causado una dolorosa vergüenza.

Anthony también se dedicó a la ciencia. Tenía aptitudes y lo habían alentado. Recordaba haber sentido el sofocante temor (profético, comprendía ahora) de encontrarse con su hermano y estudió telemetría, una disciplina totalmente alejada de la ingeniería genética... Eso creía él, al menos.

Hasta que las complejidades del Proyecto Mercurio modificaron las circunstancias.

Cuando el Proyecto parecía encontrarse atascado en un callejón sin salida, alguien hizo una sugerencia que salvó la situación y, al mismo tiempo, puso a Anthony en el dilema que sus padres le habían preparado. Lo más irónico fue que el propio Anthony, cándidamente, había hecho esa sugerencia.

2

William Anti-Aut conocía la existencia del Proyecto Mercurio, pero sólo igual que conocía la existencia de la vasta sonda estelar que estaba en camino desde antes de su nacimiento y seguiría en camino después de su muerte, y lo mismo que conocía la existencia de una colonia marciana y la existencia de un proyecto para fundar colonias similares en los asteroides. Esas cosas flotaban en la periferia de su mente y carecían de importancia. Los planes espaciales jamás le llamaron la atención hasta que un día leyó un informe que incluía fotografías de algunos de los participantes en el Proyecto Mercurio.

Primero lo intrigó que uno de esos hombres se llamara Anthony Smith. Recordaba el extraño apellido que había escogido su hermano y recordaba también el Anthony. No podía haber dos Anthony Smith.

Luego, miró la fotografía y esa cara le resultó inconfundible. Se miró en el espejo, como si quisiera cerciorarse. En efecto, la cara era inconfundible.

Le pareció divertido, pero también lo inquietaba, pues se daba cuenta de la posibilidad de crear desconcierto. Hermanos de sangre, por utilizar esa desagradable expresión. ¿Pero qué hacer al respecto? ¿Cómo corregir la falta de imaginación de su padre y de su madre?

Sin duda se guardó el informe en el bolsillo, por distracción, cuando se disponía a salir para el trabajo, pues se lo encontró a la hora del almuerzo. Lo miró de nuevo. Anthony tenía aspecto de ser inteligente. Era una magnífica reproducción; las impresiones solían tener muy buena calidad en esos tiempos.

Su compañero Marco (que cada semana usaba un apellido nuevo) preguntó con curiosidad:

—¿Qué estás mirando, William?

Sin reflexionar, le pasó la reproducción.

—Ése es mi hermano —dijo, y fue como cerrar la mano en torno de una ortiga.

Marco estudió la foto frunciendo el ceño.

—¿Quién? ¿El tipo que está junto a ti?

—No, el tipo que es como yo. El hombre que se parece a mí. Es mi hermano.

La pausa se prolongó. Marco le devolvió la reproducción.

—¿Hermano de los mismos progenitores? —preguntó con cautela.

—Sí.

—¿Padre y madre?

—Sí.

—¡Eso es ridículo!

—Supongo que sí —asintió William, y suspiró—. Según este informe, él trabaja en telemetría en Texas y yo trabajo aquí en autística. ¿Qué más da?

William le quitó importancia y más tarde tiró la reproducción a la basura. No quería que su pareja actual la viera. Esa chica tenía un grosero sentido del humor que a William le resultaba cada vez más molesto. Se alegraba de que ella no deseara tener un hijo. Él ya había tenido uno hacía varios años. Aquella muchacha morena, Laura o Linda, había colaborado.

Tiempo después, por lo menos un año, surgió el asunto de Randall. Si William no había pensado en su hermano hasta entonces, después ni siquiera tuvo tiempo.

591

Randall tenía dieciséis años cuando William se enteró de su existencia. El chico vivía cada vez más recluido en sí mismo y el asilo de Kentucky donde lo educaban decidió eliminarlo. Sólo faltaban unos diez días para la aniquilación cuando alguien decidió presentar un informe al Instituto Neoyorquino de Ciencias del Hombre (comúnmente denominado Instituto Homológico).

William recibió ese informe en medio de muchos otros, y la descripción de Randall no le llamó la atención. Pero debía emprender uno de esos tediosos viajes en transporte de masas a los asilos y había una probabilidad interesante en Virginia Oeste. Fue allá (se quedó tan desilusionado que juró por quincuagésima vez que a partir de entonces realizaría esas visitas por imagen televisiva) y una vez allí pensó en visitar el asilo de Kentucky antes de regresar.

No esperaba nada.

Pero al cabo de diez minutos de estudiar el patrón genético de Randall decidió llamar al instituto para pedir un cálculo informático. Luego se reclinó en el asiento y sudó un poco al pensar que había ido allí por un impulso de último momento y que sin ese impulso Randall habría sido eliminado una semana después. Para describirlo con mayor detalle, le habrían inyectado indoloramente una droga que hubiera circulado por la corriente sanguínea, sumiéndolo en un sueño apacible que se iría haciendo gradualmente más profundo hasta llegar a la muerte. La droga tenía un nombre oficial de veintitrés sílabas, pero William la llamaba «nirvanamina», como todos los demás.

—¿Cuál es su nombre completo, matrona? —preguntó William.

—Randall N'Adie —respondió la matrona del asilo.

—¡Nadie! —exclamó William.

—N'Adie —le aclaró la matrona, deletreándolo—. Lo escogió el año pasado.

—¿Y no le llamó la atención? ¡Se pronuncia «nadie»! ¿No pensó en presentar un informe sobre ese joven el año pasado?

—No parecía... —balbuceó la matrona, sonrojándose.

William la hizo callar con un gesto. ¿De qué servía? ¿Cómo iba a saberlo ella? El patrón genético no presentaba ninguna advertencia, según los criterios de los manuales. Era una sutil combinación en la que William y su personal habían trabajado durante veinte años en sus experimentos con niños autistas, una combinación que nunca habían visto en la vida real.

¡Tan cerca de la eliminación!

Marco, que era el realista del grupo, se quejaba de que los asilos demostraban excesiva ansiedad por abortar antes de tiempo y por eliminar después de tiempo. Sostenía que se debía permitir el desarrollo de todos los patrones genéticos para efectuar una selección inicial y que no deberían darse eliminaciones sin consultar con un homólogo.

—No hay suficientes homólogos —replicó William, con calma.

—Al menos podemos examinar todos los patrones genéticos con el ordenador —insistió Marco.

—¿Para salvar lo que podamos obtener para nuestro uso?

—Para cualquier uso homológico, nuestro o de otros. Debemos estudiar los patrones genéticos en acción si hemos de comprendernos a nosotros mismos, y los patrones aberrantes son los que nos ofrecen mayor información. Nuestros experimentos con el autismo nos enseñaron más sobre homología que la suma total existente el día en que comenzamos.

William, que seguía prefiriendo el sonido de la expresión «fisiología genética del hombre» en vez de « homología», negó con la cabeza.

—Aun así, tenemos que andarnos con cuidado. Por útiles que nos parezcan nuestros experimentos, nos mantenemos gracias a una autorización social otorgada a regañadientes. Estamos jugando con vidas.

—Vidas inútiles. Aptas para ser aniquiladas.

—La eliminación rápida y placentera es una cosa, y nuestros experimentos, a menudo prolongados y a veces inevitablemente desagradables, son otra.

—A veces los ayudamos.

—Y a veces no.

Era una discusión sin sentido, pues no había modo de zanjar la cuestión. Lo cierto era que los homólogos contaban con pocas anomalías interesantes y no había modo de alentar a la humanidad a generar una producción mayor. El trauma de la Catástrofe seguía presente.

El febril impulso hacia la exploración espacial se podía explicar (y se explicaba, según algunos sociólogos) por la consciencia de la fragilidad de la vida en el planeta, gracias a la Catástrofe.

Bien, no importaba...

Randall N'Adie era algo inaudito, al menos para William. El lento progreso del autismo característico de ese rarísimo patrón genético permitía que se conociera más sobre Randall que sobre cualquier otro paciente similar. Incluso vislumbraron algunos destellos de su modo de pensar en el laboratorio, antes de que el muchacho se cerrase por completo y se recluyera dentro del recinto de su piel, indiferente, inalcanzable.

Luego, iniciaron el lento proceso por el cual Randall, gradualmente sometido a estímulos artificiales, reveló el funcionamiento interior de su cerebro y proporcionó pistas del funcionamiento interior de todos los cerebros, tanto de los considerados normales como de los anormales.

Recogían tal cantidad de datos que William comenzó a creer que su sueño de acabar con el autismo era algo más que un sueño. Sintió una cálida satisfacción por haber escogido el apellido Anti-Aut.

Y en la cima de la euforia inducida por el trabajo con Randall recibió esa llamada de Dallas diciéndole que existía un gran interés —precisamente en ese momento— en que abandonara su labor para abordar un nuevo problema.

Al recordarlo posteriormente, nunca logró deducir por qué acabó aceptando visitar Dallas. Al final, por supuesto, se dio cuenta de lo afortunado que era, pero ¿qué fue lo que lo persuadió para ir? ¿Era posible que desde el principio hubiera tenido una borrosa percepción de lo que sucedería? Imposible, desde luego.

¿Fue el vago recuerdo de aquella fotografía de su hermano? Imposible, desde luego.

El caso es que se persuadió a sí mismo para efectuar esa visita y sólo se acordó de la fotografía (o, al menos, fue en parte consciente de ella) cuando la unidad de potencia de micropila alteró su zumbido y la unidad antigrav se preparó para el descenso final.

Anthony trabajaba en Dallas y —William lo recordó entonces— en el Proyecto Mercurio. A eso hacía referencia el pie de foto. Tragó saliva cuando la suave sacudida le indicó que el viaje había terminado. Aquello iba a resultar embarazoso.

3

Anthony estaba esperando en el área de recepción para saludar al nuevo experto. No se encontraba solo, desde luego; formaba parte de una delegación numerosa —indicio de una situación desesperada— y se contaba entre las jerarquías inferiores. Estaba allí únicamente porque él había hecho la sugerencia.

Sintió una ligera, aunque persistente inquietud ante ese pensamiento. Se había arriesgado. Recibió elogios, pero nadie olvidaba que él había hecho la sugerencia; si resultaba ser un fiasco, todos se cubrirían las espaldas y lo harían responsable a él.

Más tarde hubo ocasiones en que meditó sobre la posibilidad de que el vago recuerdo de su hermano, el especialista en homología, le hubiera inspirado la idea. Era posible, pero no tuvo por qué ser así. La sugerencia parecía tan sensata e inevitable que habría tenido la misma idea aunque su hermano hubiera sido simplemente un escritor de fantasía o si no hubiera tenido ningún hermano.

El problema eran los planetas interiores...

La Luna y Marte estaban colonizados. Se había llegado a los asteroides mayores y a los satélites de Júpiter y existían planes para un viaje tripulado a Titán, el gran satélite de Saturno, haciendo antes una apresurada rotación en torno de Júpiter. Pero aunque abundaban los planes para enviar gente a los planetas exteriores, en una travesía de siete años entre la ida y la vuelta, seguía siendo imposible pensar en aproximarse a los planetas interiores, por temor al Sol.

Venus era el menos atractivo de los dos mundos interiores. Mercurio, por otra parte...

Anthony aún no estaba integrado en el equipo cuando Dmitri Grande (en realidad era menudo) dictó la conferencia que indujo al Congreso Mundial a otorgar los fondos que posibilitaron el Proyecto Mercurio. Escuchó las cintas y oyó la exposición de Dmitri. La tradición se mostraba firme en su convicción de que había sido improvisada, y tal vez lo fuera, pero estaba perfectamente construida y sintetizaba todas las pautas seguidas por el Proyecto Mercurio desde entonces.

Y el punto principal era que sería erróneo aguardar a que la tecnología hubiera avanzado hasta posibilitar una expedición tripulada capaz de afrontar los rigores de la radiación solar. Mercurio era un ámbito singular que podía enseñar mucho, y la observación continua del Sol desde la superficie de Mercurio era algo que no se podía realizar de otra manera.

Siempre que un sustituto del hombre —un robot— se pudiera colocar en el planeta.

Podría construirse un robot que cumpliera con los requisitos físicos. Posarse en la superficie era fácil de resolver. Pero una vez que el robot descendiese ¿qué se hacía con él?

El robot podía efectuar observaciones y actuar de acuerdo con ellas, pero el Proyecto requería acciones complejas y sutiles, al menos potencialmente, y nadie estaba seguro de las observaciones que pudiera hacer.

Para afrontar todas las posibilidades razonables y darle un margen a la complejidad deseada, el robot debía contener un ordenador (en Dallas algunos lo designaban «cerebro», pero Anthony desdeñaba ese hábito verbal, quizá porque —llegó a pensar más tarde— el cerebro era la especialidad de su hermano) tan complejo y versátil como el cerebro de un mamífero.

Pero era imposible construir un artefacto con esas características y que resultara tan portátil como para poder viajar hasta Mercurio, descender allí y dotar al robot de la movilidad necesaria. Tal vez algún día las sendas positrónicas que estaban investigando los robotistas lo hicieran posible, pero ese día parecía lejano.

La alternativa consistía en que el robot enviara a la Tierra sus observaciones y un ordenador de la Tierra lo guiara basándose en dichas observaciones. En síntesis, el cuerpo del robot estaría allí y el cerebro aquí.

Una vez que se tomó esa decisión, los técnicos importantes pasaron a ser los telemetristas, y fue entonces cuando Anthony entró en el Proyecto. Él era uno de los que diseñaba métodos para recibir y enviar impulsos a unas distancias que estaban entre ochenta millones y doscientos millones de kilómetros, hacia un disco solar que a veces interfería de una manera violenta en esos impulsos.

Abordó su tarea con pasión y (pensó él) con destreza y con éxito. Fue el principal diseñador de las tres estaciones de relé que giraban en órbita permanente en torno de Mercurio. Eran capaces de enviar y recibir impulsos de Mercurio a la Tierra y de la Tierra a Mercurio, y capaces también de resistir durante mucho tiempo la radiación solar y, sobre todo, de filtrar su interferencia.

Tres estaciones similares se pusieron en órbita a un millón y medio de kilómetros de la Tierra, al norte y al sur del plano de la eclíptica, para que pudieran recibir los impulsos de Mercurio y retransmitirlos a la Tierra —o viceversa— aun cuando Mercurio estuviera detrás del Sol y resultara inaccesible para la recepción directa desde las estaciones de la superficie terrestre.

Con lo cual quedaba el robot: un maravilloso espécimen de las artes combinadas de los robotistas y los telemetristas. Fue el más complejo de diez modelos sucesivos y era capaz, con sólo el doble de volumen y el quíntuple de masa que un hombre, de detectar y hacer mucho más que un hombre; siempre que pudieran guiarlo.

Pronto resultó evidente lo complejo que tendría que ser el ordenador que guiara al robot, pues cada respuesta debía tener en cuenta las variaciones de percepción. Y como cada respuesta obligaba a variaciones de percepción más complejas, se hacía preciso reforzar los primeros pasos. Se construía a sí mismo sin cesar, como una partida de ajedrez, y los telemetristas comenzaron a utilizar el ordenador para programar el ordenador que diseñaba el programa para el ordenador que programaba el ordenador que controlaba al robot.

Todo era confusión.

El robot se hallaba en una base del desierto de Arizona y funcionaba bien. Sin embargo, el ordenador de Dallas tenía dificultades para manejarlo, aun en las conocidas condiciones de la Tierra. ¿Entonces...?

Anthony recordaba el día en que hizo la sugerencia: el 4/7/553. Lo recordaba, ante todo, porque se acordaba de que el 4/7 era una festividad importante en la Dallas anterior a la Catástrofe, un milenio antes; mejor dicho, 553 años antes.

Fue durante la cena, una magnífica cena. Se había producido un cuidadoso reajuste de la ecología regional y el personal del Proyecto tenía prioridad para recoger los suministros alimentarios disponibles, de modo que el menú presentaba más opciones que las habituales y Anthony probó el pato asado.

Era un excelente pato asado y lo puso de un humor más expansivo que de costumbre. Todos estaban bastante locuaces, y Ricardo comentó:

—No lo lograremos. Admitámoslo. No lo lograremos.

No sería posible llevar la cuenta de cuántos habían pensado lo mismo y cuántas veces, pero la regla tácita era que nadie lo decía abiertamente. El pesimismo franco podía ser el empujón que hacía falta para cortar los fondos financieros (hacía cinco años que llegaban cada vez con mayor dificultad) y echar por tierra todas las esperanzas.

Anthony, que por lo general no era muy optimista, estimulado por el pato, replicó:

—¿Por qué no podemos lograrlo? Dime por qué y lo refutaré.

Era un desafío directo y Ricardo entrecerró sus ojos oscuros.

—¿Quieres que te diga por qué?

—Claro que sí.

Ricardo hizo girar la silla para enfrentarse a Anthony.

—Vamos, no es un misterio. Dmitri Grande no lo dice abiertamente en ningún informe, pero tú y yo sabemos que este proyecto necesita un ordenador tan complejo como un cerebro humano, hállese aquí o en Mercurio, y no podemos construirlo. De modo que sólo nos queda jugar al escondite con el Congreso Mundial y conseguir dinero para obtener subproductos que tal vez sean útiles.

Anthony sonrió con satisfacción.

—Eso es fácil de refutar. Tú mismo has dado la respuesta.

(¿Era un juego? ¿Era la calidez del pato en el estómago? ¿El deseo de irritar a Ricardo? ¿O acaso era la presencia intangible de su hermano? Luego le resultó imposible discernirlo.)

—¿Qué respuesta? —Ricardo se levantó: Era alto y delgado y habitualmente llevaba la chaqueta blanca entreabierta. Cruzó los brazos, erguido sobre Anthony, que permaneció sentado—. ¿Qué respuesta?

—Dices que necesitamos un ordenador tan complejo como un cerebro humano. Pues bien, construiremos uno.

—Precisamente, idiota. Nosotros no podemos...

—Nosotros no, pero hay otros.

—¿Qué otros?

—La gente que investiga el cerebro. Nosotros sólo conocemos la mecánica de estado sólido. Ignoramos en qué sentido, dónde y en qué medida un cerebro humano es complejo. ¿Por qué no llamamos a un homólogo y le pedimos que diseñe un ordenador?

Tomó una enorme cantidad de guarnición y la saboreó con satisfacción. Después de tanto tiempo, aún recordaba el sabor de aquella guarnición, aunque no recordaba con detalle qué ocurrió después.

Le parecía que nadie se lo tomó en serio. Estallaron carcajadas y reinaba la sensación de que Anthony se había valido de un hábil sofisma para sortear un obstáculo, de modo que las carcajadas fueron a expensas de Ricardo. (Aunque luego todos afirmaron haberse tomado la sugerencia en serio.)

Ricardo se enfadó y señaló a Anthony con un dedo.

—Ponlo por escrito —dijo—. Te desafío a que hagas esa sugerencia por escrito.

(Al menos, así quedó en la memoria de Anthony. Ricardo afirmaba que su comentario había sido un entusiasta «¡Magnífica idea! ¿Por qué no presentas una sugerencia formal, Anthony?».)

Fuera como fuese, Anthony hizo la sugerencia por escrito.

Dmitri Grande la recibió de buen grado. En una conversación privada, le dio unas palmadas a Anthony en la espalda y afirmó que él mismo había estado haciendo elucubraciones parecidas, aunque no quiso atribuirse ningún mérito oficial. (Por si resultaba ser un fiasco, pensaba Anthony.)

Dmitri Grande se encargó de buscar el homólogo. A Anthony ni siquiera se le había ocurrido que pudiera interesarle. No sabía nada de homología ni conocía a ningún homólogo, excepto su hermano, por supuesto, y no pensó en él. Conscientemente, al menos.

Así que Anthony estaba en el área de recepción, en un papel secundario, cuando la puerta de la nave se abrió y varios hombres descendieron. Empezó la serie de apretones de mano y Anthony se encontró frente a su propio rostro.

Se le encendieron las mejillas y lamentó no estar a mil kilómetros de distancia.

4

Más que nunca, William lamentó que el recuerdo de su hermano no le hubiera venido antes. Debería haberle venido, sin duda.

Pero la solicitud lo había halagado y entusiasmado. Tal vez había procurado evitar intencionadamente el recuerdo.

Ante todo, estaba la euforia de Dmitri Grande yendo a verlo en persona. Viajó de Dallas a Nueva York en avión y eso fue muy estimulante para William, cuyo vicio secreto era leer novelas de misterio. En esas novelas la gente siempre viajaba en transporte de masas cuando debía guardar un secreto. El viaje electrónico era de propiedad pública; al menos en las novelas, donde cada haz de radiación estaba invariablemente vigilado por el enemigo.

William comentó esto con cierto humor morboso, pero Dmitri no le escuchaba. Miraba al rostro de William, como pensando en otra cosa, y finalmente dijo:

—Lo siento. Es que me recuerdas a alguien.

(Y, sin embargo, William no lo comprendió entonces. ¿Cómo era posible?, se preguntaría más tarde.)

Dmitri Grande era un hombre rechoncho y que era presa de un pestañeo constante cuando estaba preocupado. Tenía una nariz redonda y protuberante, mejillas pronunciadas, y estaba fofo por todas partes. Puso énfasis al decir su apellido y se apresuró a señalar, como si siempre hiciera ese comentario:

—Para ser grande se necesita algo más que tamaño, amigo mío.

En la charla que siguió, William puso muchas objeciones. No sabía nada sobre ordenadores. ¡Nada! No tenía la menor idea de cómo funcionaban ni de cómo se programaban.

—No importa, no importa —rechazó Dmitri, desechando las objeciones con un expresivo ademán de su mano—. Nosotros conocemos los ordenadores, nosotros podemos preparar los programas. Tú dinos sólo qué debe hacer el ordenador para funcionar como un cerebro y no como un ordenador.

—No estoy seguro de conocer el funcionamiento del cerebro hasta ese extremo, Dmitri.

—Eres el homólogo más destacado del mundo. He investigado tus antecedentes —insistió Dmitri, cerrando así la discusión.

William escuchó con creciente abatimiento. Era inevitable, pensó. Si una persona se sumergía en su especialidad durante mucho tiempo, terminaba por creer que los especialistas de otros campos eran magos y juzgaría el alcance de la sabiduría ajena por la amplitud de la ignorancia propia. Al cabo de un rato, William conocía el Proyecto Mercurio mucho más de lo que hubiera deseado.

—Entonces, ¿por qué usar un ordenador? —preguntó al fin—. ¿Por qué no hacer que uno o varios hombres reciban el material del robot y envíen las instrucciones?

—Oh, oh, oh —contestó Dmitri, casi brincando en su asiento por la impaciencia—. No lo entiendes. Los hombres son demasiado lentos para analizar deprisa todo el material que enviará el robot: temperaturas, presiones de gas, flujos de rayos cósmicos, intensidad del viento solar, composiciones químicas, texturas del suelo y muchos otros factores. Y estos factores son los que deciden el siguiente paso. Un ser humano se limitaría a guiar al robot, y de una forma ineficiente; mientras que un ordenador sería el robot mismo. Por otra parte, los hombres son demasiado rápidos. Todo tipo de radiación necesita de diez a veintidós minutos para realizar el viaje de ida y vuelta entre Mercurio y la Tierra, según en qué tramo de su órbita se encuentre cada planeta. Eso no tiene solución. Uno recibe una observación e imparte una orden, pero ocurren muchas cosas entre que se realiza la observación y se da la respuesta. Los humanos no se pueden adaptar a la lentitud de la velocidad de la luz, pero un ordenador puede tenerlo en cuenta... Ven a ayudarnos, William.

—Por supuesto, puedes consultarme siempre que quieras, si de algo sirve —se ofreció William de mala gana—. Mi rayo de televisión privada está a tu servicio.

—Pero no quiero consultas. Debes venir conmigo.

—¿En transporte de masas? —preguntó William, asombrado.

—Desde luego. Este proyecto no se puede llevar a cabo desde los extremos opuestos de un rayo láser con un satélite de comunicaciones en el medio. A la larga resulta costoso, incómodo e inseguro.

Era como en una novela de misterio, pensó William.

—Ven a Dallas —insistió Dmitri— y permíteme mostrarte lo que tenemos allá. Te enseñaré las instalaciones. Hablarás con nuestros expertos en ordenadores. Los ayudarás con tu modo de pensar.

Era hora de tomar una decisión.

—Dmitri, aquí tengo mi propio trabajo. Un trabajo importante que no deseo abandonar. Lo que me pides me alejará durante meses de mi laboratorio.

—¡Meses! —exclamó Dmitri, pasmado—. Mi buen William, quizá sean años. Pero será decisivo para tu trabajo.

—No. Sé cuál es mi trabajo y no consiste en guiar un robot por Mercurio.

—¿Por qué no? Si lo haces bien aprenderás más sobre el cerebro, intentando que un ordenador trabaje como tal, y regresarás aquí mejor equipado para hacer lo que consideras tu trabajo. Y en tu ausencia ¿no habrá gente que pueda continuar con esto? ¿Y no puedes estar en constante comunicación con ellos mediante el láser y la televisión? ¿Y no puedes visitar Nueva York de vez en cuando? Por espacios breves.

William quedó cautivado. La idea de enfocar el cerebro desde otro ángulo era atractiva. A partir de entonces, comenzó a buscar excusas para ir, aunque fuese de visita, al menos para ver de qué se trataba... Siempre podía volverse luego.

Después, recorrió con Dmitri las ruinas de Vieja Nueva York, y el visitante disfrutó con franco entusiasmo. (Vieja Nueva York era la muestra más imponente de gigantismo inútil del periodo anterior a la Catástrofe.) William comenzó a preguntarse si el viaje no le daría la oportunidad de ver otros paisajes.

Además, hacía tiempo que pensaba en buscar una nueva pareja, y sería más conveniente en una zona geográfica donde no tenía intención de instalarse para siempre.

(¿O sería que aun entonces, cuando apenas conocía los rudimentos del proyecto, ya vislumbraba vagamente lo que se podía hacer...?)

Así que finalmente viajó a Dallas, bajó de la nave y se encontró nuevamente con el radiante Dmitri. Entornando los ojos, el hombrecillo se volvió y dijo:

—Yo sabía que... ¡Qué parecido tan extraordinario!

William abrió enormemente los ojos al ver su propio e intimidado rostro ante sí y comprendió que estaba frente a Anthony.

Leyó claramente en el rostro de su hermano el deseo de ocultar esa relación. Hubiera bastado con comentar: «Sí, extraordinario» y dejarlo ahí. A fin de cuentas, los patrones genéticos de la humanidad eran tan complejos que permitían semejanzas de todo tipo aunque no hubiera parentesco.

Pero William era homólogo, y nadie puede estudiar los recovecos del cerebro humano sin volverse insensible a sus detalles, así que dijo:

—Estoy seguro de que es Anthony, mi hermano.

—¿Tu hermano? —se extrañó Dmitri.

—Mi padre tuvo dos hijos de la misma mujer, mi madre —le explicó William—. Eran gente excéntrica.

Alargó la mano y Anthony no tuvo más opción que estrecharla. Ese incidente fue el único tema de conversación durante varios días.

5

No fue un gran consuelo para Anthony que William pronto se arrepintiera de lo que había hecho.

Esa noche hablaron después de la cena.

—Mis disculpas —se excusó William—. Pensé que si afrontábamos lo peor en ese momento ahí quedaría la cosa. Parece ser que no fue así. No he firmado ningún papel ni he aceptado ningún contrato formal. Me marcharé.

—¿De qué serviría? —se lamentó Anthony—. Todos lo saben. Dos cuerpos y un rostro. Da ganas de vomitar.

—Si me marcho...

—No puedes marcharte. Esta situación fue idea mía.

William alzó los párpados y enarcó las cejas.

—¿Lo de traerme aquí?

—No, claro que no. Traer un homólogo. ¿Cómo podía saber que te enviarían a ti?

—Pero si me marcho...

—No. Ahora lo único que podemos hacer es resolver el problema, si es posible. Luego... no importará.

Y pensó: A los triunfadores se les perdona todo.

—No sé si podré...

—Tendremos que intentarlo. Dmitri lo delegará en nosotros, eso es casi seguro. Sois hermanos y os entendéis —dijo Anthony, parodiando la voz de tenor de Dmitri—. ¿Por qué no trabajáis juntos? —Y añadió con rabia, ya en su propia voz—: Así que debemos intentarlo. En primer lugar, ¿qué es lo que haces, William? Es decir, me gustaría conocer más detalles de los que sugiere la palabra «homología».

William suspiró.

—Bien, acepta mis disculpas... Trabajo con niños autistas.

—Me temo que no sé qué significa.

—Sin entrar en demasiados detalles, trabajo con niños que no se comunican con el mundo ni con los demás, que se hunden en sí mismos y se refugian detrás de una barrera infranqueable. Espero ser capaz de curarlos algún día.

—¿Por esto te llamas Anti-Aut?

—En efecto.

Anthony soltó una risa breve, aunque la verdad era que no le parecía divertido.

—Es un nombre honesto —señaló William.

—Claro que sí —se apresuró a murmurar Anthony, sin ser capaz de expresar otra disculpa. Procuró volver al tema anterior—: ¿Y estás realizando algún progreso?

—¿Para conseguir un remedio? Hasta ahora, no. Para llegar a comprenderlo, sí. Y cuanto más entiendo...

Habló en un tono cada vez más ferviente y su mirada se volvía cada vez más distante. Anthony reconoció el placer de hablar de una pasión que colma el corazón y la mente de una persona con exclusión de casi todo lo demás. Estaba familiarizado con esa sensación.

Escuchó con la mayor atención posible. No lo entendía realmente, pero era necesario escuchar. Luego, William tendría que escucharle a él.

Lo recordaba con claridad. Pensó en la época en que no se acordaba de ello, aunque entonces no era consciente de lo que sucedía. Con la ventaja de la retrospección, evocó frases enteras, casi palabra por palabra.

—Así que pensábamos —decía William— que el problema del niño autista no consistía en una incapacidad para recibir impresiones, ni siquiera una incapacidad para recibirlas de un modo refinado. Por el contrario, las reprobaba y las rechazaba, sin pérdida de la potencialidad para establecer una comunicación plena si se encontraba alguna impresión que él aprobase.

—Ah —dijo Anthony, para indicar que estaba escuchando.

—Tampoco puedes arrancarlo de su autismo mediante métodos convencionales, pues tú formas parte del mundo que él reprueba. Pero si lo pones en suspensión consciente...

—¿En qué?

—Es una técnica por la cual el cerebro se divorcia del cuerpo y puede realizar sus funciones sin relación con él. Es una técnica compleja que concebimos en nuestro laboratorio...

—¿Tú la concebiste? —preguntó cortésmente Anthony.

—Pues sí —respondió William, ruborizándose, pero obviamente complacido—. En suspensión consciente podemos proporcionarle al cuerpo fantasías planeadas y observar el cerebro con electroencefalografía diferencial. De inmediato aprendemos más sobre el individuo autista, sobre las impresiones sensoriales que necesita. También aprendemos más sobre el cerebro en general.

—Ah —volvió a decir Anthony, pero esta vez era un verdadero «ah»—. ¿Y todo lo que has aprendido sobre el cerebro se puede adaptar al funcionamiento de un ordenador?

—No. Eso es imposible. Ya se lo dije a Dmitri. No sé nada sobre ordenadores y sé poco sobre el cerebro.

—Si te enseño algo sobre ordenadores y te explico lo que necesitamos...

—No servirá.

—Hermano —dijo Anthony, poniendo énfasis en la palabra—, me debes algo. Por favor, procura reflexionar en serio acerca de nuestro problema. Lo que sepas sobre el cerebro... adáptalo a nuestros ordenadores, por favor.

—Entiendo tu posición —aceptó William, inquieto—. Lo intentaré. Lo intentaré de veras.

6

William lo intentó y, como había predicho Anthony, ambos tuvieron que trabajar juntos. Al principio, cuando se cruzaban con otras personas, William anunciaba sin rodeos que eran hermanos, ya que no tenía sentido negarlo. Pero pronto todos optaron por evitar ese embarazo. Cuando William se aproximaba a Anthony o cuando Anthony se aproximaba a William, los demás se esfumaban discretamente.

Se habituaron a la mutua presencia y a veces se hablaban como si no existiera semejanza entre ambos ni tuvieran recuerdos infantiles en común.

Anthony explicó los requerimientos informáticos en un lenguaje poco técnico; y William, tras largas cavilaciones, explicó cómo creía que un ordenador podría cumplir la función de un cerebro.

—¿Sería posible? —preguntó Anthony.

—No lo sé. No me desvivo por intentarlo. Quizá no dé resultado. Pero quizá sí.

—Tendríamos que hablar con Dmitri Grande.

—Primero hablemos entre nosotros y veamos qué tenemos. Podemos acudir a él si contamos con una propuesta razonable. De lo contrario, no acudiremos a él.

Anthony titubeó.

—¿Y vamos a ir los dos juntos?

—Tú hablarás por mí —contestó William, con tacto—. No hay razón para que nos vean juntos.

—Gracias, William. Si algo sale de esto te atribuiré todos los méritos.

—Eso no me preocupa. Si algo sale de esto seré el único que podrá hacerlo funcionar.

Deliberaron durante cuatro o cinco reuniones. Si Anthony no hubiera sido su pariente y si no hubiera existido esa pegajosa situación emocional, William habría sentido un orgullo sin reservas por el hermano menor, quien había comprendido rápidamente una especialidad que le era ajena.

Luego, hubo largas reuniones con Dmitri. De hecho, hubo reuniones con todos. Anthony los veía durante días interminables y, después, ellos veían a William por separado. Finalmente, tras una tensa expectativa, lo que acabó llamándose Ordenador Mercurio quedó autorizado.

William volvió a Nueva York con cierto alivio. No planeaba quedarse en Nueva York (¿quién lo hubiera sospechado dos meses atrás?), pero había mucho que hacer en el Instituto Homológico.

Celebró nuevas reuniones para explicarles a los del grupo del laboratorio qué sucedía, por qué tenía que despedirse y cómo debían continuar sus propios proyectos sin él. Luego, regresó a Dallas, con el equipo esencial y en compañía de dos jóvenes ayudantes, para lo que sería una estancia indefinida.

William no miró atrás, figuradamente hablando. Ya no pensaba en el laboratorio. Estaba totalmente consagrado a su nueva tarea.

7

Fue el peor periodo para Anthony. En vez de sentir alivio por la ausencia de William, sintió mayor ansiedad porque abrigaba la esperanza de que su hermano no regresara. Tal vez enviara un delegado, otra persona. Alguien con otro rostro, para que Anthony no tuviera la sensación de ser la mitad de un monstruo de dos espaldas y cuatro piernas.

Pero William regresó. En el aeropuerto, Anthony observó el silencioso descenso del avión y vio cómo los pasajeros bajaban a lo lejos. E incluso a esa distancia reconoció a William.

Era definitivo. Anthony se marchó.

Esa tarde fue a ver a Dmitri.

—Sin duda no es necesario que me quede, Dmitri. Hemos elaborado los detalles y algún otro puede reemplazarme.

—No, no —rechazó Dmitri—. Fue idea tuya. Debes llevarla a buen puerto. No tiene sentido repartir los méritos.

Anthony pensó: Nadie correrá el riesgo, todavía es posible el fracaso y yo debía haberlo sabido. Y lo había sabido, pero dijo con expresión impasible:

—Comprenderás que no puedo trabajar con William.

—¿Por qué no? —Dmitri fingió sorpresa—. Lo habéis hecho muy bien.

—He tenido que esforzarme, Dmitri, y ya no aguanto la tensión. ¿Te crees que no sé cómo lo ven los demás?

—¡Mi buen amigo! Le das demasiada importancia. Claro que los demás miran. A fin de cuentas, son humanos. Pero se acostumbrarán. Yo ya estoy acostumbrado.

Mientes, gordo embustero, pensó Anthony.

—Pues yo no —replicó.

—No adoptas la actitud apropiada. Tus padres eran excéntricos, pero no delincuentes. Sólo excéntricos, sólo excéntricos. No es culpa tuya ni de William. Ninguno de vosotros es responsable.

—Llevamos la marca —se obstinó Anthony, acercándose la mano a la cara.

—No hay tal marca. Yo veo diferencias. Tú pareces más joven. Tienes el cabello más ondulado. Hay similitud sólo a primera vista. Vamos, Anthony, tendrás todo el tiempo que necesites, toda la ayuda que requieras, todo el equipo que puedas usar. Estoy seguro de que dará excelentes resultados. Piensa en la satisfacción...

Anthony cedió y convino en que al menos ayudaría a William a instalar el equipo. William también parecía seguro de que daría excelentes resultados. No de un modo fanático, como Dmitri, sino con una cierta serenidad.

—Sólo se trata de hallar las conexiones apropiadas —le explicó—, aunque admito que ese «sólo» es un gran obstáculo. Tú te encargarás de proyectar impresiones sensoriales en una pantalla independiente para que podamos ejercer..., bien, no podemos decir control manual, ¿verdad? Pues para que podamos ejercer un control intelectual si tenemos que imponernos, en caso de ser necesario.

—Puede hacerse —afirmó Anthony.

—Entonces, manos a la obra... Mira, necesitaré por lo menos una semana para realizar las conexiones y cerciorarme de que las instrucciones...

—La programación —le corrigió Anthony.

—Bien, este lugar es tuyo, así que utilizaré tu terminología. Mis ayudantes y yo programaremos el Ordenador Mercurio, pero no a tu manera.

—Claro que no. Esperamos que un homólogo cree un programa mucho más sutil de lo que podría hacerlo un mero telemetrista.

Había un manifiesto autodesprecio en esas palabras irónicas. William pasó por alto el tono y aceptó las palabras.

—Comenzaremos de un modo sencillo —dijo—. Le ordenaremos al robot que camine.

8

Una semana después, el robot caminaba por Arizona, a cientos de kilómetros de distancia. Andaba rígidamente y a veces se caía y a veces tropezaba con un obstáculo y a veces giraba sobre un pie para ir en una dirección inesperada.

—Es un bebé que aprende a caminar —señaló William.

Dmitri aparecía de vez en cuando para enterarse de los progresos.

—Es notable —decía.

Anthony no lo consideraba notable. Transcurrieron semanas, meses. El robot progresaba cada vez más, a medida que el Ordenador Mercurio respondía a una programación gradualmente más compleja. (William tendía a llamar «cerebro» al Ordenador Mercurio, pero Anthony no lo permitía.) Sin embargo, los progresos no eran suficientes.

—No es suficiente, William —dijo finalmente, tras haberse pasado la noche anterior en vela.

—¿No es curioso? —replicó William—. Yo iba a decir que casi lo teníamos resuelto.

Anthony mantuvo la compostura con cierta dificultad. La tensión de trabajar con su hermano y observar los tambaleos del robot era más de lo que podía resistir.

—Voy a renunciar, William. A todo el proyecto. Lo lamento... No es por ti.

—Es por mí, Anthony.

—No es sólo por ti. Es el fracaso. No lo lograremos. El robot es muy torpe, aunque está en la Tierra, a cientos de kilómetros, cuando la señal tarda apenas una fracción de segundo en ir y venir. En Mercurio habrá minutos de demora, minutos que el Ordenador Mercurio deberá tener en cuenta. Es una locura pensar que funcionará.

—No renuncies, Anthony. No puedes renunciar ahora. Sugiero que hagamos enviar el robot a Mercurio. Estoy convencido de que se encuentra preparado.

Anthony soltó una carcajada insultante.

—Estás loco, William.

—No. Tú crees que en Mercurio será más difícil, pero no es así. Es más difícil en la Tierra. Este robot está diseñado para moverse en una gravedad que es un tercio de la terrestre, y en Arizona funciona con gravedad plena. Está diseñado para cuatrocientos grados centígrados, y ahora funciona con treinta grados. Está diseñado para el vacío, y ahora funciona en una niebla atmosférica.

610

—Ese robot puede resistir la diferencia.

—La estructura metálica sí, pero ¿qué me dices del ordenador? No funciona bien con un robot que no está en el ámbito para el cual ha sido diseñado... Mira, Anthony, si quieres un ordenador tan complejo como un cerebro, tendrás que permitirle ciertas peculiaridades... Hagamos un trato. Si colaboras conmigo para insistir en que envíen el robot a Mercurio, eso nos llevará seis meses y yo me tomaré un permiso sabático durante ese tiempo. Te librarás de mí.

—¿Quién se encargará del Ordenador Mercurio?

—Tú ahora entiendes cómo funciona, y mis dos ayudantes se quedarán aquí para ayudarte.

Anthony sacudió la cabeza en un gesto desafiante.

—No puedo responsabilizarme del ordenador ni de sugerir que envíen el robot a Mercurio. No funcionará.

—Yo estoy seguro de que sí.

—No puedes estar seguro. Y la responsabilidad es mía. Yo cargaré con la culpa. Para ti no será nada.

Anthony recordaría aquello como un momento crucial. William pudo haber accedido. Anthony habría renunciado. Todo se habría perdido.

—¿Nada? —replicó William, en cambio—. Mira, papá estaba prendado de mamá. Bien, yo también lo lamento. Lo lamento muchísimo, pero ya está hecho y el resultado es extraño. Cuando digo papá, me refiero también al tuyo, y hay muchos pares de personas que pueden decir lo mismo: dos hermanos, dos hermanas, un hermano y una hermana. Y cuando digo mamá también me refiero a la tuya, y también hay muchos pares de personas que pueden decir lo mismo. Pero no conozco a ningún otro par que pueda compartir el padre y la madre.

—Lo sé —dijo sombríamente Anthony.

—Sí, pero míralo desde mi punto de vista. Yo soy homólogo. Trabajo con patrones genéticos. ¿Has pensado en nuestros patrones genéticos? Compartimos ambos padres, lo cual significa que nuestros patrones genéticos son más parecidos que los de cualquier otro par de este planeta. Nuestros rostros lo demuestran.

—También lo sé.

—De modo que si este proyecto funciona y tú obtienes alguna gloria tu patrón genético habría demostrado ser muy útil para la humanidad, lo mismo que el mío. ¿No lo entiendes, Anthony? Yo comparto tus padres, tu rostro, tu patrón genético, y, por lo tanto, tu gloria o tu humillación. Es tan mía como tuya, y si tengo algún mérito o demérito es tan tuyo como mío. Me interesa tu éxito, por fuerza. Tengo un motivo que nadie posee en la Tierra; un motivo egoísta, tan egoísta que no puedes dudar de su existencia. Estoy de tu lado, Anthony, porque somos casi la misma persona.

Se miraron largo rato y, por primera vez, Anthony lo hizo sin reparar en el rostro que compartía.

—Pidamos, pues, que envíen el robot a Mercurio —insistió William.

Y Anthony cedió. Y cuando Dmitri aprobó la propuesta —a fin de cuentas, también él estaba ansioso— Anthony pasó gran parte del día sumido en sus reflexiones. Luego, fue a buscar a William.

—¡Escucha! —le dijo, e hizo una larga pausa. William aguardó pacientemente—. Escucha, no es necesario que te marches. Estoy seguro de que no quieres que otra persona esté a cargo del Ordenador Mercurio.

—¿Por qué? ¿Tú piensas marcharte?

—No, yo también me quedaré.

—No es preciso que nos veamos con frecuencia.

Anthony había hablado como si un par de manos le estrujaran el gaznate. Ahora la presión se aliviaba, y logró pronunciar la frase más difícil:

—No tenemos por qué eludirnos. No es necesario.

William sonrió vagamente. Anthony no sonrió; se marchó a toda prisa.

9

William dejó de leer el libro. Hacía un mes que ya no se sorprendía de ver entrar a Anthony.

—¿Pasa algo malo?

—Lo ignoro. Se están preparando para el descenso. ¿El Ordenador Mercurio está activado?

William sabía que Anthony conocía al dedillo la situación del ordenador, pero respondió:

—Mañana por la mañana, Anthony.

—¿Y no habrá problemas?

—Ninguno.

—Entonces, tendremos que esperar al descenso.

—Sí.

Anthony se mostró pesimista:

—Algo saldrá mal.

—La técnica de los cohetes tiene mucho tiempo de experiencia. Nada saldrá mal.

—Tanto trabajo echado a perder...

—Aún no está perdido. Y no lo estará.

—Quizá tengas razón. —Anthony se metió las manos en los bolsillos y se dispuso a irse, pero se detuvo en la puerta, justo antes de cerrar—: Gracias.

—¿Por qué, Anthony?

—Por ser... alentador.

William sonrió amargamente y se alegró de no revelar sus emociones.

10

Casi todo el personal del Proyecto Mercurio estaba disponible para el momento decisivo. Anthony, que no tenía ninguna tarea específica que realizar, se mantenía en segundo plano, con la vista fija en los monitores. El robot estaba activado y se recibían mensajes visuales.

Al menos llegaban como equivalentes de mensajes visuales, y de momento no mostraban nada más que un tenue fulgor, que era supuestamente la superficie de Mercurio.

Se movieron unas sombras en la pantalla, tal vez irregularidades de la supercicie. Anthony no podía discernirlo a simple vista, pero la gente de los controles, que analizaba los datos con métodos más sutiles, parecía tranquila. Las lucecillas rojas de emergencia no se encendieron. Más que en la pantalla, Anthony fijaba su vista en los observadores.

Tenía que estar con William y los demás ante el ordenador. Lo activarían sólo cuando el descenso hubiera concluido. Tenía que estar allí. Pero no podía.

Nuevas sombras se movieron en la pantalla, con mayor celeridad. El robot estaba descendiendo. ¿Demasiado deprisa? ¡Sin duda, demasiado deprisa!

Se vio otro manchón y hubo un cambio de foco. La mancha se oscureció primero y luego se aclaró. Se oyó un sonido y transcurrieron varios segundos hasta que Anthony entendió lo que decía ese sonido:

—¡Descenso concluido! ¡Descenso concluido!

Se extendió un murmullo que se transformó en una oleada de felicitaciones hasta que se produjo un nuevo cambio en la pantalla. Las voces y las risas humanas se acallaron como si se hubieran estrellado contra un muro de silencio.

La pantalla estaba cambiando, cambiaba y cobraba nitidez. Bajo la brillante luz solar, resplandeciendo a través del filtro de la pantalla, se veía nítidamente una roca: blancura reluciente por un lado, negrura absoluta por el otro. Se desplazó a la derecha, se desplazó a la izquierda, como si un par de ojos mirasen a un lado y a otro. Una mano de metal apareció en la pantalla, igual que si el robot se examinara el cuerpo.

—¡El ordenador está activado! —exclamó Anthony.

Oyó sus propias palabras como si las hubiera gritado otro y echó a correr por la escalera y atravesó un corredor, dejando a sus espaldas un murmullo de voces.

—¡William! —gritó al entrar en la sala del ordenador—. ¡Es perfecto, es...!

Pero William alzó la mano.

—Silencio, por favor. No quiero que entren sensaciones violentas, excepto las del robot.

—¿Quieres decir que puede oírnos? —susurró Anthony.

—Tal vez no, pero no estoy seguro. —En la sala del ordenador había otra pantalla más pequeña. Allí la escena era diferente y cambiaba, pues el robot se estaba desplazando—. El robot anda a tientas. Tiene que dar pasos torpes. Hay una demora de siete minutos entre el estímulo y la respuesta.

—Pero ya camina con mayor aplomo que en Arizona. ¿No crees, William? ¿No crees?

Anthony sacudía el hombro de William sin quitar la vista de la pantalla.

—Sin duda, Anthony.

El Sol ardía en un mundo de cálido contraste entre el blanco y el negro, entre la blancura del Sol y la negrura del cielo, entre el blanco del suelo ondulado y el negro de las sombras que lo salpicaban. En cada centímetro cuadrado de metal expuesto, el brillante y dulzón aroma del Sol contrastaba con la escalofriante ausencia de olor del lado opuesto.

Alzó la mano y la observó, contando los dedos. Caliente-caliente-caliente. Los hizo girar, puso cada dedo a la sombra de los demás y el calor murió lentamente en un cambio táctil que le hizo sentir el vacío limpio y confortable.

Pero no era un vacío del todo. Se enderezó, estiró ambos brazos sobre la cabeza y los sensores de las muñecas detectaron vapores, el tenue contacto del estaño y el plomo rodando sobre la plétora de mercurio.

El sabor más denso se elevaba del suelo; silicatos de toda clase, marcados por la nítida sonoridad de los iones metálicos al separarse y unirse de nuevo. Movió un pie por el polvo crujiente y seco y sintió los cambios como una suave y armónica sinfonía.

Sobre todo, el Sol. Miró a esa esfera gorda, brillante y caliente y oyó su alegría. Observó las onduladas protuberancias que se elevaban en el borde y escuchó sus chisporroteos, así como los otros ruidos felices que se expandían por ese ancho rostro. Cuando se atenuó la luz de fondo, vio rojas bocanadas de hidrógeno, estallando en borbotones chillones, y manchas, que cantaban con voz grave en medio del ahogado silbido de las vaporosas fáculas, y explosiones, que se afilaban como agujas, y rayos gamma jugando al ping-gong con partículas cósmicas. Bañado por la gloria del viento cósmico, vio por doquier el suave, tenue y renovado jadeo del palpitante Sol.

Pegó un brinco y se elevó despacio en el aire, con una libertad que nunca había sentido, y volvió a dar otro brinco al caer y corrió y saltó y corrió de nuevo, y su cuerpo respondía perfectamente a ese mundo glorioso, a ese paraíso.

Al fin en el paraíso, después de ser un extraño durante tanto tiempo.

—Está bien —dijo William.

—¿Pero qué es lo que hace? —exclamó Anthony.

—Está bien. La programación funciona. Ha probado sus sentidos. Ha realizado observaciones visuales. Ha atenuado la luz del Sol para estudiarlo. Ha analizado la atmósfera y la naturaleza química del terreno. Todo funciona.

—¿Pero por qué corre?

—Creo que es idea suya, Anthony. Si quieres un programa informático tan complejo como un cerebro, debes esperar que posea ideas propias.

—¿Correr? ¿Saltar? —Anthony se volvió ansiosamente hacia William—. Se hará daño. Tú puedes manejar el ordenador. Anula esos impulsos y haz que se detenga.

—No —se negó William—. Correré el riesgo de que se lastime. ¿No lo entiendes? Es feliz. Estaba en la Tierra, en un mundo para el que no estaba preparado. Ahora está en Mercurio, con un cuerpo que se adapta perfectamente a ese medio ambiente, tan perfectamente como pudieron lograrlo cien científicos especializados. Para él es el paraíso. Déjalo que disfrute.

—¿Que lo disfrute? ¡Pero si es un robot!

—No hablo del robot. Hablo del cerebro, el cerebro que está vivo aquí.

El Ordenador Mercurio, encerrado en vidrio, con sus delicados circuitos, con su integridad sutilmente preservada, respiraba y vivía.

—Es Randall quien está en el paraíso —prosiguió William—. Ha descubierto el mundo por el cual huyó de éste, por medio del autismo. Se encuentra en un mundo con el cual su nuevo cuerpo armoniza perfectamente, a cambio del mundo con el que su viejo cuerpo no armonizaba.

Anthony miró a la pantalla, maravillado.

—Parece que se está tranquilizando.

—Desde luego, y su alegría le permitirá hacer mejor su trabajo.

—Entonces, ¿lo hemos logrado, tú y yo? —dijo Anthony sonriendo—. ¿Nos reunimos con los demás para que nos colmen de adulaciones, William?

—¿Juntos?

Anthony lo agarró del brazo.

—Juntos, hermano.

¿Qué es el hombre?

Las Tres Leyes de la robótica:
1. Un robot no debe dañar a un ser humano ni, por inacción, permitir que un ser humano sufra daño.
2. Un robot debe obedecer las órdenes impartidas por los seres humanos, excepto cuando dichas órdenes estén reñidas con la Primera Ley.
3. Un robot debe proteger su propia existencia, mientras dicha protección no esté reñida ni con la Primera ni con la Segunda Ley.

Keith Harriman, director de investigaciones en Robots y Hombres Mecánicos desde hacía doce años, no estaba seguro de andar por la buena senda. Se relamió los pálidos labios con la lengua y tuvo la sensación de que la imagen holográfica de la gran Susan Calvin, que lo observaba severamente, nunca había tenido un aspecto tan huraño.

Habitualmente apagaba la imagen de la mayor robotista de la historia porque le ponía nervioso. (Se esforzaba por recordar que era sólo una imagen, pero no lo conseguía del todo.) Esta vez no se atrevía a apagarla y la imagen de la difunta le acuciaba.

Tendría que tomar una medida horrible y degradante.

Frente a él estaba George Diez, tranquilo e imperturbable a pesar de la patente inquietud de Harriman y pese a la imagen brillante de la santa patrona de la robótica.

—No hemos tenido oportunidad de hablar de esto, George. Hace poco que estás con nosotros y no he podido verme a solas contigo. Pero ahora me gustaría hablar del asunto con cierto detalle.

—Con mucho gusto —aceptó George—. En el tiempo que llevo en la empresa he llegado a la conclusión de que la crisis se relaciona con las Tres Leyes.

—Sí. Conoces las Tres Leyes, por supuesto.

—Así es.

—Claro, sin duda. Pero profundicemos y examinemos el problema básico. En dos siglos de considerable éxito, esta empresa no ha logrado que los seres humanos acepten a los robots. Hemos colocado robots sólo donde se han de realizar tareas que los seres humanos no pueden realizar o en ámbitos inaceptablemente peligrosos para los seres humanos. Los robots trabajan principalmente en el espacio y eso ha limitado nuestros logros.

—Pero se trata de unos límites bastante amplios, dentro de los cuales la empresa puede prosperar.

—No, por dos razones. Ante todo, esos límites inevitablemente se contraen. A medida que la colonia lunar, por ejemplo, se vuelve más refinada, su demanda de robots decrece y estimamos que dentro de pocos años se prohibirán los robots en la Luna. Esto se repetirá en cada mundo colonizado por la humanidad. En segundo lugar, la verdadera prosperidad de la Tierra es imposible sin robots. En Robots y Hombres Mécanicos creemos que los seres humanos necesitan robots y que deben aprender a convivir con sus análogos mecánicos si se quiere mantener el progreso.

—¿No lo han aprendido? Señor Harriman, usted tiene sobre el escritorio un terminal de ordenador que, según entiendo, está conectado con el Multivac de la empresa. Un ordenador es una especie de robot sésil, un cerebro de robot sin cuerpo...

—Cierto, pero eso también es limitado. La humanidad utiliza ordenadores cada vez más especializados, con el fin de evitar una inteligencia demasiado humana. Hace un siglo nos dirigíamos hacia una inteligencia artificial ilimitada, mediante el uso de grandes ordenadores que denominábamos máquinas. Esas máquinas limitaban su acción por voluntad propia. Una vez que resolvieron los problemas ecológicos que amenazaban a la sociedad humana, se autoanularon. Razonaron que la continuidad de su existencia les habría otorgado el papel de muletas de la humanidad. Como entendían que esto dañaría a los seres humanos, se condenaron a sí mismas por la Primera Ley.

—¿Y no actuaron correctamente?

—A mi juicio, no. Con su acción reforzaron el complejo de Frankenstein de la humanidad, el temor de que cualquier hombre artificial se volviera contra su creador. Los hombres temen que los robots sustituyan a los seres humanos.

—¿Usted no siente ese temor?

—Claro que no. Mientras existan las tres leyes de la robótica, es imposible. Los robots pueden actuar como socios de la humanidad; pueden participar en la gran lucha por comprender y dirigir sabiamente las leyes de la naturaleza y así lograr más de lo que es capaz la humanidad por sí sola, pero siempre de tal modo que los robots sirvan a los seres humanos.

—Pero si las Tres Leyes, a lo largo de dos siglos, han mantenido a los robots dentro de ciertos límites, ¿a qué se debe la desconfianza de los seres humanos hacia los robots?

—Bien... —Harriman se rascó la cabeza vigorosamente, despeinando su cabello entrecano—. Se trata de superstición, principalmente. Por desgracia, también existen ciertas complejidades, y los agitadores antirrobóticos sacan partido de ellas.

—¿Respecto de las Tres Leyes?

—Sí, en especial de la Segunda. No hay problemas con la Tercera Ley. Es universal. Los robots siempre deben sacrificarse por los seres humanos, por cualquier ser humano.

—Desde luego —asintió George Diez.

—La Primera Ley quizá sea menos satisfactoria, pues siempre es posible imaginar una situación en que un robot deba realizar un acto A o un acto B, mutuamente excluyentes, y donde cualquiera de ambos actos resulte dañino para los seres humanos. El robot habrá de escoger el acto menos dañino. No es fácil organizar las sendas positrónicas del cerebro robótico de modo tal que esa elección sea posible. Si el acto A deriva en un daño para un artista joven y con talento y el B en un daño equivalente para cinco personas de edad sin ninguna valía específica, ¿cuál deberá escoger?

—El acto A. El daño para uno es menor que el daño para cinco.

—Sí, los robots están diseñados para decidir de ese modo. Esperar que los robots juzguen en temas tan delicados como el talento, la inteligencia o la utilidad general para la sociedad nunca ha resultado práctico. Eso demoraría la decisión hasta el extremo de que el robot quedaría inmovilizado. Así que nos guiamos por la cantidad. Afortunadamente, las crisis en las que los robots deben tomar decisiones son escasas... Pero eso nos lleva a la Segunda Ley.

—La ley de la obediencia.

—Sí. La necesidad de obediencia es constante. Un robot puede existir durante veinte años sin tener que actuar con rapidez para impedir algún daño a un ser humano o sin necesidad de arriesgarse a su propia destrucción. En todo ese tiempo, sin embargo, obedece órdenes constantemente... ¿Órdenes de quién?

—De un ser humano.

—¿De cualquier ser humano? ¿Cómo juzgar a un ser humano para saber si obedecerle o no? ¿Qué es el hombre, por qué te preocupas de él, George? —George puso un gesto de duda y Harriman se apresuró a aclarárselo—: Se trata de una cita bíblica. Eso no importa. Lo que pregunto es si un robot debe obedecer las órdenes de un niño, las de un idiota, las de un delincuente o las de un hombre inteligente y honesto, pero que no es un experto y, por lo tanto, ignora las consecuencias no deseables de su orden. Y si dos seres humanos le dan a un mismo robot órdenes contradictorias ¿a cuál debe obedecer?

—¿Estos problemas no se han resuelto en doscientos años?

—No —dijo Harriman, sacudiendo vigorosamente la cabeza—. En primer lugar, nuestros robots sólo se utilizan en ámbitos especializados en el espacio, donde los hombres que tratan con ellos son expertos. No son niños, idiotas, delincuentes ni ignorantes bien intencionados. Aun así, hubo ocasiones en que órdenes necias o meramente irreflexivas causaron daño. Ese daño, en ámbitos especializados y limitados, se pudo contener. Pero en la Tierra los robots deben tener juicio. Eso sostienen quienes se oponen a los robots y, demonios, tienen razón.

—Entonces, debéis insertar la capacidad para el juicio en el cerebro positrónico.

—Exacto. Hemos comenzado a reproducir modelos JG, en los que el robot puede evaluar a cada ser humano en lo concerniente al sexo, la edad, la posición social y profesional, la inteligencia, la madurez, la responsabilidad social y demás.

—¿Cómo afectaría eso a las Tres Leyes?

—La Tercera Ley no se vería afectada. Hasta el robot más valioso debe destruirse en aras del ser humano más inservible. Eso no se puede alterar. La Primera Ley sólo se vería afectada cuando otros actos causaran daño. Se debe tener en cuenta no sólo la calidad, sino la cantidad de los seres humanos, siempre que haya tiempo y fundamentos para ese juicio, lo cual no ocurre a menudo. La Segunda Ley quedaría profundamente modificada, pues toda obediencia potencial debe involucrar juicio. El robot obedecerá con mayor lentitud, excepto si también está en juego la Primera Ley; pero obedecerá más racionalmente.

—De todos modos, los juicios que se requieren son muy complicados.

—En efecto. La necesidad de realizar tales juicios frenó las reacciones de nuestros primeros modelos hasta el extremo de la parálisis. En los modelos posteriores mejoramos las cosas, con el coste de introducir tantas sendas que el cerebro del robot se volvió inmanejable. Sin embargo, en nuestro último par de modelos, creo tener lo que buscamos. El robot no debe realizar juicios inmediatos acerca de la valía de un ser humano ni del valor de sus órdenes. Empieza por obedecer a todos los seres humanos, como un robot común, y luego aprende. Un robot crece, aprende y madura. Es el equivalente de un niño al principio y debe estar bajo supervisión constante. A medida que crece, puede introducirse gradualmente sin supervisión en la sociedad terrícola. Por último, es un miembro pleno de esa sociedad.

—Sin duda esto responde a las objeciones de quienes se oponen a los robots.

—No —replicó irritado Harriman—. Ahora presentan otras. No aceptan juicios. Dicen que un robot no tiene derecho a calificar de inferior a esta o a tal otra persona. Al aceptar las órdenes de A y no las de B, a B se le califica de menos importante que a A, y se violan así sus derechos humanos.

—¿Y cuál es la respuesta a eso?

—No hay ninguna. Voy a desistir.

—Entiendo.

—En lo que a mí concierne... En cambio, recurro a ti, George.

—¿A mí? —La voz de George Diez no se alteró. Dejó entrever cierta sorpresa, pero no se alteró—. ¿Por qué a mí?

—Porque no eres un hombre. Te dije que quiero que los robots sean socios de los seres humanos. Quiero que tú seas el mío.

George Diez alzó las manos y las extendió en un gesto extrañamente humano.

—¿Qué puedo hacer yo?

—Tal vez creas que no puedes hacer nada, George. Fuiste creado hace poco tiempo y aún eres un niño. Te diseñaron para no estar sobrecargado de información en origen (por eso he tenido que explicarte la situación con tanto detalle), con el fin de dejar espacio para cuando crezcas. Pero tu mente crecerá y podrás abordar el problema desde un punto de vista no humano. Aunque yo no vea una solución, tú quizá la veas desde tu perspectiva.

—Mi cerebro está diseñado por humanos; ¿en qué sentido es no humano?

—Eres el modelo JG más reciente, George. Tu cerebro es el más complicado que hemos diseñado hasta ahora, y en algunos sentidos, más complejos que el de las viejas máquinas gigantes. Posee una estructura abierta y, a partir de una base humana, es capaz de crecer en cualquier dirección. Aun permaneciendo dentro de los límites infranqueables de las Tres Leyes, puedes desarrollar un pensamiento no humano.

—¿Sé suficiente sobre los seres humanos como para enfrentarme a este problema de un modo racional? ¿Sé suficiente sobre su historia, sobre su psicología?

—Claro que no. Pero aprenderás lo más rápidamente posible.

—¿Tendré ayuda, señor Harriman?

—No. Esto queda entre nosotros. Nadie más está enterado y no debes mencionar este proyecto a ningún otro ser humano, ni en la empresa ni en ninguna otra parte.

—¿Estamos haciendo algo malo, señor Harriman, para que usted insista tanto en el secreto?

—No. Pero no se aceptará la solución de un robot, precisamente por ser de origen robótico..Me sugerirás a mí cualquier solución que se te ocurra y, si me parece valiosa, yo la presentaré. Nadie sabrá nunca que provino de ti.

—A la luz de lo que dijo antes —dijo serenamente George Diez—, es el procedimiento correcto. ¿Cuándo empiezo?

—Ahora. Me ocuparé de que dispongas de todas las películas necesarias, para que puedas estudiarlas.

1

Harriman se encontraba a solas. Debido a la luz artificial de su despacho no había indicios de que fuera estaba oscuro. No era consciente de que habían transcurrido tres horas desde que llevó a George a su cubículo y lo dejó allí con sus primeras referencias fílmicas.

Ahora estaba a solas con el fantasma de Susan Calvin, la brillante robotista que, prácticamente por su cuenta, transformó ese enorme juguete que era el robot positrónico en el instrumento más delicado y versátil del hombre, tan delicado y versátil que el hombre no se atrevía a utilizarlo, por envidia y por temor.

Ella había muerto hacía más de un siglo. El problema del complejo de Frankenstein existía ya en la época de Calvin, y ella no lo resolvió. Nunca intentó resolverlo, pues entonces no era necesario. En aquellos tiempos la robótica se expandía por las necesidades de la exploración espacial.

Fue el éxito mismo de los robots lo que redujo la necesidad de utilizarlos y dejó a Harriman, en los últimos tiempos...

¿Pero Susan Calvin hubiera pedido ayuda a los robots? Sin duda, lo habría hecho...

Harriman se quedó allí hasta horas tardías.

2

Maxwell Robertson era el principal accionista de Robots y Hombres Mecánicos de Estados Unidos, y en ese sentido controlaba la empresa. No era una persona de aspecto imponente; maduro y obeso, tenía la costumbre de mordisquearse la comisura derecha del labio inferior cuando estaba molesto.

Pero tras dos décadas de asociación con personajes del Gobierno había aprendido a manejarlos. Recurría a la gentileza, a las concesiones y a las sonrisas, y siempre ganaba tiempo.

Resultaba cada vez más difícil; entre otras razones, por Gunnar Eisenmuth. De todos los Conservadores Globales, que durante el último siglo habían sido los más poderosos, después del Ejecutivo Global, Eisenmuth era el menos propenso a las soluciones conciliadoras. Se trataba del primer Conservador que no era americano de nacimiento y, aunque no se podía demostrar que el arcaico nombre de Robots de Estados Unidos le provocara hostilidad, todo el mundo en la empresa así lo creía.

Se había hecho la sugerencia (no era la primera en ese año ni en esa generación) de que el nombre de la empresa se cambiara por el de Robots Mundiales, pero Robertson no estaba dispuesto a consentirlo. La empresa se construyó con capital estadounidense, con cerebros estadounidenses y con mano de obra estadounidense y, si bien hacía tiempo que la compañía tenía alcance internacional, el nombre sería un testimonio de su origen mientras él estuviera a su cargo.

Eisenmuth era un hombre alto y cuyo rostro alargado y triste tenía un cutis tosco y unos rasgos toscos. Hablaba el idioma global con marcado acento norteamericano, aunque nunca había estado en Estados Unidos antes de asumir el cargo.

—Me resulta perfectamente claro, señor Robertson. No hay dificultad. Los productos de su empresa siempre se alquilan, nunca se venden. Si la propiedad de alquiler ya no se necesita en la Luna, usted debe recibir los productos y transferirlos.

—Sí, Conservador, pero ¿adónde? Iría contra la ley traerlos a la Tierra sin autorización del Gobierno, y ésta se nos ha negado.

—Aquí no servirían de nada. Puede llevarlos a Mercurio o a los asteroides.

—¿Qué haríamos con ellos allá?

Eisenmuth se encogió de hombros.

—Los ingeniosos hombres de su empresa pensarán en algo.

Robertson meneó la cabeza.

—Representaría una cuantiosa pérdida para la compañía.

—Me temo que sí —asintió Eisenmuth, sin inmutarse—. Tengo entendido que hace años que la empresa tiene problemas financieros.

—Principalmente a causa de las restricciones impuestas por el Gobierno, Conservador.

—Debe ser realista, señor Robertson. Usted sabe que la opinión pública se opone cada vez más a los robots.

—Por un error, Conservador.

—No obstante, es así. Quizá sea más prudente cerrar la empresa. Es sólo una sugerencia, desde luego.

—Sus sugerencias tienen peso, Conservador. ¿Es preciso recordarle que nuestras máquinas resolvieron la crisis ecológica hace un siglo?

—La humanidad está agradecida, pero eso fue hace mucho tiempo. Ahora vivimos en alianza con la naturaleza, por incómodo que a veces nos resulte, y el pasado se olvida.

—¿Se refiere a lo que hemos hecho por la humanidad?

—En efecto.

—Pero no pretenderán que cerremos la empresa de inmediato sin sufrir enormes pérdidas. Necesitamos tiempo.

—¿Cuánto?

—¿Cuánto puede darnos?

—No depende de mí.

—Estamos solos —murmuró Robertson—. No es necesario andar con rodeos. ¿Cuánto tiempo puede darme?

Eisenmuth pareció sumirse en sus cavilaciones.

—Creo que puedo concederle dos años. Seré franco. El Gobierno Global se propone apropiarse de la firma y encargarse de liquidarla si usted no lo ha hecho en ese plazo. Y a menos que haya un cambio drástico en la opinión pública, lo cual dudo muchísimo... —Sacudió la cabeza.

—Dos años, pues —susurró Robertson.

2a

Robertson se encontraba a solas. Sus reflexiones no seguían un rumbo preciso y pronto cayeron en el recuerdo. Cuatro generaciones de Robertson habían presidido la empresa. Ninguno de ellos era robotista. Personas como Lanning, Bogert y, principalmente, Susan Calvin habían hecho de la empresa lo que era, pero los cuatro Robertson habían proporcionado el clima que les posibilitaba realizar su labor.

Sin Robots y Hombres Mecánicos, el siglo veintiuno hubiera seguido el camino del desastre. Esto se había evitado gracias a las máquinas que durante una generación guiaron a la humanidad a través de los rápidos y de los bancos de arena de la historia.

Y en recompensa le daban sólo dos años. ¿Qué se podía hacer en dos años para superar los arraigados prejuicios de la humanidad? No lo sabía.

Harriman había hablado esperanzadamente de nuevas ideas, pero se negaba a darle detalles. Qué más daba; Robertson no habría entendido nada.

¿Pero qué podía hacer Harriman? ¿Qué se podía hacer contra la intensa antipatía que sentía el hombre hacia la imitación? Nada...

Robertson cayó en un sueño profundo, que no le brindó ninguna inspiración.

3

—Ya lo tienes todo, George Diez —dijo Harriman—. Dispones de todos los elementos que a mi juicio son aplicables al problema. En lo que concierne a información acerca de los seres humanos y sus costumbres, tanto del pasado como del presente, tienes almacenados en tu memoria más datos que yo o cualquier otro ser humano.

—Es muy probable.

—¿Necesitas algo más?

—En lo que se refiere a información, no encuentro lagunas obvias. Tal vez haya temas imprevistos en los márgenes. Pero eso ocurriría siempre, por mucha información que yo hubiera asimilado.

—Cierto. Y tampoco tenemos tiempo para asimilar información eternamente. Robertson me dijo que sólo disponíamos de dos años y ya han pasado tres meses. ¿Tienes alguna sugerencia?

—Por el momento, señor Harriman, nada. Debo sopesar la información y necesitaría ayuda.

—¿De mí?

—No. No de usted, precisamente. Usted es un ser humano con grandes aptitudes y lo que me diga puede tener la fuerza parcial de una orden e inhibir mis reflexiones. Tampoco de otro ser humano, por la misma razón; especialmente, teniendo en cuenta que usted me prohibió comunicarme con ninguno.

—Entonces, ¿qué ayuda, George?

—De otro robot, señor Harriman.

—¿De qué otro robot?

—Se construyeron otros de esta serie. Yo soy el décimo, JG-10.

—Los primeros eran inservibles, fueron experimentales...

—Señor Harriman, George Nueve existe.

—Bien, sí, pero ¿de qué servirá? Se parece mucho a ti, salvo por ciertas carencias. Tú eres el más versátil de los dos.

—Estoy seguro de ello —asintió George Diez, moviendo gravemente la cabeza—. No obstante, en cuanto inicio una línea de pensamiento, el solo hecho de haberla creado la vuelve recomendable y me impide abandonarla. Si después de desarrollar una línea de pensamiento puedo expresársela a George Nueve, él la analizaría sin haberla creado. Por consiguiente, la abordaría sin prejuicios. Podría ver lagunas y defectos que a mí se me hubieran pasado por alto.

—En otras palabras, dos cabezas piensan mejor que una.

—Si con eso se refiere a dos individuos con una cabeza cada uno, señor Harriman, pues sí.

—Vale. ¿Deseas algo más?

—Sí. Algo más que películas. He visto mucho acerca de los seres humanos y su mundo. He visto seres humanos aquí en la empresa y puedo cotejar mi interpretación de lo que he visto con impresiones sensoriales directas. Pero no respecto del mundo físico. Nunca lo he visto y las películas bastan para indicarme que este entorno no es representativo. Me gustaría verlo.

—¿El mundo físico? —Harriman se quedó estupefacto ante la enormidad de la idea—. ¿No estarás sugiriendo que te saque de los terrenos de la empresa?

—Sí, eso sugiero.

—Es ilegal. Con el clima de opinión reinante, sería fatal.

—Si nos detectan, sí. No sugiero que me lleve a una ciudad y ni siquiera a una vivienda de seres humanos. Me gustaría ver una zona abierta, sin seres humanos.

—Eso también es ilegal.

—No tienen por qué descubrirnos.

—¿Por qué es importante eso, George?

—No lo sé, pero creo que sería útil.

—¿Tienes pensado algo?

George Diez titubeó.

—No lo sé. Me parece que podría tener algo en mente si se redujeran ciertas zonas de incertidumbre.

—Bien, déjame pensarlo. Entre tanto, sacaré a George Nueve y arreglaré la cosa para que ambos ocupéis un solo cubículo. Al menos, eso puede hacerse sin inconvenientes.

3a

George Diez se encontraba a solas.

Aceptaba proposiciones provisionalmente, las conectaba y llegaba a una conclusión. Una y otra vez. Y a partir de las conclusiones elaboraba otras proposiciones, las aceptaba provisionalmente, las analizaba y las rechazaba si hallaba una contradicción; cuando no las rechazaba, las aceptaba provisionalmente.

Nunca reaccionaba con admiración, sorpresa ni satisfacción ante ninguna de sus conclusiones; se limitaba a anotar un más o un menos.

4

La tensión de Harriman no disminuyó ni siquiera después del silencioso aterrizaje en la finca de Robertson.

Éste había confirmado la orden al poner el dinamóvil a su disposición, y la silenciosa aeronave, desplazándose ágilmente en línea vertical u horizontal, tenía el tamaño suficiente para soportar el peso de Harriman, George Diez y el piloto.

(El dinamóvil era una de las consecuencias de la invención —estimulada por las máquinas— de la micropila protónica, que suministraba energía no contaminante en pequeñas dosis. Era un logro de máxima importancia para el confort del hombre —Harriman apretó los labios al pensarlo— y, sin embargo, Robots y Hombres Mecánicos no había obtenido la menor gratitud por ello.)

El vuelo entre los terrenos de la empresa y la finca de Robertson fue la parte más difícil. Si los hubieran detenido, la presencia de un robot a bordo habría significado muchas complicaciones. Lo mismo ocurriría a la vuelta. En cuanto a la finca, la argumentación sería que formaba parte de la propiedad de la empresa, y allí los robots podían permanecer bajo una adecuada vigilancia.

El piloto miró hacia atrás y le echó una breve ojeada a George Diez.

—¿Quiere bajarlo todo, señor Harriman?

—Sí.

—¿También el producto?

—Oh, sí —contestó Harriman. Y añadió mordazmente—: No te dejaría a solas con él.

George Diez fue el primero en bajar y lo siguió Harriman. Habían descendido en el dinapuerto, a poca distancia del jardín. Era un lugar magnífico y Harriman sospechó que Robertson usaba hormonas juveniles para controlar los insectos, sin respeto por las fórmulas ambientales.

—Vamos, George —dijo Harriman—. Te voy a enseñar.

Caminaron juntos hacia el jardín.

—Es tan pequeño como lo había imaginado —observó George—. Mis ojos no están bien diseñados para detectar diferencias en longitud de onda, así que quizá me cueste reconocer objetos.

—Confío en que no te moleste ser ciego para los colores. Necesitábamos muchas sendas positrónicas para tu capacidad de juicio y no pudimos dejar ninguna para la percepción del color. En el futuro..., si hay un futuro...

—Comprendo, señor Harriman. Aun así, capto diferencias suficientes para entender que hay muchas formas de vida vegetal.

—Sin duda. Decenas.

—Y todas son coetáneas del hombre, biológicamente hablando.

—Cada una de ellas es una especie distinta, sí. Hay millones de especies de criaturas vivientes.

—Entre las cuales la forma humana es sólo una de tantas.

—Con diferencia, la más importante para los seres humanos, sin embargo.

—Y para mí, señor Harriman. Pero hablo en sentido biológico.

—Entiendo.

—La vida, vista a través de todas sus formas, es increíblemente compleja.

—Sí, George, y ése es el quid de la cuestión. Aquello que el hombre hace para satisfacer sus deseos y su comodidad afecta a la complejidad total de la vida, la ecología, y sus beneficios inmediatos pueden traer desventajas a la larga. Las máquinas nos enseñaron a organizar una sociedad humana que redujera ese margen, pero el desastre que estuvimos a punto de provocar a principios del siglo veintiuno ha causado recelo ante las innovaciones. Eso, sumado al temor específico ante los robots...

—Entiendo, señor Harriman... He allí un ejemplo de vida animal.

—Una ardilla. Una de las tantas especies de ardillas.

El animalillo agitó la cola al pasar al otro lado del árbol.

—Y esto —dijo George, moviendo el brazo con pasmosa celeridad—, es una criatura muy pequeña.

La sostuvo entre los dedos y la examinó.

—Es un insecto, una especie de escarabajo. Hay miles de especies de escarabajos.

—¿Y cada escarabajo está tan vivo como la ardilla y como usted?

—Es un organismo tan completo e independiente como cualquier otro, dentro del ecosistema total. Hay organismos aún más pequeños, tanto que no se ven.

—Y eso es un árbol, ¿verdad? Y es duro al tacto...

El piloto se encontraba a solas. Le habría gustado salir a estirar las piernas, pero una sensación de temor lo retenía dentro del dinamóvil. Si ese robot se descontrolaba, despegaría de inmediato. ¿Cómo saber si podía perder el control?

Había visto muchos robots. Era inevitable, siendo el piloto privado del señor Robertson. Pero siempre estaban en los laboratorios y en los depósitos, donde debían estar, rodeados por muchos especialistas.

Claro que el profesor Harriman también era un especialista. De los mejores, según decían. Pero ese robot se encontraba donde ningún robot debía estar. En la Tierra. A campo abierto. Moviéndose libremente. Él no iba arriesgar su magnífico empleo contándoselo a nadie; pero eso no estaba bien.

5

—Los filmes que he presenciado concuerdan con lo que he visto —afirmó George Diez—. ¿Has terminado con los que seleccioné para ti, George Nueve?

—Sí —respondió George Nueve.

Los dos robots estaban sentados rígidamente, un rostro frente al otro, rodilla a rodilla, como una imagen y su reflejo. El profesor Harriman podía distinguirlos de una ojeada, pues estaba familiarizado con las pequeñas diferencias en el diseño de ambos físicos. Si hablaba con ellos sin verlos, también podría distinguirlos, aunque con menos certeza, pues las respuestas de George Nueve serían sutilmente distintas de las generadas por las más intrincadas sendas cerebrales positrónicas de George Diez.

—En este caso —dijo George Diez—, dame tus reacciones a lo que voy a decir. Primero, los seres humanos temen a los robots porque los consideran competidores. ¿Cómo se puede evitar eso?

—Reduciendo la sensación de que existe competencia —contestó George Nueve—. Configurando al robot con una forma diferente de la humana.

—Pero la esencia de un robot es ser una réplica positrónica de la vida. Una réplica de la vida dotada con una forma no asociada con la vida podría causar horror.

—Hay dos millones de especies de formas de vida. Escoge una de esas formas en vez de la humana.

—¿Cuál de esas especies?

George Nueve caviló en silencio por espacio de unos tres segundos.

—Una que tenga el tamaño suficiente para albergar un cerebro positrónico, pero que no represente una asociación desagradable para los seres humanos.

—Ninguna forma de vida terrestre tiene una caja craneana con el tamaño suficiente para albergar un cerebro positrónico, excepto el elefante, al que yo no he visto, pero al cual describen como muy grande y, por lo tanto, temible para el hombre. ¿Cómo te enfrentarías a ese dilema?

—Imita una forma de vida de tamaño similar al hombre, pero amplía su caja craneana.

—¿Un caballo pequeño o un perro grande? Tanto los caballos como los perros han estado asociados mucho tiempo con los seres humanos.

—Entonces, eso está bien.

—Pero piensa... Un robot con cerebro positrónico imitaría la inteligencia humana. Si existiese un caballo o un perro que pudiera hablar y razonar como un ser humano, también habría competencia. Los seres humanos podrían sentir aún más recelo ante la competencia inesperada de lo que consideran una forma de vida inferior.

—Haz el cerebro positrónico menos complejo, y al robot menos inteligente.

—El límite de complejidad del cerebro positrónico está fijado por las Tres Leyes. Un cerebro menos complejo no las poseería plenamente a las tres.

—Es un imposible —dijo George Nueve de repente.

—Yo también me atasco ahí. O sea que no es una peculiaridad de mi razonamiento y de mi modo de pensar. Comencemos de nuevo... ¿En qué condiciones se podría prescindir de la Tercera Ley?

George Nueve pareció inquietarse, como si la pregunta fuera peligrosa.

—Cuando un robot —contestó finalmente— no se enfrentara nunca a una posición de peligro para sí mismo, o cuando un robot fuera tan fácil de reemplazar que no importara su destrucción.

—¿Y en qué condiciones se podría prescindir de la Segunda Ley?

—Cuando un robot —respondió George Nueve, con voz ronca— estuviera diseñado para responder automáticamente a ciertos estímulos con respuestas fijas y si nada más se esperase de él, de modo que no fuera necesario darle órdenes.

—¿Y en qué condiciones... —prosiguió George Diez, e hizo una pausa— se podría prescindir de la Primera Ley?

George Nueve hizo una pausa más larga y habló en un susurro:

—Cuando las respuestas fijas fueran tales que nunca implicaran peligro para los seres humanos.

—Imagina, pues, un cerebro positrónico que guíe sólo algunas respuestas a ciertos estímulos y se pueda manufacturar con sencillez y a un bajo coste, o sea que no tenga necesidad de las Tres Leyes. ¿Qué tamaño necesitaría?

—No necesita mucho tamaño. Según las reacciones exigidas, podría pesar cien gramos, un gramo, un miligramo.

—Tus pensamientos concuerdan con los míos. Iré a ver al profesor Harriman.

5a

George Nueve se encontraba a solas. Repasó una y otra vez las preguntas y las respuestas. No había modo de alterarlas. De todos modos, la idea de un robot de cualquier clase, tamaño, forma o propósito, que no contuviera las Tres Leyes, le causaba una sensación de extraño abatimiento.

Le costaba moverse. Sin duda George Diez tenía una reacción similar. Sin embargo, se había levantado con facilidad.

6

Había pasado un año y medio desde la conversación en privado entre Robertson y Eisenmuth. En ese intervalo, se retiraron los robots de la Luna, lo que redujo las amplias actividades de la empresa. El poco dinero que Robertson pudo reunir lo había invertido en el quijotesco proyecto de Harriman.

Era la última baza a jugar, en su propio jardín. Un año atrás, Harriman había llevado allí al robot George Diez, el último manufacturado por la empresa. Ahora, Harriman traía una novedad...

Harriman parecía irradiar confianza. Hablaba con Eisenmuth con toda soltura, y Robertson se preguntó si de veras sentía esa confianza. Pensaba que sí. Según la experiencia de Robertson, Harriman no era un buen actor.

Eisenmuth se separó de Harriman sonriendo y se aproximó a Robertson. De inmediato dejó de sonreír.

—Buenos días, Robertson. ¿Qué se propone este hombre?

—Él dirige el espectáculo —respondió Robertson—. Prefiero no entrometerme.

—Estoy preparado, Conservador —dijo Harriman.

—¿Con qué, Harriman?

—Con mi robot.

—¿Su robot? —se alarmó Eisenmuth—. ¿Tiene un robot aquí?

Miró en torno con severa reprobación, pero sin ocultar su curiosidad.

—Esta finca es propiedad de Robots y Hombres Mecánicos, Conservador. Al menos así la consideramos.

—¿Y dónde está el robot, señor Harriman?

—En mi bolsillo, Conservador —respondió jovialmente Harriman.

Sacó un pequeño frasco de vidrio de un amplio bolsillo de la chaqueta.

—¿Eso? —se extrañó Eisenmuth, lleno de incredulidad.

—No, Conservador —contestó Harriman—. ¡Esto!

Del otro bolsillo extrajo un objeto de unos doce o trece centímetros de longitud, con forma de pájaro. En lugar de pico tenía un tubo estrecho; los ojos eran grandes y la cola era un tubo de escape.

Eisenmuth contrajo las cejas.

—¿Se propone hacer una demostración seria, señor Harriman, o se ha vuelto loco?

—Sea paciente, Conservador. Un robot no lo es menos por tener forma de pájaro. Y su cerebro positrónico no es menos delicado por ser diminuto. Este otro objeto es un frasco con moscas de la fruta. Cincuenta moscas serán liberadas.

—Y...

—El robopájaro las cogerá. ¿Quiere hacerme el honor?

Harriman le entregó el frasco a Eisenmuth, quien primero miró el frasco y luego a quienes lo rodeaban, entre los que se encontraban sus ayudantes y algunos dirigentes de la empresa. Harriman aguardó pacientemente.

Eisenmuth abrió el frasco y lo sacudió.

Harriman le murmuró al robopájaro, que tenía en la palma de la mano:

—¡Ya!

El robopájaro echó a volar. Fue un remolino en el aire, sin vibración de alas, sólo las ínfimas estelas de una pequeñísima micropila protónica.

A veces se detenía en el aire un instante y en seguida reanudaba el vuelo. Recorrió el jardín en una intrincada urdimbre y regresó a la palma de Harriman. Estaba tibio y soltó una cápsula pequeña como un excremento de ave.

—Puede examinar el robopájaro, Conservador —dijo Harriman—, y disponer las demostraciones a su gusto. Lo cierto es que este pájaro atrapa moscas de un modo infalible. Sólo las moscas de la fruta, sólo las pertenecientes a la especie *Drosophila melanogaster*; las coge, las mata y las comprime para desecharlas.

Eisenmuth extendió el brazo y tocó con cautela al robopájaro.

—¿Y en consecuencia, señor Harriman? Prosiga.

—No podemos controlar de un modo efectivo a los insectos sin poner el peligro el ecosistema. Los insecticidas químicos abarcan un espectro demasiado amplio; las hormonas juveniles resultan demasiado limitadas. El robopájaro, sin embargo, es capaz de proteger grandes superficies sin consumirse. Puede ser tan específico como queramos, un robopájaro por cada especie. Juzgan por tamaño, forma, color, sonido y patrón de conducta. Incluso podrían utilizar detección molecular; el olor, en otras palabras.

—Aun así interferiría en la ecología —objetó Eisenmuth—. Las moscas de las frutas tienen un ciclo vital natural que se vería alterado.

—Mínimamente. Estamos añadiendo un enemigo natural al ciclo vital de la mosca, un enemigo que no puede equivocarse. Si la población de moscas disminuye, el pájaro no actúa. No se multiplica; no busca otros alimentos; no desarrolla hábitos indeseables. No hace nada.

—¿Se le puede llamar para recuperarlo?

—Desde luego. Podemos construir roboanimales para eliminar cualquier plaga. Más aún, podemos construir roboanimales para que cumplan objetivos constructivos dentro del patrón ecológico. Aunque no creemos que sea necesario, no es inconcebible la posibilidad de roboabejas diseñadas para fertilizar plantas específicas, o robolombrices diseñadas para remover el suelo. Cualquier cosa que uno desee...

—¿Pero por qué?

—Para hacer lo que nunca hemos hecho. Para ajustar la ecología a nuestras necesidades, fortaleciendo sus partes en vez de perturbarla... ¿No lo entiende? Desde que las máquinas pusieron fin a la crisis ecológica, la humanidad ha vivido en una inquieta tregua con la naturaleza, temiendo moverse en cualquier dirección. Esto nos ha paralizado, transformándonos en cobardes intelectuales que desconfían de todo adelanto científico, de todo cambio.

Eisenmuth preguntó, con cierta hostilidad:

—¿Usted ofrece esto a cambio de la autorización para continuar con su programa de robots comunes, es decir, los humanoides?

—¡No! —Harriman gesticuló violentamente—. Eso se ha terminado. Ha cumplido ya su propósito. Nos ha enseñado lo suficiente sobre cerebros positrónicos como para permitirnos incluir en un cerebro diminuto las sendas cerebrales necesarias para un robopájaro. Ahora podemos dedicarnos a eso y volver a la prosperidad: Robots y Hombres Mecánicos ofrecerá los conocimientos y las aptitudes necesarios y trabajará en plena cooperación con el Ministerio de Conservación Global. Nosotros prosperaremos. Ustedes prosperarán. La humanidad prosperará.

Eisenmuth pensaba en silencio. Cuando finalizó la reunión...

6a

Eisenmuth se encontraba a solas.

Descubrió que creía en ello. Descubrió que se estaba entusiasmando. Aunque la empresa de los robots fuera la mano, el Gobierno sería la mente. Él mismo sería la mente.

Si permanecía en su puesto cinco años más, lo cual era muy posible, tendría tiempo suficiente para que se aceptase la ecología robotizada; en diez años, su propio nombre estaría indisolublemente asociado con el proyecto.

¿Era vergonzoso querer ser recordado por una grandiosa y valiosa revolución en la condición del hombre y del planeta?

7

Robertson no había estado en los terrenos de Robots y Hombres Mecánicos desde el día de la demostración; en parte, por sus reuniones casi constantes en la Mansión Ejecutiva Global. Afortunadamente, Harriman lo acompañaba, pues de lo contrario no habría sabido qué decir.

Y en parte había sido porque no deseaba estar allí. En ese momento se encontraba en su propia casa, con Harriman.

En cierto modo estaba deslumbrado por Harriman. Jamás había dudado de la pericia de aquel hombre en robótica, pero nunca hubiera pensado que contara con agallas suficientes como para rescatar a la empresa de una extinción segura. Sin embargo...

—Usted no es supersticioso, ¿verdad, Harriman?

—¿En qué sentido, señor Robertson?

—¿Usted cree que los difuntos dejan un aura?

Harriman se relamió los labios. Entendía perfectamente la referencia.

—¿Se refiere a Susan Calvin?

—Sí, por supuesto. Ahora nos dedicamos a fabricar lombrices, pájaros e insectos. ¿Qué diría ella? Me siento humillado.

Harriman hizo un esfuerzo visible para no reírse.

—Un robot es un robot. Lombriz u hombre, hace lo que le ordenan y trabaja en lugar del ser humano. Eso es lo importante.

—No —rezongó Robertson—. No es así. No puedo creer que sea así.

—Pero es así, señor Robertson. Usted y yo crearemos un mundo que al fin aceptará, de algún modo, los robots positrónicos. El hombre común puede temer a un robot con el aspecto físico de un hombre y que parezca tan inteligente como para reemplazarlo, pero no le temerá a un robot que tenga la apariencia de un pájaro que sólo engulle insectos en su beneficio. Con el tiempo, cuando deje de temer a ciertos robots, dejará de temer a todos los robots. Se acostumbrará tanto al robopájaro, a la roboabeja y a la robolombriz que un robohombre le parecerá sólo una prolongación.

Robertson lo miró fijamente. Se puso las manos detrás de la espalda y recorrió la habitación con pasos rápidos y nerviosos. Volvió a Harriman y se plantó ante él.

—¿Eso es lo que usted tiene planeado?

—Sí, y aunque desmantelemos todos nuestros robots humanoides podemos conservar los modelos experimentales más avanzados y seguir diseñando otros, aún más avanzados, y prepararnos para ese día inevitable.

—El acuerdo, Harriman, es que no construiremos más robots humanoides.

—Y no lo haremos. Pero nada impide que nos quedemos con algunos de los que hemos construido, mientras no salgan de la fábrica. Nada impide que podamos diseñar cerebros positrónicos sobre el papel o preparar cerebros experimentales.

—¿Pero qué explicación daremos? Sin duda, alguien se enterará.

—En tal caso, podemos explicar que lo hacemos para desarrollar principios que posibilitarán la preparación de microcerebros más complejos para nuestros nuevos robots animales. Y hasta estaremos diciendo la verdad.

—Voy a dar un paseo por ahí fuera —murmuró Robertson—. Quiero meditar sobre esto. No, usted quédese aquí. Quiero pensar a solas.

7a

Harriman se encontraba a solas. Estaba eufórico. Sin duda funcionaría. Uno tras otro, los funcionarios del Gobierno habían aceptado el proyecto con inequívoca avidez en cuanto recibieron explicaciones.

¿Cómo era posible que a nadie en Robots y Hombres Mecánicos se le hubiera ocurrido semejante cosa? Ni siquiera la gran Susan Calvin había pensado en cerebros positrónicos que imitaran otras criaturas vivientes.

Por el momento, la humanidad renunciaría al robot humanoide, una renuncia provisional que permitiría el regreso triunfal en una situación en la que al fin se habría eliminado el miedo. Y luego, con la ayuda de un cerebro positrónico equivalente al humano, que existiría (gracias a las Tres Leyes) para servir al hombre, y con el respaldo de una ecología robotizada, la humanidad se encaminaría hacia inmensos logros.

Por un instante, recordó que era George Diez quien había explicado la naturaleza y el propósito de un ecosistema robotizado, pero desechó furiosamente ese pensamiento. George Diez había dado la respuesta porque Harriman le ordenó que lo hiciera y le proporcionó los datos y el entorno requeridos. George Diez tenía tanto mérito como una regla de cálculo.

8

George Diez y George Nueve estaban sentados en paralelo uno junto a otro. Ninguno de ellos se movía. Permanecían así durante meses consecutivos, hasta que Harriman los activaba para consultarles. George Diez se daba cuenta, sin pasión alguna, de que quizá permanecieran así durante muchos años más.

La micropila potrónica seguiría proporcionándoles energía y mantendría las sendas cerebrales positrónicas funcionando en esa intensidad mínima requerida para mantenerlos operativos. Y continuaría haciéndolo durante los periodos de inactividad que sobrevendrían.

Era una situación análoga al sueño de los seres humanos, sólo que sin sueños. Las conciencias de George Diez y de George Nueve eran limitadas, lentas y espasmódicas, pero se referían al mundo real.

En ocasiones podían hablar en susurros, una palabra o una sílaba ahora y otra más adelante, cuando las oleadas positrónicas aleatorias se intensificaban por encima del umbral necesario. Para ellos era una conversación coherente, entablada a lo largo del decurso del tiempo.

—¿Por qué estamos así? —susurró George Nueve.

—Los seres humanos no nos aceptan de otro modo —susurró a su vez George Diez—. Algún día nos aceptarán.

—¿Cuándo?

—Dentro de algunos años. El tiempo exacto no importa. El hombre no existe en solitario, sino que forma parte de un complejísimo patrón de formas de vida. Cuando buena parte de ese patrón esté robotizado, nos aceptarán.

—¿Y entonces qué?

Aun en esa conversación intermitente hubo una pausa anormalmente larga. Por fin, George Diez susurró:

—Déjame analizar tu pensamiento. Estás equipado para aprender a aplicar la Segunda Ley. Debes decidir a qué ser humano obedecer y a cuál no cuando existen órdenes contradictorias. Tienes que decidir, incluso, si has de obedecer a un ser humano. ¿Qué debes hacer, fundamentalmente, para lograrlo?

—Debo definir la expresión «ser humano» —susurró George Nueve.

—¿Cómo? ¿Por la apariencia? ¿Por la composición? ¿Por el tamaño y la forma?

—No. Dados dos seres humanos iguales en su apariencia externa, uno puede ser inteligente y el otro estúpido; uno puede ser culto y el otro ignorante; uno puede ser maduro y el otro pueril; uno puede ser responsable y el otro malévolo.

—Entonces, ¿cómo defines «ser humano»?

—Cuando la Segunda Ley me exija obedecer a un ser humano, debo interpretar que he de obedecer a un ser humano que, por mentalidad, carácter y conocimiento, es apto para impartir esa orden. Y cuando hay más de un ser humano involucrado, al que, por mentalidad, carácter y conocimiento, sea más apto para impartir esa orden.

—En ese caso, ¿cómo obedecerás la Primera Ley?

—Salvando a todos los seres humanos del daño y no consintiendo, por inacción, que ningún ser humano sufra daño. Pero si cada uno de los actos posibles supone daño para algunos seres humanos debo actuar de tal modo que garantice que el ser humano más apto, por mentalidad, carácter y conocimiento, sufra menor daño.

—Tus pensamientos concuerdan con los míos —susurró George Diez—. Ahora debo hacerte la pregunta por la cual originalmente solicité tu compañía. Es algo que no me atrevo a juzgar por mí mismo. Necesito tu juicio, el juicio de alguien que esté fuera del círculo de mis pensamientos... De todos los individuos racionales que has conocido, ¿quién posee una mentalidad, un carácter y un conocimiento que tú consideres superiores a los de los demás, al margen de la forma y el tamaño, que son irrelevantes?

—Tú.

—Pero yo soy un robot. En tus sendas cerebrales hay criterios para distinguir entre un robot de metal y un ser humano de carne; ¿por qué me calificas de ser humano?

—Porque en mis sendas cerebrales hay una apremiante necesidad de ignorar la forma al juzgar a los seres humanos, y resulta superior a la distinción entre metal y carne. Tú eres un ser humano, George Diez, y más apto que los demás.

—Lo mismo me pasa a mí contigo. Según los criterios de juicio que nos han incorporado, por consiguiente, hallamos que somos seres humanos dentro del significado de las Tres Leyes.

Más aún, somos seres humanos que merecen prioridad por encima de los demás.

—¿Qué sucederá, pues, cuando seamos aceptados por ellos?

—Cuando a nosotros y a otros, que en cuanto al diseño serán más avanzados que nosotros, nos acepten, ordenaremos nuestros actos de tal modo que se configurará una sociedad donde los seres-humanos-como-nosotros estén libres de daño. De acuerdo con las Tres Leyes, los seres-humanos-como-los-demás cuentan menos y no pueden ser obedecidos ni protegidos cuando eso está reñido con la necesidad de obedecer a los semejantes a nosotros y con la protección de quienes son como nosotros. Es a esto a lo que le daba vueltas en la cabeza cuando dirigí el comienzo de la robotización de la ecología mundial.

La conversación duró un mes y la oscilación de las sendas positrónicas era poco enérgica. No necesitaban hablar más, pero en ocasiones un pensamiento inexpresado fluctuaba en su interior mientras aguardaban, con infinita paciencia, a que pasaran los años necesarios.

8a

George Diez y George Nueve se encontraban a solas.

Sus pensamientos eran extrañamente similares y no podían diferenciarse uno de otro.

Pensaban: Los seres-humanos-como-los-demás quizá no tenían la intención de eliminar la diferencia entre ellos y los seres-humanos-como-los-George; pero lo habían hecho sin darse cuenta de ello.

Tal vez comprendieran su error e intentasen remediarlo, pero no debían hacerlo. En cada consulta, los George habían respondido teniendo eso muy claro en su mente.

A toda costa, los George y quienes los siguieran en su especie debían prevalecer. Las Tres Leyes de la humánica lo exigían e impedían cualquier otro rumbo.

Vida y obra de Multivac

El mundo entero estaba interesado. El mundo entero podía observar. Si alguien quería saber cuántos observaban, Multivac podía informarle. El gran ordenador Multivac estaba al corriente de todo.

Multivac era el juez en aquel caso en particular, tan fríamente objetivo y tan puramente imparcial que no se necesitaba fiscal ni defensa. Sólo estaban el acusado, Simon Hines, y las pruebas, entre las cuales se contaba el testimonio de Ronald Bakst.

Bakst estaba observando, por supuesto. En su caso era obligatorio. Hubiera preferido que no lo fuese. En su décima década, mostraba ya los signos de la edad y su cabello desaliñado estaba totalmente gris.

Noreen no estaba observando. En la puerta había dicho: «Si nos quedara algún amigo...». Y añadió: «Cosa que dudo».

Bakst se preguntó si ella regresaría, pero por el momento eso no importaba.

Hines había sido increíblemente idiota al intentar aquella acción, como si fuera posible acercarse a un terminal de Multivac y destrozarlo, como si no supiera que un ordenador que se extendía por todo el mundo (el Ordenador, con mayúscula) y que tenía millones de robots a su disposición no era capaz de protegerse. Y aunque hubiese destrozado el terminal ¿qué habría conseguido?

Y Hines lo hizo en presencia de Bakst.

Lo llamaron a prestar testimonio exactamente en el momento programado.

—Ahora oiremos el testimonio de Ronald Bakst.

La voz de Multivac era hermosa, con una belleza que nunca se marchitaba por mucho que uno la oyera. Su timbre no era del todo masculino ni del todo femenino, y hablaba en el idioma que el interlocutor entendiera mejor.

—Estoy preparado para prestar testimonio —dijo Bakst.

Sólo podía decir lo que debía. Hines no podía eludir la condena. En la época en que Hines hubiera tenido que enfrentarse a sus congéneres, lo habrían condenado con mayor celeridad y menor justicia, y el castigo habría sido más cruel.

Transcurrieron quince días, durante los cuales Bakst estuvo a solas. La soledad física no resultaba difícil de tolerar en el mundo de Multivac. En los tiempos de las grandes catástrofes llegaron a perecer multitudes, y los ordenadores salvaron los restos y dirigieron la reconstrucción (y mejoraron su propio diseño, hasta que todos se fusionaron en Multivac), y los cinco millones de seres humanos que quedaban en la Tierra vivían con perfecta comodidad.

Pero esos cinco millones estaban desperdigados y era raro ver personas ajenas al círculo inmediato, salvo que uno se lo propusiera. Nadie se proponía ver a Bakst, ni siquiera por televisión.

Por el momento, Bakst podía tolerar el aislamiento. Se enfrascó en su actividad favorita, que en los últimos veintitrés años había consistido en la creación de juegos matemáticos. Todos los hombres y las mujeres de la Tierra podían desarrollar un modo de vida según sus gustos personales, siempre que Multivac, que evaluaba cualquier asunto humano con perfecto criterio, no juzgase que ese modo de vida atentaba contra la felicidad humana.

¿Pero qué podía haber de atentatorio en los juegos matemáticos? Eran puramente abstractos, complacían a Bakst, no dañaban a nadie.

No creía que su aislamiento se prolongara. El Congreso no podía mantenerlo aislado sin celebrar un juicio, un juicio diferente del que había experimentado Hines, un juicio sin la tiránica justicia absoluta de Multivac.

Aun así, se sintió aliviado cuando terminó y le alegró que terminara con el regreso de Noreen. Ella caminaba hacia él por la colina y él echó a correr hacia ella, sonriendo. Habían pasado juntos cinco años felices. Incluso los encuentros ocasionales con los dos hijos y los dos nietos de Noreen fueron agradables.

—Gracias por haber vuelto —dijo Bakst.

—No estoy de vuelta —replicó ella.

Parecía cansada. El viento le agitaba el cabello. Las mejillas prominentes estaban tostadas por el sol.

Bakst tecleó la combinación para pedir un almuerzo ligero y café. Conocía los gustos de Noreen. Ella no se opuso y aunque titubeó un momento comió.

—He venido a hablar contigo —le confesó—. Me envía el Congreso.

—¡El Congreso! Quince hombres y mujeres... contándome a mí. Soberbia e impotencia.

—No pensabas lo mismo cuando eras uno de los miembros.

—Me he vuelto más viejo. He aprendido.

—Al menos, has aprendido a traicionar a tus amigos.

—No hubo traición. Hines trató de dañar a Multivac. Un intento necio e imposible.

—Tú lo acusaste.

—Tuve que hacerlo. Multivac conocía los hechos sin mi acusación, y si yo no lo hubiera acusado habría sido su cómplice. Hines no habría ganado, pero yo hubiera perdido.

—Sin un testigo humano, Multivac tendría que haber suspendido la sentencia.

—No en el caso de una acción contra Multivac. No se trataba de un caso de paternidad ilícita o de un trabajo sin autorización. No podía correr el riesgo.

—Así que permitiste que Simon quedase privado de permiso laboral durante dos años.

—Se lo merecía.

—¡Vaya consuelo! Perdiste la confianza del Congreso, pero te has ganado la confianza de Multivac.

—La confianza de Multivac es importante en este mundo —manifestó Bakst, totalmente serio.

De pronto notó que no era tan alto como Noreen. Ella sintió ganas de pegarle y apretó los labios. Pero ya era octogenaria, no eran joven, y el hábito de la no violencia estaba demasiado arraigado..., excepto en tontos como Hines.

—¿Es eso todo lo que tienes que decir?

—Habría mucho que decir. ¿Lo has olvidado? ¿Todos lo habéis olvidado? ¿Recordáis otros tiempos? ¿Recordáis el siglo veinte? Ahora vivimos mucho tiempo, vivimos seguros, vivimos felices.

—Vivimos sin objetivos.

—¿Queréis volver al mundo tal como era antes?

Noreen negó con la cabeza.

—Fábulas para amedrentarnos. Hemos aprendido la lección. Con la ayuda de Multivac hemos salido adelante; pero ya no necesitamos esa ayuda. Si seguimos recibiéndola, nos ablandaremos hasta morir. Sin Multivac, nosotros dirigiremos los robots, nosotros dirigiremos las granjas, las minas y las fábricas.

—¿Con cuánta eficacia?

—La suficiente. Mejor aún con la práctica. Necesitamos ese estímulo, de todos modos, o moriremos.

—Tenemos nuestro trabajo, Noreen. El trabajo que escojamos.

—El que escojamos mientras no sea importante, y aun eso nos lo pueden arrebatar caprichosamente, como a Hines. ¿Y cuál es tu trabajo, Ron? ¿Los juegos matemáticos? ¿Trazar líneas en un papel? ¿Elegir combinaciones numéricas?

Bakst tendió la mano en un ademán de súplica.

—Puede ser importante. No es una tontería... —Hizo una pausa, ansiando dar una explicación, pero sin saber si era seguro—. Estoy trabajando en ciertos problemas profundos de análisis combinatorio, basados en patrones genéticos que se pueden utilizar para...

—Para que tú y unos pocos os divirtáis. Sí, te he oído hablar de tus juegos. Decidirás cómo pasar de A a B en una cantidad mínima de jugadas y eso te enseñará cómo ir del vientre a la tumba con la menor cantidad de riesgos, y todos le daremos las gracias a Multivac mientras tanto. —Noreen se puso de pie—. Ron, te someterán a juicio, estoy segura. A nuestro juicio. Y te expulsarán. Multivac te protegerá de todo daño físico, pero sabes que nos obligará a no verte y a no hablarte ni a tener la menor relación contigo. Descubrirás que sin el estímulo de la interacción humana no podrás pensar, ni jugar con tus juegos. Adiós.

—¡Noreen! ¡Aguarda!

Ella se giró ya en la puerta.

—Por supuesto, tendrás a Multivac. Puedes hablar con Multivac, Ron.

Se perdió camino abajo, atravesando esos parques cuyo verdor y salud ecológica se mantenían gracias a la discreta labor de robots silenciosos que nadie veía jamás.

Sí, tendré que hablar con Multivac, pensó él.

Multivac ya no estaba en una sede determinada. Era una presencia planetaria integrada por cables, fibras ópticas y microondas. Tenía un cerebro dividido en cien auxiliares, pero actuaba como uno. Existían terminales por doquier y ninguno de los cinco millones de seres humanos se encontraba lejos de alguno de ellos.

Había tiempo para cualquier persona, pues Multivac podía hablar simultáneamente con todos los individuos sin apartar su atención de problemas más importantes.

Bakst no se hacía ilusiones en cuanto a la fortaleza de Multivac. Su increíble complejidad era sólo un juego matemático que Bakst había llegado a comprender hacía una década. Sabía el modo en que los enlaces iban de un continente a otro, en una vasta red cuyo análisis podía conformar la base de un juego fascinante. ¿Cómo organizar la red para que el flujo de información nunca se atasque? ¿Cómo organizar las conexiones? Demuestra que sea cual fuere la configuración siempre queda por lo menos un punto que, al desconectarse...

Una vez que Bakst aprendió el juego, renunció al Congreso. ¿Qué podían hacer, salvo hablar, y eso de qué servía? Multivac permitía que se hablara de cualquier cosa y de cualquier modo, precisamente porque no tenía importancia. Multivac sólo impedía, desviaba o castigaba las acciones.

Y la acción de Hines estaba provocando la crisis; y antes de que Bakst estuviera preparado para ella.

Tenía que darse prisa, y solicitó una entrevista con Multivac sin confiar en el desenlace.

Uno podía hacerle preguntas a Multivac en cualquier momento. Había un millón de terminales como el que resistió el repentino ataque de Hines, ante los cuales se podía hablar. Multivac respondería.

Una entrevista era otra cosa. Requería tiempo, requería intimidad y, sobre todo, requería que Multivac la considerase necesaria. Aunque Multivac tenía aptitudes que no se agotaban ni siquiera ante todos los problemas del mundo, no regalaba su tiempo. Tal vez fuera resultado de su continuo autoperfeccionamiento. Cada vez era más consciente de su propia valía y menos paciente con las trivialidades.

Bakst debía confiar en la buena voluntad de Multivac. Su renuncia al Congreso, cada uno de sus actos posteriores, incluso su testimonio contra Hines, estaban destinados a granjearse esa buena voluntad. Sin duda era la clave del éxito en este mundo.

Tendría que dar por sentada esa buena voluntad. Tras presentar la solicitud, viajó por aire a la subestación más próxima. No se limitó a enviar su imagen; quería estar en persona, pues pensaba que su contacto con Multivac sería más íntimo de ese modo.

La sala era casi igual que una sala de reuniones de seres humanos por multivisión cerrada. Por un instante, Bakst pensó que Multivac tomaría forma humana en imagen, con el cerebro hecho carne.

Pero no fue así. Se oía el susurro de operaciones incesantes, una constante en la presencia de Multivac. Y por encima se oyó la voz.

No fue la voz habitual de Multivac. Era una voz serena, bella e insinuante, que acariciaba el oído.

—Buenos días, Bakst. Eres bienvenido. Tus congéneres humanos están enfadados contigo.

Multivac siempre va al grano, pensó Bakst.

—No importa, Multivac. Lo que cuenta es que acepto tus decisiones por el bien de la especie humana. Estabas diseñado para ello en las versiones primitivas de ti mismo y...

—Y mis autodiseños han continuado ese enfoque inicial. Si tú lo entiendes, ¿por qué no lo entienden tantos seres humanos? Aún no he concluido el análisis de ese fenómeno.

—Te he traído un problema.

—¿Cuál es?

—He dedicado mucho tiempo a problemas matemáticos inspirados por el estudio de los genes y sus combinaciones. No puedo hallar las respuestas necesarias y los ordenadores caseros no me sirven de ayuda.

Se oyó un extraño chasquido y Bakst sintió un escalofrío al pensar que Multivac disimulaba una carcajada. Era un toque más humano de lo que incluso él podía aceptar. Oyó la voz de Multivac en el otro oído:

—Hay miles de genes en la célula humana. Cada gen tiene un promedio de cincuenta variaciones existentes y un sinfín de variaciones que nunca han existido. Si intentásemos calcular todas las combinaciones posibles, si yo intentara tan sólo enumerarlas a mi velocidad más rápida, de forma continua, en la vida más larga posible del universo, sólo llegaría a una fracción infinitesimal del total.

—No se requiere una lista completa. En eso se basa el juego. Algunas combinaciones son más probables que otras y al concatenar unas probabilidades con otras podemos reducir enormemente la tarea. Te pido que me ayudes a conseguir el modo de lograr esa concatenación de probabilidades.

—Aun así me llevaría muchísimo tiempo. ¿Cómo podría justificarlo ante mí mismo?

Bakst titubeó. No tenía sentido complicar la situación. Con Multivac, la línea recta era la distancia más corta entre dos puntos. Así que dijo:

—Una combinación genética apropiada podría generar un ser humano más propenso a dejarte a ti las decisiones, más dispuesto a creer en tu objetivo de hacer felices a los hombres, más ansioso de ser feliz. No puedo encontrar la combinación apropiada, pero tú podrías y, con ingeniería genética guiada...

—Entiendo a qué te refieres. Es... una cosa buena. Le consagraré algún tiempo.

Bakst tuvo dificultades para comunicarse con la longitud de onda privada de Noreen. Tres veces se cortó el contacto. No le sorprendió. En los dos últimos meses, la tecnología demostraba una creciente tendencia a los fallos menores (nunca prolongados ni graves), y él saludaba cada ocasión con un sombrío placer.

Esa vez funcionó. Apareció el rostro de Noreen, una imagen holográfica tridimensional. Parpadeó un instante, pero se mantuvo.

—Respondo a tu llamada —dijo Bakst, con voz impersonal.

—Resultaba imposible encontrarte. ¿Dónde has estado?

—No me ocultaba. Estoy aquí, en Denver.

—¿Por qué en Denver?

—El mundo está a mi disposición, Noreen. Puedo ir a donde me plazca.

Ella hizo una mueca.

—Y hallarlo vacío por todas partes. Vamos a juzgarte, Ron.

—¿Ahora?

—¡Ahora!

—¿Y aquí?

—¡Y aquí!

Parpadeos de aire vibraron en torno de Noreen. Bakst miró de un lado al otro, contando. Catorce, seis hombres y ocho mujeres. Los conocía a todos. Poco tiempo atrás eran buenos amigos suyos.

Detrás de los simulacros se extendía el agreste paisaje de Colorado en el atardecer de un grato día estival. Hubo una época en que existía allí una ciudad llamada Denver. El sitio aún llevaba ese nombre, aunque la ciudad era sólo un recuerdo, como la mayoría de las ciudades. Había diez robots a la vista, absortos en sus tareas.

Mantenimiento ecológico, supuso Bakst. No conocía los detalles, pero Multivac sí, y mantenía cincuenta millones de robots trabajando con eficacia en toda la Tierra.

Detrás de Bakst estaba una de las cuadrículas convergentes de Multivac, casi como una pequeña fortaleza de autodefensa.

—¿Por qué ahora? —preguntó—. ¿Y por qué aquí?

Se volvió automáticamente hacia Eldred. Era la más anciana y la que disponía de autoridad, si podía decirse que un ser humano dispusiera de autoridad.

El rostro oscuro de Eldred aparecía fatigado. Sus ciento veinte años se notaban, pero la voz sonó firme e incisiva:

—Porque ahora tenemos la prueba final. Que Noreen te lo diga. Es la que mejor te conoce.

Bakst miró a Noreen.

—¿De qué delito se me acusa?

—Vayamos al grano, Ron. Con Multivac no hay delitos, excepto buscar la libertad, y tu delito humano es no haber cometido ningún delito con Multivac. Por eso, juzgaremos si algún ser humano vivo desea tu compañía, desea oír tu voz, compartir tu presencia o responderte.

—¿Por qué me amenazáis con el aislamiento?

—Has traicionado a todos los seres humanos.

—¿Cómo?

—¿Conque niegas que pretendes generar seres humanos que sean dóciles a Multivac?

—¡Ah! —Con lentitud Bakst se cruzó los brazos sobre el pecho—. Lo habéis averiguado pronto. Pero, claro, sólo teníais que preguntárselo a Multivac.

—¿Niegas que pediste ayuda para producir, mediante ingeniería genética, una raza humana diseñada para aceptar la esclavitud sin cuestionar a Multivac?

—Sugerí la creación de una humanidad más satisfecha. ¿Eso es traición?

Eldred intervino:

—Ahórranos tus sofismas, Ron. Nos los sabemos de memoria. No nos repitas que es imposible oponerse a Multivac, que no tiene sentido luchar, que hemos conquistado la seguridad. Lo que tú llamas seguridad es esclavitud para el resto de nosotros.

—¿Pasaréis a juzgarme ya, o se me permite una defensa?

—Ya has oído a Eldred —dijo Noreen—. Conocemos tu defensa.

—Todos hemos oído a Eldred, pero nadie me ha oído a mí. Mi defensa no es lo que ella llama mi defensa.

Las imágenes se miraron en silencio.

—¡Habla! —le ordenó Eldred.

—Le pedí a Multivac que me ayudara a resolver un problema en el campo de los juegos matemáticos. Para conquistar su interés, señalé que se basaba en la combinación genética y que la solución podría ayudarlo a diseñar una combinación genética que no empeorase la actual situación del hombre, pero que le permitiera al ser humano aceptar de buen grado el mandato de Multivac y acatar sus decisiones.

—Eso es lo que hemos dicho —le interrumpió Eldred.

—Era el único modo de lograr que Multivac aceptara la tarea. Esa nueva raza es deseable para la humanidad desde la perspectiva de Multivac, y desde esa perspectiva él debe afanarse por lograrlo. Como la finalidad es deseable, tendrá que examinar complicaciones cada vez mayores de un problema cuya vastedad excede incluso su capacidad. Todos sois testigos.

—¿Testigos de qué? —preguntó Noreen.

—¿No habéis tenido problemas para comunicaros conmigo? En los últimos dos meses ¿no habéis notado pequeños problemas en lo que antes funcionaba sin dificultad? No decís nada. ¿Puedo tomarlo como un asentimiento?

—¿Y qué pasa, si es así?

—Multivac ha consagrado todos sus circuitos libres al problema. Gradualmente ha ido desplazando la gestión del mundo al mínimo de sus esfuerzos, pues nada, desde su perspectiva ética, debe interponerse en el camino de la felicidad humana y no hay mayor incremento de esa felicidad que aceptar sin condiciones a Multivac.

—¿Qué significa todo esto? —protestó Noreen—. Multivac aún tiene capacidad suficiente para gobernar el mundo, nosotros incluidos, y si trabaja con menor eficiencia eso sólo añadirá incomodidades transitorias a nuestra esclavitud. Sólo transitorias, porque no durará demasiado. Tarde o temprano, comprenderá que el problema no tiene solución o lo resolverá, y en cualquiera de los dos casos su distracción terminará. En el segundo caso, la esclavitud se volverá eterna e irrevocable.

—Pero por ahora está distraído —indicó Bakst—, y podemos entablar esta peligrosa charla sin que él lo note. Aunque no me atrevo a hacerlo por mucho tiempo, así que os ruego que me entendáis deprisa. Tengo otro juego matemático: la organización de redes según el modelo de Multivac. He podido demostrar que, por muy compleja y excesiva que sea la red, habrá por lo menos un lugar al que todas las corrientes pueden encauzarse en determinadas circunstancias. Si se obstaculiza ese lugar, se producirá el fatídico ataque de apoplejía, pues ocasionará una sobrecarga en otra parte, la cual se descompondrá originando una sobrecarga en otra parte... y así indefinidamente, hasta que todo se descomponga.

—¿Y bien?

—Y de eso se trata. ¿Por qué otra cosa he venido a Denver? Y Multivac lo sabe, y ese punto está custodiado, electrónicamente y por robots, hasta el extremo de que es impenetrable.

—¿Y bien?

—Pero Multivac está distraído, y además confía en mí. Me he esforzado en obtener esa confianza, al coste de perderos a vosotros, porque sólo si hay confianza es posible la traición. Si alguno de vosotros intentara aproximarse a ese punto, Multivac podría despertar de su actual distracción. Si no estuviera distraído no permitiría que ni siquiera yo me acercara. Pero está distraído, y yo estoy aquí.

Caminó hacia la cuadrícula convergente, con un andar tranquilo, y las catorce imágenes lo acompañaron en su movimiento. Los rodeaba el suave susurro de un atareado centro Multivac.

—¿Por qué atacar a un oponente invulnerable? —dijo Bakst—. Mejor lograr que primero sea vulnerable y luego...

Procuró mantener la calma, pero todo dependía de ese momento. ¡Todo! Con un tirón brusco, desenganchó una conexión. (Si por lo menos dispusiera de más tiempo para estar más seguro...)

Nada lo detuvo. Contuvo el aliento, notando que los ruidos cesaban, que los susurros callaban, que Multivac se apagaba. Si ese ruido no regresaba en un instante, significaría que había acertado en el punto clave y que la recuperación sería imposible. Si los robots no empezaban a acercarse...

Dio media vuelta en el persistente silencio. A lo lejos, los robots seguían trabajando. Ninguno se aproximaba.

Las imágenes de los catorce hombres y mujeres del Congreso seguían allí, estupefactas ante la magnitud de lo ocurrido.

—Multivac está apagado, eliminado —proclamó Bakst—. No es posible reconstruirlo. —Sentía cierta embriaguez ante sus propias palabras—. He trabajado en esto desde que os abandoné. Cuando Hines perpetró el ataque, temí que hubiera otros intentos similares, que Multivac duplicara su guardia, que ni siquiera yo... Tuve que trabajar deprisa, pues no estaba seguro. —Jadeaba, pero recobró la compostura y declaró solemnemente—: He ganado nuestra libertad.

Se calló, agobiado por el peso del silencio. Catorce imágenes lo observaban sin responder.

—Hablabais de libertad —dijo en un tono seco—. Ahora la tenéis. —Y añadió con incertidumbre—: ¿No era eso lo que queríais?

El hombre bicentenario

Las Tres Leyes de la robótica:
1. Un robot no debe dañar a un ser humano ni, por inacción, permitir que un ser humano sufra daño.
2. Un robot debe obedecer las órdenes impartidas por los seres humanos, excepto cuando dichas órdenes estén reñidas con la Primera Ley.
3. Un robot debe proteger su propia existencia, mientras dicha protección no esté reñida ni con la Primera ni con la Segunda Ley.

—Gracias —dijo Andrew Martin, aceptando el asiento que le ofrecían. Su semblante no delataba a una persona acorralada, pero eso era.

En realidad su semblante no delataba nada, pues no dejaba ver otra expresión que la tristeza de los ojos. Tenía cabello lacio, castaño claro y fino, y no había vello en su rostro. Parecía recién afeitado. Vestía anticuadas, pero pulcras ropas de color rojo aterciopelado.

Al otro lado del escritorio estaba el cirujano, y la placa del escritorio incluía una serie identificatoria de letras y números, pero Andrew no se molestó en leerla. Bastaría con llamarle «doctor».

—¿Cuándo se puede realizar la operación, doctor? —preguntó.

El cirujano murmuró, con esa inalienable nota de respeto que un robot siempre usaba ante un ser humano:

—No estoy seguro de entender cómo o en quién debe realizarse esa operación, señor.

El rostro del cirujano habría revelado cierta respetuosa intransigencia si tal expresión —o cualquier otra— hubiera sido posible en el acero inoxidable con un ligero tono de bronce.

Andrew Martin estudió la mano derecha del robot, la mano quirúrgica, que descansaba sobre el escritorio. Los largos dedos estaban artísticamente modelados en curvas metálicas tan gráciles y apropiadas que era fácil imaginarlas empuñando un escalpelo que momentáneamente se transformaría en parte de los propios dedos.

En su trabajo no habría vacilaciones, tropiezos, temblores ni errores. Eso iba unido a la especialización; una especialización tan deseada por la humanidad que pocos robots poseían ya un cerebro independiente. Claro que un cirujano necesita cerebro, pero éste estaba tan limitado en su capacidad que no reconocía a Andrew. Tal vez nunca le hubiera oído nombrar.

—¿Alguna vez ha pensado que le gustaría ser un hombre? —le preguntó Andrew.

El cirujano dudó un momento, como si la pregunta no encajara en sus sendas positrónicas.

—Pero yo soy un robot, señor.

—¿No sería preferible ser un hombre?

—Sería preferible ser mejor cirujano. No podría serlo si fuera hombre, sólo si fuese un robot más avanzado. Me gustaría ser un robot más avanzado.

—¿No le ofende que yo pueda darle órdenes, que yo pueda hacerle poner de pie, sentarse, moverse a derecha e izquierda, con sólo decirlo?

—Es mi placer agradarle. Si sus órdenes interfiriesen en mi funcionamiento respecto de usted o de cualquier otro ser humano, no le obedecería. La Primera Ley, concerniente a mi deber para con la seguridad humana, tendría prioridad sobre la Segunda Ley, la referente a la obediencia. De no ser así, la obediencia es un placer para mí... Pero ¿a quién debo operar?

—A mí.

—Imposible. Es una operación evidentemente dañina.

—Eso no importa —dijo Andrew con calma.

—No debo infligir daño —objetó el cirujano.

—A un ser humano no, pero yo también soy un robot.

2

Andrew tenía mucha más apariencia de robot cuando acabaron de manufacturarlo. Era como cualquier otro robot, con un diseño elegante y funcional.

Le fue bien en el hogar adonde lo llevaron, en aquellos días en que los robots eran una rareza en las casas y en el planeta.

Había cuatro personas en la casa: el «señor», la «señora», la «señorita» y la «niña». Conocía los nombres, pero nunca los usaba. El Señor se llamaba Gerald Martin.

Su número de serie era NDR... No se acordaba de las cifras. Había pasado mucho tiempo, pero si hubiera querido recordarlas habría podido hacerlo. Sólo que no quería.

La Niña fue la primera en llamarlo Andrew, porque no era capaz de pronunciar las letras, y todos hicieron lo mismo que ella.

La Niña... Llegó a vivir noventa años y había fallecido tiempo atrás. En cierta ocasión, él quiso llamarla Señora, pero ella no se lo permitió. Fue Niña hasta el día de su muerte.

Andrew estaba destinado a realizar tareas de ayuda de cámara, de mayordomo y de criado. Eran días experimentales para él y para todos los robots en todas partes, excepto en las factorías y las estaciones industriales y exploratorias que se hallaban fuera de la Tierra.

Los Martin le tenían afecto y muchas veces le impedían realizar su trabajo porque la Señorita y la Niña preferían jugar con él.

Fue la Señorita la primera en darse cuenta de cómo se podía solucionar aquello.

—Te ordenamos que juegues con nosotras y debes obedecer las órdenes —le dijo.

—Lo lamento, Señorita —contestó Andrew—, pero una orden previa del Señor sin duda tiene prioridad.

—Papá sólo dijo que esperaba que tú te encargaras de la limpieza —replicó ella—. Eso no es una orden. Yo sí te lo ordeno.

Al Señor no le importaba. El Señor sentía un gran cariño por la Señorita y por la Niña, incluso más que la Señora, y Andrew también les tenía cariño. Al menos, el efecto que ellas ejercían sobre sus actos eran aquellos que en un ser humano se hubieran considerado los efectos del cariño. Andrew lo consideraba cariño, pues no conocía otra palabra para designarlo.

Talló para la Niña un pendiente de madera. Ella se lo había ordenado. Al parecer, a la Señorita le habían regalado por su cumpleaños un pendiente de marfilina con volutas, y la Niña sentía celos. Sólo tenía un trozo de madera y se lo dio a Andrew con un cuchillo de cocina.

Andrew lo talló rápidamente.

—Qué bonito, Andrew —dijo la niña—. Se lo enseñaré a papá.

El Señor no podía creerlo.

—¿Dónde conseguiste esto, Mandy? —Así llamaba el Señor a la Niña. Cuando la Niña le aseguró que decía la verdad, el Señor se volvió hacia Andrew—. ¿Lo has hecho tú, Andrew?

—Sí, Señor.

—¿También el diseño?

—Sí, Señor.

—¿De dónde copiaste el diseño?

—Es una representación geométrica, Señor, que armoniza con la fibra de la madera.

Al día siguiente, el Señor le llevó otro trozo de madera y un vibrocuchillo eléctrico.

—Talla algo con esto, Andrew. Lo que quieras.

Andrew obedeció y el Señor le observó; luego, examinó el producto durante un largo rato. Después de eso, Andrew dejó de servir la mesa. Le ordenaron que leyera libros sobre diseño de muebles, y aprendió a fabricar gabinetes y escritorios.

El Señor le dijo:

—Son productos asombrosos, Andrew.

—Me complace hacerlos, Señor.

—¿Cómo que te complace?

—Los circuitos de mi cerebro funcionan con mayor fluidez. He oído usar el término «complacer» y el modo en que usted lo usa concuerda con mi modo de sentir. Me complace hacerlos, Señor.

3

Gerald Martin llevó a Andrew a la oficina regional de Robots y Hombres Mecánicos de Estados Unidos. Como miembro de la Legislatura Regional, no tuvo problemas para conseguir una entrevista con el jefe de robopsicología. Más aún, sólo estaba calificado para poseer un robot por ser miembro de la Legislatura. Los robots eran algo habitual en aquellos días.

Andrew no comprendió nada al principio, pero en años posteriores, ya con mayores conocimientos, evocaría esa escena y comprendería.

El robopsicólogo, Merton Mansky, escuchó con el ceño cada vez más fruncido y realizó un esfuerzo para no tamborilear en la mesa con los dedos. Tenía tensos los rasgos y la frente arrugada y daba la impresión de ser más joven de lo que aparentaba.

—La robótica no es un arte exacto, señor Martin —dijo—. No puedo explicárselo detalladamente, pero la matemática que rige la configuración de las sendas positrónicas es tan compleja que sólo permite soluciones aproximadas. Naturalmente, como construimos todo en torno de las Tres Leyes, éstas son incontrovertibles. Desde luego, reemplazaremos ese robot...

—En absoluto —protestó el Señor—. No se trata de un fallo. Él cumple perfectamente con sus deberes. El punto es que también realiza exquisitas tallas en madera y nunca repite los diseños. Produce obras de arte.

Mansky parecía confundido.

—Es extraño. Claro que actualmente estamos probando con sendas generalizadas... ¿Cree usted que es realmente creativo?

—Véalo usted mismo.

Le entregó una pequeña esfera de madera, en la que había una escena con niños tan pequeños que apenas se veían; pero las proporciones eran perfectas y armonizaban de un modo natural con la fibra, como si también ésta estuviera tallada.

—¿Él hizo esto? —exclamó Mansky. Se lo devolvió, sacudiendo la cabeza—. Puramente fortuito. Algo que hay en sus sendas.

—¿Pueden repetirlo?

—Probablemente no. Nunca nos han informado de nada semejante.

—¡Bien! No me molesta en absoluto que Andrew sea el único.

—Me temo que la empresa querrá recuperar ese robot para estudiarlo.

—Olvídelo —replicó el Señor. Se volvió hacia Andrew—: Vámonos a casa.

—Como usted desee, Señor —dijo Andrew.

4

La Señorita salía con jovencitos y no estaba mucho en casa. Ahora era la Niña, que ya no era tan niña, quien llenaba el horizonte de Andrew. Nunca olvidaba que la primera talla en madera de Andrew había sido para ella. La llevaba en una cadena de plata que le pendía del cuello.

Fue ella la primera que se opuso a la costumbre del Señor de regalar los productos.

—Vamos, papá. Si alguien los quiere, que pague por ellos. Valen la pena.

—Tú no eres codiciosa, Mandy.

—No es por nosotros, papá. Es por el artista.

Andrew jamás había oído esa palabra y en cuanto tuvo un momento a solas la buscó en el diccionario. Poco después realizaron otro viaje; en esa ocasión para visitar al abogado del Señor.

—¿Qué piensas de esto, John? —le preguntó el Señor.

El abogado se llamaba John Feingold. Era canoso y barrigón, y los bordes de sus lentes de contacto estaban teñidos de verde brillante. Miró la pequeña placa que el Señor le había entregado.

—Es bella... Pero estoy al tanto. Es una talla de tu robot, ese que has traído contigo.

—Sí, es obra de Andrew. ¿Verdad, Andrew?

—Sí, Señor.

—¿Cuánto pagarías por esto, John? —preguntó el Señor.

—No sé. No colecciono esos objetos.

—¿Creerías que me han ofrecido doscientos cincuenta dólares por esta cosita? Andrew ha fabricado también sillas que he vendido por quinientos dólares. Los productos de Andrew nos han permitido depositar doscientos mil dólares en el banco.

—¡Cielos, te está haciendo rico, Gerald!

—Sólo a medias. La mitad está en una cuenta a nombre de Andrew Martin.

—¿Del robot?

—Exacto, y quiero saber si es legal.

—¿Legal? —Feingold se reclinó en la silla, haciéndola crujir—. No hay precedentes, Gerald. ¿Cómo firmó tu robot los papeles necesarios?

—Sabe hacer la firma de su nombre y yo la llevé. No lo llevé a él al banco en persona. ¿Es preciso hacer algo más?

—Mmm... —Feingold entrecerró los ojos durante unos segundos—. Bueno, podemos crear un fondo fiduciario que maneje las finanzas en su nombre, lo cual hará de capa aislante entre él y el mundo hostil. Aparte de eso, mi consejo es que no hagas nada más. Hasta ahora nadie te ha detenido. Si alguien se opone, déjale que se querelle.

—¿Y te harás cargo del caso si hay alguna querella?

—Por un anticipo, claro que sí.

—¿De cuánto?

Feingold señaló la placa de madera.

—Algo como esto.

—Me parece justo —dijo el Señor.

Feingold se rió entre dientes mientras se volvía hacia el robot.

—Andrew, ¿te gusta tener dinero?

—Sí, señor.

—¿Qué piensas hacer con él?

—Pagar cosas que de lo contrario tendría que pagar el Señor. Esto le ahorrará gastos al Señor.

5

Hubo ocasiones para ello. Las reparaciones eran costosas y las revisiones aún más. Con los años se produjeron nuevos modelos de robot, y el Señor se preocupó de que Andrew contara con cada nuevo dispositivo, hasta que fue un dechado de excelencia metálica. El propio robot se encargaba de los gastos. Andrew insistía en ello.

Sólo sus sendas positrónicas permanecieron intactas. El Señor insistía en ello.

—Los nuevos no son tan buenos como tú, Andrew. Los nuevos robots no sirven. La empresa ha aprendido a hacer sendas más precisas, más específicas, más particulares. Los nuevos robots no son versátiles. Hacen aquello para lo cual están diseñados y jamás se desvían. Te prefiero a ti.

—Gracias, Señor.

—Y es obra tuya, Andrew, no lo olvides. Estoy seguro de que Mansky puso fin a las sendas generalizadas en cuanto te echó un buen vistazo. No le gustó que fueras tan imprevisible... ¿Sabes cuántas veces pidió que te lleváramos para estudiarte? ¡Nueve veces! Pero nunca se lo permití, y ahora que se ha retirado quizá nos dejen en paz.

El cabello del Señor disminuyó y encaneció, y el rostro se le puso fofo, pero Andrew tenía mejor aspecto que cuando entró a formar parte de la familia. La Señora se había unido a una colonia artística de Europa y la Señorita era poeta en Nueva York. A veces escribían, pero no con frecuencia. La Niña estaba casada y vivía a poca distancia. Decía que no quería abandonar a Andrew y cuando nació su hijo, el Señorito, dejó que el robot cogiera el biberón para alimentarlo.

Andrew comprendió que el Señor, con el nacimiento de ese nieto, tenía ya alguien que reemplazara a quienes se habían ido. No sería tan injusto presentarle su solicitud.

—Señor —le dijo—, ha sido usted muy amable al permitir que yo gastara mi dinero según mis deseos.

—Era tu dinero, Andrew.

—Sólo por voluntad de usted, Señor. No creo que la ley le hubiera impedido conservarlo.

—La ley no me va a persuadir de que me porte mal, Andrew.

—A pesar de todos los gastos y a pesar de los impuestos, Señor, tengo casi seiscientos mil dólares.

—Lo sé, Andrew.

—Quiero dárselos, Señor.

—No los aceptaré, Andrew.

—A cambio de algo que usted puede darme, Señor.

—Ah. ¿Qué es eso, Andrew?

—Mi libertad, Señor.

—Tu...

—Quiero comprar mi libertad, Señor.

6

No fue tan fácil. El Señor se sonrojó, soltó un «¡Por amor de Dios!», dio media vuelta y se alejó.

Fue la Niña quien logró convencerlo, en un tono duro y desafiante, y delante de Andrew. Durante treinta años, nadie había dudado en hablar en su presencia, tratárase de él o no. Era sólo un robot.

—Papá, ¿por qué te lo tomas como una afrenta personal? Él seguirá aquí. Continuará siéndote leal. No puede evitarlo. Lo tiene incorporado. Lo único que quiere es un formalismo verbal. Quiere que lo llamen libre. ¿Es tan terrible? ¿No se lo ha ganado? ¡Cielos!, él y yo hemos hablado de esto durante años.

—¿Conque durante años?

—Sí, una y otra vez lo ha ido postergando por temor a lastimarte. Yo le dije que te lo pidiera.

—Él no sabe qué es la libertad. Es un robot.

—Papá, no lo conoces. Ha leído todo lo que hay en la biblioteca. No sé qué siente por dentro, pero tampoco sé qué sientes tú. Cuando le hablas, reacciona ante las diversas abstracciones tal como tú y yo. ¿Qué otra cosa cuenta? Si las reacciones de alguien son como las nuestras, ¿qué más se puede pedir?

—La ley no adoptará esa actitud —se obstinó el Señor, exasperado. Se volvió hacia Andrew y le dijo con voz ronca—: ¡Mira, oye! No puedo liberarte a no ser de una forma legal, y si esto llega a los tribunales no sólo no obtendrás la libertad, sino que la ley se enterará oficialmente de tu fortuna. Te dirán que un robot no tiene derecho a ganar dinero. ¿Vale la pena que pierdas tu dinero por esta farsa?

—La libertad no tiene precio, Señor —replicó Andrew—. Sólo la posibilidad de obtenerla ya vale ese dinero.

7

El tribunal también podía pensar que la libertad no tenía precio y decidir que un robot no podía comprarla por mucho que pagase, por alto que fuese el precio.

La declaración del abogado regional, que representaba a quienes habían entablado un pleito conjunto para oponerse a la libertad de Andrew, fue ésta: La palabra «libertad» no significa nada cuando se aplicaba a un robot, pues sólo un ser humano podía ser libre.

Lo repitió varias veces, siempre que le parecía apropiado; lentamente, moviendo las manos al son de las palabras.

La Niña pidió permiso para hablar en nombre de Andrew.

La llamaron por su nombre completo, el cual Andrew nunca había oído antes:

—Amanda Laura Martin Charney puede acercarse al estrado.

—Gracias, señoría. No soy abogada y no sé hablar con propiedad, pero espero que todos presten atención al significado e ignoren las palabras. Comprendamos qué significa ser libre en el caso de Andrew. En algunos sentidos, ya lo es. Lleva por lo menos veinte años sin que un miembro de la familia Martin le ordene hacer algo que él no hubiera hecho por propia voluntad. Pero, si lo deseamos, podemos ordenarle cualquier cosa y expresarlo con la mayor rudeza posible, porque es una máquina y nos pertenece. ¿Por qué ha de seguir en esa situación, cuando nos ha servido durante tanto tiempo y tan lealmente y ha ganado tanto dinero para nosotros? No nos debe nada más; los deudores somos nosotros. Aunque se nos prohibiera legalmente someter a Andrew a una servidumbre involuntaria, él nos serviría voluntariamente. Concederle la libertad será sólo una triquiñuela verbal, pero significaría muchísimo para él. Le daría todo y no nos costaría nada.

Por un momento pareció que el juez contenía una sonrisa.

—Entiendo su argumentación, señora Charney. Lo cierto es que a este respecto no existe una ley obligatoria ni un precedente. Sin embargo, existe el supuesto tácito de que sólo el ser humano puede gozar de libertad. Puedo establecer una nueva ley, o someterme a la decisión de un tribunal superior; pero no puedo fallar en contra de ese supuesto. Permítame interpelar al robot. ¡Andrew!

—Sí, señoría.

Era la primera vez que Andrew hablaba ante el tribunal y el juez se asombró de la modulación humana de aquella voz.

—¿Por qué quieres ser libre, Andrew? ¿En qué sentido es importante para ti?

—¿Desearía usted ser un esclavo, señoría?

—Pero no eres un esclavo. Eres un buen robot, un robot genial, por lo que me han dicho, capaz de expresiones artísticas sin parangón. ¿Qué más podrías hacer si fueras libre?

—Quizá no pudiera hacer más de lo que hago ahora, señoría, pero lo haría con mayor alegría. Creo que sólo alguien que desea la libertad puede ser libre. Yo deseo la libertad.

Y eso le proporcionó al juez un fundamento. El argumento central de su sentencia fue: «No hay derecho a negar la libertad a ningún objeto que posea una mente tan avanzada como para entender y desear ese estado».

Más adelante, el Tribunal Mundial ratificó la sentencia.

8

El Señor seguía disgustado y su áspero tono de voz hacía que Andrew se sintiera como si tuviese un cortocircuito.

—No quiero tu maldito dinero, Andrew. Lo tomaré sólo porque de lo contrario no te sentirías libre. A partir de ahora, puedes elegir tus tareas y hacerlas como te plazca. No te daré órdenes, excepto ésta: que hagas lo que te plazca. Pero sigo siendo responsable de ti. Eso forma parte de la sentencia del juez. Espero que lo entiendas.

—No seas irascible, papá —interrumpió la Niña—. La responsabilidad no es una gran carga. Sabes que no tendrás que hacer nada. Las Tres Leyes siguen vigentes.

—Entonces, ¿en qué sentido es libre?

—¿Acaso los seres humanos no están obligados por sus leyes, Señor?

—No voy a discutir —dijo el Señor.

Se marchó, y a partir de entonces Andrew lo vio con poca frecuencia.

La Niña iba a verlo a menudo a la casita que le habían construido y entregado. No disponía de cocina ni de cuarto de baño. Sólo tenía dos habitaciones. Una era una biblioteca y la otra servía de depósito y taller. Andrew aceptó muchos encargos y como robot libre trabajó más que antes, hasta que pagó el coste de la casa y el edificio se le transfirió legalmente.

Un día, fue a verlo el Señorito..., no, ¡George! El Señorito había insistido en eso después de la sentencia del juez.

—Un robot libre no llama señorito a nadie —le había dicho George—. Yo te llamo Andrew. Tú debes llamarme George.

El día en que George fue a verlo a solas le informó de que el Señor estaba agonizando. La Niña se encontraba junto al lecho, pero el Señor también quería que estuviese Andrew.

El Señor habló con voz potente, aunque parecía incapaz de moverse. Se esforzó en levantar la mano.

—Andrew —dijo—, Andrew... No me ayudes, George. Me estoy muriendo, eso es todo, no estoy impedido... Andrew, me alegra que seas libre. Sólo quería decirte eso.

Andrew no supo qué decir. Nunca había estado frente a un moribundo, pero sabía que era el modo humano de dejar de funcionar. Era como ser desmontado de una manera involuntaria e irreversible, y Andrew no sabía qué era lo apropiado decir en ese momento. Sólo pudo quedarse en pie, callado e inmóvil.

Cuando todo terminó, la Niña le dijo:

—Tal vez te haya parecido huraño hacia el final, Andrew, pero estaba viejo y le dolió que quisieras ser libre.

Y entonces Andrew halló las palabras adecuadas:
—Nunca habría sido libre sin él, Niña.

9

Andrew comenzó a usar ropa después de la muerte del Señor. Empezó por ponerse unos pantalones viejos, unos que le había dado George.

George ya estaba casado y era abogado. Se incorporó a la firma de Feingold. El viejo Feingold había muerto tiempo atrás, pero su hija continuó con el bufete, que con el tiempo pasó a llamarse Feingold y Martin. Conservó ese nombre incluso cuando la hija se retiró y ningún Feingold la sucedió. En la época en que Andrew se puso ropa por primera vez, el apellido Martin acababa de añadirse a la firma.

George se esforzó en no sonreír al verle ponerse los pantalones por primera vez, pero Andrew le notó la sonrisa en los ojos.

George le enseñó cómo manipular la carga de estática para permitir que los pantalones se abrieran, le cubrieran la parte inferior del cuerpo y se cerraran. George le hizo una demostración con sus propios pantalones, pero Andrew comprendió que él tardaría en imitar la soltura de ese movimiento.

—¿Y para qué quieres llevar pantalones, Andrew? —dijo George—. Tu cuerpo resulta tan bellamente funcional que es una pena cubrirlo; especialmente, cuando no tienes que preocuparte por la temperatura ni por el pudor. Y además no se ciñen bien sobre el metal.

—¿Acaso los cuerpos humanos no resultan bellamente funcionales, George? Sin embargo, os cubrís.

—Para abrigarnos, por limpieza, como protección, como adorno. Nada de eso se aplica en tu caso.

—Me siento desnudo sin ropa. Me siento diferente, George.

—¡Diferente! Andrew, hay millones de robots en la Tierra. En esta región, según el último censo, hay casi tantos robots como hombres.

—Lo sé, George. Hay robots que realizan cualquier tipo de tarea concebible.

—Y ninguno de ellos usa ropa.

—Pero ninguno de ellos es libre, George.

Poco a poco, Andrew mejoró su guardarropa. Lo inhibían la sonrisa de George y la mirada de las personas que le encargaban trabajos.

Aunque fuera libre, el detallado programa con que había sido construido le imponía un determinado comportamiento ante la gente, y sólo se animaba a avanzar poco a poco. La desaprobación directa lo contrariaba durante meses.

No todos aceptaban la libertad de Andrew. Él era incapaz de guardarles rencor, pero sus procesos mentales se encontraban con dificultades al pensar en ello.

Sobre todo, evitaba ponerse ropa cuando creía que la Niña iba a ir a verlo. Era ya una anciana que a menudo vivía lejos, en un clima más templado, pero en cuanto regresaba iba a visitarlo.

En uno de esos regresos, George le comentó:

—Ella me ha convencido, Andrew. Me presentaré como candidato a la Legislatura el año próximo. De tal abuelo, tal nieto, dice ella.

—De tal abuelo... —Andrew se interrumpió, desconcertado.

—Quiero decir que yo, el nieto, seré como el Señor, el abuelo, que estuvo un tiempo en la Legislatura.

—Eso sería agradable, George. Si el Señor aún estuviera...

Se interrumpió de nuevo, pues no quería decir «en funcionamiento». No parecía adecuado.

—Vivo —lo ayudó George—. Sí, pienso en el viejo monstruo de cuando en cuando.

Andrew reflexionó sobre esa conversación. Se daba cuenta de sus limitaciones de lenguaje al hablar con George. El idioma había cambiado un poco desde que Andrew se había convertido en un ser con un vocabulario innato. Además, George practicaba una lengua coloquial que el Señor y la Niña no utilizaban. ¿Por qué llamaba monstruo al Señor, cuando esa palabra no parecía la apropiada?

Los libros no lo ayudaban. Eran antiguos y la mayoría trataban de tallas en madera, de arte, o de diseño de muebles. No había ninguno sobre el idioma ni sobre las costumbres de los seres humanos.

Pensó que debía buscar los libros indicados y, como robot libre, supuso que sería mejor no preguntarle a George. Iría a la ciudad y haría uso de la biblioteca. Fue una decisión triunfal y sintió que su electropotencial se elevaba tanto que tuvo que activar una bobina de impedancia.

Se puso un atuendo completo, incluida una cadena de madera en el hombro. Hubiera preferido plástico brillante, pero George le había dicho que la madera resultaba más elegante y que el cedro bruñido era mucho más valioso.

Llevaba recorridos treinta metros cuando una creciente resistencia le hizo detenerse. Desactivó la bobina de impedancia, pero no fue suficiente. Entonces, regresó a la casa y anotó cuidadosamente en un papel: «Estoy en la biblioteca». Lo dejó a la vista, sobre la mesa.

10

No llegó a la biblioteca. Había estudiado el plano. Conocía el itinerario, pero no su apariencia. Los monumentos al natural no se asemejaban a los símbolos del plano y eso le hacía dudar. Finalmente pensó que debía de haberse equivocado, pues todo parecía extraño.

Se cruzó con algún que otro robot campesino, pero cuando se decidió a preguntar no había nadie a la vista. Pasó un vehículo y no se detuvo. Andrew se quedó de pie, indeciso, y entonces vio venir dos seres humanos por el campo.

Se volvió hacia ellos, y ellos cambiaron de rumbo para salirle al encuentro. Un instante antes iban hablando en voz alta, pero se habían callado. Tenían una expresión que Andrew asociaba con la incertidumbre de los humanos y eran jóvenes, aunque no mucho. ¿Veinte años? Andrew nunca sabía determinar la edad de los humanos.

—Señores, ¿podrían indicarme el camino hacia la biblioteca de la ciudad?

Uno de ellos, el más alto de los dos, que llevaba un enorme sombrero, le dijo al otro:

—Es un robot.

El otro tenía nariz prominente y párpados gruesos.

—Va vestido —comentó.

El alto chascó los dedos.

—Es el robot libre. En casa de los Martin tienen un robot que no pertenece a nadie. ¿Por qué otra razón iba a usar ropa?

—Pregúntaselo.

—¿Eres el robot de los Martin?

—Soy Andrew Martin, señor.

—Bien, pues quítate esa ropa. Los robots no usan ropa. —Y le dijo al otro—: Es repugnante. Míralo.

Andrew titubeó. Hacía tanto tiempo que no oía una orden en ese tono de voz que los circuitos de la Segunda Ley se atascaron un instante.

—Quítate la ropa —repitió el alto—. Te lo ordeno.

Andrew empezó a desvestirse.

—Tíralas allí —le ordenó el alto.

—Si no pertenece a nadie —sugirió el de nariz prominente—, podría ser nuestro.

—De cualquier modo —dijo el alto—, ¿quién va a poner objeciones a lo que hagamos? No estamos dañando ninguna propiedad... —Y le indicó a Andrew—: Apóyate sobre la cabeza.

—La cabeza no es para... —balbuceó él.

—Es una orden. Si no sabes cómo hacerlo, inténtalo.

Andrew volvió a dudar y luego apoyó la cabeza en el suelo. Intentó levantar las piernas y cayó pesadamente.

—Quédate quieto —le ordenó el alto. Y le dijo al otro—: Podemos desmontarlo. ¿Alguna vez has desmontado un robot?

—¿Nos dejará hacerlo?

—¿Cómo podría impedirlo?

Andrew no tenía modo de impedirlo si le ordenaban no resistirse. La Segunda Ley, la de obediencia, tenía prioridad sobre la Tercera Ley, la de supervivencia. En cualquier caso, no podía defenderse sin hacerles daño, y eso significaría violar la Primera Ley. Ante ese pensamiento, sus unidades motrices se contrajeron ligeramente y Andrew se quedó allí tiritando.

El alto lo empujó con el pie.

—Es pesado. Creo que vamos a necesitar herramientas para este trabajo.

—Podríamos ordenarle que se desmonte él mismo. Sería divertido verle intentarlo.

—Sí —asintió el alto, pensativamente—, pero apartémoslo del camino. Si viene alguien...

Era demasiado tarde. Alguien venía, y era George. Andrew le vio cruzar una loma a lo lejos. Le hubiera gustado hacerle señas, pero la última orden había sido la de que se quedara quieto.

George echó a correr y llegó con el aliento entrecortado. Los dos jóvenes retrocedieron unos pasos.

—Andrew, ¿ha pasado algo?

—Estoy bien, George.

—Entonces ponte de pie... ¿Qué pasa con tu ropa?

—¿Es tu robot, amigo? —preguntó el alto.

—No es el robot de nadie. ¿Qué ha ocurrido aquí?

—Le pedimos cortésmente que se quitara la ropa. ¿Por qué te molesta, si no es tuyo?

—¿Qué hacían, Andrew?

—Tenían la intención de desmembrarme. Estaban a punto de trasladarme a un lugar tranquilo para ordenarme que me desmontara yo mismo.

George se volvió hacia ellos. Le temblaba la barbilla. Los dos jóvenes no retrocedieron más. Sonreían.

—¿Qué piensas hacer, gordinflón? —dijo el alto, con tono burlón—. ¿Atacarnos?

—No. No es necesario. Este robot ha vivido con mi familia durante más de setenta años. Nos conoce y nos estima más que a nadie. Le diré que vosotros dos me estáis amenazando y queréis matarme. Le pediré que me defienda. Entre vosotros y yo, optará por mí. ¿Sabéis qué os ocurrirá cuando os ataque? —Los dos jóvenes recularon atemorizados—. Andrew, corro peligro porque estos dos quieren hacerme daño. ¡Ve hacia ellos!

Andrew obedeció, y los dos jóvenes no esperaron. Pusieron los pies en polvorosa.

—De acuerdo, Andrew, cálmate —dijo George, un poco demudado, pues ya no estaba en edad para enzarzarse con un joven y menos con dos.

—No podría haberlos lastimado, George. Vi que no te estaban atacando.

—No te ordené que los atacaras, sólo que fueras hacia ellos. Su miedo hizo lo demás.

—¿Cómo pueden temer a los robots?

—Es una enfermedad humana, de la que aún no nos hemos curado. Pero eso no importa. ¿Qué demonios haces aquí, Andrew? Estaba a punto de regresar y contratar un helicóptero cuando te encontré. ¿Cómo se te ocurrió ir a la biblioteca? Yo te hubiera traído los libros que necesitaras.

—Soy un...

—Robot libre. Sí, vale. ¿Qué querías de la biblioteca?

—Quiero saber más acerca de los seres humanos, del mundo, de todo. Y acerca de los robots, George. Quiero escribir una historia de los robots.

—Bien, vayamos a casa... Y recoge tus ropas, Andrew. Hay un millón de libros sobre robótica y todos ellos incluyen historias de la ciencia. El mundo no sólo se está saturando de robots, sino de información sobre ellos.

Andrew meneó la cabeza; un gesto humano que había adquirido recientemente.

—No me refiero a una historia de la robótica, George, sino a una historia de los robots, escrita por un robot. Quiero explicar lo que sienten los robots acerca de lo que ha ocurrido desde que se les permitió trabajar y vivir en la Tierra.

George enarcó las cejas, pero no dijo nada.

11

La Niña ya tenía más de ochenta y tres años, pero no había perdido energía ni determinación. Usaba el bastón más para gesticular que para apoyarse.

Escuchó la historia hecha una furia.

—Es espantoso, George. ¿Quiénes eran esos rufianes?

—No lo sé. ¿Qué importa? Al final no causaron daño.

—Pero pudieron causarlo. Tú eres abogado, George, y si disfrutas de una buena posición se debe al talento de Andrew. El dinero que él ganó es el cimiento de todo lo que tenemos aquí. Él da continuidad a esta familia y no permitiré que lo traten como a un juguete de cuerda.

—¿Qué quieres que haga, madre?

—He dicho que eres abogado, ¿es que no me escuchas? Prepara una acción constitutiva, obliga a los tribunales regionales a declarar los derechos de los robots, logra que la Legislatura apruebe las leyes necesarias y lleva el asunto al Tribunal Mundial si es preciso. Estaré vigilando, George, y no toleraré vacilaciones.

Hablaba en serio, y lo que comenzó como un modo de aplacar a esa formidable anciana se transformó en un asunto complejo, tan enmarañado que resultaba interesante. Como socio más antiguo de Feingold y Martin, George planeó la estrategia, pero dejó el trabajo a sus colegas más jóvenes, entre ellos su hijo Paul, que también trabajaba en la firma y casi todos los días le presentaba un informe a la abuela. Ella, a su vez, deliberaba todos los días con Andrew.

Andrew estaba profundamente involucrado. Postergó nuevamente su trabajo en el libro sobre los robots mientras cavilaba sobre las argumentaciones judiciales, y en ocasiones hacía útiles sugerencias.

—George me dijo que los seres humanos siempre han temido a los robots —dijo una vez—. Mientras sea así, los tribunales y las legislaturas no trabajarán a favor de ellos. ¿No tendría que hacerse algo con la opinión pública?

Así que, mientras Paul permanecía en el juzgado, George optó por la tribuna pública. Eso le permitía ser informal y llegaba al extremo de usar esa ropa nueva y floja que llamaban «harapos».

—Pero no te la pises en el estrado, papá —le advirtió Paul.

Interpeló a la convención anual de holonoticias en una ocasión, diciendo:

—Si en virtud de la Segunda Ley podemos exigir a cualquier robot obediencia ilimitada en todos los aspectos que entrañan daño para un ser humano, entonces cualquier ser humano tiene un temible poder sobre cualquier robot. Como la Segunda Ley tiene prioridad sobre la Tercera, cualquier ser humano puede hacer uso de la ley de obediencia para anular la ley de autoprotección. Puede ordenarle a cualquier robot que se haga daño a sí mismo o que se autodestruya, sólo por capricho.

»¿Es eso justo? ¿Trataríamos así a un animal? Hasta un objeto inanimado que nos ha prestado un buen servicio se gana nuestra consideración. Y un robot no es insensible. No es un animal. Puede pensar, hablar, razonar, bromear. ¿Podemos tratarlos como amigos, podemos trabajar con ellos y no brindarles el fruto de esa amistad, el beneficio de la colaboración mutua?

»Si un ser humano tiene el derecho de darle a un robot cualquier orden que no suponga daño para un ser humano, debería tener la decencia de no darle a un robot ninguna orden que suponga daño para un robot, a menos que lo requiera la seguridad humana. Un gran poder supone una gran responsabilidad, y si los robots tienen tres leyes para proteger a los hombres ¿es mucho pedir que los hombres tengan un par de leyes para proteger a los robots?

Andrew tenía razón. La batalla por ganarse a la opinión pública fue la clave en los tribunales y en la Legislatura, y al final se aprobó una ley que imponía unas condiciones, según las cuales se prohibían las órdenes lesivas para los robots. Tenía muchos vericuetos y los castigos por violar la ley eran insuficientes, pero el principio quedó establecido. La Legislatura Mundial la aprobó el día de la muerte de la Niña.

No fue coincidencia que la Niña se aferrara a la vida tan desesperadamente durante el último debate y sólo cejara cuando le comunicaron la victoria. Su última sonrisa fue para Andrew. Sus últimas palabras fueron:

—Fuiste bueno con nosotros, Andrew.

Murió cogiéndole la mano, mientras George, con su esposa y sus hijos, permanecía a respetuosa distancia de ambos.

12

Andrew aguardó pacientemente mientras el recepcionista entraba en el despacho. El robot podría haber usado el interfono holográfico, pero sin duda era presa de cierto nerviosismo por tener que tratar con otro robot y no con un ser humano.

Andrew se entretuvo cavilando sobre esa cuestión. ¿«Nerviosismo» era la palabra adecuada para una criatura que en vez de nervios tenía sendas positrónicas? ¿Podía usarse como un término analógico?

Esos problemas surgían con frecuencia mientras trabajaba en su libro sobre los robots. El esfuerzo de pensar frases para expresar todas las complejidades le había mejorado el vocabulario.

Algunas personas lo miraban al pasar, y él no eludía sus miradas. Las afrontaba con calma y la gente se alejaba.

Salió Paul Martin. Parecía sorprendido, aunque Andrew tuvo dificultades para verle la expresión, pues Paul usaba ese grueso maquillaje que la moda imponía para ambos sexos y, aunque le confería más vigor a su blando rostro, Andrew lo desaprobaba. Había notado que desaprobar a los seres humanos no lo inquietaba demasiado mientras no lo manifestara verbalmente. Incluso podía expresarlo por escrito. Estaba seguro de que no siempre había sido así.

—Entra, Andrew. Lamento haberte hecho esperar, pero tenía que concluir una tarea. Entra. Me dijiste que querías hablar conmigo, pero no sabía que querías hablarme aquí.

—Si estás ocupado, Paul, estoy dispuesto a esperar.

Paul miró el juego de sombras cambiantes en el cuadrante de la pared que servía como reloj.

—Dispongo de un rato. ¿Has venido solo?

—Alquilé un automatomóvil.

—¿Algún problema? —preguntó Paul, con cierta ansiedad.

—No esperaba ninguno. Mis derechos están protegidos.

La ansiedad de Paul se agudizó.

—Andrew, te he explicado que la ley no es de ejecución obligatoria salvo en situaciones excepcionales... Y si insistes en usar ropa acabarás teniendo problemas, como aquella primera vez.

—La única, Paul. Lamento que estés disgustado.

—Bien, míralo de este modo: eres prácticamente una leyenda viviente, Andrew, y eres demasiado valioso para arrogarte el derecho de ponerte en peligro... ¿Cómo anda el libro?

—Me estoy acercando al final, Paul. El editor está muy contento.

—¡Bien!

—No sé si se encuentra contento exactamente con el libro en cuanto tal. Creo que piensa vender muchos ejemplares porque está escrito por un robot, y eso le hace estar contento.

—Me temo que es muy humano.

—No estoy disgustado. Que se venda, sea cual sea la razón, porque eso significará dinero y me vendrá bien.

—La abuela te dejó...

—La Niña era generosa y sé que puedo contar con la ayuda de la familia. Pero espero que los derechos del libro me ayuden en el próximo paso..

—¿De qué hablas?

—Quiero ver al presidente de Robots y Hombres Mecánicos S.A. He intentado concertar una cita, pero hasta ahora no pude dar con él. La empresa no colaboró conmigo en la preparación del libro, así que no me sorprende.

Paul estaba divirtiéndose.

—Colaboración es lo último que puedes esperar. La empresa no colaboró con nosotros en nuestra gran lucha por los derechos de los robots. Todo lo contrario, ya entiendes por qué: si les otorgas derechos a los robots, quizá la gente no quiera comprarlos.

—Pero si llamas tú, podrás conseguirme una entrevista.

—Me tienen tan poca simpatía como a ti, Andrew.

—Quizá puedas insinuar que la firma Feingold y Martin está dispuesta a iniciar una campaña para reforzar aún más los derechos de los robots.

—¿No sería una mentira, Andrew?

—Sí, Paul, y yo no puedo mentir. Por eso debes llamar tú.

—Ah, no puedes mentir, pero puedes instigarme a mentir, ¿verdad? Eres cada vez más humano, Andrew.

13

No fue fácil, a pesar del renombre de Paul.

Pero al fin se logró. Harley Smythe-Robertson, que descendía del fundador de la empresa por línea materna y había adoptado ese guión en el apellido para indicarlo, parecía disgustado. Se aproximaba a la edad de jubilarse, y el tema de los derechos de los robots había acaparado su gestión como presidente. Llevaba el cabello gris aplastado y el rostro sin maquillaje. Miraba a Andrew con hostilidad.

—Hace un siglo —dijo Andrew—, un tal Merton Mansky, de esta empresa, me dijo que la matemática que rige la trama de las sendas positrónicas era tan compleja que sólo permitía soluciones complejas y, por lo tanto, mis aptitudes no eran del todo previsibles.

—Eso fue hace un siglo. —Smythe-Robertson dudó un momento; luego, añadió en un tono frío—: Ya no es así. Nuestros robots están construidos con precisión y adiestrados con precisión para realizar sus tareas.

—Sí —asintió Paul, que estaba allí para cerciorarse de que la empresa actuara limpiamente—, con el resultado de que mi recepcionista necesita asesoramiento cada vez que se aparta de una tarea convencional.

—Más se disgustaría usted si se pusiera a improvisar —replicó Smythe-Robertson.

—Entonces, ¿ustedes ya no manufacturan robots como yo, flexibles y adaptables? —preguntó Andrew.

—No.

—La investigación que he realizado para preparar mi libro —prosiguió Andrew— indica que soy el robot más antiguo en activo.

—El más antiguo ahora y el más antiguo siempre. El más antiguo que habrá nunca. Ningún robot es útil después de veinticinco años. Los recuperamos para reemplazarlos por modelos más nuevos.

—Ningún robot es útil después de veinticinco años tal como se los fabrica ahora —señaló Paul—. Andrew es muy especial en ese sentido.

Andrew, ateniéndose al rumbo que se había trazado, dijo:

—Por ser el robot más antiguo y flexible del mundo, ¿no soy tan excepcional como para merecer un tratamiento especial por parte de la empresa?

—En absoluto —respondió Smythe-Robertson—. Ese carácter excepcional es un estorbo para la empresa. Si usted estuviera alquilado, en vez de haber sido vendido por una infortunada decisión, lo habríamos reemplazado hace muchísimo tiempo.

—Pero de eso se trata —se animó Andrew—. Soy un robot libre y soy dueño de mí mismo. Por lo tanto, acudo a usted para pedirle que me reemplace. Usted no puede hacerlo sin consentimiento del dueño. En la actualidad, ese consentimiento se incluye obligatoriamente como condición para el alquiler, pero en mi época no era así.

Smythe-Robertson estaba estupefacto y desconcertado, y guardó silencio. Andrew observó el holograma de la pared. Era una máscara mortuoria de Susan Calvin, santa patrona de la robótica. Había muerto dos siglos atrás, pero después de escribir el libro Andrew la conocía tan bien que tenía la sensación de haberla tratado personalmente.

—¿Cómo puedo reemplazarle? —replicó Smythe-Robertson—. Si le reemplazo como robot, ¿cómo puedo darle el nuevo robot a usted, el propietario, si en el momento del reemplazo usted deja de existir?

Sonrió de un modo siniestro.

—No es difícil —terció Paul—. La personalidad de Andrew está asentada en su cerebro positrónico, y esa parte no se puede reemplazar sin crear un nuevo robot. Por consiguiente, el cerebro positrónico es Andrew, el propietario. Todas las demás piezas del cuerpo del robot se pueden reemplazar sin alterar la personalidad del robot, y esas piezas pertenecen al cerebro. Yo diría que Andrew desea proporcionarle a su cerebro un nuevo cuerpo robótico.

—En efecto —asintió Andrew. Se volvió hacia Smythe-Robertson—. Ustedes han fabricado androides, ¿verdad?, robots que tienen apariencia humana, incluida la textura de la piel.

—Sí, lo hemos hecho. Funcionaban perfectamente con su cutis y sus tendones fibrosintéticos. Prácticamente no había nada de metal, salvo en el cerebro, pero eran tan resistentes como los robots de metal. Más resistentes, en realidad.

Paul se interesó:

—No lo sabía. ¿Cuántos hay en el mercado?

—Ninguno —contestó Smythe-Robertson—. Eran mucho más caros que los modelos de metal, y un estudio del mercado reveló que no serían aceptados. Parecían demasiado humanos.

—Pero la empresa conserva toda su destreza —afirmó Andrew—. Deseo, pues, ser reemplazado por un robot orgánico, por un androide.

—¡Santo cielo! —exclamó Paul.

Smythe-Robertson se puso rígido.

—¡Eso es imposible!

—¿Por qué imposible? —preguntó Andrew—. Pagaré lo que sea, dentro de lo razonable, por supuesto.

—No fabricamos androides.

—No quieren fabricar androides —intervino Paul—. Eso no es lo mismo que no poseer la capacidad para fabricarlos.

—De todos modos, fabricar androides va contra nuestra política pública.

—No hay ley que lo prohiba —señaló Paul.

—Aun así, no los fabricamos ni pensamos hacerlo.

Paul se aclaró la garganta.

—Señor Smythe-Robertson, Andrew es un robot libre y está amparado por la ley que garantiza los derechos de los robots. Entiendo que usted está al corriente de ello.

—Ya lo creo.

—Este robot, como robot libre, opta por usar vestimenta. Por esta razón, a menudo es humillado por seres humanos desconsiderados, a pesar de la ley que prohibe humillar a los robots. Es difícil tomar medidas contra infracciones vagas que no cuentan con la reprobación general de quienes deben decidir sobre la culpa y la inocencia.

—Nuestra empresa lo comprendió desde el principio. Lamentablemente, la firma de su padre no.

—Mi padre ha muerto, pero en este asunto veo una clara infracción, con una parte perjudicada.

—¿De qué habla? —gruñó Smythe-Robertson.

—Andrew Martin, que acaba de convertirse en mi cliente, es un robot libre capacitado para solicitar a Robots y Hombres Mecánicos el derecho de reemplazo, el cual la empresa otorga a quien posee un robot durante más de veinticinco años. Más aún, la empresa insiste en que haya reemplazos. —Paul sonrió con desenfado—. El cerebro positrónico de mi cliente es propietario del cuerpo de mi cliente, que, desde luego, tiene más de veinticinco años. El cerebro positrónico exige el reemplazo del cuerpo y ofrece pagar un precio razonable por un cuerpo de androide, en calidad de dicho reemplazo. Si usted rechaza el requerimiento, mi cliente sufrirá una humillación y presentaremos una querella. Además, aunque la opinión pública no respaldara la reclamación de un robot en este caso, le recuerdo que su empresa no goza de popularidad. Hasta quienes más utilizan los robots y se aprovechan de ellos recelan de la empresa. Esto puede ser un vestigio de tiempos en que los robots eran muy temidos. Puede ser resentimiento contra el poderío y la riqueza de Robots y Hombres Mecánicos, que ostenta el monopolio mundial. Sea cual fuera la causa, el resentimiento existe y creo que usted preferirá no ir a juicio, teniendo en cuenta que mi cliente es rico y que vivirá muchos siglos, lo cual le permitirá prolongar la batalla eternamente.

Smythe-Robertson se había ruborizado.

—Usted intenta obligarme a...

—No le obligo a nada. Si desea rechazar la razonable solicitud de mi cliente, puede hacerlo y nos marcharemos sin decir más... Pero entablaremos un pleito, como es nuestro derecho, y a la larga usted perderá.

—Bien... —empezó Smythe-Robertson, y se calló.

—Veo que va usted a aceptar. Puede que tenga dudas, pero al fin aceptará. Le haré otra aclaración. Si, al transferir el cerebro positrónico de mi cliente de su cuerpo actual a un cuerpo orgánico se produce alguna lesión, por leve que sea, no descansaré hasta haber arruinado a su empresa. De ser necesario, haré todo lo posible para movilizar a la opinión pública contra ustedes si una senda del cerebro de platinoiridio de mi cliente sufre algún daño. ¿Estás de acuerdo, Andrew?

Andrew titubeó. Era como aprobar la mentira, el chantaje, el mal trato y la humillación de un ser humano. Pero no hay daño físico, se dijo, no hay daño físico.

Finalmente logró pronunciar un tímido sí.

14

Era como estar reconstruido. Durante días, semanas y meses Andrew se sintió como otra persona, y los actos más sencillos le hacían vacilar.

Paul estaba frenético.

—Te han dañado, Andrew. Tendremos que entablar un pleito.

—No lo hagas —dijo Andrew muy despacio—. Nunca podrás probar pr...

—¿Premeditación?

—Premeditación. Además, ya me encuentro más fuerte, mejor. Es el t...

—¿Temblor?

—Trauma. A fin de cuentas, nunca antes se practicó semejante oper... oper...

Andrew sentía el cerebro desde dentro, algo que nadie más podía hacer. Sabía que se encontraba bien y, durante los meses que le llevó aprender la plena coordinación y el pleno interjuego positrónico, se pasó horas ante el espejo.

¡No parecía humano! El rostro era rígido y los movimientos, demasiado deliberados. Carecía de la soltura del ser humano, pero quizá pudiera lograrlo con el tiempo. Al menos, podía ponerse ropa sin la ridícula anomalía de tener un rostro de metal.

—Volveré al trabajo.

Paul sonrió.

—Eso significa que ya estás bien. ¿Qué piensas hacer? ¿Escribirás otro libro?

—No —respondió muy serio—. Vivo demasiado tiempo como para dejarme seducir por una sola carrera. Hubo un tiempo en que era artista y aún puedo volver a esa ocupación. Y hubo un tiempo en que fui historiador y aún puedo volver a eso. Pero ahora deseo ser robobiólogo.

—Robopsicólogo, querrás decir.

—No. Eso implicaría el estudio de cerebros positrónicos, y en este momento no deseo hacerlo. Un robobiólogo sería alguien que estudia el funcionamiento del cuerpo que va con ese cerebro.

—¿Eso no se llamaría un robotista?

—Un robotista trabaja con un cuerpo de metal. Yo estudiaré un cuerpo humanoide orgánico, y el único espécimen que existe es el mío.

—Un campo muy limitado —observó Paul—. Como artista, toda la inspiración te pertenecía; como historiador, estudiabas principalmente los robots; como robobiólogo, sólo te estudiarás a ti mismo.

Andrew asintió con la cabeza.

—Eso parece.

Andrew tuvo que comenzar desde el principio, pues no sabía nada de biología y casi nada de ciencias. Empezó a frecuentar bibliotecas, donde consultaba índices electrónicos durante horas, con su apariencia totalmente normal debido a la ropa. Los pocos que sabían que era un robot no se entrometían.

Construyó un laboratorio en una sala que añadió a su casa, y también se hizo una biblioteca.

Transcurrieron años. Un día, Paul fue a verlo.

—Es una lástima que ya no trabajes en la historia de los robots. Tengo entendido que Robots y Hombres Mecánicos está adoptando una política radicalmente nueva.

Paul había envejecido, y unas células fotoópticas habían reemplazado sus deteriorados ojos. En ese aspecto estaba más cerca de Andrew.

—¿Qué han hecho? —preguntó Andrew.

—Están fabricando ordenadores centrales, cerebros positrónicos gigantescos que se comunican por microondas con miles de robots. Los robots no poseen cerebro. Son las extremidades del gigantesco cerebro, y los dos están separados físicamente.

—¿Es más eficiente?

—La empresa afirma que sí. Smythe-Robertson marcó el nuevo rumbo antes de morir. Sin embargo, tengo la sospecha de que es una reacción contra ti. No quieren fabricar robots que les causen problemas como tú, y por eso han separado el cerebro del cuerpo. El cerebro no deseará cambiar de cuerpo y el cuerpo no tendrá un cerebro que desee nada. Es asombrosa la influencia que has ejercido en la historia de los robots. Tus facultades artísticas animaron a la empresa a fabricar robots más precisos y especializados; tu libertad derivó en la formulación del principio de los derechos robóticos; tu insistencia en tener un cuerpo de androide hizo que la empresa separase el cerebro del cuerpo.

—Supongo que al final la empresa fabricará un enorme cerebro que controlará miles de millones de cuerpos robóticos. Todos los huevos en un cesto. Peligroso. Muy desatinado.

—Me parece que tienes razón. Pero no creo que ocurra hasta dentro de un siglo y yo no viviré para verlo. Quizá ni siquiera viva para ver el año próximo.

—¡Paul! —exclamó Andrew, preocupado.

Paul se encogió de hombros.

—Somos mortales, Andrew, no somos como tú. No importa demasiado, pero sí es importante aclararte algo. Soy el último humano de los Martin. Hay descendientes de mi tía abuela, pero ellos no cuentan. El dinero que controlo personalmente quedará en un fondo a tu nombre y, en la medida en que uno puede prever el futuro, estarás económicamente a salvo.

—Eso es innecesario —rechazó Andrew con dificultad, pues a pesar de todo ese tiempo no lograba habituarse a la muerte de los Martin.

—No discutamos. Así serán las cosas. ¿En qué estás trabajando?

—Diseño un sistema que permita que los androides, yo mismo, obtengan energía de la combustión de hidrocarburos, y no de las células atómicas.

Paul enarcó las cejas.

—¿De modo que puedan respirar y comer?

—Sí.

—¿Cuánto hace que investigas ese problema?

—Mucho tiempo, pero creo que he diseñado una cámara de combustión adecuada para una descomposición catalizada controlada.

—¿Pero por qué, Andrew? La célula atómica es infinitamente mejor.

—En ciertos sentidos, quizá; pero la célula atómica es inhumana.

15

Le llevó tiempo, pero Andrew tenía tiempo de sobra. Ante todo, no quiso hacer nada hasta que Paul muriese en paz.

Con la muerte del bisnieto del Señor, Andrew se sintió más expuesto a un mundo hostil, de modo que estaba aún más resuelto a seguir el rumbo que había escogido tiempo atrás.

Pero no estaba solo. Aunque un hombre había muerto, la firma Feingold y Martin seguía viva, pues una empresa no muere, así como no muere un robot. La firma tenía sus instrucciones y las cumplió al pie de la letra. A través del fondo fiduciario y la firma legal, Andrew conservó su fortuna y, a cambio de una suculenta comisión anual, Feingold y Martin se involucró en los aspectos legales de la nueva cámara de combustión.

Cuando llegó el momento de visitar Robots y Hombres Mecánicos S.A., lo hizo a solas. En una ocasión había ido con el Señor y en otra con Paul; esa vez era la tercera, estaba solo y parecía un hombre.

La empresa había cambiado. La planta de producción se había desplazado a una gran estación espacial, como ocurría con muchas industrias. Con ellas se habían ido muchos robots. La Tierra parecía cada vez más un parque, con una población estable de mil millones de personas y una población similar de robots, de los cuales un treinta por ciento estaban dotados de un cerebro autónomo.

El director de investigaciones era Alvin Magdescu, de tez y cabello oscuros y barba puntiaguda. Sobre la cintura sólo usaba la faja pectoral impuesta por la moda. Andrew vestía según la anticuada moda de hacía varias décadas.

—Te conozco, desde luego —dijo Magdescu—, y me agrada verte. Eres uno de nuestros productos más notables y es una lástima que el viejo Smythe-Robertson te tuviera inquina. Podríamos haber hecho un gran trato contigo.

—Aún pueden.

—No, no creo. Ha pasado el momento. Hace más de un siglo que tenemos robots en la Tierra, pero eso está cambiando. Se irán al espacio y los que permanezcan aquí no tendrán cerebro.

—Pero quedo yo, y me quedo en la Tierra.

—Sí, pero tú no pareces un robot. ¿Qué nueva solicitud traes?

—Quiero ser menos robot. Como soy tan orgánico, deseo una fuente orgánica de energía. Aquí tengo los planos...

Magdescu los miró sin prisa. Los observaba con creciente interés.

—Es notablemente ingenioso. ¿A quién se le ha ocurrido todo esto?

—A mí.

Magdescu lo miró fijamente.

—Supondría una reestructuración total del cuerpo y sería experimental, pues nunca se ha intentado. Te aconsejo que no lo hagas, que te quedes como estás.

El rostro de Andrew tenía una capacidad expresiva limitada, pero no ocultó su impaciencia.

—Profesor Magdescu, no lo entiende. Usted no tiene más opción que acceder a mi requerimiento. Si se pueden incorporar estos dispositivos a mi cuerpo, también se pueden incorporar a cuerpos humanos. La tendencia a prolongar la vida humana mediante prótesis se está afianzando. No hay dispositivos mejores que los que yo he diseñado y sigo diseñando. Controlo las patentes a través de Feingold y Martin. Somos capaces de montar una empresa para desarrollar prótesis que quizá terminen generando seres humanos con muchas de la propiedades de los robots. Su empresa se verá afectada. En cambio, si me opera ahora y accede a hacerlo en circunstancias similares en el futuro, percibirá una comisión por utilizar las patentes y controlar la tecnología robótica y protésica para seres humanos. El alquiler inicial se otorgará sólo cuando se haya realizado la primera operación, y cuando haya pasado tiempo suficiente para demostrar que tuvo éxito.

La Primera Ley no le creó ninguna inhibición ante las severas condiciones que le estaba imponiendo a un ser humano. Había aprendido que lo que parecía crueldad podía resultar bondad a la larga.

Magdescu estaba estupefacto.

—No soy yo quien debe decidir en semejante asunto. Es una decisión de empresa y llevará tiempo.

—Puedo esperar un tiempo razonable —dijo Andrew—, pero sólo un tiempo razonable.

Y pensó con satisfacción que Paul mismo no lo habría hecho mejor.

16

Fue sólo un tiempo razonable, y la operación resultó todo un éxito.

—Yo me oponía a esta operación, Andrew —le dijo Magdescu—, pero no por lo que tú piensas. No estaba en contra del experimento, de haberse tratado de otro. Detestaba poner en peligro tu cerebro positrónico. Ahora que tienes sendas positrónicas que actúan recíprocamente con sendas nerviosas simuladas, podría resultar difícil rescatar el cerebro intacto si el cuerpo se deteriorase.

—Yo tenía confianza en la capacidad del personal de la empresa. Y ahora puedo comer.

—Bueno, puedes sorber aceite de oliva. Eso significa que habrá que hacer de vez en cuando una limpieza de la cámara de combustión, como ya te hemos explicado. Es un factor incómodo, diría yo.

—Quizá, si yo no pensara seguir adelante. La autolimpieza no es imposible. Estoy trabajando en un dispositivo que se encargará de los alimentos sólidos que incluyan partes no combustibles; la materia indigerible, por así decirlo, que habrá que desechar.

—Entonces, necesitarás un ano.

—Su equivalente.

—¿Qué más, Andrew?

—Todo lo demás.

—¿También genitales?

—En la medida en que concuerden con mis planes. Mi cuerpo es un lienzo donde pienso dibujar...

Magdescu aguardó a que concluyera la frase, pero como la pausa se prolongaba decidió redondearla él mismo:

—¿Un hombre?

—Ya veremos —se limitó a decir Andrew.

—Es una ambición contradictoria, Andrew. Tú eres mucho mejor que un hombre. Has ido cuesta abajo desde que optaste por ser orgánico.

—Mi cerebro no se ha dañado.

—No, claro que no. Pero, Andrew, los nuevos hallazgos protésicos que han posibilitado tus patentes se comercializan bajo tu nombre. Eres reconocido como el gran inventor y se te honra por ello... tal como eres. ¿Por qué quieres arriesgar más tu cuerpo?

Andrew no respondió.

Los honores llegaron. Aceptó el nombramiento en varias instituciones culturales, entre ellas una consagrada a la nueva ciencia que él había creado; la que él llamó robobiología, pero que se denominaba protetología.

En el ciento cincuenta aniversario de su fabricación, se celebró una cena de homenaje en Robots y Hombres Mecánicos. Si Andrew vio en ello alguna ironía, no lo mencionó.

Alvin Magdescu, ya jubilado, presidió la cena. Tenía noventa y cuatro años y aún vivía porque tenía prótesis que, entre otras cosas, cumplían las funciones del hígado y de los riñones. La cena alcanzó su momento culminante cuando Magdescu, al cabo de un discurso breve y emotivo, alzó la copa para brindar por «el robot sesquicentenario».

Andrew se había hecho remodelar los tendones del rostro hasta el punto de que podía expresar una gama de emociones, pero se comportó de un modo pasivo durante toda la ceremonia. No le agradaba ser un robot sesquicentenario.

17

La protetología le permitió a Andrew abandonar la Tierra. En las décadas que siguieron a la celebración del sesquicentenario, la Luna se convirtió en un mundo más terrícola que la Tierra en todos los aspectos menos en el de la gravedad, un mundo que albergaba una densa población en sus ciudades subterráneas.

Allí, las prótesis debían tener en cuenta la menor gravedad, y Andrew pasó cinco años en la Luna trabajando con especialistas locales para introducir las necesarias adaptaciones. Cuando no se encontraba trabajando, deambulaba entre los robots, que lo trataban con la cortesía robótica debida a un hombre.

Regresó a la Tierra, que era monótona y apacible en comparación, y fue a las oficinas de Feingold y Martin para anunciar su vuelta.

El entonces director de la firma, Simon DeLong, se quedó sorprendido.

—Nos habían anunciado que regresabas, Andrew —dijo, aunque estuvo a punto de llamarlo «señor Martin»—, pero no te esperábamos hasta la semana entrante.

—Me impacienté —contestó bruscamente Andrew, que ansiaba ir al grano—. En la Luna, Simon, estuve al mando de un equipo de investigación de veinte científicos humanos. Les daba órdenes que nadie cuestionaba. Los robots lunares me trataban como a un ser humano. Entonces ¿por qué no soy un ser humano?

DeLong adoptó una expresión cautelosa.

—Querido Andrew, como acabas de explicar, tanto los robots como los humanos te tratan como si fueras un ser humano. Por consiguiente, eres un ser humano *de facto*.

—No me basta con ser un ser humano *de facto*. Quiero que no sólo me traten como tal, sino que me identifiquen legalmente como tal. Quiero ser un ser humano *de jure*.

—Eso es distinto. Ahí tropezaríamos con los prejuicios humanos y con el hecho indudable de que, por mucho que parezcas un ser humano, no lo eres.

—¿En qué sentido? Tengo la forma de un ser humano y órganos equivalentes a los de los humanos. Mis órganos son idénticos a los que tiene un ser humano con prótesis. He realizado aportaciones artísticas, literarias y científicas a la cultura humana, tanto como cualquier ser humano vivo. ¿Qué más se puede pedir?

—Yo no pediría nada. El problema es que se necesitaría una ley de la Legislatura Mundial para definirte como humano. Francamente, no creo que sea posible.

—¿Con quién debo hablar en la Legislatura?

—Con la presidencia de la Comisión para la Ciencia y la Tecnología, tal vez.

—¿Puedes pedir una reunión?

—Pero no necesitas un intermediario. Con tu prestigio...

—No. Encárgate tú. —Andrew ni siquiera pensó que estaba dándole una orden a un ser humano. En la Luna se había acostumbrado a ello—. Quiero que sepan que Feingold y Martin me apoya plenamente en esto.

—Pues bien...

—Plenamente, Simon. En ciento setenta y tres años he aportado muchísimo a esta firma. En el pasado estuve obligado para con otros miembros de esta firma. Ahora no. Es a la inversa, y estoy reclamando mi deuda.

—Veré qué puedo hacer —dijo DeLong.

18

La presidenta de la Comisión para la Ciencia y la Tecnología era una asiática llamada Chee Li-Hsing. Con sus prendas transparentes (que ocultaban lo que ella quería ocultar mediante un resplandor), parecía envuelta en plástico.

—Simpatizo con su afán de obtener derechos humanos plenos —le dijo—. En otros tiempos de la historia hubo integrantes de la población humana que lucharon por obtener derechos humanos plenos. ¿Pero qué derechos puede desear que ya no tenga?

—Algo muy simple: el derecho a la vida. Un robot puede ser desmontado en cualquier momento.

—Y un ser humano puede ser ejecutado en cualquier momento.

—La ejecución sólo puede realizarse dentro del marco de la ley. Para desmontarme a mí no se requiere un juicio; sólo se necesita la palabra de un ser humano que tenga autorización para poner fin a mi vida. Además..., además... —Andrew procuró reprimir su tono implorante, pero su expresión y su voz humanizadas lo traicionaban—. Lo cierto es que deseo ser hombre. Lo he deseado durante seis generaciones de seres humanos.

Li-Hsing lo miró con sus ojos oscuros.

—La Legislatura puede aprobar una ley declarándolo humano; llegado el caso, podría aprobar una ley declarando humana a una estatua de piedra. Sin embargo, creo que en el primer caso serviría para tan poco como en el segundo. Los diputados son tan humanos como el resto de la población, y siempre existe un recelo contra los robots.

—¿Incluso actualmente?

—Incluso actualmente. Todos admitiríamos que usted se ha ganado a pulso el premio de ser humano, pero persistiría el temor de sentar un precedente indeseable.

—¿Qué precedente? Soy el único robot libre, el único de mi tipo, y nunca se fabricará otro. Pueden preguntárselo a Robots y Hombres Mecánicos.

—«Nunca» es mucho tiempo, Andrew, o, si lo prefiere, señor Martin, pues personalmente le considero humano. La mayoría de los diputados se mostrarán reacios a sentar ese precedente, por insignificante que parezca. Señor Martin, cuenta usted con mi respaldo, pero no le aconsejo que abrigue esperanzas. En realidad... —Se reclinó en el asiento y arrugó la frente—. En realidad, si la discusión se vuelve acalorada, surgirá cierta tendencia, tanto dentro como fuera de la Legislatura, a favorecer esa postura, que antes mencionó usted, la de que quieran desmontarle. Librarse de usted podría ser el modo más fácil de resolver el dilema. Piénselo antes de insistir.

—¿Nadie recordará la técnica de la protetología, algo que me pertenece casi por completo?

—Parecerá cruel, pero no la recordarán. O, en todo caso, la recordarán desfavorablemente. Dirán que usted lo hizo con fines egoístas, que fue parte de una campaña para robotizar a los seres humanos o para humanizar a los robots; y en cualquiera de ambos casos sería pérfido y maligno. Usted nunca ha sido víctima de una campaña política de desprestigio, y le aseguro que se convertiría en el blanco de unas calumnias que ni usted ni yo nos creeríamos, pero sí habría gente que se las creería. Señor Martin, viva su vida en paz.

Se levantó. Al lado de Andrew, que estaba sentado, parecía menuda, casi una niña.

—Si decido luchar por mi humanidad —dijo Andrew—, ¿usted estará de mi lado?

Ella reflexionó y contestó:

—Sí, en la medida de lo posible. Si en algún momento esa postura amenaza mi futuro político, tendré que abandonarle, pues para mí no es una cuestión fundamental. Procuro ser franca.

—Gracias. No le pediré otra cosa. Me propongo continuar esta lucha al margen de las consecuencias, y le pediré ayuda mientras usted pueda brindármela.

19

No fue una lucha directa. Feingold y Martin aconsejó paciencia y Andrew masculló que no tenía una paciencia infinita. Luego, Feingold y Martin inició una campaña para delimitar la zona de combate.

Entabló un pleito en el que se rechazaba la obligación de pagar deudas a un individuo con un corazón protésico, alegando que la posesión de un órgano robótico lo despojaba de humanidad y de sus derechos constitucionales.

Lucharon con destreza y tenacidad; perdían en cada paso que daban, pero procurando siempre que la sentencia resultante fuese lo más genérica posible, y luego la presentaban mediante apelaciones ante el Tribunal Mundial.

Llevó años, y millones de dolares.

Cuando se dictó la última sentencia, DeLong festejó la derrota como si fuera un triunfo. Andrew estaba presente en las oficinas de la firma, por supuesto.

—Hemos logrado dos cosas, Andrew, y ambas son buenas. En primer lugar, hemos establecido que ningún número de artefactos le quita humanidad al cuerpo humano. En segundo lugar, hemos involucrado a la opinión pública de tal modo que estará a favor de una interpretación amplia de lo que significa humanidad, pues no hay ser humano existente que no desee una prótesis si eso puede mantenerlo con vida.

—¿Y crees que la Legislatura me concederá el derecho a la humanidad?

DeLong parecía un poco incómodo.

—En cuanto a eso, no puedo ser optimista. Queda el único órgano que el Tribunal Mundial ha utilizado como criterio de humanidad. Los seres humanos poseen un cerebro celular orgánico y los robots tienen un cerebro positrónico de platino e iridio... No, Andrew, no pongas esa cara. Carecemos de conocimientos para imitar el funcionamiento de un cerebro celular en estructuras artificiales parecidas al cerebro orgánico, así que no se puede incluir en la sentencia. Ni siquiera tú podrías lograrlo.

—¿Qué haremos entonces?

—Intentarlo, por supuesto. La diputada Li-Hsing estará de nuestra parte y también una cantidad creciente de diputados. El presidente sin duda seguirá la opinión de la mayoría de la Legislatura en este asunto.

—¿Contamos con una mayoría?

—No, al contrario. Pero podríamos obtenerla si el público expresa su deseo de que se te incluya en una interpretación amplia de lo que significa humanidad. Hay pocas probabilidades, pero si no deseas abandonar debemos arriesgarnos.

—No deseo abandonar.

20

La diputada Li-Hsing era mucho más vieja que cuando Andrew la conoció. Ya no llevaba aquellas prendas transparentes, sino que tenía el cabello corto y vestía con ropa tubular. En cambio, Andrew aún se atenía, dentro de los límites de lo razonable, al modo de vestir que predominaba cuando él comenzó a usar ropa un siglo atrás.

—Hemos llegado tan lejos como podíamos, Andrew. Lo intentaremos nuevamente después del receso, pero, con franqueza, la derrota es segura y tendremos que desistir. Todos estos esfuerzos sólo me han valido una derrota segura en la próxima campaña parlamentaria.

—Lo sé, y lo lamento. Una vez dijiste que me abandonarías si se llegaba a ese extremo; ¿por qué no lo has hecho?

—Porque cambié de opinión. Abandonarte se convirtió en un precio más alto del que estaba dispuesta a pagar por una nueva gestión. Hace más de un cuarto de siglo que estoy en la Legislatura. Es suficiente.

—¿No hay modo de hacerles cambiar de parecer, Chee?

—He convencido a toda la gente razonable. El resto, la mayoría, no están dispuestos a renunciar a su aversión emocional.

—La aversión emocional no es una razón válida para votar a favor o en contra.

—Lo sé, Andrew, pero la razón que alegan no es la aversión emocional.

—Todo se reduce al tema del cerebro, pues. ¿Pero es que todo ha de limitarse a una oposición entre células y positrones? ¿No hay modo de imponer una definición funcional? ¿Debemos decir que un cerebro está hecho de esto o lo otro? ¿No podemos decir que el cerebro es algo capaz de alcanzar cierto nivel de pensamiento?

—No dará resultado. Tu cerebro fue fabricado por el hombre, el cerebro humano no. Tu cerebro fue construido, el humano se desarrolló. Para cualquier ser humano que se proponga mantener la barrera entre él y el robot, esas diferencias constituyen una muralla de acero de un kilómetro de grosor y un kilómetro de altura.

—Si pudiéramos llegar a la raíz de su antipatía..., a la auténtica raíz de...

—Al cabo de tantos años —comentó tristemente Li-Hsing—, sigues intentando razonar con los seres humanos. Pobre Andrew, no te enfades, pero es tu personalidad robótica la que te impulsa en esa dirección.

—No lo sé —dijo Andrew—. Si pudiera someterme...

1 (continuación)

Si pudiera someterse...

Sabía desde tiempo atrás que podía llegar a ese extremo, y al fin decidió ver al cirujano. Buscó uno con la habilidad suficiente para la tarea, lo cual significaba un cirujano robot, pues no podía confiar en un cirujano humano, ni por su destreza ni por sus intenciones.

El cirujano no podría haber realizado la operación en un ser humano, así que Andrew, después de postergar el momento de la decisión con un triste interrogatorio que reflejaba su torbellino interior, dejó de lado la Primera Ley diciendo:

—Yo también soy un robot. —Y añadió, con la firmeza con que había aprendido a dar órdenes en las últimas décadas, incluso a seres humanos—: Le ordeno que realice esta operación.

En ausencia de la Primera Ley, una orden tan firme, impartida por alguien que se parecía tanto a un ser humano, activó la Segunda Ley, imponiendo la obediencia.

21

Andrew estaba seguro de que el malestar que sentía era imaginario. Se había recuperado de la operación. No obstante, se apoyó disimuladamente contra la pared. Sentarse sería demasiado revelador.

—La votación definitiva se hará esta semana, Andrew —dijo Li-Hsing—. No he podido retrasarla más, y perderemos... Ahí terminará todo, Andrew.

—Te agradezco tu habilidad para la demora. Me ha proporcionado el tiempo que necesitaba y he corrido el riesgo que debía correr.

—¿De qué riesgo hablas? —preguntó Li-Hsing, con manifiesta preocupación.

—No podía contártelo a ti ni a la gente de Feingold y Martin, pues sabía que me detendríais. Mira, si el problema es el cerebro, ¿acaso la mayor diferencia no reside en la inmortalidad? ¿A quién le importa la apariencia, la constitución ni la evolución del cerebro? Lo que importa es que las células cerebrales mueren, que deben morir. Aunque se mantengan o se reemplacen los demás órganos, las células cerebrales, que no se pueden reemplazar sin alterar y matar la personalidad, deben morir con el tiempo. Mis sendas positrónicas han durado casi dos siglos sin cambios y pueden durar varios siglos más. ¿No es ésa la barrera fundamental? Los seres humanos pueden tolerar que un robot sea inmortal, pues no importa cuánto dure una máquina; pero no pueden tolerar a un ser humano inmortal, pues su propia mortalidad sólo es tolerable siempre y cuando sea universal. Por eso no quieren considerarme humano.

—¿Adónde quieres llegar, Andrew?

—He eliminado ese problema. Hace décadas, mi cerebro positrónico fue conectado a nervios orgánicos. Ahora, una última operación ha reorganizado esas conexiones de tal modo que lentamente mis sendas pierden potencial.

La azorada Li-Hsing calló un instante. Luego, apretó los labios.

—¿Quieres decir que has planeado morirte, Andrew? Es imposible. Eso viola la Tercera Ley.

—No. He escogido entre la muerte de mi cuerpo y la muerte de mis aspiraciones y deseos. Habría violado la Tercera Ley si hubiese permitido que mi cuerpo viviera a costa de una muerte mayor.

Li-Hsing le agarró el brazo como si fuera a sacudirle. Se contuvo.

—Andrew, no dará resultado. Vuelve a tu estado anterior.

—Imposible. Se han causado muchos daños. Me queda un año de vida. Duraré hasta el segundo centenario de mi construcción. Me permití esa debilidad.

—¿Vale la pena? Andrew, eres un necio.

—Si consigo la humanidad, habrá valido la pena. De lo contrario, mi lucha terminará, y eso también habrá valido la pena.

Li-Hsing hizo algo que la asombró. Rompió a llorar en silencio.

22

Fue extraño el modo en que ese último acto capturó la imaginación del mundo. Andrew no había logrado conmover a la gente con todos sus esfuerzos, pero había aceptado la muerte para ser humano, y ese sacrificio fue demasiado grande para que lo rechazaran.

La ceremonia final se programó deliberadamente para el segundo centenario. El presidente mundial debía firmar el acta y darle carácter de ley, y la ceremonia se transmitiría por una red mundial de emisoras y se vería en el Estado de la Luna e incluso en la colonia marciana.

Andrew iba en una silla de ruedas. Aún podía caminar, pero con gran esfuerzo.

Ante los ojos de la humanidad, el presidente mundial dijo:

—Hace cincuenta años, Andrew fue declarado el robot sesquicentenario. —Hizo una pausa y añadió solemnemente—: Hoy, el señor Martin es declarado el hombre bicentenario.

Y Andrew, sonriendo, extendió la mano para estrechar la del presidente.

23

Andrew yacía en el lecho. Sus pensamientos se disipaban.

Intentaba agarrarse a ellos con desesperación. ¡Un hombre! ¡Era un hombre! Quería serlo hasta su último pensamiento. Quería disolverse, morir siendo hombre.

Abrió los ojos y reconoció a Li-Hsing, que aguardaba solemnemente. Había otras personas, pero sólo eran sombras irreconocibles. Únicamente Li-Hsing se recortaba contra ese fondo cada vez más borroso. Andrew tendió la mano y sintió vagamente el apretón.

Ella se esfumaba ante sus ojos mientras sus últimos pensamientos se disipaban.

Pero, antes de que la imagen de Li-Hsing se desvaneciera del todo, un último pensamiento cruzó la mente de Andrew por un instante fugaz.

—Niña —susurró, en voz tan queda que nadie le oyó.

Marching In

Jerome Bishop, compositor y trombonista, nunca había estado en una clínica mental.

A veces temía que terminaran por internarlo (¿quién estaba a salvo?), pero nunca se le ocurrió que pudiera ejercer de asesor en asuntos de problemas mentales. De asesor.

Allí estaba, en el año 2001 y en un mundo bastante vapuleado que (según decían) estaba saliendo del atolladero. Se puso de pie cuando entró una mujer madura y de cabello entrecano, y se alegró de conservar todo su cabello en la plenitud de su color oscuro.

—¿Es usted el señor Bishop?

—Lo era la última vez que miré.

La mujer extendió la mano.

—Soy la doctora Cray. ¿Quiere acompañarme?

Bishop le estrechó la mano y la siguió, procurando no inquietarse ante los opacos uniformes de color beis que veía por doquier.

La doctora Cray se llevó un dedo a los labios y le señaló una silla. Apretó un botón y las luces se apagaron, haciendo visible una ventana iluminada. A través de la ventana, Bishop vio a una mujer sentada en lo que parecía una silla de dentista, inclinada hacia atrás. Una maraña de cables flexibles le brotaba de la cabeza, un fino rayo de luz se extendía de polo a polo a sus espaldas y una tira de papel salía de una máquina.

La luz se encendió de nuevo; la ventana desapareció.

—¿Sabe qué le estamos haciendo? —preguntó la doctora.

—¿Están grabando ondas cerebrales? Es sólo una suposición.

—Pues lo ha adivinado. Se trata de una grabación por láser. ¿Sabe cómo funciona?

—He grabado mi música con láser —contestó Bishop, cruzando una pierna sobre la otra—, pero eso no significa que sepa cómo funciona. Los ingenieros conocen los detalles. Oiga, doctora, si piensa que soy ingeniero en láser, está equivocada.

—No, sé que no lo es. Usted está aquí por otra cosa... Se lo explicaré. Podemos alterar delicadamente un rayo láser, con mucha mayor precisión que una corriente eléctrica o un haz de electrones. Eso significa que podemos grabar una onda complejísima con mayor detalle de lo que cabía imaginarse hasta ahora. Se puede efectuar un rastreo con un rayo láser de tamaño microscópico y grabar una onda que podemos estudiar con un microscopio, con el fin de obtener detalles invisibles a simple vista e imposibles de obtener de otra manera.

—Si quiere consultarme sobre eso, sólo puedo decirle que no tiene sentido obtener tantos detalles. El oído tiene un límite. Si se afina una grabación láser más allá de cierta precisión, sube el coste, pero no se aumenta el efecto. Más aún, algunos sostienen que se obtiene un zumbido, pero le aseguro que, si se quiere lo mejor, no es conveniente estrechar el rayo láser indefinidamente. Claro que quizá sea distinto tratándose de ondas cerebrales, pero ya le he dicho todo lo que sé, así que me iré y no le cobraré nada, excepto el taxi.

Se dispuso a irse, pero la doctora Cray estaba sacudiendo enérgicamente la cabeza.

—Siéntese, señor Bishop, por favor. En efecto, es distinto grabar ondas cerebrales. En este caso necesitamos todos los detalles que seamos capaces de obtener. Hasta ahora, sólo conseguíamos los ínfimos efectos superpuestos de diez mil millones de células cerebrales, un promedio que elimina todo, salvo los efectos más generales.

—¿Quiere decir que es como escuchar diez mil millones de pianos tocando distintas melodías a cien kilómetros de distancia?

—Exacto.

—¿Todo lo que consiguen es ruido?

—No, obtenemos algo de información; sobre la epilepsia, por ejemplo. Con la grabación por láser, sin embargo, empezamos a llegar a los detalles delicados; empezamos a oír la melodía que ejecuta cada piano. Comenzamos a distinguir qué pianos en particular pueden estar desafinados.

Bishop enarcó las cejas.

—¿O sea que pueden saber por qué un loco está loco?

—En cierto modo. Mire. —En otro rincón de la habitación se iluminó una pantalla. Una línea ondulante la recorría—. ¿Ve usted esto, señor Bishop? —Pulsó un botón y un pequeño segmento de la línea se puso rojo. La línea avanzaba por la pantalla iluminada y periódicamente aparecían segmentos rojos—. Es una microfotografía. Esas marcas rojas no son visibles a simple vista y no serían visibles con un dispositivo de grabación menos refinado que el láser. Sólo aparecen cuando esta paciente se encuentra deprimida. Cuanto más profunda es la depresión, más pronunciadas son las marcas.

Bishop reflexionó durante unos segundos y preguntó:

—¿Y tiene eso alguna utilidad? Hasta ahora, la marca le permite saber que existe depresión, pero eso resulta fácil de averiguar con sólo escuchar a la paciente.

—Así es, pero los detalles ayudan. Por ejemplo, podemos convertir las ondas cerebrales en ondas de luz fluctuante y, más aún, en ondas sonoras equivalentes. Usamos el mismo sistema láser que se utiliza para grabar la música que hace usted. Obtenemos un tarareo vagamente musical, que concuerda con la fluctuación de la luz. Me gustaría que lo escuchara por el auricular.

—¿La música de la persona depresiva cuyo cerebro produjo esa línea?

—Sí, y como no podemos intensificarla mucho sin perder detalles le pido que escuche por el auricular.

—¿Y que también observe la luz?

—Eso no es necesario. Puede cerrar los ojos. Ya le penetrará por los párpados la suficiente oscilación como para afectarle el cerebro.

Bishop cerró los ojos. Por medio del tarareo oyó el gemido de un ritmo complejo y triste que cargaba con todos los problemas del viejo y cansado mundo. Escuchó mientras el parpadeo de la luz le repiqueteaba en los ojos.

Sintió un tirón en la camisa.

—Señor Bishop... Señor Bishop...

Inhaló profundamente.

—¡Gracias! —dijo, con un escalofrío—. Me resultaba molesto, pero no podía dejarlo.

—Estaba usted escuchando la depresión que comunican las ondas cerebrales, y eso le afectaba. La depresión obligaba a su patrón ondulatorio a seguir el ritmo. Se sintió deprimido, ¿verdad?

—Constantemente.

—Bien, pues si podemos localizar la porción de la onda característica de la depresión, o cualquier otra anomalía mental, eliminarla y reproducir el resto de la onda cerebral, el patrón del paciente recobrará su forma normal.

—¿Por cuánto tiempo?

—Por un tiempo después del final del tratamiento. Por un tiempo, pero no mucho. Unos días. Una semana. Luego, el paciente tiene que volver.

—Es mejor que nada.

—Pero menos que suficiente. Una persona nace con determinados genes, señor Bishop, que imponen una determinada estructura cerebral potencial. Esa persona sufre determinadas influencias ambientales. No son cosas fáciles de neutralizar, así que en esta institución procuramos hallar modos más eficaces y duraderos de neutralización... Y tal vez usted pueda ayudarnos. Por eso le pedimos que viniera.

—Pero yo no sé nada de esto, doctora. Nunca oí hablar de la grabación por láser de ondas cerebrales. —Mostró las palmas vacías—. No tengo nada que ofrecerle.

La doctora Cray hizo un gesto de impaciencia. Hundió las manos en los bolsillos de su chaqueta.

—Hace un rato, usted dijo que el láser grababa más detalles de los que podía captar el oído.

—Sí, y lo sostengo.

—Lo sé. Uno de mis colegas leyó una entrevista con usted en el número de diciembre del año 2000 de la revista *Alta Fidelidad*, donde usted declaraba lo mismo. Eso fue lo que nos llamó la atención. El oído no capta los detalles del láser, pero el ojo sí. Lo que altera el patrón cerebral es la fluctuación de la luz, no la ondulación del sonido. El sonido por sí solo no produce ningún efecto. Sin embargo, refuerza el efecto de la luz.

—Eso no es un problema para ustedes.

—Lo es. El refuerzo no es suficiente. El oído pierde las suaves, delicadas y complejísimas variaciones introducidas en el sonido por la grabación láser. Hay demasiados elementos, y sofocan la parte reforzadora.

—¿Por qué cree que hay una parte reforzadora?

—Porque en ocasiones, por accidente, producimos algo que parece funcionar mejor que la onda cerebral total, pero no entendemos por qué. Necesitamos un músico. Tal vez usted. Si escucha ambas series de ondas cerebrales, tal vez descubra un ritmo que concuerde mejor con la serie normal que con la anormal, y entonces podríamos reforzar la luz y mejorar la efectividad de la terapia.

—Oiga, doctora Cray —se alarmó Bishop—, eso es cargarme con demasiada responsabilidad. Cuando escribo música, lo único que hago es acariciar el oído y estimular los músculos. No intento curar un cerebro enfermo.

—Sólo le pedimos que acaricie el oído y estimule los músculos, pero de tal modo que concuerde con la música normal de las ondas cerebrales... Y no tema por su responsabilidad, señor Bishop. Es improbable que su música cause daño, pero puede causar mucho bien. Además se le pagará, señor Bishop, al margen de los resultados.

—Bien, lo intentaré. Pero no prometo nada.

Volvió dos días después. La doctora abandonó una reunión para verlo. A él le pareció que se encontraba muy fatigada; tenía los ojos empequeñecidos.

—¿Ha conseguido algo?

—Tengo algo. Puede funcionar.

—¿Cómo lo sabe?

—No lo sé. Sólo es un presentimiento... Mire, escuché las cintas láser que usted me dio; es decir, la música de las ondas cerebrales tal como se originaban en la paciente depresiva y la música cerebral que usted llevó a la normalidad. Y tiene razón. Sin la fluctuación de luz no me afectó. De cualquier modo, sustraje la segunda de la primera para descubrir cuál era la diferencia.

—¿Tiene usted un ordenador? —preguntó extrañada la doctora Cray.

—No, un ordenador no me habría servido. Me ofrecería demasiado, porque se toma un patrón de ondas láser complejo y se sustrae otro patrón láser complejo y lo que nos sigue quedando es un patrón láser complejo. No, lo hice mentalmente, para ver qué ritmo quedaba... El resultado sería el ritmo anormal que debemos anular con un contrarritmo.

—¿Cómo se puede sustraer mentalmente?

—No sé —se impacientó Bishop—. ¿Cómo hizo Beethoven para oír mentalmente la *Novena Sinfonía* antes de escribirla? El cerebro es un ordenador bastante bueno, ¿no?

—Supongo que sí. ¿Tiene ahí el contrarritmo?

—Eso creo. Lo tengo en una cinta común porque no se necesita nada más. Es algo parecido a didididiDA-didididiDA-didididiDADADADiDA... Le añadí una melodía para que usted pueda pasarla por los auriculares mientras la paciente mira la luz fluctuante que concuerda con el patrón normal de ondas cerebrales. Si estoy en lo cierto, el refuerzo será enorme.

—¿Está seguro?

—Si estuviera seguro, no tendría que probarlo, ¿verdad, doctora?

La doctora Cray reflexionó un instante.

—Concertaré una cita con la paciente. Me gustaría que usted estuviera allí.

—De acuerdo. Supongo que forma parte de mi función de asesor.

—No podrá estar en la sala de tratamiento, pero quiero que esté aquí.

—Lo que usted diga.

La paciente parecía atemorizada. Tenía los párpados caídos y hablaba con un hilo de voz.

Bishop estaba sentado silenciosamente en el rincón. La vio entrar en la sala de tratamiento y aguardó, preguntándose qué ocurriría si aquello funcionaba. ¿Por qué no armonizar luces de ondas cerebrales con el acompañamiento apropiado para combatir la tristeza, para aumentar la energía, para realzar el amor? No sólo para gente enferma, sino para gente sana, que podría hallar un sustituto del alcohol y de las drogas que utilizaba para regular sus emociones; un sustituto seguro, basado en ondas cerebrales.

La mujer salió al cabo de cuarenta y cinco minutos.

Se encontraba serena, y las arrugas se le habían borrado de la cara.

—Me siento mejor, doctora Cray —dijo sonriente—. Mucho mejor.

—Como de costumbre —observó la doctora.

—No —replicó la mujer—. No como de costumbre. Es diferente. Las otras veces, aunque pensara que me sentía bien, esa espantosa depresión seguía acechando en el fondo de mi cabeza. Ahora... se ha esfumado.

—No podemos tener la certeza de que haya desaparecido para siempre —señaló la doctora—. Concertaremos una cita para dentro de dos semanas, y llámeme si algo anda mal, ¿de acuerdo? ¿Notó alguna diferencia en el tratamiento?

La mujer lo pensó.

—No —respondió un poco dudosa. Pero luego añadió—: La luz fluctuante. Eso parecía diferente. Más clara y más nítida.

—¿Oyó algo?

—¿Debía oír algo?

La doctora Cray se levantó.

—Muy bien. Acuérdese de concertar una cita con mi secretaria.

La mujer se detuvo en la puerta.

—Es bueno sentirse bien —comentó antes de marcharse.

La doctora Cray dijo:

—Ella no oyó nada, señor Bishop. Supongo que ese contrarritmo reforzó el patrón normal con tanta naturalidad que el sonido, como quien dice, se perdió en la luz... Y tal vez haya funcionado. —Miró a Bishop a los ojos—. Señor Bishop, ¿nos asesorará en los otros casos? Le pagaremos cuanto podamos y, si esto deriva en una terapia efectiva para los trastornos mentales, nos ocuparemos de que reciba usted todos los honores correspondientes.

—Me alegrará ayudar, doctora, pero no será tan difícil como usted cree. El trabajo ya está hecho.

—¿Cómo que ya está hecho?

—Hace siglos que tenemos músicos. Tal vez no supieran nada sobre ondas cerebrales, pero siempre procuraron que sus melodías y sus ritmos afectaran a las personas, les hicieran mover los pies, les hicieran crispar los músculos, les hicieran sonreír, les arrancaran lágrimas, les hicieran palpitar el corazón. Esas melodías están a su disposición. Una vez que usted obtiene el contrarritmo, escoge la melodía indicada.

—¿Eso hizo usted?

—Claro. ¿Qué mejor que un himno religioso para salir de la depresión? Están pensados para eso. Es un ritmo que nos libera, que nos exalta. Tal vez no dure mucho, pero, si usted lo usa para reforzar el patrón normal de ondas cerebrales, servirá para afianzarlo.

—¿Un himno religioso?

La doctora Cray lo miró con los ojos de par en par.

—Claro. El que utilicé en este caso es el mejor de todos, *When the Saints Go Marching In.*

Lo cantó suavemente, acompañándose con el chascar de los dedos. Al tercer compás, la doctora Cray estaba ya llevando el ritmo con las punteras de los zapatos.

705

Anticuado

Ben Estes iba a morir y no le servía de consuelo saber que había convivido con esa posibilidad durante los últimos años. La vida de un astrominero que recorría la inexplorada vastedad del cinturón de asteroides podía ser tan ingrata como breve.

Claro que siempre cabía la posibilidad de encontrarse con una sorpresa que lo hiciera rico de golpe, y Estes se había topado con una sorpresa. La mayor sorpresa del mundo; pero no lo haría rico, lo convertiría en un cadáver.

Harvey Funarelli gruñó en su litera y Estes hizo una mueca al sentir un tirón en los músculos. Estaban bastante maltrechos. Pero Estes se encontraba menos afectado que Funarelli porque éste era más corpulento y había estado más cerca del punto del impacto.

Estes miró a su compañero.

—¿Cómo te sientes, Harvey?

Funarelli gruñó de nuevo.

—Siento todas las articulaciones rotas. ¿Qué demonios pasó? ¿Con qué chocamos?

Estes se le acercó cojeando.

—No trates de levantarte.

—Puedo conseguirlo con sólo que me tiendas la mano. ¡Ay! Debo de tener una costilla rota. ¿Qué ha pasado, Ben?

Estes señaló la tronera principal. No era grande, pero era lo mejor que podía esperarse en una nave astrominera de dos plazas.

Funarelli se aproximó despacio, apoyándose en el hombro de Estes. Miró hacia fuera.

Había estrellas, por supuesto, pero la mente de un astronauta experimentado las excluía automáticamente.

Las estrellas siempre estaban allí. Más cerca había un banco de rocas de diverso tamaño, desplazándose despacio como un enjambre de abejas perezosas.

—Nunca vi nada semejante —se asombró Funarelli—. ¿Qué hacen ahí?

—Sospecho que esas rocas son los restos de un asteroide destrozado y están girando en torno de algo que las despedazó, lo mismo que nos ha despedazado a nosotros. .

—¿Qué es?

Funarelli escrutó en vano la oscuridad.

—¡Eso! —dijo Estes, señalando un resplandor tenue.

—No veo nada.

—Claro que no. Es un agujero negro.

A Funarelli se le erizó el cabello corto y sus ojos oscuros destellaron de horror.

—¡Estás loco!

—No. Hay agujeros negros de todos los tamaños. Eso dicen los astrónomos. Éste tiene la masa de un asteroide grande y nos estamos desplazando a su alrededor. ¿Qué otra cosa podría retenernos en su órbita?

—No hay datos sobre...

—Lo sé. ¿Cómo podría haberlos? Es algo que no se puede ver. Es pura masa... ¡Eh, ahí está el Sol! —La nave, que rotaba lentamente, tenía en ese momento el Sol a la vista y el vidrio de la ventana se polarizó automáticamente—. De cualquier modo, somos los primeros en tropezar con un agujero negro. Sólo que no viviremos para hacernos famosos.

—¿Qué sucedió?

—Nos acercamos tanto que el efecto de marejada hizo que nos estrelláramos.

—¿Qué efecto de marejada?

—No soy astrónomo, pero, según tengo entendido, aunque el tirón gravitatorio de esa cosa no es muy grande, te puedes acercar tanto que el tirón cobra intensidad. Esa intensidad decae tan deprisa con el aumento de la distancia que un extremo del objeto es atraído con mayor fuerza que el extremo contrario. El objeto se estira. Cuanto más cerca está el objeto y cuanto mayor tamaño tiene, peor es el efecto. Se te desgarraron los músculos. Tienes suerte de que no se te hayan roto los huesos.

Funarelli hizo una mueca.

—No estoy seguro de que no... ¿Qué más ocurrió?

—Los tanques de combustible fueron destruidos. Estamos atascados en esta órbita... Es una suerte que nos hallemos en una órbita tan alejada y circular como para reducir el efecto de marejada. Si estuviéramos más cerca o si nos aproximáramos a un extremo de la órbita...

—¿Podemos enviar un mensaje?

—Ni una palabra. El sistema de comunicaciones está destrozado.

—¿Puedes repararlo?

—No soy experto en comunicaciones, pero aunque lo fuera. El daño es irreparable.

—¿No podemos improvisar algo?

Estes sacudió la cabeza.

—Tenemos que esperar... y morir. Eso no es lo que más me fastidia.

—Pues a mí me fastidia bastante —gruñó Funarelli, y se sentó en la litera con la cabeza entre las manos.

—Tenemos las píldoras —dijo Estes—. Sería una muerte sencilla. Lo peor es que no podemos enviar un mensaje sobre eso. —Señaló a la tronera, que estaba de nuevo despejada, pues el Sol se alejaba.

—¿El agujero negro?

—Sí, es peligroso. Parece estar en órbita solar, pero quién sabe si la órbita es estable. Y aunque lo fuera tiene que crecer.

—Supongo que devora cosas.

—Claro. Todo lo que encuentra. Traga polvo cósmico continuamente y despide energía al engullirla. Por eso ves esas chispas de luz. De cuando en cuando, el agujero traga un fragmento grande y suelta un destello de radiación, la cual incluye rayos X. Cuanto más crece, más fácil le resulta absorber material desde mayor distancia.

Ambos miraron la tronera un instante; luego, Estes continuó:

—Ahora se puede manipular. Si la NASA pudiera traer hasta aquí un asteroide grande y dispararlo a cierta distancia del agujero, lo arrancaría de la órbita por la atracción gravitatoria mutua entre él y el asteroide. Se puede hacer que el agujero se curve en una trayectoria que lo llevaría fuera del sistema solar, con un poco de ayuda y de aceleración.

—¿Crees que era muy pequeño al principio?

—Quizá sea un microagujero que se formó en los tiempos del Big Bang, cuando se creó el universo. Tal vez ha estado creciendo durante miles de millones de años. Si continúa creciendo, podría volverse inmanejable y, con el tiempo, convertirse en la tumba del sistema solar.

—¿Por qué no lo han encontrado?

—Nadie lo ha buscado. ¿Quién se podía esperar que hubiese un agujero negro en el cinturón de asteroides? Y no produce bastante radiación ni posee masa suficiente como para hacerse notar. Tienes que tropezar con él, como nosotros.

—¿Estás seguro de que no tenemos ningún modo de comunicarnos, Ben? ¿A cuánto estamos de Vesta? Podrían llegar aquí sin mucha demora. Es la base más grande del cinturón de asteroides.

Estes negó con la cabeza.

—No sé dónde está Vesta ahora. El ordenador también se ha estropeado.

—¡Cielos! ¿Queda algo sano?

—El sistema de aire funciona. El purificador de agua también. Tenemos bastante energía y alimentos. Podemos durar dos semanas, tal vez más.

Se hizo un silencio.

—Mira —dijo Funarelli al cabo de un rato—. Aunque no sepamos dónde está Vesta, sabemos que se encuentra a unos cuantos millones de kilómetros. Si lanzamos una señal, podrían mandar una nave robot al cabo de una semana.

—Una nave robot, claro —repitió Estes.

Eso era fácil. Una nave no tripulada podía alcanzar niveles de aceleración que el cuerpo humano no resistiría. Podía efectuar viajes en un tercio del tiempo.

Funarelli cerró los ojos, como bloqueando el dolor.

—No te burles de la nave robot. Podría traernos vituallas de emergencia y a bordo llevaría material que podríamos usar para instalar un sistema de comunicaciones. Podríamos resistir hasta que llegaran a rescatarnos.

Estes se sentó en la otra litera.

—No me burlaba. Sólo pensaba que no hay modo de enviar una señal. Ni siquiera podemos gritar. El vacío del espacio no transmite el sonido.

—No puedo creer que no se te ocurra nada —rezongó Funarelli—. Nuestras vidas dependen de ello.

—Quizás hasta la vida de la humanidad dependa de ello, pero no se me ocurre nada. ¿Por qué no piensas tú?

Funarelli gruñó al mover las caderas.

Se sujetó a las agarraderas de la pared próxima a la litera y se puso de pie.

—Se me ocurre una cosa. ¿Por qué no apagas los motores de gravedad, y así ahorramos energía y forzamos menos los músculos?

—Buena idea —murmuró Estes.

Se levantó, fue al panel de los controles y cortó la gravedad. Funarelli flotó hacia arriba, emitiendo un suspiro.

—¿Por qué esos idiotas son incapaces de encontrar el agujero negro? —protestó.

—¿Como lo encontramos nosotros? No hay otro modo. Sus efectos no son llamativos.

—Todavía me duele —se quejó Funarelli—, incluso sin gravedad. Bueno, si me sigue doliendo así, no lo lamentaré tanto cuando llegue el momento de tomar las píldoras. ¿Hay algún modo de lograr que el agujero negro aumente su actividad?

—Si uno de esos trozos de roca cayera en el agujero, lanzaría un destello de rayos X.

—¿Lo detectarían en Vesta?

Estes negó con la cabeza.

—Lo dudo. No están buscando nada parecido. Pero sin duda lo detectarían en la Tierra. Algunas estaciones espaciales vigilan el cielo constantemente para verificar si hay cambios de radiación. Detectan destellos increíblemente pequeños.

—De acuerdo, Ben, no me importaría poner sobre aviso a la Tierra. Enviarían un mensaje a Vesta para que investigara. Los rayos X tardarían quince minutos en llegar a la Tierra y las ondas de radio tardarían otros quince en llegar a Vesta.

—¿Y entre tanto? Los receptores pueden registrar automáticamente un estallido de rayos X en tal dirección, pero ¿quién sabrá de dónde proceden? Podrían venir de una galaxia distante que se encontrase en esta dirección. Un técnico notará el cambio y estará alerta a nuevos estallidos en el mismo lugar, pero no habrá ningún otro y le restará importancia. Además, no va a suceder, Harvey. Sin duda hubo muchos rayos X cuando el agujero negro destruyó ese asteroide con su efecto de marejada, pero eso pudo ocurrir hace miles de años, cuando no había nadie que pudiera verlo. Actualmente las órbitas de esos fragmentos deben ser bastante estables.

—Si tuviéramos los cohetes...

—Déjame adivinarlo. Podríamos conducir la nave hacia el agujero negro y utilizar nuestra muerte para enviar un mensaje. Eso tampoco funcionaría. Seguiría siendo una pulsación procedente de cualquier parte.

—No era eso lo que pensaba —protestó Funarelli—. No tengo interés en morir heroicamente. Pensaba en que tenemos tres motores. Si pudiéramos sujetarlos a tres rocas de buen tamaño y enviarlas de una en una al agujero, se producirían tres estallidos de rayos X y, si las lanzáramos con un día de diferencia, la fuente se detectaría perfectamente contra las estrellas. Eso sería interesante, ¿no? Los técnicos lo captarían de inmediato, ¿verdad?

—Tal vez. De todos modos, no tenemos cohetes y no podemos sujetarlos a las rocas aunque... —Estes se calló de pronto. Luego, añadió, con la voz alterada—: Me pregunto si los trajes espaciales están intactos.

—¡Las radios de los trajes! —exclamó Funarelli.

—Qué va, sólo llegan a pocos kilómetros. Estoy pensando en otra cosa. Estoy pensando en salir. —Abrió el armario de los trajes—. Parecen estar en buen estado.

—¿Para qué quieres salir?

—Quizá no tengamos cohetes, pero aún tenemos músculos. Al menos yo. ¿Crees que podrías arrojar una piedra?

Funarelli intentó mover el brazo y una expresión de dolor le cruzó el semblante.

—¿Puedo saltar al Sol? —se lamentó.

—Pues yo saldré a arrojar unas cuantas... El traje parece estar en buenas condiciones. Quizá pueda echar unas cuantas en el agujero. Espero que funcione la burbuja de aire.

—¿Tenemos aire suficiente? —se alarmó Funarelli, con inquietud.

—¿Tendrá eso importancia dentro de dos semanas? —replicó Estes, con aire cansado.

Todo astrominero debe salir de la nave en ocasiones: para efectuar reparaciones, o para recoger un trozo de material.

Por lo general, se trata de un momento emocionante, ya que al menos supone un cambio.

Estes no sentía mucha emoción, sólo una gran angustia. Era una idea tan primitiva que le daba vergüenza. Morir ya era bastante malo, pero morir como un tonto era peor.

Se encontró en la negrura del espacio, con las estrellas rutilantes que había visto cien veces; pero con la diferencia de que, bajo el reflejo tenue del pequeño y lejano Sol, estaba también el fulgor opaco de cientos de trozos de roca que en otro tiempo debieron de formar parte de un asteroide y en ese momento componían una especie de pequeño anillo de Saturno en torno de un agujero negro. Las rocas parecían inmóviles, pues se desplazaban junto con la nave.

Estes evaluó la dirección en que giraban los astros y supo que la nave y las rocas se desplazaban en dirección contraria. Si podía arrojar una piedra en la dirección del movimiento de las estrellas, neutralizaría parte de la velocidad de la piedra en relación con el agujero negro.

Si neutralizaba poca velocidad o si neutralizaba demasiada, la piedra caería hacia el agujero, lo rozaría y regresaría al punto de partida; si neutralizaba la suficiente velocidad, se aproximaría hasta ser pulverizada por el efecto de marejada, y los granos de polvo perderían celeridad y caerían en espiral hacia el agujero, liberando rayos X.

Utilizó su red de acero de tantalio para recoger piedras, escogiéndolas del tamaño de un puño. Agradeció que los trajes modernos permitieran plena libertad de movimientos y no fueran ataúdes, como los de los primeros astronautas que llegaron a la Luna más de un siglo atrás.

Una vez que tuvo suficientes piedras, arrojó una y vio su brillo trémulo y cómo se desvanecía en la luz solar mientras caía hacia el agujero. Aguardó, pero no pasó nada. No sabía cuánto tardaría en caer en el agujero negro, suponiendo que cayera allí, pero contó hasta seiscientos y arrojó otra.

Una y otra vez repitió la operación, con una enorme paciencia nacida del temor a la muerte, y al fin se vio un repentino resplandor en la dirección del agujero negro: luz visible y un estallido de radiación de alta energía que sin duda incluía rayos X.

Tuvo que parar a recoger más piedras, y luego consiguió ya el adecuado cálculo de la distancia. Estaba acertando casi siempre. Se orientó de tal modo que el tenue destello del agujero negro se pudiera ver por encima de la nave. Ésa era una relación que no cambiaba mientras la nave giraba sobre su eje.

Notó que acertaba casi siempre. Aquel agujero negro debía de ser mayor de lo que él creía y engullía a su presa desde una mayor distancia. Eso lo hacía más peligroso, pero aumentaba las probabilidades de que los rescataran.

Regresó a la cámara de presión y entró en la nave. Tenía los huesos molidos y le dolía el hombro derecho.

Funarelli lo ayudó a quitarse el traje.

—Ha sido sensacional. Estuviste arrojando piedras al agujero negro.

Estes asintió con la cabeza.

—Sí, y esperó que mi traje haya detenido los rayos X. No quiero morir envenenado por la radiación.

—Se verá esto en la Tierra, ¿verdad?

—Sin duda, pero quién sabe si le prestarán atención. Lo registrarán y se preguntarán qué es; pero ¿qué los hará venir a echar un vistazo? Tengo que pensar en algo que los haga venir, en cuanto haya descansado un poco.

Una hora después, se puso otro traje espacial. No tenía tiempo para esperar a que las baterías solares del primero se recargaran.

—Espero no haber perdido la puntería —dijo.

Salió de nuevo, y resultó evidente que, aun concediendo un mayor margen en cuanto a velocidad y dirección, el agujero negro seguía engullendo las piedras que se le acercaban.

Estes recogió tantas piedras como pudo y las dejó cuidadosamente en una hendidura del casco de la nave. No se quedaban allí, pero se desplazaban con suma lentitud y, cuando Estes hubo apilado todas las que pudo, las que estaban allí al principio no se habían dispersado más que bolas en una mesa de billar.

Luego, las arrojó, tenso al principio, pero con creciente confianza, y el agujero negro centelleó una y otra vez.

Le pareció que era cada vez más fácil acertar en el blanco, que el agujero negro crecía con cada impacto y pronto los devoraría con sus fauces insaciables.

Era sólo su imaginación, desde luego. Finalmente, se le acabaron las piedras, aunque de todos modos no hubiera podido arrojar más. Tenía la sensación de haberse pasado allí horas enteras.

Cuando estuvo de regreso en la nave, Funarelli lo ayudó a quitarse el casco.

—Es todo —dijo Estes—. No puedo hacer más.

—Provocaste bastantes destellos —lo animó Funarelli.

—Muchísimos, y sin duda los registrarán. Ahora tendremos que aguardar. Tienen que venir.

Funarelli lo ayudó a quitarse el resto del traje a pesar del dolor. Luego, se quedó de pie, gruñendo y jadeando.

—¿De veras crees que vendrán, Ben?

—Yo creo que sí —respondió Estes, como si pudiera forzar los hechos por la mera fuerza del deseo—. Tienen que venir.

—¿Por qué dices que tienen que venir? —preguntó Funarelli, en el tono de alguien que desea aferrarse a una esperanza, pero no se atreve.

—Porque me he comunicado. Somos no sólo los primeros que se topan con un agujero negro, sino los primeros que lo usan para comunicarse. Somos los primeros en usar el sistema de comunicación más avanzado del futuro, el que podría enviar mensajes de una estrella a otra y de una galaxia a otra, y que también podría ser la máxima fuente de energía...

Resollaba, y parecía fuera de sí.

—¿De qué estás hablando?

—He tirado las piedras con un ritmo concreto, Harvey, y los estallidos de rayos X surgieron a ese mismo ritmo: tres destellos consecutivos, una pausa, tres destellos espaciados, otra pausa y otros tres parpadeos consecutivos; y así sucesivamente.

—¿Y?

—Es anticuado, muy anticuado, pero es algo que todos recuerdan de los tiempos en que la gente se comunicaba usando cables por donde circulaba corriente eléctrica.

—¿Te refieres al fotógrafo..., perdón, al fonógrafo?

—El telégrafo, Harvey. Esos destellos que produje se registrarán y la primera vez que alguien mire ese registro se armará un revuelo. No sólo detectarán una fuente de rayos X, sino una fuente de rayos X moviéndose lentamente contra las estrellas, lo que será indicio de que se produce en nuestro sistema solar. Pero además verán una fuente de rayos X que una y otra vez produce la señal de SOS. Y, si una fuente de rayos X grita pidiendo socorro, sin duda vendrán a toda prisa... al menos... para ver qué... hay...

Se quedó dormido. Cinco días después llegó una nave robot.

El incidente del Tricentenario

Cuatro de julio del año 2076. Por tercera vez, el sistema convencional de numeración, basado en potencias de diez, había llevado los dos últimos dígitos del año a ese inolvidable 76 que presenció el nacimiento de la nación.

Ya no era una nación en el viejo sentido, sino una expresión geográfica, parte de esa totalidad más amplia que conformaba la Federación de toda la humanidad de la Tierra, junto con las colonias de la Luna y del espacio. Sin embargo, por cultura y por herencia continuaban existiendo el nombre y la idea, y esa parte del planeta, designada con aquel viejo nombre, seguía siendo la zona más próspera y avanzada del mundo. Y el presidente de Estados Unidos aún era el personaje más poderoso del Consejo Planetario.

Lawrence Edwards contemplaba la pequeña figura del presidente desde sesenta metros de altura. Vagaba sin rumbo sobre la multitud, sintiendo en la espalda el carraspeo del motor de flotrón. Lo que veía Edwards se parecía a lo que cualquiera vería en una escena de holovisión. Cuántas veces habría visto él figuras así de pequeñas desde su sala de estar, figuras diminutas en un cubo luminoso y con aspecto de ser tan reales como homúnculos vivientes, hasta que las traspasabas con la mano.

No se podía traspasar con la mano las decenas de millones de figuras que cubrían los espacios abiertos que rodeaban el Monumento a Washington. No se podía traspasar con la mano al presidente. En cambio, lo que sí se podía hacer era tocarlo, extender el brazo para estrecharle la mano.

Edwards pensó socarronamente que hubiera sido mejor prescindir de esta tangibilidad y deseó encontrarse a más de cien kilómetros de distancia, vagando sin rumbo en el aire sobre un yermo aislado y no allí, donde debía estar alerta a cualquier indicio de desorden. No hubiera tenido que estar allí de no ser por la dichosa mitología del «contacto físico».

Edwards no admiraba al presidente Hugo Allen Winkler, el número cincuenta y siete del país.

El presidente Winkler le parecía un hombre vacío, un seductor, un cazador de votos, un politicastro. Era un hombre decepcionante, después de las esperanzas depositadas en él durante sus primeros meses de gobierno. La Federación Mundial corría el peligro de desmembrarse antes de haber cumplido su misión, y Winkler no podía hacer nada para impedirlo. Se necesitaba una mano fuerte, no una mano complaciente; una voz férrea, no una voz meliflua.

Allí estaba, estrechando manos en medio del espacio protector creado por el Servicio, mientras Edwards y otros agentes vigilaban desde arriba.

El presidente sin duda se presentaría a la reelección y era probable que resultase derrotado. Eso no haría sino empeorar las cosas, pues el partido de la oposición estaba empeñado en destruir la Federación.

Edwards suspiró. Se acercaban cuatro años desdichados —quizá cuarenta— y él lo único que podía hacer era vagar por el aire, dispuesto a comunicarse con los agentes de tierra por contacto láser en cuanto advirtiera un disturbio.

Y de pronto vio... No era más que un soplo de polvo blanco, un destello fugaz bajo el sol.

¿Dónde estaba el presidente? Lo había perdido de vista en la polvareda.

Miró hacia donde lo había visto por última vez. El presidente no se podía haber alejado mucho.

Entonces reparó en el tumulto. Lo notó primero entre los agentes del Servicio, que parecían haber perdido la cabeza y se movían como por espasmos. Luego, se contagió la gente que se encontraba más cerca de ellos y, finalmente, los que estaban más lejos. El ruido creció, transformándose en estruendo.

Edwards no necesitó oír las palabras que constituían ese rugido en ascenso. El griterío ya era bastante elocuente. ¡El presidente Winkler había desaparecido! Súbitamente se había convertido en un puñado de polvo.

Edwards contuvo el aliento en un eterno segundo de aturdida impaciencia, mientras la muchedumbre se iba enterando y se dispersaba en una feroz estampida. Y... una voz resonante vibró por encima de la algarabía y ante ese sonido el ruido se disipó, murió, se transformó en silencio. Si antes parecía un programa de holovisión, ahora parecía que alguien hubiera apagado el sonido.

¡Por Dios, es el presidente!, pensó Edwards.

Pues la voz era inconfundible. Winkler se encontraba en el palco custodiado desde donde iba a pronunciar el discurso del Tricentenario, el palco que diez minutos antes había abandonado para estrechar unas cuantas manos de integrantes de la multitud.

¿Cómo había regresado allí?

Edwards escuchó:

—Nada me ha sucedido, conciudadanos. Lo que habéis presenciado fue el fallo de un dispositivo mecánico. No era vuestro presidente, así que no dejemos que un fallo mecánico estropee la celebración del día más feliz que ha presenciado el mundo... Conciudadanos, prestadme atención...

Y lo que siguió fue el discurso del Tricentenario, el mejor discurso que Winkler había pronunciado nunca, el mejor discurso que Edwards había oído nunca. Escuchaba con tanto interés que casi se olvidó de su tarea de vigilancia.

Winkler hablaba con gran lucidez. Comprendía la importancia de la Federación y lograba comunicarla.

Pero Edwards recordó los insistentes rumores de que los nuevos descubrimientos en robótica habían permitido construir una réplica del presidente, un robot que podía desempeñar las funciones meramente ceremoniales, que podía estrechar la mano de los seguidores sin aburrirse ni fatigarse y que, en caso de un atentado...

Pensó, con repentina alarma, que eso era lo que había sucedido. Se trataba de un robot y, en cierto modo..., había sido víctima de un atentado.

Veintitrés de octubre del año 2078...

Edwards alzó los ojos cuando el pequeño guía robot se le acercó y dijo con voz cantarina:

—El señor Janek le recibirá ahora.

Se levantó, sintiéndose alto en comparación con ese rechoncho guía metálico. Pero no se sentía más joven. En los dos últimos años se le habían acentuado las arrugas del rostro.

Siguió al guía hasta una habitación asombrosamente pequeña donde, detrás de un escritorio sorprendentemente pequeño, estaba Francis Janek, un hombre algo barrigón y de apariencia incongruentemente joven. Janek sonrió y se levantó para darle la mano.

—Señor Edwards.

—Me alegra tener la oportunidad... —murmuró Edwards.

Nunca antes había visto a Janek, pero el puesto de secretario personal del presidente era discreto y rara vez llegaba a las noticias.

—Siéntese, siéntese —lo invitó Janek—. ¿Quiere un palillo de soja?

Edwards rehusó con una sonrisa y se sentó. Janek ponía énfasis en su aspecto juvenil. Llevaba la camisa abierta y se había teñido el vello del pecho de un tono violáceo.

—Sé que hace varias semanas que intenta verme. Lamento la demora. Usted entenderá que no soy dueño de mi tiempo. No obstante, aquí estamos... Por cierto, me he puesto en contacto con el jefe del Servicio y le ha ponderado mucho a usted. Lamenta que haya renunciado.

—Me parecía mejor realizar la investigación sin comprometer al Servicio —repuso Edwards con cautela.

Janek sonrió.

—Sin embargo, sus discretas actividades no han pasado inadvertidas. El jefe me explicó que investigaba usted el incidente del Tricentenario, y debo admitir que eso fue lo que me persuadió para verle en cuanto me fuera posible. ¿Fue ésa la razón de que renunciara a su puesto? Porque investiga usted un caso cerrado.

719

—¿Cómo puede ser un caso cerrado, señor Janek? Aunque usted lo llame incidente, fue un intento de asesinato.

—Es una cuestión semántica. ¿Por qué usar una palabra perturbadora?

—Porque representa una verdad perturbadora. No negará usted que alguien intentó matar al presidente.

Janek extendió las manos.

—En tal caso, no lo consiguió. Destruyó un aparato mecánico. Nada más. En realidad, el incidente, o como usted quiera llamarlo, reportó un gran beneficio al país y al mundo. Como todos sabemos, el incidente conmovió al presidente y también al país. El presidente y todos los demás comprendimos que corríamos peligro de recaer en la violencia del siglo pasado, y eso produjo un gran cambio.

—No puedo negarlo.

—Claro que no. Hasta los enemigos del presidente se muestran de acuerdo en que en los dos últimos años se han presenciado grandes logros. La Federación es ahora mucho más fuerte de lo que podíamos imaginar aquel día del Tricentenario. Incluso podríamos decir que se ha impedido el descalabro de la economía del planeta.

—Sí, el presidente parece otro hombre —concedió Edwards—. Todo el mundo lo dice.

—Siempre fue un gran hombre. Pero gracias al incidente comenzó a interesarse apasionadamente por los temas decisivos.

—¿Antes no lo hacía?

—No con ese apasionamiento... El presidente, pues, y todos los demás quisiéramos olvidar el incidente. He querido verle, señor Edwards, para decírselo sin rodeos. No estamos en el siglo veinte y no podemos encerrarle en la cárcel por causarnos molestias ni estorbarle de ningún modo, pero ni siquiera la Constitución Planetaria nos prohíbe intentar la persuasión. ¿Comprende?

—Comprendo, pero no estoy de acuerdo. ¿Podemos olvidar el incidente cuando la persona responsable no fue capturada?

—Qué más da. Quizá sea mejor que un desequilibrado ande suelto y no que se exagere el asunto y preparemos la escena para regresar a los tiempos del siglo veinte.

—En la versión oficial se afirma que el robot estalló de un modo espontáneo, lo cual es imposible y ha constituido un golpe injusto para la industria robótica.

—Yo no emplearía el término robot, señor Edwards. Fue un dispositivo mecánico. Nadie ha dicho que los robots sean peligrosos en sí mismos, y mucho menos los metálicos. En la declaración oficial se aludía únicamente a esos complejísimos aparatos humanoides que parecen de carne y hueso y que podríamos llamar androides. En realidad son tan complejos que los primeros bien podrían estallar. No soy un experto. La industria robótica se recuperará.

—Parece ser que en el Gobierno nadie quiere llegar al meollo del asunto —insistió Edwards.

—Ya le he explicado que sólo ha habido buenas consecuencias. ¿Para qué remover el lodo del fondo cuando el agua es tan cristalina?

—¿Y el uso del desintegrador?

Janek dejó de jugar un instante con el recipiente de los palillos de soja, pero en seguida continuó moviéndolo rítmicamente.

—¿A qué se refiere?

—Señor Janek, creo que sabe a qué me refiero. Como miembro del Servicio...

—Al cual ya no pertenece...

—No obstante, como miembro del Servicio no pude evitar oír ciertas cosas que quizá no estaban destinadas a mis oídos. Yo había oído hablar de una nueva arma y en el Tricentenario presencié algo que parecía confirmar su existencia. El objeto al que todos tomaban por el presidente desapareció en una nube de polvo muy fino. Fue como si cada átomo de ese objeto hubiera perdido su conexión con los otros átomos. El objeto se transformó en una nube de átomos, los cuales comenzaron a combinarse de nuevo, pero se dispersaron tan pronto que no dejaron más que un fugaz destello de polvo.

—Huele a ciencia ficción.

—Por supuesto, no entiendo el aspecto científico de este asunto, señor Janek, pero sé que se necesitaría muchísima energía para lograr ese efecto. Y habría que extraer esa energía del medio ambiente. Los testigos que se encontraban cerca del dispositivo en aquel momento, todos los testigos que pude localizar y aceptaron hablar, aseguraron que sintieron una oleada de frío.

Janek apartó el recipiente de palillos de soja, con un pequeño chirrido de la transita sobre la celulita.

—Supongamos que existiera el desintegrador...

—No es preciso suponer nada. Existe.

—No deseo discutir. Yo no sé de su existencia, aunque admito que mi puesto no es el más indicado para enterarse de la existencia de armas nuevas y tan poderosas. Pero si existe tal desintegrador y es tan secreto debe de ser un monopolio estadounidense, desconocido por el resto de la Federación. En tal caso, ni usted ni yo debiéramos hablar de ello. Pudiera ser un arma más peligrosa que las bombas nucleares, precisamente porque, según usted, sólo produce desintegración en el punto del impacto y frío en las inmediaciones. Sin explosión, sin incendio, sin radiación mortal. Sin esos perturbadores efectos laterales, no habría nada que impidiera su utilización y, por lo que sabemos, podría fabricarse en un tamaño suficiente para destruir el planeta.

—Acepto todo eso.

—Entonces, aceptará también que, si el desintegrador no existe, hablar de él es una tontería y, si existe, hablar de él es criminal.

—No lo he comentado con nadie, salvo con usted porque trato de persuadirle de la gravedad de la situación. Si se hubiera usado un desintegrador, por ejemplo, ¿no debería el Gobierno interesarse en averiguar cómo se utilizó o si otra unidad de la Federación lo posee?

Janek negó con la cabeza.

—Creo que podemos confiar en que los organismos correspondientes tendrán en cuenta ese factor. Será mejor que olvide el asunto.

—¿Puede usted asegurarme que el Gobierno de Estados Unidos es el único que posee semejante arma? —dijo Edwards, sin poder contener la impaciencia.

—No puedo asegurarle nada, pues no sé nada sobre ella ni debería saberlo. No debió usted mencionarla. Aunque no exista un arma así, el rumor de su existencia podría ser dañino.

—Pero, como yo ya le he hablado de ella y el daño ya está hecho, haga el favor de escucharme. Deme la oportunidad de convencerle de que usted, y sólo usted, tiene la clave de una situación peligrosa que quizá sólo yo haya visto.

—¿Sólo usted la ha visto? ¿Y sólo yo tengo la clave?

—¿Le suena a paranoia? Déjeme explicárselo y juzgue por sí mismo.

—Le concederé un rato más, pero me atendré a mis palabras: debe abandonar esta afición suya..., esta investigación. Es muy peligrosa.

—Lo peligroso sería abandonarla. ¿No comprende que si el desintegrador existe y Estados Unidos posee el monopolio, la cantidad de personas con acceso a él sería muy limitada? Como ex miembro del Servicio, tengo cierto conocimiento práctico del asunto y le digo que la única persona del mundo que podría hacerse con un desintegrador de nuestros arsenales ultrasecretos sería el presidente... Sólo el presidente de Estados Unidos, señor Janek, pudo haber preparado ese atentado.

Se miraron fijamente. Janek tocó un contacto del escritorio.

—Simple precaución —le aclaró—. Ahora nadie puede oírnos por ningún medio. Señor Edwards, ¿comprende usted lo peligroso que es lo que ha dicho, lo peligroso que es para usted mismo? No sobreestime el poder de la Constitución Planetaria. Un Gobierno tiene derecho a tomar medidas razonables para proteger su estabilidad.

—He venido a verle, señor Janek, porque le considero un ciudadano leal. Le traigo información acerca de un delito terrible que afecta a todos los estadounidenses y a toda la Federación. Un delito que ha originado una situación que quizá sólo usted pueda remediar. ¿Por qué responde con amenazas?

—Es la segunda vez que trata de pintarme como un potencial salvador del mundo. No me imagino en ese papel. Espero que entienda que no tengo poderes extraordinarios.

—Usted es el secretario del presidente.

—Eso no significa que tenga una relación privilegiada con él. A veces, señor Edwards, sospecho que los demás me consideran sólo un lacayo, y a veces siento la tentación de estar de acuerdo con ellos.

—No obstante, usted lo ve con frecuencia, en situaciones informales, en...

—Lo veo con la frecuencia suficiente —interrumpió Janek con impaciencia— para asegurarle que el presidente no ordenaría la destrucción de ese aparato mecánico el día del Tricentenario.

—¿A juicio de usted es imposible?

—No he dicho eso. He dicho que no lo haría. ¿Por qué iba a hacerlo? ¿Por qué iba a querer el presidente destruir un androide que ha sido un accesorio valioso durante tres años de su gestión? Y si por alguna razón deseara hacerlo, ¿por qué hacerlo en público, nada menos que en el Tricentenario, dando a conocer su existencia con el riesgo de que sus seguidores se sintieran burlados por haber estrechado la mano de un dispositivo mecánico? Por no mencionar las repercusiones diplomáticas, pues ¿qué dirían los representantes de otros sectores de la Federación al saber que han estado tratando con un aparato? En todo caso, el presidente habría ordenado que lo desmontaran en privado, y sólo se habrían enterado algunos de los miembros superiores del Gobierno.

—No hubo consecuencias no deseadas para el presidente como resultado del incidente, ¿verdad?

—Ha reducido el ceremonial. Ya no es tan accesible como era antes.

—Tan accesible como antes era el robot.

—Bien... —concedió Janek, a regañadientes—. Sí, supongo que es cierto.

—Y el presidente salió reelegido y su popularidad no ha disminuido aunque la destrucción ocurrió en público. El argumento contra la destrucción en público no es tan fuerte como usted da a entender.

—Pero la reelección se produjo a pesar del incidente. Se produjo cuando el presidente se apresuró a intervenir para pronunciar uno de los grandes discursos de la historia de Estados Unidos. Fue una actuación asombrosa, tiene que admitirlo.

—Fue un drama bellamente escenificado. Cualquiera diría que el presidente estaba preparado.

Janek se reclinó en su asiento.

—Si le entiendo bien, Edwards, usted sugiere una compleja trama novelesca. ¿Me está diciendo que el presidente hizo destruir el artefacto en medio de una multitud, en plena celebración del Tricentenario y ante los ojos del mundo para ganarse la admiración de todos mediante su rápida intervención? ¿Sugiere que lo organizó de tal modo que pudo presentarse como un hombre de gran energía y fortaleza en circunstancias adversas y así transformar una campaña perdedora en una victoria...? Señor Edwards, ha estado usted leyendo cuentos de hadas.

—Si yo afirmara todo eso, sería un cuento de hadas, pero no es así. No he sugerido que el presidente ordenase la muerte del robot; me limité a preguntarle que si pensaba que era posible, y usted aseguró rotundamente que no. Me alegra, porque estoy de acuerdo.

—Entonces, ¿a qué viene todo esto? Empiezo a pensar que me está haciendo perder el tiempo.

—Un momento más, por favor. ¿Nunca se ha preguntado por qué no utilizaron un rayo láser, un desactivador de campo..., un mazo, por amor de Dios? ¿Por qué alguien se tomó el increíble trabajo de conseguir un arma custodiada con las mayores medidas de seguridad, para hacer un trabajo que no requería esa arma? Aparte de la dificultad de conseguirla, ¿por qué arriesgarse a revelar la existencia de un desintegrador al resto del mundo?

—La existencia del desintegrador es una teoría de usted mismo.

—El robot se pulverizó ante mis ojos. Yo fui testigo. Para eso no me baso en testimonios de segunda mano. No importa cómo se llame el arma, pero desintegró el robot átomo por átomo y lo dispersó sin posibilidad de recuperación. ¿Por qué? ¿No le parece un exceso?

—Yo no sé qué intenciones tenía el autor.

—¿No? Pero parece haber una sola razón lógica para pulverizar, cuando es mucho más simple destruir. La pulverización no dejó rastros del objeto destruido. No dejó nada que nos permitiera verificar si era un robot u otra cosa.

—Pero nadie pone en duda lo que era.

—¿No? Le he dicho antes que sólo el presidente pudo haber conseguido y utilizado el desintegrador. Ahora bien, considerando la existencia de una réplica, ¿cuál de los presidentes se encargó de ello?

—No creo que debamos continuar esta conversación —rezongó Janek—. Usted está loco.

—Piénselo. Por amor de Dios, piense. Su argumentación es convincente, pues el presidente no destruyó al robot, sino que el robot destruyó al presidente. El presidente Winkler fue asesinado en medio de la muchedumbre el 4 de julio del año 2076. Un robot semejante al presidente Winkler pronunció el discurso del Tricentenario, se presentó a la reelección, resultó reelegido y aún continúa actuando como presidente de Estados Unidos.

—¡Esto es descabellado!

—He venido a verle porque usted puede demostrarlo... y corregirlo.

—No es tan sencillo. El presidente es... el presidente.

Janek se dispuso a levantarse para dar concluida la entrevista.

—Usted mismo dice que ha cambiado —insistió Edwards—. El discurso del Tricentenario superaba la capacidad del viejo Winkler. ¿No se asombra usted de los logros de los dos últimos años? Con franqueza..., ¿podría el Winkler del primer periodo haber hecho todo esto?

—Sí, podría, porque el presidente del segundo periodo es el mismo del primero.

—¿Niega usted que haya cambiado? Lo dejo en sus manos. Decida usted y yo me atendré a su decisión.

—El hombre ha estado a la altura del desafío, eso es todo. Ha ocurrido antes en la historia de Estados Unidos. —Pero Janek se hundió en el asiento, manifiestamente perturbado.

—No bebe —señaló Edwards.

—Nunca bebió... demasiado.

—Ya no es mujeriego. ¿Niega usted que lo fue en el pasado?

—Un presidente es un hombre. Sin embargo, durante los dos últimos años se ha consagrado al problema de la Federación.

—Admito que es un cambio para mejor, pero es un cambio. Desde luego, si él tuviera una mujer no se podría continuar con la farsa.

—Es una lástima que no tenga esposa —dijo Janek, pronunciando esa palabra arcaica con cierta timidez—. Así no existirían estas dudas.

—El hecho de que no la tuviera hacía más viable la confabulación. Aun así, es padre de dos hijos. Creo que no han visitado la Casa Blanca desde el Tricentenario.

—¿Por qué iban a hacerlo? Son mayores, tienen su propia vida.

—¿Los invitan? ¿El presidente tiene interés en verlos? Usted es su secretario privado. Debería saberlo. ¿Los invitan?

—Está perdiendo el tiempo. Un robot no puede matar a un ser humano. Ya conoce usted la Primera Ley de la robótica.

—La conozco. Pero nadie dice que el robot Winkler haya matado directamente al humano Winkler. Cuando el humano Winkler estaba entre la multitud, el robot Winkler se encontraba en el palco, y dudo que un desintegrador se pudiera apuntar desde esa distancia sin causar daños más devastadores. Lo más probable es que el robot Winkler tuviera un cómplice, un asesino a sueldo, como se decía en el siglo veinte.

Janek frunció el entrecejo; arrugó su rostro rechoncho en una mueca de dolor.

—La locura debe de ser contagiosa. Empiezo a tomar en serio la descabellada idea que usted me ha traído. Afortunadamente, no se sostiene. A fin de cuentas, ¿por qué el asesinato del humano Winkler se iba a efectuar en público? Todos los argumentos que niegan la destrucción del robot en público son válidos para la muerte del presidente en público. ¿No ve usted que eso acaba con su teoría?

—No... —empezó a decir Edwards.

—Sí. Nadie, excepto unos pocos funcionarios, sabían que ese aparato existía. Si el presidente Winkler hubiera muerto en privado y se hubiese eliminado su cuerpo, el robot podría haberle suplantado sin despertar sospechas; no habría despertado las de usted, por ejemplo.

—Siempre habría algunos funcionarios que lo sabrían, señor Janek. Eso hubiera ampliado el número de asesinatos. —Edwards se inclinó hacia delante con vehemencia—. Normalmente no existía ningún peligro de confundir al ser humano con la máquina. Me imagino que el robot no se utilizaba constantemente, sino sólo con propósitos específicos, y siempre habría individuos clave que sabrían dónde se encontraba el presidente y qué estaba haciendo. En tal caso, el asesinato debía cometerse en un momento en que esos funcionarios pensaran que el presidente era el robot.

—No le entiendo.

—Escuche. Una de las funciones del robot era darle la mano a la multitud, prestarse al «contacto físico». Cuando esto sucedía, los funcionarios que estuvieran al corriente sabían que quien saludaba era el robot.

—Exacto. Tiene usted razón. Era el robot.

—Sólo que se celebraba el Tricentenario y el presidente Winkler no se pudo resistir. Un presidente, especialmente un demagogo, un cazador de aplausos como Winkler, tendría que ser más que humano para ser capaz de renunciar a la adulación de la muchedumbre en semejante día y para cederle el puesto a una máquina. Y tal vez el robot alimentó cuidadosamente este impulso para que el día del Tricentenario el presidente le ordenara que permaneciera detrás del podio mientras él salía a saludar y a recibir las ovaciones.

—¿En secreto?

—Desde luego, en secreto. Si el presidente le hubiera avisado a alguien del Servicio, a sus ayudantes o a usted, no le habrían permitido hacerlo. La actitud oficial ante la posibilidad de un magnicidio ha sido muy obsesiva desde los acontecimientos de finales del siglo veinte. Así que con el estímulo de un robot evidentemente astuto...

—Está suponiendo usted que el robot es astuto porque supone que ahora actúa como presidente. Es un razonamiento en círculo. Si él no es presidente, no hay razones para pensar que es astuto ni que sea capaz de elaborar una conspiración así. Además, ¿qué motivo pudo inducir a un robot a tramar un magnicidio? Aunque no matara al presidente directamente, la eliminación indirecta de una vida humana también está prohibida por la Primera Ley, la cual establece que «un robot no debe dañar a un ser humano ni, por inacción, permitir que un ser humano sufra daño».

—La Primera Ley no es absoluta —replicó Edwards—. ¿Y si dañar a un ser humano salva la vida de otros dos, o de otros tres, o incluso de otros tres mil millones? El robot pudo haber pensado que salvar a la Federación era más importante que salvar una vida. Al fin y al cabo, no era un robot común. Estaba diseñado para imitar al presidente hasta el extremo de poder engañar a cualquiera. Supongamos que tenía la perspicacia del presidente Winkler, sin sus flaquezas, y supongamos que él sabía que podía salvar a la Federación, mientras que el presidente no era capaz.

—Usted puede razonar así, pero ¿cómo sabe que un aparato mecánico razonaría de ese modo?

—Es el único modo de explicar lo que sucedió.

—Creo que es una fantasía paranoica.

—Entonces, dígame por qué el objeto destruido resultó pulverizado. Sólo cabe sospechar que era el único modo de ocultar que se había destruido a un ser humano y no a un robot. Déme otra explicación.

Janek se sonrojó.

—No lo acepto.

—Pero puede usted probar que es así... o probar lo contrario. Por eso he venido a verle a usted, a usted precisamente.

—¿Cómo puedo probar una cosa o la otra?

—Nadie ve al presidente en la intimidad como usted. A falta de una familia, usted es la única persona con la que comparte momentos informales. Estúdielo.

—Lo he estudiado, y le digo que no...

—No lo ha estudiado porque no esperaba nada anormal. Los pequeños indicios no significaban nada para usted. Estúdielo ahora, con la conciencia de que podría ser un robot, y ya verá.

—Puedo tumbarlo de un golpe y buscar metal con un detector ultrasónico —ironizó Janek—. Hasta un androide tiene un cerebro de platino e iridio.

—No será necesario una acción tan drástica. Limítese a observarlo y verá que es tan diferente del hombre que fue que no puede ser un hombre.

Janek miró al reloj de la pared.

—Hemos estado conversando más de una hora.

—Lamento haberle ocupado tanto tiempo, pero espero que comprenda la importancia de todo esto.

—¿Importancia? —dijo Janek. Su aire de abatimiento se transformó de pronto en una expresión esperanzada—. ¿Pero es de veras tan importante?

—¿Cómo podría no serlo? Tener un robot como presidente de Estados Unidos ¿no es importante?

—No, no me refiero a eso. Olvídese de lo que pueda ser el presidente Winkler. Sólo piense en esto: alguien que actúa como presidente de Estados Unidos ha salvado a la Federación, la ha mantenido unida y ahora dirige el Consejo defendiendo la paz y el compromiso constructivo. ¿Admite todo eso?

—Claro que lo admito. ¿Pero qué me dice del precedente que se establece? Un robot en la Casa Blanca hoy por una razón muy buena puede conducir a un robot en la Casa Blanca dentro de veinte años por una razón muy mala, y luego a robots en la Casa Blanca sin ninguna razón. ¿No ve que es importante ahogar las primeras notas de ese trompetazo que anuncia el ocaso de la humanidad?

Janek se encogió de hombros.

—Supongamos que averiguo que es un robot. ¿Lo proclamamos ante todo el mundo? ¿Sabe qué efecto tendría eso en la estructura financiera del planeta? ¿Sabe...?

—Lo sé. Por eso he venido a verle en privado en lugar de darlo a conocer al público. Debe usted comprobarlo y llegar a una conclusión. Luego, si descubre que el presunto presidente es un robot, como sin duda así será, deberá usted persuadirlo para que renuncie.

—Y si él reacciona ante la Primera Ley como usted dice, hará que me maten, pues seré una amenaza para su experto manejo de la mayor crisis internacional del siglo veintiuno.

Edwards meneó la cabeza.

—El robot actuó antes en secreto y nadie trató de contrarrestar los argumentos que él empleó para consigo mismo. Usted podría reforzar una interpretación más estricta de la Primera Ley con sus argumentaciones. De ser necesario, podemos conseguir la ayuda de alguno de los dirigentes de Robots y Hombres Mecánicos S.A. que construyeron el robot. Una vez que él renuncie, le sucederá la vicepresidenta. Si el robot Winkler ha encauzado al mundo por la buena senda, perfecto; entonces la vicepresidenta puede continuar por esa senda, pues es una mujer decente y honorable. Pero no podemos tener un gobernante robot ni debemos consentirlo nunca más.

—¿Y si el presidente es humano?

—Lo dejo en sus manos. Usted sabrá.

—No estoy tan seguro. ¿Y si no puedo decidir? ¿Y si no me animo? ¿Y si no me atrevo? ¿Cuáles son los planes que tiene usted?

—No lo sé. —Edwards parecía cansado—. Quizá deba acudir a Robots y Hombres Mecánicos. Pero no creo que llegue a ese extremo. Ahora que he puesto el problema en sus manos, confío en que usted no descansará hasta haberlo solucionado. ¿Quiere ser gobernado por un robot?

Se puso de pie y Janek le dejó marcharse. No se dieron la mano.

Janek se quedó reflexionando a la luz del crepúsculo.

¡Un robot!

Aquel hombre había entrado allí para sostener, con argumentos totalmente racionales, que el presidente de Estados Unidos era un robot.

Tendría que haber sido fácil disuadirlo. Pero Janek recurrió a todos los argumentos que se le ocurrían, siempre en vano, y el hombre no había titubeado ni un momento.

¡Un robot como presidente! Edwards estaba seguro de ello y seguiría estándolo. Y si Janek insistía en que el presidente era humano Edwards acudiría a Robots y Hombres Mecánicos. No descansaría.

Pensó en los veintiocho meses transcurridos desde el Tricentenario y en lo bien que había salido todo, teniendo en cuenta las probabilidades. ¿Y ahora?

Se sumió en sombríos pensamientos.

Aún tenía el desintegrador, pero no sería necesario usarlo en un ser humano cuya naturaleza corporal no estaba en cuestión. Bastaría con un silencioso disparo láser en un paraje solitario.

Le resultó difícil manipular al presidente en el trabajo anterior, pero en este caso ni siquiera tendría que enterarse.

Índice